中國語言文字研究輯刊

五 編

許 錟 輝 主編

第22冊

何萱《韻史》音韻研究（第三冊）

韓 禕 著

花木蘭文化出版社

國家圖書館出版品預行編目資料

何萱《韻史》音韻研究（第三冊）／韓禕 著 — 初版 — 新北市：
花木蘭文化出版社，2013〔民 102〕
目 8+276 面；21×29.7 公分
（中國語言文字研究輯刊　五編；第 22 冊）
ISBN：978-986-322-528-7（精裝）
1. 古音　1. 聲韻學
802.08　　102017939

ISBN-978-986-322-528-7
9 789863 225287

中國語言文字研究輯刊
五　編　　第二二冊　　ISBN：978-986-322-528-7

何萱《韻史》音韻研究（第三冊）

作　　者　韓　禕
主　　編　許錟輝
總 編 輯　杜潔祥
出　　版　花木蘭文化出版社
發 行 所　花木蘭文化出版社
發 行 人　高小娟
聯絡地址　235 新北市中和區中安街七二號十三樓
電話：02-2923-1455／傳眞：02-2923-1452
網　　址　http://www.huamulan.tw 信箱 sut81518@gmil.com
印　　刷　普羅文化出版廣告事業
初　　版　2013 年 9 月
定　　價　五編 25 冊（精裝）新台幣 58,000 元

何萱《韻史》音韻研究（第三冊）

韓禕　著

目次

表目次

下　篇

《韻史》全字表

凡　例

本字表將《韻史》一書中所收字以列表的形式進行詳細分析，這是我們對何萱的語音系統進行考訂和對他的音韻學思想進行探究的前提和基礎。

《全字表》分兩大部分，「備注」左邊是韻字在《韻史》中的注音和簡要釋義，右邊（含「備注」）是筆者的校勘或説明和該字在《廣韻》中的音韻地位（《廣韻》未收，則以《集韻》和《玉篇》補之，在韻字后分別加*和**標注；《廣韻》收，卻以《集韻》音采之，則注 g*）。

稱謂説明：

表，音讀表的簡稱，即《韻史》書中每一部的音節表；

韻目，韻目表的簡稱，即《韻史》書中每一部音讀表后面的同音字表；

正文，指《韻史》第二冊至第十四冊中，對于每個字頭的詳解，包括反切、注釋等內容；

表字，指出現在音讀表中的代表字，《全字表》中用加粗表示；

組數，指同音字組數目，每部正副編分別計數；

字數，指韻字數目，每部正副編分別計數；

韻字，指韻目表中所收字；

正字，何氏所謂「篆隸同體者」，在韻目中字號較大，單行書寫，並且字與字之間留有很大空隙；
或字，何氏所謂「隸稍簡易而不悖乎篆意者」，書中一般以「或作某」出注；
隸字，何氏所謂「其義同而字晚出者」，書中一般以「隸作某」出注；
俗字，何氏所謂「義同而體俗陋者」，書中一般以「俗有某」出注。

錄字說明：

何氏說：「其論字形，篆隸同體者則以爲正，隸稍簡易而不悖乎篆意者亦爲正；其義同而字晚出者附見焉；義同而體俗陋者明辨焉。」《全字表》中的收字原則也循此。

1·表字；
2·正字；
3·如果「正字」查不到音韻地位，則錄或字；
4·如果「正字」、「或字」均查不到音韻地位，則錄隸字；
5·如果「正字」、「或字」、「隸字」均查不到音韻地位，則錄俗字；
6·如果某字的古文或籀文是多音字，在他部重見，則在收入該字的同時也兼收古籀。

收字統計：

《全字表》收字 19862 個，分爲 4829 組。分類統計詳下：

部　別	正　編		副　編	
	組　數	字　數	組　數	字　數
第 1 部	131	606	139	536
第 2 部	164	572	162	544
第 3 部	159	718	171	668
第 4 部	134	504	129	587
第 5 部	145	940	129	729
第 6 部	52	137	60	156
第 7 部	170	536	195	610
第 8 部	92	295	114	463

部　別	正　編		副　編	
	組　數	字　數	組　數	字　數
第 9 部	102	343	115	631
第 10 部	128	539	130	676
第 11 部	83	320	86	342
第 12 部	144	534	141	512
第 13 部	131	506	121	409
第 14 部	202	942	194	802
第 15 部	291	1562	287	1265
第 16 部	136	548	141	441
第 17 部	121	391	130	498
合　　計	2385	9993	2444	9869

第一部正編

韻字編號	部序	組數	字數	韻字及何氏反切			韻字何氏音				何萱注釋	備　注	韻字中古音		上字中古音		下字中古音	
				韻字	上字	下字	聲	調	呼	韻部			聲調呼韻攝等	反切	聲呼等	反切	聲調呼韻攝等	反切
1	1正	1	1	該	艮	哉	見	陰平	開	一該			見平開咍蟹一	古哀	見開1	古恨	精平開咍蟹一	祖才
2	1正		2	晐	艮	哉	見	陰平	開	一該			見平開咍蟹一	古哀	見開1	古恨	精平開咍蟹一	祖才
3	1正		3	垓	艮	哉	見	陰平	開	一該			見平開咍蟹一	古哀	見開1	古恨	精平開咍蟹一	祖才
4	1正		4	陔	艮	哉	見	陰平	開	一該			見平開咍蟹一	古哀	見開1	古恨	精平開咍蟹一	祖才
5	1正		5	郂	艮	哉	見	陰平	開	一該			見平開咍蟹一	古哀	見開1	古恨	精平開咍蟹一	祖才
6	1正		6	侅	艮	哉	見	陰平	開	一該			見平開咍蟹一	古哀	見開1	古恨	精平開咍蟹一	祖才
10	1正		7	胲	艮	哉	見	陰平	開	一該			見平開咍蟹一	古哀	見開1	古恨	精平開咍蟹一	祖才
11	1正		8	痎 g*	艮	哉	見	陰平	開	一該			見平開咍蟹一	柯開	見開1	古恨	精平開咍蟹一	祖才
14	1正		9	頦 g*	艮	哉	見	陰平	開	一該			見平開咍蟹一	柯開	見開1	古恨	精平開咍蟹一	祖才
15	1正		10	核	艮	哉	見	陰平	開	一該			匣入開麥梗二	下革	見開1	古恨	精平開咍蟹一	祖才
17	1正		11	荄	艮	哉	見	陰平	開	一該			見平開咍蟹一	古哀	見開1	古恨	精平開咍蟹一	祖才
18	1正		12	祴	艮	哉	見	陰平	開	一該			見平開咍蟹一	古哀	見開1	古恨	精平開咍蟹一	祖才
20	1正	2	13	**唉**	案	哉	影	陰平	開	一該			影平開咍蟹一	烏開	影開1	烏旰	精平開咍蟹一	祖才
21	1正		14	欸	案	哉	影	陰平	開	一該	平去兩讀		影平開咍蟹一	烏開	影開1	烏旰	精平開咍蟹一	祖才
24	1正		15	埃	案	哉	影	陰平	開	一該			影平開咍蟹一	烏開	影開1	烏旰	精平開咍蟹一	祖才
25	1正	3	16	**改**	漢	該	曉	陰平	開	一該			曉平開咍蟹一	呼來	曉開1	呼旰	見平開咍蟹一	古哀
26	1正	4	17	台	坦	哉	透	陰平	開	一該	兩讀異義		透平開咍蟹一	土來	透開1	他但	精平開咍蟹一	祖才
28	1正		18	**胎**	坦	哉	透	陰平	開	一該			透平開咍蟹一	土來	透開1	他但	精平開咍蟹一	祖才
29	1正		19	邰	坦	哉	透	陰平	開	一該			透平開咍蟹一	土來	透開1	他但	精平開咍蟹一	祖才
30	1正	5	20	𢦏	贊	該	井	陰平	開	一該			精平開咍蟹一	祖才	精開1	則旰	見平開咍蟹一	古哀
31	1正		21	**哉**	贊	該	井	陰平	開	一該			精平開咍蟹一	祖才	精開1	則旰	見平開咍蟹一	古哀
32	1正		22	渽*	贊	該	井	陰平	開	一該			精平開咍蟹一	將來	精開1	則旰	見平開咍蟹一	古哀
33	1正		23	栽	贊	該	井	陰平	開	一該			精平開咍蟹一	祖才	精開1	則旰	見平開咍蟹一	古哀
34	1正		24	巛	贊	該	井	陰平	開	一該			精平開咍蟹一	祖才	精開1	則旰	見平開咍蟹一	古哀
35	1正	6	25	**䞗**	粲	哉	淨	陰平	開	一該			清平開咍蟹一	倉才	清開1	蒼案	精平開咍蟹一	祖才

韻字編號	部序	組數	字數	韻字及何氏反切			韻字何氏音				何萱注釋	備　注	韻字中古音		上字中古音		下字中古音	
				韻字	上字	下字	聲	調	呼	韻部			聲調呼韻攝等	反切	聲呼等	反切	聲調呼韻攝等	反切
36	1正		26	偲	粲	哉	淨	陰平	開	一該			清平開咍蟹一	倉才	清開1	蒼案	精平開咍蟹一	祖才
38	1正	7	27	鰓	散	哉	信	陰平	開	一該			心平開咍蟹一	蘇來	心開1	蘇旱	精平開咍蟹一	祖才
39	1正	8	28	棓	保	哉	謗	陰平	開	一該			幫平合灰蟹一	布回	幫開1	博抱	精平開咍蟹一	祖才
40	1正	9	29	胚	抱	哉	並	陰平	開	一該			滂平合灰蟹一	芳杯	並開1	薄浩	精平開咍蟹一	祖才
42	1正		30	衃	抱	哉	並	陰平	開	一該			滂平合灰蟹一	芳杯	並開1	薄浩	精平開咍蟹一	祖才
44	1正		31	坏	抱	哉	並	陰平	開	一該		實坯字。取坯廣韻音	滂平合灰蟹一	芳杯	並開1	薄浩	精平開咍蟹一	祖才
45	1正	10	32	咳	漢	材	曉	陽平	開	一該			匣平開咍蟹一	戶來	曉開1	呼旰	從平開咍蟹一	昨哉
46	1正		33	孩	漢	材	曉	陽平	開	一該			匣平開咍蟹一	戶來	曉開1	呼旰	從平開咍蟹一	昨哉
47	1正		34	骸	漢	材	曉	陽平	開	一該			匣平開皆蟹二	戶皆	曉開1	呼旰	從平開咍蟹一	昨哉
48	1正		35	趩	漢	材	曉	陽平	開	一該			匣平開咍蟹一	戶來	曉開1	呼旰	從平開咍蟹一	昨哉
49	1正	11	36	臺	坦	來	透	陽平	開	一該			定平開咍蟹一	徒哀	透開1	他但	來平開咍蟹一	落哀
50	1正		37	嬯	坦	來	透	陽平	開	一該			定平開咍蟹一	徒哀	透開1	他但	來平開咍蟹一	落哀
51	1正		38	炱	坦	來	透	陽平	開	一該			定平開咍蟹一	徒哀	透開1	他但	來平開咍蟹一	落哀
52	1正		39	駘	坦	來	透	陽平	開	一該	平上兩讀		定平開咍蟹一	徒哀	透開1	他但	來平開咍蟹一	落哀
54	1正		40	鮐	坦	來	透	陽平	開	一該	重見		透平開咍蟹一	土來	透開1	他但	來平開咍蟹一	落哀
58	1正		41	篙	坦	來	透	陽平	開	一該			定平開咍蟹一	徒哀	透開1	他但	來平開咍蟹一	落哀
62	1正		42	菭	坦	來	透	陽平	開	一該			定平開咍蟹一	徒哀	透開1	他但	來平開咍蟹一	落哀
63	1正	12	43	能	曩	來	乃	陽平	開	一該			泥平開咍蟹一	奴來	泥開1	奴朗	來平開咍蟹一	落哀
67	1正	13	44	來	朗	材	賚	陽平	開	一該			來平開咍蟹一	落哀	來開1	盧黨	從平開咍蟹一	昨哉
68	1正		45	秾	朗	材	賚	陽平	開	一該			來平開咍蟹一	落哀	來開1	盧黨	從平開咍蟹一	昨哉
69	1正		46	萊	朗	材	賚	陽平	開	一該			來平開咍蟹一	落哀	來開1	盧黨	從平開咍蟹一	昨哉
70	1正		47	韭	朗	材	賚	陽平	開	一該			來平開咍蟹一	落哀	來開1	盧黨	從平開咍蟹一	昨哉
71	1正		48	籟	朗	材	賚	陽平	開	一該			來平開咍蟹一	落哀	來開1	盧黨	從平開咍蟹一	昨哉
72	1正		49	淶	朗	材	賚	陽平	開	一該			來平開咍蟹一	落哀	來開1	盧黨	從平開咍蟹一	昨哉
73	1正		50	騋	朗	材	賚	陽平	開	一該			來平開咍蟹一	落哀	來開1	盧黨	從平開咍蟹一	昨哉
74	1正	14	51	豺	秩	來	助	陽平	開	一該			崇平開皆蟹二	士皆	澄開3	直一	來平開咍蟹一	落哀

韻字編號	部序	組數	字數	韻字及何氏反切			韻字何氏音				何萱注釋	備　注	韻字中古音		上字中古音		下字中古音	
				韻字	上字	下字	聲	調	呼	韻部			聲調呼韻攝等	反切	聲呼等	反切	聲調呼韻攝等	反切
75	1正	15	52	裁	粲	來	淨	陽平	開	一該			從平開咍蟹一	昨哉	清開1	蒼案	來平開咍蟹一	落哀
77	1正		53	才	粲	來	淨	陽平	開	一該			從平開咍蟹一	昨哉	清開1	蒼案	來平開咍蟹一	落哀
78	1正		54	材	粲	來	淨	陽平	開	一該			從平開咍蟹一	昨哉	清開1	蒼案	來平開咍蟹一	落哀
79	1正		55	財	粲	來	淨	陽平	開	一該			從平開咍蟹一	昨哉	清開1	蒼案	來平開咍蟹一	落哀
80	1正		56	尌	粲	來	淨	陽平	開	一該			從平開咍蟹一	昨哉	清開1	蒼案	來平開咍蟹一	落哀
82	1正	16	57	碩	抱	來	並	陽平	開	一該		表中作碽	並平合灰蟹一	薄回	並開1	薄浩	來平開咍蟹一	落哀
83	1正		58	郙	抱	來	並	陽平	開	一該	一部平六部上兩讀異義		並平合灰蟹一	薄回	並開1	薄浩	來平開咍蟹一	落哀
85	1正	17	59	禖	莫	來	命	陽平	開	一該			明平合灰蟹一	莫杯	明開1	慕各	來平開咍蟹一	落哀
86	1正		60	媒	莫	來	命	陽平	開	一該			明平合灰蟹一	莫杯	明開1	慕各	來平開咍蟹一	落哀
87	1正		61	脢	莫	來	命	陽平	開	一該			明平合灰蟹一	莫杯	明開1	慕各	來平開咍蟹一	落哀
89	1正		62	某 g*	莫	來	命	陽平	開	一該	平上兩讀		明平合灰蟹一	謨杯	明開1	慕各	來平開咍蟹一	落哀
91	1正		63	梅	莫	來	命	陽平	開	一該			明平合灰蟹一	莫杯	明開1	慕各	來平開咍蟹一	落哀
95	1正		64	每 g*	莫	來	命	陽平	開	一該	平上兩讀	表中作苺，廣集無	明平合灰蟹一	謨杯	明開1	慕各	來平開咍蟹一	落哀
97	1正		65	脢	莫	來	命	陽平	開	一該			明平合灰蟹一	莫杯	明開1	慕各	來平開咍蟹一	落哀
99	1正		66	䍙	莫	來	命	陽平	開	一該			明平合灰蟹一	莫杯	明開1	慕各	來平開咍蟹一	落哀
102	1正		67	鋂	莫	來	命	陽平	開	一該			明平合灰蟹一	莫杯	明開1	慕各	來平開咍蟹一	落哀
103	1正		68	霾	莫	來	命	陽平	開	一該			明平開皆蟹二	莫皆	明開1	慕各	來平開咍蟹一	落哀
104	1正		69	薶	莫	來	命	陽平	開	一該			明平開皆蟹二	莫皆	明開1	慕各	來平開咍蟹一	落哀
105	1正	18	70	絓	古	恇	見	陰平	合	二絓			見去合皆蟹二	古壞	見合1	公戶	溪平合灰蟹一	苦回
106	1正	19	71	恇	苦	絓	起	陰平	合	二絓			溪平合灰蟹一	苦回	溪合1	康杜	見去合皆蟹二	古壞
108	1正	20	72	蛕	胡	恇	曉	陽平	合	二絓			匣平合灰蟹一	戶恢	匣合1	戶吳	溪平合灰蟹一	苦回
109	1正	21	73	姬	竟	熙	見	陰平	齊	三姬			見平開之止三	居之	見開3	居慶	曉平開之止三	許其
110	1正		74	笸	竟	熙	見	陰平	齊	三姬			見平開之止三	居之	見開3	居慶	曉平開之止三	許其
111	1正		75	丌*	竟	熙	見	陰平	齊	三姬			見平開之止三	居之	見開3	居慶	曉平開之止三	許其
112	1正		76	箕	竟	熙	見	陰平	齊	三姬	箕籀文其，其兩讀異義	與其異讀	見平開之止三	居之	見開3	居慶	曉平開之止三	許其

韻字編號	部序	組數	字數	韻字及何氏反切			韻字何氏音				何萱注釋	備注	韻字中古音		上字中古音		下字中古音	
				韻字	上字	下字	聲	調	呼	韻部			聲調呼韻攝等	反切	聲呼等	反切	聲調呼韻攝等	反切
113	1 正		77	稘	竟	熙	見	陰平	齊	三姬			見平開之止三	居之	見開 3	居慶	曉平開之止三	許其
114	1 正		78	基	竟	熙	見	陰平	齊	三姬			見平開之止三	居之	見開 3	居慶	曉平開之止三	許其
115	1 正		79	龜	竟	熙	見	陰平	齊	三姬			見平合脂止重三	居追	見開 3	居慶	曉平開之止三	許其
117	1 正	22	80	**欺**	儉	基	起	陰平	齊	三姬			溪平開之止三	去其	群開重 3	巨險	見平開之止三	居之
118	1 正		81	諆	儉	基	起	陰平	齊	三姬			見平開之止三	居之	群開重 3	巨險	見平開之止三	居之
119	1 正		82	**䫏**	儉	基	起	陰平	齊	三姬			溪平開之止三	去其	群開重 3	巨險	見平開之止三	居之
120	1 正		83	娸	儉	基	起	陰平	齊	三姬			溪平開之止三	去其	群開重 3	巨險	見平開之止三	居之
121	1 正		84	僛	儉	基	起	陰平	齊	三姬			溪平開之止三	去其	群開重 3	巨險	見平開之止三	居之
122	1 正		85	北	儉	基	起	陰平	齊	三姬			溪平開尤流三	去鳩	群開重 3	巨險	見平開之止三	居之
123	1 正		86	邱	儉	基	起	陰平	齊	三姬			溪平開尤流三	去鳩	群開重 3	巨險	見平開之止三	居之
124	1 正	23	87	**噫**	隱	基	影	陰平	齊	三姬	平去兩讀注在彼		影平開之止三	於其	影開 3	於謹	見平開之止三	居之
126	1 正	24	88	**熙**	向	基	曉	陰平	齊	三姬			曉平開之止三	許其	曉開 3	許亮	見平開之止三	居之
128	1 正		89	婜	向	基	曉	陰平	齊	三姬			曉平開之止三	許其	曉開 3	許亮	見平開之止三	居之
129	1 正		90	[illegible]	向	基	曉	陰平	齊	三姬			曉平開之止三	許其	曉開 3	許亮	見平開之止三	居之
130	1 正		91	蟗	向	基	曉	陰平	齊	三姬	平入兩讀		曉入開職曾三	許極	曉開 3	許亮	見平開之止三	居之
131	1 正		92	毐	向	基	曉	陰平	齊	三姬		表中作毒。韻字字形疑有誤	影平開咍蟹一	烏開	曉開 3	許亮	見平開之止三	居之
133	1 正		93	娭	向	基	曉	陰平	齊	三姬			曉平開之止三	許其	曉開 3	許亮	見平開之止三	居之
134	1 正		94	誒	向	基	曉	陰平	齊	三姬			曉平開之止三	許其	曉開 3	許亮	見平開之止三	居之
135	1 正		95	暿	向	基	曉	陰平	齊	三姬			曉平開之止三	許其	曉開 3	許亮	見平開之止三	居之
136	1 正		96	歖	向	基	曉	陰平	齊	三姬			曉平開之止三	許其	曉開 3	許亮	見平開之止三	居之
137	1 正		97	譆	向	基	曉	陰平	齊	三姬			曉平開之止三	許其	曉開 3	許亮	見平開之止三	居之
138	1 正		98	僖	向	基	曉	陰平	齊	三姬			曉平開之止三	許其	曉開 3	許亮	見平開之止三	居之
139	1 正		99	禧	向	基	曉	陰平	齊	三姬			曉平開之止三	許其	曉開 3	許亮	見平開之止三	居之
140	1 正		100	熹	向	基	曉	陰平	齊	三姬			曉平開之止三	許其	曉開 3	許亮	見平開之止三	居之
141	1 正	25	101	**㞢**	軫	基	照	陰平	齊	三姬			章平開之止三	止而	章開 3	章忍	見平開之止三	居之
142	1 正		102	芝	軫	基	照	陰平	齊	三姬			章平開之止三	止而	章開 3	章忍	見平開之止三	居之

韻字編號	部序	組數	字數	韻字及何氏反切			韻字何氏音				何萱注釋	備　注	韻字中古音		上字中古音		下字中古音	
				韻字	上字	下字	聲	調	呼	韻部			聲調呼韻攝等	反切	聲呼等	反切	聲調呼韻攝等	反切
143	1 正		103	甾*	軫	基	照	陰平	齊	三姬			莊平開之止三	莊持	章開 3	章忍	見平開之止三	居之
144	1 正		104	甾	軫	基	照	陰平	齊	三姬			莊平開之止三	側持	章開 3	章忍	見平開之止三	居之
145	1 正		105	緇	軫	基	照	陰平	齊	三姬			莊平開之止三	側持	章開 3	章忍	見平開之止三	居之
147	1 正		106	輜	軫	基	照	陰平	齊	三姬			莊平開之止三	側持	章開 3	章忍	見平開之止三	居之
148	1 正		107	錙	軫	基	照	陰平	齊	三姬			莊平開之止三	側持	章開 3	章忍	見平開之止三	居之
149	1 正	26	108	癡	寵	熙	助	陰平	齊	三姬			徹平開之止三	丑之	徹合 3	丑隴	曉平開之止三	許其
150	1 正		109	蚩	寵	熙	助	陰平	齊	三姬			昌平開之止三	赤之	徹合 3	丑隴	曉平開之止三	許其
151	1 正		110	欪	寵	熙	助	陰平	齊	三姬			曉平開之止三	許其	徹合 3	丑隴	曉平開之止三	許其
152	1 正		111	笞	寵	熙	助	陰平	齊	三姬			徹平開之止三	丑之	徹合 3	丑隴	曉平開之止三	許其
154	1 正		112	齝	寵	熙	助	陰平	齊	三姬			徹平開之止三	丑之	徹合 3	丑隴	曉平開之止三	許其
155	1 正	27	113	詩	哂	基	審	陰平	齊	三姬			書平開之止三	書之	書開 3	式忍	見平開之止三	居之
156	1 正		114	邿	哂	基	審	陰平	齊	三姬			書平開之止三	書之	書開 3	式忍	見平開之止三	居之
157	1 正	28	115	茲	甑	熙	井	陰平	齊	三姬			精平開之止三	子之	精開 3	子孕	曉平開之止三	許其
158	1 正		116	滋	甑	熙	井	陰平	齊	三姬			精平開之止三	子之	精開 3	子孕	曉平開之止三	許其
159	1 正		117	孳	甑	熙	井	陰平	齊	三姬	平去兩讀		精平開之止三	子之	精開 3	子孕	曉平開之止三	許其
161	1 正		118	嗞	甑	熙	井	陰平	齊	三姬			精平開之止三	子之	精開 3	子孕	曉平開之止三	許其
162	1 正		119	鶿	甑	熙	井	陰平	齊	三姬			精平開之止三	子之	精開 3	子孕	曉平開之止三	許其
164	1 正		120	孜	甑	熙	井	陰平	齊	三姬			精平開之止三	子之	精開 3	子孕	曉平開之止三	許其
165	1 正		121	仔	甑	熙	井	陰平	齊	三姬			精平開之止三	子之	精開 3	子孕	曉平開之止三	許其
167	1 正	29	122	絲	想	基	信	陰平	齊	三姬			心平開之止三	息兹	心開 3	息兩	見平開之止三	居之
168	1 正		123	思	想	基	信	陰平	齊	三姬			心平開之止三	息兹	心開 3	息兩	見平開之止三	居之
170	1 正		124	緦	想	基	信	陰平	齊	三姬			心平開之止三	息兹	心開 3	息兩	見平開之止三	居之
171	1 正		125	司	想	基	信	陰平	齊	三姬	平去兩讀		心平開之止三	息兹	心開 3	息兩	見平開之止三	居之
174	1 正		126	獄	想	基	信	陰平	齊	三姬			心平開之止三	息兹	心開 3	息兩	見平開之止三	居之
175	1 正	30	127	丕	品	熙	並	陰平	齊	三姬			滂平開脂止重三	敷悲	滂開重 3	丕飲	曉平開之止三	許其
176	1 正		128	伾	品	熙	並	陰平	齊	三姬			滂平開脂止重三	敷悲	滂開重 3	丕飲	曉平開之止三	許其
177	1 正		129	邳	品	熙	並	陰平	齊	三姬			並平開脂止重三	符悲	滂開重 3	丕飲	曉平開之止三	許其

韻字編號	部序	組數	字數	韻字及何氏反切			韻字何氏音				何萱注釋	備　注	韻字中古音		上字中古音		下字中古音	
				韻字	上字	下字	聲	調	呼	韻部			聲調呼韻攝等	反切	聲呼等	反切	聲調呼韻攝等	反切
178	1 正		130	秠	品	熙	並	陰平	齊	三姬			滂平開脂止重三	敷悲	滂開重 3	丕飲	曉平開之止三	許其
182	1 正		131	駓*	品	熙	並	陰平	齊	三姬			滂平開脂止重三	攀悲	滂開重 3	丕飲	曉平開之止三	許其
185	1 正		132	魾	品	熙	並	陰平	齊	三姬			滂平開脂止重三	敷悲	滂開重 3	丕飲	曉平開之止三	許其
186	1 正		133	髬	品	熙	並	陰平	齊	三姬	或作髬		滂平開脂止重三	敷悲	滂開重 3	丕飲	曉平開之止三	許其
187	1 正		134	紑	品	熙	並	陰平	齊	三姬			滂平開尤流三	匹尤	滂開重 3	丕飲	曉平開之止三	許其
190	1 正	31	135	其	儉	怡	起	陽平	齊	三姬	兩讀異義	與箕異讀	群平開之止三	渠之	群開重 3	巨險	以平開之止三	與之
192	1 正		136	期	儉	怡	起	陽平	齊	三姬			群平開之止三	渠之	群開重 3	巨險	以平開之止三	與之
193	1 正		137	祺	儉	怡	起	陽平	齊	三姬			群平開之止三	渠之	群開重 3	巨險	以平開之止三	與之
194	1 正		138	旗	儉	怡	起	陽平	齊	三姬			群平開之止三	渠之	群開重 3	巨險	以平開之止三	與之
195	1 正		139	萁	儉	怡	起	陽平	齊	三姬	或作惎諆平去兩讀		群平開之止三	渠之	群開重 3	巨險	以平開之止三	與之
197	1 正		140	鯕	儉	怡	起	陽平	齊	三姬			群平開之止三	渠之	群開重 3	巨險	以平開之止三	與之
198	1 正		141	騏	儉	怡	起	陽平	齊	三姬			群平開之止三	渠之	群開重 3	巨險	以平開之止三	與之
199	1 正		142	**麒**	儉	怡	起	陽平	齊	三姬			群平開之止三	渠之	群開重 3	巨險	以平開之止三	與之
200	1 正		143	畁	儉	怡	起	陽平	齊	三姬	平去兩讀異義		群平開之止三	渠之	群開重 3	巨險	以平開之止三	與之
202	1 正		144	綨*	儉	怡	起	陽平	齊	三姬			群平開之止三	渠之	群開重 3	巨險	以平開之止三	與之
203	1 正		145	璂	儉	怡	起	陽平	齊	三姬			群平開之止三	渠之	群開重 3	巨險	以平開之止三	與之
204	1 正		146	藄	儉	怡	起	陽平	齊	三姬			群平開之止三	渠之	群開重 3	巨險	以平開之止三	與之
205	1 正		147	綦	儉	怡	起	陽平	齊	三姬			群平開之止三	渠之	群開重 3	巨險	以平開之止三	與之
206	1 正		148	淇	儉	怡	起	陽平	齊	三姬			群平開之止三	渠之	群開重 3	巨險	以平開之止三	與之
207	1 正		149	裘	儉	怡	起	陽平	齊	三姬	萱按：古文求在三部加衣為裘則在一部		群平開尤流三	巨鳩	群開重 3	巨險	以平開之止三	與之
208	1 正	32	150	頤	隱	淇	影	陽平	齊	三姬			以平開之止三	與之	影開 3	於謹	群平開之止三	渠之
209	1 正		151	配	隱	淇	影	陽平	齊	三姬	古文戺，戺平上兩讀異義	與戺異讀	以平開之止三	與之	影開 3	於謹	群平開之止三	渠之
210	1 正		152	**瑿**	隱	淇	影	陽平	齊	三姬			以平開之止三	與之	影開 3	於謹	群平開之止三	渠之

韻字編號	部序	組數	字數	韻字及何氏反切			韻字何氏音				何萱注釋	備注	韻字中古音		上字中古音		下字中古音	
				韻字	上字	下字	聲	調	呼	韻部			聲調呼韻攝等	反切	聲呼等	反切	聲調呼韻攝等	反切
211	1正		153	宧	隱	淇	影	陽平	齊	三姬			以平開之止三	與之	影開3	於謹	群平開之止三	渠之
212	1正		154	圯	隱	淇	影	陽平	齊	三姬			以平開之止三	與之	影開3	於謹	群平開之止三	渠之
213	1正		155	尤	隱	淇	影	陽平	齊	三姬			云平開尤流三	羽求	影開3	於謹	群平開之止三	渠之
214	1正		156	訧	隱	淇	影	陽平	齊	三姬			云平開尤流三	羽求	影開3	於謹	群平開之止三	渠之
215	1正		157	肬	隱	淇	影	陽平	齊	三姬			云平開尤流三	羽求	影開3	於謹	群平開之止三	渠之
216	1正		158	沋	隱	淇	影	陽平	齊	三姬			云平開尤流三	羽求	影開3	於謹	群平開之止三	渠之
217	1正		159	台	隱	淇	影	陽平	齊	三姬	兩讀異義		以平開之止三	與之	影開3	於謹	群平開之止三	渠之
219	1正		160	**怡**	隱	淇	影	陽平	齊	三姬			以平開之止三	與之	影開3	於謹	群平開之止三	渠之
220	1正		161	飴	隱	淇	影	陽平	齊	三姬			以平開之止三	與之	影開3	於謹	群平開之止三	渠之
221	1正		162	詒	隱	淇	影	陽平	齊	三姬	平上兩讀異義		以平開之止三	與之	影開3	於謹	群平開之止三	渠之
223	1正		163	瓵	隱	淇	影	陽平	齊	三姬			以平開之止三	與之	影開3	於謹	群平開之止三	渠之
226	1正		164	鮐 g*	隱	淇	影	陽平	齊	三姬	兩讀注在後		以平開之止三	盈之	影開3	於謹	群平開之止三	渠之
228	1正	33	165	慸	亮	怡	賚	陽平	齊	三姬			來平開之止三	里之	來開3	力讓	以平開之止三	與之
229	1正		166	嫠	亮	怡	賚	陽平	齊	三姬			來平開之止三	里之	來開3	力讓	以平開之止三	與之
230	1正		167	氂	亮	怡	賚	陽平	齊	三姬			來平開之止三	里之	來開3	力讓	以平開之止三	與之
231	1正		168	**釐**	亮	怡	賚	陽平	齊	三姬			來平開之止三	里之	來開3	力讓	以平開之止三	與之
232	1正		169	犛	亮	怡	賚	陽平	齊	三姬			來平開之止三	里之	來開3	力讓	以平開之止三	與之
233	1正		170	犛	亮	怡	賚	陽平	齊	三姬			來平開之止三	里之	來開3	力讓	以平開之止三	與之
235	1正		171	斄	亮	怡	賚	陽平	齊	三姬	一部二部兩讀	缺2部，增	來平開之止三	里之	來開3	力讓	以平開之止三	與之
238	1正		172	貍	亮	怡	賚	陽平	齊	三姬			來平開之止三	里之	來開3	力讓	以平開之止三	與之
239	1正		173	菫 g*	亮	怡	賚	陽平	齊	三姬			來平開之止三	陵之	來開3	力讓	以平開之止三	與之
242	1正	34	174	**持**	寵	怡	助	陽平	齊	三姬			澄平開之止三	直之	徹合3	丑隴	以平開之止三	與之
244	1正		175	峙 g*	寵	怡	助	陽平	齊	三姬	平上兩讀異義		澄平開支止三	陳知	徹合3	丑隴	以平開之止三	與之
246	1正		176	治	寵	怡	助	陽平	齊	三姬			澄平開之止三	直之	徹合3	丑隴	以平開之止三	與之
249	1正		177	漦	寵	怡	助	陽平	齊	三姬			崇平開之止三	俟甾	徹合3	丑隴	以平開之止三	與之
251	1正		178	茬	寵	怡	助	陽平	齊	三姬			崇平開之止三	士之	徹合3	丑隴	以平開之止三	與之
252	1正	35	179	**而**	攘	怡	耳	陽平	齊	三姬			日平開之止三	如之	日開3	人漾	以平開之止三	與之

韻字編號	部序	組數	字數	韻字及何氏反切			韻字何氏音				何萱注釋	備注	韻字中古音		上字中古音		下字中古音	
				韻字	上字	下字	聲	調	呼	韻部			聲調呼韻攝等	反切	聲呼等	反切	聲調呼韻攝等	反切
253	1 正		180	耏	攘	怡	耳	陽平	齊	三姬	或耐。耐平去兩讀異義	與耐異讀	日平開之止三	如之	日開 3	人漾	以平開之止三	與之
255	1 正		181	洏	攘	怡	耳	陽平	齊	三姬			日平開之止三	如之	日開 3	人漾	以平開之止三	與之
256	1 正		182	胹	攘	怡	耳	陽平	齊	三姬			日平開之止三	如之	日開 3	人漾	以平開之止三	與之
257	1 正		183	鮞	攘	怡	耳	陽平	齊	三姬			日平開之止三	如之	日開 3	人漾	以平開之止三	與之
259	1 正		184	輀	攘	怡	耳	陽平	齊	三姬			日平開之止三	如之	日開 3	人漾	以平開之止三	與之
260	1 正		185	栭	攘	怡	耳	陽平	齊	三姬			日平開之止三	如之	日開 3	人漾	以平開之止三	與之
261	1 正		186	莥*	攘	怡	耳	陽平	齊	三姬			日平開之止三	人之	日開 3	人漾	以平開之止三	與之
263	1 正	36	187	**時**	哂	怡	審	陽平	齊	三姬			禪平開之止三	市之	書開 3	式忍	以平開之止三	與之
264	1 正		188	塒	哂	怡	審	陽平	齊	三姬			禪平開之止三	市之	書開 3	式忍	以平開之止三	與之
265	1 正		189	蚩	哂	怡	審	陽平	齊	三姬			昌平開之止三	赤之	書開 3	式忍	以平開之止三	與之
266	1 正	37	190	**慈**	淺	怡	淨	陽平	齊	三姬			從平開之止三	疾之	清開 3	七演	以平開之止三	與之
267	1 正		191	鶿	淺	怡	淨	陽平	齊	三姬			從平開之止三	疾之	清開 3	七演	以平開之止三	與之
269	1 正	38	192	**疑**	仰	怡	我	陽平	齊	三姬			疑平開之止三	語其	疑開 3	魚兩	以平開之止三	與之
270	1 正		193	嶷	仰	怡	我	陽平	齊	三姬	平入兩讀異義		疑平開之止三	語其	疑開 3	魚兩	以平開之止三	與之
272	1 正		194	牛	仰	怡	我	陽平	齊	三姬			疑平開尤流三	語求	疑開 3	魚兩	以平開之止三	與之
273	1 正	39	195	**祠**	想	怡	信	陽平	齊	三姬			邪平開之止三	似茲	心開 3	息兩	以平開之止三	與之
274	1 正		196	詞	想	怡	信	陽平	齊	三姬	詈或作詞		邪平開之止三	似茲	心開 3	息兩	以平開之止三	與之
275	1 正		197	辭	想	怡	信	陽平	齊	三姬			邪平開之止三	似茲	心開 3	息兩	以平開之止三	與之
276	1 正		198	辤	想	怡	信	陽平	齊	三姬			邪平開之止三	似茲	心開 3	息兩	以平開之止三	與之
277	1 正	40	199	**謀**	面	怡	命	陽平	齊	三姬			明平開尤流三	莫浮	明開重 4	彌箭	以平開之止三	與之
278	1 正	41	200	**罦***	范	怡	匪	陽平	齊	三姬			奉平開尤流三	房尤	奉合 3	防錽	以平開之止三	與之
280	1 正		201	芣	范	怡	匪	陽平	齊	三姬			奉平開尤流三	縛謀	奉合 3	防錽	以平開之止三	與之
281	1 正	42	202	**改**	艮	乃	見	上	開	一改			見上開咍蟹一	古亥	見開 1	古恨	泥上開咍蟹一	奴亥
282	1 正		203	絠	艮	乃	見	上	開	一改	兩讀義在彼		見上開咍蟹一	古亥	見開 1	古恨	泥上開咍蟹一	奴亥
285	1 正	43	204	**冃 g***	口	乃	起	上	開	一改			溪上開咍蟹一	可亥	溪開 1	苦后	泥上開咍蟹一	奴亥
287	1 正	44	205	佁	案	海	影	上	開	一改			以上開咍蟹一	夷在	影開 1	烏旰	曉上開咍蟹一	呼改

韻字編號	部序	組數	字數	韻字及何氏反切			韻字何氏音				何萱注釋	備　注	韻字中古音		上字中古音		下字中古音	
				韻字	上字	下字	聲	調	呼	韻部			聲調呼韻攝等	反切	聲呼等	反切	聲調呼韻攝等	反切
290	1 正		206	**挨**	案	海	影	上	開	一改			影上開咍蟹一	於改	影開 1	烏旰	曉上開咍蟹一	呼改
291	1 正		207	絠 g*	案	海	影	上	開	一改	重見		影上開咍蟹一	倚亥	影開 1	烏旰	曉上開咍蟹一	呼改
294	1 正	45	208	**海**	漢	乃	曉	上	開	一改			曉上開咍蟹一	呼改	曉開 1	呼旰	泥上開咍蟹一	奴亥
295	1 正		209	亥	漢	乃	曉	上	開	一改			匣上開咍蟹一	胡改	曉開 1	呼旰	泥上開咍蟹一	奴亥
296	1 正		210	駭	漢	乃	曉	上	開	一改			匣上開皆蟹二	侯楷	曉開 1	呼旰	泥上開咍蟹一	奴亥
297	1 正		211	醢	漢	乃	曉	上	開	一改			曉上開咍蟹一	呼改	曉開 1	呼旰	泥上開咍蟹一	奴亥
298	1 正	46	212	**等**	到	乃	短	上	開	一改			端上開咍蟹一	多改	端開 1	都導	泥上開咍蟹一	奴亥
300	1 正	47	213	待	坦	乃	透	上	開	一改			定上開咍蟹一	徒亥	透開 1	他但	泥上開咍蟹一	奴亥
301	1 正		214	怠	坦	乃	透	上	開	一改			定上開咍蟹一	徒亥	透開 1	他但	泥上開咍蟹一	奴亥
302	1 正		215	**殆**	坦	乃	透	上	開	一改			定上開咍蟹一	徒亥	透開 1	他但	泥上開咍蟹一	奴亥
303	1 正		216	紿	坦	乃	透	上	開	一改			定上開咍蟹一	徒亥	透開 1	他但	泥上開咍蟹一	奴亥
305	1 正		217	詒	坦	乃	透	上	開	一改	平上兩讀異義		定上開咍蟹一	徒亥	透開 1	他但	泥上開咍蟹一	奴亥
307	1 正		218	駘	坦	乃	透	上	開	一改	平上兩讀注在彼		定上開咍蟹一	徒亥	透開 1	他但	泥上開咍蟹一	奴亥
308	1 正	48	219	**乃**	曩	海	乃	上	開	一改	乛隸作乃		泥上開咍蟹一	奴亥	泥開 1	奴朗	曉上開咍蟹一	呼改
309	1 正		220	鹵	曩	海	乃	上	開	一改	鹵隸作廼。一部上六部平義同又十三部平義異凡三見。萱按：前義見十三部讀若瞷瞷	前義為驚聲，后義為往。據十三部何注，此處應讀乃。取乃廣韻音	泥上開咍蟹一	奴亥	泥開 1	奴朗	曉上開咍蟹一	呼改
311	1 正	49	221	**茝**	秩	海	助	上	開	一改			昌上開咍蟹一	昌紿	澄開 3	直一	曉上開咍蟹一	呼改
312	1 正	50	222	**宰**	贊	乃	井	上	開	一改			精上開咍蟹一	作亥	精開 1	則旰	泥上開咍蟹一	奴亥
313	1 正		223	**䔂**	贊	乃	井	上	開	一改			莊上開之止三	阻史	精開 1	則旰	泥上開咍蟹一	奴亥
314	1 正	51	224	**采**	粲	乃	淨	上	開	一改			清上開咍蟹一	倉宰	清開 1	蒼案	泥上開咍蟹一	奴亥
316	1 正		225	**倸**	粲	乃	淨	上	開	一改			清上開咍蟹一	倉宰	清開 1	蒼案	泥上開咍蟹一	奴亥
317	1 正	52	226	**䵋**	罋	悔	影	上	合	二痏		下字原做海，誤，據副編改	云上合脂止三	榮美	影合 1	烏貢	曉上合灰蟹一	呼罪
319	1 正		227	**痏**	罋	悔	影	上	合	二痏			云上合脂止三	榮美	影合 1	烏貢	曉上合灰蟹一	呼罪

韻字編號	部序	組數	字數	韻字及何氏反切			韻字何氏音				何萱注釋	備注	韻字中古音		上字中古音		下字中古音	
				韻字	上字	下字	聲	調	呼	韻部			聲調呼韻攝等	反切	聲呼等	反切	聲調呼韻攝等	反切
320	1正		228	洧	讔	悔	影	上	合	二痏			云上合脂止三	榮美	影合1	烏貢	曉上合灰蟹一	呼罪
321	1正		229	鮪	讔	悔	影	上	合	二痏			云上合脂止三	榮美	影合1	烏貢	曉上合灰蟹一	呼罪
322	1正	53	230	**悔**	戶	洧	曉	上	合	二痏			曉上合灰蟹一	呼罪	匣合1	侯古	云上合脂止三	榮美
324	1正		231	賄	戶	洧	曉	上	合	二痏			曉上合灰蟹一	呼罪	匣合1	侯古	云上合脂止三	榮美
325	1正	54	232	己	竟	喜	見	上	齊	三紀			見上開之止三	居理	見開3	居慶	曉上開之止三	虛里
326	1正		233	**纪**	竟	喜	見	上	齊	三紀			見上開之止三	居理	見開3	居慶	曉上開之止三	虛里
328	1正		234	邔*	竟	喜	見	上	齊	三紀			邪上開之止三	象齒	見開3	居慶	曉上開之止三	虛里
329	1正		235	改	竟	喜	見	上	齊	三紀			見上開之止三	居理	見開3	居慶	曉上開之止三	虛里
330	1正		236	妫	竟	喜	見	上	齊	三紀			見上開尤流三	舉有	見開3	居慶	曉上開之止三	虛里
331	1正		237	久	竟	喜	見	上	齊	三紀			見上開尤流三	舉有	見開3	居慶	曉上開之止三	虛里
332	1正		238	灸	竟	喜	見	上	齊	三紀			見上開尤流三	舉有	見開3	居慶	曉上開之止三	虛里
334	1正		239	玖	竟	喜	見	上	齊	三紀			見上開尤流三	舉有	見開3	居慶	曉上開之止三	虛里
335	1正	55	240	屺	儉	喜	起	上	齊	三紀			溪上開之止三	墟里	群開重3	巨險	曉上開之止三	虛里
336	1正		241	**杞**	儉	喜	起	上	齊	三紀			溪上開之止三	墟里	群開重3	巨險	曉上開之止三	虛里
337	1正		242	芑	儉	喜	起	上	齊	三紀			溪上開之止三	墟里	群開重3	巨險	曉上開之止三	虛里
338	1正		243	起	儉	喜	起	上	齊	三紀			溪上開之止三	墟里	群開重3	巨險	曉上開之止三	虛里
340	1正		244	**曩***	儉	喜	起	上	齊	三紀			溪上開之止三	口已	群開重3	巨險	曉上開之止三	虛里
341	1正		245	跽	儉	喜	起	上	齊	三紀			群上開脂止重三	暨几	群開重3	巨險	曉上開之止三	虛里
342	1正	56	246	**目**	隱	起	影	上	齊	三紀			以上開之止三	羊己	影開3	於謹	溪上開之止三	墟里
343	1正		247	苢	隱	起	影	上	齊	三紀			以上開之止三	羊己	影開3	於謹	溪上開之止三	墟里
344	1正		248	有	隱	起	影	上	齊	三紀			云上開尤流三	云久	影開3	於謹	溪上開之止三	墟里
345	1正		249	**盍**	隱	起	影	上	齊	三紀			云上開尤流三	云久	影開3	於謹	溪上開之止三	墟里
347	1正		250	友	隱	起	影	上	齊	三紀			云上開尤流三	云久	影開3	於謹	溪上開之止三	墟里
348	1正		251	巳g*	隱	起	影	上	齊	三紀	兩讀注在彼		溪上開之止三	口已	影開3	於謹	溪上開之止三	墟里
351	1正		252	改*	隱	起	影	上	齊	三紀			邪上開之止三	象齒	影開3	於謹	溪上開之止三	墟里
352	1正		253	**矣**	隱	起	影	上	齊	三紀			云上開之止三	于紀	影開3	於謹	溪上開之止三	墟里
353	1正	57	254	**喜**	向	起	曉	上	齊	三紀			曉上開之止三	虛里	曉開3	許亮	溪上開之止三	墟里

韻字編號	部序	組數	字數	韻字及何氏反切			韻字何氏音				何萱注釋	備注	韻字中古音		上字中古音		下字中古音	
				韻字	上字	下字	聲	調	呼	韻部			聲調呼韻攝等	反切	聲呼等	反切	聲調呼韻攝等	反切
355	1正	58	255	里	亮	喜	賚	上	齊	三紀			來上開之止三	良士	來開3	力讓	曉上開之止三	虛里
356	1正		256	理	亮	喜	賚	上	齊	三紀			來上開之止三	良士	來開3	力讓	曉上開之止三	虛里
357	1正		257	俚	亮	喜	賚	上	齊	三紀			來上開之止三	良士	來開3	力讓	曉上開之止三	虛里
358	1正		258	裏	亮	喜	賚	上	齊	三紀			來上開之止三	良士	來開3	力讓	曉上開之止三	虛里
359	1正		259	郢	亮	喜	賚	上	齊	三紀			來上開之止三	良士	來開3	力讓	曉上開之止三	虛里
360	1正		260	鯉	亮	喜	賚	上	齊	三紀			來上開之止三	良士	來開3	力讓	曉上開之止三	虛里
361	1正		261	李	亮	喜	賚	上	齊	三紀			來上開之止三	良士	來開3	力讓	曉上開之止三	虛里
362	1正	59	262	**止**	軫	起	照	上	齊	三紀			章上開之止三	諸市	章開3	章忍	溪上開之止三	墟里
363	1正		263	阯	軫	起	照	上	齊	三紀			章上開之止三	諸市	章開3	章忍	溪上開之止三	墟里
364	1正		264	沚	軫	起	照	上	齊	三紀			章上開之止三	諸市	章開3	章忍	溪上開之止三	墟里
365	1正		265	時	軫	起	照	上	齊	三紀			章上開之止三	諸市	章開3	章忍	溪上開之止三	墟里
369	1正		266	徵	軫	起	照	上	齊	三紀	一部上六部平兩讀義異		知上開之止三	陟里	章開3	章忍	溪上開之止三	墟里
370	1正		267	敱	軫	起	照	上	齊	三紀			知上開脂止三	豬几	章開3	章忍	溪上開之止三	墟里
371	1正		268	㚷*	軫	起	照	上	齊	三紀			莊上開之止三	壯士	章開3	章忍	溪上開之止三	墟里
372	1正		269	滓	軫	起	照	上	齊	三紀			莊上開之止三	阻史	章開3	章忍	溪上開之止三	墟里
373	1正	60	270	**齒**	寵	起	助	上	齊	三紀			昌上開之止三	昌里	徹合3	丑隴	溪上開之止三	墟里
374	1正		271	祉	寵	起	助	上	齊	三紀			徹上開之止三	敕里	徹合3	丑隴	溪上開之止三	墟里
375	1正		272	士	寵	起	助	上	齊	三紀			崇上開之止三	鉏里	徹合3	丑隴	溪上開之止三	墟里
376	1正		273	仕	寵	起	助	上	齊	三紀			崇上開之止三	鉏里	徹合3	丑隴	溪上開之止三	墟里
377	1正		274	涘	寵	起	助	上	齊	三紀			俟上開之止三	牀史	徹合3	丑隴	溪上開之止三	墟里
378	1正		275	竢	寵	起	助	上	齊	三紀			俟上開之止三	牀史	徹合3	丑隴	溪上開之止三	墟里
379	1正		276	俟	寵	起	助	上	齊	三紀			俟上開之止三	牀史	徹合3	丑隴	溪上開之止三	墟里
380	1正		277	騃	寵	起	助	上	齊	三紀			俟上開之止三	牀史	徹合3	丑隴	溪上開之止三	墟里
382	1正		278	涘	寵	起	助	上	齊	三紀			俟上開之止三	牀史	徹合3	丑隴	溪上開之止三	墟里
383	1正		279	澁	寵	起	助	上	齊	三紀			澄上開脂止三	直几	徹合3	丑隴	溪上開之止三	墟里
385	1正		280	洔	寵	起	助	上	齊	三紀			澄上開之止三	直里	徹合3	丑隴	溪上開之止三	墟里

韻字編號	部序	組數	字數	韻字及何氏反切			韻字何氏音				何萱注釋	備注	韻字中古音		上字中古音		下字中古音	
				韻字	上字	下字	聲	調	呼	韻部			聲調呼韻攝等	反切	聲呼等	反切	聲調呼韻攝等	反切
386	1 正		281	峙	寵	起	助	上	齊	三紀	平上兩讀異義	韻目作平去兩讀異義。正文作平上兩讀異義。韻目誤	澄上開之止三	直里	徹合 3	丑隴	溪上開之止三	墟里
389	1 正		282	偫	寵	起	助	上	齊	三紀			澄上開之止三	直里	徹合 3	丑隴	溪上開之止三	墟里
390	1 正		283	庤	寵	起	助	上	齊	三紀			澄上開之止三	直里	徹合 3	丑隴	溪上開之止三	墟里
391	1 正		284	痔	寵	起	助	上	齊	三紀			澄上開之止三	直里	徹合 3	丑隴	溪上開之止三	墟里
392	1 正		285	恥	寵	起	助	上	齊	三紀			徹上開之止三	敕里	徹合 3	丑隴	溪上開之止三	墟里
393	1 正		286	戺	寵	起	助	上	齊	三紀	平上兩讀義別	與配異讀	崇上開之止三	鉏里	徹合 3	丑隴	溪上開之止三	墟里
395	1 正	61	287	**耳**	攘	起	耳	上	齊	三紀			日上開之止三	而止	日開 3	人漾	溪上開之止三	墟里
396	1 正	62	288	**始**	哂	喜	審	上	齊	三紀			書上開之止三	詩止	書開 3	式忍	曉上開之止三	虛里
397	1 正		289	恃	哂	喜	審	上	齊	三紀			禪上開之止三	時止	書開 3	式忍	曉上開之止三	虛里
398	1 正		290	市	哂	喜	審	上	齊	三紀			禪上開之止三	時止	書開 3	式忍	曉上開之止三	虛里
399	1 正		291	史	哂	喜	審	上	齊	三紀			生上開之止三	踈士	書開 3	式忍	曉上開之止三	虛里
400	1 正		292	使	哂	喜	審	上	齊	三紀			生上開之止三	踈士	書開 3	式忍	曉上開之止三	虛里
402	1 正	63	293	**子**	甑	喜	井	上	齊	三紀			精上開之止三	即里	精開 3	子孕	曉上開之止三	虛里
403	1 正		294	秄	甑	喜	井	上	齊	三紀			精上開之止三	即里	精開 3	子孕	曉上開之止三	虛里
404	1 正		295	梓	甑	喜	井	上	齊	三紀			精上開之止三	即里	精開 3	子孕	曉上開之止三	虛里
405	1 正	64	296	儗	仰	喜	我	上	齊	三紀			疑上開之止三	魚紀	疑開 3	魚兩	曉上開之止三	虛里
409	1 正		297	**擬**	仰	喜	我	上	齊	三紀			疑上開之止三	魚紀	疑開 3	魚兩	曉上開之止三	虛里
410	1 正		298	薿	仰	喜	我	上	齊	三紀			疑上開之止三	魚紀	疑開 3	魚兩	曉上開之止三	虛里
412	1 正	65	299	佀	想	起	信	上	齊	三紀			邪上開之止三	詳里	心開 3	息兩	溪上開之止三	墟里
413	1 正		300	**柖***	想	起	信	上	齊	三紀			邪上開之止三	象齒	心開 3	息兩	溪上開之止三	墟里
414	1 正		301	枱*	想	起	信	上	齊	三紀			邪上開之止三	象齒	心開 3	息兩	溪上開之止三	墟里
417	1 正		302	**枲**	想	起	信	上	齊	三紀			心上開之止三	胥里	心開 3	息兩	溪上開之止三	墟里
418	1 正		303	巳	想	起	信	上	齊	三紀	兩讀		邪上開之止三	詳里	心開 3	息兩	溪上開之止三	墟里
421	1 正		304	祀	想	起	信	上	齊	三紀			邪上開之止三	詳里	心開 3	息兩	溪上開之止三	墟里

韻字編號	部序	組數	字數	韻字及何氏反切			韻字何氏音				何萱注釋	備注	韻字中古音		上字中古音		下字中古音	
				韻字	上字	下字	聲	調	呼	韻部			聲調呼韻攝等	反切	聲呼等	反切	聲調呼韻攝等	反切
422	1正		305	汜	想	起	信	上	齊	三紀			邪上開之止三	詳里	心開3	息兩	溪上開之止三	墟里
424	1正		306	洍	想	起	信	上	齊	三紀			邪上開之止三	詳里	心開3	息兩	溪上開之止三	墟里
425	1正		307	廙	想	起	信	上	齊	三紀			心上開之止三	胥里	心開3	息兩	溪上開之止三	墟里
426	1正		308	諰	想	起	信	上	齊	三紀			生平開佳蟹二	山佳	心開3	息兩	溪上開之止三	墟里
428	1正	66	309	啚	貶	喜	謗	上	齊	三紀			幫上開脂止重三	方美	幫開重3	方斂	曉上開之止三	虛里
429	1正		310	**鄙**	貶	喜	謗	上	齊	三紀			幫上開脂止重三	方美	幫開重3	方斂	曉上開之止三	虛里
430	1正		311	娝	貶	喜	謗	上	齊	三紀			幫上開脂止重三	方美	幫開重3	方斂	曉上開之止三	虛里
431	1正	67	312	圮	品	起	並	上	齊	三紀			並上開脂止重三	符鄙	滂開重3	丕飲	溪上開之止三	墟里
432	1正		313	否	品	起	並	上	齊	三紀	兩讀義分		並上開脂止重三	符鄙	滂開重3	丕飲	溪上開之止三	墟里
435	1正		314	**痞**	品	起	並	上	齊	三紀			並上開脂止重三	符鄙	滂開重3	丕飲	溪上開之止三	墟里
437	1正		315	嚭	品	起	並	上	齊	三紀			滂上開脂止重三	匹鄙	滂開重3	丕飲	溪上開之止三	墟里
438	1正	68	316	**母**	面	起	命	上	齊	三紀			明上開侯流一	莫厚	明開重4	彌箭	溪上開之止三	墟里
439	1正		317	拇	面	起	命	上	齊	三紀			明上開侯流一	莫厚	明開重4	彌箭	溪上開之止三	墟里
440	1正		318	**鴟**	面	起	命	上	齊	三紀			明上開侯流一	莫厚	明開重4	彌箭	溪上開之止三	墟里
442	1正		319	苺	面	起	命	上	齊	三紀			明去開侯流一	莫候	明開重4	彌箭	溪上開之止三	墟里
443	1正		320	每	面	起	命	上	齊	三紀	平上兩讀注在彼		明上合灰蟹一	武罪	明開重4	彌箭	溪上開之止三	墟里
448	1正		321	姆*	面	起	命	上	齊	三紀			明去開侯流一	莫候	明開重4	彌箭	溪上開之止三	墟里
451	1正		322	敏	面	起	命	上	齊	三紀			明上開真臻重三	眉殞	明開重4	彌箭	溪上開之止三	墟里
452	1正		323	晦	面	起	命	上	齊	三紀			明上開侯流一	莫厚	明開重4	彌箭	溪上開之止三	墟里
453	1正		324	某	面	起	命	上	齊	三紀	平上兩讀		明上開侯流一	莫厚	明開重4	彌箭	溪上開之止三	墟里
457	1正		325	楳	面	起	命	上	齊	三紀		反切或有誤	微上合虞遇三	文甫	明開重4	彌箭	溪上開之止三	墟里
459	1正		326	冃	面	起	命	上	齊	三紀	重覆也。說文段注下一覆也，上是又加冖是為重覆	解釋完全相同。疑為冃	明上開豪效一	武道	明開重4	彌箭	溪上開之止三	墟里
461	1正	69	327	否	范	起	匪	上	齊	三紀	兩讀義分		非上開尤流三	方久	奉合3	防錽	溪上開之止三	墟里
463	1正		328	婦	范	起	匪	上	齊	三紀			奉上開尤流三	房久	奉合3	防錽	溪上開之止三	墟里

韻字編號	部序	組數	字數	韻字及何氏反切			韻字何氏音				何萱注釋	備注	韻字中古音		上字中古音		下字中古音	
				韻字	上字	下字	聲	調	呼	韻部			聲調呼韻攝等	反切	聲呼等	反切	聲調呼韻攝等	反切
464	1 正		329	**負**	范	起	匪	上	齊	三紀			奉上開尤流三	房久	奉合 3	防錽	溪上開之止三	墟里
465	1 正		330	萯	范	起	匪	上	齊	三紀			奉上開尤流三	房久	奉合 3	防錽	溪上開之止三	墟里
466	1 正	70	331	**戒**	艮	岱	見	去	開	一戒			見去開皆蟹二	古拜	見開 1	古恨	定去開咍蟹一	徒耐
467	1 正		332	誡	艮	岱	見	去	開	一戒			見去開皆蟹二	古拜	見開 1	古恨	定去開咍蟹一	徒耐
468	1 正	71	333	**欬**	口	岱	起	去	開	一戒			溪去開咍蟹一	苦愛	溪開 1	苦后	定去開咍蟹一	徒耐
470	1 正	72	334	**噫**	案	岱	影	去	開	一戒	平去兩讀		影去開皆蟹二	烏界	影開 1	烏旰	定去開咍蟹一	徒耐
472	1 正		335	欸 g*	案	岱	影	去	開	一戒	平去兩讀注在彼		影去開皆蟹二	乙界	影開 1	烏旰	定去開咍蟹一	徒耐
474	1 正	73	336	**恔**	漢	岱	曉	去	開	一戒			匣去開咍蟹一	胡槩	曉開 1	呼旰	定去開咍蟹一	徒耐
476	1 正		337	劾	漢	岱	曉	去	開	一戒	去入兩讀注在彼		匣去開咍蟹一	胡槩	曉開 1	呼旰	定去開咍蟹一	徒耐
478	1 正		338	**械**	漢	岱	曉	去	開	一戒			匣去開皆蟹二	胡介	曉開 1	呼旰	定去開咍蟹一	徒耐
479	1 正	74	339	**戴**	到	岱	短	去	開	一戒			端去開咍蟹一	都代	端開 1	都導	定去開咍蟹一	徒耐
480	1 正	75	340	**代**	坦	戴	透	去	開	一戒			定去開咍蟹一	徒耐	透開 1	他但	端去開咍蟹一	都代
481	1 正		341	貸	坦	戴	透	去	開	一戒			透去開咍蟹一	他代	透開 1	他但	端去開咍蟹一	都代
482	1 正		342	岱	坦	戴	透	去	開	一戒			定去開咍蟹一	徒耐	透開 1	他但	端去開咍蟹一	都代
483	1 正		343	黱	坦	戴	透	去	開	一戒			定去開咍蟹一	徒耐	透開 1	他但	端去開咍蟹一	都代
484	1 正		344	態	坦	戴	透	去	開	一戒			透去開咍蟹一	他代	透開 1	他但	端去開咍蟹一	都代
487	1 正		345	隸g*	坦	戴	透	去	開	一戒			定去開咍蟹一	待戴	透開 1	他但	端去開咍蟹一	都代
488	1 正		346	䈀	坦	戴	透	去	開	一戒			定去開咍蟹一	徒耐	透開 1	他但	端去開咍蟹一	都代
490	1 正	76	347	耐	曩	岱	乃	去	開	一戒	平去兩讀異義	與彨異讀	泥去開咍蟹一	奴代	泥開 1	奴朗	定去開咍蟹一	徒耐
493	1 正		348	䏧	曩	岱	乃	去	開	一戒			泥去開咍蟹一	奴代	泥開 1	奴朗	定去開咍蟹一	徒耐
496	1 正		349	**鼐**	曩	岱	乃	去	開	一戒			泥去開咍蟹一	奴代	泥開 1	奴朗	定去開咍蟹一	徒耐
497	1 正	77	350	**粯**	朗	岱	賚	去	開	一戒			來去開咍蟹一	洛代	來開 1	盧黨	定去開咍蟹一	徒耐
498	1 正		351	睞	朗	岱	賚	去	開	一戒			來去開咍蟹一	洛代	來開 1	盧黨	定去開咍蟹一	徒耐
499	1 正		352	勑	朗	岱	賚	去	開	一戒			來去開咍蟹一	洛代	來開 1	盧黨	定去開咍蟹一	徒耐
500	1 正		353	**賚**	朗	岱	賚	去	開	一戒			來去開咍蟹一	洛代	來開 1	盧黨	定去開咍蟹一	徒耐
501	1 正	78	354	**再**	贊	岱	井	去	開	一戒			精去開咍蟹一	作代	精開 1	則旰	定去開咍蟹一	徒耐
502	1 正		355	洅	贊	岱	井	去	開	一戒			精上合灰蟹一	子罪	精開 1	則旰	定去開咍蟹一	徒耐

韻字編號	部序	組數	字數	韻字及何氏反切			韻字何氏音				何萱注釋	備　注	韻字中古音		上字中古音		下字中古音	
				韻字	上字	下字	聲	調	呼	韻部			聲調呼韻攝等	反切	聲呼等	反切	聲調呼韻攝等	反切
503	1 正		356	䣢	贊	岱	井	去	開	一戒			精去開咍蟹一	作代	精開 1	則旰	定去開咍蟹一	徒耐
504	1 正		357	載	贊	岱	井	去	開	一戒			精去開咍蟹一	作代	精開 1	則旰	定去開咍蟹一	徒耐
505	1 正		358	載	贊	岱	井	去	開	一戒	兩讀義分		精去開咍蟹一	作代	精開 1	則旰	定去開咍蟹一	徒耐
508	1 正	79	359	載	粲	岱	淨	去	開	一戒	重見義分		從去開咍蟹一	昨代	清開 1	蒼案	定去開咍蟹一	徒耐
512	1 正		360	栽	粲	岱	淨	去	開	一戒			從去開咍蟹一	昨代	清開 1	蒼案	定去開咍蟹一	徒耐
514	1 正		361	在	粲	岱	淨	去	開	一戒			從去開咍蟹一	昨代	清開 1	蒼案	定去開咍蟹一	徒耐
515	1 正		362	**菜**	粲	岱	淨	去	開	一戒			清去開咍蟹一	倉代	清開 1	蒼案	定去開咍蟹一	徒耐
516	1 正	80	363	閡	傲	岱	我	去	開	一戒			疑去開咍蟹一	五溉	疑開 1	五到	定去開咍蟹一	徒耐
517	1 正		364	**礙**	傲	岱	我	去	開	一戒			疑去開咍蟹一	五溉	疑開 1	五到	定去開咍蟹一	徒耐
519	1 正		365	譺	傲	岱	我	去	開	一戒			疑去開之止三	魚記	疑開 1	五到	定去開咍蟹一	徒耐
521	1 正		366	儗	傲	岱	我	去	開	一戒			疑去開咍蟹一	五溉	疑開 1	五到	定去開咍蟹一	徒耐
522	1 正	81	367	**塞**	散	岱	信	去	開	一戒			心去開咍蟹一	先代	心開 1	蘇旱	定去開咍蟹一	徒耐
524	1 正		368	簺	散	岱	信	去	開	一戒			心去開咍蟹一	先代	心開 1	蘇旱	定去開咍蟹一	徒耐
526	1 正	82	369	背	保	岱	謗	去	開	一戒			幫去合灰蟹一	補妹	幫開 1	博抱	定去開咍蟹一	徒耐
527	1 正		370	**邶**	保	岱	謗	去	開	一戒			並去合灰蟹一	蒲昧	幫開 1	博抱	定去開咍蟹一	徒耐
528	1 正	83	371	**佩**	抱	岱	並	去	開	一戒			並去合灰蟹一	蒲昧	並開 1	薄浩	定去開咍蟹一	徒耐
529	1 正		372	㑜*	抱	岱	並	去	開	一戒			並上開佳蟹二	部買	並開 1	薄浩	定去開咍蟹一	徒耐
530	1 正	84	373	**怪**	古	誨	見	去	合	二怪			見去合皆蟹二	古壞	見合 1	公戶	曉去合灰蟹一	荒內
531	1 正		374	櫆*	古	誨	見	去	合	二怪			見去合灰蟹一	古對	見合 1	公戶	曉去合灰蟹一	荒內
533	1 正	85	375	**誨**	戶	怪	曉	去	合	二怪			曉去合灰蟹一	荒內	匣合 1	侯古	見去合皆蟹二	古壞
534	1 正		376	敏	戶	怪	曉	去	合	二怪			曉去合灰蟹一	荒內	匣合 1	侯古	見去合皆蟹二	古壞
535	1 正		377	晦	戶	怪	曉	去	合	二怪			曉去合灰蟹一	荒內	匣合 1	侯古	見去合皆蟹二	古壞
536	1 正	86	378	**記**	竟	異	見	去	齊	三記		韻目上字作意，誤	見去開之止三	居吏	見開 3	居慶	以去開之止三	羊吏
537	1 正		379	**迈***	竟	異	見	去	齊	三記		韻目上字作意，誤	見去開之止三	居吏	見開 3	居慶	以去開之止三	羊吏
539	1 正		380	**疚**	竟	異	見	去	齊	三記		韻目上字作意，誤	見去開尤流三	居祐	見開 3	居慶	以去開之止三	羊吏

韻字編號	部序	組數	字數	韻字及何氏反切			韻字何氏音				何萱注釋	備注	韻字中古音		上字中古音		下字中古音	
				韻字	上字	下字	聲	調	呼	韻部			聲調呼韻攝等	反切	聲呼等	反切	聲調呼韻攝等	反切
540	1正		381	冀	竟	異	見	去	齊	三記		韻目上字作意，誤	見去開脂止重三	几利	見開3	居慶	以去開之止三	羊吏
541	1正		382	驥	竟	異	見	去	齊	三記		韻目上字作意，誤	見去開脂止重三	几利	見開3	居慶	以去開之止三	羊吏
543	1正	87	383	萻	儉	記	起	去	齊	三記			群去開之止三	渠記	群開重3	巨險	見去開之止三	居吏
544	1正		384	惎	儉	記	起	去	齊	三記			群去開之止三	渠記	群開重3	巨險	見去開之止三	居吏
545	1正		385	萁	儉	記	起	去	齊	三記	平去兩讀注在彼	此為惎集韻音	群去開之止三	渠記	群開重3	巨險	見去開之止三	居吏
548	1正		386	畁	儉	記	起	去	齊	三記	平去兩讀異義		群去開之止三	渠記	群開重3	巨險	見去開之止三	居吏
549	1正		387	亟	儉	記	起	去	齊	三記	去入兩讀		溪去開之止三	去吏	群開重3	巨險	見去開之止三	居吏
551	1正		388	舊	儉	記	起	去	齊	三記	一部去三部平兩讀		群去開尤流三	巨救	群開重3	巨險	見去開之止三	居吏
554	1正		389	忌	儉	記	起	去	齊	三記			群去開之止三	渠記	群開重3	巨險	見去開之止三	居吏
555	1正		390	諅	儉	記	起	去	齊	三記			群去開之止三	渠記	群開重3	巨險	見去開之止三	居吏
556	1正	88	391	異	隱	記	影	去	齊	三記			以去開之止三	羊吏	影開3	於謹	見去開之止三	居吏
557	1正		392	異	隱	記	影	去	齊	三記			以去開之止三	羊吏	影開3	於謹	見去開之止三	居吏
558	1正		393	冀	隱	記	影	去	齊	三記			以去開之止三	羊吏	影開3	於謹	見去開之止三	居吏
559	1正		394	忧	隱	記	影	去	齊	三記			云去開尤流三	于救	影開3	於謹	見去開之止三	居吏
560	1正		395	頄	隱	記	影	去	齊	三記			云去開尤流三	于救	影開3	於謹	見去開之止三	居吏
561	1正		396	疚	隱	記	影	去	齊	三記			云去開尤流三	于救	影開3	於謹	見去開之止三	居吏
562	1正		397	又	隱	記	影	去	齊	三記			云去開尤流三	于救	影開3	於謹	見去開之止三	居吏
564	1正		398	右	隱	記	影	去	齊	三記			云去開尤流三	于救	影開3	於謹	見去開之止三	居吏
565	1正		399	祐	隱	記	影	去	齊	三記			云去開尤流三	于救	影開3	於謹	見去開之止三	居吏
566	1正		400	宥	隱	記	影	去	齊	三記			云去開尤流三	于救	影開3	於謹	見去開之止三	居吏
567	1正		401	姷	隱	記	影	去	齊	三記			云去開尤流三	于救	影開3	於謹	見去開之止三	居吏
568	1正		402	趙	隱	記	影	去	齊	三記			云去開尤流三	于救	影開3	於謹	見去開之止三	居吏
569	1正		403	囿	隱	記	影	去	齊	三記			云去開尤流三	于救	影開3	於謹	見去開之止三	居吏
571	1正		404	鷬*	隱	記	影	去	齊	三記			云去開尤流三	尤救	影開3	於謹	見去開之止三	居吏

韻字編號	部序	組數	字數	韻字及何氏反切			韻字何氏音				何萱注釋	備注	韻字中古音		上字中古音		下字中古音	
				韻字	上字	下字	聲	調	呼	韻部			聲調呼韻攝等	反切	聲呼等	反切	聲調呼韻攝等	反切
572	1 正		405	意	隱	記	影	去	齊	三記	去入兩讀注在彼		影去開之止三	於記	影開 3	於謹	見去開之止三	居吏
576	1 正	89	406	**憙**	向	記	曉	去	齊	三記			曉去開之止三	許記	曉開 3	許亮	見去開之止三	居吏
577	1 正	90	407	**吏**	亮	記	賚	去	齊	三記			來去開之止三	力置	來開 3	力讓	見去開之止三	居吏
578	1 正	91	408	**志**	軫	記	照	去	齊	三記			章去開之止三	職吏	章開 3	章忍	見去開之止三	居吏
579	1 正		409	置	軫	記	照	去	齊	三記			知去開之止三	陟吏	章開 3	章忍	見去開之止三	居吏
580	1 正		410	胾	軫	記	照	去	齊	三記			莊去開之止三	側吏	章開 3	章忍	見去開之止三	居吏
581	1 正	92	411	**值**	寵	記	助	去	齊	三記			澄去開之止三	直吏	徹合 3	丑隴	見去開之止三	居吏
582	1 正		412	眙	寵	記	助	去	齊	三記			徹去開之止三	丑吏	徹合 3	丑隴	見去開之止三	居吏
584	1 正		413	事	寵	記	助	去	齊	三記			崇去開之止三	鉏吏	徹合 3	丑隴	見去開之止三	居吏
585	1 正		414	熾	寵	記	助	去	齊	三記			昌去開之止三	昌志	徹合 3	丑隴	見去開之止三	居吏
586	1 正		415	饎	寵	記	助	去	齊	三記			昌去開之止三	昌志	徹合 3	丑隴	見去開之止三	居吏
587	1 正		416	廁	寵	記	助	去	齊	三記			初去開之止三	初吏	徹合 3	丑隴	見去開之止三	居吏
588	1 正	93	417	佴	攘	記	耳	去	齊	三記			日去開之止三	仍吏	日開 3	人漾	見去開之止三	居吏
589	1 正		418	**姅**	攘	記	耳	去	齊	三記			日去開之止三	仍吏	日開 3	人漾	見去開之止三	居吏
590	1 正		419	**珥**	攘	記	耳	去	齊	三記			日去開之止三	仍吏	日開 3	人漾	見去開之止三	居吏
591	1 正		420	刵	攘	記	耳	去	齊	三記			日去開之止三	仍吏	日開 3	人漾	見去開之止三	居吏
593	1 正		421	**酮**	攘	記	耳	去	齊	三記	一部去九部平兩見	玉篇作汝吏切	日去開之止三	仍吏	日開 3	人漾	見去開之止三	居吏
594	1 正		422	鬻	攘	記	耳	去	齊	三記			日去開之止三	仍吏	日開 3	人漾	見去開之止三	居吏
595	1 正	94	423	駛	哂	記	審	去	齊	三記			生去開之止三	踈吏	書開 3	式忍	見去開之止三	居吏
596	1 正		424	**侍**	哂	記	審	去	齊	三記			禪去開之止三	時吏	書開 3	式忍	見去開之止三	居吏
597	1 正		425	蒔	哂	記	審	去	齊	三記			禪去開之止三	時吏	書開 3	式忍	見去開之止三	居吏
598	1 正		426	試	哂	記	審	去	齊	三記			書去開之止三	式吏	書開 3	式忍	見去開之止三	居吏
599	1 正		427	弑	哂	記	審	去	齊	三記			書去開之止三	式吏	書開 3	式忍	見去開之止三	居吏
600	1 正	95	428	**字**	淺	記	淨	去	齊	三記			從去開之止三	疾置	清開 3	七演	見去開之止三	居吏
601	1 正		429	芓	淺	記	淨	去	齊	三記			從去開之止三	疾置	清開 3	七演	見去開之止三	居吏
602	1 正		430	孳	淺	記	淨	去	齊	三記	平去兩讀注在彼		從去開之止三	疾置	清開 3	七演	見去開之止三	居吏

韻字編號	部序	組數	字數	韻字及何氏反切			韻字何氏音				何萱注釋	備注	韻字中古音		上字中古音		下字中古音	
				韻字	上字	下字	聲	調	呼	韻部			聲調呼韻攝等	反切	聲呼等	反切	聲調呼韻攝等	反切
605	1 正		431	載	淺	記	淨	去	齊	三記			清去開之止三	七吏	清開 3	七演	見去開之止三	居吏
606	1 正	96	432	寺	想	記	信	去	齊	三記			邪去開之止三	祥吏	心開 3	息兩	見去開之止三	居吏
609	1 正		433	司 g*	想	記	信	去	齊	三記	平去兩讀注在彼		心去開之止三	相吏	心開 3	息兩	見去開之止三	居吏
610	1 正		434	嗣	想	記	信	去	齊	三記			邪去開之止三	祥吏	心開 3	息兩	見去開之止三	居吏
611	1 正		435	**笥**	想	記	信	去	齊	三記			心去開之止三	相吏	心開 3	息兩	見去開之止三	居吏
612	1 正		436	食 g*	想	記	信	去	齊	三記	去入兩讀義分		邪去開之止三	祥利	心開 3	息兩	見去開之止三	居吏
614	1 正		437	飤	想	記	信	去	齊	三記			邪去開之止三	祥吏	心開 3	息兩	見去開之止三	居吏
615	1 正	97	438	**葡**	品	異	並	去	齊	三記	俗有葡		並去開脂止重三	平祕	滂開重 3	丕飲	以去開之止三	羊吏
616	1 正		439	備	品	異	並	去	齊	三記			並去開脂止重三	平祕	滂開重 3	丕飲	以去開之止三	羊吏
617	1 正		440	糒	品	異	並	去	齊	三記			並去開脂止重三	平祕	滂開重 3	丕飲	以去開之止三	羊吏
618	1 正		441	絥	品	異	並	去	齊	三記			並去開脂止重三	平祕	滂開重 3	丕飲	以去開之止三	羊吏
620	1 正		442	鞴	品	異	並	去	齊	三記			並去開脂止重三	平祕	滂開重 3	丕飲	以去開之止三	羊吏
621	1 正	98	443	**富**	范	記	匪	去	齊	三記			非去開尤流三	方副	奉合 3	防錽	見去開之止三	居吏
622	1 正		444	**蕾**	范	記	匪	去	齊	三記			非去開尤流四	方副	奉合 3	防錽	見去開之止三	居吏
624	1 正	99	445	**革**	艮	德	見	入	開	一革			見入開麥梗二	古核	見開 1	古恨	端入開德曾一	多則
625	1 正		446	諽	艮	德	見	入	開	一革	兩讀義分		見入開麥梗二	古核	見開 1	古恨	端入開德曾一	多則
627	1 正		447	翮	艮	德	見	入	開	一革			見入開麥梗二	古核	見開 1	古恨	端入開德曾一	多則
628	1 正	100	448	**克**	口	德	起	入	開	一革			溪入開德曾一	苦得	溪開 1	苦后	端入開德曾一	多則
629	1 正		449	勀	口	德	起	入	開	一革			溪入開德曾一	苦得	溪開 1	苦后	端入開德曾一	多則
630	1 正		450	刻	口	德	起	入	開	一革			溪入開德曾一	苦得	溪開 1	苦后	端入開德曾一	多則
631	1 正	101	451	**黑**	漢	則	曉	入	開	一革			曉入開德曾一	呼北	曉開 1	呼旰	精入開德曾一	子德
632	1 正		452	嫼 g*	漢	則	曉	入	開	一革			曉入開德曾一	迄德	曉開 1	呼旰	精入開德曾一	子德
633	1 正		453	劾	漢	則	曉	入	開	一革	去入兩讀		匣入開德曾一	胡得	曉開 1	呼旰	精入開德曾一	子德
636	1 正	102	454	悳	到	克	短	入	開	一革			端入開德曾一	多則	端開 1	都導	溪入開德曾一	苦得
637	1 正		455	**德**	到	克	短	入	開	一革			端入開德曾一	多則	端開 1	都導	溪入開德曾一	苦得
638	1 正		456	**㝵**	到	克	短	入	開	一革	兩見	與得異讀	端入開德曾一	多則	端開 1	都導	溪入開德曾一	苦得
639	1 正		457	得	到	克	短	入	開	一革	㝵，㝵兩見	與㝵異讀	端入開德曾一	多則	端開 1	都導	溪入開德曾一	苦得

韻字編號	部序	組數	字數	韻字及何氏反切			韻字何氏音				何萱注釋	備　注	韻字中古音		上字中古音		下字中古音	
				韻字	上字	下字	聲	調	呼	韻部			聲調呼韻攝等	反切	聲呼等	反切	聲調呼韻攝等	反切
640	1 正	103	458	忒	坦	德	透	入	開	一革			透入開德曾一	他德	透開 1	他但	端入開德曾一	多則
641	1 正		459	貣	坦	德	透	入	開	一革			透入開德曾一	他德	透開 1	他但	端入開德曾一	多則
643	1 正		460	蟘	坦	德	透	入	開	一革			定入開德曾一	徒得	透開 1	他但	端入開德曾一	多則
644	1 正		461	特	坦	德	透	入	開	一革			定入開德曾一	徒得	透開 1	他但	端入開德曾一	多則
645	1 正	104	462	肋	朗	克	賚	入	開	一革			來入開德曾一	盧則	來開 1	盧黨	溪入開德曾一	苦得
646	1 正		463	仂	朗	克	賚	入	開	一革			來入開德曾一	盧則	來開 1	盧黨	溪入開德曾一	苦得
647	1 正		464	扐	朗	克	賚	入	開	一革			來入開德曾一	盧則	來開 1	盧黨	溪入開德曾一	苦得
649	1 正		465	朸	朗	克	賚	入	開	一革			來入開德曾一	盧則	來開 1	盧黨	溪入開德曾一	苦得
650	1 正		466	阞	朗	克	賚	入	開	一革			來入開德曾一	盧則	來開 1	盧黨	溪入開德曾一	苦得
652	1 正		467	泐	朗	克	賚	入	開	一革			來入開德曾一	盧則	來開 1	盧黨	溪入開德曾一	苦得
653	1 正		468	勒	朗	克	賚	入	開	一革			來入開德曾一	盧則	來開 1	盧黨	溪入開德曾一	苦得
654	1 正		469	墊*	朗	克	賚	入	開	一革			來入開德曾一	歷德	來開 1	盧黨	溪入開德曾一	苦得
655	1 正	105	470	栜*	諍	克	照	入	開	一革			知入開麥梗二	陟革	莊開 2	側迸	溪入開德曾一	苦得
656	1 正	106	471	則	贊	德	井	入	開	一革			精入開德曾一	子德	精開 1	則旰	端入開德曾一	多則
657	1 正	107	472	賊	粲	克	淨	入	開	一革	戝隸作賊		從入開德曾一	昨則	清開 1	蒼案	溪入開德曾一	苦得
658	1 正		473	鰂	粲	克	淨	入	開	一革			從入開德曾一	昨則	清開 1	蒼案	溪入開德曾一	苦得
659	1 正	108	474	寊*	散	克	信	入	開	一革	𡪢隸作寊	字形疑有誤	曉去開麻假二	虛訝	心開 1	蘇旱	溪入開德曾一	苦得
660	1 正		475	蠈	散	克	信	入	開	一革			心入開德曾一	蘇則	心開 1	蘇旱	溪入開德曾一	苦得
663	1 正	109	476	不	保	德	謗	入	開	一革			非入合物臻三	分勿	幫開 1	博抱	端入開德曾一	多則
664	1 正		477	北	保	德	謗	入	開	一革			幫入開德曾一	博墨	幫開 1	博抱	端入開德曾一	多則
666	1 正	110	478	匐	抱	德	並	入	開	一革			並入開德曾一	蒲北	並開 1	薄浩	端入開德曾一	多則
667	1 正		479	䨔	抱	德	並	入	開	一革			並入開德曾一	蒲北	並開 1	薄浩	端入開德曾一	多則
669	1 正		480	菔	抱	德	並	入	開	一革			並入開德曾一	蒲北	並開 1	薄浩	端入開德曾一	多則
670	1 正		481	僰	抱	德	並	入	開	一革			並入開德曾一	蒲北	並開 1	薄浩	端入開德曾一	多則
671	1 正	111	482	墨	莫	克	命	入	開	一革			明入開德曾一	莫北	明開 1	慕各	溪入開德曾一	苦得
672	1 正		483	默	莫	克	命	入	開	一革			明入開德曾一	莫北	明開 1	慕各	溪入開德曾一	苦得
673	1 正		484	纆*	莫	克	命	入	開	一革			明入開德曾一	密北	明開 1	慕各	溪入開德曾一	苦得
674	1 正		485	麥	莫	克	命	入	開	一革			明入開麥梗二	莫獲	明開 1	慕各	溪入開德曾一	苦得

韻字編號	部序	組數	字數	韻字及何氏反切			韻字何氏音				何萱注釋	備　注	韻字中古音		上字中古音		下字中古音	
				韻字	上字	下字	聲	調	呼	韻部			聲調呼韻攝等	反切	聲呼等	反切	聲調呼韻攝等	反切
675	1 正		486	坶*	莫	克	命	入	開	一革	坶或作坶	釋義基本相同。玉篇作莫六切	明入合屋通三	莫六	明開 1	慕各	溪入開德曾一	苦得
676	1 正		487	牧	莫	克	命	入	開	一革			明入合屋通三	莫六	明開 1	慕各	溪入開德曾一	苦得
677	1 正	112	488	聝	古	惑	見	入	合	二聝			見入合麥梗二	古獲	見合 1	公戶	匣入合德曾一	胡國
678	1 正		489	國	古	惑	見	入	合	二聝			見入合德曾一	古或	見合 1	公戶	匣入合德曾一	胡國
683	1 正		490	蟈	古	惑	見	入	合	二聝	兩讀注在前	與蜮異讀	見入合麥梗二	古獲	見合 1	公戶	匣入合德曾一	胡國
684	1 正	113	491	圣	苦	馘	起	入	合	二聝			溪入合沒臻一	苦骨	溪合 1	康杜	見入合麥梗二	古獲
685	1 正	114	492	或	戶	馘	曉	入	合	二聝	兩讀義分		匣入合德曾一	胡國	匣合 1	侯古	見入合麥梗二	古獲
688	1 正		493	惑	戶	馘	曉	入	合	二聝			匣入合德曾一	胡國	匣合 1	侯古	見入合麥梗二	古獲
691	1 正		494	歘	戶	馘	曉	入	合	二聝			曉入合職曾三	況逼	匣合 1	侯古	見入合麥梗二	古獲
692	1 正	115	495	棘	竟	力	見	入	齊	三棘			見入開職曾三	紀力	見開 3	居慶	來入開職曾三	林直
693	1 正		496	襋	竟	力	見	入	齊	三棘			見入開職曾三	紀力	見開 3	居慶	來入開職曾三	林直
694	1 正		497	茍	竟	力	見	入	齊	三棘			見入開職曾三	紀力	見開 3	居慶	來入開職曾三	林直
696	1 正		498	悈	竟	力	見	入	齊	三棘			見入開職曾三	紀力	見開 3	居慶	來入開職曾三	林直
697	1 正		499	諽 g*	竟	力	見	入	齊	三棘	兩讀義分		見入開職曾三	訖力	見開 3	居慶	來入開職曾三	林直
700	1 正		500	堎	竟	力	見	入	齊	三棘	一部入六部平兩讀		見入開職曾三	紀力	見開 3	居慶	來入開職曾三	林直
702	1 正		501	亟	竟	力	見	入	齊	三棘	去入兩讀注在彼		見入開職曾三	紀力	見開 3	居慶	來入開職曾三	林直
703	1 正		502	悈	竟	力	見	入	齊	三棘			見入開職曾三	紀力	見開 3	居慶	來入開職曾三	林直
704	1 正		503	鞕	竟	力	見	入	齊	三棘			溪入開職曾三	丘力	見開 3	居慶	來入開職曾三	林直
705	1 正		504	殛	竟	力	見	入	齊	三棘			見入開職曾三	紀力	見開 3	居慶	來入開職曾三	林直
706	1 正	116	505	極	儉	力	起	入	齊	三棘			群入開職曾三	渠力	群開重 3	巨險	來入開職曾三	林直
707	1 正	117	506	弋	隱	力	影	入	齊	三棘		韻目韻字作戈，誤	以入開職曾三	與職	影開 3	於謹	來入開職曾三	林直
708	1 正		507	酟	隱	力	影	入	齊	三棘	酒色也，說文		以入開職曾三	與職	影開 3	於謹	來入開職曾三	林直
709	1 正		508	杙	隱	力	影	入	齊	三棘			以入開職曾三	與職	影開 3	於謹	來入開職曾三	林直
710	1 正		509	谁	隱	力	影	入	齊	三棘			以入開職曾三	與職	影開 3	於謹	來入開職曾三	林直

韻字編號	部序	組數	字數	韻字及何氏反切 韻字	上字	下字	韻字何氏音 聲	調	呼	韻部	何萱注釋	備注	韻字中古音 聲調呼韻攝等	反切	上字中古音 聲呼等	反切	下字中古音 聲調呼韻攝等	反切
711	1 正		510	㚤	隱	力	影	入	齊	三棘			以入開職曾三	與職	影開 3	於謹	來入開職曾三	林直
712	1 正		511	啻	隱	力	影	入	齊	三棘			影入開職曾三	於力	影開 3	於謹	來入開職曾三	林直
713	1 正		512	蓄	隱	力	影	入	齊	三棘			影入開職曾三	於力	影開 3	於謹	來入開職曾三	林直
714	1 正		513	檍	隱	力	影	入	齊	三棘			影入開職曾三	於力	影開 3	於謹	來入開職曾三	林直
715	1 正		514	澺*	隱	力	影	入	齊	三棘			影入開職曾三	乙力	影開 3	於謹	來入開職曾三	林直
716	1 正		515	薏*	隱	力	影	入	齊	三棘			影入開職曾三	乙力	影開 3	於謹	來入開職曾三	林直
717	1 正		516	億*	隱	力	影	入	齊	三棘			影入開職曾三	乙力	影開 3	於謹	來入開職曾三	林直
718	1 正		517	意	隱	力	影	入	齊	三棘			影入開職曾三	乙力	影開 3	於謹	來入開職曾三	林直
719	1 正		518	肊	隱	力	影	入	齊	三棘			影入開職曾三	於力	影開 3	於謹	來入開職曾三	林直
721	1 正		519	廙	隱	力	影	入	齊	三棘			以入開職曾三	與職	影開 3	於謹	來入開職曾三	林直
722	1 正		520	匴	隱	力	影	入	齊	三棘			以入開職曾三	與職	影開 3	於謹	來入開職曾三	林直
724	1 正		521	潩	隱	力	影	入	齊	三棘			以入開職曾三	與職	影開 3	於謹	來入開職曾三	林直
725	1 正		522	瀷	隱	力	影	入	齊	三棘			以入開職曾三	與職	影開 3	於謹	來入開職曾三	林直
727	1 正		523	翼	隱	力	影	入	齊	三棘			以入開職曾三	與職	影開 3	於謹	來入開職曾三	林直
728	1 正		524	趩	隱	力	影	入	齊	三棘			以入開職曾三	與職	影開 3	於謹	來入開職曾三	林直
729	1 正	118	525	衋	向	力	曉	入	齊	三棘	平入兩讀注在彼		曉入開職曾三	許極	曉開 3	許亮	來入開職曾三	林直
730	1 正	119	526	匿	念	力	乃	入	齊	三棘			娘入開職曾三	女力	泥開 4	奴店	來入開職曾三	林直
732	1 正		527	恧	念	力	乃	入	齊	三棘			娘入開職曾三	女力	泥開 4	奴店	來入開職曾三	林直
733	1 正	120	528	力	亮	弋	賚	入	齊	三棘			來入開職曾三	林直	來開 3	力讓	以入開職曾三	與職
734	1 正	121	529	夨	軫	弋	照	入	齊	三棘			莊入開職曾三	阻力	章開 3	章忍	以入開職曾三	與職
735	1 正		530	仄	軫	弋	照	入	齊	三棘			莊入開職曾三	阻力	章開 3	章忍	以入開職曾三	與職
736	1 正		531	[illegible]	軫	弋	照	入	齊	三棘			莊入開職曾三	阻力	章開 3	章忍	以入開職曾三	與職
737	1 正		532	側	軫	弋	照	入	齊	三棘			莊入開職曾三	阻力	章開 3	章忍	以入開職曾三	與職
738	1 正		533	萴	軫	弋	照	入	齊	三棘			莊入開職曾三	阻力	章開 3	章忍	以入開職曾三	與職
739	1 正		534	戠	軫	弋	照	入	齊	三棘			章入開職曾三	之翼	章開 3	章忍	以入開職曾三	與職
740	1 正		535	職	軫	弋	照	入	齊	三棘			章入開職曾三	之翼	章開 3	章忍	以入開職曾三	與職
742	1 正		536	織	軫	弋	照	入	齊	三棘			章入開職曾三	之翼	章開 3	章忍	以入開職曾三	與職

韻字編號	部序	組數	字數	韻字及何氏反切			韻字何氏音				何萱注釋	備注	韻字中古音		上字中古音		下字中古音	
				韻字	上字	下字	聲	調	呼	韻部			聲調呼韻攝等	反切	聲呼等	反切	聲調呼韻攝等	反切
743	1正		537	樴	軫	弋	照	入	齊	三棘			章入開職曾三	之翼	章開3	章忍	以入開職曾三	與職
745	1正		538	陟	軫	弋	照	入	齊	三棘			知入開職曾三	竹力	章開3	章忍	以入開職曾三	與職
746	1正		539	騭	軫	弋	照	入	齊	三棘			章入開質臻三	之日	章開3	章忍	以入開職曾三	與職
747	1正	122	540	**直**	寵	力	助	入	齊	三棘			澄入開職曾三	除力	徹合3	丑隴	來入開職曾三	林直
748	1正		541	湞	寵	力	助	入	齊	三棘			徹入開職曾三	恥力	徹合3	丑隴	來入開職曾三	林直
750	1正		542	食	寵	力	助	入	齊	三棘	去入兩讀義分		船入開職曾三	乘力	徹合3	丑隴	來入開職曾三	林直
751	1正		543	蝕*	寵	力	助	入	齊	三棘			船入開職曾三	實職	徹合3	丑隴	來入開職曾三	林直
752	1正		544	飭	寵	力	助	入	齊	三棘			徹入開職曾三	恥力	徹合3	丑隴	來入開職曾三	林直
753	1正		545	敕	寵	力	助	入	齊	三棘			徹入開職曾三	恥力	徹合3	丑隴	來入開職曾三	林直
754	1正		546	伬	寵	力	助	入	齊	三棘			徹入開職曾三	恥力	徹合3	丑隴	來入開職曾三	林直
755	1正		547	趩	寵	力	助	入	齊	三棘			徹入開職曾三	恥力	徹合3	丑隴	來入開職曾三	林直
756	1正		548	畟	寵	力	助	入	齊	三棘			初入開職曾三	初力	徹合3	丑隴	來入開職曾三	林直
758	1正		549	測	寵	力	助	入	齊	三棘			初入開職曾三	初力	徹合3	丑隴	來入開職曾三	林直
759	1正		550	惻	寵	力	助	入	齊	三棘			初入開職曾三	初力	徹合3	丑隴	來入開職曾三	林直
760	1正		551	塓	寵	力	助	入	齊	三棘			初入開職曾三	初力	徹合3	丑隴	來入開職曾三	林直
761	1正	123	552	**式**	哂	力	審	入	齊	三棘			書入開職曾三	賞職	書開3	式忍	來入開職曾三	林直
762	1正		553	軾	哂	力	審	入	齊	三棘			書入開職曾三	賞職	書開3	式忍	來入開職曾三	林直
763	1正		554	識	哂	力	審	入	齊	三棘			書入開職曾三	賞職	書開3	式忍	來入開職曾三	林直
764	1正		555	飾	哂	力	審	入	齊	三棘			書入開職曾三	賞職	書開3	式忍	來入開職曾三	林直
765	1正		556	奭	哂	力	審	入	齊	三棘	一部五部兩讀注在彼		書入開昔梗三	施隻	書開3	式忍	來入開職曾三	林直
770	1正		557	色	哂	力	審	入	齊	三棘			生入開職曾三	所力	書開3	式忍	來入開職曾三	林直
771	1正		558	嗇	哂	力	審	入	齊	三棘			生入開職曾三	所力	書開3	式忍	來入開職曾三	林直
772	1正		559	濇	哂	力	審	入	齊	三棘			生入開職曾三	所力	書開3	式忍	來入開職曾三	林直
774	1正		560	穡	哂	力	審	入	齊	三棘			生入開職曾三	所力	書開3	式忍	來入開職曾三	林直
775	1正		561	薔	哂	力	審	入	齊	三棘			生入開職曾三	所力	書開3	式忍	來入開職曾三	林直
776	1正		562	轖	哂	力	審	入	齊	三棘			生入開職曾三	所力	書開3	式忍	來入開職曾三	林直

韻字編號	部序	組數	字數	韻字及何氏反切			韻字何氏音				何萱注釋	備　注	韻字中古音		上字中古音		下字中古音	
				韻字	上字	下字	聲	調	呼	韻部			聲調呼韻攝等	反切	聲呼等	反切	聲調呼韻攝等	反切
778	1 正		563	**⿰嗇欠**	哂	力	審	入	齊	三棘			生入開職曾三	所力	書開 3	式忍	來入開職曾三	林直
779	1 正		564	殖	哂	力	審	入	齊	三棘			禪入開職曾三	常職	書開 3	式忍	來入開職曾三	林直
781	1 正		565	埴	哂	力	審	入	齊	三棘			禪入開職曾三	常職	書開 3	式忍	來入開職曾三	林直
783	1 正		566	植	哂	力	審	入	齊	三棘			禪入開職曾三	常職	書開 3	式忍	來入開職曾三	林直
784	1 正		567	稙	哂	力	審	入	齊	三棘			知入開職曾三	竹力	書開 3	式忍	來入開職曾三	林直
785	1 正	124	568	**稷**	甑	弋	井	入	齊	三棘			精入開職曾三	子力	精開 3	子孕	以入開職曾三	與職
786	1 正		569	**⿰木畟**	甑	弋	井	入	齊	三棘			精入開職曾三	子力	精開 3	子孕	以入開職曾三	與職
787	1 正	125	570	**⿰口疑**	仰	弋	我	入	齊	三棘			疑入開職曾三	魚力	疑開 3	魚兩	以入開職曾三	與職
789	1 正		571	⿱山疑	仰	弋	我	入	齊	三棘	平入兩讀異義		疑入開職曾三	魚力	疑開 3	魚兩	以入開職曾三	與職
790	1 正		572	暱	仰	弋	我	入	齊	三棘		韻目韻字作暱，誤	娘入開質臻三	尼質	疑開 3	魚兩	以入開職曾三	與職
791	1 正	126	573	**息**	想	力	信	入	齊	三棘			心入開職曾三	相即	心開 3	息兩	來入開職曾三	林直
792	1 正		574	熄	想	力	信	入	齊	三棘			心入開職曾三	相即	心開 3	息兩	來入開職曾三	林直
793	1 正		575	瘜	想	力	信	入	齊	三棘			心入開職曾三	相即	心開 3	息兩	來入開職曾三	林直
794	1 正		576	鄎	想	力	信	入	齊	三棘			心入開職曾三	相即	心開 3	息兩	來入開職曾三	林直
795	1 正		577	**⿰木息**	想	力	信	入	齊	三棘			心入開職曾三	相即	心開 3	息兩	來入開職曾三	林直
796	1 正	127	578	皕	貶	弋	謗	入	齊	三棘	二百也。說文段注即形為義不言從二百	解釋基本相同	幫入開職曾三	彼側	幫開重 3	方斂	以入開職曾三	與職
798	1 正		579	**畐**	貶	弋	謗	入	齊	三棘			滂入開職曾三	芳逼	幫開重 3	方斂	以入開職曾三	與職
800	1 正		580	楅	貶	弋	謗	入	齊	三棘			幫入開職曾三	彼側	幫開重 3	方斂	以入開職曾三	與職
801	1 正	128	581	愊	品	力	並	入	齊	三棘			滂入開職曾三	芳逼	滂開重 3	丕飲	來入開職曾三	林直
804	1 正		582	**副**	品	力	並	入	齊	三棘		表作疈	滂入開職曾三	芳逼	滂開重 3	丕飲	來入開職曾三	林直
805	1 正		583	腷	品	力	並	入	齊	三棘			滂入開職曾三	芳逼	滂開重 3	丕飲	來入開職曾三	林直
807	1 正		584	堛	品	力	並	入	齊	三棘			滂入開職曾三	芳逼	滂開重 3	丕飲	來入開職曾三	林直
808	1 正		585	稫	品	力	並	入	齊	三棘			並入開職曾三	符逼	滂開重 3	丕飲	來入開職曾三	林直

韻字編號	部序	組數	字數	韻字及何氏反切			韻字何氏音				何萱注釋	備注	韻字中古音		上字中古音		下字中古音	
				韻字	上字	下字	聲	調	呼	韻部			聲調呼韻攝等	反切	聲呼等	反切	聲調呼韻攝等	反切
809	1 正	129	586	福	范	弋	匪	入	齊	三棘			非入合屋通三	方六	奉合 3	防錽	以入開職曾三	與職
811	1 正		587	愊	范	弋	匪	入	齊	三棘			幫入開職曾三	彼側	奉合 3	防錽	以入開職曾三	與職
813	1 正		588	輻	范	弋	匪	入	齊	三棘			非入合屋通三	方六	奉合 3	防錽	以入開職曾三	與職
814	1 正		589	蝠	范	弋	匪	入	齊	三棘			非入合屋通三	方六	奉合 3	防錽	以入開職曾三	與職
815	1 正		590	葍	范	弋	匪	入	齊	三棘			非入合屋通三	方六	奉合 3	防錽	以入開職曾三	與職
816	1 正		591	伏	范	弋	匪	入	齊	三棘			奉入合屋通三	房六	奉合 3	防錽	以入開職曾三	與職
818	1 正		592	**服**	范	弋	匪	入	齊	三棘			奉入合屋通三	房六	奉合 3	防錽	以入開職曾三	與職
819	1 正		593	箙	范	弋	匪	入	齊	三棘			奉入合屋通三	房六	奉合 3	防錽	以入開職曾三	與職
820	1 正		594	琗	范	弋	匪	入	齊	三棘			奉入合屋通三	房六	奉合 3	防錽	以入開職曾三	與職
821	1 正		595	犕*	范	弋	匪	入	齊	三棘			奉入合屋通三	房六	奉合 3	防錽	以入開職曾三	與職
822	1 正	130	596	或 g*	羽	醎	影	入	撮	四閾	兩讀異義		云入合職曾三	越逼	云合 3	王矩	曉入合職曾三	況逼
825	1 正		597	**閾**	羽	醎	影	入	撮	四閾			曉入合職曾三	況逼	云合 3	王矩	曉入合職曾三	況逼
828	1 正		598	黬	羽	醎	影	入	撮	四閾			云入合職曾三	雨逼	云合 3	王矩	曉入合職曾三	況逼
829	1 正		599	罭	羽	醎	影	入	撮	四閾			云入合職曾三	雨逼	云合 3	王矩	曉入合職曾三	況逼
830	1 正		600	棫	羽	醎	影	入	撮	四閾			云入合職曾三	雨逼	云合 3	王矩	曉入合職曾三	況逼
831	1 正		601	蜮	羽	醎	影	入	撮	四閾	蜮，又從國。蟈兩讀	與蟈異讀	云入合職曾三	雨逼	云合 3	王矩	曉入合職曾三	況逼
833	1 正		602	淢	羽	醎	影	入	撮	四閾			云入合職曾三	雨逼	云合 3	王矩	曉入合職曾三	況逼
836	1 正		603	惑g*	羽	醎	影	入	撮	四閾	隸作彧		云入合職曾三	越逼	云合 3	王矩	曉入合職曾三	況逼
839	1 正		604	稶	羽	醎	影	入	撮	四閾	稶俗有稶		影入合屋通三	於六	云合 3	王矩	曉入合職曾三	況逼
840	1 正		605	郁	羽	醎	影	入	撮	四閾			影入合屋通三	於六	云合 3	王矩	曉入合職曾三	況逼
841	1 正	131	606	**醎**	訓	閾	曉	入	撮	四閾			曉入合職曾三	況逼	曉合 3	許運	曉入合職曾三	況逼

第一部副編

韻字編號	部序	組數	字數	韻字及何氏反切：韻字	韻字及何氏反切：上字	韻字及何氏反切：下字	韻字何氏音：聲	韻字何氏音：調	韻字何氏音：呼	韻字何氏音：韻部	何萱注釋	備注	韻字中古音：聲調呼韻攝等	韻字中古音：反切	上字中古音：聲呼等	上字中古音：反切	下字中古音：聲調呼韻攝等	下字中古音：反切
842	1副	1	1	姟	艮	哉	見	陰平	開	一該			見平開咍蟹一	古哀	見開1	古恨	精平開咍蟹一	祖才
843	1副		2	絯	艮	哉	見	陰平	開	一該			見平開咍蟹一	古哀	見開1	古恨	精平開咍蟹一	祖才
844	1副		3	餃	艮	哉	見	陰平	開	一該			見平開咍蟹一	古哀	見開1	古恨	精平開咍蟹一	祖才
845	1副		4	蛡**	艮	哉	見	陰平	開	一該		玉篇：音該	見平開咍蟹一	古哀	見開1	古恨	精平開咍蟹一	祖才
846	1副		5	豥	艮	哉	見	陰平	開	一該			見平開咍蟹一	古哀	見開1	古恨	精平開咍蟹一	祖才
848	1副	2	6	烗	口	該	起	陰平	開	一該		表此位無字，缺	溪平開咍蟹一	苦哀	溪開1	苦后	見平開咍蟹一	古哀
849	1副		7	輆**	口	該	起	陰平	開	一該		表此位無字，缺	溪平開耕梗二	口莖	溪開1	苦后	見平開咍蟹一	古哀
850	1副	3	8	痎	漢	該	曉	陰平	開	一該			曉平開咍蟹一	呼來	曉開1	呼旰	見平開咍蟹一	古哀
851	1副		9	欸*	漢	該	曉	陰平	開	一該			曉平開咍蟹一	呼來	曉開1	呼旰	見平開咍蟹一	古哀
853	1副	4	10	鼞	到	該	短	陰平	開	一該			端平開咍蟹一	丁來	端開1	都導	見平開咍蟹一	古哀
854	1副	5	11	髫	坦	哉	透	陰平	開	一該			透平開咍蟹一	土來	透開1	他但	精平開咍蟹一	祖才
857	1副		12	珆 g*	坦	哉	透	陰平	開	一該	玉名，集韻		透平開咍蟹一	湯來	透開1	他但	精平開咍蟹一	祖才
858	1副		13	蛤	坦	哉	透	陰平	開	一該			透平開咍蟹一	土來	透開1	他但	精平開咍蟹一	祖才
859	1副	6	14	齛	諍	該	照	陰平	開	一該			知平開皆蟹二	卓皆	莊開2	側迸	見平開咍蟹一	古哀
860	1副		15	榸	諍	該	照	陰平	開	一該			知平開皆蟹二	卓皆	莊開2	側迸	見平開咍蟹一	古哀
861	1副	7	16	崽	稍	哉	審	陰平	開	一該			生平開皆蟹二	山皆	生開2	所教	精平開咍蟹一	祖才
862	1副	8	17	賳	贊	該	井	陰平	開	一該			精平開咍蟹一	子才	精開1	則旰	見平開咍蟹一	古哀
863	1副		18	菚	贊	該	井	陰平	開	一該			精平開咍蟹一	祖才	精開1	則旰	見平開咍蟹一	古哀
864	1副	9	19	鰓*	散	哉	信	陰平	開	一該			心平開咍蟹一	桑才	心開1	蘇旱	精平開咍蟹一	祖才
866	1副		20	顋	散	哉	信	陰平	開	一該			心平開咍蟹一	蘇來	心開1	蘇旱	精平開咍蟹一	祖才
867	1副		21	揌	散	哉	信	陰平	開	一該			心平開咍蟹一	蘇來	心開1	蘇旱	精平開咍蟹一	祖才
868	1副		22	糂*	散	哉	信	陰平	開	一該	俗有粞		心平開咍蟹一	桑才	心開1	蘇旱	精平開咍蟹一	祖才
869	1副		23	漶*	散	哉	信	陰平	開	一該			生平開佳蟹二	所佳	心開1	蘇旱	精平開咍蟹一	祖才

韻字編號	部序	組數	字數	韻字及何氏反切			韻字何氏音				何萱注釋	備注	韻字中古音		上字中古音		下字中古音	
				韻字	上字	下字	聲	調	呼	韻部			聲調呼韻攝等	反切	聲呼等	反切	聲調呼韻攝等	反切
870	1副		24	毸	散	哉	信	陰平	開	一該			心平合灰蟹一	素回	心開1	蘇旱	精平開咍蟹一	祖才
871	1副		25	鰓	散	哉	信	陰平	開	一該			心平開咍蟹一	蘇來	心開1	蘇旱	精平開咍蟹一	祖才
872	1副	10	26	痓**	保	哉	謗	陰平	開	一該		正文缺反切	幫平合灰蟹一	補回	幫開1	博抱	精平開咍蟹一	祖才
873	1副		27	䑺*	保	哉	謗	陰平	開	一該		正文缺反切	幫平合灰蟹一	晡枚	幫開1	博抱	精平開咍蟹一	祖才
874	1副	11	28	**頙**	抱	哉	並	陰平	開	一該		正文缺反切	滂平開脂止重三	敷悲	並開1	薄浩	精平開咍蟹一	祖才
875	1副		29	抔	抱	哉	並	陰平	開	一該		正文缺反切	滂平合灰蟹一	芳杯	並開1	薄浩	精平開咍蟹一	祖才
876	1副		30	魾	抱	哉	並	陰平	開	一該		正文缺反切	滂平合灰蟹一	芳杯	並開1	薄浩	精平開咍蟹一	祖才
877	1副	12	31	擡	坦	來	透	陽平	開	一該		正文缺反切	定平開咍蟹一	徒哀	透開1	他但	來平開咍蟹一	落哀
878	1副		32	儓	坦	來	透	陽平	開	一該		正文缺反切	定平開咍蟹一	徒哀	透開1	他但	來平開咍蟹一	落哀
880	1副		33	譺*	坦	來	透	陽平	開	一該		正文缺反切	透平開咍蟹一	湯來	透開1	他但	來平開咍蟹一	落哀
882	1副		34	**嚎**g*	坦	來	透	陽平	開	一該		正文缺反切。廣韻作透上	定平開咍蟹一	堂來	透開1	他但	來平開咍蟹一	落哀
883	1副		35	檯	坦	來	透	陽平	開	一該		正文缺反切	定平開咍蟹一	徒哀	透開1	他但	來平開咍蟹一	落哀
884	1副		36	薹	坦	來	透	陽平	開	一該		正文缺反切	定平開咍蟹一	徒哀	透開1	他但	來平開咍蟹一	落哀
885	1副		37	籉	坦	來	透	陽平	開	一該		正文缺反切	定平開咍蟹一	徒哀	透開1	他但	來平開咍蟹一	落哀
886	1副		38	炱**	坦	來	透	陽平	開	一該	一部平十部上兩見	正文缺反切，玉篇：徒來切又於景切。缺10部上聲。見筆者增	定平開咍蟹一	徒來	透開1	他但	來平開咍蟹一	落哀
888	1副		39	跆	坦	來	透	陽平	開	一該		正文缺反切	定平開咍蟹一	徒哀	透開1	他但	來平開咍蟹一	落哀
889	1副		40	駘	坦	來	透	陽平	開	一該		正文缺反切	定平開咍蟹一	徒哀	透開1	他但	來平開咍蟹一	落哀
890	1副	13	41	**痛**	曩	來	乃	陽平	開	一該			泥平開咍蟹一	奴來	泥開1	奴朗	來平開咍蟹一	落哀
891	1副		42	**滌***	曩	來	乃	陽平	開	一該			泥平開登曾一	奴登	泥開1	奴朗	來平開咍蟹一	落哀
892	1副	14	43	騋	朗	材	賚	陽平	開	一該			來平開咍蟹一	落哀	來開1	盧黨	從平開咍蟹一	昨哉
893	1副		44	**痳**	朗	材	賚	陽平	開	一該			來平開咍蟹一	落哀	來開1	盧黨	從平開咍蟹一	昨哉
895	1副		45	庲	朗	材	賚	陽平	開	一該			來平開咍蟹一	落哀	來開1	盧黨	從平開咍蟹一	昨哉
896	1副		46	睞	朗	材	賚	陽平	開	一該			來平開咍蟹一	落哀	來開1	盧黨	從平開咍蟹一	昨哉

韻字編號	部序	組數	字數	韻字及何氏反切			韻字何氏音				何萱注釋	備　注	韻字中古音		上字中古音		下字中古音	
				韻字	上字	下字	聲	調	呼	韻部			聲調呼韻攝等	反切	聲呼等	反切	聲調呼韻攝等	反切
897	1副		47	崍	朗	材	賚	陽平	開	一該			來平開咍蟹一	落哀	來開1	盧黨	從平開咍蟹一	昨哉
898	1副		48	**陎***	朗	材	賚	陽平	開	一該			來平開咍蟹一	郎才	來開1	盧黨	從平開咍蟹一	昨哉
899	1副		49	郲	朗	材	賚	陽平	開	一該			來平開咍蟹一	落哀	來開1	盧黨	從平開咍蟹一	昨哉
900	1副		50	耒來*	朗	材	賚	陽平	開	一該			來平開咍蟹一	郎才	來開1	盧黨	從平開咍蟹一	昨哉
901	1副		51	棶	朗	材	賚	陽平	開	一該			來平開咍蟹一	落哀	來開1	盧黨	從平開咍蟹一	昨哉
902	1副		52	箂*	朗	材	賚	陽平	開	一該			來平開咍蟹一	郎才	來開1	盧黨	從平開咍蟹一	昨哉
903	1副		53	猍	朗	材	賚	陽平	開	一該			來平開咍蟹一	落哀	來開1	盧黨	從平開咍蟹一	昨哉
904	1副		54	鶆	朗	材	賚	陽平	開	一該			來平開咍蟹一	落哀	來開1	盧黨	從平開咍蟹一	昨哉
905	1副		55	鯠	朗	材	賚	陽平	開	一該			來平開咍蟹一	落哀	來開1	盧黨	從平開咍蟹一	昨哉
906	1副	15	56	豺	秩	來	助	陽平	開	一該			崇平開皆蟹二	士皆	澄開3	直一	來平開咍蟹一	落哀
907	1副	16	57	茡	粲	來	淨	陽平	開	一該		正文缺反切	從平開咍蟹一	昨哉	清開1	蒼案	來平開咍蟹一	落哀
908	1副		58	溨	粲	來	淨	陽平	開	一該		正文缺反切	從平開咍蟹一	昨哉	清開1	蒼案	來平開咍蟹一	落哀
909	1副	17	59	**瘊**	傲	材	我	陽平	開	一該			疑上開皆蟹二	五駭	疑開1	五到	從平開咍蟹一	昨哉
910	1副	18	60	呸*	抱	材	並	陽平	開	一該		正編下字作來	滂平開侯流一	普溝	並開1	薄浩	從平開咍蟹一	昨哉
911	1副	19	61	呅**	莫	來	命	陽平	開	一該			明平合灰蟹一	莫杯	明開1	慕各	來平開咍蟹一	落哀
912	1副		62	呣	莫	來	命	陽平	開	一該			明平開侯流一	亡侯	明開1	慕各	來平開咍蟹一	落哀
913	1副		63	悔*	莫	來	命	陽平	開	一該		反切或有誤	微上合虞遇三	罔甫	明開1	慕各	來平開咍蟹一	落哀
914	1副		64	瑂*	莫	來	命	陽平	開	一該			明平合灰蟹一	謨杯	明開1	慕各	來平開咍蟹一	落哀
915	1副		65	𢄐**	莫	來	命	陽平	開	一該		玉篇：音牟	明平開尤流三	莫浮	明開1	慕各	來平開咍蟹一	落哀
916	1副		66	**𩅦**	莫	來	命	陽平	開	一該			明平開皆蟹二	莫皆	明開1	慕各	來平開咍蟹一	落哀
917	1副	20	67	烠	胡	悝	曉	陽平	合	二絯			匣平合灰蟹一	戶恢	匣合1	戶吳	溪平合灰蟹一	苦回
918	1副	21	68	**朞****	竟	熙	見	陰平	齊	三姬			見平開之止三	居其	見開3	居慶	曉平開之止三	許其
919	1副		69	錤	竟	熙	見	陰平	齊	三姬			見平開之止三	居之	見開3	居慶	曉平開之止三	許其
920	1副		70	簊**	竟	熙	見	陰平	齊	三姬			見平開之止三	居其	見開3	居慶	曉平開之止三	許其
921	1副		71	牞**	竟	熙	見	陰平	齊	三姬			見平開尤流三	居求	見開3	居慶	曉平開之止三	許其
922	1副	22	72	娸	儉	基	起	陰平	齊	三姬			溪平開之止三	去其	群開重3	巨險	見平開之止三	居之
923	1副		73	**麒**	儉	基	起	陰平	齊	三姬			群平開之止三	渠之	群開重3	巨險	見平開之止三	居之

韻字編號	部序	組數	字數	韻字及何氏反切			韻字何氏音				何萱注釋	備注	韻字中古音		上字中古音		下字中古音	
				韻字	上字	下字	聲	調	呼	韻部			聲調呼韻攝等	反切	聲呼等	反切	聲調呼韻攝等	反切
925	1副		74	鵋	儉	基	起	陰平	齊	三姬			溪平開之止三	去其	群開重3	巨險	見平開之止三	居之
926	1副		75	䖸**	儉	基	起	陰平	齊	三姬		玉篇：音丘	溪平開尤流三	去鳩	群開重3	巨險	見平開之止三	居之
927	1副		76	蚯	儉	基	起	陰平	齊	三姬			溪平開尤流三	去鳩	群開重3	巨險	見平開之止三	居之
928	1副		77	沍*	儉	基	起	陰平	齊	三姬			溪平開尤流三	袪尤	群開重3	巨險	見平開之止三	居之
929	1副		78	呿*	儉	基	起	陰平	齊	三姬			溪平開尤流三	袪尤	群開重3	巨險	見平開之止三	居之
930	1副		79	䶎**	儉	基	起	陰平	齊	三姬			溪平合支止重三	苦危	群開重3	巨險	見平開之止三	居之
931	1副	23	80	譩	隱	基	影	陰平	齊	三姬			影平開之止三	於其	影開3	於謹	見平開之止三	居之
932	1副		81	鷧**	隱	基	影	陰平	齊	三姬			影平開之止三	烏而	影開3	於謹	見平開之止三	居之
933	1副	24	82	囍g*	向	基	曉	陰平	齊	三姬			曉平開之止三	虛其	曉開3	許亮	見平開之止三	居之
934	1副	25	83	淄	軫	基	照	陰平	齊	三姬			莊平開之止三	側持	章開3	章忍	見平開之止三	居之
935	1副		84	䐢	軫	基	照	陰平	齊	三姬			莊平開之止三	側持	章開3	章忍	見平開之止三	居之
936	1副		85	腦*	軫	基	照	陰平	齊	三姬			莊去開之止三	側吏	章開3	章忍	見平開之止三	居之
937	1副		86	稸*	軫	基	照	陰平	齊	三姬			莊平開之止三	莊持	章開3	章忍	見平開之止三	居之
938	1副		87	鄑	軫	基	照	陰平	齊	三姬			莊平開之止三	側持	章開3	章忍	見平開之止三	居之
939	1副		88	鶅	軫	基	照	陰平	齊	三姬			莊平開之止三	側持	章開3	章忍	見平開之止三	居之
941	1副		89	鯔	軫	基	照	陰平	齊	三姬			莊平開之止三	側持	章開3	章忍	見平開之止三	居之
942	1副	26	90	颾*	寵	熙	助	陰平	齊	三姬			初平開之止三	又緇	徹合3	丑隴	曉平開之止三	許其
943	1副		91	颸	寵	熙	助	陰平	齊	三姬			初平開之止三	楚持	徹合3	丑隴	曉平開之止三	許其
944	1副		92	妛	寵	熙	助	陰平	齊	三姬			昌平開之止三	赤之	徹合3	丑隴	曉平開之止三	許其
945	1副		93	䁾	寵	熙	助	陰平	齊	三姬			昌平開之止三	赤之	徹合3	丑隴	曉平開之止三	許其
946	1副		94	陠*	寵	熙	助	陰平	齊	三姬		玉篇集韻：地名	昌平開之止三	充之	徹合3	丑隴	曉平開之止三	許其
948	1副		95	猫*	寵	熙	助	陰平	齊	三姬			昌平開之止三	充之	徹合3	丑隴	曉平開之止三	許其
950	1副	27	96	孖	甑	熙	井	陰平	齊	三姬			精平開之止三	子之	精開3	子孕	曉平開之止三	許其
953	1副		97	嵫	甑	熙	井	陰平	齊	三姬			精平開之止三	子之	精開3	子孕	曉平開之止三	許其
955	1副		98	嵫	甑	熙	井	陰平	齊	三姬			精平開之止三	子之	精開3	子孕	曉平開之止三	許其
956	1副		99	鎡	甑	熙	井	陰平	齊	三姬			精平開之止三	子之	精開3	子孕	曉平開之止三	許其
957	1副	28	100	禗	想	基	信	陰平	齊	三姬			心平開之止三	息兹	心開3	息兩	見平開之止三	居之

韻字編號	部序	組數	字數	韻字及何氏反切			韻字何氏音				何萱注釋	備　注	韻字中古音		上字中古音		下字中古音	
				韻字	上字	下字	聲	調	呼	韻部			聲調呼韻攝等	反切	聲呼等	反切	聲調呼韻攝等	反切
958	1副		101	罳	想	基	信	陰平	齊	三姬			心平開之止三	息兹	心開3	息兩	見平開之止三	居之
959	1副		102	鍶**	想	基	信	陰平	齊	三姬		玉篇：又烏咢切	心平合鍾通三	司龍	心開3	息兩	見平開之止三	居之
960	1副		103	騩*	想	基	信	陰平	齊	三姬			心平開之止三	新兹	心開3	息兩	見平開之止三	居之
961	1副		104	楒	想	基	信	陰平	齊	三姬			心平開之止三	息兹	心開3	息兩	見平開之止三	居之
962	1副		105	篾	想	基	信	陰平	齊	三姬			心平開之止三	息兹	心開3	息兩	見平開之止三	居之
963	1副		106	蕬	想	基	信	陰平	齊	三姬			心平開之止三	息兹	心開3	息兩	見平開之止三	居之
964	1副		107	蘊*	想	基	信	陰平	齊	三姬			心平開之止三	新兹	心開3	息兩	見平開之止三	居之
965	1副		108	洄*	想	基	信	陰平	齊	三姬			心平開之止三	新兹	心開3	息兩	見平開之止三	居之
966	1副	29	109	邉**	貶	基	謗	陰平	齊	三姬			幫平開仙山重四	布千	幫開重3	方斂	見平開之止三	居之
967	1副	30	110	怌	品	熙	並	陰平	齊	三姬			滂平開脂止重三	敷悲	滂開重3	丕飲	曉平開之止三	許其
968	1副		111	抔*	品	熙	並	陰平	齊	三姬			滂平開脂止重三	攀悲	滂開重3	丕飲	曉平開之止三	許其
970	1副		112	鉟	品	熙	並	陰平	齊	三姬			滂平開脂止重三	敷悲	滂開重3	丕飲	曉平開之止三	許其
971	1副		113	苤*	品	熙	並	陰平	齊	三姬			滂平開脂止重三	攀悲	滂開重3	丕飲	曉平開之止三	許其
972	1副	31	114	𦲿	范	基	匪	陰平	齊	三姬		表中此位無字	敷平合虞遇三	芳無	奉合3	防錽	見平開之止三	居之
973	1副		115	趏*	范	基	匪	陰平	齊	三姬		表中此位無字	敷去合虞遇三	芳遇	奉合3	防錽	見平開之止三	居之
974	1副	32	116	踑	儉	怡	起	陽平	齊	三姬			群平開之止三	渠之	群開重3	巨險	以平開之止三	與之
975	1副		117	䳢	儉	怡	起	陽平	齊	三姬			群平開之止三	渠之	群開重3	巨險	以平開之止三	與之
976	1副		118	棊	儉	怡	起	陽平	齊	三姬			群平開之止三	渠之	群開重3	巨險	以平開之止三	與之
977	1副		119	𢼄*	儉	怡	起	陽平	齊	三姬			來入合沒臻一	勒沒	群開重3	巨險	以平開之止三	與之
978	1副		120	圾*	儉	怡	起	陽平	齊	三姬	圾土壁，玉篇	正文增。解釋基本相同	群平開真臻重三	渠巾	群開重3	巨險	以平開之止三	與之
979	1副	33	121	㔯**	隱	淇	影	陽平	齊	三姬			以平開之止三	弋之	影開3	於謹	群平開之止三	渠之
980	1副		122	㔯*	隱	淇	影	陽平	齊	三姬			見平開之止三	居之	影開3	於謹	群平開之止三	渠之
981	1副		123	弫	隱	淇	影	陽平	齊	三姬			以平開之止三	與之	影開3	於謹	群平開之止三	渠之
982	1副		124	瓯	隱	淇	影	陽平	齊	三姬		正文增	以平開之止三	與之	影開3	於謹	群平開之止三	渠之
983	1副		125	柂	隱	淇	影	陽平	齊	三姬			以平開之止三	與之	影開3	於謹	群平開之止三	渠之
984	1副		126	𦙶	隱	淇	影	陽平	齊	三姬			以平開之止三	與之	影開3	於謹	群平開之止三	渠之

韻字編號	部序	組數	字數	韻字及何氏反切			韻字何氏音				何萱注釋	備注	韻字中古音		上字中古音		下字中古音	
				韻字	上字	下字	聲	調	呼	韻部			聲調呼韻攝等	反切	聲呼等	反切	聲調呼韻攝等	反切
985	1副		127	犹*	隱	淇	影	陽平	齊	三姬			云平開尤流三	于求	影開3	於謹	群平開之止三	渠之
986	1副		128	駀*	隱	淇	影	陽平	齊	三姬			云平開尤流三	于求	影開3	於謹	群平開之止三	渠之
987	1副		129	蝵**	隱	淇	影	陽平	齊	三姬			匣平開尤流三	胡求	影開3	於謹	群平開之止三	渠之
988	1副		130	杭	隱	淇	影	陽平	齊	三姬			云平開尤流三	羽求	影開3	於謹	群平開之止三	渠之
989	1副		131	洂	隱	淇	影	陽平	齊	三姬			以平開之止三	與之	影開3	於謹	群平開之止三	渠之
990	1副	34	132	吰**	向	淇	曉	陽平	齊	三姬		表中此位無字	匣平開尤流三	胡求	曉開3	許亮	群平開之止三	渠之
991	1副	35	133	嫠	亮	怡	賚	陽平	齊	三姬			來平開之止三	里之	來開3	力讓	以平開之止三	與之
993	1副		134	艃	亮	怡	賚	陽平	齊	三姬			來平開之止三	里之	來開3	力讓	以平開之止三	與之
994	1副		135	蜱**	亮	怡	賚	陽平	齊	三姬			來平開之止三	力之	來開3	力讓	以平開之止三	與之
995	1副		136	縲**	亮	怡	賚	陽平	齊	三姬			來平開支止三	力支	來開3	力讓	以平開之止三	與之
996	1副	36	137	謍*	寵	怡	助	陽平	齊	三姬		玉篇(氶)	澄平開之止三	澄之	徹合3	丑隴	以平開之止三	與之
997	1副		138	荎**	寵	怡	助	陽平	齊	三姬			澄平開之止三	直离	徹合3	丑隴	以平開之止三	與之
998	1副	37	139	髩	攘	怡	耳	陽平	齊	三姬			日平開之止三	如之	日開3	人漾	以平開之止三	與之
999	1副		140	媥*	攘	怡	耳	陽平	齊	三姬			日平開之止三	人之	日開3	人漾	以平開之止三	與之
1000	1副		141	陑*	攘	怡	耳	陽平	齊	三姬			日平開之止三	人之	日開3	人漾	以平開之止三	與之
1002	1副		142	挧*	攘	怡	耳	陽平	齊	三姬		韻史作擊也；玉篇集韻：博雅拄也	日平合脂止三	儒隹	日開3	人漾	以平開之止三	與之
1003	1副		143	侕*	攘	怡	耳	陽平	齊	三姬			日平開之止三	人之	日開3	人漾	以平開之止三	與之
1005	1副		144	袻*	攘	怡	耳	陽平	齊	三姬		裝也	日平開之止三	人之	日開3	人漾	以平開之止三	與之
1006	1副		145	陑	攘	怡	耳	陽平	齊	三姬			日平開之止三	如之	日開3	人漾	以平開之止三	與之
1007	1副		146	峏	攘	怡	耳	陽平	齊	三姬			日平開之止三	如之	日開3	人漾	以平開之止三	與之
1008	1副		147	鴯	攘	怡	耳	陽平	齊	三姬			日平開之止三	如之	日開3	人漾	以平開之止三	與之
1009	1副	38	148	榯	哂	怡	審	陽平	齊	三姬			禪平開之止三	市之	書開3	式忍	以平開之止三	與之
1010	1副		149	溡*	哂	怡	審	陽平	齊	三姬			禪平開之止三	市之	書開3	式忍	以平開之止三	與之
1011	1副		150	鰣	哂	怡	審	陽平	齊	三姬			禪平開之止三	市之	書開3	式忍	以平開之止三	與之
1012	1副		151	鼭	哂	怡	審	陽平	齊	三姬			禪平開之止三	市之	書開3	式忍	以平開之止三	與之

韻字編號	部序	組數	字數	韻字及何氏反切 韻字	上字	下字	韻字何氏音 聲	調	呼	韻部	何萱注釋	備注	韻字中古音 聲調呼韻攝等	反切	上字中古音 聲呼等	反切	下字中古音 聲調呼韻攝等	反切
1013	1副		152	**眱**	哂	怡	審	陽平	齊	三姬			書平開之止三	式其	書開3	式忍	以平開之止三	與之
1014	1副	39	153	磁	淺	怡	淨	陽平	齊	三姬			從平開之止三	疾之	清開3	七演	以平開之止三	與之
1015	1副		154	濨	淺	怡	淨	陽平	齊	三姬			從平開之止三	疾之	清開3	七演	以平開之止三	與之
1016	1副		155	篟**	淺	怡	淨	陽平	齊	三姬			從平開之止三	自移	清開3	七演	以平開之止三	與之
1017	1副	40	156	寲**	仰	怡	我	陽平	齊	三姬		玉篇五音集韻	疑平開之止三	魚基	疑開3	魚兩	以平開之止三	與之
1019	1副		157	鬌	仰	怡	我	陽平	齊	三姬	平入兩讀注在彼		疑平開之止三	語其	疑開3	魚兩	以平開之止三	與之
1021	1副		158	汼*	仰	怡	我	陽平	齊	三姬		玉篇集韻：水名	疑平開尤流三	魚尤	疑開3	魚兩	以平開之止三	與之
1023	1副		159	**芊***	仰	怡	我	陽平	齊	三姬			疑平開尤流三	魚尤	疑開3	魚兩	以平開之止三	與之
1024	1副		160	豨**	仰	怡	我	陽平	齊	三姬			影平合鍾通三	魚容	疑開3	魚兩	以平開之止三	與之
1025	1副		161	觓**	仰	怡	我	陽平	齊	三姬		玉篇：又音牛	影上合微止三	於鬼	疑開3	魚兩	以平開之止三	與之
1026	1副		162	魹**	仰	怡	我	陽平	齊	三姬			影平開尤流三	魚丘	疑開3	魚兩	以平開之止三	與之
1028	1副	41	163	絧	想	怡	信	陽平	齊	三姬			邪平開之止三	似茲	心開3	息兩	以平開之止三	與之
1029	1副		164	柌	想	怡	信	陽平	齊	三姬			邪平開之止三	似茲	心開3	息兩	以平開之止三	與之
1030	1副	42	165	**伓****	品	怡	並	陽平	齊	三姬			並平開脂止重三	符悲	滂開重3	丕飲	以平開之止三	與之
1031	1副		166	豾	品	怡	並	陽平	齊	三姬			滂平開脂止重三	敷悲	滂開重3	丕飲	以平開之止三	與之
1032	1副		167	**鴀**	品	怡	並	陽平	齊	三姬			並平開脂止重三	符悲	滂開重3	丕飲	以平開之止三	與之
1033	1副		168	蚽**	品	怡	並	陽平	齊	三姬			並平開支止重三	薄碑	滂開重3	丕飲	以平開之止三	與之
1035	1副		169	蚘*	品	怡	並	陽平	齊	三姬		水虫名	奉平開尤流三	房尤	滂開重3	丕飲	以平開之止三	與之
1037	1副	43	170	煤	面	怡	命	陽平	齊	三姬			明平合灰蟹一	莫杯	明開重4	彌箭	以平開之止三	與之
1038	1副		171	**脢**	面	怡	命	陽平	齊	三姬			明平合灰蟹一	莫杯	明開重4	彌箭	以平開之止三	與之
1039	1副		172	**梅**	面	怡	命	陽平	齊	三姬			明平合灰蟹一	莫杯	明開重4	彌箭	以平開之止三	與之
1040	1副		173	**鴸**	面	怡	命	陽平	齊	三姬			明平開尤流三	莫浮	明開重4	彌箭	以平開之止三	與之
1041	1副	44	174	鴀	范	怡	匪	陽平	齊	三姬			非平開尤流三	甫鳩	奉合3	防錽	以平開之止三	與之
1043	1副	45	175	輆	口	乃	起	上	開	一改			溪上開咍蟹一	苦亥	溪開1	苦后	泥上開咍蟹一	奴亥
1044	1副		176	該*	口	乃	起	上	開	一改			溪平開咍蟹一	丘哀	溪開1	苦后	泥上開咍蟹一	奴亥
1045	1副	46	177	腤	案	海	影	上	開	一改			以上開咍蟹一	與改	影開1	烏旰	曉上開咍蟹一	呼改
1046	1副	47	178	**孩**	漢	乃	曉	上	開	一改			匣上開咍蟹一	胡改	曉開1	呼旰	泥上開咍蟹一	奴亥

韻字編號	部序	組數	字數	韻字及何氏反切			韻字何氏音				何萱注釋	備　注	韻字中古音		上字中古音		下字中古音	
				韻字	上字	下字	聲	調	呼	韻部			聲調呼韻攝等	反切	聲呼等	反切	聲調呼韻攝等	反切
1047	1副		179	咳	漢	乃	曉	上	開	一改		韻目作翊，誤	匣上開咍蟹一	胡改	曉開1	呼旰	泥上開咍蟹一	奴亥
1048	1副		180	翊**	漢	乃	曉	上	開	一改		玉篇：音亥	匣上開咍蟹一	胡改	曉開1	呼旰	泥上開咍蟹一	奴亥
1049	1副		181	榼*	漢	乃	曉	上	開	一改			曉上開咍蟹一	許亥	曉開1	呼旰	泥上開咍蟹一	奴亥
1050	1副	48	182	觧**	到	乃	短	上	開	一改			端上開咍蟹一	多改	端開1	都導	泥上開咍蟹一	奴亥
1051	1副		183	觫**	到	乃	短	上	開	一改			端上開咍蟹一	多改	端開1	都導	泥上開咍蟹一	奴亥
1052	1副	49	184	嗿	坦	乃	透	上	開	一改			定上開咍蟹一	徒亥	透開1	他但	泥上開咍蟹一	奴亥
1053	1副		185	軩	坦	乃	透	上	開	一改	軩或作軩		定上開咍蟹一	徒亥	透開1	他但	泥上開咍蟹一	奴亥
1054	1副	50	186	疓	曩	改	乃	上	開	一改		正編下字作海	日上開咍蟹一	如亥	泥開1	奴朗	見上開咍蟹一	古亥
1055	1副		187	嚨*	曩	改	乃	上	開	一改		正編下字作海	泥上開登曾一	奴等	泥開1	奴朗	見上開咍蟹一	古亥
1057	1副	51	188	唻	朗	改	賚	上	開	一改			來上開咍蟹一	來改	來開1	盧黨	見上開咍蟹一	古亥
1058	1副	52	189	縡	贊	乃	井	上	開	一改			精去開咍蟹一	作代	精開1	則旰	泥上開咍蟹一	奴亥
1059	1副		190	騂*	贊	乃	井	上	開	一改			精上開咍蟹一	子亥	精開1	則旰	泥上開咍蟹一	奴亥
1060	1副	53	191	宷	粲	乃	淨	上	開	一改			清上開咍蟹一	倉宰	清開1	蒼案	泥上開咍蟹一	奴亥
1061	1副		192	槩	粲	乃	淨	上	開	一改			清上開咍蟹一	倉宰	清開1	蒼案	泥上開咍蟹一	奴亥
1063	1副		193	婇*	粲	乃	淨	上	開	一改		玉篇集韻：女字	清上開咍蟹一	此宰	清開1	蒼案	泥上開咍蟹一	奴亥
1065	1副		194	郲*	粲	乃	淨	上	開	一改			清上開咍蟹一	此宰	清開1	蒼案	泥上開咍蟹一	奴亥
1066	1副	54	195	警	散	改	信	上	開	一改			心入合屋通一	桑谷	心開1	蘇旱	見上開咍蟹一	古亥
1067	1副		196	箕*	散	改	信	上	開	一改		玉篇集韻：竹名	心上開咍蟹一	息改	心開1	蘇旱	見上開咍蟹一	古亥
1069	1副	55	197	佸*	保	乃	謗	上	開	一改			幫上開咍蟹一	布亥	幫開1	博抱	泥上開咍蟹一	奴亥
1070	1副	56	198	佸	抱	乃	並	上	開	一改			滂上開咍蟹一	普乃	並開1	薄浩	泥上開咍蟹一	奴亥
1071	1副		199	䕯**	抱	乃	並	上	開	一改	起也，玉篇	玉篇蒲悶切。集韻有匣咍，何開和疑咍，魚開二切	並去合魂臻一	蒲悶	並開1	薄浩	泥上開咍蟹一	奴亥
1074	1副	57	200	䀀	莫	乃	命	上	開	一改			明上開咍蟹一	莫亥	明開1	慕各	泥上開咍蟹一	奴亥
1075	1副		201	穤	莫	乃	命	上	開	一改			明上開咍蟹一	莫亥	明開1	慕各	泥上開咍蟹一	奴亥
1078	1副	58	202	詴*	戶	洧	曉	上	合	二痏		玉篇集韻呼也	匣上合灰蟹一	戶賄	匣合1	侯古	云上合脂止三	榮美

韻字編號	部序	組數	字數	韻字及何氏反切			韻字何氏音				何萱注釋	備　注	韻字中古音		上字中古音		下字中古音	
				韻字	上字	下字	聲	調	呼	韻部			聲調呼韻攝等	反切	聲呼等	反切	聲調呼韻攝等	反切
1080	1副	59	203	㷟**	狀	悔	助	上	合	二痏			初上合支止重三	初委	崇開3	鋤亮	曉上合灰蟹一	呼罪
1081	1副	60	204	㠯	竟	喜	見	上	齊	三紀			見上開之止三	居理	見開3	居慶	曉上開之止三	虛里
1082	1副		205	鳮**	竟	喜	見	上	齊	三紀		玉篇：音己	見上開之止三	居理	見開3	居慶	曉上開之止三	虛里
1083	1副		206	畚	竟	喜	見	上	齊	三紀			見上開尤流三	舉有	見開3	居慶	曉上開之止三	虛里
1084	1副	61	207	玘	儉	喜	起	上	齊	三紀			溪上開之止三	墟里	群開重3	巨險	曉上開之止三	虛里
1085	1副		208	笣*	儉	喜	起	上	齊	三紀			溪上開之止三	口已	群開重3	巨險	曉上開之止三	虛里
1086	1副	62	209	欤*	隱	起	影	上	齊	三紀		玉篇集韻：說文欸欸戲笑貌	曉平開之止三	虛其	影開3	於謹	溪上開之止三	墟里
1088	1副		210	譩**	隱	起	影	上	齊	三紀			影上開之止三	於己	影開3	於謹	溪上開之止三	墟里
1089	1副		211	噫**	隱	起	影	上	齊	三紀			影上開之止三	於己	影開3	於謹	溪上開之止三	墟里
1090	1副		212	笖*	隱	起	影	上	齊	三紀			以上開之止三	養里	影開3	於謹	溪上開之止三	墟里
1091	1副		213	芣	隱	起	影	上	齊	三紀			云上開之止三	于紀	影開3	於謹	溪上開之止三	墟里
1092	1副		214	萯	隱	起	影	上	齊	三紀			云上開尤流三	云久	影開3	於謹	溪上開之止三	墟里
1093	1副		215	鴮	隱	起	影	上	齊	三紀			云上開尤流三	云久	影開3	於謹	溪上開之止三	墟里
1094	1副	63	216	蟢	向	起	曉	上	齊	三紀			曉上開之止三	虛里	曉開3	許亮	溪上開之止三	墟里
1095	1副	64	217	娌	亮	喜	賚	上	齊	三紀			來上開之止三	良士	來開3	力讓	曉上開之止三	虛里
1096	1副	65	218	訨*	軫	起	照	上	齊	三紀			章上開之止三	渚市	章開3	章忍	溪上開之止三	墟里
1097	1副		219	砋*	軫	起	照	上	齊	三紀			章上開之止三	渚市	章開3	章忍	溪上開之止三	墟里
1098	1副		220	笁*	軫	起	照	上	齊	三紀			章上開之止三	渚市	章開3	章忍	溪上開之止三	墟里
1099	1副		221	黹*	軫	起	照	上	齊	三紀			知上開之止三	展里	章開3	章忍	溪上開之止三	墟里
1100	1副	66	222	時*	寵	起	助	上	齊	三紀			澄上開之止三	丈里	徹合3	丑隴	溪上開之止三	墟里
1101	1副		223	秲	寵	起	助	上	齊	三紀			澄上開之止三	直里	徹合3	丑隴	溪上開之止三	墟里
1102	1副		224	䇯*	寵	起	助	上	齊	三紀			俟上開之止三	牀史	徹合3	丑隴	溪上開之止三	墟里
1103	1副		225	竢*	寵	起	助	上	齊	三紀			俟上開之止三	牀史	徹合3	丑隴	溪上開之止三	墟里
1105	1副	67	226	緓	攘	起	耳	上	齊	三紀			日上開之止三	而止	日開3	人漾	溪上開之止三	墟里
1106	1副		227	洱	攘	起	耳	上	齊	三紀			日上開之止三	而止	日開3	人漾	溪上開之止三	墟里
1108	1副		228	駬	攘	起	耳	上	齊	三紀			日上開之止三	而止	日開3	人漾	溪上開之止三	墟里

韻字編號	部序	組數	字數	韻字及何氏反切			韻字何氏音				何萱注釋	備　注	韻字中古音		上字中古音		下字中古音	
				韻字	上字	下字	聲	調	呼	韻部			聲調呼韻攝等	反切	聲呼等	反切	聲調呼韻攝等	反切
1109	1副		229	諰	攘	起	耳	上	齊	三紀			日上開之止三	而止	日開3	人漾	溪上開之止三	墟里
1110	1副	68	230	鈶**	哂	喜	審	上	齊	三紀		五音集韻	生上開之止三	色滓	書開3	式忍	曉上開之止三	虛里
1111	1副		231	矽**	哂	喜	審	上	齊	三紀		玉篇：音史	生上開之止三	踈士	書開3	式忍	曉上開之止三	虛里
1112	1副		232	岐**	哂	喜	審	上	齊	三紀			生上開之止三	踈士	書開3	式忍	曉上開之止三	虛里
1113	1副		233	哽**	哂	喜	審	上	齊	三紀			生上開之止三	色滓	書開3	式忍	曉上開之止三	虛里
1114	1副		234	狭*	哂	喜	審	上	齊	三紀			生上開之止三	爽士	書開3	式忍	曉上開之止三	虛里
1115	1副		235	茹*	哂	喜	審	上	齊	三紀			書上開之止三	首止	書開3	式忍	曉上開之止三	虛里
1116	1副		236	鉓*	哂	喜	審	上	齊	三紀			禪上開之止三	士止	書開3	式忍	曉上開之止三	虛里
1117	1副	69	237	玗**	甑	喜	井	上	齊	三紀			精上開之止三	借里	精開3	子孕	曉上開之止三	虛里
1118	1副		238	矸**	甑	喜	井	上	齊	三紀		玉篇：音子	精上開之止三	即里	精開3	子孕	曉上開之止三	虛里
1119	1副		239	鈃*	甑	喜	井	上	齊	三紀		玉篇集韻：剛也	精上開之止三	祖似	精開3	子孕	曉上開之止三	虛里
1121	1副		240	阡*	甑	喜	井	上	齊	三紀			精上開之止三	祖似	精開3	子孕	曉上開之止三	虛里
1122	1副		241	屽**	甑	喜	井	上	齊	三紀			精上開之止三	即李	精開3	子孕	曉上開之止三	虛里
1123	1副		242	虸	甑	喜	井	上	齊	三紀			精上開之止三	即里	精開3	子孕	曉上開之止三	虛里
1125	1副	70	243	鮔**	淺	起	淨	上	齊	三紀			從上開之止三	疾里	清開3	七演	溪上開之止三	墟里
1126	1副	71	244	逘**	仰	起	我	上	齊	三紀		正編下字作喜	疑上開微止三	魚幾	疑開3	魚兩	溪上開之止三	墟里
1127	1副		245	縌**	仰	起	我	上	齊	三紀		正編下字作喜； 玉篇：音擬	疑上開之止三	魚紀	疑開3	魚兩	溪上開之止三	墟里
1128	1副		246	嶷**	仰	起	我	上	齊	三紀		正編下字作喜； 玉篇：音擬	疑上開之止三	魚紀	疑開3	魚兩	溪上開之止三	墟里
1129	1副	72	247	葸	想	起	信	上	齊	三紀		韻目韻字作𢗸， 誤	心上開之止三	胥里	心開3	息兩	溪上開之止三	墟里
1130	1副		248	膟	想	起	信	上	齊	三紀			心去開脂止三	息利	心開3	息兩	溪上開之止三	墟里
1131	1副		249	姒	想	起	信	上	齊	三紀			邪上開之止三	詳里	心開3	息兩	溪上開之止三	墟里
1132	1副		250	竢*	想	起	信	上	齊	三紀			俟上開之止三	牀史	心開3	息兩	溪上開之止三	墟里
1133	1副		251	鈶*	想	起	信	上	齊	三紀		韻目作鉅，誤。 玉篇集韻：博雅~ 鋌也	邪上開之止三	象齒	心開3	息兩	溪上開之止三	墟里

韻字編號	部序	組數	字數	韻字及何氏反切			韻字何氏音				何萱注釋	備　注	韻字中古音		上字中古音		下字中古音	
				韻字	上字	下字	聲	調	呼	韻部			聲調呼韻攝等	反切	聲呼等	反切	聲調呼韻攝等	反切
1134	1副		252	應	想	起	信	上	齊	三紀			邪上開之止三	詳里	心開3	息兩	溪上開之止三	墟里
1135	1副	73	253	啚**	貶	喜	謗	上	齊	三紀			幫上開脂止重三	博美	幫開重3	方斂	曉上開之止三	虛里
1136	1副	74	254	翍**	品	起	並	上	齊	三紀			滂上開豪效一	芳好	滂開重3	丕飲	溪上開之止三	墟里
1137	1副	75	255	砪*	面	起	命	上	齊	三紀			明上開侯流一	莫後	明開重4	彌箭	溪上開之止三	墟里
1138	1副		256	牳*	面	起	命	上	齊	三紀			明上開侯流一	莫後	明開重4	彌箭	溪上開之止三	墟里
1139	1副		257	䊈*	面	起	命	上	齊	三紀			明上開侯流一	莫後	明開重4	彌箭	溪上開之止三	墟里
1140	1副		258	㺳	面	起	命	上	齊	三紀			明上開侯流一	莫厚	明開重4	彌箭	溪上開之止三	墟里
1141	1副		259	踇	面	起	命	上	齊	三紀			明上開侯流一	莫厚	明開重4	彌箭	溪上開之止三	墟里
1142	1副		260	繁	面	起	命	上	齊	三紀			明上開脂止重三	無鄙	明開重4	彌箭	溪上開之止三	墟里
1144	1副		261	鰵	面	起	命	上	齊	三紀			明上開真臻重三	眉殞	明開重4	彌箭	溪上開之止三	墟里
1145	1副		262	罞*	面	起	命	上	齊	三紀			明上開侯流一	莫後	明開重4	彌箭	溪上開之止三	墟里
1146	1副		263	莯*	面	起	命	上	齊	三紀			明上開侯流一	莫後	明開重4	彌箭	溪上開之止三	墟里
1147	1副	76	264	桴	范	起	匪	上	齊	三紀			敷上開尤流三	芳否	奉合3	防錽	溪上開之止三	墟里
1148	1副		265	嫏*	范	起	匪	上	齊	三紀			非上開尤流三	俯九	奉合3	防錽	溪上開之止三	墟里
1149	1副		266	鴀	范	起	匪	上	齊	三紀			奉上開尤流三	房久	奉合3	防錽	溪上開之止三	墟里
1150	1副		267	蝜	范	起	匪	上	齊	三紀			奉上開尤流三	房久	奉合3	防錽	溪上開之止三	墟里
1151	1副		268	𦺇**	范	起	匪	上	齊	三紀			奉上開尤流三	防久	奉合3	防錽	溪上開之止三	墟里
1152	1副	77	269	蝺**	務	喜	未	上	齊	三紀		玉篇：音舞	微上合虞遇三	文甫	微合3	亡遇	曉上開之止三	虛里
1153	1副	78	270	忋*	艮	岱	見	去	開	一戒		玉篇集韻：博雅恃也	見上開咍蟹一	己亥	見開1	古恨	定去開咍蟹一	徒耐
1155	1副		271	㓕	艮	岱	見	去	開	一戒			匣去開皆蟹二	胡介	見開1	古恨	定去開咍蟹一	徒耐
1156	1副	79	272	烗	口	岱	起	去	開	一戒			溪去開皆蟹二	苦戒	溪開1	苦后	定去開咍蟹一	徒耐
1157	1副	80	273	㖑	漢	岱	曉	去	開	一戒			曉去開皆蟹二	許介	曉開1	呼旰	定去開咍蟹一	徒耐
1158	1副		274	䠹*	漢	岱	曉	去	開	一戒			匣去開咍蟹一	戶代	曉開1	呼旰	定去開咍蟹一	徒耐
1159	1副		275	逘**	漢	岱	曉	去	開	一戒			匣去開咍蟹一	戶愛	曉開1	呼旰	定去開咍蟹一	徒耐

韻字編號	部序	組數	字數	韻字及何氏反切			韻字何氏音				何萱注釋	備注	韻字中古音		上字中古音		下字中古音	
				韻字	上字	下字	聲	調	呼	韻部			聲調呼韻攝等	反切	聲呼等	反切	聲調呼韻攝等	反切
1160	1副	81	276	酨*	坦	戴	透	去	開	一戒	或作㒟酨甙戠。酒色也甘也，玉篇；戠甘也。廣雅釋器。萱按弋聲在一部，從戈，則非聲矣。疑廣韻雅字本作甙，轉寫者誤從戈聲	酨廣集只有一讀，此處取酨集韻音	定去開咍蟹一	待戴	透開1	他但	端去開咍蟹一	都代
1161	1副		277	偫	坦	戴	透	去	開	一戒			定去開咍蟹一	徒耐	透開1	他但	端去開咍蟹一	都代
1162	1副		278	玳*	坦	戴	透	去	開	一戒			定去開咍蟹一	待戴	透開1	他但	端去開咍蟹一	都代
1164	1副	82	279	誺	朗	岱	賚	去	開	一戒			來去開咍蟹一	洛代	來開1	盧黨	定去開咍蟹一	徒耐
1165	1副		280	頼*	朗	岱	賚	去	開	一戒			來平開咍蟹一	郎才	來開1	盧黨	定去開咍蟹一	徒耐
1166	1副	83	281	寨	秩	岱	助	去	開	一戒			崇去開夬蟹二	犲夬	澄開3	直一	定去開咍蟹一	徒耐
1167	1副	84	282	載	贊	岱	井	去	開	一戒			精去開咍蟹一	作代	精開1	則旰	定去開咍蟹一	徒耐
1168	1副	85	283	脎	粲	岱	淨	去	開	一戒			清去開咍蟹一	倉代	清開1	蒼案	定去開咍蟹一	徒耐
1169	1副		284	溅	粲	岱	淨	去	開	一戒			從去開咍蟹一	昨代	清開1	蒼案	定去開咍蟹一	徒耐
1171	1副	86	285	㝵*	傲	岱	我	去	開	一戒		玉篇集韻：石名	疑去開咍蟹一	牛代	疑開1	五到	定去開咍蟹一	徒耐
1173	1副	87	286	賽	散	岱	信	去	開	一戒			心去開咍蟹一	先代	心開1	蘇旱	定去開咍蟹一	徒耐
1174	1副		287	僿	散	岱	信	去	開	一戒			書去開之止三	式吏	心開1	蘇旱	定去開咍蟹一	徒耐
1175	1副	88	288	茷	抱	岱	並	去	開	一戒			並去合灰蟹一	蒲昧	並開1	薄浩	定去開咍蟹一	徒耐
1176	1副		289	韛	抱	岱	並	去	開	一戒	韛或作韝		並去開皆蟹二	蒲拜	並開1	薄浩	定去開咍蟹一	徒耐
1177	1副	89	290	痗	莫	岱	命	去	開	一戒			明去合灰蟹一	莫佩	明開1	慕各	定去開咍蟹一	徒耐
1179	1副	90	291	鬠	古	誨	見	去	合	二怪			見去合灰蟹一	古對	見合1	公戶	曉去合灰蟹一	荒內
1180	1副		292	簂	古	誨	見	去	合	二怪			見去合灰蟹一	古對	見合1	公戶	曉去合灰蟹一	荒內
1181	1副		293	磑	古	誨	見	去	合	二怪			見去合皆蟹二	古壞	見合1	公戶	曉去合灰蟹一	荒內
1182	1副		294	浍*	古	誨	見	去	合	二怪			見去合皆蟹二	古壞	見合1	公戶	曉去合灰蟹一	荒內

韻字編號	部序	組數	字數	韻字及何氏反切			韻字何氏音				何萱注釋	備　注	韻字中古音		上字中古音		下字中古音	
				韻字	上字	下字	聲	調	呼	韻部			聲調呼韻攝等	反切	聲呼等	反切	聲調呼韻攝等	反切
1183	1副	91	295	㒜	竟	異	見	去	齊	三記			見去開脂止重三	几利	見開3	居慶	以去開之止三	羊吏
1184	1副	92	296	帺	儉	記	起	去	齊	三記			群去開之止三	渠記	群開重3	巨險	見去開之止三	居吏
1185	1副		297	唭	儉	記	起	去	齊	三記			溪去開之止三	去吏	群開重3	巨險	見去開之止三	居吏
1186	1副		298	啹*	儉	記	起	去	齊	三記			群去開之止三	渠記	群開重3	巨險	見去開之止三	居吏
1187	1副		299	惎*	儉	記	起	去	齊	三記			群去開之止三	渠記	群開重3	巨險	見去開之止三	居吏
1188	1副		300	娽*	儉	記	起	去	齊	三記			群去開之止三	渠記	群開重3	巨險	見去開之止三	居吏
1190	1副		301	峜*	儉	記	起	去	齊	三記		山高貌	溪去開之止三	去吏	群開重3	巨險	見去開之止三	居吏
1192	1副		302	綦	儉	記	起	去	齊	三記			群去開之止三	渠記	群開重3	巨險	見去開之止三	居吏
1193	1副		303	鵋	儉	記	起	去	齊	三記			群去開之止三	渠記	群開重3	巨險	見去開之止三	居吏
1194	1副		304	梞	儉	記	起	去	齊	三記			群去開之止三	渠記	群開重3	巨險	見去開之止三	居吏
1195	1副		305	簊	儉	記	起	去	齊	三記			群去開之止三	渠記	群開重3	巨險	見去開之止三	居吏
1196	1副		306	誋*	儉	記	起	去	齊	三記			見去開之止三	居吏	群開重3	巨險	見去開之止三	居吏
1197	1副	93	307	鷾	隱	記	影	去	齊	三記			影去開之止三	於記	影開3	於謹	見去開之止三	居吏
1198	1副		308	逌**	隱	記	影	去	齊	三記			云去開尤流三	于救	影開3	於謹	見去開之止三	居吏
1199	1副		309	宥*	隱	記	影	去	齊	三記			云去開尤流三	尤救	影開3	於謹	見去開之止三	居吏
1201	1副		310	犹	隱	記	影	去	齊	三記			以去開尤流三	余救	影開3	於謹	見去開之止三	居吏
1202	1副	94	311	倲*	亮	記	賚	去	齊	三記			來去開之止三	良志	來開3	力讓	見去開之止三	居吏
1203	1副		312	哩**	亮	記	賚	去	齊	三記		玉篇五音集韻	來去開之止三	力忌	來開3	力讓	見去開之止三	居吏
1204	1副	95	313	誌	軫	記	照	去	齊	三記			章去開之止三	職吏	章開3	章忍	見去開之止三	居吏
1205	1副		314	痣	軫	記	照	去	齊	三記			章去開之止三	職吏	章開3	章忍	見去開之止三	居吏
1206	1副		315	覟*	軫	記	照	去	齊	三記			章去開之止三	職吏	章開3	章忍	見去開之止三	居吏
1207	1副		316	恄	軫	記	照	去	齊	三記			章去開之止三	職吏	章開3	章忍	見去開之止三	居吏
1208	1副		317	娡	軫	記	照	去	齊	三記			章去開之止三	職吏	章開3	章忍	見去開之止三	居吏
1209	1副		318	蕋	軫	記	照	去	齊	三記			章去開之止三	職吏	章開3	章忍	見去開之止三	居吏
1210	1副		319	筀*	軫	記	照	去	齊	三記			章去開之止三	職吏	章開3	章忍	見去開之止三	居吏
1211	1副		320	鴲**	軫	記	照	去	齊	三記			章去開之止三	之餌	章開3	章忍	見去開之止三	居吏
1212	1副		321	鮚**	軫	記	照	去	齊	三記			章去開脂止三	之利	章開3	章忍	見去開之止三	居吏

韻字編號	部序	組數	字數	韻字及何氏反切			韻字何氏音				何萱注釋	備注	韻字中古音		上字中古音		下字中古音	
				韻字	上字	下字	聲	調	呼	韻部			聲調呼韻攝等	反切	聲呼等	反切	聲調呼韻攝等	反切
1213	1副		322	鋕*	軫	記	照	去	齊	三記		正文缺	章去開之止三	職吏	章開3	章忍	見去開之止三	居吏
1214	1副		323	幟g*	軫	記	照	去	齊	三記			章去開之止三	職吏	章開3	章忍	見去開之止三	居吏
1216	1副		324	值*	軫	記	照	去	齊	三記			知入開職曾三	竹力	章開3	章忍	見去開之止三	居吏
1217	1副		325	椁*	軫	記	照	去	齊	三記			莊去開之止三	側吏	章開3	章忍	見去開之止三	居吏
1218	1副	96	326	餕	寵	記	助	去	齊	三記			崇去開之止三	鉏吏	徹合3	丑隴	見去開之止三	居吏
1219	1副		327	饎*	寵	記	助	去	齊	三記			昌去開之止三	昌志	徹合3	丑隴	見去開之止三	居吏
1220	1副		328	**揰**	寵	記	助	去	齊	三記			澄去開之止三	直吏	徹合3	丑隴	見去開之止三	居吏
1221	1副		329	貸	寵	記	助	去	齊	三記			澄去開之止三	直吏	徹合3	丑隴	見去開之止三	居吏
1222	1副		330	魁*	寵	記	助	去	齊	三記			徹去開之止三	丑吏	徹合3	丑隴	見去開之止三	居吏
1224	1副	97	331	誀	攘	記	耳	去	齊	三記			日去開之止三	仍吏	日開3	人漾	見去開之止三	居吏
1226	1副		332	咡	攘	記	耳	去	齊	三記			日去開之止三	仍吏	日開3	人漾	見去開之止三	居吏
1227	1副		333	聕	攘	記	耳	去	齊	三記			日去開之止三	仍吏	日開3	人漾	見去開之止三	居吏
1228	1副		334	眲	攘	記	耳	去	齊	三記		韻目作暗	日去開之止三	仍吏	日開3	人漾	見去開之止三	居吏
1230	1副		335	**胹**	攘	記	耳	去	齊	三記			日去開之止三	仍吏	日開3	人漾	見去開之止三	居吏
1231	1副		336	峏	攘	記	耳	去	齊	三記			日去開之止三	仍吏	日開3	人漾	見去開之止三	居吏
1232	1副		337	**聏**	攘	記	耳	去	齊	三記			日去開之止三	仍吏	日開3	人漾	見去開之止三	居吏
1233	1副		338	毦	攘	記	耳	去	齊	三記			日去開之止三	仍吏	日開3	人漾	見去開之止三	居吏
1234	1副		339	鉺**	攘	記	耳	去	齊	三記			日去開之止三	如志	日開3	人漾	見去開之止三	居吏
1235	1副	98	340	鯛	哂	記	審	去	齊	三記			生去開之止三	踈吏	書開3	式忍	見去開之止三	居吏
1236	1副		341	窒	哂	記	審	去	齊	三記			生去開之止三	踈吏	書開3	式忍	見去開之止三	居吏
1237	1副		342	浹	哂	記	審	去	齊	三記			生去開之止三	踈吏	書開3	式忍	見去開之止三	居吏
1238	1副		343	貏	哂	記	審	去	齊	三記			生去開之止三	踈吏	書開3	式忍	見去開之止三	居吏
1239	1副	99	344	牸	淺	記	淨	去	齊	三記			從去開之止三	疾置	清開3	七演	見去開之止三	居吏
1240	1副	100	345	**艬**	仰	記	我	去	齊	三記			疑去開之止三	魚記	疑開3	魚兩	見去開之止三	居吏
1241	1副		346	**鬐**	仰	記	我	去	齊	三記			疑去開之止三	魚記	疑開3	魚兩	見去開之止三	居吏
1242	1副		347	峅**	仰	記	我	去	齊	三記			疑去合東通三	牛仲	疑開3	魚兩	見去開之止三	居吏
1244	1副	101	348	枇	想	記	信	去	齊	三記			心去開支止三	斯義	心開3	息兩	見去開之止三	居吏

韻字編號	部序	組數	字數	韻字及何氏反切			韻字何氏音				何萱注釋	備注	韻字中古音		上字中古音		下字中古音	
				韻字	上字	下字	聲	調	呼	韻部			聲調呼韻攝等	反切	聲呼等	反切	聲調呼韻攝等	反切
1245	1副	102	349	蒲	品	異	並	去	齊	三記			並去開脂止重三	平祕	滂開重3	丕飲	以去開之止三	羊吏
1246	1副		350	牑	品	異	並	去	齊	三記		牑牑	並去開脂止重三	平祕	滂開重3	丕飲	以去開之止三	羊吏
1247	1副		351	構	品	異	並	去	齊	三記			並去開脂止重三	平祕	滂開重3	丕飲	以去開之止三	羊吏
1248	1副	103	352	穫	面	記	命	去	齊	三記			從去合脂止三	秦醉	明開重4	彌箭	見去開之止三	居吏
1249	1副	104	353	髱*	范	記	匪	去	齊	三記			敷去開尤流三	敷救	奉合3	防錽	見去開之止三	居吏
1250	1副		354	福	范	記	匪	去	齊	三記			敷去開尤流三	敷救	奉合3	防錽	見去開之止三	居吏
1251	1副		355	愊*	范	記	匪	去	齊	三記			敷去開尤流三	敷救	奉合3	防錽	見去開之止三	居吏
1252	1副		356	艗*	范	記	匪	去	齊	三記		五音集韻	非去開尤流三	方副	奉合3	防錽	見去開之止三	居吏
1253	1副	105	357	祴	艮	德	見	入	開	一革			見入開德曾一	古得	見開1	古恨	端入開德曾一	多則
1254	1副		358	棫	艮	德	見	入	開	一革			見入開德曾一	古得	見開1	古恨	端入開德曾一	多則
1255	1副		359	椩	艮	德	見	入	開	一革	鼓也，玉篇	集韻訖黠切	見入開黠山二	古黠	見開1	古恨	端入開德曾一	多則
1256	1副		360	韄**	艮	德	見	入	開	一革			見入開麥梗二	古核	見開1	古恨	端入開德曾一	多則
1257	1副	106	361	婌	口	德	起	入	開	一革			溪入開德曾一	苦得	溪開1	苦后	端入開德曾一	多則
1258	1副	107	362	歘	漢	則	曉	入	開	一革			曉入開德曾一	呼北	曉開1	呼旰	精入開德曾一	子德
1259	1副		363	潶	漢	則	曉	入	開	一革			曉入開德曾一	呼北	曉開1	呼旰	精入開德曾一	子德
1260	1副		364	釛**	漢	則	曉	入	開	一革			匣入開德曾一	胡刻	曉開1	呼旰	精入開德曾一	子德
1261	1副		365	焥*	漢	則	曉	入	開	一革		韻目作㦜	曉入開陌梗二	郝格	曉開1	呼旰	精入開德曾一	子德
1262	1副	108	366	蹋	到	克	短	入	開	一革			端入開德曾一	多則	端開1	都導	溪入開德曾一	苦得
1263	1副		367	㝶*	到	克	短	入	開	一革			端入開德曾一	的則	端開1	都導	溪入開德曾一	苦得
1265	1副		368	䫆	到	克	短	入	開	一革			端入開德曾一	多則	端開1	都導	溪入開德曾一	苦得
1266	1副		369	䵬	到	克	短	入	開	一革			端入開德曾一	多則	端開1	都導	溪入開德曾一	苦得
1267	1副		370	淂	到	克	短	入	開	一革			端入開德曾一	多則	端開1	都導	溪入開德曾一	苦得
1268	1副	109	371	聴	坦	德	透	入	開	一革			透入開德曾一	他德	透開1	他但	端入開德曾一	多則
1269	1副		372	㥀	坦	德	透	入	開	一革			透入開德曾一	他德	透開1	他但	端入開德曾一	多則
1270	1副		373	㨁	坦	德	透	入	開	一革			透入開德曾一	他德	透開1	他但	端入開德曾一	多則
1271	1副		374	犆	坦	德	透	入	開	一革			定入開德曾一	徒得	透開1	他但	端入開德曾一	多則
1272	1副		375	䳻	坦	德	透	入	開	一革			定入開德曾一	徒得	透開1	他但	端入開德曾一	多則

韻字編號	部序	組數	字數	韻字及何氏反切			韻字何氏音				何萱注釋	備注	韻字中古音		上字中古音		下字中古音	
				韻字	上字	下字	聲	調	呼	韻部			聲調呼韻攝等	反切	聲呼等	反切	聲調呼韻攝等	反切
1273	1副	110	376	耨	曩	克	乃	入	開	一革			泥入開德曾一	奴勒	泥開1	奴朗	溪入開德曾一	苦得
1274	1副		377	䅞*	曩	克	乃	入	開	一革			娘入開德曾一	匿德	泥開1	奴朗	溪入開德曾一	苦得
1275	1副		378	髳	曩	克	乃	入	開	一革	細毛，玉篇	玉篇作女轄切	日入開鎋山二	而轄	泥開1	奴朗	溪入開德曾一	苦得
1276	1副		379	𪓬	曩	克	乃	入	開	一革			泥入開德曾一	奴勒	泥開1	奴朗	溪入開德曾一	苦得
1277	1副	111	380	忇**	朗	克	賚	入	開	一革			來入開德曾一	盧得	來開1	盧黨	溪入開德曾一	苦得
1278	1副		381	氻*	朗	克	賚	入	開	一革			來入開德曾一	歷德	來開1	盧黨	溪入開德曾一	苦得
1279	1副		382	竻	朗	克	賚	入	開	一革			來入開德曾一	盧則	來開1	盧黨	溪入開德曾一	苦得
1280	1副		383	艻	朗	克	賚	入	開	一革			來入開德曾一	盧則	來開1	盧黨	溪入開德曾一	苦得
1281	1副	112	384	貖**	茞	德	助	入	開	一革	獸走皃，玉篇	表此位無字，疑為衍字	澄入開盍咸一	直闔	昌開1	昌紿	端入開德曾一	多則
1282	1副	113	385	蔵	粲	克	淨	入	開	一革			從入開德曾一	昨則	清開1	蒼案	溪入開德曾一	苦得
1283	1副		386	鱡	粲	克	淨	入	開	一革			從入開德曾一	昨則	清開1	蒼案	溪入開德曾一	苦得
1284	1副	114	387	緙	傲	克	我	入	開	一革		表此位無字，缺	溪入開麥梗二	楷革	疑開1	五到	溪入開德曾一	苦得
1285	1副	115	388	蚩	保	德	謗	入	開	一革			幫入開德曾一	博墨	幫開1	博抱	端入開德曾一	多則
1286	1副	116	389	踣	抱	德	並	入	開	一革			並入開德曾一	蒲北	並開1	薄浩	端入開德曾一	多則
1287	1副		390	拔	抱	德	並	入	開	一革			並入開德曾一	蒲北	並開1	薄浩	端入開德曾一	多則
1288	1副		391	坺	抱	德	並	入	開	一革			並入開德曾一	蒲北	並開1	薄浩	端入開德曾一	多則
1289	1副	117	392	䁼	莫	克	命	入	開	一革			明入開德曾一	莫北	明開1	慕各	溪入開德曾一	苦得
1290	1副		393	黙**	莫	克	命	入	開	一革			明入開德曾一	莫北	明開1	慕各	溪入開德曾一	苦得
1291	1副		394	蟔*	莫	克	命	入	開	一革			明入開德曾一	密北	明開1	慕各	溪入開德曾一	苦得
1292	1副		395	爅*	莫	克	命	入	開	一革			明入開德曾一	密北	明開1	慕各	溪入開德曾一	苦得
1293	1副		396	莯	莫	克	命	入	開	一革			明入合屋通三	莫六	明開1	慕各	溪入開德曾一	苦得
1294	1副		397	万	莫	克	命	入	開	一革			明入開德曾一	莫北	明開1	慕各	溪入開德曾一	苦得
1295	1副	118	398	幗	古	惑	見	入	合	二聝			見入合麥梗二	古獲	見合1	公戶	匣入合德曾一	胡國
1296	1副		399	嘓	古	惑	見	入	合	二聝			見入合麥梗二	古獲	見合1	公戶	匣入合德曾一	胡國
1297	1副		400	膕	古	惑	見	入	合	二聝			見入合麥梗二	古獲	見合1	公戶	匣入合德曾一	胡國
1298	1副		401	摑	古	惑	見	入	合	二聝			見入合麥梗二	古獲	見合1	公戶	匣入合德曾一	胡國

韻字編號	部序	組數	字數	韻字及何氏反切			韻字何氏音				何萱注釋	備 注	韻字中古音		上字中古音		下字中古音	
				韻字	上字	下字	聲	調	呼	韻部			聲調呼韻攝等	反切	聲呼等	反切	聲調呼韻攝等	反切
1299	1副		402	漍	古	惑	見	入	合	二聝			見入合麥梗二	古獲	見合1	公戶	匣入合德曾一	胡國
1300	1副		403	⿰山或	古	惑	見	入	合	二聝			見入合麥梗二	古獲	見合1	公戶	匣入合德曾一	胡國
1301	1副		404	**⿰石或**	古	惑	見	入	合	二聝			見入合麥梗二	古獲	見合1	公戶	匣入合德曾一	胡國
1302	1副		405	**⿰風或**	古	惑	見	入	合	二聝			見入合麥梗二	古獲	見合1	公戶	匣入合德曾一	胡國
1303	1副	119	406	**⿰骨力**	苦	馘	起	入	合	二聝		疑為衍字。與15副苦骨切勖意義完全相同	溪入合黠山二	口滑	溪合1	康杜	見入合麥梗二	古獲
1305	1副		407	⿰石國*	苦	馘	起	入	合	二聝			溪入合麥梗二	口穫	溪合1	康杜	見入合麥梗二	古獲
1307	1副	120	408	**惐***	甕	馘	影	入	合	二聝		惻惐傷痛也。玉篇集韻：痛心也	云入合職曾三	越逼	影合1	烏貢	見入合麥梗二	古獲
1309	1副	121	409	[illegible]	戶	馘	曉	入	合	二聝			曉入合德曾一	呼或	匣合1	侯古	見入合麥梗二	古獲
1310	1副		410	[illegible]	戶	馘	曉	入	合	二聝			曉入合德曾一	呼或	匣合1	侯古	見入合麥梗二	古獲
1311	1副		411	窢*	戶	馘	曉	入	合	二聝		窢然逆風声	曉入開麥梗二	忽麥	匣合1	侯古	見入合麥梗二	古獲
1313	1副		412	掝	戶	馘	曉	入	合	二聝			曉入開麥梗二	呼麥	匣合1	侯古	見入合麥梗二	古獲
1314	1副		413	⿰犭或	戶	馘	曉	入	合	二聝			曉入開麥梗二	呼麥	匣合1	侯古	見入合麥梗二	古獲
1315	1副		414	⿰耳黑	戶	馘	曉	入	合	二聝	耳聲，廣韻。～地名，一曰地名耳黧	解釋基本相同	匣入合沒臻一	戶骨	匣合1	侯古	見入合麥梗二	古獲
1316	1副	122	415	**慝**	杜	馘	透	入	合	二聝			透入開德曾一	他德	定合1	徒古	見入合麥梗二	古獲
1317	1副	123	416	**⿰王棘**	竟	力	見	入	齊	三棘			見入開職曾三	紀力	見開3	居慶	來入開職曾三	林直
1318	1副		417	蕀	竟	力	見	入	齊	三棘			見入開職曾三	紀力	見開3	居慶	來入開職曾三	林直
1319	1副		418	⿱棘力	竟	力	見	入	齊	三棘			來入開職曾三	林直	見開3	居慶	來入開職曾三	林直
1320	1副		419	⿰言亟	竟	力	見	入	齊	三棘			見入開職曾三	紀力	見開3	居慶	來入開職曾三	林直
1321	1副		420	⿰目亟*	竟	力	見	入	齊	三棘			見入開職曾三	訖力	見開3	居慶	來入開職曾三	林直
1322	1副		421	⿰山亟*	竟	力	見	入	齊	三棘			見入開職曾三	訖力	見開3	居慶	來入開職曾三	林直
1323	1副		422	⿰羊亟*	竟	力	見	入	齊	三棘			見入開職曾三	訖力	見開3	居慶	來入開職曾三	林直
1324	1副	124	423	癔	隱	力	影	入	齊	三棘			影入開職曾三	於力	影開3	於謹	來入開職曾三	林直

韻字編號	部序	組數	字數	韻字及何氏反切			韻字何氏音				何萱注釋	備　注	韻字中古音		上字中古音		下字中古音	
				韻字	上字	下字	聲	調	呼	韻部			聲調呼韻攝等	反切	聲呼等	反切	聲調呼韻攝等	反切
1325	1副		424	韂	隱	力	影	入	齊	三棘			影入開職曾三	於力	影開3	於謹	來入開職曾三	林直
1326	1副		425	繶	隱	力	影	入	齊	三棘			影入開職曾三	於力	影開3	於謹	來入開職曾三	林直
1327	1副		426	醷	隱	力	影	入	齊	三棘			影上開之止三	於擬	影開3	於謹	來入開職曾三	林直
1328	1副		427	**�**	隱	力	影	入	齊	三棘			影入開職曾三	於力	影開3	於謹	來入開職曾三	林直
1329	1副		428	**惰***	隱	力	影	入	齊	三棘			影入合屋通三	乙六	影開3	於謹	來入開職曾三	林直
1330	1副		429	杙	隱	力	影	入	齊	三棘			以入開職曾三	與職	影開3	於謹	來入開職曾三	林直
1331	1副		430	代	隱	力	影	入	齊	三棘			以入開職曾三	與職	影開3	於謹	來入開職曾三	林直
1332	1副		431	肻	隱	力	影	入	齊	三棘			以入開職曾三	與職	影開3	於謹	來入開職曾三	林直
1333	1副		432	淯*	隱	力	影	入	齊	三棘			以入開職曾三	逸織	影開3	於謹	來入開職曾三	林直
1334	1副		433	**衪**	隱	力	影	入	齊	三棘			以入開職曾三	與職	影開3	於謹	來入開職曾三	林直
1335	1副		434	黓	隱	力	影	入	齊	三棘			以入開職曾三	與職	影開3	於謹	來入開職曾三	林直
1336	1副		435	庡*	隱	力	影	入	齊	三棘			以入開職曾三	逸織	影開3	於謹	來入開職曾三	林直
1337	1副		436	弋	隱	力	影	入	齊	三棘			以入開職曾三	與職	影開3	於謹	來入開職曾三	林直
1338	1副		437	釴	隱	力	影	入	齊	三棘			以入開職曾三	與職	影開3	於謹	來入開職曾三	林直
1339	1副		438	笓*	隱	力	影	入	齊	三棘		正文缺	以入開職曾三	逸織	影開3	於謹	來入開職曾三	林直
1340	1副		439	芅	隱	力	影	入	齊	三棘			以入開職曾三	與職	影開3	於謹	來入開職曾三	林直
1341	1副		440	**弑**	隱	力	影	入	齊	三棘		解釋與處曲切相近。玉篇作與力切	以入開職曾三	與職	影開3	於謹	來入開職曾三	林直
1343	1副		441	鳶	隱	力	影	入	齊	三棘			以平合仙山三	與專	影開3	於謹	來入開職曾三	林直
1344	1副		442	熼	隱	力	影	入	齊	三棘			以入開職曾三	與職	影開3	於謹	來入開職曾三	林直
1345	1副		443	糞	隱	力	影	入	齊	三棘			以入開職曾三	與職	影開3	於謹	來入開職曾三	林直
1346	1副		444	蟔	隱	力	影	入	齊	三棘			以入開職曾三	與職	影開3	於謹	來入開職曾三	林直
1347	1副		445	瀷	隱	力	影	入	齊	三棘			以入開職曾三	與職	影開3	於謹	來入開職曾三	林直
1348	1副		446	糞	隱	力	影	入	齊	三棘			以入開職曾三	與職	影開3	於謹	來入開職曾三	林直
1349	1副		447	稷	隱	力	影	入	齊	三棘			以入開職曾三	與職	影開3	於謹	來入開職曾三	林直
1350	1副	125	448	赩	向	力	曉	入	齊	三棘			曉入開職曾三	許極	曉開3	許亮	來入開職曾三	林直

韻字編號	部序	組數	字數	韻字及何氏反切			韻字何氏音				何萱注釋	備　注	韻字中古音		上字中古音		下字中古音	
				韻字	上字	下字	聲	調	呼	韻部			聲調呼韻攝等	反切	聲呼等	反切	聲調呼韻攝等	反切
1351	1副		449	黖	向	力	曉	入	齊	三棘			曉入開職曾三	許極	曉開3	許亮	來入開職曾三	林直
1352	1副		450	[illegible]*	向	力	曉	入	齊	三棘			曉入開職曾三	迄力	曉開3	許亮	來入開職曾三	林直
1353	1副	126	451	馲	典	弋	短	入	齊	三棘			端入開職曾三	丁力	端開4	多殄	以入開職曾三	與職
1354	1副		452	得	典	弋	短	入	齊	三棘			端入開職曾三	丁力	端開4	多殄	以入開職曾三	與職
1355	1副	127	453	暱*	念	力	乃	入	齊	三棘			娘入開質臻三	尼質	泥開4	奴店	來入開職曾三	林直
1357	1副		454	㥾	念	力	乃	入	齊	三棘			娘入開職曾三	女力	泥開4	奴店	來入開職曾三	林直
1359	1副		455	[illegible]	念	力	乃	入	齊	三棘			娘入開質臻三	尼質	泥開4	奴店	來入開職曾三	林直
1360	1副		456	[illegible]	念	力	乃	入	齊	三棘			娘入開職曾三	女力	泥開4	奴店	來入開職曾三	林直
1361	1副	128	457	尥	亮	弋	賚	入	齊	三棘			來入開職曾三	林直	來開3	力讓	以入開職曾三	與職
1362	1副		458	艻	亮	弋	賚	入	齊	三棘			來入開職曾三	林直	來開3	力讓	以入開職曾三	與職
1363	1副		459	[illegible]	亮	弋	賚	入	齊	三棘			來入開職曾三	林直	來開3	力讓	以入開職曾三	與職
1364	1副		460	鳨	亮	弋	賚	入	齊	三棘			來入開職曾三	林直	來開3	力讓	以入開職曾三	與職
1365	1副	129	461	[illegible]*	軫	弋	照	入	齊	三棘			奉入合屋通三	房六	章開3	章忍	以入開職曾三	與職
1367	1副		462	捑	軫	弋	照	入	齊	三棘			莊入開職曾三	阻力	章開3	章忍	以入開職曾三	與職
1369	1副		463	稷	軫	弋	照	入	齊	三棘		正文增	莊入開職曾三	阻力	章開3	章忍	以入開職曾三	與職
1370	1副		464	泒	軫	弋	照	入	齊	三棘			莊入開職曾三	阻力	章開3	章忍	以入開職曾三	與職
1371	1副		465	蘵	軫	弋	照	入	齊	三棘			章入開職曾三	之翼	章開3	章忍	以入開職曾三	與職
1372	1副		466	蠘	軫	弋	照	入	齊	三棘			章入開職曾三	之翼	章開3	章忍	以入開職曾三	與職
1373	1副	130	467	憖	寵	力	助	入	齊	三棘			徹入開職曾三	恥力	徹合3	丑隴	來入開職曾三	林直
1374	1副		468	遫	寵	力	助	入	齊	三棘			徹入開職曾三	恥力	徹合3	丑隴	來入開職曾三	林直
1376	1副		469	峊	寵	力	助	入	齊	三棘			澄入開職曾三	除力	徹合3	丑隴	來入開職曾三	林直
1377	1副		470	寞	寵	力	助	入	齊	三棘			崇入開職曾三	士力	徹合3	丑隴	來入開職曾三	林直
1378	1副		471	崱	寵	力	助	入	齊	三棘			崇入開職曾三	士力	徹合3	丑隴	來入開職曾三	林直
1379	1副		472	[illegible]*	寵	力	助	入	齊	三棘			初入開職曾三	察色	徹合3	丑隴	來入開職曾三	林直
1380	1副		473	赴**	寵	力	助	入	齊	三棘			徹入開昔梗三	丑亦	徹合3	丑隴	來入開職曾三	林直
1381	1副		474	[illegible]*	寵	力	助	入	齊	三棘			生入合屋通三	所六	徹合3	丑隴	來入開職曾三	林直
1382	1副		475	溭	寵	力	助	入	齊	三棘			崇入開職曾三	士力	徹合3	丑隴	來入開職曾三	林直

韻字編號	部序	組數	字數	韻字及何氏反切			韻字何氏音				何萱注釋	備注	韻字中古音		上字中古音		下字中古音	
				韻字	上字	下字	聲	調	呼	韻部			聲調呼韻攝等	反切	聲呼等	反切	聲調呼韻攝等	反切
1383	1 副		476	穓	寵	力	助	入	齊	三棘			昌入開職曾三	昌力	徹合 3	丑隴	來入開職曾三	林直
1384	1 副		477	杙	寵	力	助	入	齊	三棘			徹入開職曾三	恥力	徹合 3	丑隴	來入開職曾三	林直
1385	1 副		478	鳶	寵	力	助	入	齊	三棘			徹入開職曾三	恥力	徹合 3	丑隴	來入開職曾三	林直
1386	1 副		479	**畢**	寵	力	助	入	齊	三棘		畢俗有畢	徹入開職曾三	恥力	徹合 3	丑隴	來入開職曾三	林直
1387	1 副	131	480	懎	哂	力	審	入	齊	三棘			生入開職曾三	所力	書開 3	式忍	來入開職曾三	林直
1388	1 副		481	勫	哂	力	審	入	齊	三棘			生入開職曾三	所力	書開 3	式忍	來入開職曾三	林直
1389	1 副		482	顲	哂	力	審	入	齊	三棘			生入開職曾三	所力	書開 3	式忍	來入開職曾三	林直
1390	1 副		483	繬	哂	力	審	入	齊	三棘			生入開職曾三	所力	書開 3	式忍	來入開職曾三	林直
1391	1 副		484	嬙	哂	力	審	入	齊	三棘			生入開職曾三	所力	書開 3	式忍	來入開職曾三	林直
1392	1 副		485	**薔**	哂	力	審	入	齊	三棘			生入開職曾三	所力	書開 3	式忍	來入開職曾三	林直
1393	1 副		486	蠕	哂	力	審	入	齊	三棘			生入開職曾三	所力	書開 3	式忍	來入開職曾三	林直
1394	1 副		487	烒	哂	力	審	入	齊	三棘			書入開職曾三	賞職	書開 3	式忍	來入開職曾三	林直
1395	1 副		488	鉽	哂	力	審	入	齊	三棘			書入開職曾三	賞職	書開 3	式忍	來入開職曾三	林直
1396	1 副		489	謖	哂	力	審	入	齊	三棘			生入合屋通三	所六	書開 3	式忍	來入開職曾三	林直
1397	1 副		490	眡**	哂	力	審	入	齊	三棘	～～目皃，玉篇	解釋完全相同。玉篇：又式冉切	書平開鹽咸三	式冉	書開 3	式忍	來入開職曾三	林直
1398	1 副		491	**揎**	哂	力	審	入	齊	三棘			禪入開職曾三	常職	書開 3	式忍	來入開職曾三	林直
1399	1 副		492	襋	哂	力	審	入	齊	三棘	襏～蓑襞也，集韻；襏～雨衣，廣韻	解釋基本相同。集韻施隻切	書入開昔梗三	施隻	書開 3	式忍	來入開職曾三	林直
1400	1 副		493	識	哂	力	審	入	齊	三棘			書入開職曾三	賞職	書開 3	式忍	來入開職曾三	林直
1401	1 副	132	494	**愳**	甑	弋	井	入	齊	三棘			精入開職曾三	子力	精開 3	子孕	以入開職曾三	與職
1402	1 副		495	稯	甑	弋	井	入	齊	三棘			精入開職曾三	子力	精開 3	子孕	以入開職曾三	與職
1404	1 副	133	496	鬞	仰	弋	我	入	齊	三棘	平入兩讀		疑入開職曾三	魚力	疑開 3	魚兩	以入開職曾三	與職
1405	1 副	134	497	**餽**	想	力	信	入	齊	三棘			心入開職曾三	相即	心開 3	息兩	來入開職曾三	林直
1406	1 副		498	**滬**	想	力	信	入	齊	三棘			心入開職曾三	相即	心開 3	息兩	來入開職曾三	林直
1407	1 副		499	鵖	想	力	信	入	齊	三棘			心入開職曾三	相即	心開 3	息兩	來入開職曾三	林直

韻字編號	部序	組數	字數	韻字及何氏反切			韻字何氏音				何萱注釋	備　注	韻字中古音		上字中古音		下字中古音	
				韻字	上字	下字	聲	調	呼	韻部			聲調呼韻攝等	反切	聲呼等	反切	聲調呼韻攝等	反切
1408	1副		500	⿱艹⿱畐心	想	力	信	入	齊	三棘			心入開職曾三	相即	心開3	息兩	來入開職曾三	林直
1409	1副		501	⿱竹⿱畐心	想	力	信	入	齊	三棘			心入開職曾三	相即	心開3	息兩	來入開職曾三	林直
1410	1副	135	502	湢	貶	弋	謗	入	齊	三棘			幫入開職曾三	彼側	幫開重3	方斂	以入開職曾三	與職
1411	1副		503	⿺風畐*	貶	弋	謗	入	齊	三棘			幫入開職曾三	笔力	幫開重3	方斂	以入開職曾三	與職
1412	1副		504	**⿰馬畐**	貶	弋	謗	入	齊	三棘		正文缺	幫入開職曾三	彼側	幫開重3	方斂	以入開職曾三	與職
1413	1副		505	鰏**	貶	弋	謗	入	齊	三棘			幫入開職曾三	彼力	幫開重3	方斂	以入開職曾三	與職
1414	1副	136	506	**⿰畐畐**	品	力	竝	入	齊	三棘			滂入開職曾三	芳逼	滂開重3	丕飲	來入開職曾三	林直
1415	1副		507	揊	品	力	竝	入	齊	三棘			滂入開職曾三	芳逼	滂開重3	丕飲	來入開職曾三	林直
1416	1副		508	腷	品	力	竝	入	齊	三棘			並入開職曾三	符逼	滂開重3	丕飲	來入開職曾三	林直
1417	1副		509	踾	品	力	竝	入	齊	三棘			滂入開職曾三	芳逼	滂開重3	丕飲	來入開職曾三	林直
1419	1副		510	⿰食畐	品	力	竝	入	齊	三棘			滂入開職曾三	芳逼	滂開重3	丕飲	來入開職曾三	林直
1420	1副		511	稫	品	力	竝	入	齊	三棘			滂入開職曾三	芳逼	滂開重3	丕飲	來入開職曾三	林直
1421	1副		512	⿰阝畐*	品	力	竝	入	齊	三棘			滂入開職曾三	拍逼	滂開重3	丕飲	來入開職曾三	林直
1422	1副	137	513	⿰犭畐**	范	弋	匪	入	齊	三棘			敷入開職曾三	芳逼	奉合3	防錽	以入開職曾三	與職
1424	1副		514	鶝	范	弋	匪	入	齊	三棘		反切疑有誤	並入開職曾三	符逼	奉合3	防錽	以入開職曾三	與職
1425	1副		515	**⿱竹畐**	范	弋	匪	入	齊	三棘			並入開覺江二	蒲角	奉合3	防錽	以入開職曾三	與職
1426	1副		516	⿱艹稫	范	弋	匪	入	齊	三棘			非入合屋通三	方六	奉合3	防錽	以入開職曾三	與職
1427	1副		517	鵩	范	弋	匪	入	齊	三棘			奉入合屋通三	房六	奉合3	防錽	以入開職曾三	與職
1428	1副		518	棴	范	弋	匪	入	齊	三棘			奉入合屋通三	房六	奉合3	防錽	以入開職曾三	與職
1429	1副		519	栿	范	弋	匪	入	齊	三棘			奉入合屋通三	房六	奉合3	防錽	以入開職曾三	與職
1430	1副		520	洑	范	弋	匪	入	齊	三棘			奉入合屋通三	房六	奉合3	防錽	以入開職曾三	與職
1431	1副		521	⿰馬伏	范	弋	匪	入	齊	三棘			奉入合屋通三	房六	奉合3	防錽	以入開職曾三	與職
1432	1副	138	522	**⿱大或**	羽	𢧵	影	入	撮	四閾			云入合職曾三	雨逼	云合3	王矩	曉入合職曾三	況逼
1433	1副		523	⿰車或**	羽	𢧵	影	入	撮	四閾		玉篇音域	云入合職曾三	雨逼	云合3	王矩	曉入合職曾三	況逼
1434	1副		524	罭	羽	𢧵	影	入	撮	四閾			云入合職曾三	雨逼	云合3	王矩	曉入合職曾三	況逼
1435	1副		525	⿱艹或	羽	𢧵	影	入	撮	四閾			云入合職曾三	雨逼	云合3	王矩	曉入合職曾三	況逼
1437	1副		526	**⿱竹或***	羽	𢧵	影	入	撮	四閾			云入合職曾三	越逼	云合3	王矩	曉入合職曾三	況逼

韻字編號	部序	組數	字數	韻字及何氏反切			韻字何氏音				何萱注釋	備　注	韻字中古音		上字中古音		下字中古音	
				韻字	上字	下字	聲	調	呼	韻部			聲調呼韻攝等	反切	聲呼等	反切	聲調呼韻攝等	反切
1438	1副		527	魆	羽	彧	影	入	撮	四閾			云入合職曾三	雨逼	云合3	王矩	曉入合職曾三	況逼
1439	1副		528	䮷	羽	彧	影	入	撮	四閾			云入合職曾三	雨逼	云合3	王矩	曉入合職曾三	況逼
1440	1副		529	䳜	羽	彧	影	入	撮	四閾			云入合職曾三	雨逼	云合3	王矩	曉入合職曾三	況逼
1441	1副		530	蒬	羽	彧	影	入	撮	四閾			以平合仙山三	與專	云合3	王矩	曉入合職曾三	況逼
1442	1副	139	531	稸	訓	閾	曉	入	撮	四閾		此字位置有誤，調至栯之后	曉入合職曾三	況逼	曉合3	許運	曉入合職曾三	況逼
1443	1副		532	稶	羽	彧	影	入	撮	四閾		原為訓閾切，誤。正編中，與此字同諧聲偏旁的字歸影母，羽彧切。據正編改	影入合屋通三	於六	云合3	王矩	曉入合職曾三	況逼
1444	1副		533	鋮	羽	彧	影	入	撮	四閾		原為訓閾切，誤。正編中，與此字同諧聲偏旁的字歸影母，羽彧切。據正編改	影入合屋通三	於六	云合3	王矩	曉入合職曾三	況逼
1445	1副		534	㖪	羽	彧	影	入	撮	四閾		原為訓閾切，誤。正編中，與此字同諧聲偏旁的字歸影母，羽彧切。據正編改	影入合屋通三	於六	云合3	王矩	曉入合職曾三	況逼
1446	1副		535	哊	羽	彧	影	入	撮	四閾		原為訓閾切，誤。正編中，與此字同諧聲偏旁的字歸影母，羽彧切。據正編改	云入合屋通三	于六	云合3	王矩	曉入合職曾三	況逼
1448	1副		536	栯	羽	彧	影	入	撮	四閾		原為訓閾切，誤。正編中，與此字同諧聲偏旁的字歸影母，羽彧切。據正編改	影入合屋通三	於六	云合3	王矩	曉入合職曾三	況逼

第二部正編

韻字編號	部序	組數	字數	韻字及何氏反切			韻字何氏音				何萱注釋	備注	韻字中古音		上字中古音		下字中古音	
				韻字	上字	下字	聲	調	呼	韻部			聲調呼韻攝等	反切	聲呼等	反切	聲調呼韻攝等	反切
1449	2正	1	1	**高**	改	刀	見	陰平	開	四高			見平開豪效一	古勞	見開1	古亥	端平開豪效一	都牢
1450	2正		2	膏	改	刀	見	陰平	開	四高	平去兩讀義分		見平開豪效一	古勞	見開1	古亥	端平開豪效一	都牢
1452	2正		3	羔	改	刀	見	陰平	開	四高			見平開豪效一	古勞	見開1	古亥	端平開豪效一	都牢
1453	2正	2	4	**蒿**	海	高	曉	陰平	開	四高			曉平開豪效一	呼毛	曉開1	呼改	見平開豪效一	古勞
1454	2正	3	5	**刀**	帶	高	短	陰平	開	四高			端平開豪效一	都牢	端開1	當蓋	見平開豪效一	古勞
1455	2正	4	6	饕	坦	刀	透	陰平	開	四高			透平開豪效一	土刀	透開1	他但	端平開豪效一	都牢
1456	2正		7	**叨**	坦	刀	透	陰平	開	四高			透平開豪效一	土刀	透開1	他但	端平開豪效一	都牢
1457	2正		8	夲	坦	刀	透	陰平	開	四高			透平開豪效一	土刀	透開1	他但	端平開豪效一	都牢
1458	2正		9	洮	坦	刀	透	陰平	開	四高			透平開豪效一	土刀	透開1	他但	端平開豪效一	都牢
1460	2正	5	10	**捎**	訕	高	審	陰平	開	四高	平入兩讀義分		生平開肴效二	所交	生開2	所晏	見平開豪效一	古勞
1461	2正		11	梢	訕	高	審	陰平	開	四高			生平開肴效二	所交	生開2	所晏	見平開豪效一	古勞
1462	2正		12	籍*	訕	高	審	陰平	開	四高	籍或作筲		生平合虞遇三	雙雛	生開2	所晏	見平開豪效一	古勞
1463	2正		13	**筲**	訕	高	審	陰平	開	四高			生平開肴效二	所交	生開2	所晏	見平開豪效一	古勞
1464	2正		14	莦	訕	高	審	陰平	開	四高			生平開肴效二	所交	生開2	所晏	見平開豪效一	古勞
1466	2正	6	15	**操**	粲	高	淨	陰平	開	四高	平去兩讀義分		清平開豪效一	七刀	清開1	蒼案	見平開豪效一	古勞
1468	2正	7	16	**繅**	散	刀	信	陰平	開	四高			心平開豪效一	蘇遭	心開1	蘇旱	端平開豪效一	都牢
1469	2正		17	橾	散	刀	信	陰平	開	四高		此字廣集音不合，洪武正韻：蘇曹切，正合	生平合虞遇三	山芻	心開1	蘇旱	端平開豪效一	都牢
1471	2正		18	臊	散	刀	信	陰平	開	四高			心平開豪效一	蘇遭	心開1	蘇旱	端平開豪效一	都牢
1472	2正		19	鱢	散	刀	信	陰平	開	四高			心平開豪效一	蘇遭	心開1	蘇旱	端平開豪效一	都牢
1473	2正	8	20	勢	海	毛	曉	陽平	開	四高			匣平開豪效一	胡刀	曉開1	呼改	明平開豪效一	莫袍
1474	2正		21	**豪***	海	毛	曉	陽平	開	四高			匣平開豪效一	呼刀	曉開1	呼改	明平開豪效一	莫袍
1476	2正		22	号	海	毛	曉	陽平	開	四高			匣平開豪效一	胡刀	曉開1	呼改	明平開豪效一	莫袍

韻字編號	部序	組數	字數	韻字及何氏反切			韻字何氏音				何萱注釋	備注	韻字中古音		上字中古音		下字中古音	
				韻字	上字	下字	聲	調	呼	韻部			聲調呼韻攝等	反切	聲呼等	反切	聲調呼韻攝等	反切
1477	2正		23	鄂	海	毛	曉	陽平	開	四高			匣平開豪效一	胡刀	曉開1	呼改	明平開豪效一	莫袍
1479	2正		24	號	海	毛	曉	陽平	開	四高	平去兩讀義分		匣平開豪效一	胡刀	曉開1	呼改	明平開豪效一	莫袍
1481	2正		25	諕	海	毛	曉	陽平	開	四高			曉入合陌梗二	虎伯	曉開1	呼改	明平開豪效一	莫袍
1482	2正		26	虠	海	毛	曉	陽平	開	四高			匣平開豪效一	胡刀	曉開1	呼改	明平開豪效一	莫袍
1483	2正	9	27	咷	坦	豪	透	陽平	開	四高			定平開豪效一	徒刀	透開1	他但	匣平開豪效一	胡刀
1485	2正		28	逃	坦	豪	透	陽平	開	四高			定平開豪效一	徒刀	透開1	他但	匣平開豪效一	胡刀
1486	2正		29	**桃**	坦	豪	透	陽平	開	四高			定平開豪效一	徒刀	透開1	他但	匣平開豪效一	胡刀
1487	2正		30	鞀	坦	豪	透	陽平	開	四高			定平開豪效一	徒刀	透開1	他但	匣平開豪效一	胡刀
1488	2正	10	31	勞	朗	豪	賚	陽平	開	四高	平去兩讀義分		來平開豪效一	魯刀	來開1	盧黨	匣平開豪效一	胡刀
1490	2正		32	**澇**	朗	豪	賚	陽平	開	四高			來平開豪效一	魯刀	來開1	盧黨	匣平開豪效一	胡刀
1491	2正		33	癆 g*	朗	豪	賚	陽平	開	四高		原文缺平聲，依何氏注增。加入到朗豪小韻中	來平開豪效一	郎刀	來開1	盧黨	匣平開豪效一	胡刀
1493	2正	11	34	**巢**	茝	毛	助	陽平	開	四高			崇平開肴效二	鉏交	昌開1	昌紿	明平開豪效一	莫袍
1494	2正		35	樔	茝	毛	助	陽平	開	四高			崇平開肴效二	鉏交	昌開1	昌紿	明平開豪效一	莫袍
1495	2正		36	轈	茝	毛	助	陽平	開	四高			崇平開肴效二	鉏交	昌開1	昌紿	明平開豪效一	莫袍
1496	2正		37	鄛	茝	毛	助	陽平	開	四高			崇平開肴效二	鉏交	昌開1	昌紿	明平開豪效一	莫袍
1497	2正	12	38	**敖**	眼	豪	我	陽平	開	四高			疑平開豪效一	五勞	疑開2	五限	匣平開豪效一	胡刀
1498	2正		39	警	眼	豪	我	陽平	開	四高			疑平開豪效一	五勞	疑開2	五限	匣平開豪效一	胡刀
1500	2正		40	嶅	眼	豪	我	陽平	開	四高			疑平開豪效一	五勞	疑開2	五限	匣平開豪效一	胡刀
1501	2正		41	滶	眼	豪	我	陽平	開	四高			疑平開豪效一	五勞	疑開2	五限	匣平開豪效一	胡刀
1502	2正		42	熬	眼	豪	我	陽平	開	四高			疑平開豪效一	五勞	疑開2	五限	匣平開豪效一	胡刀
1503	2正		43	獒	眼	豪	我	陽平	開	四高			疑平開豪效一	五勞	疑開2	五限	匣平開豪效一	胡刀
1504	2正	13	44	**毛**	莫	豪	命	陽平	開	四高			明平開豪效一	莫袍	明開1	慕各	匣平開豪效一	胡刀
1505	2正		45	髦	莫	豪	命	陽平	開	四高			明平開豪效一	莫袍	明開1	慕各	匣平開豪效一	胡刀
1506	2正		46	旄	莫	豪	命	陽平	開	四高			明平開豪效一	莫袍	明開1	慕各	匣平開豪效一	胡刀

韻字編號	部序	組數	字數	韻字及何氏反切			韻字何氏音				何萱注釋	備注	韻字中古音		上字中古音		下字中古音	
				韻字	上字	下字	聲	調	呼	韻部			聲調呼韻攝等	反切	聲呼等	反切	聲調呼韻攝等	反切
1508	2正		47	秏	莫	豪	命	陽平	開	四高	又去聲莫到切平去兩讀。作耗者形謁，讀呼到切者音誤，皆不可從俗。又有秏。……今俗語猶謂無為秏音毛。……萱按秏毛同音，故秏或省作毛矣。疑無字古可讀重唇音如模與毛秏雙聲通借也	玉篇呼到切。據此可知此處當取毛音。又可知，何氏的語音中，秏就是作呼到切；已能分清輕重唇，并且認為秏古音為重唇音，無為輕唇音	明平開豪效一	莫袍	明開1	慕各	匣平開豪效一	胡刀
1509	2正		48	眊*	莫	豪	命	陽平	開	四高	平去兩讀		明平開豪效一	謨袍	明開1	慕各	匣平開豪效一	胡刀
1511	2正		49	髦g*	莫	豪	命	陽平	開	四高		原文缺2部讀音，據何注和該字在廣集中的讀音，增入到莫豪小韻中	明平開豪效一	謨袍	明開1	慕各	匣平開豪效一	胡刀
1512	2正	14	50	**交**	古	敲	見	陰平	合	五交			見平開肴效二	古肴	見合1	公戶	溪平開肴效二	口交
1513	2正		51	**这**	古	敲	見	陰平	合	五交			見平開肴效二	古肴	見合1	公戶	溪平開肴效二	口交
1514	2正		52	佼	古	敲	見	陰平	合	五交			見平開肴效二	古肴	見合1	公戶	溪平開肴效二	口交
1516	2正		53	郊	古	敲	見	陰平	合	五交			見平開肴效二	古肴	見合1	公戶	溪平開肴效二	口交
1517	2正		54	駮*	古	敲	見	陰平	合	五交			見平開肴效二	居肴	見合1	公戶	溪平開肴效二	口交
1518	2正		55	蛟	古	敲	見	陰平	合	五交			見平開肴效二	古肴	見合1	公戶	溪平開肴效二	口交
1519	2正		56	鮫	古	敲	見	陰平	合	五交			見平開肴效二	古肴	見合1	公戶	溪平開肴效二	口交
1520	2正		57	茭	古	敲	見	陰平	合	五交	平上兩讀		見平開肴效二	古肴	見合1	公戶	溪平開肴效二	口交
1527	2正		58	**較**g*	古	敲	見	陰平	合	五交	平入兩讀注在彼		見去開肴效二	居效	見合1	公戶	溪平開肴效二	口交
1528	2正		59	孪	古	敲	見	陰平	合	五交	平去兩讀		見平開肴效二	古肴	見合1	公戶	溪平開肴效二	口交
1530	2正	15	60	**骹**	苦	交	起	陰平	合	五交			溪平開肴效二	口交	溪合1	康杜	見平開肴效二	古肴
1531	2正		61	**敲***	苦	交	起	陰平	合	五交			溪去開肴效二	口教	溪合1	康杜	見平開肴效二	古肴

韻字編號	部序	組數	字數	韻字及何氏反切			韻字何氏音				何萱注釋	備注	韻字中古音		上字中古音		下字中古音	
				韻字	上字	下字	聲	調	呼	韻部			聲調呼韻攝等	反切	聲呼等	反切	聲調呼韻攝等	反切
1532	2 正		62	磽	苦	交	起	陰平	合	五交			溪平開肴效二	口交	溪合 1	康杜	見平開肴效二	古肴
1536	2 正		63	墽	苦	交	起	陰平	合	五交			溪平開蕭效四	苦幺	溪合 1	康杜	見平開肴效二	古肴
1537	2 正	16	64	**鈔**	狀	交	助	陰平	合	五交			初平開肴效二	楚交	崇開 3	鋤亮	見平開肴效二	古肴
1539	2 正		65	訬	狀	交	助	陰平	合	五交	平上兩讀義分		初平開肴效二	楚交	崇開 3	鋤亮	見平開肴效二	古肴
1541	2 正		66	摷	狀	交	助	陰平	合	五交	平上兩讀		莊平開肴效二	側交	崇開 3	鋤亮	見平開肴效二	古肴
1543	2 正		67	勦	狀	交	助	陰平	合	五交	平去兩讀		崇平開肴效二	鉏交	崇開 3	鋤亮	見平開肴效二	古肴
1547	2 正		68	嘮	狀	交	助	陰平	合	五交			徹平開肴效二	敕交	崇開 3	鋤亮	見平開肴效二	古肴
1548	2 正		69	**魈**	狀	交	助	陰平	合	五交			初平開肴效二	楚交	崇開 3	鋤亮	見平開肴效二	古肴
1549	2 正	17	70	**摽**	普	交	並	陰平	合	五交	平上兩讀		滂平開宵效重四	撫招	滂合 1	滂古	見平開肴效二	古肴
1552	2 正	18	71	**爻**	戶	鐃	曉	陽平	合	五交			匣平開肴效二	胡茅	匣合 1	侯古	娘平開肴效二	女交
1553	2 正		72	肴	戶	鐃	曉	陽平	合	五交			匣平開肴效二	胡茅	匣合 1	侯古	娘平開肴效二	女交
1554	2 正		73	殽	戶	鐃	曉	陽平	合	五交			匣平開肴效二	胡茅	匣合 1	侯古	娘平開肴效二	女交
1555	2 正		74	倄	戶	鐃	曉	陽平	合	五交			匣平開肴效二	胡茅	匣合 1	侯古	娘平開肴效二	女交
1556	2 正		75	恔 g*	戶	鐃	曉	陽平	合	五交	平上兩讀	玉篇：吉了切又胡巧切	匣上開肴效二	下巧	匣合 1	侯古	娘平開肴效二	女交
1561	2 正		76	洨	戶	鐃	曉	陽平	合	五交	平去兩讀		匣平開肴效二	胡茅	匣合 1	侯古	娘平開肴效二	女交
1563	2 正		77	筊	戶	鐃	曉	陽平	合	五交			匣平開肴效二	胡茅	匣合 1	侯古	娘平開肴效二	女交
1565	2 正	19	78	**譊**	煗	爻	乃	陽平	合	五交			娘平開肴效二	女交	泥合 1	乃管	匣平開肴效二	胡茅
1566	2 正		79	鐃	煗	爻	乃	陽平	合	五交			娘平開肴效二	女交	泥合 1	乃管	匣平開肴效二	胡茅
1567	2 正	20	80	**嶅**	臥	爻	我	陽平	合	五交			疑平開豪效一	五勞	疑合 1	吾貨	匣平開肴效二	胡茅
1568	2 正	21	81	**麃**	普	爻	並	陽平	合	五交			並平開肴效二	薄交	滂合 1	滂古	匣平開肴效二	胡茅
1569	2 正	22	82	**媌**	昧	爻	命	陽平	合	五交			明平開肴效二	莫交	明合 1	莫佩	匣平開肴效二	胡茅
1571	2 正	23	83	**驕**	几	囂	見	陰平	齊	六驕			見平開宵效重三	舉喬	見開重 3	居履	曉平開宵效重三	許嬌
1572	2 正		84	鷮	几	囂	見	陰平	齊	六驕			見平開宵效重三	舉喬	見開重 3	居履	曉平開宵效重三	許嬌
1574	2 正	24	85	**趫**	儉	驕	起	陰平	齊	六驕			群平開宵效重三	巨嬌	群開重 3	巨險	見平開宵效重三	舉喬
1576	2 正	25	86	夭	隱	驕	影	陰平	齊	六驕	平上兩讀		影平開宵效重三	於喬	影開 3	於謹	見平開宵效重三	舉喬
1579	2 正		87	枖	隱	驕	影	陰平	齊	六驕			影平開宵效三	於喬	影開 3	於謹	見平開宵效重三	舉喬

韻字編號	部序	組數	字數	韻字及何氏反切			韻字何氏音				何萱注釋	備　注	韻字中古音		上字中古音		下字中古音	
				韻字	上字	下字	聲	調	呼	韻部			聲調呼韻攝等	反切	聲呼等	反切	聲調呼韻攝等	反切
1580	2 正		88	**祅***	隱	驕	影	陰平	齊	六驕			影平開宵效重三	於喬	影開 3	於謹	見平開宵效重三	舉喬
1581	2 正		89	**娱***	隱	驕	影	陰平	齊	六驕			影平開宵效重三	於喬	影開 3	於謹	見平開宵效重三	舉喬
1582	2 正	26	90	**囂****	向	驕	曉	陰平	齊	六驕		集韻：又五高切	曉平開宵效重三	許朝	曉開 3	許亮	見平開宵效重三	舉喬
1583	2 正		91	囂	向	驕	曉	陰平	齊	六驕			曉平開宵效重三	許嬌	曉開 3	許亮	見平開宵效重三	舉喬
1584	2 正		92	蘸	向	驕	曉	陰平	齊	六驕			曉平開宵效重三	許嬌	曉開 3	許亮	見平開宵效重三	舉喬
1585	2 正		93	歊	向	驕	曉	陰平	齊	六驕			曉平開宵效重三	許嬌	曉開 3	許亮	見平開宵效重三	舉喬
1587	2 正		94	蔵	向	驕	曉	陰平	齊	六驕			曉平開宵效重三	許嬌	曉開 3	許亮	見平開宵效重三	舉喬
1588	2 正		95	枵	向	驕	曉	陰平	齊	六驕			曉平開宵效重三	許嬌	曉開 3	許亮	見平開宵效重三	舉喬
1589	2 正		96	獢	向	驕	曉	陰平	齊	六驕			曉平開宵效重三	許嬌	曉開 3	許亮	見平開宵效重三	舉喬
1590	2 正	27	97	**昭**	掌	囂	照	陰平	齊	六驕			章平開宵效三	止遙	章開 3	諸兩	曉平開宵效重三	許嬌
1591	2 正		98	招	掌	囂	照	陰平	齊	六驕			章平開宵效三	止遙	章開 3	諸兩	曉平開宵效重三	許嬌
1592	2 正		99	柖	掌	囂	照	陰平	齊	六驕			禪平開宵效三	市昭	章開 3	諸兩	曉平開宵效重三	許嬌
1593	2 正		100	鉊	掌	囂	照	陰平	齊	六驕			章平開宵效三	止遙	章開 3	諸兩	曉平開宵效重三	許嬌
1594	2 正		101	釗	掌	囂	照	陰平	齊	六驕			章平開宵效三	止遙	章開 3	諸兩	曉平開宵效重三	許嬌
1595	2 正		102	朝	掌	囂	照	陰平	齊	六驕	本韻兩見義分。翰隸作朝		知平開宵效三	陟遙	章開 3	諸兩	曉平開宵效重三	許嬌
1597	2 正		103	鼂	掌	囂	照	陰平	齊	六驕			澄平開宵效三	直遙	章開 3	諸兩	曉平開宵效重三	許嬌
1598	2 正		104	盄	掌	囂	照	陰平	齊	六驕			章平開宵效三	止遙	章開 3	諸兩	曉平開宵效重三	許嬌
1599	2 正	28	105	弨	齒	驕	助	陰平	齊	六驕			昌平開宵效三	尺招	昌開 3	昌里	見平開宵效重三	舉喬
1601	2 正		106	**超**	齒	驕	助	陰平	齊	六驕			徹平開宵效三	敕宵	昌開 3	昌里	見平開宵效重三	舉喬
1602	2 正		107	趸	齒	驕	助	陰平	齊	六驕	偏旁作辶。平入兩讀	玉篇丑略切	徹入開藥宕三	丑略	昌開 3	昌里	見平開宵效重三	舉喬
1603	2 正	29	108	**燒**	始	囂	審	陰平	齊	六驕			書平開宵效三	式招	書開 3	詩止	曉平開宵效重三	許嬌
1605	2 正	30	109	**儦**	丙	驕	謗	陰平	齊	六驕			幫平開宵效重三	甫嬌	幫開 3	兵永	見平開宵效重三	舉喬
1606	2 正		110	瀌	丙	驕	謗	陰平	齊	六驕			幫平開宵效三	甫嬌	幫開 3	兵永	見平開宵效重三	舉喬
1609	2 正		111	犥	丙	驕	謗	陰平	齊	六驕			滂平開宵效重四	撫招	幫開 3	兵永	見平開宵效重三	舉喬
1611	2 正		112	**鑣**	丙	驕	謗	陰平	齊	六驕		表中作品驕切的字頭，正文歸入丙驕切	幫平開宵效重三	甫嬌	幫開 3	兵永	見平開宵效重三	舉喬

韻字編號	部序	組數	字數	韻字及何氏反切			韻字何氏音				何萱注釋	備注	韻字中古音		上字中古音		下字中古音	
				韻字	上字	下字	聲	調	呼	韻部			聲調呼韻攝等	反切	聲呼等	反切	聲調呼韻攝等	反切
1612	2 正	31	113	鏢	品	驕	並	陰平	齊	六驕			滂平開宵效重四	撫招	滂開重 3	丕飲	見平開宵效重三	舉喬
1613	2 正	32	114	喬	儉	苗	起	陽平	齊	六驕			群平開宵效重三	巨嬌	群開重 3	巨險	明平開宵效重三	武瀌
1614	2 正		115	僑	儉	苗	起	陽平	齊	六驕			群平開宵效重三	巨嬌	群開重 3	巨險	明平開宵效重三	武瀌
1615	2 正		116	鐈	儉	苗	起	陽平	齊	六驕			群平開宵效重三	巨嬌	群開重 3	巨險	明平開宵效重三	武瀌
1616	2 正		117	橋	儉	苗	起	陽平	齊	六驕	平去兩讀異義		群平開宵效重三	巨嬌	群開重 3	巨險	明平開宵效重三	武瀌
1618	2 正	33	118	鴞	隱	喬	影	陽平	齊	六驕			云平開宵效三	于嬌	影開 3	於謹	群平開宵效重三	巨嬌
1620	2 正	34	119	朝	齒	喬	助	陽平	齊	六驕	本韻兩見義分。翰隸作朝	正文缺反切	澄平開宵效三	直遙	昌開 3	昌里	群平開宵效重三	巨嬌
1621	2 正		120	淖	齒	喬	助	陽平	齊	六驕	隸作潮	正文缺反切	澄平開宵效三	馳遙	昌開 3	昌里	群平開宵效重三	巨嬌
1622	2 正	35	121	饒	忍	喬	耳	陽平	齊	六驕			日平開宵效三	如招	日開 3	而軫	群平開宵效重三	巨嬌
1624	2 正		122	蟯	忍	喬	耳	陽平	齊	六驕			日平開宵效三	如招	日開 3	而軫	群平開宵效重三	巨嬌
1626	2 正		123	橈	忍	喬	耳	陽平	齊	六驕	平去兩讀異義		日平開宵效三	如招	日開 3	而軫	群平開宵效重三	巨嬌
1628	2 正		124	蕘	忍	喬	耳	陽平	齊	六驕			日平開宵效三	如招	日開 3	而軫	群平開宵效重三	巨嬌
1629	2 正	36	125	韶	始	喬	審	陽平	齊	六驕			禪平開宵效三	市昭	書開 3	詩止	群平開宵效重三	巨嬌
1631	2 正		126	劭 g*	始	喬	審	陽平	齊	六驕	平去兩讀		禪平開宵效三	時堯	書開 3	詩止	群平開宵效重三	巨嬌
1633	2 正	37	127	苗	面	喬	命	陽平	齊	六驕			明平開宵效重三	武瀌	明開重 4	彌箭	群平開宵效重三	巨嬌
1634	2 正		128	緢	面	喬	命	陽平	齊	六驕			明平開宵效三	武瀌	明開重 4	彌箭	群平開宵效重三	巨嬌
1637	2 正	38	129	澆	舉	宵	見	陰平	撮	七澆			見平開蕭效四	古堯	見合 3	居許	心平開宵效三	相邀
1638	2 正		130	驍	舉	宵	見	陰平	撮	七澆			見平開蕭效四	古堯	見合 3	居許	心平開宵效三	相邀
1640	2 正		131	屩 g*	舉	宵	見	陰平	撮	七澆	平入兩讀注在彼		溪平開宵效重三	丘祆	見合 3	居許	心平開宵效三	相邀
1642	2 正		132	徼 g*	舉	宵	見	陰平	撮	七澆			見平開蕭效四	堅堯	見合 3	居許	心平開宵效三	相邀
1644	2 正		133	憿	舉	宵	見	陰平	撮	七澆			見平開蕭效四	古堯	見合 3	居許	心平開宵效三	相邀
1645	2 正		134	県	舉	宵	見	陰平	撮	七澆			見平開蕭效四	古堯	見合 3	居許	心平開宵效三	相邀
1646	2 正		135	梟	舉	宵	見	陰平	撮	七澆	梟俗有梟		見平開蕭效四	古堯	見合 3	居許	心平開宵效三	相邀
1647	2 正		136	嘄 g*	舉	宵	見	陰平	撮	七澆	平去兩讀。嘄俗有嘄		見平開蕭效四	堅堯	見合 3	居許	心平開宵效三	相邀

韻字編號	部序	組數	字數	韻字及何氏反切			韻字何氏音				何萱注釋	備　注	韻字中古音		上字中古音		下字中古音	
				韻字	上字	下字	聲	調	呼	韻部			聲調呼韻攝等	反切	聲呼等	反切	聲調呼韻攝等	反切
1651	2正	39	137	繑	去	宵	起	陰平	撮	七澆			溪平開宵效重四	去遙	溪合3	丘倨	心平開宵效三	相邀
1652	2正		138	蹺	去	宵	起	陰平	撮	七澆	平上入三讀		溪平開宵效重四	去遙	溪合3	丘倨	心平開宵效三	相邀
1657	2正		139	趬	去	宵	起	陰平	撮	七澆			溪平開宵效重四	去遙	溪合3	丘倨	心平開宵效三	相邀
1659	2正		140	敲	去	宵	起	陰平	撮	七澆			疑平開肴效二	五交	溪合3	丘倨	心平開宵效三	相邀
1660	2正		141	顤	去	宵	起	陰平	撮	七澆			溪平開宵效重四	去遙	溪合3	丘倨	心平開宵效三	相邀
1662	2正		142	鄡	去	宵	起	陰平	撮	七澆			溪平開蕭效四	苦幺	溪合3	丘倨	心平開宵效三	相邀
1663	2正	40	143	幺	羽	宵	影	陰平	撮	七澆			影平開蕭效四	於堯	云合3	王矩	心平開宵效三	相邀
1664	2正		144	要	羽	宵	影	陰平	撮	七澆	平去兩讀義分。㫐隸變為要		影平開宵效重四	於霄	云合3	王矩	心平開宵效三	相邀
1666	2正		145	葽	羽	宵	影	陰平	撮	七澆			影平開蕭效四	於堯	云合3	王矩	心平開宵效三	相邀
1670	2正		146	敫 g*	羽	宵	影	陰平	撮	七澆	平入兩讀		見平開蕭效四	堅堯	云合3	王矩	心平開宵效三	相邀
1676	2正	41	147	嘵	許	葽	曉	陰平	撮	七澆			曉平開蕭效四	許幺	曉合3	虛呂	影平開蕭效四	於堯
1677	2正		148	膮	許	葽	曉	陰平	撮	七澆			曉平開蕭效四	許幺	曉合3	虛呂	影平開蕭效四	於堯
1679	2正	42	149	鳭	旳*	葽	短	陰平	撮	七澆			端平開蕭效四	都聊	端開4	丁歷	影平開蕭效四	於堯
1680	2正		150	鴮	的	葽	短	陰平	撮	七澆			端平開蕭效四	都聊	端開4	都歷	影平開蕭效四	於堯
1682	2正		151	祒*	的	葽	短	陰平	撮	七澆			端平開蕭效四	丁聊	端開4	都歷	影平開蕭效四	於堯
1683	2正		152	貂	的	葽	短	陰平	撮	七澆			端平開蕭效四	都聊	端開4	都歷	影平開蕭效四	於堯
1684	2正		153	蛁	的	葽	短	陰平	撮	七澆			端平開蕭效四	都聊	端開4	都歷	影平開蕭效四	於堯
1685	2正	43	154	佻	統	宵	透	陰平	撮	七澆			透平開蕭效四	吐彫	透合1	他綜	心平開宵效三	相邀
1687	2正		155	挑	統	宵	透	陰平	撮	七澆			透平開蕭效四	吐彫	透合1	他綜	心平開宵效三	相邀
1688	2正		156	朓	統	宵	透	陰平	撮	七澆			透平開蕭效四	吐彫	透合1	他綜	心平開宵效三	相邀
1689	2正		157	斛	統	宵	透	陰平	撮	七澆			透平開蕭效四	吐彫	透合1	他綜	心平開宵效三	相邀
1690	2正	44	158	雧*	俊	宵	井	陰平	撮	七澆		表中字頭作焦	精平開宵效三	玆消	精合3	子峻	心平開宵效三	相邀
1691	2正		159	燋	俊	宵	井	陰平	撮	七澆			精平開宵效三	即消	精合3	子峻	心平開宵效三	相邀
1692	2正		160	醮	俊	宵	井	陰平	撮	七澆			精平開宵效三	即消	精合3	子峻	心平開宵效三	相邀
1694	2正		161	蕉	俊	宵	井	陰平	撮	七澆			精平開宵效三	即消	精合3	子峻	心平開宵效三	相邀
1695	2正		162	鷦*	俊	宵	井	陰平	撮	七澆			精平開宵效三	玆消	精合3	子峻	心平開宵效三	相邀

韻字編號	部序	組數	字數	韻字及何氏反切			韻字何氏音				何萱注釋	備　注	韻字中古音		上字中古音		下字中古音	
				韻字	上字	下字	聲	調	呼	韻部			聲調呼韻攝等	反切	聲呼等	反切	聲調呼韻攝等	反切
1696	2 正		163	鐎	俊	宵	井	陰平	撮	七澆			從平開宵效三	昨焦	精合 3	子峻	心平開宵效三	相邀
1697	2 正		164	爵	俊	宵	井	陰平	撮	七澆	平入兩讀注在彼	大詞典有一義項通爝，爝有一讀為子肖切	精入開藥宕三	即略	精合 3	子峻	心平開宵效三	相邀
1698	2 正	45	165	**噍 g***	翠	宵	淨	陰平	撮	七澆	平去入三讀		從平開宵效三	慈焦	清合 3	七醉	心平開宵效三	相邀
1703	2 正		166	銚 g*	翠	宵	淨	陰平	撮	七澆	平去兩讀		清平開宵效三	千遙	清合 3	七醉	心平開宵效三	相邀
1705	2 正	46	167	宵	選	葽	信	陰平	撮	七澆			心平開宵效三	相邀	心合 3	蘇管	影平開蕭效四	於堯
1706	2 正		168	霄	選	葽	信	陰平	撮	七澆			心平開宵效三	相邀	心合 3	蘇管	影平開蕭效四	於堯
1707	2 正		169	**消**	選	葽	信	陰平	撮	七澆			心平開宵效三	相邀	心合 3	蘇管	影平開蕭效四	於堯
1708	2 正		170	銷	選	葽	信	陰平	撮	七澆			心平開宵效三	相邀	心合 3	蘇管	影平開蕭效四	於堯
1709	2 正		171	痟	選	葽	信	陰平	撮	七澆			心平開宵效三	相邀	心合 3	蘇管	影平開蕭效四	於堯
1710	2 正		172	綃	選	葽	信	陰平	撮	七澆			心平開宵效三	相邀	心合 3	蘇管	影平開蕭效四	於堯
1712	2 正		173	蛸	選	葽	信	陰平	撮	七澆			心平開宵效三	相邀	心合 3	蘇管	影平開蕭效四	於堯
1714	2 正	47	174	熛	褊	宵	謗	陰平	撮	七澆			幫平開宵效重四	甫遙	幫開重 4	方緬	心平開宵效三	相邀
1716	2 正		175	熛	褊	宵	謗	陰平	撮	七澆			幫平開宵效重四	甫遙	幫開重 4	方緬	心平開宵效三	相邀
1717	2 正		176	幖	褊	宵	謗	陰平	撮	七澆			幫平開宵效重四	甫遙	幫開重 4	方緬	心平開宵效三	相邀
1718	2 正		177	**標**	褊	宵	謗	陰平	撮	七澆			幫平開宵效重四	甫遙	幫開重 4	方緬	心平開宵效三	相邀
1720	2 正		178	杓	褊	宵	謗	陰平	撮	七澆			幫平開宵效重四	甫遙	幫開重 4	方緬	心平開宵效三	相邀
1724	2 正	48	179	嫑	汴	宵	並	陰平	撮	七澆	隸作票，或作覅。平去兩讀	可通飄	滂平開宵效重四	撫招	並開重 3	皮變	心平開宵效三	相邀
1725	2 正		180	**飄**	汴	宵	並	陰平	撮	七澆			並平開宵效重四	符霄	並開重 3	皮變	心平開宵效三	相邀
1726	2 正		181	旚	汴	宵	並	陰平	撮	七澆			滂平開宵效重四	撫招	並開重 3	皮變	心平開宵效三	相邀
1727	2 正		182	漂	汴	宵	並	陰平	撮	七澆	平去兩讀		滂平開宵效重四	撫招	並開重 3	皮變	心平開宵效三	相邀
1729	2 正		183	嘌	汴	宵	並	陰平	撮	七澆			滂平開宵效重四	撫招	並開重 3	皮變	心平開宵效三	相邀
1730	2 正		184	慓	汴	宵	並	陰平	撮	七澆	平上兩讀注在彼		滂平開宵效重四	撫招	並開重 3	皮變	心平開宵效三	相邀
1733	2 正		185	僄	汴	宵	並	陰平	撮	七澆	平去兩讀		滂平開宵效重四	撫招	並開重 3	皮變	心平開宵效三	相邀
1735	2 正		186	嫖	汴	宵	並	陰平	撮	七澆			滂平開宵效重四	撫招	並開重 3	皮變	心平開宵效三	相邀

韻字編號	部序	組數	字數	韻字及何氏反切			韻字何氏音				何萱注釋	備注	韻字中古音		上字中古音		下字中古音	
				韻字	上字	下字	聲	調	呼	韻部			聲調呼韻攝等	反切	聲呼等	反切	聲調呼韻攝等	反切
1737	2正		187	剽	汴	宵	並	陰平	撮	七澆	平去兩讀義分		並平開宵效重四	符霄	並開重3	皮變	心平開宵效三	相邀
1739	2正	49	188	翹	去	姚	起	陽平	撮	七澆			群平開宵效重四	渠遙	溪合3	丘倨	以平開宵效三	餘昭
1743	2正	50	189	遙g*	羽	翹	影	陽平	撮	七澆	二部三部兩見		以平開宵效三	餘招	云合3	王矩	群平開宵效重四	渠遙
1746	2正		190	䍃g*	羽	翹	影	陽平	撮	七澆	二部三部兩讀		以平開宵效三	餘招	云合3	王矩	群平開宵效重四	渠遙
1747	2正		191	傜*	羽	翹	影	陽平	撮	七澆			以平開宵效三	餘招	云合3	王矩	群平開宵效重四	渠遙
1748	2正		192	嗂	羽	翹	影	陽平	撮	七澆			以平開宵效三	餘昭	云合3	王矩	群平開宵效重四	渠遙
1749	2正		193	歙	羽	翹	影	陽平	撮	七澆			以平開宵效三	餘昭	云合3	王矩	群平開宵效重四	渠遙
1750	2正		194	蹃	羽	翹	影	陽平	撮	七澆			以平開宵效三	餘昭	云合3	王矩	群平開宵效重四	渠遙
1751	2正		195	媱	羽	翹	影	陽平	撮	七澆			以平開宵效三	餘昭	云合3	王矩	群平開宵效重四	渠遙
1752	2正		196	榣	羽	翹	影	陽平	撮	七澆			以平開宵效三	餘昭	云合3	王矩	群平開宵效重四	渠遙
1753	2正		197	搖	羽	翹	影	陽平	撮	七澆			以平開宵效三	餘昭	云合3	王矩	群平開宵效重四	渠遙
1755	2正		198	瑤	羽	翹	影	陽平	撮	七澆			以平開宵效三	餘昭	云合3	王矩	群平開宵效重四	渠遙
1756	2正		199	珧	羽	翹	影	陽平	撮	七澆			以平開宵效三	餘昭	云合3	王矩	群平開宵效重四	渠遙
1757	2正		200	姚	羽	翹	影	陽平	撮	七澆			以平開宵效三	餘昭	云合3	王矩	群平開宵效重四	渠遙
1758	2正		201	籲**	羽	翹	影	陽平	撮	七澆	平入兩讀注在彼		以去合虞遇三	俞注	云合3	王矩	群平開宵效重四	渠遙
1759	2正		202	軺	羽	翹	影	陽平	撮	七澆			以平開宵效三	餘昭	云合3	王矩	群平開宵效重四	渠遙
1760	2正		203	窯	羽	翹	影	陽平	撮	七澆			以平開宵效三	餘昭	云合3	王矩	群平開宵效重四	渠遙
1761	2正	51	204	跳	統	姚	透	陽平	撮	七澆			定平開蕭效四	徒聊	透合1	他綜	以平開宵效三	餘昭
1763	2正		205	越	統	姚	透	陽平	撮	七澆			透平開蕭效四	吐彫	透合1	他綜	以平開宵效三	餘昭
1765	2正		206	艻	統	姚	透	陽平	撮	七澆			定平開蕭效四	徒聊	透合1	他綜	以平開宵效三	餘昭
1766	2正		207	苕	統	姚	透	陽平	撮	七澆			定平開蕭效四	徒聊	透合1	他綜	以平開宵效三	餘昭
1767	2正	52	208	撩	呂	翹	賚	陽平	撮	七澆			來平開蕭效四	落蕭	來合3	力舉	群平開宵效重四	渠遙
1768	2正		209	嫽	呂	翹	賚	陽平	撮	七澆			來平開蕭效四	落蕭	來合3	力舉	群平開宵效重四	渠遙
1770	2正		210	遼	呂	翹	賚	陽平	撮	七澆			來平開蕭效四	落蕭	來合3	力舉	群平開宵效重四	渠遙
1771	2正		211	寮	呂	翹	賚	陽平	撮	七澆			來平開蕭效四	落蕭	來合3	力舉	群平開宵效重四	渠遙
1772	2正		212	璙	呂	翹	賚	陽平	撮	七澆			來平開蕭效四	落蕭	來合3	力舉	群平開宵效重四	渠遙
1774	2正		213	鐐	呂	翹	賚	陽平	撮	七澆			來平開蕭效四	落蕭	來合3	力舉	群平開宵效重四	渠遙

韻字編號	部序	組數	字數	韻字及何氏反切			韻字何氏音				何萱注釋	備注	韻字中古音		上字中古音		下字中古音	
				韻字	上字	下字	聲	調	呼	韻部			聲調呼韻攝等	反切	聲呼等	反切	聲調呼韻攝等	反切
1776	2 正		214	簝	呂	翹	賚	陽平	撮	七澆			來平開蕭效四	落蕭	來合 3	力舉	群平開宵效重四	渠遙
1778	2 正		215	膫	呂	翹	賚	陽平	撮	七澆	膋，或		來平開蕭效四	落蕭	來合 3	力舉	群平開宵效重四	渠遙
1779	2 正		216	鷯	呂	翹	賚	陽平	撮	七澆			來平開蕭效四	落蕭	來合 3	力舉	群平開宵效重四	渠遙
1781	2 正		217	敹	呂	翹	賚	陽平	撮	七澆			來平開蕭效四	落蕭	來合 3	力舉	群平開宵效重四	渠遙
1782	2 正		218	療 g*	呂	翹	賚	陽平	撮	七澆	平去兩讀	缺去聲。增。查不到平聲音	書入開藥宕三	式灼	來合 3	力舉	群平開宵效重四	渠遙
1783	2 正		219	料	呂	翹	賚	陽平	撮	七澆	平去兩讀義分		來平開蕭效四	落蕭	來合 3	力舉	群平開宵效重四	渠遙
1785	2 正	53	220	**樵**	翠	姚	淨	陽平	撮	七澆			從平開宵效三	昨焦	清合 3	七醉	以平開宵效三	餘昭
1786	2 正		221	藮	翠	姚	淨	陽平	撮	七澆			從平開宵效三	昨焦	清合 3	七醉	以平開宵效三	餘昭
1787	2 正	54	222	垚	我	翹	我	陽平	撮	七澆			疑平開蕭效四	五聊	疑開 1	五可	群平開宵效重四	渠遙
1788	2 正		223	**堯**	我	翹	我	陽平	撮	七澆			疑平開蕭效四	五聊	疑開 1	五可	群平開宵效重四	渠遙
1789	2 正		224	嶢	我	翹	我	陽平	撮	七澆			疑平開蕭效四	五聊	疑開 1	五可	群平開宵效重四	渠遙
1790	2 正		225	僥	我	翹	我	陽平	撮	七澆			疑平開蕭效四	五聊	疑開 1	五可	群平開宵效重四	渠遙
1791	2 正	55	226	**瓢**	汴	翹	並	陽平	撮	七澆			並平開宵效重四	符霄	並開重 3	皮變	群平開宵效重四	渠遙
1792	2 正	56	227	**杲**	改	島	見	上	開	四杲			見上開豪效一	古老	見開 1	古亥	端上開豪效一	都晧
1793	2 正		228	縞	改	島	見	上	開	四杲			見上開豪效一	古老	見開 1	古亥	端上開豪效一	都晧
1795	2 正		229	稾	改	島	見	上	開	四杲			見上開豪效一	古老	見開 1	古亥	端上開豪效一	都晧
1796	2 正	57	230	稾	口	島	起	上	開	四杲			見上開豪效一	古老	溪開 1	苦后	端上開豪效一	都晧
1797	2 正		231	**薧**	口	島	起	上	開	四杲			溪上開豪效一	苦浩	溪開 1	苦后	端上開豪效一	都晧
1798	2 正	58	232	**芺**	挨	島	影	上	開	四杲			影上開豪效一	烏晧	影開 1	於改	端上開豪效一	都晧
1800	2 正		233	鴹	挨	島	影	上	開	四杲			影上開豪效一	烏晧	影開 1	於改	端上開豪效一	都晧
1801	2 正		234	媪	挨	島	影	上	開	四杲	二部十三部兩見注在彼	缺 2 部，增	影上開豪效一	烏晧	影開 1	於改	端上開豪效一	都晧
1802	2 正	59	235	**鎬**	海	杲	曉	上	開	四杲			匣上開豪效一	胡老	曉開 1	呼改	見上開豪效一	古老
1803	2 正		236	滈	海	杲	曉	上	開	四杲			匣上開豪效一	胡老	曉開 1	呼改	見上開豪效一	古老
1805	2 正		237	鰝	海	杲	曉	上	開	四杲			匣上開豪效一	胡老	曉開 1	呼改	見上開豪效一	古老
1807	2 正		238	顥	海	杲	曉	上	開	四杲			匣上開豪效一	胡老	曉開 1	呼改	見上開豪效一	古老

韻字編號	部序	組數	字數	韻字及何氏反切			韻字何氏音				何萱注釋	備　注	韻字中古音		上字中古音		下字中古音	
				韻字	上字	下字	聲	調	呼	韻部			聲調呼韻攝等	反切	聲呼等	反切	聲調呼韻攝等	反切
1808	2 正		239	灝	海	杲	曉	上	開	四杲			匣上開豪效一	胡老	曉開 1	呼改	見上開豪效一	古老
1811	2 正	60	240	**島**	帶	杲	短	上	開	四杲			端上開豪效一	都晧	端開 1	當蓋	見上開豪效一	古老
1812	2 正	61	241	**潦**	朗	杲	賚	上	開	四杲			來上開豪效一	盧晧	來開 1	盧黨	見上開豪效一	古老
1813	2 正		242	轑	朗	杲	賚	上	開	四杲			來上開豪效一	盧晧	來開 1	盧黨	見上開豪效一	古老
1814	2 正		243	橑	朗	杲	賚	上	開	四杲			來上開豪效一	盧晧	來開 1	盧黨	見上開豪效一	古老
1815	2 正		244	**蓤**	朗	杲	賚	上	開	四杲			來上開豪效一	盧晧	來開 1	盧黨	見上開豪效一	古老
1816	2 正	62	245	**澡**	宰	杲	井	上	開	四杲			精上開豪效一	子晧	精開 1	作亥	見上開豪效一	古老
1817	2 正		246	繰	宰	杲	井	上	開	四杲			精上開豪效一	子晧	精開 1	作亥	見上開豪效一	古老
1818	2 正		247	璪	宰	杲	井	上	開	四杲			精上開豪效一	子晧	精開 1	作亥	見上開豪效一	古老
1819	2 正		248	藻	宰	杲	井	上	開	四杲			精上開豪效一	子晧	精開 1	作亥	見上開豪效一	古老
1820	2 正		249	璅	宰	杲	井	上	開	四杲			精上開豪效一	子晧	精開 1	作亥	見上開豪效一	古老
1821	2 正	63	250	**懆**	粲	杲	淨	上	開	四杲			清上開豪效一	采老	清開 1	蒼案	見上開豪效一	古老
1823	2 正	64	251	姣	古	撓	見	上	合	五絞			見上開肴效二	古巧	見合 1	公戶	娘上開肴效二	奴巧
1824	2 正		252	**絞**	古	撓	見	上	合	五絞			見上開肴效二	古巧	見合 1	公戶	娘上開肴效二	奴巧
1825	2 正		253	狡	古	撓	見	上	合	五絞			見上開肴效二	古巧	見合 1	公戶	娘上開肴效二	奴巧
1826	2 正		254	茭 g*	古	撓	見	上	合	五絞	平上兩讀注在彼		匣上開肴效二	下巧	見合 1	公戶	娘上開肴效二	奴巧
1828	2 正		255	烄	古	撓	見	上	合	五絞			見上開肴效二	古巧	見合 1	公戶	娘上開肴效二	奴巧
1830	2 正		256	敫	古	撓	見	上	合	五絞			見上開肴效二	古巧	見合 1	公戶	娘上開肴效二	奴巧
1832	2 正	65	257	**撓**	煗	絞	乃	上	合	五絞			娘上開肴效二	奴巧	泥合 1	乃管	見上開肴效二	古巧
1834	2 正	66	258	**摷 g***	祖	絞	井	上	合	五絞	平上兩讀注在彼	正文上字作狀	精上開宵效三	子小	精合 1	則古	見上開肴效二	古巧
1835	2 正	67	259	**齩**	臥	絞	我	上	合	五絞			疑上開肴效二	五巧	疑合 1	吾貨	見上開肴效二	古巧
1837	2 正	68	260	撟	几	杪	見	上	齊	六矯			見上開宵效重三	居夭	見開重 3	居履	明上開宵效重四	亡沼
1838	2 正		261	**矯**	几	杪	見	上	齊	六矯			見上開宵效重三	居夭	見開重 3	居履	明上開宵效重四	亡沼
1839	2 正		262	蹻	几	杪	見	上	齊	六矯	平上入三讀注具平聲		見上開宵效重三	居夭	見開重 3	居履	明上開宵效重四	亡沼
1844	2 正		263	敿*	几	杪	見	上	齊	六矯			見上開宵效重三	舉夭	見開重 3	居履	明上開宵效重四	亡沼
1845	2 正		264	蟜	几	杪	見	上	齊	六矯			見上開宵效重三	居夭	見開重 3	居履	明上開宵效重四	亡沼

韻字編號	部序	組數	字數	韻字及何氏反切			韻字何氏音				何萱注釋	備注	韻字中古音		上字中古音		下字中古音	
				韻字	上字	下字	聲	調	呼	韻部			聲調呼韻攝等	反切	聲呼等	反切	聲調呼韻攝等	反切
1848	2 正	69	265	夭	隱	杪	影	上	齊	六矯	平上兩讀注在彼		影上開宵效重三	於兆	影開 3	於謹	明上開宵效重四	亡沼
1851	2 正	70	266	憭	利	矯	賚	上	齊	六矯			來上開宵效三	力小	來開 3	力至	見上開宵效重三	居夭
1852	2 正		267	僚	利	矯	賚	上	齊	六矯			來上開宵效三	力小	來開 3	力至	見上開宵效重三	居夭
1854	2 正		268	繚	利	矯	賚	上	齊	六矯			來上開宵效三	力小	來開 3	力至	見上開宵效重三	居夭
1856	2 正		269	獠	利	矯	賚	上	齊	六矯			來去開宵效三	力照	來開 3	力至	見上開宵效重三	居夭
1858	2 正		270	燎	利	矯	賚	上	齊	六矯			來上開宵效三	力小	來開 3	力至	見上開宵效重三	居夭
1860	2 正	71	271	沼	掌	矯	照	上	齊	六矯			章上開宵效三	之少	章開 3	諸兩	見上開宵效重三	居夭
1861	2 正		272	隉	掌	矯	照	上	齊	六矯			章去開宵效三	之少	章開 3	諸兩	見上開宵效重三	居夭
1862	2 正	72	273	肁	齒	杪	助	上	齊	六矯			澄上開宵效三	治小	昌開 3	昌里	明上開宵效重四	亡沼
1863	2 正		274	肇	齒	杪	助	上	齊	六矯			澄上開宵效三	治小	昌開 3	昌里	明上開宵效重四	亡沼
1864	2 正		275	兆	齒	杪	助	上	齊	六矯		兆隸作兆	澄上開宵效三	治小	昌開 3	昌里	明上開宵效重四	亡沼
1865	2 正		276	垗	齒	杪	助	上	齊	六矯			澄上開宵效三	治小	昌開 3	昌里	明上開宵效重四	亡沼
1866	2 正		277	旐	齒	杪	助	上	齊	六矯			澄上開宵效三	治小	昌開 3	昌里	明上開宵效重四	亡沼
1867	2 正		278	絩	齒	杪	助	上	齊	六矯			透去開蕭效四	他弔	昌開 3	昌里	明上開宵效重四	亡沼
1868	2 正		279	狣	齒	杪	助	上	齊	六矯			澄上開宵效三	治小	昌開 3	昌里	明上開宵效重四	亡沼
1869	2 正		280	鮡	齒	杪	助	上	齊	六矯			澄上開宵效三	治小	昌開 3	昌里	明上開宵效重四	亡沼
1871	2 正		281	趙	齒	杪	助	上	齊	六矯			澄上開宵效三	治小	昌開 3	昌里	明上開宵效重四	亡沼
1872	2 正	73	282	繞	忍	矯	耳	上	齊	六矯			日上開宵效三	而沼	日開 3	而軫	見上開宵效重三	居夭
1873	2 正	74	283	少	始	矯	審	上	齊	六矯	上去兩讀義分		書上開宵效三	書沼	書開 3	詩止	見上開宵效重三	居夭
1875	2 正		284	邵	始	矯	審	上	齊	六矯			書上開宵效三	書沼	書開 3	詩止	見上開宵效重三	居夭
1878	2 正		285	卲g*	始	矯	審	上	齊	六矯			禪上開宵效三	市沼	書開 3	詩止	見上開宵效重三	居夭
1879	2 正		286	紹	始	矯	審	上	齊	六矯			禪上開宵效三	市沼	書開 3	詩止	見上開宵效重三	居夭
1880	2 正		287	祒	始	矯	審	上	齊	六矯			禪上開宵效三	市沼	書開 3	詩止	見上開宵效重三	居夭
1881	2 正	75	288	表	丙	矯	謗	上	齊	六矯			幫上開宵效重三	陂矯	幫開 3	兵永	見上開宵效重三	居夭
1883	2 正	76	289	藨	品	矯	並	上	齊	六矯			並上開宵效重三	平表	滂開重 3	丕飲	見上開宵效重三	居夭
1884	2 正		290	受	品	矯	並	上	齊	六矯			並上開宵效重三	平表	滂開重 3	丕飲	見上開宵效重三	居夭
1885	2 正	77	291	眇	面	矯	命	上	齊	六矯			明上開宵效重四	亡沼	明開重 4	彌箭	見上開宵效重三	居夭

韻字編號	部序	組數	字數	韻字及何氏反切			韻字何氏音				何萱注釋	備注	韻字中古音		上字中古音		下字中古音	
				韻字	上字	下字	聲	調	呼	韻部			聲調呼韻攝等	反切	聲呼等	反切	聲調呼韻攝等	反切
1886	2 正		292	篎	面	矯	命	上	齊	六矯			明上開宵效重四	亡沼	明開重 4	彌箭	見上開宵效重三	居夭
1888	2 正		293	鄵*	面	矯	命	上	齊	六矯			明去開宵效重四	弭沼	明開重 4	彌箭	見上開宵效重三	居夭
1889	2 正		294	訬	面	矯	命	上	齊	六矯	平上兩讀義分		明上開宵效重四	亡沼	明開重 4	彌箭	見上開宵效重三	居夭
1891	2 正		295	杪	面	矯	命	上	齊	六矯			明上開宵效重四	亡沼	明開重 4	彌箭	見上開宵效重三	居夭
1892	2 正		296	秒	面	矯	命	上	齊	六矯			明上開宵效重四	亡沼	明開重 4	彌箭	見上開宵效重三	居夭
1893	2 正	78	297	恔	舉	小	見	上	撮	七皎	平上兩讀注在彼		見上開蕭效四	古了	見合 3	居許	心上開宵效三	私兆
1894	2 正		298	皎	舉	小	見	上	撮	七皎			見上開蕭效四	古了	見合 3	居許	心上開宵效三	私兆
1895	2 正		299	皦	舉	小	見	上	撮	七皎			見上開蕭效四	古了	見合 3	居許	心上開宵效三	私兆
1896	2 正		300	璬	舉	小	見	上	撮	七皎			見上開蕭效四	古了	見合 3	居許	心上開宵效三	私兆
1897	2 正		301	繳	舉	小	見	上	撮	七皎	上入兩讀義異		見上開蕭效四	古了	見合 3	居許	心上開宵效三	私兆
1898	2 正	79	302	皀	羽	皎	影	上	撮	七皎			影上開蕭效四	烏晈	云合 3	王矩	見上開蕭效四	古了
1899	2 正		303	宣	羽	皎	影	上	撮	七皎			影上開蕭效四	烏晈	云合 3	王矩	見上開蕭效四	古了
1900	2 正		304	窅	羽	皎	影	上	撮	七皎			影上開蕭效四	烏晈	云合 3	王矩	見上開蕭效四	古了
1901	2 正		305	杳	羽	皎	影	上	撮	七皎			影上開蕭效四	烏晈	云合 3	王矩	見上開蕭效四	古了
1902	2 正		306	窅	羽	皎	影	上	撮	七皎			影上開蕭效四	烏晈	云合 3	王矩	見上開蕭效四	古了
1904	2 正		307	𥨊	羽	皎	影	上	撮	七皎			影上開蕭效四	烏晈	云合 3	王矩	見上開蕭效四	古了
1905	2 正		308	皛	羽	皎	影	上	撮	七皎			匣上開蕭效四	胡了	云合 3	王矩	見上開蕭效四	古了
1907	2 正	80	309	曉	許	皎	曉	上	撮	七皎			曉上開蕭效四	馨皛	曉合 3	虛呂	見上開蕭效四	古了
1908	2 正		310	曉	許	皎	曉	上	撮	七皎			曉上開蕭效四	馨皛	曉合 3	虛呂	見上開蕭效四	古了
1909	2 正		311	鐃	許	皎	曉	上	撮	七皎			曉上開蕭效四	馨皛	曉合 3	虛呂	見上開蕭效四	古了
1911	2 正		312	芍	許	皎	曉	上	撮	七皎	上入兩讀義異		匣上開蕭效四	胡了	曉合 3	虛呂	見上開蕭效四	古了
1916	2 正	81	313	扚	旳*	小	短	上	撮	七皎			端上開蕭效四	都了	端開 4	丁歷	心上開宵效三	私兆
1917	2 正		314	杓	旳*	小	短	上	撮	七皎			端上開蕭效四	都了	端開 4	丁歷	心上開宵效三	私兆
1918	2 正		315	鳥	旳*	小	短	上	撮	七皎			端上開蕭效四	都了	端開 4	丁歷	心上開宵效三	私兆
1919	2 正		316	蔦	旳*	小	短	上	撮	七皎			端上開蕭效四	都了	端開 4	丁歷	心上開宵效三	私兆
1921	2 正	82	317	朓*	統	皎	透	上	撮	七皎			透平開蕭效四	他弔	透合 1	他綜	見上開蕭效四	古了
1922	2 正		318	窕	統	皎	透	上	撮	七皎			定上開蕭效四	徒了	透合 1	他綜	見上開蕭效四	古了
1923	2 正		319	誂	統	皎	透	上	撮	七皎			定上開蕭效四	徒了	透合 1	他綜	見上開蕭效四	古了
1925	2 正		320	嬥	統	皎	透	上	撮	七皎			定上開蕭效四	徒了	透合 1	他綜	見上開蕭效四	古了
1927	2 正	83	321	嬈	女	皎	乃	上	撮	七皎			泥上開蕭效四	奴鳥	娘合 3	尼呂	見上開蕭效四	古了

韻字編號	部序	組數	字數	韻字及何氏反切			韻字何氏音				何萱注釋	備　注	韻字中古音		上字中古音		下字中古音	
				韻字	上字	下字	聲	調	呼	韻部			聲調呼韻攝等	反切	聲呼等	反切	聲調呼韻攝等	反切
1930	2 正		322	**嬲**	女	皎	乃	上	撮	七皎			泥上開蕭效四	奴鳥	娘合 3	尼呂	見上開蕭效四	古了
1931	2 正		323	褭	女	皎	乃	上	撮	七皎			泥上開蕭效四	奴鳥	娘合 3	尼呂	見上開蕭效四	古了
1932	2 正	84	324	**了**	呂	皎	賚	上	撮	七皎			來上開蕭效四	盧鳥	來合 3	力舉	見上開蕭效四	古了
1933	2 正	85	325	濈	俊	小	井	上	撮	七皎			精上開宵效三	子小	精合 3	子峻	心上開宵效三	私兆
1934	2 正		326	**剿**	俊	小	井	上	撮	七皎			精上開蕭效四	子了	精合 3	子峻	心上開宵效三	私兆
1935	2 正		327	**朻**	俊	小	井	上	撮	七皎			精上開蕭效四	子了	精合 3	子峻	心上開宵效三	私兆
1936	2 正	86	328	**悄**	翠	皎	淨	上	撮	七皎			清上開宵效三	亲小	清合 3	七醉	見上開蕭效四	古了
1937	2 正	87	329	**小**	選	皎	信	上	撮	七皎			心上開宵效三	私兆	心合 3	蘇管	見上開蕭效四	古了
1938	2 正	88	330	覭	汴	小	並	上	撮	七皎			幫上開宵效重四	方小	並開重 3	皮變	心上開宵效三	私兆
1940	2 正		331	**瞟**	汴	小	並	上	撮	七皎			滂上開宵效重四	敷沼	並開重 3	皮變	心上開宵效三	私兆
1943	2 正		332	慓	汴	小	並	上	撮	七皎	平上兩讀		並上開宵效重四	符少	並開重 3	皮變	心上開宵效三	私兆
1946	2 正		333	摽	汴	小	並	上	撮	七皎	平上兩讀注在彼		並上開宵效重四	符少	並開重 3	皮變	心上開宵效三	私兆
1948	2 正		334	臕	汴	小	並	上	撮	七皎			並上開宵效重四	符少	並開重 3	皮變	心上開宵效三	私兆
1950	2 正		335	縹	汴	小	並	上	撮	七皎			滂上開宵效重四	敷沼	並開重 3	皮變	心上開宵效三	私兆
1951	2 正		336	藨	汴	小	並	上	撮	七皎			幫平開宵效重四	甫遙	並開重 3	皮變	心上開宵效三	私兆
1953	2 正	89	337	**膏**	改	到	見	去	開	四膏	平去兩讀義分		見去開豪效一	古到	見開 1	古亥	端去開豪效一	都導
1955	2 正	90	338	號	海	到	曉	去	開	四膏	平去兩讀義分		匣去開豪效一	胡到	曉開 1	呼改	端去開豪效一	都導
1956	2 正		339	**琥**	海	到	曉	去	開	四膏			匣去開豪效一	胡到	曉開 1	呼改	端去開豪效一	都導
1957	2 正		340	鴞	海	到	曉	去	開	四膏			匣上開豪效一	胡老	曉開 1	呼改	端去開豪效一	都導
1958	2 正	91	341	**到**	帶	燥	短	去	開	四膏			端去開豪效一	都導	端開 1	當蓋	心上開豪效一	蘇老
1959	2 正		342	菿	帶	燥	短	去	開	四膏			端去開豪效一	都導	端開 1	當蓋	心上開豪效一	蘇老
1962	2 正		343	**罩**	帶	燥	短	去	開	四膏			端去開肴效二	都教	端開 1	當蓋	心上開豪效一	蘇老
1963	2 正	92	344	**悼**	坦	到	透	去	開	四膏			定去開豪效一	徒到	透開 1	他但	端去開豪效一	都導
1964	2 正		345	盜	坦	到	透	去	開	四膏			定去開豪效一	徒到	透開 1	他但	端去開豪效一	都導
1965	2 正	93	346	樂 g*	朗	到	賚	去	開	四膏		萱定為朗到切，入声。去入是姑且分之。表中云：與入聲朗鶴切同我鶴切異	來去開宵效三	力照	來開 1	盧黨	端去開豪效一	都導

韻字編號	部序	組數	字數	韻字及何氏反切			韻字何氏音				何萱注釋	備　注	韻字中古音		上字中古音		下字中古音	
				韻字	上字	下字	聲	調	呼	韻部			聲調呼韻攝等	反切	聲呼等	反切	聲調呼韻攝等	反切
1968	2 正		347	**勞**	朗	到	賚	去	開	四膏	平去兩讀義分		來去開豪效一	郎到	來開 1	盧黨	端去開豪效一	都導
1970	2 正		348	癆	朗	到	賚	去	開	四膏	平去兩讀	缺平聲，增	來去開豪效一	郎到	來開 1	盧黨	端去開豪效一	都導
1974	2 正	94	349	**趮**	宰	到	井	去	開	四膏			精去開豪效一	則到	精開 1	作亥	端去開豪效一	都導
1976	2 正	95	350	**操**	粲	到	淨	去	開	四膏	平去兩讀義分		清去開豪效一	七到	清開 1	蒼案	端去開豪效一	都導
1977	2 正		351	鑿	粲	到	淨	去	開	四膏	去入兩讀義分。萱按～之為器所以穿木也故訓穿也開也，皆讀入聲；引申之則既穿之孔亦名～，讀去聲	何氏此字下的釋義為竅也，此處取竅廣韻音	溪去開蕭效四	苦弔	清開 1	蒼案	端去開豪效一	都導
1978	2 正	96	352	**傲**	眼	到	我	去	開	四膏			疑去開豪效一	五到	疑開 2	五限	端去開豪效一	都導
1979	2 正		353	嫯	眼	到	我	去	開	四膏			疑去開豪效一	五到	疑開 2	五限	端去開豪效一	都導
1981	2 正		354	**顤**	眼	到	我	去	開	四膏	贅或書作顤		疑去開豪效一	五到	疑開 2	五限	端去開豪效一	都導
1982	2 正		355	**驐***	眼	到	我	去	開	四膏			疑去開豪效一	魚到	疑開 2	五限	端去開豪效一	都導
1983	2 正	97	356	喿	散	到	信	去	開	四膏			心去開豪效一	蘇到	心開 1	蘇旱	端去開豪效一	都導
1984	2 正		357	譟	散	到	信	去	開	四膏			心去開豪效一	蘇到	心開 1	蘇旱	端去開豪效一	都導
1985	2 正		358	**燥**	散	到	信	去	開	四膏			心上開豪效一	蘇老	心開 1	蘇旱	端去開豪效一	都導
1986	2 正	98	359	**曓**	倍	到	並	去	開	四膏	隸作暴。暴又見三部入聲暴下，混	暴字不是字頭，我們不做分析	並去開豪效一	薄報	並開 1	薄亥	端去開豪效一	都導
1988	2 正		360	瀑*	倍	到	並	去	開	四膏			並去開豪效一	薄報	並開 1	薄亥	端去開豪效一	都導
1989	2 正	99	361	**蕶**	莫	到	並	去	開	四膏	蕶俗有蕶		明去開豪效一	莫報	明開 1	慕各	端去開豪效一	都導
1990	2 正		362	**眊**	莫	到	命	去	開	四膏		正文增	明去開豪效一	莫報	明開 1	慕各	端去開豪效一	都導
1992	2 正		363	覒	莫	到	命	去	開	四膏	平去兩讀注在彼		明去開豪效一	莫報	明開 1	慕各	端去開豪效一	都導
1993	2 正		364	秏 g*	莫	到	命	去	開	四膏	平去兩讀注在彼		明去開豪效一	莫報	明開 1	慕各	端去開豪效一	都導
1995	2 正		365	芼	莫	到	命	去	開	四膏			明去開豪效一	莫報	明開 1	慕各	端去開豪效一	都導
1998	2 正	100	366	季	古	豹	見	去	合	五教	平去兩讀注在彼		見去開肴效二	古孝	見合 1	公戶	幫去開肴效二	北教

韻字編號	部序	組數	字數	韻字及何氏反切			韻字何氏音				何萱注釋	備　注	韻字中古音		上字中古音		下字中古音	
				韻字	上字	下字	聲	調	呼	韻部			聲調呼韻攝等	反切	聲呼等	反切	聲調呼韻攝等	反切
1999	2 正		367	**教**	古	豹	見	去	合	五教			見去開肴效二	古孝	見合 1	公戶	幫去開肴效二	北教
2001	2 正		368	嶅	古	豹	見	去	合	五教	嶅俗有嶅		見去開肴效二	古孝	見合 1	公戶	幫去開肴效二	北教
2002	2 正	101	369	**效**	戶	教	曉	去	合	五教			匣去開肴效二	胡教	匣合 1	侯古	見去開肴效二	古孝
2003	2 正		370	校	戶	教	曉	去	合	五教			匣去開肴效二	胡教	匣合 1	侯古	見去開肴效二	古孝
2005	2 正		371	洨 g*	戶	教	曉	去	合	五教	平去兩讀注在彼		匣去開肴效二	後教	匣合 1	侯古	見去開肴效二	古孝
2008	2 正	102	372	**淖**	煗	豹	乃	去	合	五教			娘去開肴效二	奴教	泥合 1	乃管	幫去開肴效二	北教
2009	2 正		373	橈	煗	豹	乃	去	合	五教	平去兩讀義異		娘去開肴效二	奴教	泥合 1	乃管	幫去開肴效二	北教
2010	2 正	103	374	**罩**	壯	豹	照	去	合	五教			知去開肴效二	都教	莊開 3	側亮	幫去開肴效二	北教
2011	2 正		375	鯙*	壯	豹	照	去	合	五教			知入開覺江二	竹角	莊開 3	側亮	幫去開肴效二	北教
2012	2 正	104	376	**踔**	狀	豹	助	去	合	五教	去入兩讀		徹去開肴效二	丑教	崇開 3	鋤亮	幫去開肴效二	北教
2014	2 正		377	勦 g*	狀	豹	助	去	合	五教	平去兩讀注在彼		初去開肴效二	楚教	崇開 3	鋤亮	幫去開肴效二	北教
2018	2 正	105	378	娋	爽	豹	審	去	合	五教			生去開肴效二	所教	生開 3	踈兩	幫去開肴效二	北教
2019	2 正		379	**稍**	爽	豹	審	去	合	五教			生去開肴效二	所教	生開 3	踈兩	幫去開肴效二	北教
2020	2 正		380	鄁	爽	豹	審	去	合	五教			生去開肴效二	所教	生開 3	踈兩	幫去開肴效二	北教
2021	2 正	106	381	**豹**	布	皃	謗	去	合	五教			幫去開肴效二	北教	幫合 1	博故	明去開肴效二	莫教
2022	2 正	107	382	**皃**	莫	豹	命	去	合	五教			明去開肴效二	莫教	明開 1	慕各	幫去開肴效二	北教
2025	2 正	108	383	橋 g*	几	廟	見	去	齊	六橋	俗有墧。平去兩讀義異		群去開宵效重三	渠廟	見開重 3	居履	明去開宵效重三	眉召
2028	2 正	109	384	**尞***	利	廟	賚	去	齊	六橋			來去開宵效三	力照	來開 3	力至	明去開宵效重三	眉召
2029	2 正		385	燎	利	廟	賚	去	齊	六橋			來上開宵效三	力小	來開 3	力至	明去開宵效重三	眉召
2031	2 正		386	獠	利	廟	賚	去	齊	六橋			來平開蕭效四	落蕭	來開 3	力至	明去開宵效重三	眉召
2033	2 正		387	爒	利	廟	賚	去	齊	六橋			來去開宵效三	力照	來開 3	力至	明去開宵效重三	眉召
2035	2 正	110	388	**照**	掌	廟	照	去	齊	六橋			章去開宵效三	之少	章開 3	諸兩	明去開宵效重三	眉召
2036	2 正	111	389	**召**	齒	廟	助	去	齊	六橋			澄去開宵效三	直照	昌開 3	昌里	明去開宵效重三	眉召
2037	2 正	112	390	**邵**	始	廟	審	去	齊	六橋			禪去開宵效三	寔照	書開 3	詩止	明去開宵效重三	眉召
2038	2 正		391	卲	始	廟	審	去	齊	六橋			禪去開宵效三	寔照	書開 3	詩止	明去開宵效重三	眉召
2039	2 正		392	劭	始	廟	審	去	齊	六橋	平去兩讀注在彼		禪去開宵效三	寔照	書開 3	詩止	明去開宵效重三	眉召
2042	2 正		393	少	始	廟	審	去	齊	六橋	上去兩讀義分		書去開宵效三	失照	書開 3	詩止	明去開宵效重三	眉召

韻字編號	部序	組數	字數	韻字及何氏反切			韻字何氏音				何萱注釋	備注	韻字中古音		上字中古音		下字中古音	
				韻字	上字	下字	聲	調	呼	韻部			聲調呼韻攝等	反切	聲呼等	反切	聲調呼韻攝等	反切
2044	2 正	113	394	廟	面	照	命	去	齊	六橋			明去開宵效重三	眉召	明開重 4	彌箭	章去開宵效三	之少
2045	2 正	114	395	敫	舉	竅	見	去	撮	七噭	去入兩讀	字形原作敫，誤	見去開蕭效四	古弔	見合 3	居許	溪去開蕭效四	苦弔
2052	2 正		396	警	舉	竅	見	去	撮	七噭			見去開蕭效四	古弔	見合 3	居許	溪去開蕭效四	苦弔
2053	2 正		397	噭	舉	竅	見	去	撮	七噭			見去開蕭效四	古弔	見合 3	居許	溪去開蕭效四	苦弔
2055	2 正		398	嗅 g*	舉	竅	見	去	撮	七噭	平去兩讀。㬥俗有嗅		見去開蕭效四	古弔	見合 3	居許	心平開宵效三	相邀
2058	2 正	115	399	竅	去	肖	起	去	撮	七噭			溪去開蕭效四	苦弔	溪合 3	丘倨	心去開宵效三	私妙
2060	2 正		400	擎	去	肖	起	去	撮	七噭			溪去開蕭效四	苦弔	溪合 3	丘倨	心去開宵效三	私妙
2063	2 正	116	401	要	羽	肖	影	去	撮	七噭	平去兩讀義分。㚾隸作要		影去開宵效重四	於笑	云合 3	王矩	心去開宵效三	私妙
2064	2 正		402	窔	羽	肖	影	去	撮	七噭			影去開蕭效四	烏叫	云合 3	王矩	心去開宵效三	私妙
2065	2 正		403	覞	羽	肖	影	去	撮	七噭			以去開宵效三	弋照	云合 3	王矩	心去開宵效三	私妙
2066	2 正		404	燿	羽	肖	影	去	撮	七噭			以去開宵效三	弋照	云合 3	王矩	心去開宵效三	私妙
2067	2 正		405	餩*	羽	肖	影	去	撮	七噭	餩隸作飫		影去合魚遇三	依倨	云合 3	王矩	心去開宵效三	私妙
2068	2 正		406	偠*	羽	肖	影	去	撮	七噭			以去開宵效三	弋笑	云合 3	王矩	心去開宵效三	私妙
2069	2 正		407	鷂	羽	肖	影	去	撮	七噭			以去開宵效三	弋照	云合 3	王矩	心去開宵效三	私妙
2071	2 正	117	408	釣	旳*	肖	短	去	撮	七噭			端去開蕭效四	多嘯	端開 4	丁歷	心去開宵效三	私妙
2072	2 正		409	寫	旳*	肖	短	去	撮	七噭			端去開蕭效四	多嘯	端開 4	丁歷	心去開宵效三	私妙
2073	2 正		410	弔	旳*	肖	短	去	撮	七噭	去入兩讀		端去開蕭效四	多嘯	端開 4	丁歷	心去開宵效三	私妙
2075	2 正		411	弔	旳*	肖	短	去	撮	七噭	去入兩讀		端去開蕭效四	多嘯	端開 4	丁歷	心去開宵效三	私妙
2077	2 正	118	412	覜	統	肖	透	去	撮	七噭			透去開蕭效四	他弔	透合 1	他綜	心去開宵效三	私妙
2078	2 正		413	眺	統	肖	透	去	撮	七噭			透去開蕭效四	他弔	透合 1	他綜	心去開宵效三	私妙
2079	2 正		414	銚	統	肖	透	去	撮	七噭	平去兩讀義分		定去開蕭效四	徒弔	透合 1	他綜	心去開宵效三	私妙
2081	2 正		415	掉	統	肖	透	去	撮	七噭			定去開蕭效四	徒弔	透合 1	他綜	心去開宵效三	私妙
2085	2 正		416	糶 g*	統	肖	透	去	撮	七噭	去入兩讀		透去開蕭效四	他弔	透合 1	他綜	心去開宵效三	私妙
2088	2 正		417	糶	統	肖	透	去	撮	七噭			透去開蕭效四	他弔	透合 1	他綜	心去開宵效三	私妙
2089	2 正		418	藋	統	肖	透	去	撮	七噭			定去開蕭效四	徒弔	透合 1	他綜	心去開宵效三	私妙
2090	2 正	119	419	尿	女	肖	乃	去	撮	七噭			泥去開蕭效四	奴弔	娘合 3	尼呂	心去開宵效三	私妙

韻字編號	部序	組數	字數	韻字及何氏反切			韻字何氏音				何萱注釋	備　注	韻字中古音		上字中古音		下字中古音	
				韻字	上字	下字	聲	調	呼	韻部			聲調呼韻攝等	反切	聲呼等	反切	聲調呼韻攝等	反切
2092	2 正	120	420	料	呂	肖	賚	去	撮	七噭	平去兩讀義分	韻目上字作名，誤	來去開蕭效四	力弔	來合 3	力舉	心去開宵效三	私妙
2093	2 正		421	**尥**	呂	肖	賚	去	撮	七噭			來去開蕭效四	力弔	來合 3	力舉	心去開宵效三	私妙
2094	2 正		422	療	呂	肖	賚	去	撮	七噭		玉篇力劭切。加入到呂肖切小韻中	來去開宵效三	力照	來合 3	力舉	心去開宵效三	私妙
2095	2 正	121	423	**醮**	俊	肖	井	去	撮	七噭			精去開宵效三	子肖	精合 3	子峻	心去開宵效三	私妙
2096	2 正		424	潐	俊	肖	井	去	撮	七噭			精去開宵效三	子肖	精合 3	子峻	心去開宵效三	私妙
2097	2 正		425	爑*	俊	肖	井	去	撮	七噭			精去開宵效三	子肖	精合 3	子峻	心去開宵效三	私妙
2098	2 正		426	釂	俊	肖	井	去	撮	七噭			精去開宵效三	子肖	精合 3	子峻	心去開宵效三	私妙
2099	2 正		427	爝	俊	肖	井	去	撮	七噭			精去開宵效三	子肖	精合 3	子峻	心去開宵效三	私妙
2104	2 正	122	428	噍	翠	肖	淨	去	撮	七噭	平去入三讀注具平聲		從去開宵效三	才笑	清合 3	七醉	心去開宵效三	私妙
2105	2 正		429	譙	翠	肖	淨	去	撮	七噭			從平開宵效三	昨焦	清合 3	七醉	心去開宵效三	私妙
2106	2 正		430	**誚**	翠	肖	淨	去	撮	七噭			從去開宵效三	才笑	清合 3	七醉	心去開宵效三	私妙
2107	2 正		431	哨	翠	肖	淨	去	撮	七噭			清去開宵效三	七肖	清合 3	七醉	心去開宵效三	私妙
2109	2 正		432	陗	翠	肖	淨	去	撮	七噭			清去開宵效三	七肖	清合 3	七醉	心去開宵效三	私妙
2111	2 正	123	433	**顤**	馭	肖	我	去	撮	七噭			疑去開蕭效四	五弔	疑合 3	牛倨	心去開宵效三	私妙
2112	2 正		434	獟	馭	肖	我	去	撮	七噭			疑去開蕭效四	五弔	疑合 3	牛倨	心去開宵效三	私妙
2113	2 正	124	435	**肖**	選	竅	信	去	撮	七噭			心去開宵效三	私妙	心合 3	蘇管	溪去開蕭效四	苦弔
2116	2 正		436	削 g*	選	竅	信	去	撮	七噭	去入兩讀異義		心去開宵效三	仙妙	心合 3	蘇管	溪去開蕭效四	苦弔
2117	2 正		437	笑*	選	竅	信	去	撮	七噭		笑，俗有笑	心去開宵效三	仙妙	心合 3	蘇管	溪去開蕭效四	苦弔
2118	2 正	125	438	熛	汴	肖	並	去	撮	七噭	隸作票，或作熛。平去兩讀注在彼	此處取票集韻音	並去開宵效重四	毗召	並開重 3	皮變	心去開宵效三	私妙
2119	2 正		439	僄	汴	肖	並	去	撮	七噭	平去兩讀注在彼		滂去開宵效重四	匹妙	並開重 3	皮變	心去開宵效三	私妙
2121	2 正		440	漂	汴	肖	並	去	撮	七噭	平去兩讀注在彼		滂去開宵效重四	匹妙	並開重 3	皮變	心去開宵效三	私妙
2123	2 正		441	剽	汴	肖	並	去	撮	七噭	平去兩讀義異		滂去開宵效重四	匹妙	並開重 3	皮變	心去開宵效三	私妙

韻字編號	部序	組數	字數	韻字及何氏反切			韻字何氏音				何萱注釋	備　注	韻字中古音		上字中古音		下字中古音	
				韻字	上字	下字	聲	調	呼	韻部			聲調呼韻攝等	反切	聲呼等	反切	聲調呼韻攝等	反切
2125	2正		442	勡	汴	肖	並	去	撮	七噭			滂去開宵效重四	匹妙	並開重3	皮變	心去開宵效三	私妙
2127	2正		443	驃	汴	肖	並	去	撮	七噭			並去開宵效重四	毗召	並開重3	皮變	心去開宵效三	私妙
2129	2正	126	444	玅*	沔	肖	命	去	撮	七噭		地位按玅	影平開宵效重三	於喬	明開重4	彌兖	心去開宵效三	私妙
2132	2正		445	玅*	沔	肖	命	去	撮	七噭		精微也或从幺	明去開宵效重四	弥笑	明開重4	彌兖	心去開宵效三	私妙
2133	2正	127	446	較	改	鶴	見	入	開	五較	平入兩讀		見入開覺江二	古岳	見開1	古亥	匣入開鐸宕一	下各
2134	2正		447	榷	改	鶴	見	入	開	五較			見入開覺江二	古岳	見開1	古亥	匣入開鐸宕一	下各
2137	2正	128	448	潅*	口	鶴	起	入	開	五較			溪入開覺江二	克角	溪開1	苦后	匣入開鐸宕一	下各
2140	2正		449	搉	口	鶴	起	入	開	五較			溪入開覺江二	苦角	溪開1	苦后	匣入開鐸宕一	下各
2141	2正		450	㱿	口	鶴	起	入	開	五較			溪入開覺江二	苦角	溪開1	苦后	匣入開鐸宕一	下各
2142	2正		451	塙	口	鶴	起	入	開	五較			溪入開覺江二	苦角	溪開1	苦后	匣入開鐸宕一	下各
2143	2正	129	452	箹	挨	鶴	影	入	開	五較			影入開覺江二	於角	影開1	於改	匣入開鐸宕一	下各
2144	2正	130	453	鶴	海	搉	曉	入	開	五較			匣入開鐸宕一	下各	曉開1	呼改	溪入開覺江二	苦角
2145	2正		454	鸐	海	搉	曉	入	開	五較		集韻有，廣韻有摧	匣入開鐸宕一	下各	曉開1	呼改	溪入開覺江二	苦角
2147	2正		455	膗	海	搉	曉	入	開	五較		集韻有，廣韻有摧	曉入開鐸宕一	呵各	曉開1	呼改	溪入開覺江二	苦角
2150	2正		456	皠	海	搉	曉	入	開	五較		集韻有，廣韻有摧	匣入開覺江二	胡覺	曉開1	呼改	溪入開覺江二	苦角
2153	2正		457	嗃	海	搉	曉	入	開	五較		集韻有，廣韻有摧	曉入開覺江二	許角	曉開1	呼改	溪入開覺江二	苦角
2154	2正		458	熇	海	搉	曉	入	開	五較		集韻有，廣韻有摧	曉入開鐸宕一	呵各	曉開1	呼改	溪入開覺江二	苦角
2157	2正		459	鄗	海	搉	曉	入	開	五較		集韻有，廣韻有摧	曉入開鐸宕一	呵各	曉開1	呼改	溪入開覺江二	苦角
2158	2正		460	覈	海	搉	曉	入	開	五較		集韻有，廣韻有摧	匣入開麥梗二	下革	曉開1	呼改	溪入開覺江二	苦角
2162	2正	131	461	樂	朗	鶴	賚	入	開	五較	字凡三見，此與去聲同義乃淺人強分也。入聲兩讀異義		來入開鐸宕一	盧各	來開1	盧黨	匣入開鐸宕一	下各
2163	2正		462	轢	朗	鶴	賚	入	開	五較			來入開鐸宕一	盧各	來開1	盧黨	匣入開鐸宕一	下各
2165	2正		463	皪	朗	鶴	賚	入	開	五較			來入開錫梗四	郎擊	來開1	盧黨	匣入開鐸宕一	下各
2168	2正		464	鱳*	朗	鶴	賚	入	開	五較	魚名		來入開鐸宕一	歷各	來開1	盧黨	匣入開鐸宕一	下各
2170	2正	132	465	鑿	宰	搉	井	入	開	五較		集韻有，廣韻有搉	精入開鐸宕一	則落	精開1	作亥	溪入開覺江二	苦角

韻字編號	部序	組數	字數	韻字及何氏反切			韻字何氏音				何萱注釋	備注	韻字中古音		上字中古音		下字中古音	
				韻字	上字	下字	聲	調	呼	韻部			聲調呼韻攝等	反切	聲呼等	反切	聲調呼韻攝等	反切
2171	2正	133	466	**鑿**	粲	鶴	淨	入	開	五較	去入兩讀義分		精入開鐸宕一	則落	清開1	蒼案	匣入開鐸宕一	下各
2172	2正	134	467	樂	我	鶴	我	入	開	五較	字凡三見，此為一義，彼二外為一義		疑入開覺江二	五角	疑開1	五可	匣入開鐸宕一	下各
2175	2正		468	**犨**	我	鶴	我	入	開	五較			疑入開覺江二	五角	疑開1	五可	匣入開鐸宕一	下各
2176	2正	135	469	箹	保	鶴	謗	入	開	五較			幫入開覺江二	北角	幫開1	博抱	匣入開鐸宕一	下各
2177	2正		470	**駁**	保	鶴	謗	入	開	五較			幫入開覺江二	北角	幫開1	博抱	匣入開鐸宕一	下各
2178	2正		471	駮	保	鶴	謗	入	開	五較			幫入開覺江二	北角	幫開1	博抱	匣入開鐸宕一	下各
2179	2正		472	纂*	保	鶴	謗	入	開	五較	纂隸作纂		幫入開鐸宕一	伯各	幫開1	博抱	匣入開鐸宕一	下各
2181	2正	136	473	**暴***	倍	鶴	並	入	開	五較	暴隸作暴		幫入開覺江二	北角	並開1	薄亥	匣入開鐸宕一	下各
2183	2正		474	暑*	倍	鶴	並	入	開	五較	暑隸作暑		並入開覺江二	弼角	並開1	薄亥	匣入開鐸宕一	下各
2186	2正		475	襮	倍	鶴	並	入	開	五較	襮隸作襮		幫入開鐸宕一	補各	並開1	薄亥	匣入開鐸宕一	下各
2189	2正		476	爆	倍	鶴	並	入	開	五較	爆隸作爆		幫入開鐸宕一	補各	並開1	薄亥	匣入開鐸宕一	下各
2193	2正		477	鸔g*	倍	鶴	並	入	開	五較	鸔隸作鸔		幫入開鐸宕一	伯各	並開1	薄亥	匣入開鐸宕一	下各
2194	2正		478	濼	倍	鶴	並	入	開	五較			滂入開鐸宕一	匹各	並開1	薄亥	匣入開鐸宕一	下各
2196	2正		479	**瓟**	倍	鶴	並	入	開	五較			並入開覺江二	蒲角	並開1	薄亥	匣入開鐸宕一	下各
2197	2正	137	480	貌*	冒	鶴	命	入	開	五較			明入開覺江二	墨角	明開1	莫報	匣入開鐸宕一	下各
2198	2正		481	**藐***	冒	鶴	命	入	開	五較			明入開覺江二	墨角	明開1	莫報	匣入開鐸宕一	下各
2199	2正	138	482	**渋***	甕	濯	影	入	合	六渋			影入合沃通一	烏酷	影合1	烏貢	澄入開覺江二	直角
2200	2正		483	鋈	甕	濯	影	入	合	六渋			影入合沃通一	烏酷	影合1	烏貢	澄入開覺江二	直角
2201	2正	139	484	**寉**	戶	濯	曉	入	合	六渋			溪入開覺江二	苦角	匣合1	侯古	澄入開覺江二	直角
2202	2正		485	熇	戶	濯	曉	入	合	六渋			匣入合沃通一	胡沃	匣合1	侯古	澄入開覺江二	直角
2203	2正		486	嚛	戶	濯	曉	入	合	六渋			曉入合沃通一	火酷	匣合1	侯古	澄入開覺江二	直角
2204	2正	140	487	**搦**	煗	濯	乃	入	合	六渋			娘入開覺江二	女角	泥合1	乃管	澄入開覺江二	直角
2206	2正		488	觬*	煗	濯	乃	入	合	六渋			娘入開覺江二	昵角	泥合1	乃管	澄入開覺江二	直角
2207	2正	141	489	**犖**	路	濯	賚	入	合	六渋			來入開覺江二	呂角	來合1	洛故	澄入開覺江二	直角
2208	2正	142	490	**卓**	壯	濯	照	入	合	六渋	帛，古文卓		知入開覺江二	竹角	莊開3	側亮	澄入開覺江二	直角

韻字編號	部序	組數	字數	韻字及何氏反切			韻字何氏音				何萱注釋	備注	韻字中古音		上字中古音		下字中古音	
				韻字	上字	下字	聲	調	呼	韻部			聲調呼韻攝等	反切	聲呼等	反切	聲調呼韻攝等	反切
2209	2 正		491	倬	壯	濯	照	入	合	六浂			知入開覺江二	竹角	莊開 3	側亮	澄入開覺江二	直角
2210	2 正		492	穛	壯	濯	照	入	合	六浂			知入開覺江二	竹角	莊開 3	側亮	澄入開覺江二	直角
2211	2 正		493	穛	壯	濯	照	入	合	六浂			莊入開覺江二	側角	莊開 3	側亮	澄入開覺江二	直角
2213	2 正	143	494	**濯**	狀	卓	助	入	合	六浂			澄入開覺江二	直角	崇開 3	鋤亮	知入開覺江二	竹角
2214	2 正		495	擢	狀	卓	助	入	合	六浂			澄入開覺江二	直角	崇開 3	鋤亮	知入開覺江二	竹角
2215	2 正		496	蠗	狀	卓	助	入	合	六浂			澄入開覺江二	直角	崇開 3	鋤亮	知入開覺江二	竹角
2216	2 正		497	踔	狀	卓	助	入	合	六浂	去入兩讀注在彼		徹入開覺江二	敕角	崇開 3	鋤亮	知入開覺江二	竹角
2218	2 正		498	趠	狀	卓	助	入	合	六浂			徹入開覺江二	敕角	崇開 3	鋤亮	知入開覺江二	竹角
2220	2 正		499	逴	狀	卓	助	入	合	六浂			徹入開覺江二	敕角	崇開 3	鋤亮	知入開覺江二	竹角
2223	2 正	144	500	**箾**	爽	濯	審	入	合	六浂			生入開覺江二	所角	生開 3	踈兩	澄入開覺江二	直角
2224	2 正		501	喿	爽	濯	審	入	合	六浂			生入開覺江二	所角	生開 3	踈兩	澄入開覺江二	直角
2225	2 正		502	捎	爽	濯	審	入	合	六浂	俗有槊莿蒴。平入兩讀義分。廣韻不收此字，集韻四覺內收之而字作梢，今依段氏說改作捎	此處取梢集韻音	生入開覺江二	色角	生開 3	踈兩	澄入開覺江二	直角
2227	2 正	145	503	**屩**	几	約	見	入	齊	七屩	平入兩讀		見入開藥宕三	居勺	見開重 3	居履	影入開藥宕三	於略
2233	2 正	146	504	**蹻**	儉	約	起	入	齊	七屩	平上入三讀注在平聲		群入開藥宕三	其虐	群開重 3	巨險	影入開藥宕三	於略
2234	2 正	147	505	藥	隱	謔	影	入	齊	七屩			以入開藥宕三	以灼	影開 3	於謹	曉入開藥宕三	虛約
2235	2 正		506	爚	隱	謔	影	入	齊	七屩			以入開藥宕三	以灼	影開 3	於謹	曉入開藥宕三	虛約
2236	2 正		507	**約**	隱	謔	影	入	齊	七屩			影入開藥宕三	于略	影開 3	於謹	曉入開藥宕三	虛約
2237	2 正		508	葯	隱	謔	影	入	齊	七屩			以入開藥宕三	以灼	影開 3	於謹	曉入開藥宕三	虛約
2238	2 正		509	礿	隱	謔	影	入	齊	七屩			以入開藥宕三	以灼	影開 3	於謹	曉入開藥宕三	虛約
2239	2 正		510	鸙	隱	謔	影	入	齊	七屩			以入開藥宕三	以灼	影開 3	於謹	曉入開藥宕三	虛約
2240	2 正		511	趯	隱	謔	影	入	齊	七屩			透入開錫梗四	他歷	影開 3	於謹	曉入開藥宕三	虛約
2241	2 正		512	躍	隱	謔	影	入	齊	七屩			以入開藥宕三	以灼	影開 3	於謹	曉入開藥宕三	虛約

韻字編號	部序	組數	字數	韻字及何氏反切			韻字何氏音				何萱注釋	備注	韻字中古音		上字中古音		下字中古音	
				韻字	上字	下字	聲	調	呼	韻部			聲調呼韻攝等	反切	聲呼等	反切	聲調呼韻攝等	反切
2242	2正		513	萑	隱	謔	影	入	齊	七屬			以入合屋通三	余六	影開3	於謹	曉入開藥宕三	虛約
2243	2正		514	戶	隱	謔	影	入	齊	七屬		此字實三見	以入開藥宕三	以灼	影開3	於謹	曉入開藥宕三	虛約
2244	2正		515	龠	隱	謔	影	入	齊	七屬			以入開藥宕三	以灼	影開3	於謹	曉入開藥宕三	虛約
2245	2正		516	趯	隱	謔	影	入	齊	七屬			以入開藥宕三	以灼	影開3	於謹	曉入開藥宕三	虛約
2246	2正		517	爚	隱	謔	影	入	齊	七屬			以入開藥宕三	以灼	影開3	於謹	曉入開藥宕三	虛約
2248	2正		518	瀹	隱	謔	影	入	齊	七屬			以入開藥宕三	以灼	影開3	於謹	曉入開藥宕三	虛約
2249	2正		519	闟	隱	謔	影	入	齊	七屬			以入開藥宕三	以灼	影開3	於謹	曉入開藥宕三	虛約
2250	2正		520	蘥	隱	謔	影	入	齊	七屬			以入開藥宕三	以灼	影開3	於謹	曉入開藥宕三	虛約
2251	2正		521	籥	隱	謔	影	入	齊	七屬			以入開藥宕三	以灼	影開3	於謹	曉入開藥宕三	虛約
2252	2正		522	籲	隱	謔	影	入	齊	七屬	平入兩讀。呼也讀與籥同。商書曰率～眾戚	此處取籥廣韻音，存古，不做時音分析	以入開藥宕三	以灼	影開3	於謹	曉入開藥宕三	虛約
2253	2正	148	523	**謔**	向	約	曉	入	齊	七屬			曉入開藥宕三	虛約	曉開3	許亮	影入開藥宕三	於略
2254	2正	149	524	**酌**	掌	約	照	入	齊	七屬			章入開藥宕三	之若	章開3	諸兩	影入開藥宕三	於略
2255	2正		525	妁	掌	約	照	入	齊	七屬			章入開藥宕三	之若	章開3	諸兩	影入開藥宕三	於略
2256	2正		526	鼩	掌	約	照	入	齊	七屬			章入開藥宕三	之若	章開3	諸兩	影入開藥宕三	於略
2260	2正		527	灼	掌	約	照	入	齊	七屬			章入開藥宕三	之若	章開3	諸兩	影入開藥宕三	於略
2261	2正		528	焯	掌	約	照	入	齊	七屬			章入開藥宕三	之若	章開3	諸兩	影入開藥宕三	於略
2262	2正		529	繳	掌	約	照	入	齊	七屬	上入兩讀異義。繁，或書作繳	繁集韻只有匣覺，轄覺切	章入開藥宕三	之若	章開3	諸兩	影入開藥宕三	於略
2263	2正		530	糕	掌	約	照	入	齊	七屬			章入開藥宕三	之若	章開3	諸兩	影入開藥宕三	於略
2264	2正	150	531	韝	齒	約	助	入	齊	七屬			昌入開藥宕三	昌約	昌開3	昌里	影入開藥宕三	於略
2265	2正		532	**綽**	齒	約	助	入	齊	七屬			昌入開藥宕三	昌約	昌開3	昌里	影入開藥宕三	於略
2266	2正		533	婥	齒	約	助	入	齊	七屬			昌入開藥宕三	昌約	昌開3	昌里	影入開藥宕三	於略
2267	2正		534	辵	齒	約	助	入	齊	七屬	平入兩讀注在彼		徹入開藥宕三	丑略	昌開3	昌里	影入開藥宕三	於略
2268	2正		535	皀	齒	約	助	入	齊	七屬			徹入開藥宕三	丑略	昌開3	昌里	影入開藥宕三	於略

韻字編號	部序	組數	字數	韻字及何氏反切			韻字何氏音				何萱注釋	備　注	韻字中古音		上字中古音		下字中古音	
				韻字	上字	下字	聲	調	呼	韻部			聲調呼韻攝等	反切	聲呼等	反切	聲調呼韻攝等	反切
2269	2 正	151	536	**弱***	忍	約	耳	入	齊	七屩	弱，隸作弱		日入開藥宕三	日灼	日開 3	而軫	影入開藥宕三	於略
2270	2 正		537	溺	忍	約	耳	入	齊	七屩			日入開藥宕三	而灼	日開 3	而軫	影入開藥宕三	於略
2271	2 正		538	腸	忍	約	耳	入	齊	七屩			日入開藥宕三	而灼	日開 3	而軫	影入開藥宕三	於略
2272	2 正		539	蒻	忍	約	耳	入	齊	七屩			日入開藥宕三	而灼	日開 3	而軫	影入開藥宕三	於略
2273	2 正	152	540	**勺**	始	約	審	入	齊	七屩			禪入開藥宕三	市若	書開 3	詩止	影入開藥宕三	於略
2274	2 正		541	汋	始	約	審	入	齊	七屩			禪入開藥宕三	市若	書開 3	詩止	影入開藥宕三	於略
2275	2 正		542	芍	始	約	審	入	齊	七屩	上入兩讀義分		禪入開藥宕三	市若	書開 3	詩止	影入開藥宕三	於略
2278	2 正		533	鑠	始	約	審	入	齊	七屩			書入開藥宕三	書藥	書開 3	詩止	影入開藥宕三	於略
2279	2 正	153	544	**雀**	紫	約	井	入	齊	七屩			精入開藥宕三	即略	精開 3	將此	影入開藥宕三	於略
2280	2 正		545	爵	紫	約	井	入	齊	七屩	平入兩讀		精入開藥宕三	即略	精開 3	將此	影入開藥宕三	於略
2283	2 正		546	燋	紫	約	井	入	齊	七屩	平入兩讀注在彼		精入開藥宕三	即略	精開 3	將此	影入開藥宕三	於略
2284	2 正	154	547	嶕 g*	此	約	淨	入	齊	七屩	平去入三讀注具平聲		從入開藥宕三	疾雀	清開 3	雌氏	影入開藥宕三	於略
2285	2 正		548	**嚼**	此	約	淨	入	齊	七屩			從入開藥宕三	在爵	清開 3	雌氏	影入開藥宕三	於略
2287	2 正	155	549	**虐**	仰	約	我	入	齊	七屩	虐隸作虐		疑入開藥宕三	逆約	疑開 3	魚兩	影入開藥宕三	於略
2288	2 正		550	瘧	仰	約	我	入	齊	七屩			疑入開藥宕三	魚約	疑開 3	魚兩	影入開藥宕三	於略
2290	2 正	156	551	**削**	想	約	信	入	齊	七屩	去入兩讀異義		心入開藥宕三	息約	心開 3	息兩	影入開藥宕三	於略
2294	2 正	157	552	**激**	舉	檄	見	入	撮	八激			見入開錫梗四	古歷	見合 3	居許	匣入開錫梗四	胡狄
2296	2 正		553	皦	舉	檄	見	入	撮	八激	去入兩讀		見入開錫梗四	古歷	見合 3	居許	匣入開錫梗四	胡狄
2297	2 正	158	554	**敫**	羽	激	影	入	撮	八激	平入兩讀		以入開藥宕三	以灼	云合 3	王矩	匣入開錫梗四	胡狄
2304	2 正	159	555	**檄**	許	激	曉	入	撮	八激			匣入開錫梗四	胡狄	曉合 3	虛呂	匣入開錫梗四	胡狄
2305	2 正		556	鷩	許	激	曉	入	撮	八激			匣入開錫梗四	胡狄	曉合 3	虛呂	匣入開錫梗四	胡狄
2307	2 正	160	557	**旳***	釣	檄	短	入	撮	八激	旳，俗有的		端入開錫梗四	丁歷	端開 4	多嘯	匣入開錫梗四	胡狄
2308	2 正		558	馰	釣	檄	短	入	撮	八激			端入開錫梗四	都歷	端開 4	多嘯	匣入開錫梗四	胡狄
2309	2 正		559	玓	釣	檄	短	入	撮	八激			端入開錫梗四	都歷	端開 4	多嘯	匣入開錫梗四	胡狄

韻字編號	部序	組數	字數	韻字及何氏反切			韻字何氏音				何萱注釋	備注	韻字中古音		上字中古音		下字中古音	
				韻字	上字	下字	聲	調	呼	韻部			聲調呼韻攝等	反切	聲呼等	反切	聲調呼韻攝等	反切
2311	2 正		560	弔	釣	檄	短	入	撮	八激	去入兩讀注在彼		端入開锡梗四	都歷	端開 4	多嘯	匣入開錫梗四	胡狄
2313	2 正		561	逕	釣	檄	短	入	撮	八激	去入兩讀注在彼		端入開锡梗四	都歷	端開 4	多嘯	匣入開錫梗四	胡狄
2315	2 正	161	562	仢	統	激	透	入	撮	八激			禪入開藥宕三	市若	透合 1	他綜	匣入開錫梗四	胡狄
2316	2 正		563	**翟**	統	激	透	入	撮	八激			定入開錫梗四	徒歷	透合 1	他綜	匣入開錫梗四	胡狄
2317	2 正		564	糴	統	激	透	入	撮	八激	去入兩讀注在彼		定入開锡梗四	徒歷	透合 1	他綜	匣入開錫梗四	胡狄
2321	2 正		565	糴	統	激	透	入	撮	八激			定入開錫梗四	徒歷	透合 1	他綜	匣入開錫梗四	胡狄
2322	2 正	162	566	愵	女	激	乃	入	撮	八激			泥入開錫梗四	奴歷	娘合 3	尼呂	匣入開錫梗四	胡狄
2324	2 正		567	休*	女	激	乃	入	撮	八激		說文沒也或作溺	泥入開錫梗四	乃歷	娘合 3	尼呂	匣入開錫梗四	胡狄
2326	2 正	163	568	趮	呂	激	賚	入	撮	八激			來入開錫梗四	郎擊	來合 3	力舉	匣入開錫梗四	胡狄
2327	2 正		569	**瓅**	呂	激	賚	入	撮	八激			來入開錫梗四	郎擊	來合 3	力舉	匣入開錫梗四	胡狄
2328	2 正		570	礫	呂	激	賚	入	撮	八激			來入開錫梗四	郎擊	來合 3	力舉	匣入開錫梗四	胡狄
2329	2 正		571	櫟	呂	激	賚	入	撮	八激			來入開錫梗四	郎擊	來合 3	力舉	匣入開錫梗四	胡狄
2330	2 正	164	572	**龜***	汴	激	並	入	撮	八激	木葉陊也。……小徐雲此亦蘀字。按此與蘀義同音不必同，相為轉注，非一字也。玉篇云龜同欜，則合皀聲龜聲為一，其誤甚矣	反切上字疑有誤	透入開鐸宕一	闥各	並開重 3	皮變	匣入開錫梗四	胡狄

第二部副編

韻字編號	部序	組數	字數	韻字及何氏反切			韻字何氏音				何萱注釋	備注	韻字中古音		上字中古音		下字中古音	
				韻字	上字	下字	聲	調	呼	韻部			聲調呼韻攝等	反切	聲呼等	反切	聲調呼韻攝等	反切
2331	2副	1	1	橋*	改	刀	見	陰平	開	四高			見平開豪效一	居勞	見開1	古亥	端平開豪效一	都牢
2333	2副		2	餻	改	刀	見	陰平	開	四高			見平開豪效一	古勞	見開1	古亥	端平開豪效一	都牢
2334	2副		3	怢	改	刀	見	陰平	開	四高			見平開豪效一	古勞	見開1	古亥	端平開豪效一	都牢
2336	2副	2	4	忉	帶	高	短	陰平	開	四高		正文缺反切	端平開豪效一	都牢	端開1	當蓋	見平開豪效一	古勞
2337	2副		5	朷	帶	高	短	陰平	開	四高		正文缺反切	端平開豪效一	都牢	端開1	當蓋	見平開豪效一	古勞
2338	2副		6	魛	帶	高	短	陰平	開	四高		正文缺反切	端平開豪效一	都牢	端開1	當蓋	見平開豪效一	古勞
2339	2副	3	7	緋*	坦	刀	透	陰平	開	四高			透平開豪效一	他刀	透開1	他但	端平開豪效一	都牢
2342	2副	4	8	顟	諍	刀	照	陰平	開	四高			莊平開肴效二	側交	莊開2	側迸	端平開豪效一	都牢
2343	2副		9	罺	諍	刀	照	陰平	開	四高			莊平開肴效二	側交	莊開2	側迸	端平開豪效一	都牢
2344	2副		10	爒*	諍	刀	照	陰平	開	四高			莊平開肴效二	莊交	莊開2	側迸	端平開豪效一	都牢
2345	2副	5	11	譟	茝	刀	助	陰平	開	四高			初平開肴效二	楚交	昌開1	昌紿	端平開豪效一	都牢
2346	2副		12	趮*	茝	刀	助	陰平	開	四高			初平開肴效二	初交	昌開1	昌紿	端平開豪效一	都牢
2347	2副		13	颾	茝	刀	助	陰平	開	四高			徹平開肴效二	敕交	昌開1	昌紿	端平開豪效一	都牢
2348	2副	6	14	捎**	訕	刀	審	陰平	開	四高		正編下字作高	生平開肴效二	所交	生開2	所晏	端平開豪效一	都牢
2349	2副		15	捎	訕	刀	審	陰平	開	四高		正編下字作高	生平開肴效二	所交	生開2	所晏	端平開豪效一	都牢
2350	2副		16	髾	訕	刀	審	陰平	開	四高		正編下字作高	生平開肴效二	所交	生開2	所晏	端平開豪效一	都牢
2351	2副		17	旓	訕	刀	審	陰平	開	四高		正編下字作高	生平開肴效二	所交	生開2	所晏	端平開豪效一	都牢
2352	2副		18	輎	訕	刀	審	陰平	開	四高		正編下字作高	生平開肴效二	所交	生開2	所晏	端平開豪效一	都牢
2353	2副		19	弰	訕	刀	審	陰平	開	四高		正編下字作高	生平開肴效二	所交	生開2	所晏	端平開豪效一	都牢
2354	2副		20	鞘	訕	刀	審	陰平	開	四高		正編下字作高	生平開肴效二	所交	生開2	所晏	端平開豪效一	都牢
2355	2副		21	鮹	訕	刀	審	陰平	開	四高		正編下字作高	生平開肴效二	所交	生開2	所晏	端平開豪效一	都牢
2356	2副		22	籔	訕	刀	審	陰平	開	四高		正編下字作高	生平開肴效二	所交	生開2	所晏	端平開豪效一	都牢
2357	2副	7	23	颮	倍	高	並	陰平	開	四高			滂平開豪效一	普袍	並開1	薄亥	見平開豪效一	古勞
2358	2副		24	氉	倍	高	並	陰平	開	四高		正文增	滂平開豪效一	普袍	並開1	薄亥	見平開豪效一	古勞
2359	2副		25	篦*	倍	高	並	陰平	開	四高			並平開肴效二	蒲交	並開1	薄亥	見平開豪效一	古勞

韻字編號	部序	組數	字數	韻字及何氏反切			韻字何氏音				何萱注釋	備注	韻字中古音		上字中古音		下字中古音	
				韻字	上字	下字	聲	調	呼	韻部			聲調呼韻攝等	反切	聲呼等	反切	聲調呼韻攝等	反切
2360	2副	8	26	儫*	海	毛	曉	陽平	開	四高			匣平開豪效一	乎刀	曉開1	呼改	明平開豪效一	莫袍
2361	2副		27	濠	海	毛	曉	陽平	開	四高			匣平開豪效一	胡刀	曉開1	呼改	明平開豪效一	莫袍
2362	2副		28	嚎**	海	毛	曉	陽平	開	四高			匣平開豪效一	戶刀	曉開1	呼改	明平開豪效一	莫袍
2363	2副	9	29	撈	朗	豪	賚	陽平	開	四高			來平開豪效一	魯刀	來開1	盧黨	匣平開豪效一	胡刀
2364	2副		30	憥	朗	豪	賚	陽平	開	四高			來平開豪效一	魯刀	來開1	盧黨	匣平開豪效一	胡刀
2365	2副		31	蟧*	朗	豪	賚	陽平	開	四高			來平開豪效一	郎刀	來開1	盧黨	匣平開豪效一	胡刀
2366	2副		32	勑*	朗	豪	賚	陽平	開	四高			來平開豪效一	郎刀	來開1	盧黨	匣平開豪效一	胡刀
2367	2副		33	嶗*	朗	豪	賚	陽平	開	四高			來平開豪效一	郎刀	來開1	盧黨	匣平開豪效一	胡刀
2368	2副		34	澇	朗	豪	賚	陽平	開	四高			來平開豪效一	魯刀	來開1	盧黨	匣平開豪效一	胡刀
2369	2副		35	簩	朗	豪	賚	陽平	開	四高			來平開豪效一	魯刀	來開1	盧黨	匣平開豪效一	胡刀
2370	2副		36	簩	朗	豪	賚	陽平	開	四高			來平開豪效一	魯刀	來開1	盧黨	匣平開豪效一	胡刀
2371	2副		37	蟧	朗	豪	賚	陽平	開	四高			來平開豪效一	魯刀	來開1	盧黨	匣平開豪效一	胡刀
2373	2副	10	38	轈	茝	毛	助	陽平	開	四高			崇平開肴效二	鉏交	昌開1	昌紿	明平開豪效一	莫袍
2374	2副		39	躍*	茝	毛	助	陽平	開	四高			崇平開肴效二	鋤交	昌開1	昌紿	明平開豪效一	莫袍
2375	2副		40	巢	茝	毛	助	陽平	開	四高			崇平開肴效二	鉏交	昌開1	昌紿	明平開豪效一	莫袍
2377	2副		41	漅	茝	毛	助	陽平	開	四高			精上開宵效三	子小	昌開1	昌紿	明平開豪效一	莫袍
2378	2副		42	巢	茝	毛	助	陽平	開	四高			崇平開肴效二	鉏交	昌開1	昌紿	明平開豪效一	莫袍
2379	2副	11	43	鸙	粲	毛	淨	陽平	開	四高			從平開豪效一	昨勞	清開1	蒼案	明平開豪效一	莫袍
2380	2副	12	44	遨	眼	豪	我	陽平	開	四高			疑平開豪效一	五勞	疑開2	五限	匣平開豪效一	胡刀
2381	2副		45	髮*	眼	豪	我	陽平	開	四高			疑平開豪效一	牛刀	疑開2	五限	匣平開豪效一	胡刀
2382	2副		46	贅	眼	豪	我	陽平	開	四高			疑平開豪效一	五勞	疑開2	五限	匣平開豪效一	胡刀
2383	2副		47	璈*	眼	豪	我	陽平	開	四高			疑平開豪效一	牛刀	疑開2	五限	匣平開豪效一	胡刀
2384	2副		48	獒	眼	豪	我	陽平	開	四高			疑平開豪效一	五勞	疑開2	五限	匣平開豪效一	胡刀
2385	2副		49	磝*	眼	豪	我	陽平	開	四高			疑平開豪效一	牛刀	疑開2	五限	匣平開豪效一	胡刀
2386	2副		50	鰲*	眼	豪	我	陽平	開	四高			疑平開豪效一	牛刀	疑開2	五限	匣平開豪效一	胡刀
2387	2副		51	隞*	眼	豪	我	陽平	開	四高			疑平開豪效一	牛刀	疑開2	五限	匣平開豪效一	胡刀
2388	2副		52	蔜	眼	豪	我	陽平	開	四高			疑平開豪效一	五勞	疑開2	五限	匣平開豪效一	胡刀

韻字編號	部序	組數	字數	韻字及何氏反切			韻字何氏音				何萱注釋	備注	韻字中古音		上字中古音		下字中古音	
				韻字	上字	下字	聲	調	呼	韻部			聲調呼韻攝等	反切	聲呼等	反切	聲調呼韻攝等	反切
2389	2副		53	鰲	眼	豪	我	陽平	開	四高	鼇俗有鰲		疑平開豪效一	五勞	疑開2	五限	匣平開豪效一	胡刀
2390	2副		54	螯	眼	豪	我	陽平	開	四高			疑平開豪效一	五勞	疑開2	五限	匣平開豪效一	胡刀
2391	2副		55	謷	眼	豪	我	陽平	開	四高			疑平開豪效一	五勞	疑開2	五限	匣平開豪效一	胡刀
2393	2副	13	56	獓**	倍	毛	並	陽平	開	四高			並平開豪效一	蒲毛	並開1	薄亥	明平開豪效一	莫袍
2394	2副	14	57	酕	莫	豪	命	陽平	開	四高			明平開豪效一	莫袍	明開1	慕各	匣平開豪效一	胡刀
2395	2副		58	軞*	莫	豪	命	陽平	開	四高			明平開豪效一	謨袍	明開1	慕各	匣平開豪效一	胡刀
2396	2副		59	髦*	莫	豪	命	陽平	開	四高			明平開豪效一	謨袍	明開1	慕各	匣平開豪效一	胡刀
2398	2副		60	牦*	莫	豪	命	陽平	開	四高			明平開豪效一	謨袍	明開1	慕各	匣平開豪效一	胡刀
2399	2副		61	渵	莫	豪	命	陽平	開	四高			明平開豪效一	莫袍	明開1	慕各	匣平開豪效一	胡刀
2400	2副	15	62	詨	古	敲	見	陰平	合	五交			匣去開肴效二	胡教	見合1	公戶	溪平開肴效二	口交
2401	2副		63	崤	古	敲	見	陰平	合	五交			見平開肴效二	古肴	見合1	公戶	溪平開肴效二	口交
2402	2副		64	鮫	古	敲	見	陰平	合	五交			見平開肴效二	古肴	見合1	公戶	溪平開肴效二	口交
2403	2副		65	鵁	古	敲	見	陰平	合	五交			見平開肴效二	古肴	見合1	公戶	溪平開肴效二	口交
2404	2副	16	66	頝	苦	交	起	陰平	合	五交			溪平開肴效二	口交	溪合1	康杜	見平開肴效二	古肴
2405	2副		67	硣	苦	交	起	陰平	合	五交			溪平開肴效二	口交	溪合1	康杜	見平開肴效二	古肴
2406	2副	17	68	**咬**	甕	交	影	陰平	合	五交			影平開肴效二	於交	影合1	烏貢	見平開肴效二	古肴
2407	2副		69	咊	甕	交	影	陰平	合	五交			影平開肴效二	於交	影合1	烏貢	見平開肴效二	古肴
2408	2副		70	梎	甕	交	影	陰平	合	五交			影平開肴效二	於交	影合1	烏貢	見平開肴效二	古肴
2409	2副		71	窅	甕	交	影	陰平	合	五交			影平開肴效二	於交	影合1	烏貢	見平開肴效二	古肴
2410	2副	18	72	颮	戶	交	曉	陰平	合	五交			曉平開肴效二	許交	匣合1	侯古	見平開肴效二	古肴
2411	2副		73	**髇**	戶	交	曉	陰平	合	五交			曉平開肴效二	許交	匣合1	侯古	見平開肴效二	古肴
2412	2副		74	烄	戶	交	曉	陰平	合	五交			曉平開肴效二	許交	匣合1	侯古	見平開肴效二	古肴
2413	2副		75	髐*	戶	交	曉	陰平	合	五交			曉平開肴效二	虛交	匣合1	侯古	見平開肴效二	古肴
2416	2副		76	虓*	戶	交	曉	陰平	合	五交			曉平開肴效二	虛交	匣合1	侯古	見平開肴效二	古肴
2417	2副	19	77	**鵃**	壯	交	照	陰平	合	五交			知平開肴效二	陟交	莊開3	側亮	見平開肴效二	古肴
2418	2副	20	78	抛	普	交	並	陰平	合	五交		俗有抛	滂平開肴效二	匹交	滂合1	滂古	見平開肴效二	古肴
2419	2副	21	79	胶	戶	鐃	曉	陽平	合	五交			匣平開肴效二	胡茅	匣合1	侯古	娘平開肴效二	女交

韻字編號	部序	組數	字數	韻字及何氏反切			韻字何氏音				何萱注釋	備注	韻字中古音		上字中古音		下字中古音	
				韻字	上字	下字	聲	調	呼	韻部			聲調呼韻攝等	反切	聲呼等	反切	聲調呼韻攝等	反切
2420	2副		80	酘	戶	鐃	曉	陽平	合	五交			匣平開肴效二	胡茅	匣合1	侯古	娘平開肴效二	女交
2421	2副		81	絞	戶	鐃	曉	陽平	合	五交			匣平開肴效二	胡茅	匣合1	侯古	娘平開肴效二	女交
2422	2副		82	砇	戶	鐃	曉	陽平	合	五交			匣平開肴效二	胡茅	匣合1	侯古	娘平開肴效二	女交
2423	2副		83	峟	戶	鐃	曉	陽平	合	五交			匣平開肴效二	胡茅	匣合1	侯古	娘平開肴效二	女交
2425	2副		84	椼	戶	鐃	曉	陽平	合	五交			匣平開肴效二	胡茅	匣合1	侯古	娘平開肴效二	女交
2426	2副		85	蔎	戶	鐃	曉	陽平	合	五交			匣平開肴效二	胡茅	匣合1	侯古	娘平開肴效二	女交
2427	2副	22	86	鶇	煗	爻	乃	陽平	合	五交			娘平開肴效二	女交	泥合1	乃管	匣平開肴效二	胡茅
2428	2副		87	麃	煗	爻	乃	陽平	合	五交			娘平開肴效二	女交	泥合1	乃管	匣平開肴效二	胡茅
2429	2副		88	涃	煗	爻	乃	陽平	合	五交		或作涃	娘平開肴效二	女交	泥合1	乃管	匣平開肴效二	胡茅
2430	2副	23	89	**䄻**	狀	爻	助	陽平	合	五交			澄平開肴效二	直交	崇開3	鋤亮	匣平開肴效二	胡茅
2431	2副	24	90	皴*	臥	爻	我	陽平	合	五交		皮坚也	疑平開肴效二	牛交	疑合1	吾貨	匣平開肴效二	胡茅
2433	2副		91	鮫**	臥	爻	我	陽平	合	五交			疑平開肴效二	五交	疑合1	吾貨	匣平開肴效二	胡茅
2434	2副	25	92	穚	几	囂	見	陰平	齊	六驕			見平開宵效重三	舉喬	見開重3	居履	曉平開宵效重三	許嬌
2435	2副		93	簥	几	囂	見	陰平	齊	六驕			見平開宵效重三	舉喬	見開重3	居履	曉平開宵效重三	許嬌
2436	2副	26	94	嶠	儉	驕	起	陰平	齊	六驕			群平開宵效重四	渠遙	群開重3	巨險	見平開宵效重三	舉喬
2437	2副		95	僑**	儉	驕	起	陰平	齊	六驕			群平開宵效重三	巨夭	群開重3	巨險	見平開宵效重三	舉喬
2438	2副		96	橇	儉	驕	起	陰平	齊	六驕	又十五部去聲副編	缺去聲。增	溪平開宵效重三	起囂	群開重3	巨險	見平開宵效重三	舉喬
2442	2副	27	97	鴁*	隱	驕	影	陰平	齊	六驕			影平開宵效重三	於喬	影開3	於謹	見平開宵效重三	舉喬
2444	2副		98	餥*	隱	驕	影	陰平	齊	六驕			影平開宵效重三	於喬	影開3	於謹	見平開宵效重三	舉喬
2445	2副	28	99	呺	向	驕	曉	陰平	齊	六驕			曉平開宵效重三	許嬌	曉開3	許亮	見平開宵效重三	舉喬
2446	2副		100	儶**	向	驕	曉	陰平	齊	六驕			曉平開宵效重三	許驕	曉開3	許亮	見平開宵效重三	舉喬
2447	2副		101	獢	向	驕	曉	陰平	齊	六驕			曉平開宵效重三	許嬌	曉開3	許亮	見平開宵效重三	舉喬
2448	2副	29	102	阞	典	驕	短	陰平	齊	六驕		玉篇：音凋	端平開蕭效四	都聊	端開4	多殄	見平開宵效重三	舉喬
2449	2副	30	103	**叨****	體	驕	透	陰平	齊	六驕		玉篇有音無義，此義用篇海	透平開蕭效四	他調	透開4	他禮	見平開宵效重三	舉喬
2452	2副	31	104	鍣*	掌	囂	照	陰平	齊	六驕			章平開宵效三	之遙	章開3	諸兩	曉平開宵效重三	許嬌

韻字編號	部序	組數	字數	韻字及何氏反切			韻字何氏音				何萱注釋	備　注	韻字中古音		上字中古音		下字中古音	
				韻字	上字	下字	聲	調	呼	韻部			聲調呼韻攝等	反切	聲呼等	反切	聲調呼韻攝等	反切
2453	2副		105	炤*	掌	囂	照	陰平	齊	六驕			章平開宵效三	之遙	章開3	諸兩	曉平開宵效重三	許嬌
2454	2副		106	駋*	掌	囂	照	陰平	齊	六驕			章平開宵效三	之遙	章開3	諸兩	曉平開宵效重三	許嬌
2455	2副	32	107	怊	齒	驕	助	陰平	齊	六驕			徹平開宵效三	敕宵	昌開3	昌里	見平開宵效重三	舉喬
2456	2副		108	欿	齒	驕	助	陰平	齊	六驕			徹平開宵效三	敕宵	昌開3	昌里	見平開宵效重三	舉喬
2457	2副		109	吅	齒	驕	助	陰平	齊	六驕			徹平開宵效三	敕宵	昌開3	昌里	見平開宵效重三	舉喬
2458	2副		110	颾	齒	驕	助	陰平	齊	六驕			徹平開宵效三	敕宵	昌開3	昌里	見平開宵效重三	舉喬
2459	2副		111	帊	齒	驕	助	陰平	齊	六驕			徹平開宵效三	敕宵	昌開3	昌里	見平開宵效重三	舉喬
2463	2副		112	鵃*	齒	驕	助	陰平	齊	六驕			徹平開宵效三	癡宵	昌開3	昌里	見平開宵效重三	舉喬
2464	2副	33	113	**幧**	淺	驕	淨	陰平	齊	六驕			清平開宵效三	七遙	清開3	七演	見平開宵效重三	舉喬
2465	2副		114	鐎	淺	驕	淨	陰平	齊	六驕			清平開宵效三	七遙	清開3	七演	見平開宵效重三	舉喬
2466	2副		115	秉	淺	驕	淨	陰平	齊	六驕			清平開宵效三	七遙	清開3	七演	見平開宵效重三	舉喬
2467	2副	34	116	臕	丙	驕	謗	陰平	齊	六驕			幫平開宵效重三	甫嬌	幫開3	兵永	見平開宵效重三	舉喬
2468	2副	35	117	嶠 g*	儉	苗	起	陽平	齊	六驕	平去兩讀		群平開宵效重三	渠嬌	群開重3	巨險	明平開宵效重三	武瀌
2472	2副		118	翹	儉	苗	起	陽平	齊	六驕			群平開宵效重四	渠遙	群開重3	巨險	明平開宵效重三	武瀌
2473	2副		119	騫	儉	苗	起	陽平	齊	六驕			群平開宵效重三	巨嬌	群開重3	巨險	明平開宵效重三	武瀌
2474	2副		120	轎	儉	苗	起	陽平	齊	六驕			群平開宵效重三	巨嬌	群開重3	巨險	明平開宵效重三	武瀌
2476	2副		121	蟜	儉	苗	起	陽平	齊	六驕			群平開宵效重三	巨嬌	群開重3	巨險	明平開宵效重三	武瀌
2477	2副		122	蕎	儉	苗	起	陽平	齊	六驕			群平開宵效重三	巨嬌	群開重3	巨險	明平開宵效重三	武瀌
2479	2副	36	123	襓	忍	喬	耳	陽平	齊	六驕			日平開宵效三	如招	日開3	而軫	群平開宵效重三	巨嬌
2480	2副	37	124	玿	始	喬	審	陽平	齊	六驕			禪平開宵效三	市昭	書開3	詩止	群平開宵效重三	巨嬌
2481	2副		125	昭	始	喬	審	陽平	齊	六驕			禪平開宵效三	市昭	書開3	詩止	群平開宵效重三	巨嬌
2483	2副	38	126	**鄜***	品	喬	並	陽平	齊	六驕			並平開宵效重四	毗霄	滂開重3	丕飲	群平開宵效重三	巨嬌
2484	2副	39	127	描	面	喬	命	陽平	齊	六驕			明平開宵效重三	武瀌	明開重4	彌箭	群平開宵效重三	巨嬌
2485	2副		128	貓	面	喬	命	陽平	齊	六驕			明平開宵效重三	武瀌	明開重4	彌箭	群平開宵效重三	巨嬌
2487	2副		129	魑*	面	喬	命	陽平	齊	六驕			明平開宵效重三	眉鑣	明開重4	彌箭	群平開宵效重三	巨嬌
2488	2副		130	錨**	面	喬	命	陽平	齊	六驕			明平開蕭效四	眉遼	明開重4	彌箭	群平開宵效重三	巨嬌
2490	2副	40	131	墝**	舉	宵	見	陰平	撮	七澆			見平開蕭效四	計堯	見合3	居許	心平開宵效三	相邀

韻字編號	部序	組數	字數	韻字及何氏反切			韻字何氏音				何萱注釋	備注	韻字中古音		上字中古音		下字中古音	
				韻字	上字	下字	聲	調	呼	韻部			聲調呼韻攝等	反切	聲呼等	反切	聲調呼韻攝等	反切
2491	2副		132	蟂	舉	宵	見	陰平	撮	七澆			見平開蕭效四	古堯	見合3	居許	心平開宵效三	相邀
2493	2副	41	133	窯	去	宵	起	陰平	撮	七澆			溪平開宵效重四	去遙	溪合3	丘倨	心平開宵效三	相邀
2494	2副		134	儌*	去	宵	起	陰平	撮	七澆			溪平開蕭效四	牽幺	溪合3	丘倨	心平開宵效三	相邀
2495	2副		135	撬*	去	宵	起	陰平	撮	七澆			溪平開蕭效四	牽幺	溪合3	丘倨	心平開宵效三	相邀
2497	2副		136	幧	去	宵	起	陰平	撮	七澆			溪平開宵效重三	起囂	溪合3	丘倨	心平開宵效三	相邀
2498	2副		137	蹻*	去	宵	起	陰平	撮	七澆			溪平開蕭效四	牽幺	溪合3	丘倨	心平開宵效三	相邀
2499	2副		138	熇*	去	宵	起	陰平	撮	七澆			溪平開蕭效四	牽幺	溪合3	丘倨	心平開宵效三	相邀
2502	2副	42	139	邀	羽	宵	影	陰平	撮	七澆			影平開宵效重四	於霄	云合3	王矩	心平開宵效三	相邀
2503	2副		140	喓	羽	宵	影	陰平	撮	七澆			影平開宵效重四	於霄	云合3	王矩	心平開宵效三	相邀
2504	2副		141	褄	羽	宵	影	陰平	撮	七澆			影平開宵效重四	於霄	云合3	王矩	心平開宵效三	相邀
2505	2副		142	鷂	羽	宵	影	陰平	撮	七澆			影平開宵效重四	於霄	云合3	王矩	心平開宵效三	相邀
2506	2副		143	蟆	羽	宵	影	陰平	撮	七澆			影平開宵效重四	於霄	云合3	王矩	心平開宵效三	相邀
2507	2副		144	樮*	羽	宵	影	陰平	撮	七澆			影平開宵效重四	伊消	云合3	王矩	心平開宵效三	相邀
2508	2副		145	頝*	羽	宵	影	陰平	撮	七澆			影平開蕭效四	伊堯	云合3	王矩	心平開宵效三	相邀
2509	2副		146	吆*	羽	宵	影	陰平	撮	七澆			影平開蕭效四	伊堯	云合3	王矩	心平開宵效三	相邀
2510	2副		147	耾*	羽	宵	影	陰平	撮	七澆			影平開蕭效四	伊堯	云合3	王矩	心平開宵效三	相邀
2511	2副		148	犳	羽	宵	影	陰平	撮	七澆			章入開藥宕三	之若	云合3	王矩	心平開宵效三	相邀
2512	2副	43	149	翑	許	葽	曉	陰平	撮	七澆			曉平開蕭效四	許幺	曉合3	虛呂	影平開蕭效四	於堯
2513	2副	44	150	刐	旳*	葽	短	陰平	撮	七澆			端平開蕭效四	都聊	端開4	丁歷	影平開蕭效四	於堯
2514	2副		151	貂*	旳*	葽	短	陰平	撮	七澆			端平開蕭效四	丁聊	端開4	丁歷	影平開蕭效四	於堯
2515	2副		152	弴	旳*	葽	短	陰平	撮	七澆			端平開蕭效四	都聊	端開4	丁歷	影平開蕭效四	於堯
2517	2副	45	153	晀	統	宵	透	陰平	撮	七澆			透平開蕭效四	吐彫	透合1	他綜	心平開宵效三	相邀
2519	2副		154	剕*	統	宵	透	陰平	撮	七澆		剔也	透平開蕭效四	他彫	透合1	他綜	心平開宵效三	相邀
2521	2副		155	駣	統	宵	透	陰平	撮	七澆			透平開蕭效四	他彫	透合1	他綜	心平開宵效三	相邀
2523	2副	46	156	毷	俊	宵	井	陰平	撮	七澆			精平開宵效三	即消	精合3	子峻	心平開宵效三	相邀
2524	2副		157	鷦*	俊	宵	井	陰平	撮	七澆			精平開宵效三	玆消	精合3	子峻	心平開宵效三	相邀
2525	2副		158	蟭	俊	宵	井	陰平	撮	七澆			精平開宵效三	即消	精合3	子峻	心平開宵效三	相邀

韻字編號	部序	組數	字數	韻字及何氏反切			韻字何氏音				何萱注釋	備　注	韻字中古音		上字中古音		下字中古音	
				韻字	上字	下字	聲	調	呼	韻部			聲調呼韻攝等	反切	聲呼等	反切	聲調呼韻攝等	反切
2526	2副	47	159	瞧*	翠	宵	淨	陰平	撮	七澆			從平開宵效三	慈焦	清合3	七醉	心平開宵效三	相邀
2527	2副	48	160	撨	選	葽	信	陰平	撮	七澆			心平開蕭效四	蘇彫	心合3	蘇管	影平開蕭效四	於堯
2528	2副		161	徜**	選	葽	信	陰平	撮	七澆		集韻作七小、七肖切	心平開宵效三	相焦	心合3	蘇管	影平開蕭效四	於堯
2530	2副		162	逍	選	葽	信	陰平	撮	七澆			心平開宵效三	相邀	心合3	蘇管	影平開蕭效四	於堯
2531	2副		163	狷	選	葽	信	陰平	撮	七澆			心平開宵效三	相邀	心合3	蘇管	影平開蕭效四	於堯
2532	2副		164	魈	選	葽	信	陰平	撮	七澆			心平開宵效三	相邀	心合3	蘇管	影平開蕭效四	於堯
2533	2副		165	毦	選	葽	信	陰平	撮	七澆			心平開蕭效四	蘇彫	心合3	蘇管	影平開蕭效四	於堯
2534	2副		166	鴹**	選	葽	信	陰平	撮	七澆		玉篇：音消	心平開宵效三	相邀	心合3	蘇管	影平開蕭效四	於堯
2535	2副		167	齘	選	葽	信	陰平	撮	七澆			心平開宵效三	相邀	心合3	蘇管	影平開蕭效四	於堯
2536	2副		168	硝	選	葽	信	陰平	撮	七澆			心平開宵效三	相邀	心合3	蘇管	影平開蕭效四	於堯
2537	2副		169	焇	選	葽	信	陰平	撮	七澆			心平開宵效三	相邀	心合3	蘇管	影平開蕭效四	於堯
2538	2副		170	颵	選	葽	信	陰平	撮	七澆			生平開肴效二	所交	心合3	蘇管	影平開蕭效四	於堯
2539	2副		171	翗**	選	葽	信	陰平	撮	七澆		玉篇：音消	心平開宵效三	相邀	心合3	蘇管	影平開蕭效四	於堯
2540	2副	49	172	譕*	褊	宵	謗	陰平	撮	七澆		言有所止	幫平開宵效重四	卑遙	幫開重4	方緬	心平開宵效三	相邀
2542	2副		173	鰾*	褊	宵	謗	陰平	撮	七澆			幫平開宵效重四	卑遙	幫開重4	方緬	心平開宵效三	相邀
2543	2副		174	瘭	褊	宵	謗	陰平	撮	七澆			幫平開宵效重四	甫遙	幫開重4	方緬	心平開宵效三	相邀
2544	2副		175	穮*	褊	宵	謗	陰平	撮	七澆		稻田秀出者	幫平開宵效重四	卑遙	幫開重4	方緬	心平開宵效三	相邀
2546	2副		176	篻 g*	褊	宵	謗	陰平	撮	七澆			幫平開宵效重四	卑遙	幫開重4	方緬	心平開宵效三	相邀
2548	2副		177	墂*	褊	宵	謗	陰平	撮	七澆			幫平開宵效重四	卑遙	幫開重4	方緬	心平開宵效三	相邀
2549	2副		178	嘌	褊	宵	謗	陰平	撮	七澆			幫平開宵效重四	甫遙	幫開重4	方緬	心平開宵效三	相邀
2550	2副	50	179	飄	汴	宵	並	陰平	撮	七澆			滂平開宵效重四	撫招	並開重3	皮變	心平開宵效三	相邀
2551	2副		180	髟	汴	宵	並	陰平	撮	七澆			滂平開宵效重四	撫招	並開重3	皮變	心平開宵效三	相邀
2552	2副		181	翲	汴	宵	並	陰平	撮	七澆			滂平開宵效重四	撫招	並開重3	皮變	心平開宵效三	相邀
2554	2副		182	鷅	汴	宵	並	陰平	撮	七澆			滂平開宵效重四	撫招	並開重3	皮變	心平開宵效三	相邀
2556	2副		183	螵	汴	宵	並	陰平	撮	七澆			並平開宵效重四	符霄	並開重3	皮變	心平開宵效三	相邀
2557	2副		184	薸	汴	宵	並	陰平	撮	七澆			並平開宵效重四	符霄	並開重3	皮變	心平開宵效三	相邀

韻字編號	部序	組數	字數	韻字及何氏反切			韻字何氏音				何萱注釋	備注	韻字中古音		上字中古音		下字中古音	
				韻字	上字	下字	聲	調	呼	韻部			聲調呼韻攝等	反切	聲呼等	反切	聲調呼韻攝等	反切
2558	2副	51	185	蕘	去	姚	起	陽平	撮	七澆			群平開宵效重四	渠遙	溪合3	丘倨	以平開宵效三	餘昭
2559	2副		186	夃	去	姚	起	陽平	撮	七澆			群平開宵效重四	渠遙	溪合3	丘倨	以平開宵效三	餘昭
2561	2副		187	喓*	羽	翹	影	陽平	撮	七澆		韻目原歸入去姚切，疑誤，改入羽翹切	以平開宵效三	餘招	云合3	王矩	群平開宵效重四	渠遙
2562	2副	52	188	䍃	羽	翹	影	陽平	撮	七澆			以上開宵效三	以沼	云合3	王矩	群平開宵效重四	渠遙
2563	2副		189	遥	羽	翹	影	陽平	撮	七澆			以平開宵效三	餘昭	云合3	王矩	群平開宵效重四	渠遙
2564	2副		190	愮	羽	翹	影	陽平	撮	七澆			以平開宵效三	餘昭	云合3	王矩	群平開宵效重四	渠遙
2565	2副		191	颻	羽	翹	影	陽平	撮	七澆			以平開宵效三	餘昭	云合3	王矩	群平開宵效重四	渠遙
2566	2副		192	鰩	羽	翹	影	陽平	撮	七澆			以平開宵效三	餘昭	云合3	王矩	群平開宵效重四	渠遙
2567	2副		193	猺	羽	翹	影	陽平	撮	七澆			以平開宵效三	餘昭	云合3	王矩	群平開宵效重四	渠遙
2568	2副		194	慆*	羽	翹	影	陽平	撮	七澆			以平開宵效三	餘招	云合3	王矩	群平開宵效重四	渠遙
2569	2副		195	蘨	羽	翹	影	陽平	撮	七澆			以平開宵效三	餘昭	云合3	王矩	群平開宵效重四	渠遙
2570	2副		196	烑	羽	翹	影	陽平	撮	七澆			以平開宵效三	餘昭	云合3	王矩	群平開宵效重四	渠遙
2571	2副		197	銚	羽	翹	影	陽平	撮	七澆			以平開宵效三	餘昭	云合3	王矩	群平開宵效重四	渠遙
2572	2副	53	198	髫	統	姚	透	陽平	撮	七澆			定平開蕭效四	徒聊	透合1	他綜	以平開宵效三	餘昭
2574	2副		199	齠*	統	姚	透	陽平	撮	七澆			定平開蕭效四	田聊	透合1	他綜	以平開宵效三	餘昭
2575	2副		200	迢	統	姚	透	陽平	撮	七澆			定平開蕭效四	徒聊	透合1	他綜	以平開宵效三	餘昭
2576	2副		201	岧	統	姚	透	陽平	撮	七澆			定平開蕭效四	徒聊	透合1	他綜	以平開宵效三	餘昭
2578	2副		202	衵*	統	姚	透	陽平	撮	七澆			昌平開宵效三	蚩招	透合1	他綜	以平開宵效三	餘昭
2582	2副	54	203	蹽**	呂	翹	賚	陽平	撮	七澆			來平開蕭效四	落迢	來合3	力舉	群平開宵效重四	渠遙
2583	2副		204	䑲*	呂	翹	賚	陽平	撮	七澆			定平開蕭效四	田聊	來合3	力舉	群平開宵效重四	渠遙
2584	2副		205	膫 g*	呂	翹	賚	陽平	撮	七澆			定平開蕭效四	田聊	來合3	力舉	群平開宵效重四	渠遙
2587	2副		206	譑*	呂	翹	賚	陽平	撮	七澆			來平開蕭效四	憐蕭	來合3	力舉	群平開宵效重四	渠遙
2588	2副		207	飉	呂	翹	賚	陽平	撮	七澆			來平開蕭效四	落蕭	來合3	力舉	群平開宵效重四	渠遙
2589	2副		208	蟟	呂	翹	賚	陽平	撮	七澆			來平開蕭效四	落蕭	來合3	力舉	群平開宵效重四	渠遙
2590	2副		209	寮	呂	翹	賚	陽平	撮	七澆	或作寮		來平開蕭效四	落蕭	來合3	力舉	群平開宵效重四	渠遙

韻字編號	部序	組數	字數	韻字及何氏反切			韻字何氏音				何萱注釋	備　注	韻字中古音		上字中古音		下字中古音	
				韻字	上字	下字	聲	調	呼	韻部			聲調呼韻攝等	反切	聲呼等	反切	聲調呼韻攝等	反切
2591	2副		210	蹽	呂	翹	賚	陽平	撮	七澆			來平開蕭效四	落蕭	來合3	力舉	群平開宵效重四	渠遙
2592	2副	55	211	劁	翠	姚	淨	陽平	撮	七澆			從平開宵效三	昨焦	清合3	七醉	以平開宵效三	餘昭
2594	2副		212	嶕	翠	姚	淨	陽平	撮	七澆			從平開宵效三	昨焦	清合3	七醉	以平開宵效三	餘昭
2595	2副		213	鄡	翠	姚	淨	陽平	撮	七澆			從平開宵效三	昨焦	清合3	七醉	以平開宵效三	餘昭
2597	2副	56	214	仯	沔	姚	命	陽平	撮	七澆			明平開宵效重四	彌遙	明開重4	彌兖	以平開宵效三	餘昭
2598	2副		215	蜱	沔	姚	命	陽平	撮	七澆			明平開宵效重四	彌遙	明開重4	彌兖	以平開宵效三	餘昭
2599	2副	57	216	暠	改	疊	見	上	開	四杲			見上開豪效一	古老	見開1	古亥	端上開豪效一	都晧
2600	2副		217	槁*	改	疊	見	上	開	四杲			見上開豪效一	古老	見開1	古亥	端上開豪效一	都晧
2601	2副		218	襃**	改	疊	見	上	開	四杲			見上開豪效一	金倒	見開1	古亥	端上開豪效一	都晧
2602	2副		219	碨	改	疊	見	上	開	四杲			見上開豪效一	古老	見開1	古亥	端上開豪效一	都晧
2603	2副	58	220	顥	口	疊	起	上	開	四杲			溪上開豪效一	苦浩	溪開1	苦后	端上開豪效一	都晧
2604	2副		221	殦*	口	疊	起	上	開	四杲			溪上開豪效一	苦浩	溪開1	苦后	端上開豪效一	都晧
2605	2副		222	燺	口	疊	起	上	開	四杲			溪上開豪效一	苦浩	溪開1	苦后	端上開豪效一	都晧
2606	2副	59	223	镺	挨	疊	影	上	開	四杲			影上開豪效一	烏晧	影開1	於改	端上開豪效一	都晧
2608	2副		224	仸	挨	疊	影	上	開	四杲		正文增	影上開豪效一	烏晧	影開1	於改	端上開豪效一	都晧
2609	2副		225	㤇*	挨	疊	影	上	開	四杲			影上開豪效一	烏浩	影開1	於改	端上開豪效一	都晧
2610	2副		226	麇	挨	疊	影	上	開	四杲			影上開豪效一	烏晧	影開1	於改	端上開豪效一	都晧
2611	2副	60	227	薃	海	杲	曉	上	開	四杲			匣上開豪效一	胡老	曉開1	呼改	見上開豪效一	古老
2612	2副		228	昦*	海	杲	曉	上	開	四杲			匣上開豪效一	下老	曉開1	呼改	見上開豪效一	古老
2613	2副	61	229	倒	帶	杲	短	上	開	四杲	上去兩讀義異		端上開豪效一	都晧	端開1	當蓋	見上開豪效一	古老
2618	2副		230	鵃g*	帶	杲	短	上	開	四杲			端上開豪效一	覩老	端開1	當蓋	見上開豪效一	古老
2619	2副	62	231	套	坦	杲	透	上	開	四杲			透上開豪效一	他浩	透開1	他但	見上開豪效一	古老
2622	2副	63	232	䟞	曩	杲	乃	上	開	四杲			泥上開豪效一	奴晧	泥開1	奴朗	見上開豪效一	古老
2625	2副		233	鱳	曩	杲	乃	上	開	四杲			精上開豪效一	子晧	泥開1	奴朗	見上開豪效一	古老
2626	2副	64	234	奡	眼	杲	我	上	開	四杲			疑上開豪效一	五到	疑開2	五限	見上開豪效一	古老
2627	2副		235	頊	眼	杲	我	上	開	四杲			疑上開豪效一	五老	疑開2	五限	見上開豪效一	古老
2628	2副		236	蕷	眼	杲	我	上	開	四杲			疑上開豪效一	五老	疑開2	五限	見上開豪效一	古老

韻字編號	部序	組數	字數	韻字及何氏反切			韻字何氏音				何萱注釋	備注	韻字中古音		上字中古音		下字中古音	
				韻字	上字	下字	聲	調	呼	韻部			聲調呼韻攝等	反切	聲呼等	反切	聲調呼韻攝等	反切
2629	2副	65	237	睃*	古	撓	見	上	合	五絞			見上開肴效二	吉巧	見合1	公戶	娘上開肴效二	奴巧
2630	2副		238	鉸	古	撓	見	上	合	五絞			見上開肴效二	古巧	見合1	公戶	娘上開肴效二	奴巧
2633	2副		239	挍	古	撓	見	上	合	五絞			見上開肴效二	古巧	見合1	公戶	娘上開肴效二	奴巧
2635	2副	66	240	骹	戶	絞	曉	上	合	五絞			匣上開肴效二	下巧	匣合1	侯古	見上開肴效二	古巧
2636	2副	67	241	僳	壯	絞	照	上	合	五絞			崇上開肴效二	士絞	莊開3	側亮	見上開肴效二	古巧
2637	2副	68	242	鞄	普	絞	並	上	合	五絞		表此位無字，缺	並上開肴效二	薄巧	滂合1	滂古	見上開肴效二	古巧
2638	2副	69	243	譑	几	杪	見	上	齊	六矯			見上開宵效重三	居夭	見開重3	居履	明上開宵效重四	亡沼
2639	2副		244	鄗	几	杪	見	上	齊	六矯			見上開宵效重三	居夭	見開重3	居履	明上開宵效重四	亡沼
2640	2副		245	敽*	几	杪	見	上	齊	六矯			見上開宵效重三	舉夭	見開重3	居履	明上開宵效重四	亡沼
2641	2副		246	觽	几	杪	見	上	齊	六矯			見上開宵效重三	居夭	見開重3	居履	明上開宵效重四	亡沼
2642	2副		247	鱎	几	杪	見	上	齊	六矯			見上開宵效重三	居夭	見開重3	居履	明上開宵效重四	亡沼
2643	2副	70	248	蹻	儉	杪	起	上	齊	六矯			群上開宵效重三	巨夭	群開重3	巨險	明上開宵效重四	亡沼
2644	2副		249	鄀*	儉	杪	起	上	齊	六矯			以上開宵效三	以紹	群開重3	巨險	明上開宵效重四	亡沼
2645	2副	71	250	仸	隱	杪	影	上	齊	六矯			影上開宵效重三	於兆	影開3	於謹	明上開宵效重四	亡沼
2646	2副		251	殀	隱	杪	影	上	齊	六矯			影上開宵效重三	於兆	影開3	於謹	明上開宵效重四	亡沼
2647	2副		252	溔	隱	杪	影	上	齊	六矯			以上開宵效三	以沼	影開3	於謹	明上開宵效重四	亡沼
2648	2副		253	闄	隱	杪	影	上	齊	六矯			影上開宵效重四	於小	影開3	於謹	明上開宵效重四	亡沼
2649	2副		254	鴹	隱	杪	影	上	齊	六矯			以上開宵效三	以沼	影開3	於謹	明上開宵效重四	亡沼
2650	2副		255	勼**	隱	杪	影	上	齊	六矯			影上開尤流三	伊誘	影開3	於謹	明上開宵效重四	亡沼
2651	2副	72	256	歀*	向	矯	曉	上	齊	六矯			以上開宵效三	以紹	曉開3	許亮	見上開宵效重三	居夭
2652	2副	73	257	敹**	利	矯	賚	上	齊	六矯			來上開宵效三	力小	來開3	力至	見上開宵效重三	居夭
2653	2副		258	醶	利	矯	賚	上	齊	六矯			來上開宵效三	力小	來開3	力至	見上開宵效重三	居夭
2654	2副	74	259	箔	掌	矯	照	上	齊	六矯			章上開宵效三	之少	章開3	諸兩	見上開宵效重三	居夭
2655	2副	75	260	昭	齒	杪	助	上	齊	六矯			昌上開宵效三	尺沼	昌開3	昌里	明上開宵效重四	亡沼
2656	2副		261	狣**	齒	杪	助	上	齊	六矯		玉篇：音兆	澄上開宵效三	治小	昌開3	昌里	明上開宵效重四	亡沼
2657	2副		262	狣	齒	杪	助	上	齊	六矯			澄上開宵效三	治小	昌開3	昌里	明上開宵效重四	亡沼
2658	2副		263	巐	齒	杪	助	上	齊	六矯			徹上開宵效重三	丑小	昌開3	昌里	明上開宵效重四	亡沼

韻字編號	部序	組數	字數	韻字及何氏反切			韻字何氏音				何萱注釋	備注	韻字中古音		上字中古音		下字中古音	
				韻字	上字	下字	聲	調	呼	韻部			聲調呼韻攝等	反切	聲呼等	反切	聲調呼韻攝等	反切
2659	2副		264	麵	齒	杪	助	上	齊	六矯	或作麨	玉篇作充小切	昌上開宵效三	尺沼	昌開3	昌里	明上開宵效重四	亡沼
2662	2副		265	㨄*	齒	杪	助	上	齊	六矯			澄上開宵效三	直紹	昌開3	昌里	明上開宵效重四	亡沼
2663	2副	76	266	遶	忍	矯	耳	上	齊	六矯			日上開宵效三	而沼	日開3	而軫	見上開宵效重三	居夭
2664	2副		267	隢*	忍	矯	耳	上	齊	六矯			日上開宵效三	爾紹	日開3	而軫	見上開宵效重三	居夭
2665	2副	77	268	䀹	始	矯	審	上	齊	六矯			禪上開宵效三	市沼	書開3	詩止	見上開宵效重三	居夭
2666	2副		269	芀	始	矯	審	上	齊	六矯			書上開宵效三	書沼	書開3	詩止	見上開宵效重三	居夭
2667	2副	78	270	褾	丙	矯	謗	上	齊	六矯			幫上開宵效重四	方小	幫開3	兵永	見上開宵效重三	居夭
2668	2副		271	嘌	丙	矯	謗	上	齊	六矯			幫上開宵效重四	方小	幫開3	兵永	見上開宵效重三	居夭
2669	2副	79	272	皫	品	矯	並	上	齊	六矯			滂上開宵效重四	敷沼	滂開重3	丕飲	見上開宵效重三	居夭
2670	2副		273	㠒*	品	矯	並	上	齊	六矯			滂上開宵效重四	匹沼	滂開重3	丕飲	見上開宵效重三	居夭
2671	2副		274	驃	品	矯	並	上	齊	六矯		反切疑有誤	奉上開陽宕三	毗養	滂開重3	丕飲	見上開宵效重三	居夭
2672	2副		275	浮*	品	矯	並	上	齊	六矯			並上開宵效重三	被表	滂開重3	丕飲	見上開宵效重三	居夭
2673	2副	80	276	淼	面	矯	命	上	齊	六矯			明上開宵效重四	亡沼	明開重4	彌箭	見上開宵效重三	居夭
2674	2副		277	渺	面	矯	命	上	齊	六矯			明上開宵效重四	亡沼	明開重4	彌箭	見上開宵效重三	居夭
2675	2副		278	仦*	面	矯	命	上	齊	六矯			明上開宵效重四	弭沼	明開重4	彌箭	見上開宵效重三	居夭
2676	2副		279	莏	面	矯	命	上	齊	六矯			明上開宵效重四	亡沼	明開重4	彌箭	見上開宵效重三	居夭
2677	2副		280	眇	面	矯	命	上	齊	六矯			明上開宵效重四	亡沼	明開重4	彌箭	見上開宵效重三	居夭
2678	2副		281	吵	面	矯	命	上	齊	六矯			明上開宵效重四	亡沼	明開重4	彌箭	見上開宵效重三	居夭
2679	2副		282	仯 g*	面	矯	命	上	齊	六矯			明上開宵效重四	弭沼	明開重4	彌箭	見上開宵效重三	居夭
2680	2副	81	283	㬵**	舉	小	見	上	撮	七皎		玉篇：音姣	見上開肴效二	古巧	見合3	居許	心上開宵效三	私兆
2681	2副		284	筊	舉	小	見	上	撮	七皎			見上開蕭效四	古了	見合3	居許	心上開宵效三	私兆
2682	2副		285	皦	舉	小	見	上	撮	七皎			見上開蕭效四	古了	見合3	居許	心上開宵效三	私兆
2683	2副		286	皛	舉	小	見	上	撮	七皎			見上開蕭效四	古了	見合3	居許	心上開宵效三	私兆
2685	2副	82	287	硛	去	皎	起	上	撮	七皎			溪上開蕭效四	苦皎	溪合3	丘倨	見上開蕭效四	古了
2686	2副		288	蹺**	去	皎	起	上	撮	七皎			群上開蕭效四	巨皎	溪合3	丘倨	見上開蕭效四	古了
2687	2副		289	䚩*	去	皎	起	上	撮	七皎			溪上開蕭效四	輕皎	溪合3	丘倨	見上開蕭效四	古了
2688	2副	83	290	㬇*	羽	皎	影	上	撮	七皎			影上開蕭效四	伊鳥	云合3	王矩	見上開蕭效四	古了

韻字編號	部序	組數	字數	韻字及何氏反切			韻字何氏音				何萱注釋	備注	韻字中古音		上字中古音		下字中古音	
				韻字	上字	下字	聲	調	呼	韻部			聲調呼韻攝等	反切	聲呼等	反切	聲調呼韻攝等	反切
2689	2 副		291	偠	羽	皎	影	上	撮	七皎			影上開蕭效四	烏皎	云合 3	王矩	見上開蕭效四	古了
2690	2 副		292	騕	羽	皎	影	上	撮	七皎			影上開蕭效四	烏皎	云合 3	王矩	見上開蕭效四	古了
2691	2 副		293	岆*	羽	皎	影	上	撮	七皎			影上開蕭效四	伊鳥	云合 3	王矩	見上開蕭效四	古了
2693	2 副	84	294	滈	許	皎	曉	上	撮	七皎		上字原為羽，疑誤。據正編改為許	匣上開蕭效四	胡了	曉合 3	虛呂	見上開蕭效四	古了
2694	2 副	85	295	蒿*	許	皎	曉	上	撮	七皎		上字原為羽，疑誤。據正編改為許	匣上開蕭效四	胡了	曉合 3	虛呂	見上開蕭效四	古了
2695	2 副		296	杓	旳*	小	影	上	撮	七皎		原為羽皎切，疑誤。據正編改為旳小切	端上開蕭效四	都了	端開 4	丁歷	心上開宵效三	私兆
2696	2 副		297	鳴**	旳*	小	短	上	撮	七皎		原為羽皎切，疑誤。據正編改為旳小切	端上開蕭效四	都了	端開 4	丁歷	心上開宵效三	私兆
2699	2 副		298	鳥 g*	旳*	小	影	上	撮	七皎		原為羽皎切，疑誤。據正編改為旳小切	端上開蕭效四	丁了	端開 4	丁歷	心上開宵效三	私兆
2700	2 副		299	釕	旳*	小	影	上	撮	七皎		原為羽皎切，疑誤。據正編改為旳小切	端上開蕭效四	都了	端開 4	丁歷	心上開宵效三	私兆
2701	2 副	86	300	朓	統	皎	透	上	撮	七皎			透上開蕭效四	土了	透合 1	他綜	見上開蕭效四	古了
2702	2 副		301	挑	統	皎	透	上	撮	七皎			定上開蕭效四	徒了	透合 1	他綜	見上開蕭效四	古了
2703	2 副		302	絩*	統	皎	透	上	撮	七皎			定上開蕭效四	徒了	透合 1	他綜	見上開蕭效四	古了
2704	2 副		303	晀	統	皎	透	上	撮	七皎			定上開蕭效四	徒了	透合 1	他綜	見上開蕭效四	古了
2705	2 副		304	窕	統	皎	透	上	撮	七皎			定上開蕭效四	徒了	透合 1	他綜	見上開蕭效四	古了
2707	2 副		305	鞉*	統	皎	透	上	撮	七皎			定上開蕭效四	徒了	透合 1	他綜	見上開蕭效四	古了
2708	2 副	87	306	㒟	女	皎	乃	上	撮	七皎			泥上開蕭效四	奴鳥	娘合 3	尼呂	見上開蕭效四	古了

韻字編號	部序	組數	字數	韻字及何氏反切			韻字何氏音				何萱注釋	備注	韻字中古音		上字中古音		下字中古音	
				韻字	上字	下字	聲	調	呼	韻部			聲調呼韻攝等	反切	聲呼等	反切	聲調呼韻攝等	反切
2709	2副		307	撓	女	皎	乃	上	撮	七皎		正文增	泥上開蕭效四	奴鳥	娘合3	尼呂	見上開蕭效四	古了
2710	2副		308	穠*	女	皎	乃	上	撮	七皎			泥上開蕭效四	乃了	娘合3	尼呂	見上開蕭效四	古了
2711	2副		309	檂*	女	皎	乃	上	撮	七皎			泥上開蕭效四	乃了	娘合3	尼呂	見上開蕭效四	古了
2713	2副		310	磭	女	皎	乃	上	撮	七皎			泥上開蕭效四	奴鳥	娘合3	尼呂	見上開蕭效四	古了
2714	2副		311	嬈*	女	皎	乃	上	撮	七皎			泥上開蕭效四	乃了	娘合3	尼呂	見上開蕭效四	古了
2715	2副		312	蟲**	女	皎	乃	上	撮	七皎			泥上開蕭效四	奴了	娘合3	尼呂	見上開蕭效四	古了
2717	2副	88	313	瞭	呂	皎	賚	上	撮	七皎			來上開蕭效四	盧鳥	來合3	力舉	見上開蕭效四	古了
2718	2副		314	璙	呂	皎	賚	上	撮	七皎			來上開蕭效四	盧鳥	來合3	力舉	見上開蕭效四	古了
2719	2副		315	醵**	呂	皎	賚	上	撮	七皎		玉篇：音了	來上開蕭效四	盧鳥	來合3	力舉	見上開蕭效四	古了
2720	2副		316	衦	呂	皎	賚	上	撮	七皎			來上開蕭效四	盧鳥	來合3	力舉	見上開蕭效四	古了
2721	2副		317	舒	呂	皎	賚	上	撮	七皎			來上開蕭效四	盧鳥	來合3	力舉	見上開蕭效四	古了
2723	2副		318	魺g*	呂	皎	賚	上	撮	七皎			來上開蕭效四	朗鳥	來合3	力舉	見上開蕭效四	古了
2724	2副	89	319	幧	俊	小	井	上	撮	七皎			從平開宵效三	昨焦	精合3	子峻	心上開宵效三	私兆
2726	2副		320	睬*	俊	小	井	上	撮	七皎			精上開宵效三	子小	精合3	子峻	心上開宵效三	私兆
2727	2副		321	藻	俊	小	井	上	撮	七皎			精上開蕭效四	子了	精合3	子峻	心上開宵效三	私兆
2728	2副	90	322	鈔	翠	皎	淨	上	撮	七皎			清上開宵效三	親小	清合3	七醉	見上開蕭效四	古了
2729	2副		323	糊*	翠	皎	淨	上	撮	七皎			清上開宵效三	七小	清合3	七醉	見上開蕭效四	古了
2730	2副		324	臕**	翠	皎	淨	上	撮	七皎			清上開宵效三	七小	清合3	七醉	見上開蕭效四	古了
2731	2副	91	325	橈*	馭	皎	我	上	撮	七皎			疑上開宵效三	魚小	疑合3	牛倨	見上開蕭效四	古了
2732	2副	92	326	芣	選	皎	信	上	撮	七皎		原為馭皎切，誤。據正編改為選皎切	心上開宵效三	私兆	心合3	蘇管	見上開蕭效四	古了
2733	2副		327	魦	選	皎	信	上	撮	七皎		原為馭皎切，誤。據正編改為選皎切	心上開宵效三	私兆	心合3	蘇管	見上開蕭效四	古了
2734	2副	93	328	諘*	編	皎	謗	上	撮	七皎		正文上字作褊	幫上開宵效重三	彼小	幫開重4	方緬	見上開蕭效四	古了
2735	2副	94	329	顠	汴	皎	並	上	撮	七皎		正編下字作小	並上開宵效重四	符少	並開重3	皮變	見上開蕭效四	古了

韻字編號	部序	組數	字數	韻字及何氏反切			韻字何氏音				何萱注釋	備注	韻字中古音		上字中古音		下字中古音	
				韻字	上字	下字	聲	調	呼	韻部			聲調呼韻攝等	反切	聲呼等	反切	聲調呼韻攝等	反切
2737	2副		330	醥	汴	皎	並	上	撮	七皎		正編下字作小	滂上開宵效重四	敷沼	並開重3	皮變	見上開蕭效四	古了
2738	2副		331	鰾	汴	皎	並	上	撮	七皎		正編下字作小	並上開宵效重四	符少	並開重3	皮變	見上開蕭效四	古了
2741	2副		332	摽*	汴	皎	並	上	撮	七皎		正編下字作小	並上開宵效重三	被表	並開重3	皮變	見上開蕭效四	古了
2742	2副	95	333	慅*	改	到	見	去	開	四膏			見去開豪效一	居号	見開1	古亥	端去開豪效一	都導
2743	2副		334	蟜**	改	到	見	去	開	四膏		玉篇：居表切，又音告	見去開豪效一	古到	見開1	古亥	端去開豪效一	都導
2744	2副		335	槁	改	到	見	去	開	四膏			見去開豪效一	古到	見開1	古亥	端去開豪效一	都導
2746	2副	96	336	**蹻***	口	到	起	去	開	四膏		正文刪	溪去開豪效一	口到	溪開1	苦后	端去開豪效一	都導
2747	2副	97	337	**抝***	挨	到	影	去	開	四膏			影去開豪效一	於到	影開1	於改	端去開豪效一	都導
2748	2副	98	338	狦*	海	到	曉	去	開	四膏			匣去開豪效一	後到	曉開1	呼改	端去開豪效一	都導
2750	2副	99	339	倒	帶	燥	短	去	開	四膏	上去兩讀義異		端去開豪效一	都導	端開1	當蓋	心上開豪效一	蘇老
2751	2副	100	340	纛	坦	到	透	去	開	四膏			定去開豪效一	徒到	透開1	他但	端去開豪效一	都導
2752	2副	101	341	躼*	朗	到	賚	去	開	四膏			來去開豪效一	郎到	來開1	盧黨	端去開豪效一	都導
2753	2副		342	髝	朗	到	賚	去	開	四膏			來去開豪效一	郎到	來開1	盧黨	端去開豪效一	都導
2755	2副		343	僗	朗	到	賚	去	開	四膏			來去開豪效一	郎到	來開1	盧黨	端去開豪效一	都導
2757	2副		344	譗*	朗	到	賚	去	開	四膏			來去開豪效一	郎到	來開1	盧黨	端去開豪效一	都導
2758	2副		345	簩*	朗	到	賚	去	開	四膏			來去開豪效一	郎到	來開1	盧黨	端去開豪效一	都導
2759	2副		346	橯*	朗	到	賚	去	開	四膏			來去開豪效一	郎到	來開1	盧黨	端去開豪效一	都導
2760	2副		347	鐒	朗	到	賚	去	開	四膏			來去開豪效一	郎到	來開1	盧黨	端去開豪效一	都導
2762	2副		348	蟧*	朗	到	賚	去	開	四膏			來去開豪效一	郎到	來開1	盧黨	端去開豪效一	都導
2763	2副		349	襙**	朗	到	賚	去	開	四膏			清去開豪效一	千到	來開1	盧黨	端去開豪效一	都導
2764	2副	102	350	鄵	粲	到	淨	去	開	四膏			清去開豪效一	七到	清開1	蒼案	端去開豪效一	都導
2765	2副	103	351	撽*	眼	到	我	去	開	四膏			疑去開豪效一	魚到	疑開2	五限	端去開豪效一	都導
2766	2副		352	鏊	眼	到	我	去	開	四膏			疑去開豪效一	五到	疑開2	五限	端去開豪效一	都導
2767	2副		353	嶅 g*	眼	到	我	去	開	四膏			疑去開豪效一	魚到	疑開2	五限	端去開豪效一	都導
2769	2副		354	嶽*	眼	到	我	去	開	四膏			疑去開豪效一	魚到	疑開2	五限	端去開豪效一	都導
2770	2副	104	355	譟	散	到	信	去	開	四膏			心去開豪效一	蘇到	心開1	蘇旱	端去開豪效一	都導

韻字編號	部序	組數	字數	韻字及何氏反切			韻字何氏音				何萱注釋	備注	韻字中古音		上字中古音		下字中古音	
				韻字	上字	下字	聲	調	呼	韻部			聲調呼韻攝等	反切	聲呼等	反切	聲調呼韻攝等	反切
2771	2副		356	傲	散	到	信	去	開	四青			心去開豪效一	蘇到	心開1	蘇旱	端去開豪效一	都導
2772	2副	105	357	蹮*	倍	到	並	去	開	四青			並去開豪效一	薄報	並開1	薄亥	端去開豪效一	都導
2773	2副		358	醥*	倍	到	並	去	開	四青		正文增	並去開豪效一	薄報	並開1	薄亥	端去開豪效一	都導
2774	2副	106	359	紙	莫	到	並	去	開	四青			明去開豪效一	莫報	明開1	慕各	端去開豪效一	都導
2775	2副		360	毹**	莫	到	並	去	開	四青			明去開豪效一	莫告	明開1	慕各	端去開豪效一	都導
2776	2副		361	鴾	莫	到	並	去	開	四青			明去開豪效一	莫報	明開1	慕各	端去開豪效一	都導
2777	2副	107	362	餃*	古	豹	見	去	合	五教			見去開肴效二	居效	見合1	公戶	幫去開肴效二	北教
2778	2副		363	玟	古	豹	見	去	合	五教			見去開肴效二	古孝	見合1	公戶	幫去開肴效二	北教
2779	2副		364	滶*	古	豹	見	去	合	五教			見去開肴效二	居效	見合1	公戶	幫去開肴效二	北教
2780	2副	108	365	磝*	曠	豹	起	去	合	五教		磝韻目歸入古豹切，表作起母字頭，遂將上字改為曠	溪去開肴效二	口教	溪合1	苦謗	幫去開肴效二	北教
2781	2副	109	366	欲*	甕	豹	影	去	合	五教			匣去開肴效二	後教	影合1	烏貢	幫去開肴效二	北教
2782	2副	110	367	吏	煗	豹	乃	去	合	五教			娘去開肴效二	奴教	泥合1	乃管	幫去開肴效二	北教
2783	2副	111	368	鵃	壯	豹	照	去	合	五教		原為煗豹切，誤。據正編改為壯豹切	知去開肴效二	都教	莊開3	側亮	幫去開肴效二	北教
2785	2副		369	犦*	壯	豹	照	去	合	五教		原為煗豹切，誤。據正編改為壯豹切	知去開肴效二	陟教	莊開3	側亮	幫去開肴效二	北教
2786	2副	112	370	櫂	狀	豹	助	去	合	五教			澄去開肴效二	直教	崇開3	鋤亮	幫去開肴效二	北教
2787	2副		371	欋*	狀	豹	助	去	合	五教			澄去開肴效二	直此	崇開3	鋤亮	幫去開肴效二	北教
2788	2副		372	菿	狀	豹	助	去	合	五教			澄去開肴效二	直教	崇開3	鋤亮	幫去開肴效二	北教
2789	2副		373	鞞**	狀	豹	助	去	合	五教			徹去開肴效二	丑教	崇開3	鋤亮	幫去開肴效二	北教
2792	2副		374	犺*	狀	豹	助	去	合	五教			徹去開肴效二	敕此	崇開3	鋤亮	幫去開肴效二	北教
2794	2副		375	仯	狀	豹	助	去	合	五教			初去開肴效二	初教	崇開3	鋤亮	幫去開肴效二	北教

韻字編號	部序	組數	字數	韻字及何氏反切			韻字何氏音				何萱注釋	備　注	韻字中古音		上字中古音		下字中古音	
				韻字	上字	下字	聲	調	呼	韻部			聲調呼韻攝等	反切	聲呼等	反切	聲調呼韻攝等	反切
2795	2副		376	觘	狀	豹	助	去	合	五教			初去開肴效二	初教	崇開3	鋤亮	幫去開肴效二	北教
2796	2副		377	觘	狀	豹	助	去	合	五教			初去開肴效二	初教	崇開3	鋤亮	幫去開肴效二	北教
2797	2副		378	耖	狀	豹	助	去	合	五教			初去開肴效二	初教	崇開3	鋤亮	幫去開肴效二	北教
2798	2副		379	鍬*	狀	豹	助	去	合	五教			初去開肴效二	楚教	崇開3	鋤亮	幫去開肴效二	北教
2799	2副	113	380	㓡g*	爽	豹	助	去	合	五教		韻目歸入狀豹切	生去開麻假二	所嫁	生開3	疎兩	幫去開肴效二	北教
2801	2副		381	睄*	爽	豹	審	去	合	五教		韻目歸入狀豹切	生去開肴效二	所教	生開3	疎兩	幫去開肴效二	北教
2802	2副		382	腁*	爽	豹	審	去	合	五教		韻目歸入狀豹切	生去開肴效二	所教	生開3	疎兩	幫去開肴效二	北教
2804	2副		383	艄*	爽	豹	審	去	合	五教		韻目歸入狀豹切	生去開肴效二	所教	生開3	疎兩	幫去開肴效二	北教
2806	2副		384	艄*	爽	豹	審	去	合	五教		韻目歸入狀豹切	生去開肴效二	所教	生開3	疎兩	幫去開肴效二	北教
2807	2副		385	稍	爽	豹	審	去	合	五教		韻目歸入狀豹切	生去開肴效二	所教	生開3	疎兩	幫去開肴效二	北教
2808	2副		386	潲	爽	豹	審	去	合	五教		韻目歸入狀豹切	生去開肴效二	所教	生開3	疎兩	幫去開肴效二	北教
2809	2副	114	387	趵	布	皃	謗	去	合	五教			幫入開覺江二	北角	幫合1	博故	明去開肴效二	莫教
2810	2副		388	哰*	布	皃	謗	去	合	五教			幫去開肴效二	巴校	幫合1	博故	明去開肴效二	莫教
2811	2副		389	儤*	布	皃	謗	去	合	五教			幫去開肴效二	巴校	幫合1	博故	明去開肴效二	莫教
2812	2副		390	譥*	布	皃	謗	去	合	五教		正文刪	幫去開肴效二	巴校	幫合1	博故	明去開肴效二	莫教
2813	2副	115	391	嚗*	普	豹	並	去	合	五教			滂去開肴效二	披教	滂合1	滂古	幫去開肴效二	北教
2814	2副		392	礟	普	豹	並	去	合	五教		正文增	滂去開肴效二	匹皃	滂合1	滂古	幫去開肴效二	北教
2816	2副		393	靤*	普	豹	並	去	合	五教			滂去開肴效二	披教	滂合1	滂古	幫去開肴效二	北教
2817	2副		394	帽	莫	豹	並	去	合	五教		原作普豹切，誤。據正編改為莫豹切	明去開肴效二	莫教	明開1	慕各	幫去開肴效二	北教
2818	2副		395	覒	莫	豹	並	去	合	五教		原作普豹切，誤。據正編改為莫豹切	明去開肴效二	莫教	明開1	慕各	幫去開肴效二	北教
2819	2副		396	皃*	莫	豹	命	去	合	五教			明去開肴效二	眉教	明開1	慕各	幫去開肴效二	北教
2820	2副		397	皃	莫	豹	命	去	合	五教			明去開肴效二	莫教	明開1	慕各	幫去開肴效二	北教

韻字編號	部序	組數	字數	韻字及何氏反切			韻字何氏音				何萱注釋	備　注	韻字中古音		上字中古音		下字中古音	
				韻字	上字	下字	聲	調	呼	韻部			聲調呼韻攝等	反切	聲呼等	反切	聲調呼韻攝等	反切
2821	2副		398	淣*	莫	豹	命	去	合	五教			明去開肴效二	眉教	明開1	慕各	幫去開肴效二	北教
2823	2副		399	楙*	莫	豹	命	去	合	五教			明去開肴效二	眉教	明開1	慕各	幫去開肴效二	北教
2824	2副	116	400	嶠	儉	照	起	去	合	五教	平去兩讀注在彼		群去開宵效重三	渠廟	群開重3	巨險	章去開宵效三	之少
2825	2副		401	趫	儉	照	起	去	合	五教			溪去開宵效重四	丘召	群開重3	巨險	章去開宵效三	之少
2826	2副		402	轎	儉	照	起	去	合	五教			群去開宵效重三	渠廟	群開重3	巨險	章去開宵效三	之少
2828	2副		403	蹻	儉	照	起	去	合	五教			溪去開宵效重四	丘召	群開重3	巨險	章去開宵效三	之少
2829	2副		404	鐈	儉	照	起	去	合	五教			溪去開宵效重四	丘召	群開重3	巨險	章去開宵效三	之少
2830	2副	117	405	詔	掌	廟	照	去	齊	六橋			章去開宵效三	之少	章開3	諸兩	明去開宵效重三	眉召
2831	2副	118	406	卲	始	廟	審	去	齊	六橋		韻目作廟始切，誤	禪去開宵效三	寔照	書開3	詩止	明去開宵效重三	眉召
2833	2副		407	卲	始	廟	審	去	齊	六橋		韻目作廟始切，誤	禪去開宵效三	寔照	書開3	詩止	明去開宵效重三	眉召
2834	2副	119	408	顤	眼	照	我	去	齊	六橋			疑去開宵效重四	牛召	疑開2	五限	章去開宵效三	之少
2835	2副	120	409	俵	丙	照	謗	去	齊	六橋			幫去開宵效重三	方廟	幫開3	兵永	章去開宵效三	之少
2836	2副	121	410	嘌*	品	照	並	去	齊	六橋		反切疑有誤	明去開宵效重四	弥笑	滂開重3	丕飲	章去開宵效三	之少
2837	2副		411	嘌	品	照	並	去	齊	六橋			滂去開宵效重四	匹妙	滂開重3	丕飲	章去開宵效三	之少
2838	2副		412	驃	品	照	並	去	齊	六橋			滂去開宵效重四	匹妙	滂開重3	丕飲	章去開宵效三	之少
2839	2副		413	僄	品	照	並	去	齊	六橋			滂平開宵效重四	撫招	滂開重3	丕飲	章去開宵效三	之少
2840	2副		414	瘭 g*	品	照	並	去	齊	六橋			滂去開宵效重四	匹妙	滂開重3	丕飲	章去開宵效三	之少
2841	2副	122	415	轑	舉	竅	見	去	撮	七嗷			見去開蕭效四	古弔	見合3	居許	溪去開蕭效四	苦弔
2842	2副		416	獥	舉	竅	見	去	撮	七嗷			見去開蕭效四	古弔	見合3	居許	溪去開蕭效四	苦弔
2845	2副		417	趬	舉	竅	見	去	撮	七嗷		正編去宵切，起母已經收了此字	溪去開宵效重四	丘召	見合3	居許	溪去開蕭效四	苦弔
2847	2副	123	418	遙*	羽	肖	影	去	撮	七嗷			以平開宵效三	餘招	云合3	王矩	心去開宵效三	私妙
2848	2副		419	踰g*	羽	肖	影	去	撮	七嗷			以去開宵效三	弋笑	云合3	王矩	心去開宵效三	私妙
2850	2副		420	篵	羽	肖	影	去	撮	七嗷			以去開宵效三	弋照	云合3	王矩	心去開宵效三	私妙
2851	2副		421	艞	羽	肖	影	去	撮	七嗷			以去開宵效三	弋照	云合3	王矩	心去開宵效三	私妙

韻字編號	部序	組數	字數	韻字及何氏反切			韻字何氏音				何萱注釋	備注	韻字中古音		上字中古音		下字中古音	
				韻字	上字	下字	聲	調	呼	韻部			聲調呼韻攝等	反切	聲呼等	反切	聲調呼韻攝等	反切
2852	2副	124	422	嫛	許	肖	曉	去	撮	七噭		原為羽肖切，據表新加許肖切	曉去開蕭效四	火弔	曉合3	虛呂	心去開宵效三	私妙
2854	2副	125	423	訋*	旳*	肖	短	去	撮	七噭			端去開蕭效四	多嘯	端開4	丁歷	心去開宵效三	私妙
2855	2副		424	瘹	旳*	肖	短	去	撮	七噭			端去開蕭效四	多嘯	端開4	丁歷	心去開宵效三	私妙
2856	2副		425	葯*	旳*	肖	短	去	撮	七噭			端去開蕭效四	多嘯	端開4	丁歷	心去開宵效三	私妙
2857	2副		426	伄	旳*	肖	短	去	撮	七噭			端去開蕭效四	多嘯	端開4	丁歷	心去開宵效三	私妙
2858	2副	126	427	銱	統	肖	透	去	撮	七噭			透去開蕭效四	他弔	透合1	他綜	心去開宵效三	私妙
2859	2副		428	竨*	統	肖	透	去	撮	七噭			定去開蕭效四	徒弔	透合1	他綜	心去開宵效三	私妙
2860	2副		429	䎱*	統	肖	透	去	撮	七噭			定去開蕭效四	徒弔	透合1	他綜	心去開宵效三	私妙
2862	2副	127	430	嘹	呂	肖	賚	去	撮	七噭			來去開蕭效四	力弔	來合3	力舉	心去開宵效三	私妙
2863	2副		431	瞭*	呂	肖	賚	去	撮	七噭			來平開蕭效四	憐蕭	來合3	力舉	心去開宵效三	私妙
2864	2副		432	顟	呂	肖	賚	去	撮	七噭			來去開蕭效四	力弔	來合3	力舉	心去開宵效三	私妙
2866	2副		433	罺	呂	肖	賚	去	撮	七噭			來去開蕭效四	力弔	來合3	力舉	心去開宵效三	私妙
2868	2副	128	434	蘸	準	肖	照	去	撮	七噭			莊去開咸咸二	莊陷	章合3	之尹	心去開宵效三	私妙
2869	2副		435	獑*	準	肖	照	去	撮	七噭			莊去開咸咸二	莊陷	章合3	之尹	心去開宵效三	私妙
2870	2副	129	436	皭	俊	肖	井	去	撮	七噭	去入兩讀		精去開宵效三	子肖	精合3	子峻	心去開宵效三	私妙
2871	2副		437	爵	俊	肖	井	去	撮	七噭	去入兩讀		精去開宵效三	子肖	精合3	子峻	心去開宵效三	私妙
2872	2副		438	𪆫*	俊	肖	井	去	撮	七噭			精去開宵效三	子肖	精合3	子峻	心去開宵效三	私妙
2873	2副		439	潐*	俊	肖	井	去	撮	七噭			精去開宵效三	子肖	精合3	子峻	心去開宵效三	私妙
2875	2副	130	440	譙	翠	肖	淨	去	撮	七噭			從去開宵效三	才笑	清合3	七醉	心去開宵效三	私妙
2877	2副		441	俏	翠	肖	淨	去	撮	七噭			清去開宵效三	七肖	清合3	七醉	心去開宵效三	私妙
2878	2副		442	帩	翠	肖	淨	去	撮	七噭			清去開宵效三	七肖	清合3	七醉	心去開宵效三	私妙
2879	2副		443	黝	翠	肖	淨	去	撮	七噭			清去開宵效三	七肖	清合3	七醉	心去開宵效三	私妙
2880	2副		444	潲*	翠	肖	淨	去	撮	七噭			清去開宵效三	七肖	清合3	七醉	心去開宵效三	私妙
2881	2副	131	445	𠝹*	馭	肖	我	去	撮	七噭			疑去開蕭效四	倪弔	疑合3	牛倨	心去開宵效三	私妙
2882	2副	132	446	傕	改	鶴	見	入	開	五較			見入開覺江二	古岳	見開1	古亥	匣入開鐸宕一	下各
2883	2副	133	447	燩	口	鶴	起	入	開	五較			溪入開覺江二	苦角	溪開1	苦后	匣入開鐸宕一	下各

韻字編號	部序	組數	字數	韻字及何氏反切			韻字何氏音				何萱注釋	備注	韻字中古音		上字中古音		下字中古音	
				韻字	上字	下字	聲	調	呼	韻部			聲調呼韻攝等	反切	聲呼等	反切	聲調呼韻攝等	反切
2884	2副		448	圀	口	鶴	起	入	開	五較	鞭聲，廣韻		溪入開覺江二	苦角	溪開1	苦后	匣入開鐸宕一	下各
2885	2副	134	449	葯*	挨	鶴	影	入	開	五較			影入開覺江二	乙角	影開1	於改	匣入開鐸宕一	下各
2886	2副		450	葯*	挨	鶴	影	入	開	五較		韻目删，正文有	影入開覺江二	乙角	影開1	於改	匣入開鐸宕一	下各
2887	2副		451	鞾	挨	鶴	影	入	開	五較			影入開覺江二	於角	影開1	於改	匣入開鐸宕一	下各
2888	2副	135	452	濲	海	摧	曉	入	開	五較		集韻有，廣韻有摧	曉入開覺江二	許角	曉開1	呼改	溪入開覺江二	苦角
2889	2副		453	謞	海	摧	曉	入	開	五較		集韻有，廣韻有摧	曉入開覺江二	許角	曉開1	呼改	溪入開覺江二	苦角
2891	2副		454	嗃	海	摧	曉	入	開	五較		集韻有，廣韻有摧	曉入開鐸宕一	呵各	曉開1	呼改	溪入開覺江二	苦角
2893	2副		455	吒	海	摧	曉	入	開	五較		集韻有，廣韻有摧	曉入開覺江二	許角	曉開1	呼改	溪入開覺江二	苦角
2894	2副		456	睢	海	摧	曉	入	開	五較		集韻有，廣韻有摧	匣入開鐸宕一	下各	曉開1	呼改	溪入開覺江二	苦角
2895	2副		457	皪	海	摧	曉	入	開	五較		集韻有，廣韻有摧	曉入開覺江二	許角	曉開1	呼改	溪入開覺江二	苦角
2896	2副	136	458	謋	朗	鶴	賚	入	開	五較			來入開鐸宕一	盧各	來開1	盧黨	匣入開鐸宕一	下各
2897	2副		459	鵅	朗	鶴	賚	入	開	五較			來入開鐸宕一	盧各	來開1	盧黨	匣入開鐸宕一	下各
2898	2副	137	460	鐯*	茝	鶴	助	入	開	五較			初入開覺江二	測角	昌開1	昌紿	匣入開鐸宕一	下各
2900	2副		461	篧	茝	鶴	助	入	開	五較			初入開覺江二	測角	昌開1	昌紿	匣入開鐸宕一	下各
2901	2副		462	菂*	茝	鶴	助	入	開	五較			初入開覺江二	測角	昌開1	昌紿	匣入開鐸宕一	下各
2902	2副		463	倬*	茝	鶴	助	入	開	五較			徹去開肴效二	敕此	昌開1	昌紿	匣入開鐸宕一	下各
2903	2副	138	464	鬉*	宰	摧	井	入	開	五較		集韻有，廣韻有摧	精入開鐸宕一	即各	精開1	作亥	溪入開覺江二	苦角
2905	2副		465	鱳*	宰	摧	井	入	開	五較		集韻有，廣韻有摧	精入開鐸宕一	即各	精開1	作亥	溪入開覺江二	苦角
2906	2副	139	466	礐*	粲	鶴	淨	入	開	五較			從入開鐸宕一	疾各	清開1	蒼案	匣入開鐸宕一	下各

韻字編號	部序	組數	字數	韻字及何氏反切			韻字何氏音				何萱注釋	備注	韻字中古音		上字中古音		下字中古音	
				韻字	上字	下字	聲	調	呼	韻部			聲調呼韻攝等	反切	聲呼等	反切	聲調呼韻攝等	反切
2907	2副	140	467	鑵*	眼	鶴	我	入	開	五較		正編上字作我，正文上字作眼	疑入開覺江二	逆角	疑開2	五限	匣入開鐸宕一	下各
2908	2副	141	468	髗	保	鶴	謗	入	開	五較			幫入開覺江二	北角	幫開1	博抱	匣入開鐸宕一	下各
2909	2副		469	膘	保	鶴	謗	入	開	五較			幫入開覺江二	北角	幫開1	博抱	匣入開鐸宕一	下各
2910	2副		470	嚗	保	鶴	謗	入	開	五較	嚗或作嚗吋		幫入開覺江二	北角	幫開1	博抱	匣入開鐸宕一	下各
2912	2副		471	臕*	保	鶴	謗	入	開	五較			並入開覺江二	弼角	幫開1	博抱	匣入開鐸宕一	下各
2913	2副	142	472	爆*	倍	鶴	並	入	開	五較			滂入開覺江二	匹角	並開1	薄亥	匣入開鐸宕一	下各
2915	2副		473	襮*	倍	鶴	並	入	開	五較			並入開覺江二	弼角	並開1	薄亥	匣入開鐸宕一	下各
2916	2副		474	礴*	倍	鶴	並	入	開	五較			滂入開覺江二	匹角	並開1	薄亥	匣入開鐸宕一	下各
2918	2副	143	475	皰*	冒	鶴	命	入	開	五較			明入開覺江二	墨角	明開1	莫報	匣入開鐸宕一	下各
2919	2副		476	摗	冒	鶴	命	入	開	五較			明入開覺江二	莫角	明開1	莫報	匣入開鐸宕一	下各
2920	2副		477	邈	冒	鶴	命	入	開	五較			明入開覺江二	莫角	明開1	莫報	匣入開鐸宕一	下各
2921	2副		478	雹*	冒	鶴	命	入	開	五較			明入合屋通一	莫卜	明開1	莫報	匣入開鐸宕一	下各
2922	2副		479	罞	冒	鶴	命	入	開	五較			明入開覺江二	莫角	明開1	莫報	匣入開鐸宕一	下各
2924	2副	144	480	鯙	煗	濯	乃	入	合	六渫			娘入開覺江二	女角	泥合1	乃管	澄入開覺江二	直角
2925	2副		481	榒*	煗	濯	乃	入	合	六渫			娘入開陌梗二	昵格	泥合1	乃管	澄入開覺江二	直角
2926	2副	145	482	嚛	路	濯	賚	入	合	六渫			來入開覺江二	呂角	來合1	洛故	澄入開覺江二	直角
2927	2副		483	砻	路	濯	賚	入	合	六渫			來入開覺江二	呂角	來合1	洛故	澄入開覺江二	直角
2928	2副	146	484	啅	壯	濯	照	入	合	六渫			知入開覺江二	竹角	莊開3	側亮	澄入開覺江二	直角
2929	2副		485	踔*	壯	濯	照	入	合	六渫			知入開覺江二	竹角	莊開3	側亮	澄入開覺江二	直角
2930	2副		486	晫*	壯	濯	照	入	合	六渫			知入開覺江二	竹角	莊開3	側亮	澄入開覺江二	直角
2931	2副		487	晫	壯	濯	照	入	合	六渫			知入開覺江二	竹角	莊開3	側亮	澄入開覺江二	直角
2934	2副		488	騲*	壯	濯	照	入	合	六渫			知入開覺江二	竹角	莊開3	側亮	澄入開覺江二	直角
2936	2副		489	蕉	壯	濯	照	入	合	六渫			莊入開覺江二	側角	莊開3	側亮	澄入開覺江二	直角
2937	2副		490	竅*	壯	濯	照	入	合	六渫			莊入開覺江二	側角	莊開3	側亮	澄入開覺江二	直角
2938	2副	147	491	斀	狀	卓	助	入	合	六渫			澄入開覺江二	直角	崇開3	鋤亮	知入開覺江二	竹角
2939	2副		492	灂	狀	卓	助	入	合	六渫			澄入開覺江二	直角	崇開3	鋤亮	知入開覺江二	竹角

韻字編號	部序	組數	字數	韻字及何氏反切			韻字何氏音				何萱注釋	備注	韻字中古音		上字中古音		下字中古音	
				韻字	上字	下字	聲	調	呼	韻部			聲調呼韻攝等	反切	聲呼等	反切	聲調呼韻攝等	反切
2940	2副		493	籗*	狀	卓	助	入	合	六泆			澄入開覺江二	直角	崇開3	鋤亮	知入開覺江二	竹角
2941	2副		494	藋	狀	卓	助	入	合	六泆			澄入開覺江二	直角	崇開3	鋤亮	知入開覺江二	竹角
2942	2副		495	濯	狀	卓	助	入	合	六泆			澄入開覺江二	直角	崇開3	鋤亮	知入開覺江二	竹角
2944	2副		496	犳*	狀	卓	助	入	合	六泆			澄入開覺江二	直角	崇開3	鋤亮	知入開覺江二	竹角
2945	2副	148	497	矟	爽	濯	審	入	合	六泆			生入開覺江二	所角	生開3	踈兩	澄入開覺江二	直角
2946	2副		498	槊	爽	濯	審	入	合	六泆			生入開覺江二	所角	生開3	踈兩	澄入開覺江二	直角
2947	2副		499	槊	爽	濯	審	入	合	六泆			生入開覺江二	所角	生開3	踈兩	澄入開覺江二	直角
2948	2副		500	鎙*	爽	濯	審	入	合	六泆			生入開覺江二	色角	生開3	踈兩	澄入開覺江二	直角
2949	2副		501	箾	爽	濯	審	入	合	六泆			生入開覺江二	所角	生開3	踈兩	澄入開覺江二	直角
2950	2副		502	溯*	爽	濯	審	入	合	六泆			生入開覺江二	色角	生開3	踈兩	澄入開覺江二	直角
2951	2副	149	503	郤**	儉	約	起	入	齊	七屩			溪入開藥宕三	去虐	群開重3	巨險	影入開藥宕三	於略
2952	2副	150	504	爍	隱	謔	影	入	齊	七屩			以入開藥宕三	以灼	影開3	於謹	曉入開藥宕三	虛約
2954	2副		505	瀹	隱	謔	影	入	齊	七屩			以入開藥宕三	以灼	影開3	於謹	曉入開藥宕三	虛約
2955	2副		506	的*	隱	謔	影	入	齊	七屩			影入開藥宕三	乙却	影開3	於謹	曉入開藥宕三	虛約
2958	2副		507	葯	隱	謔	影	入	齊	七屩			影入開藥宕三	於略	影開3	於謹	曉入開藥宕三	虛約
2959	2副		508	癨	隱	謔	影	入	齊	七屩			以入開藥宕三	以灼	影開3	於謹	曉入開藥宕三	虛約
2960	2副		509	龠*	隱	謔	影	入	齊	七屩			以入開藥宕三	弋灼	影開3	於謹	曉入開藥宕三	虛約
2962	2副		510	籥**	隱	謔	影	入	齊	七屩		玉篇：音藥	以入開藥宕三	以灼	影開3	於謹	曉入開藥宕三	虛約
2963	2副		511	𪝻	隱	謔	影	入	齊	七屩			以入開藥宕三	以灼	影開3	於謹	曉入開藥宕三	虛約
2964	2副		512	鸙	隱	謔	影	入	齊	七屩			以入開藥宕三	以灼	影開3	於謹	曉入開藥宕三	虛約
2965	2副		513	蠮	隱	謔	影	入	齊	七屩			以入開藥宕三	以灼	影開3	於謹	曉入開藥宕三	虛約
2966	2副	151	514	忄勺	掌	約	照	入	齊	七屩			章入開藥宕三	之若	章開3	諸兩	影入開藥宕三	於略
2968	2副		515	犳	掌	約	照	入	齊	七屩			章入開藥宕三	之若	章開3	諸兩	影入開藥宕三	於略
2969	2副		516	礿	掌	約	照	入	齊	七屩			章入開藥宕三	之若	章開3	諸兩	影入開藥宕三	於略
2970	2副		517	𠣓*	掌	約	照	入	齊	七屩			匣入開覺江二	轄覺	章開3	諸兩	影入開藥宕三	於略
2971	2副		518	黔*	掌	約	照	入	齊	七屩			匣入開覺江二	轄覺	章開3	諸兩	影入開藥宕三	於略
2973	2副		519	均*	掌	約	照	入	齊	七屩			匣入開覺江二	轄覺	章開3	諸兩	影入開藥宕三	於略

韻字編號	部序	組數	字數	韻字及何氏反切			韻字何氏音				何萱注釋	備注	韻字中古音		上字中古音		下字中古音	
				韻字	上字	下字	聲	調	呼	韻部			聲調呼韻攝等	反切	聲呼等	反切	聲調呼韻攝等	反切
2974	2副		520	焯*	掌	約	照	入	齊	七屩			章入開藥宕三	職略	章開3	諸兩	影入開藥宕三	於略
2975	2副	152	521	皭	始	約	審	入	齊	七屩			書入開藥宕三	書藥	書開3	詩止	影入開藥宕三	於略
2976	2副		522	皵*	始	約	審	入	齊	七屩			書入開藥宕三	式灼	書開3	詩止	影入開藥宕三	於略
2977	2副	153	523	攛	紫	約	井	入	齊	七屩			精入開藥宕三	即略	精開3	將此	影入開藥宕三	於略
2978	2副		524	爵g*	紫	約	井	入	齊	七屩	去入兩讀注在彼		精入開藥宕三	即約	精開3	將此	影入開藥宕三	於略
2979	2副		525	皭	紫	約	井	入	齊	七屩	去入兩讀注在彼		從入開藥宕三	在爵	精開3	將此	影入開藥宕三	於略
2980	2副		526	鸐**	紫	約	井	入	齊	七屩		玉篇：音雀	精入開藥宕三	即略	精開3	將此	影入開藥宕三	於略
2981	2副	154	527	鴽*	想	約	信	入	齊	七屩			心入開藥宕三	息約	心開3	息兩	影入開藥宕三	於略
2982	2副	155	528	曒*	舉	檄	見	入	撮	八激			見入開錫梗四	吉歷	見合3	居許	匣入開錫梗四	胡狄
2986	2副		529	獥	舉	檄	見	入	撮	八激			見入開錫梗四	古歷	見合3	居許	匣入開錫梗四	胡狄
2987	2副		530	灋*	舉	檄	見	入	撮	八激			見入開錫梗四	吉歷	見合3	居許	匣入開錫梗四	胡狄
2988	2副	156	531	矜*	去	檄	起	入	撮	八激			溪入開錫梗四	詰歷	溪合3	丘倨	匣入開錫梗四	胡狄
2990	2副	157	532	藃	許	激	曉	入	撮	八激			匣入開錫梗四	胡狄	曉合3	虛呂	匣入開錫梗四	胡狄
2992	2副	158	533	菂*	釣	檄	短	入	撮	八激			端入開錫梗四	丁歷	端開4	多嘯	匣入開錫梗四	胡狄
2993	2副		534	靮	釣	檄	短	入	撮	八激			端入開錫梗四	都歷	端開4	多嘯	匣入開錫梗四	胡狄
2994	2副		535	芍	釣	檄	短	入	撮	八激			端入開錫梗四	都歷	端開4	多嘯	匣入開錫梗四	胡狄
2995	2副		536	吊*	釣	檄	短	入	撮	八激			端入開錫梗四	丁歷	端開4	多嘯	匣入開錫梗四	胡狄
2996	2副		537	蚐**	釣	檄	短	入	撮	八激		玉篇：九勿切又音的	端入開錫梗四	都歷	端開4	多嘯	匣入開錫梗四	胡狄
2998	2副	159	538	籊	統	激	透	入	撮	八激			透入開錫梗四	他歷	透合1	他綜	匣入開錫梗四	胡狄
3000	2副	160	539	糊*	女	激	乃	入	撮	八激			泥入開錫梗四	乃歷	娘合3	尼呂	匣入開錫梗四	胡狄
3002	2副		540	曌*	女	激	乃	入	撮	八激			泥入開錫梗四	乃歷	娘合3	尼呂	匣入開錫梗四	胡狄
3003	2副	161	541	皪	呂	激	賚	入	撮	八激			來入開錫梗四	郎擊	來合3	力舉	匣入開錫梗四	胡狄
3004	2副		542	擽	呂	激	賚	入	撮	八激			來入開錫梗四	郎擊	來合3	力舉	匣入開錫梗四	胡狄
3005	2副		543	轢	呂	激	賚	入	撮	八激			來入開錫梗四	郎擊	來合3	力舉	匣入開錫梗四	胡狄
3006	2副	162	544	**歡**	仲	激	助	入	撮	八激			徹入開職曾三	恥力	澄合3	直衆	匣入開錫梗四	胡狄

第三部正編

韻字編號	部序	組數	字數	韻字及何氏反切			韻字何氏音				何萱注釋	備注	韻字中古音		上字中古音		下字中古音	
				韻字	上字	下字	聲	調	呼	韻部			聲調呼韻攝等	反切	聲呼等	反切	聲調呼韻攝等	反切
3008	3 正	1	1	**鳩**	几	休	見	陰平	齊	八鳩			見平開尤流三	居求	見開重 3	居履	曉平開尤流三	許尤
3009	3 正		2	勼	几	休	見	陰平	齊	八鳩			見平開尤流三	居求	見開重 3	居履	曉平開尤流三	許尤
3010	3 正		3	捄 g*	几	休	見	陰平	齊	八鳩			見平開尤流三	居尤	見開重 3	居履	曉平開尤流三	許尤
3012	3 正		4	朹	几	休	見	陰平	齊	八鳩			見平合虞遇三	舉朱	見開重 3	居履	曉平開尤流三	許尤
3013	3 正		5	斛	几	休	見	陰平	齊	八鳩			見平合虞遇三	舉朱	見開重 3	居履	曉平開尤流三	許尤
3014	3 正	2	6	**廄**	儉	休	起	陰平	齊	八鳩			群平開尤流三	巨鳩	群開重 3	巨險	曉平開尤流三	許尤
3015	3 正	3	7	憂*	漾	休	影	陰平	齊	八鳩			影平開尤流三	於求	以開 3	餘亮	曉平開尤流三	許尤
3016	3 正		8	憂	漾	休	影	陰平	齊	八鳩			影平開尤流三	於求	以開 3	餘亮	曉平開尤流三	許尤
3017	3 正		9	**優**	漾	休	影	陰平	齊	八鳩			影平開尤流三	於求	以開 3	餘亮	曉平開尤流三	許尤
3018	3 正		10	瀀	漾	休	影	陰平	齊	八鳩			影平開尤流三	於求	以開 3	餘亮	曉平開尤流三	許尤
3019	3 正		11	嚘	漾	休	影	陰平	齊	八鳩			影平開尤流三	於求	以開 3	餘亮	曉平開尤流三	許尤
3020	3 正		12	櫌	漾	休	影	陰平	齊	八鳩			影平開尤流三	於求	以開 3	餘亮	曉平開尤流三	許尤
3021	3 正		13	鄾	漾	休	影	陰平	齊	八鳩			影平開尤流三	於求	以開 3	餘亮	曉平開尤流三	許尤
3022	3 正	4	14	**休**	向	鳩	曉	陰平	齊	八鳩			曉平開尤流三	許尤	曉開 3	許亮	見平開尤流三	居求
3024	3 正		15	舊 g*	向	鳩	曉	陰平	齊	八鳩	一部去三部平兩讀注在彼		曉平開尤流三	虛尤	曉開 3	許亮	見平開尤流三	居求
3026	3 正		16	㒟	向	鳩	曉	陰平	齊	八鳩			曉平開尤流三	許尤	曉開 3	許亮	見平開尤流三	居求
3027	3 正		17	髹	向	鳩	曉	陰平	齊	八鳩			曉平開尤流三	許尤	曉開 3	許亮	見平開尤流三	居求
3029	3 正	5	18	**琱**	典	鳩	短	陰平	齊	八鳩			端平開蕭效四	都聊	端開 4	多殄	見平開尤流三	居求
3030	3 正		19	彫	典	鳩	短	陰平	齊	八鳩			端平開蕭效四	都聊	端開 4	多殄	見平開尤流三	居求
3031	3 正		20	凋	典	鳩	短	陰平	齊	八鳩			端平開蕭效四	都聊	端開 4	多殄	見平開尤流三	居求
3032	3 正		21	雕	典	鳩	短	陰平	齊	八鳩			端平開蕭效四	都聊	端開 4	多殄	見平開尤流三	居求
3033	3 正		22	鯛	典	鳩	短	陰平	齊	八鳩		副編典鳩小韻中也有該字	端平開蕭效四	都聊	端開 4	多殄	見平開尤流三	居求
3034	3 正	6	23	**舟**	掌	休	照	陰平	齊	八鳩			章平開尤流三	職流	章開 3	諸兩	曉平開尤流三	許尤
3035	3 正		24	侜	掌	休	照	陰平	齊	八鳩			知平開尤流三	張流	章開 3	諸兩	曉平開尤流三	許尤

韻字編號	部序	組數	字數	韻字及何氏反切			韻字何氏音				何萱注釋	備注	韻字中古音		上字中古音		下字中古音	
				韻字	上字	下字	聲	調	呼	韻部			聲調呼韻攝等	反切	聲呼等	反切	聲調呼韻攝等	反切
3036	3 正		25	輈	掌	休	照	陰平	齊	八鳩			知平開尤流三	張流	章開 3	諸兩	曉平開尤流三	許尤
3037	3 正		26	匊*	掌	休	照	陰平	齊	八鳩			章平開尤流三	之由	章開 3	諸兩	曉平開尤流三	許尤
3038	3 正		27	周	掌	休	照	陰平	齊	八鳩			章平開尤流三	職流	章開 3	諸兩	曉平開尤流三	許尤
3039	3 正		28	婤	掌	休	照	陰平	齊	八鳩			章平開尤流三	職流	章開 3	諸兩	曉平開尤流三	許尤
3040	3 正		29	賙	掌	休	照	陰平	齊	八鳩			章平開尤流三	職流	章開 3	諸兩	曉平開尤流三	許尤
3041	3 正		30	椆	掌	休	照	陰平	齊	八鳩			澄平開尤流三	直由	章開 3	諸兩	曉平開尤流三	許尤
3042	3 正		31	州	掌	休	照	陰平	齊	八鳩			章平開尤流三	職流	章開 3	諸兩	曉平開尤流三	許尤
3044	3 正		32	盩	掌	休	照	陰平	齊	八鳩	盩隸作盩		知平開尤流三	張流	章開 3	諸兩	曉平開尤流三	許尤
3045	3 正	7	33	**抽**	齒	鳩	助	陰平	齊	八鳩	擂，或		徹平開尤流三	丑鳩	昌開 3	昌里	見平開尤流三	居求
3046	3 正		34	妯	齒	鳩	助	陰平	齊	八鳩	平入兩讀義異		徹平開尤流三	丑鳩	昌開 3	昌里	見平開尤流三	居求
3048	3 正		35	惆	齒	鳩	助	陰平	齊	八鳩			徹平開尤流三	丑鳩	昌開 3	昌里	見平開尤流三	居求
3049	3 正		36	瘳	齒	鳩	助	陰平	齊	八鳩			徹平開尤流三	丑鳩	昌開 3	昌里	見平開尤流三	居求
3050	3 正		37	眢*	齒	鳩	助	陰平	齊	八鳩			徹平開尤流三	丑交	昌開 3	昌里	見平開尤流三	居求
3052	3 正		38	犨	齒	鳩	助	陰平	齊	八鳩			昌平開尤流三	赤周	昌開 3	昌里	見平開尤流三	居求
3053	3 正	8	39	**收**	始	鳩	審	陰平	齊	八鳩		韻目歸入齒鳩切，誤	書平開尤流三	式州	書開 3	詩止	見平開尤流三	居求
3054	3 正	9	40	麤*	紫	休	井	陰平	齊	八鳩			從平開尤流三	字秋	精開 3	將此	曉平開尤流三	許尤
3057	3 正		41	**揫**	紫	休	井	陰平	齊	八鳩		韻目作揫	精平開尤流三	即由	精開 3	將此	曉平開尤流三	許尤
3058	3 正		42	啾	紫	休	井	陰平	齊	八鳩			精平開尤流三	即由	精開 3	將此	曉平開尤流三	許尤
3059	3 正		43	湫	紫	休	井	陰平	齊	八鳩	平上兩讀		精平開尤流三	即由	精開 3	將此	曉平開尤流三	許尤
3061	3 正		44	揂	紫	休	井	陰平	齊	八鳩			精平開尤流三	即由	精開 3	將此	曉平開尤流三	許尤
3062	3 正		45	爈**	紫	休	井	陰平	齊	八鳩	爂或書作爈		精平開宵效三	子姚	精開 3	將此	曉平開尤流三	許尤
3063	3 正		46	茮	紫	休	井	陰平	齊	八鳩			精平開宵效三	即消	精開 3	將此	曉平開尤流三	許尤
3064	3 正	10	47	烌	此	鳩	淨	陰平	齊	八鳩			清平開尤流三	七由	清開 3	雌氏	見平開尤流三	居求
3066	3 正		48	**秋**	此	鳩	淨	陰平	齊	八鳩			清平開尤流三	七由	清開 3	雌氏	見平開尤流三	居求
3067	3 正		49	楸	此	鳩	淨	陰平	齊	八鳩			清平開尤流三	七由	清開 3	雌氏	見平開尤流三	居求
3068	3 正		50	萩	此	鳩	淨	陰平	齊	八鳩			清平開尤流三	七由	清開 3	雌氏	見平開尤流三	居求

韻字編號	部序	組數	字數	韻字及何氏反切			韻字何氏音				何萱注釋	備注	韻字中古音		上字中古音		下字中古音	
				韻字	上字	下字	聲	調	呼	韻部			聲調呼韻攝等	反切	聲呼等	反切	聲調呼韻攝等	反切
3069	3 正		51	篍	此	鳩	淨	陰平	齊	八鳩	平去兩讀	缺去聲，見筆者增	清平開尤流三	七由	清開 3	雌氏	見平開尤流三	居求
3070	3 正		52	鶔*	此	鳩	淨	陰平	齊	八鳩			清平開尤流三	雌由	清開 3	雌氏	見平開尤流三	居求
3071	3 正		53	趥	此	鳩	淨	陰平	齊	八鳩			清平開尤流三	七由	清開 3	雌氏	見平開尤流三	居求
3073	3 正		54	緧	此	鳩	淨	陰平	齊	八鳩			清平開尤流三	七由	清開 3	雌氏	見平開尤流三	居求
3074	3 正		55	鰌	此	鳩	淨	陰平	齊	八鳩			從平開尤流三	自秋	清開 3	雌氏	見平開尤流三	居求
3075	3 正	11	56	**修**	想	鳩	信	陰平	齊	八鳩			心平開尤流三	息流	心開 3	息兩	見平開尤流三	居求
3076	3 正		57	脩	想	鳩	信	陰平	齊	八鳩			心平開尤流三	息流	心開 3	息兩	見平開尤流三	居求
3078	3 正		58	滫 g*	想	鳩	信	陰平	齊	八鳩	平上兩讀		心平開尤流三	思留	心開 3	息兩	見平開尤流三	居求
3082	3 正		59	羞	想	鳩	信	陰平	齊	八鳩			心平開尤流三	息流	心開 3	息兩	見平開尤流三	居求
3083	3 正		60	蕭	想	鳩	信	陰平	齊	八鳩			心平開蕭效四	蘇彫	心開 3	息兩	見平開尤流三	居求
3084	3 正		61	簫	想	鳩	信	陰平	齊	八鳩			心平開蕭效四	蘇彫	心開 3	息兩	見平開尤流三	居求
3085	3 正		62	潚	想	鳩	信	陰平	齊	八鳩	平入兩讀		心平開蕭效四	蘇彫	心開 3	息兩	見平開尤流三	居求
3087	3 正	12	63	**髟**	炳	鳩	謗	陰平	齊	八鳩			幫平開宵效重四	甫遙	幫開 3	兵永	見平開尤流三	居求
3089	3 正		64	猋	炳	鳩	謗	陰平	齊	八鳩			幫平開宵效重四	甫遙	幫開 3	兵永	見平開尤流三	居求
3090	3 正		65	飆*	炳	鳩	謗	陰平	齊	八鳩		（缺原字）地位按飆	幫平開宵效重四	卑遙	幫開 3	兵永	見平開尤流三	居求
3091	3 正		66	旚	炳	鳩	謗	陰平	齊	八鳩			幫平開宵效重四	甫遙	幫開 3	兵永	見平開尤流三	居求
3092	3 正	13	67	孚	范	鳩	匪	陰平	齊	八鳩			敷平合虞遇三	芳無	奉合 3	防錽	見平開尤流三	居求
3093	3 正		68	俘	范	鳩	匪	陰平	齊	八鳩			敷平合虞遇三	芳無	奉合 3	防錽	見平開尤流三	居求
3094	3 正		69	郛	范	鳩	匪	陰平	齊	八鳩			敷平合虞遇三	芳無	奉合 3	防錽	見平開尤流三	居求
3095	3 正		70	**稃**	范	鳩	匪	陰平	齊	八鳩			敷平合虞遇三	芳無	奉合 3	防錽	見平開尤流三	居求
3096	3 正		71	莩	范	鳩	匪	陰平	齊	八鳩			敷平合虞遇三	芳無	奉合 3	防錽	見平開尤流三	居求
3097	3 正		72	筟	范	鳩	匪	陰平	齊	八鳩			敷平合虞遇三	芳無	奉合 3	防錽	見平開尤流三	居求
3098	3 正	14	73	**求**	儉	由	起	陽平	齊	八鳩			群平開尤流三	巨鳩	群開重 3	巨險	以平開尤流三	以周
3099	3 正		74	絿	儉	由	起	陽平	齊	八鳩			群平開尤流三	巨鳩	群開重 3	巨險	以平開尤流三	以周
3100	3 正		75	逑	儉	由	起	陽平	齊	八鳩			群平開尤流三	巨鳩	群開重 3	巨險	以平開尤流三	以周

韻字編號	部序	組數	字數	韻字及何氏反切			韻字何氏音				何萱注釋	備注	韻字中古音		上字中古音		下字中古音	
				韻字	上字	下字	聲	調	呼	韻部			聲調呼韻攝等	反切	聲呼等	反切	聲調呼韻攝等	反切
3101	3 正		76	脙	儉	由	起	陽平	齊	八鳩			群平開尤流三	巨鳩	群開重 3	巨險	以平開尤流三	以周
3103	3 正		77	俅	儉	由	起	陽平	齊	八鳩			群平開尤流三	巨鳩	群開重 3	巨險	以平開尤流三	以周
3104	3 正		78	球	儉	由	起	陽平	齊	八鳩			群平開尤流三	巨鳩	群開重 3	巨險	以平開尤流三	以周
3105	3 正		79	賕	儉	由	起	陽平	齊	八鳩			群平開尤流三	巨鳩	群開重 3	巨險	以平開尤流三	以周
3106	3 正		80	梂	儉	由	起	陽平	齊	八鳩			群平開尤流三	巨鳩	群開重 3	巨險	以平開尤流三	以周
3107	3 正		81	莍	儉	由	起	陽平	齊	八鳩			群平開尤流三	巨鳩	群開重 3	巨險	以平開尤流三	以周
3108	3 正		82	蝨	儉	由	起	陽平	齊	八鳩			群平開尤流三	巨鳩	群開重 3	巨險	以平開尤流三	以周
3109	3 正		83	叴	儉	由	起	陽平	齊	八鳩			群平合脂止重三	渠追	群開重 3	巨險	以平開尤流三	以周
3110	3 正		84	䠗	儉	由	起	陽平	齊	八鳩			群平合脂止重三	渠追	群開重 3	巨險	以平開尤流三	以周
3111	3 正		85	頯	儉	由	起	陽平	齊	八鳩			群平合脂止重三	渠追	群開重 3	巨險	以平開尤流三	以周
3113	3 正		86	馗	儉	由	起	陽平	齊	八鳩			群平開尤流三	巨鳩	群開重 3	巨險	以平開尤流三	以周
3114	3 正		87	仇	儉	由	起	陽平	齊	八鳩			群平開尤流三	巨鳩	群開重 3	巨險	以平開尤流三	以周
3115	3 正		88	厹	儉	由	起	陽平	齊	八鳩			群平開尤流三	巨鳩	群開重 3	巨險	以平開尤流三	以周
3116	3 正		89	觓	儉	由	起	陽平	齊	八鳩			群平開尤流三	巨鳩	群開重 3	巨險	以平開尤流三	以周
3117	3 正		90	肍	儉	由	起	陽平	齊	八鳩			群平開尤流三	巨鳩	群開重 3	巨險	以平開尤流三	以周
3118	3 正		91	艽	儉	由	起	陽平	齊	八鳩			群平開尤流三	巨鳩	群開重 3	巨險	以平開尤流三	以周
3121	3 正		92	� g*	儉	由	起	陽平	齊	八鳩			溪平開尤流三	口周	群開重 3	巨險	以平開尤流三	以周
3122	3 正	15	93	**猶**	漾	求	影	陽平	齊	八鳩			以平開尤流三	以周	以開 3	餘亮	群平開尤流三	巨鳩
3125	3 正		94	輶	漾	求	影	陽平	齊	八鳩			以平開尤流三	以周	以開 3	餘亮	群平開尤流三	巨鳩
3128	3 正		95	楢	漾	求	影	陽平	齊	八鳩			以平開尤流三	以周	以開 3	餘亮	群平開尤流三	巨鳩
3130	3 正		96	蕕	漾	求	影	陽平	齊	八鳩			以平開尤流三	以周	以開 3	餘亮	群平開尤流三	巨鳩
3131	3 正		97	游	漾	求	影	陽平	齊	八鳩			以平開尤流三	以周	以開 3	餘亮	群平開尤流三	巨鳩
3132	3 正		98	攸	漾	求	影	陽平	齊	八鳩			以平開尤流三	以周	以開 3	餘亮	群平開尤流三	巨鳩
3133	3 正		99	悠	漾	求	影	陽平	齊	八鳩			以平開尤流三	以周	以開 3	餘亮	群平開尤流三	巨鳩
3134	3 正		100	鋚	漾	求	影	陽平	齊	八鳩			定平開蕭效四	徒聊	以開 3	餘亮	群平開尤流三	巨鳩
3135	3 正		101	油	漾	求	影	陽平	齊	八鳩			以平開尤流三	以周	以開 3	餘亮	群平開尤流三	巨鳩
3136	3 正		102	粤*	漾	求	影	陽平	齊	八鳩			以平開尤流三	夷周	以開 3	餘亮	群平開尤流三	巨鳩
3138	3 正		103	繇	漾	求	影	陽平	齊	八鳩			以平開尤流三	以周	以開 3	餘亮	群平開尤流三	巨鳩

韻字編號	部序	組數	字數	韻字及何氏反切			韻字何氏音				何萱注釋	備注	韻字中古音		上字中古音		下字中古音	
				韻字	上字	下字	聲	調	呼	韻部			聲調呼韻攝等	反切	聲呼等	反切	聲調呼韻攝等	反切
3140	3 正		104	䍃	漾	求	影	陽平	齊	八鳩	二部三部兩讀注在彼		以平開尤流三	以周	以開 3	餘亮	群平開尤流三	巨鳩
3143	3 正		105	㽥	漾	求	影	陽平	齊	八鳩	二部三部兩讀注在彼		以平開尤流三	以周	以開 3	餘亮	群平開尤流三	巨鳩
3147	3 正		106	䌛	漾	求	影	陽平	齊	八鳩			以平開尤流三	以周	以開 3	餘亮	群平開尤流三	巨鳩
3148	3 正		107	䌛	漾	求	影	陽平	齊	八鳩	䌛俗有䌛		以平開宵效三	餘昭	以開 3	餘亮	群平開尤流三	巨鳩
3149	3 正		108	䌛	漾	求	影	陽平	齊	八鳩	䌛俗有䌛		章上合仙山三	旨兗	以開 3	餘亮	群平開尤流三	巨鳩
3150	3 正		109	䌛	漾	求	影	陽平	齊	八鳩	䌛俗有䌛		以平開尤流三	以周	以開 3	餘亮	群平開尤流三	巨鳩
3151	3 正		110	䌛*	漾	求	影	陽平	齊	八鳩			以平開宵效三	餘招	以開 3	餘亮	群平開尤流三	巨鳩
3153	3 正		111	䌛	漾	求	影	陽平	齊	八鳩			以平開宵效三	餘昭	以開 3	餘亮	群平開尤流三	巨鳩
3154	3 正		112	櫾	漾	求	影	陽平	齊	八鳩			以平開尤流三	以周	以開 3	餘亮	群平開尤流三	巨鳩
3155	3 正		113	卣	漾	求	影	陽平	齊	八鳩	隸作卣。此與上聲義同，與本義體求切異	廣韻只有定蕭，徒聊切一讀。據體求切下的何注，此處應為羊九反，又音由。取由廣韻音	以平開尤流三	以周	以開 3	餘亮	群平開尤流三	巨鳩
3158	3 正		114	覰	漾	求	影	陽平	齊	八鳩			以平開尤流三	以周	以開 3	餘亮	群平開尤流三	巨鳩
3159	3 正		115	蓾	漾	求	影	陽平	齊	八鳩			以平開尤流三	以周	以開 3	餘亮	群平開尤流三	巨鳩
3160	3 正		116	鋈	漾	求	影	陽平	齊	八鳩	鋈或作鋈		以平開尤流三	以周	以開 3	餘亮	群平開尤流三	巨鳩
3161	3 正		117	舀	漾	求	影	陽平	齊	八鳩	平上兩讀		以平開尤流三	以周	以開 3	餘亮	群平開尤流三	巨鳩
3163	3 正	16	118	**調**	體	求	透	陽平	齊	八鳩			定平開蕭效四	徒聊	透開 4	他禮	群平開尤流三	巨鳩
3164	3 正		119	蜩	體	求	透	陽平	齊	八鳩			定平開蕭效四	徒聊	透開 4	他禮	群平開尤流三	巨鳩
3165	3 正		120	卣	體	求	透	陽平	齊	八鳩	隸作卣，平上凡三見，此本義也。與漾求漾九二讀異。按如許說則木實垂者其本義，假借為中尊也。中尊之義羊九反又音由	為卣本義。說文作讀若調。此處即卣廣韻音	定平開蕭效四	徒聊	透開 4	他禮	群平開尤流三	巨鳩

韻字編號	部序	組數	字數	韻字及何氏反切			韻字何氏音				何萱注釋	備注	韻字中古音		上字中古音		下字中古音	
				韻字	上字	下字	聲	調	呼	韻部			聲調呼韻攝等	反切	聲呼等	反切	聲調呼韻攝等	反切
3168	3 正		121	瓯	體	求	透	陽平	齊	八鳩			定平開蕭效四	徒聊	透開 4	他禮	群平開尤流三	巨鳩
3169	3 正		122	條	體	求	透	陽平	齊	八鳩			定平開蕭效四	徒聊	透開 4	他禮	群平開尤流三	巨鳩
3170	3 正		123	蓨	體	求	透	陽平	齊	八鳩			透入開錫梗四	他歷	透開 4	他禮	群平開尤流三	巨鳩
3171	3 正	17	124	**流**	亮	由	賚	陽平	齊	八鳩			來平開尤流三	力求	來開 3	力讓	以平開尤流三	以周
3172	3 正		125	逕	亮	由	賚	陽平	齊	八鳩			來平開尤流三	力求	來開 3	力讓	以平開尤流三	以周
3173	3 正		126	琊*	亮	由	賚	陽平	齊	八鳩			來平開尤流三	力求	來開 3	力讓	以平開尤流三	以周
3174	3 正		127	膠	亮	由	賚	陽平	齊	八鳩	聊俗有聛膠		來平開蕭效四	落蕭	來開 3	力讓	以平開尤流三	以周
3176	3 正		128	騂	亮	由	賚	陽平	齊	八鳩			來平開尤流三	力求	來開 3	力讓	以平開尤流三	以周
3177	3 正		129	鄜*	亮	由	賚	陽平	齊	八鳩			來平開尤流三	力求	來開 3	力讓	以平開尤流三	以周
3178	3 正		130	畱	亮	由	賚	陽平	齊	八鳩			來平開尤流三	力求	來開 3	力讓	以平開尤流三	以周
3180	3 正		131	瘤	亮	由	賚	陽平	齊	八鳩			來平開尤流三	力求	來開 3	力讓	以平開尤流三	以周
3183	3 正		132	劉	亮	由	賚	陽平	齊	八鳩	鎦俗有劉		來平開尤流三	力求	來開 3	力讓	以平開尤流三	以周
3185	3 正		133	憀	亮	由	賚	陽平	齊	八鳩			來平開尤流三	力求	來開 3	力讓	以平開尤流三	以周
3187	3 正		134	勠	亮	由	賚	陽平	齊	八鳩			來平開尤流三	力求	來開 3	力讓	以平開尤流三	以周
3190	3 正		135	漻	亮	由	賚	陽平	齊	八鳩			來平開蕭效四	落蕭	來開 3	力讓	以平開尤流三	以周
3191	3 正		136	熮	亮	由	賚	陽平	齊	八鳩			來平開蕭效四	落蕭	來開 3	力讓	以平開尤流三	以周
3193	3 正		137	飂	亮	由	賚	陽平	齊	八鳩			來平開尤流三	力求	來開 3	力讓	以平開尤流三	以周
3195	3 正		138	閿	亮	由	賚	陽平	齊	八鳩			來平開尤流三	力求	來開 3	力讓	以平開尤流三	以周
3196	3 正		139	瞜	亮	由	賚	陽平	齊	八鳩			來平開尤流三	力求	來開 3	力讓	以平開尤流三	以周
3197	3 正		140	鏐	亮	由	賚	陽平	齊	八鳩			來平開蕭效四	落蕭	來開 3	力讓	以平開尤流三	以周
3199	3 正		141	廫*	亮	由	賚	陽平	齊	八鳩			來平開肴效二	力交	來開 3	力讓	以平開尤流三	以周
3200	3 正	18	142	紬	齒	由	助	陽平	齊	八鳩			澄平開尤流三	直由	昌開 3	昌里	以平開尤流三	以周
3201	3 正		143	綢	齒	由	助	陽平	齊	八鳩			澄平開尤流三	直由	昌開 3	昌里	以平開尤流三	以周
3203	3 正		144	**稠**	齒	由	助	陽平	齊	八鳩			澄平開尤流三	直由	昌開 3	昌里	以平開尤流三	以周
3204	3 正		145	鬗	齒	由	助	陽平	齊	八鳩			澄平開尤流三	直由	昌開 3	昌里	以平開尤流三	以周
3207	3 正		146	嚋*	齒	由	助	陽平	齊	八鳩			澄平開尤流三	陳留	昌開 3	昌里	以平開尤流三	以周
3209	3 正		147	雸*	齒	由	助	陽平	齊	八鳩			澄平開尤流三	陳留	昌開 3	昌里	以平開尤流三	以周

韻字編號	部序	組數	字數	韻字及何氏反切			韻字何氏音				何萱注釋	備注	韻字中古音		上字中古音		下字中古音	
				韻字	上字	下字	聲	調	呼	韻部			聲調呼韻攝等	反切	聲呼等	反切	聲調呼韻攝等	反切
3211	3 正		148	𠷎	齒	由	助	陽平	齊	八鳩			澄平開尤流三	直由	昌開 3	昌里	以平開尤流三	以周
3212	3 正		149	幬	齒	由	助	陽平	齊	八鳩	幬俗有幬		澄平開尤流三	直由	昌開 3	昌里	以平開尤流三	以周
3213	3 正		150	籌 g*	齒	由	助	陽平	齊	八鳩	𥳫或書作𥳫俗有籌		澄平開尤流三	陳留	昌開 3	昌里	以平開尤流三	以周
3215	3 正		151	𥳫	齒	由	助	陽平	齊	八鳩			澄平開尤流三	直由	昌開 3	昌里	以平開尤流三	以周
3216	3 正		152	裯 g*	齒	由	助	陽平	齊	八鳩	平上兩讀注在彼		知平合虞遇三	追輸	昌開 3	昌里	以平開尤流三	以周
3217	3 正		153	儵	齒	由	助	陽平	齊	八鳩			澄平開尤流三	直由	昌開 3	昌里	以平開尤流三	以周
3218	3 正	19	154	腝*	忍	由	耳	陽平	齊	八鳩			日平開尤流三	而由	日開 3	而軫	以平開尤流三	以周
3219	3 正		155	柔	忍	由	耳	陽平	齊	八鳩			日平開尤流三	耳由	日開 3	而軫	以平開尤流三	以周
3220	3 正		156	腬	忍	由	耳	陽平	齊	八鳩			日平開尤流三	耳由	日開 3	而軫	以平開尤流三	以周
3222	3 正		157	鞣	忍	由	耳	陽平	齊	八鳩			日平開尤流三	耳由	日開 3	而軫	以平開尤流三	以周
3224	3 正		158	鍒	忍	由	耳	陽平	齊	八鳩			日平開尤流三	耳由	日開 3	而軫	以平開尤流三	以周
3225	3 正		159	畤	忍	由	耳	陽平	齊	八鳩			日平開尤流三	耳由	日開 3	而軫	以平開尤流三	以周
3226	3 正		160	蝚	忍	由	耳	陽平	齊	八鳩			日平開尤流三	耳由	日開 3	而軫	以平開尤流三	以周
3227	3 正		161	瓇g*	忍	由	耳	陽平	齊	八鳩			日平開尤流三	而由	日開 3	而軫	以平開尤流三	以周
3228	3 正	20	162	殼	始	由	審	陽平	齊	八鳩	殶俗有殼		禪平開尤流三	市流	書開 3	詩止	以平開尤流三	以周
3231	3 正		163	敼*	始	由	審	陽平	齊	八鳩			禪平開尤流三	時流	書開 3	詩止	以平開尤流三	以周
3233	3 正		164	醻	始	由	審	陽平	齊	八鳩	醻俗有醻		禪平開尤流三	市流	書開 3	詩止	以平開尤流三	以周
3234	3 正		165	酬	始	由	審	陽平	齊	八鳩			禪平開尤流三	市流	書開 3	詩止	以平開尤流三	以周
3235	3 正		166	鄯	始	由	審	陽平	齊	八鳩	鄯俗有鄯		禪平開尤流三	市流	書開 3	詩止	以平開尤流三	以周
3237	3 正		167	雔	始	由	審	陽平	齊	八鳩			禪平開尤流三	市流	書開 3	詩止	以平開尤流三	以周
3238	3 正		168	讎	始	由	審	陽平	齊	八鳩			禪平開尤流三	市流	書開 3	詩止	以平開尤流三	以周
3239	3 正	21	169	酋	此	由	淨	陽平	齊	八鳩			從平開尤流三	自秋	清開 3	雌氏	以平開尤流三	以周
3240	3 正		170	遒	此	由	淨	陽平	齊	八鳩			精平開尤流三	即由	清開 3	雌氏	以平開尤流三	以周
3241	3 正		171	遒	此	由	淨	陽平	齊	八鳩			從平開尤流三	自秋	清開 3	雌氏	以平開尤流三	以周
3242	3 正		172	鰌	此	由	淨	陽平	齊	八鳩			從平開尤流三	自秋	清開 3	雌氏	以平開尤流三	以周
3243	3 正		173	蝤	此	由	淨	陽平	齊	八鳩			從平開尤流三	自秋	清開 3	雌氏	以平開尤流三	以周

韻字編號	部序	組數	字數	韻字及何氏反切			韻字何氏音				何萱注釋	備注	韻字中古音		上字中古音		下字中古音	
				韻字	上字	下字	聲	調	呼	韻部			聲調呼韻攝等	反切	聲呼等	反切	聲調呼韻攝等	反切
3244	3 正	22	174	囚	想	由	信	陽平	齊	八鳩			邪平開尤流三	似由	心開 3	息兩	以平開尤流三	以周
3245	3 正		175	汓	想	由	信	陽平	齊	八鳩			邪平開尤流三	似由	心開 3	息兩	以平開尤流三	以周
3246	3 正		176	慒	想	由	信	陽平	齊	八鳩	古音也		邪平開尤流三	似由	心開 3	息兩	以平開尤流三	以周
3248	3 正	23	177	浮	范	求	匪	陽平	齊	八鳩			奉平開尤流三	縛謀	奉合 3	防錽	群平開尤流三	巨鳩
3249	3 正		178	蓋	范	求	匪	陽平	齊	八鳩			奉平開尤流三	父尤	奉合 3	防錽	群平開尤流三	巨鳩
3250	3 正		179	桴	范	求	匪	陽平	齊	八鳩			奉平開尤流三	縛謀	奉合 3	防錽	群平開尤流三	巨鳩
3252	3 正		180	枹	范	求	匪	陽平	齊	八鳩			奉平開尤流三	縛謀	奉合 3	防錽	群平開尤流三	巨鳩
3253	3 正		181	罦	范	求	匪	陽平	齊	八鳩			奉平開尤流三	縛謀	奉合 3	防錽	群平開尤流三	巨鳩
3254	3 正	24	182	丩	舉	幽	見	陰平	撮	九丩			見平開尤流三	居求	見合 3	居許	影平開幽流三	於虯
3255	3 正		183	茾	舉	幽	見	陰平	撮	九丩	或作艽俗有茾		見平開幽流三	居虯	見合 3	居許	影平開幽流三	於虯
3257	3 正		184	朻	舉	幽	見	陰平	撮	九丩			見平開幽流三	居虯	見合 3	居許	影平開幽流三	於虯
3259	3 正		185	摎	舉	幽	見	陰平	撮	九丩			見平開肴效二	古肴	見合 3	居許	影平開幽流三	於虯
3260	3 正		186	鬮	舉	幽	見	陰平	撮	九丩			見平開尤流三	居求	見合 3	居許	影平開幽流三	於虯
3263	3 正	25	187	丝	羽	朻	影	陰平	撮	九丩			影平開幽流三	於虯	云合 3	王矩	見平開幽流三	居虯
3264	3 正		188	幽	羽	朻	影	陰平	撮	九丩			影平開幽流三	於虯	云合 3	王矩	見平開幽流三	居虯
3265	3 正		189	蟵	羽	朻	影	陰平	撮	九丩			影平開幽流三	於虯	云合 3	王矩	見平開幽流三	居虯
3266	3 正		190	麀	羽	朻	影	陰平	撮	九丩			影平開尤流三	於求	云合 3	王矩	見平開幽流三	居虯
3267	3 正		191	呦	羽	朻	影	陰平	撮	九丩	呦或欲。欲平上兩讀異義	與欲異讀	影平開幽流三	於虯	云合 3	王矩	見平開幽流三	居虯
3268	3 正		192	怮	羽	朻	影	陰平	撮	九丩			影平開幽流三	於虯	云合 3	王矩	見平開幽流三	居虯
3271	3 正	26	193	驫	褊	幽	謗	陰平	撮	九丩	兩見		幫平開幽流三	甫烋	幫開重 4	方緬	影平開幽流三	於虯
3273	3 正		194	驫	褊	幽	謗	陰平	撮	九丩	兩見。……聚，古讀如驟，與～音近	玉篇作所臻切。此處取驫的讀音	生平開臻臻三	所臻	幫開重 4	方緬	影平開幽流三	於虯
3275	3 正		195	彪	褊	幽	謗	陰平	撮	九丩			幫平開幽流三	甫烋	幫開重 4	方緬	影平開幽流三	於虯
3277	3 正	27	196	驫	甫	幽	匪	陰平	撮	九丩	兩見注在前		幫平開幽流三	甫烋	非合 3	方矩	影平開幽流三	於虯
3279	3 正		197	驫	甫	幽	匪	陰平	撮	九丩	兩見注在前	玉篇作所臻切。此處取驫的讀音	崇入開緝深三	仕戢	非合 3	方矩	影平開幽流三	於虯
3280	3 正	28	198	觓	去	鏐	起	陽平	撮	九丩			群平開幽流三	渠幽	溪合 3	丘倨	來平開幽流三	力幽

韻字編號	部序	組數	字數	韻字及何氏反切			韻字何氏音				何萱注釋	備注	韻字中古音		上字中古音		下字中古音	
				韻字	上字	下字	聲	調	呼	韻部			聲調呼韻攝等	反切	聲呼等	反切	聲調呼韻攝等	反切
3281	3 正		199	**虯**	去	鏐	起	陽平	撮	九丩			群平開幽流三	渠幽	溪合 3	丘倨	來平開幽流三	力幽
3284	3 正	29	200	蟉	呂	虯	賚	陽平	撮	九丩	平上兩讀		來平開幽流三	力幽	來合 3	力舉	群平開幽流三	渠幽
3286	3 正		201	**鏐 g***	呂	虯	賚	陽平	撮	九丩	平上兩讀		來去開尤流三	力救	來合 3	力舉	群平開幽流三	渠幽
3289	3 正	30	202	**滮**	汴	鏐	並	陽平	撮	九丩			並平開幽流三	皮彪	並開重 3	皮變	來平開幽流三	力幽
3291	3 正	31	203	**繆**	沔	虯	命	陽平	撮	九丩			明平開幽流三	武彪	明開重 4	彌兖	群平開幽流三	渠幽
3294	3 正	32	204	**掺**	稍	褒	審	陰平	開	十掺			生平開尤流三	所鳩	生開 2	所教	幫平開豪效一	博毛
3295	3 正		205	椮g*	稍	褒	審	陰平	開	十掺			生平開尤流三	踈鳩	生開 2	所教	幫平開豪效一	博毛
3297	3 正		206	郰	稍	褒	審	陰平	開	十掺			生平開尤流三	所鳩	生開 2	所教	幫平開豪效一	博毛
3298	3 正		207	獀*	稍	褒	審	陰平	開	十掺			生平開尤流三	踈鳩	生開 2	所教	幫平開豪效一	博毛
3301	3 正		208	溲	稍	褒	審	陰平	開	十掺	平上兩讀義別		生平開尤流三	所鳩	生開 2	所教	幫平開豪效一	博毛
3303	3 正		209	膢	稍	褒	審	陰平	開	十掺			生平開尤流三	所鳩	生開 2	所教	幫平開豪效一	博毛
3304	3 正		210	蒐	稍	褒	審	陰平	開	十掺			生平開尤流三	所鳩	生開 2	所教	幫平開豪效一	博毛
3305	3 正	33	211	**裒**	博	搜	謗	陰平	開	十掺	褎或作裦褎裒		並平開侯流一	薄侯	幫開 1	補各	生平開尤流三	所鳩
3306	3 正	34	212	**愁**	茝	牟	助	陽平	開	十掺	愁隸作愁		崇平開尤流三	士尤	昌開 1	昌紿	明平開尤流三	莫浮
3307	3 正	35	213	矛	莫	愁	命	陽平	開	十掺			明平開尤流三	莫浮	明開 1	慕各	崇平開尤流三	士尤
3308	3 正		214	茅	莫	愁	命	陽平	開	十掺			明平開肴效二	莫交	明開 1	慕各	崇平開尤流三	士尤
3309	3 正		215	髳	莫	愁	命	陽平	開	十掺			明平開尤流三	莫浮	明開 1	慕各	崇平開尤流三	士尤
3310	3 正		216	蝥	莫	愁	命	陽平	開	十掺			明平開尤流三	莫浮	明開 1	慕各	崇平開尤流三	士尤
3311	3 正		217	蟊	莫	愁	命	陽平	開	十掺			明平開尤流三	莫浮	明開 1	慕各	崇平開尤流三	士尤
3312	3 正		218	蠤*	莫	愁	命	陽平	開	十掺			明平開侯流一	迷浮	明開 1	慕各	崇平開尤流三	士尤
3313	3 正		219	**牟**	莫	愁	命	陽平	開	十掺			明平開尤流三	莫浮	明開 1	慕各	崇平開尤流三	士尤
3314	3 正		220	侔	莫	愁	命	陽平	開	十掺			明平開尤流三	莫浮	明開 1	慕各	崇平開尤流三	士尤
3315	3 正		221	辫	莫	愁	命	陽平	開	十掺			明平開尤流三	莫浮	明開 1	慕各	崇平開尤流三	士尤
3316	3 正	36	222	**皋**	艮	滔	見	陰平	開二	十一皋			見平開豪效一	古勞	見開 1	古恨	透平開豪效一	土刀
3317	3 正		223	䔌	艮	滔	見	陰平	開二	十一皋			見平開豪效一	古勞	見開 1	古恨	透平開豪效一	土刀
3318	3 正		224	鼛	艮	滔	見	陰平	開二	十一皋			見平開豪效一	古勞	見開 1	古恨	透平開豪效一	土刀
3319	3 正		225	櫜	艮	滔	見	陰平	開二	十一皋			見平開豪效一	古勞	見開 1	古恨	透平開豪效一	土刀

韻字編號	部序	組數	字數	韻字及何氏反切			韻字何氏音				何萱注釋	備　注	韻字中古音		上字中古音		下字中古音	
				韻字	上字	下字	聲	調	呼	韻部			聲調呼韻攝等	反切	聲呼等	反切	聲調呼韻攝等	反切
3320	3 正	37	226	**尻**	侃	滔	起	陰平	開二	十一皋			溪平開豪效一	苦刀	溪開 1	空旱	透平開豪效一	土刀
3321	3 正	38	227	**鑣**	案	滔	影	陰平	開二	十一皋			影平開豪效一	於刀	影開 1	烏旰	透平開豪效一	土刀
3322	3 正	39	228	**薅**	海	皋	曉	陰平	開二	十一皋			曉平開豪效一	呼毛	曉開 1	呼改	見平開豪效一	古勞
3323	3 正	40	229	裯	帶	皋	短	陰平	開二	十一皋			端平開豪效一	都牢	端開 1	當蓋	見平開豪效一	古勞
3325	3 正		230	**鯛***	帶	皋	短	陰平	開二	十一皋			端平開豪效一	都勞	端開 1	當蓋	見平開豪效一	古勞
3326	3 正	41	231	**滔**	代	皋	透	陰平	開二	十一皋			透平開豪效一	土刀	定開 1	徒耐	見平開豪效一	古勞
3327	3 正		232	慆	代	皋	透	陰平	開二	十一皋			透平開豪效一	土刀	定開 1	徒耐	見平開豪效一	古勞
3328	3 正		233	掏	代	皋	透	陰平	開二	十一皋			透平開豪效一	土刀	定開 1	徒耐	見平開豪效一	古勞
3329	3 正		234	駋*	代	皋	透	陰平	開二	十一皋			透平開豪效一	他刀	定開 1	徒耐	見平開豪效一	古勞
3330	3 正		235	圖**	代	皋	透	陰平	開二	十一皋			透平開豪效一	他刀	定開 1	徒耐	見平開豪效一	古勞
3331	3 正		236	韜	代	皋	透	陰平	開二	十一皋			透平開豪效一	土刀	定開 1	徒耐	見平開豪效一	古勞
3332	3 正		237	絛	代	皋	透	陰平	開二	十一皋			透平開豪效一	土刀	定開 1	徒耐	見平開豪效一	古勞
3333	3 正		238	叟	代	皋	透	陰平	開二	十一皋			透平開豪效一	土刀	定開 1	徒耐	見平開豪效一	古勞
3334	3 正		239	弢	代	皋	透	陰平	開二	十一皋			透平開豪效一	土刀	定開 1	徒耐	見平開豪效一	古勞
3335	3 正		240	牧	代	皋	透	陰平	開二	十一皋			透平開豪效一	土刀	定開 1	徒耐	見平開豪效一	古勞
3336	3 正	42	241	**遭**	宰	皋	井	陰平	開二	十一皋			精平開豪效一	作曹	精開 1	作亥	見平開豪效一	古勞
3337	3 正		242	糟	宰	皋	井	陰平	開二	十一皋			精平開豪效一	作曹	精開 1	作亥	見平開豪效一	古勞
3338	3 正		243	煿	宰	皋	井	陰平	開二	十一皋			精平開豪效一	作曹	精開 1	作亥	見平開豪效一	古勞
3340	3 正		244	鵃	宰	皋	井	陰平	開二	十一皋			知平開肴效二	陟交	精開 1	作亥	見平開豪效一	古勞
3341	3 正	43	245	慅	散	皋	信	陰平	開二	十一皋			心平開豪效一	蘇遭	心開 1	蘇旱	見平開豪效一	古勞
3342	3 正		246	傁	散	皋	信	陰平	開二	十一皋			心平開豪效一	蘇遭	心開 1	蘇旱	見平開豪效一	古勞
3343	3 正		247	搔	散	皋	信	陰平	開二	十一皋			心平開豪效一	蘇遭	心開 1	蘇旱	見平開豪效一	古勞
3344	3 正		248	**騷**	散	皋	信	陰平	開二	十一皋			心平開豪效一	蘇遭	心開 1	蘇旱	見平開豪效一	古勞
3345	3 正	44	249	**嗥**	海	皋	曉	陽平	開二	十一皋			匣平開豪效一	胡刀	曉開 1	呼改	見平開豪效一	古勞
3346	3 正	45	250	**匋**	代	袍	透	陽平	開二	十一皋			定平開豪效一	徒刀	定開 1	徒耐	並平開豪效一	薄褒
3347	3 正		251	陶	代	袍	透	陽平	開二	十一皋			定平開豪效一	徒刀	定開 1	徒耐	並平開豪效一	薄褒
3349	3 正		252	詾	代	袍	透	陽平	開二	十一皋			定平開豪效一	徒刀	定開 1	徒耐	並平開豪效一	薄褒

韻字編號	部序	組數	字數	韻字及何氏反切			韻字何氏音				何萱注釋	備注	韻字中古音		上字中古音		下字中古音	
				韻字	上字	下字	聲	調	呼	韻部			聲調呼韻攝等	反切	聲呼等	反切	聲調呼韻攝等	反切
3350	3 正		253	騊	代	袍	透	陽平	開二	十一皋			定平開豪效一	徒刀	定開 1	徒耐	並平開豪效一	薄褒
3351	3 正		254	萄	代	袍	透	陽平	開二	十一皋			定平開豪效一	徒刀	定開 1	徒耐	並平開豪效一	薄褒
3352	3 正		255	檮*	代	袍	透	陽平	開二	十一皋			定平開豪效一	徒刀	定開 1	徒耐	並平開豪效一	薄褒
3353	3 正		256	犒*	代	袍	透	陽平	開二	十一皋			定平開豪效一	徒刀	定開 1	徒耐	並平開豪效一	薄褒
3355	3 正		257	翳*	代	袍	透	陽平	開二	十一皋	平去兩讀注在彼		定平開豪效一	徒刀	定開 1	徒耐	並平開豪效一	薄褒
3356	3 正		258	鋾	代	袍	透	陽平	開二	十一皋			定平開豪效一	徒刀	定開 1	徒耐	並平開豪效一	薄褒
3357	3 正	46	259	**嫈***	柰	陶	乃	陽平	開二	十一皋			泥平開豪效一	奴刀	泥開 1	奴帶	定平開豪效一	徒刀
3358	3 正		260	獿	柰	陶	乃	陽平	開二	十一皋			泥平開豪效一	奴刀	泥開 1	奴帶	定平開豪效一	徒刀
3359	3 正		261	猱	柰	陶	乃	陽平	開二	十一皋			泥平開豪效一	奴刀	泥開 1	奴帶	定平開豪效一	徒刀
3360	3 正	47	262	醪	朗	陶	賚	陽平	開二	十一皋			來平開豪效一	魯刀	來開 1	盧黨	定平開豪效一	徒刀
3361	3 正		263	**牢**	朗	陶	賚	陽平	開二	十一皋			來平開豪效一	魯刀	來開 1	盧黨	定平開豪效一	徒刀
3362	3 正	48	264	轃*	粲	陶	淨	陽平	開二	十一皋			精平開豪效一	臧曹	清開 1	蒼案	定平開豪效一	徒刀
3363	3 正		265	瞽	粲	陶	淨	陽平	開二	十一皋			從平開豪效一	昨勞	清開 1	蒼案	定平開豪效一	徒刀
3364	3 正		266	傮	粲	陶	淨	陽平	開二	十一皋			精平開豪效一	作曹	清開 1	蒼案	定平開豪效一	徒刀
3365	3 正		267	褿	粲	陶	淨	陽平	開二	十一皋			從平開豪效一	昨勞	清開 1	蒼案	定平開豪效一	徒刀
3366	3 正		268	槽	粲	陶	淨	陽平	開二	十一皋			精平開豪效一	作曹	清開 1	蒼案	定平開豪效一	徒刀
3367	3 正		269	**蓸**	粲	陶	淨	陽平	開二	十一皋			從平開豪效一	昨勞	清開 1	蒼案	定平開豪效一	徒刀
3368	3 正		270	曹*	粲	陶	淨	陽平	開二	十一皋			從平開豪效一	財勞	清開 1	蒼案	定平開豪效一	徒刀
3369	3 正	49	271	**翱**	眼	陶	我	陽平	開二	十一皋			疑平開豪效一	五勞	疑開 2	五限	定平開豪效一	徒刀
3370	3 正	50	272	**袍**	倍	陶	並	陽平	開二	十一皋			並平開豪效一	薄褒	並開 1	薄亥	定平開豪效一	徒刀
3371	3 正		273	捊	倍	陶	並	陽平	開二	十一皋			並平開肴效二	薄交	並開 1	薄亥	定平開豪效一	徒刀
3373	3 正	51	274	嵍 g*	莫	陶	命	陽平	開二	十一皋	平去兩讀注在彼		明平開豪效一	謨袍	明開 1	慕各	定平開豪效一	徒刀
3374	3 正		275	**楙**	莫	陶	命	陽平	開二	十一皋			明平開豪效一	莫袍	明開 1	慕各	定平開豪效一	徒刀
3375	3 正	52	276	**膠**	古	苞	見	陰平	合	十二膠			見平開肴效二	古肴	見合 1	公戶	幫平開肴效二	布交
3377	3 正		277	嘐	古	苞	見	陰平	合	十二膠			見平開肴效二	古肴	見合 1	公戶	幫平開肴效二	布交
3379	3 正	53	278	哮	戶	苞	曉	陰平	合	十二膠	平入兩讀		曉平開肴效二	許交	匣合 1	侯古	幫平開肴效二	布交
3382	3 正		279	唬 g*	戶	苞	曉	陰平	合	十二膠	又五部去聲		曉平開肴效二	虛交	匣合 1	侯古	幫平開肴效二	布交

韻字編號	部序	組數	字數	韻字及何氏反切			韻字何氏音				何萱注釋	備　注	韻字中古音		上字中古音		下字中古音	
				韻字	上字	下字	聲	調	呼	韻部			聲調呼韻攝等	反切	聲呼等	反切	聲調呼韻攝等	反切
3385	3 正		280	虓	戶	苞	曉	陰平	合	十二膠			曉平開肴效二	許效	匣合 1	侯古	幫平開肴效二	布交
3391	3 正		281	㺧g*	戶	苞	曉	陰平	合	十二膠			匣平開肴效二	何交	匣合 1	侯古	幫平開肴效二	布交
3392	3 正	54	282	啁	壯	膠	照	陰平	合	十二膠			知平開肴效二	陟交	莊開 3	側亮	見平開肴效二	古肴
3394	3 正	55	283	勹	布	膠	謗	陰平	合	十二膠			幫平開肴效二	布交	幫合 1	博故	見平開肴效二	古肴
3395	3 正		284	包	布	膠	謗	陰平	合	十二膠			幫平開肴效二	布交	幫合 1	博故	見平開肴效二	古肴
3396	3 正		285	胞	布	膠	謗	陰平	合	十二膠			幫平開肴效二	布交	幫合 1	博故	見平開肴效二	古肴
3398	3 正		286	郇	布	膠	謗	陰平	合	十二膠			幫平開豪效一	博毛	幫合 1	博故	見平開肴效二	古肴
3399	3 正		287	苞	布	膠	謗	陰平	合	十二膠			幫平開肴效二	布交	幫合 1	博故	見平開肴效二	古肴
3400	3 正		288	橐	布	膠	謗	陰平	合	十二膠			滂平開豪效一	普袍	幫合 1	博故	見平開肴效二	古肴
3401	3 正	56	289	脬	普	膠	並	陰平	合	十二膠			滂平開肴效二	匹交	滂合 1	滂古	見平開肴效二	古肴
3402	3 正		290	泡	普	膠	並	陰平	合	十二膠			滂平開肴效二	匹交	滂合 1	滂古	見平開肴效二	古肴
3404	3 正	57	291	咆	普	顟	並	陽平	合	十二膠			並平開肴效二	薄交	滂合 1	滂古	來平開肴效二	力嘲
3405	3 正		292	庖	普	顟	並	陽平	合	十二膠			並平開肴效二	薄交	滂合 1	滂古	來平開肴效二	力嘲
3406	3 正		293	炮	普	顟	並	陽平	合	十二膠			並平開肴效二	薄交	滂合 1	滂古	來平開肴效二	力嘲
3407	3 正		294	匏	普	顟	並	陽平	合	十二膠			並平開肴效二	薄交	滂合 1	滂古	來平開肴效二	力嘲
3408	3 正	58	295	韭	几	守	見	上	齊	八韭		原文無反切，據副編加	見上開尤流三	舉有	見開重 3	居履	書上開尤流三	書九
3409	3 正		296	九	几	守	見	上	齊	八韭		原文無反切，據副編加	見上開尤流三	舉有	見開重 3	居履	書上開尤流三	書九
3410	3 正		297	宄	几	守	見	上	齊	八韭		原文無反切，據副編加	見上合脂止重三	居洧	見開重 3	居履	書上開尤流三	書九
3411	3 正		298	軌	几	守	見	上	齊	八韭		原文無反切，據副編加	見上合脂止重三	居洧	見開重 3	居履	書上開尤流三	書九
3412	3 正		299	氿	几	守	見	上	齊	八韭		原文無反切，據副編加	見上合脂止重三	居洧	見開重 3	居履	書上開尤流三	書九
3413	3 正		300	厬	几	守	見	上	齊	八韭		原文無反切，據副編加	見上合脂止重三	居洧	見開重 3	居履	書上開尤流三	書九

韻字編號	部序	組數	字數	韻字及何氏反切			韻字何氏音				何萱注釋	備注	韻字中古音		上字中古音		下字中古音	
				韻字	上字	下字	聲	調	呼	韻部			聲調呼韻攝等	反切	聲呼等	反切	聲調呼韻攝等	反切
3414	3 正		301	晷	几	守	見	上	齊	八韭		原文無反切，據副編加	見上合脂止重三	居洧	見開重 3	居履	書上開尤流三	書九
3415	3 正		302	簋	几	守	見	上	齊	八韭		原文無反切，據副編加	見上合脂止重三	居洧	見開重 3	居履	書上開尤流三	書九
3416	3 正		303	[illegible]	几	守	見	上	齊	八韭		原文無反切，據副編加	見上開宵效重三	居夭	見開重 3	居履	書上開尤流三	書九
3419	3 正	59	304	糗	儉	守	起	上	齊	八韭			溪上開尤流三	去久	群開重 3	巨險	書上開尤流三	書九
3420	3 正		305	臼	儉	守	起	上	齊	八韭	臼隸作臼		群上開尤流三	其九	群開重 3	巨險	書上開尤流三	書九
3421	3 正		306	臮	儉	守	起	上	齊	八韭			群上開尤流三	其九	群開重 3	巨險	書上開尤流三	書九
3422	3 正		307	齨	儉	守	起	上	齊	八韭			群上開尤流三	其九	群開重 3	巨險	書上開尤流三	書九
3423	3 正		308	𣈆*	儉	守	起	上	齊	八韭			群上開尤流三	巨九	群開重 3	巨險	書上開尤流三	書九
3424	3 正		309	咎	儉	守	起	上	齊	八韭			群上開尤流三	其九	群開重 3	巨險	書上開尤流三	書九
3425	3 正		310	倃	儉	守	起	上	齊	八韭			群上開尤流三	其九	群開重 3	巨險	書上開尤流三	書九
3427	3 正		311	忩	儉	守	起	上	齊	八韭			群上開尤流三	其九	群開重 3	巨險	書上開尤流三	書九
3428	3 正		312	麔	儉	守	起	上	齊	八韭			群上開尤流三	其九	群開重 3	巨險	書上開尤流三	書九
3432	3 正		313	鮥*	儉	守	起	上	齊	八韭			群上開尤流三	巨九	群開重 3	巨險	書上開尤流三	書九
3434	3 正	60	314	酉	漾	九	影	上	齊	八韭			以上開尤流三	與久	以開 3	餘亮	見上開尤流三	舉有
3435	3 正		315	庮	漾	九	影	上	齊	八韭			以上開尤流三	與久	以開 3	餘亮	見上開尤流三	舉有
3437	3 正		316	莠	漾	九	影	上	齊	八韭			以上開尤流三	與久	以開 3	餘亮	見上開尤流三	舉有
3438	3 正		317	羑*	漾	九	影	上	齊	八韭	羑古文羑，羑兩見	與羑異讀	以上開尤流三	以九	以開 3	餘亮	見上開尤流三	舉有
3439	3 正		318	羑	漾	九	影	上	齊	八韭	重見	與羑異讀	以上開尤流三	與久	以開 3	餘亮	見上開尤流三	舉有
3440	3 正		319	牖	漾	九	影	上	齊	八韭			以上開尤流三	與久	以開 3	餘亮	見上開尤流三	舉有
3441	3 正		320	歒	漾	九	影	上	齊	八韭			並上開宵效重三	平表	以開 3	餘亮	見上開尤流三	舉有
3442	3 正		321	卣	漾	九	影	上	齊	八韭	平聲兩見上聲一見，此與讀漾求切者同義	廣韻只有定蕭，徒聊切一讀。據體求切下注，此處取羊九反	以上開尤流三	羊九	以開 3	餘亮	見上開尤流三	舉有

韻字編號	部序	組數	字數	韻字及何氏反切			韻字何氏音				何萱注釋	備　注	韻字中古音		上字中古音		下字中古音	
				韻字	上字	下字	聲	調	呼	韻部			聲調呼韻攝等	反切	聲呼等	反切	聲調呼韻攝等	反切
3445	3 正		322	畝*	漾	九	影	上	齊	八韭			以上開尤流三	以九	以開 3	餘亮	見上開尤流三	舉有
3446	3 正		323	舀	漾	九	影	上	齊	八韭	平上兩讀注在彼		以上開宵效三	以沼	以開 3	餘亮	見上開尤流三	舉有
3448	3 正	61	324	死	向	九	曉	上	齊	八韭			曉上開尤流三	許久	曉開 3	許亮	見上開尤流三	舉有
3449	3 正		325	**朽**	向	九	曉	上	齊	八韭			曉上開尤流三	許久	曉開 3	許亮	見上開尤流三	舉有
3450	3 正	62	326	**紐**	念	九	乃	上	齊	八韭			娘上開尤流三	女久	泥開 4	奴店	見上開尤流三	舉有
3451	3 正		327	鈕	念	九	乃	上	齊	八韭			娘上開尤流三	女久	泥開 4	奴店	見上開尤流三	舉有
3452	3 正		328	杻	念	九	乃	上	齊	八韭			娘入合屋通三	女六	泥開 4	奴店	見上開尤流三	舉有
3453	3 正		329	狃	念	九	乃	上	齊	八韭			娘上開尤流三	女久	泥開 4	奴店	見上開尤流三	舉有
3454	3 正		330	粈	念	九	乃	上	齊	八韭			日上開尤流三	人九	泥開 4	奴店	見上開尤流三	舉有
3455	3 正		331	邷	念	九	乃	上	齊	八韭			娘上開尤流三	女久	泥開 4	奴店	見上開尤流三	舉有
3457	3 正		332	䏔	念	九	乃	上	齊	八韭			曉上開豪效一	呼晧	泥開 4	奴店	見上開尤流三	舉有
3458	3 正		333	狃	念	九	乃	上	齊	八韭			娘上開尤流三	女久	泥開 4	奴店	見上開尤流三	舉有
3460	3 正		334	猱	念	九	乃	上	齊	八韭			娘上開尤流三	女久	泥開 4	奴店	見上開尤流三	舉有
3461	3 正	63	335	綹	亮	九	賚	上	齊	八韭			來上開尤流三	力久	來開 3	力讓	見上開尤流三	舉有
3462	3 正		336	**栁**	亮	九	賚	上	齊	八韭			來上開尤流三	力久	來開 3	力讓	見上開尤流三	舉有
3463	3 正		337	茆 g*	亮	九	賚	上	齊	八韭	茆俗有茆		來上開尤流三	力九	來開 3	力讓	見上開尤流三	舉有
3465	3 正		338	罶	亮	九	賚	上	齊	八韭			來上開尤流三	力久	來開 3	力讓	見上開尤流三	舉有
3466	3 正		339	鄝	亮	九	賚	上	齊	八韭			來上開蕭效四	盧鳥	來開 3	力讓	見上開尤流三	舉有
3467	3 正		340	蓼	亮	九	賚	上	齊	八韭	上入兩讀異義		來上開蕭效四	盧鳥	來開 3	力讓	見上開尤流三	舉有
3469	3 正	64	341	**肘**	掌	守	照	上	齊	八韭			知上開尤流三	陟柳	章開 3	諸兩	書上開尤流三	書九
3470	3 正		342	疛	掌	守	照	上	齊	八韭			知上開尤流三	陟柳	章開 3	諸兩	書上開尤流三	書九
3472	3 正		343	帚	掌	守	照	上	齊	八韭			章上開尤流三	之九	章開 3	諸兩	書上開尤流三	書九
3473	3 正	65	344	**丑**	齒	九	助	上	齊	八韭			徹上開尤流三	敕久	昌開 3	昌里	見上開尤流三	舉有
3474	3 正		345	莥 g*	齒	九	助	上	齊	八韭			徹上開尤流三	敕九	昌開 3	昌里	見上開尤流三	舉有
3475	3 正		346	杽	齒	九	助	上	齊	八韭			徹上開尤流三	敕久	昌開 3	昌里	見上開尤流三	舉有
3476	3 正		347	醜	齒	九	助	上	齊	八韭			昌上開尤流三	昌九	昌開 3	昌里	見上開尤流三	舉有
3477	3 正		348	酎	齒	九	助	上	齊	八韭	上去兩讀	查韻史共有 1 次	澄去開尤流三	直祐	昌開 3	昌里	見上開尤流三	舉有

韻字編號	部序	組數	字數	韻字及何氏反切			韻字何氏音				何萱注釋	備注	韻字中古音		上字中古音		下字中古音	
				韻字	上字	下字	聲	調	呼	韻部			聲調呼韻攝等	反切	聲呼等	反切	聲調呼韻攝等	反切
3478	3 正		349	紂	齒	九	助	上	齊	八韭			澄上開尤流三	除柳	昌開 3	昌里	見上開尤流三	舉有
3479	3 正		350	鯛	齒	九	助	上	齊	八韭		原書無，據何注和該字廣韻音加入到齒九小韻中	澄上開尤流三	除柳	昌開 3	昌里	見上開尤流三	舉有
3480	3 正	66	351	煣	忍	九	耳	上	齊	八韭			日上開尤流三	人九	日開 3	而軫	見上開尤流三	舉有
3481	3 正		352	鍒	忍	九	耳	上	齊	八韭			日上開尤流三	人九	日開 3	而軫	見上開尤流三	舉有
3482	3 正		353	厹 g*	忍	九	耳	上	齊	八韭		廣韻同厹，音義不符	日上開尤流三	忍九	日開 3	而軫	見上開尤流三	舉有
3483	3 正		354	沑	忍	九	耳	上	齊	八韭	上入兩讀義分		日上開尤流三	人九	日開 3	而軫	見上開尤流三	舉有
3485	3 正	67	355	守	始	九	審	上	齊	八韭			書上開尤流三	書九	書開 3	詩止	見上開尤流三	舉有
3487	3 正		356	受	始	九	審	上	齊	八韭			禪上開尤流三	殖酉	書開 3	詩止	見上開尤流三	舉有
3488	3 正		357	百	始	九	審	上	齊	八韭			書上開尤流三	書九	書開 3	詩止	見上開尤流三	舉有
3489	3 正		358	手	始	九	審	上	齊	八韭			書上開尤流三	書九	書開 3	詩止	見上開尤流三	舉有
3490	3 正		359	壽	始	九	審	上	齊	八韭	疇俗有壽		禪上開尤流三	殖酉	書開 3	詩止	見上開尤流三	舉有
3492	3 正	68	360	酒	紫	守	井	上	齊	八韭			精上開尤流三	子酉	精開 3	將此	書上開尤流三	書九
3496	3 正		361	湫	紫	守	井	上	齊	八韭	平上兩讀注在彼		從上開尤流三	在九	精開 3	將此	書上開尤流三	書九
3497	3 正	69	362	滫	想	九	信	上	齊	八韭	平上兩讀注在彼		心上開尤流三	息有	心開 3	息兩	見上開尤流三	舉有
3500	3 正		363	筱	想	九	信	上	齊	八韭			心上開蕭效四	先鳥	心開 3	息兩	見上開尤流三	舉有
3502	3 正	70	364	啚	范	守	匪	上	齊	八韭			奉上開尤流三	房久	奉合 3	防錽	書上開尤流三	書九
3503	3 正		365	阜	范	守	匪	上	齊	八韭			奉上開尤流三	房久	奉合 3	防錽	書上開尤流三	書九
3504	3 正		366	缶	范	守	匪	上	齊	八韭			非上開尤流三	方久	奉合 3	防錽	書上開尤流三	書九
3505	3 正		367	刣*	范	守	匪	上	齊	八韭			非上開尤流三	俯九	奉合 3	防錽	書上開尤流三	書九
3506	3 正		368	炰	范	守	匪	上	齊	八韭			並平開肴效二	薄交	奉合 3	防錽	書上開尤流三	書九
3507	3 正	71	369	赳	舉	黝	見	上	撮	九赳			見上開幽流三	居黝	見合 3	居許	影上開幽流三	於糾
3508	3 正		370	糾	舉	黝	見	上	撮	九赳			見上開幽流三	居黝	見合 3	居許	影上開幽流三	於糾
3511	3 正	72	371	蟉	去	黝	起	上	撮	九赳	平上兩讀注在彼	表中正編無字，副編有𠃧字	群上開幽流三	渠黝	溪合 3	丘倨	影上開幽流三	於糾

韻字編號	部序	組數	字數	韻字及何氏反切			韻字何氏音				何萱注釋	備　注	韻字中古音		上字中古音		下字中古音	
				韻字	上字	下字	聲	調	呼	韻部			聲調呼韻攝等	反切	聲呼等	反切	聲調呼韻攝等	反切
3512	3 正	73	372	**黝**	羽	赳	影	上	撮	九赳			影上開幽流三	於糾	云合 3	王矩	見上開幽流三	居黝
3514	3 正		373	鰤	羽	赳	影	上	撮	九赳			影上開尤流三	於柳	云合 3	王矩	見上開幽流三	居黝
3516	3 正		374	泑	羽	赳	影	上	撮	九赳			影上開幽流三	於糾	云合 3	王矩	見上開幽流三	居黝
3517	3 正		375	怮	羽	赳	影	上	撮	九赳	平上兩讀異義	與呦異讀	影上開幽流三	於糾	云合 3	王矩	見上開幽流三	居黝
3520	3 正		376	窈	羽	赳	影	上	撮	九赳			影上開蕭效四	烏晈	云合 3	王矩	見上開幽流三	居黝
3522	3 正	74	377	**鏐**	呂	黝	賚	上	撮	九赳	平上兩讀注在彼	集韻有去聲。玉篇作力幽切。這個可以是去聲	來平開尤流三	力求	來合 3	力舉	影上開幽流三	於糾
3525	3 正	75	378	**溲**	稍	牡	審	上	開	十瓿	平上兩讀義別		生上開尤流三	踈有	生開 2	所教	明上開侯流一	莫厚
3526	3 正	76	379	**叜**	散	牡	信	上	開	十瓿			心上開侯流一	蘇后	心開 1	蘇旱	明上開侯流一	莫厚
3529	3 正		380	瞍	散	牡	信	上	開	十瓿			心上開侯流一	蘇后	心開 1	蘇旱	明上開侯流一	莫厚
3530	3 正	77	381	**牡**	莫	叜	命	上	開	十瓿			明上開侯流一	莫厚	明開 1	慕各	心上開侯流一	蘇后
3531	3 正		382	蕂	莫	叜	命	上	開	十瓿			明去開侯流一	莫候	明開 1	慕各	心上開侯流一	蘇后
3533	3 正	78	383	**夰**	艮	早	見	上	開二	十一顛			見上開豪效一	古老	見開 1	古恨	精上開豪效一	子晧
3534	3 正		384	臭	艮	早	見	上	開二	十一顛			見上開豪效一	古老	見開 1	古恨	精上開豪效一	子晧
3536	3 正		385	礊	艮	早	見	上	開二	十一顛			匣上開豪效一	胡老	見開 1	古恨	精上開豪效一	子晧
3538	3 正		386	棍	艮	早	見	上	開二	十一顛			見上開豪效一	古老	見開 1	古恨	精上開豪效一	子晧
3539	3 正	79	387	丂	侃	早	起	上	開二	十一顛			溪上開豪效一	苦浩	溪開 1	空旱	精上開豪效一	子晧
3540	3 正		388	**攷**	侃	早	起	上	開二	十一顛			溪上開豪效一	苦浩	溪開 1	空旱	精上開豪效一	子晧
3541	3 正		389	考	侃	早	起	上	開二	十一顛			溪上開豪效一	苦浩	溪開 1	空旱	精上開豪效一	子晧
3542	3 正		390	栲	侃	早	起	上	開二	十一顛			見入合屋通三	居六	溪開 1	空旱	精上開豪效一	子晧
3543	3 正		391	祰	侃	早	起	上	開二	十一顛			溪上開豪效一	苦浩	溪開 1	空旱	精上開豪效一	子晧
3545	3 正	80	392	**浩**	海	考	曉	上	開二	十一顛			匣上開豪效一	胡老	曉開 1	呼改	溪上開豪效一	苦浩
3546	3 正		393	晧	海	考	曉	上	開二	十一顛			匣上開豪效一	胡老	曉開 1	呼改	溪上開豪效一	苦浩
3547	3 正		394	皞	海	考	曉	上	開二	十一顛			匣上開豪效一	胡老	曉開 1	呼改	溪上開豪效一	苦浩
3548	3 正		395	昦	海	考	曉	上	開二	十一顛			匣上開豪效一	胡老	曉開 1	呼改	溪上開豪效一	苦浩
3550	3 正		396	好	海	考	曉	上	開二	十一顛	平去兩讀義分	正文作上去兩讀義分	曉上開豪效一	呼晧	曉開 1	呼改	溪上開豪效一	苦浩

韻字編號	部序	組數	字數	韻字及何氏反切			韻字何氏音				何萱注釋	備注	韻字中古音		上字中古音		下字中古音	
				韻字	上字	下字	聲	調	呼	韻部			聲調呼韻攝等	反切	聲呼等	反切	聲調呼韻攝等	反切
3552	3 正	81	397	擣*	帶	考	短	上	開二	十一韻			端上開豪效一	覩老	端開 1	當蓋	溪上開豪效一	苦浩
3553	3 正		398	壔*	帶	考	短	上	開二	十一韻			端上開豪效一	覩老	端開 1	當蓋	溪上開豪效一	苦浩
3554	3 正		399	禱	帶	考	短	上	開二	十一韻	禱俗有禱		端上開豪效一	都晧	端開 1	當蓋	溪上開豪效一	苦浩
3556	3 正		400	裯	帶	考	短	上	開二	十一韻	平上兩讀		端上開豪效一	都晧	端開 1	當蓋	溪上開豪效一	苦浩
3560	3 正	82	401	道	代	早	透	上	開二	十一韻		韻目歸入帶考切據副編改	定上開豪效一	徒晧	定開 1	徒耐	精上開豪效一	子晧
3561	3 正		402	討	代	早	透	上	開二	十一韻		韻目歸入帶考切據副編改	透上開豪效一	他浩	定開 1	徒耐	精上開豪效一	子晧
3562	3 正		403	稻	代	早	透	上	開二	十一韻		韻目歸入帶考切據副編改	定上開豪效一	徒晧	定開 1	徒耐	精上開豪效一	子晧
3563	3 正	83	404	㛴	柰	早	乃	上	開二	十一韻			泥上開豪效一	奴晧	泥開 1	奴帶	精上開豪效一	子晧
3564	3 正		405	嫍	柰	早	乃	上	開二	十一韻			泥上開豪效一	奴晧	泥開 1	奴帶	精上開豪效一	子晧
3565	3 正	84	406	老	朗	早	賚	上	開二	十一韻			來上開豪效一	盧晧	來開 1	盧黨	精上開豪效一	子晧
3566	3 正	85	407	𪏭	日	早	耳	上	開二	十一韻			日平開宵效三	如招	日開 3	人質	精上開豪效一	子晧
3567	3 正		408	擾	日	早	耳	上	開二	十一韻	擾俗有擾		日上開宵效三	而沼	日開 3	人質	精上開豪效一	子晧
3568	3 正	86	409	早*	宰	考	井	上	開二	十一韻			精上開豪效一	子晧	精開 1	作亥	溪上開豪效一	苦浩
3569	3 正		410	蚤	宰	考	井	上	開二	十一韻			精上開豪效一	子晧	精開 1	作亥	溪上開豪效一	苦浩
3570	3 正		411	棗	宰	考	井	上	開二	十一韻			精上開豪效一	子晧	精開 1	作亥	溪上開豪效一	苦浩
3571	3 正	87	412	艸	粲	早	淨	上	開二	十一韻			清上開豪效一	采老	清開 1	蒼案	精上開豪效一	子晧
3572	3 正		413	草	粲	早	淨	上	開二	十一韻			清上開豪效一	采老	清開 1	蒼案	精上開豪效一	子晧
3573	3 正	88	414	嫂	散	考	信	上	開二	十一韻			心上開豪效一	蘇老	心開 1	蘇旱	溪上開豪效一	苦浩
3575	3 正		415	薆	散	考	信	上	開二	十一韻			心上開豪效一	蘇老	心開 1	蘇旱	溪上開豪效一	苦浩
3576	3 正		416	埽	散	考	信	上	開二	十一韻			心上開豪效一	蘇老	心開 1	蘇旱	溪上開豪效一	苦浩
3578	3 正	89	417	保*	博	考	謗	上	開二	十一韻			幫去開豪效一	博号	幫開 1	補各	溪上開豪效一	苦浩
3579	3 正		418	葆	博	考	謗	上	開二	十一韻			幫上開豪效一	博抱	幫開 1	補各	溪上開豪效一	苦浩
3580	3 正		419	捊	博	考	謗	上	開二	十一韻			幫上開侯流一	方垢	幫開 1	補各	溪上開豪效一	苦浩
3581	3 正		420	緥	博	考	謗	上	開二	十一韻			幫上開豪效一	博抱	幫開 1	補各	溪上開豪效一	苦浩

韻字編號	部序	組數	字數	韻字及何氏反切 韻字	上字	下字	韻字何氏音 聲	調	呼	韻部	何萱注釋	備注	韻字中古音 聲調呼韻攝等	反切	上字中古音 聲呼等	反切	下字中古音 聲調呼韻攝等	反切
3582	3 正		421	宗*	博	考	謗	上	開二	十一顛			幫上開豪效一	補抱	幫開 1	補各	溪上開豪效一	苦浩
3583	3 正		422	寶	博	考	謗	上	開二	十一顛			幫上開豪效一	博抱	幫開 1	補各	溪上開豪效一	苦浩
3584	3 正		423	**飽**	博	考	謗	上	開二	十一顛			幫上開肴效二	博巧	幫開 1	補各	溪上開豪效一	苦浩
3585	3 正		424	㔽	博	考	謗	上	開二	十一顛			幫上開豪效一	博抱	幫開 1	補各	溪上開豪效一	苦浩
3586	3 正		425	鴇	博	考	謗	上	開二	十一顛			幫上開豪效一	博抱	幫開 1	補各	溪上開豪效一	苦浩
3587	3 正	90	426	**褒**	倍	早	並	上	開二	十一顛			並平開豪效一	薄褒	並開 1	薄亥	精上開豪效一	子晧
3589	3 正		427	勹 g*	倍	早	並	上	開二	十一顛			並上開豪效一	簿晧	並開 1	薄亥	精上開豪效一	子晧
3590	3 正	91	428	**卯**	莫	早	命	上	開二	十一顛			明上開肴效二	莫飽	明開 1	慕各	精上開豪效一	子晧
3591	3 正		429	昴*	莫	早	命	上	開二	十一顛			明上開肴效二	莫飽	明開 1	慕各	精上開豪效一	子晧
3592	3 正		430	冃	莫	早	命	上	開二	十一顛	重覆也。說文段注下一覆也，上是又加冖是為重覆		明上開豪效一	武道	明開 1	慕各	精上開豪效一	子晧
3594	3 正		431	睸	莫	早	命	上	開二	十一顛			明去開豪效一	莫報	明開 1	慕各	精上開豪效一	子晧
3595	3 正	92	432	攪	古	爪	見	上	合	十二攪		表中字頭原作覺	見上開肴效二	古巧	見合 1	公戶	莊上開肴效二	側絞
3597	3 正		433	疝	古	爪	見	上	合	十二攪			見上開肴效二	古巧	見合 1	公戶	莊上開肴效二	側絞
3598	3 正		434	灚	古	爪	見	上	合	十二攪			匣上開肴效二	下巧	見合 1	公戶	莊上開肴效二	側絞
3599	3 正	93	435	**巧**	苦	攪	起	上	合	十二攪			溪上開肴效二	苦絞	溪合 1	康杜	見上開肴效二	古巧
3601	3 正	94	436	**爪**	壯	攪	照	上	合	十二攪			莊上開肴效二	側绞	莊開 3	側亮	見上開肴效二	古巧
3602	3 正		437	叉	壯	攪	照	上	合	十二攪			莊上開肴效二	側絞	莊開 3	側亮	見上開肴效二	古巧
3603	3 正		438	瑵	壯	攪	照	上	合	十二攪			莊上開肴效二	側絞	莊開 3	側亮	見上開肴效二	古巧
3604	3 正	95	439	**鮑**	普	攪	並	上	合	十二攪			並上開肴效二	薄巧	滂合 1	滂古	見上開肴效二	古巧
3605	3 正	96	440	**究**	几	宙	見	去	齊	八究			見去開尤流三	居祐	見開重 3	居履	澄去開尤流三	直祐
3606	3 正		441	救	几	宙	見	去	齊	八究			見去開尤流三	居祐	見開重 3	居履	澄去開尤流三	直祐
3607	3 正		442	殷	几	宙	見	去	齊	八究			見去開尤流三	居祐	見開重 3	居履	澄去開尤流三	直祐
3608	3 正		443	逎	几	宙	見	去	齊	八究			見去開尤流三	居祐	見開重 3	居履	澄去開尤流三	直祐
3609	3 正		444	廏*	几	宙	見	去	齊	八究			見去開尤流三	居又	見開重 3	居履	澄去開尤流三	直祐

韻字編號	部序	組數	字數	韻字及何氏反切			韻字何氏音				何萱注釋	備　注	韻字中古音		上字中古音		下字中古音	
				韻字	上字	下字	聲	調	呼	韻部			聲調呼韻攝等	反切	聲呼等	反切	聲調呼韻攝等	反切
3610	3 正		445	齨	几	宙	見	去	齊	八究			見去開尤流三	居祐	見開重 3	居履	澄去開尤流三	直祐
3611	3 正	97	446	**匛**	儉	究	起	去	齊	八究			群去開尤流三	巨救	群開重 3	巨險	見去開尤流三	居祐
3613	3 正		447	檈	儉	究	起	去	齊	八究			以去開尤流三	余救	群開重 3	巨險	見去開尤流三	居祐
3614	3 正	98	448	**柚**	漾	究	影	去	齊	八究		韻目歸入儉究切，據副編改	以去開尤流三	余救	以開 3	餘亮	見去開尤流三	居祐
3615	3 正		449	鼬	漾	究	影	去	齊	八究		韻目歸入儉究切，據副編改	以去開尤流三	余救	以開 3	餘亮	見去開尤流三	居祐
3616	3 正		450	狖	漾	究	影	去	齊	八究	狖或作蜼，蜼又見十五部副編	韻目歸入儉究切，據副編改；與蜼異讀。蜼在 15 部正副編兩見	以去開尤流三	余救	以開 3	餘亮	見去開尤流三	居祐
3617	3 正	99	451	齅	向	究	曉	去	齊	八究			曉去開尤流三	許救	曉開 3	許亮	見去開尤流三	居祐
3618	3 正		452	**趟**	向	究	曉	去	齊	八究			曉去合東通三	香仲	曉開 3	許亮	見去開尤流三	居祐
3619	3 正		453	王	向	究	曉	去	齊	八究	去入兩讀		心去開尤流三	息救	曉開 3	許亮	見去開尤流三	居祐
3621	3 正		454	畱	向	究	曉	去	齊	八究	去入兩讀		曉去開尤流三	許救	曉開 3	許亮	見去開尤流三	居祐
3624	3 正	100	455	**莜**	體	究	透	去	齊	八究			定去開蕭效四	徒弔	透開 4	他禮	見去開尤流三	居祐
3626	3 正		456	筵 g*	體	究	透	去	齊	八究	去入兩讀		徹平開尤流三	丑鳩	透開 4	他禮	見去開尤流三	居祐
3627	3 正		457	調	體	究	透	去	齊	八究	平去兩讀義分。平聲為本義，去聲為引申義，古唯讀平聲	此條說明，何氏注的不止是古音，還有今音	定去開蕭效四	徒弔	透開 4	他禮	見去開尤流三	居祐
3630	3 正	101	458	奝	亮	究	賚	去	齊	八究		奝	滂去開肴效二	匹皃	來開 3	力讓	見去開尤流三	居祐
3631	3 正		459	窌	亮	究	賚	去	齊	八究		窌	來去開尤流三	力救	來開 3	力讓	見去開尤流三	居祐
3632	3 正		460	廇	亮	究	賚	去	齊	八究		廇	來去開尤流三	力救	來開 3	力讓	見去開尤流三	居祐
3633	3 正		461	霤	亮	究	賚	去	齊	八究		霤	來去開尤流三	力救	來開 3	力讓	見去開尤流三	居祐
3634	3 正		462	**澑**	亮	究	賚	去	齊	八究			來去開尤流三	力救	來開 3	力讓	見去開尤流三	居祐
3635	3 正		463	鎦	亮	究	賚	去	齊	八究		鐂	來去開尤流三	力救	來開 3	力讓	見去開尤流三	居祐
3638	3 正		464	袖*	亮	究	賚	去	齊	八究			來去開尤流三	力救	來開 3	力讓	見去開尤流三	居祐

韻字編號	部序	組數	字數	韻字及何氏反切			韻字何氏音				何萱注釋	備　注	韻字中古音		上字中古音		下字中古音	
				韻字	上字	下字	聲	調	呼	韻部			聲調呼韻攝等	反切	聲呼等	反切	聲調呼韻攝等	反切
3640	3 正		465	翏	亮	究	賚	去	齊	八究			來去開尤流三	力救	來開 3	力讓	見去開尤流三	居祐
3641	3 正		466	僇	亮	究	賚	去	齊	八究			來去開尤流三	力救	來開 3	力讓	見去開尤流三	居祐
3644	3 正	102	467	詶	掌	宙	照	去	齊	八究			禪去開尤流三	承呪	章開 3	諸兩	澄去開尤流三	直祐
3645	3 正		468	鑄	掌	宙	照	去	齊	八究	去入兩讀。鑄俗有鑄	鑄釋為鑄器時，讀如唾祝之祝也。其掌育切一處，取祝讀音	章去合虞遇三	之戍	章開 3	諸兩	澄去開尤流三	直祐
3646	3 正		469	咒	掌	宙	照	去	齊	八究	馬隸作咒		章去合虞遇三	之戍	章開 3	諸兩	澄去開尤流三	直祐
3647	3 正		470	**甃**	掌	宙	照	去	齊	八究	甃或書作甃		莊去開尤流三	側救	章開 3	諸兩	澄去開尤流三	直祐
3648	3 正	103	471	**宙**	齒	究	助	去	齊	八究			澄去開尤流三	直祐	昌開 3	昌里	見去開尤流三	居祐
3649	3 正		472	紬	齒	究	助	去	齊	八究			澄去開尤流三	直祐	昌開 3	昌里	見去開尤流三	居祐
3650	3 正		473	怞	齒	究	助	去	齊	八究			澄平開尤流三	直由	昌開 3	昌里	見去開尤流三	居祐
3651	3 正		474	胄	齒	究	助	去	齊	八究			澄去開尤流三	直祐	昌開 3	昌里	見去開尤流三	居祐
3652	3 正		475	冑	齒	究	助	去	齊	八究			澄去開尤流三	直祐	昌開 3	昌里	見去開尤流三	居祐
3653	3 正		476	籒	齒	究	助	去	齊	八究			澄去開尤流三	直祐	昌開 3	昌里	見去開尤流三	居祐
3654	3 正		477	簉	齒	究	助	去	齊	八究			初去開尤流三	初救	昌開 3	昌里	見去開尤流三	居祐
3655	3 正		478	臭	齒	究	助	去	齊	八究			昌去開尤流三	尺救	昌開 3	昌里	見去開尤流三	居祐
3656	3 正		479	殠	齒	究	助	去	齊	八究			昌去開尤流三	尺救	昌開 3	昌里	見去開尤流三	居祐
3657	3 正	104	480	**授**	始	究	審	去	齊	八究			禪去開尤流三	承呪	書開 3	詩止	見去開尤流三	居祐
3658	3 正		481	綬	始	究	審	去	齊	八究			禪去開尤流三	承呪	書開 3	詩止	見去開尤流三	居祐
3659	3 正		482	狩	始	究	審	去	齊	八究			書去開尤流三	舒救	書開 3	詩止	見去開尤流三	居祐
3660	3 正		483	獸	始	究	審	去	齊	八究			書去開尤流三	舒救	書開 3	詩止	見去開尤流三	居祐
3661	3 正	105	484	**就**	此	究	淨	去	齊	八究			從去開尤流三	疾僦	清開 3	雌氏	見去開尤流三	居祐
3662	3 正		485	鷲*	此	究	淨	去	齊	八究			從去開尤流三	疾僦	清開 3	雌氏	見去開尤流三	居祐
3663	3 正		486	簌	此	究	淨	去	齊	八究		原文本無字，依何注，據廣韻音，增至此究小韻中	清去開宵效三	七肖	清開 3	雌氏	見去開尤流三	居祐

韻字編號	部序	組數	字數	韻字及何氏反切			韻字何氏音				何萱注釋	備　注	韻字中古音		上字中古音		下字中古音	
				韻字	上字	下字	聲	調	呼	韻部			聲調呼韻攝等	反切	聲呼等	反切	聲調呼韻攝等	反切
3664	3 正	106	487	秀	想	究	信	去	齊	八究			心去開尤流三	息救	心開 3	息兩	見去開尤流三	居祐
3665	3 正		488	琇*	想	究	信	去	齊	八究			心去開尤流三	息救	心開 3	息兩	見去開尤流三	居祐
3667	3 正		489	嘯	想	究	信	去	齊	八究	籲歗，歗兩見		心去開蕭效四	蘇弔	心開 3	息兩	見去開尤流三	居祐
3668	3 正		490	歗	想	究	信	去	齊	八究	重見		心去開蕭效四	蘇弔	心開 3	息兩	見去開尤流三	居祐
3669	3 正		491	繡	想	究	信	去	齊	八究			心去開尤流三	息救	心開 3	息兩	見去開尤流三	居祐
3670	3 正		492	褎	想	究	信	去	齊	八究			以去開尤流三	余救	心開 3	息兩	見去開尤流三	居祐
3671	3 正		493	岫	想	究	信	去	齊	八究			邪去開尤流三	似祐	心開 3	息兩	見去開尤流三	居祐
3672	3 正		494	宿	想	究	信	去	齊	八究	宿或作宿。去入兩讀注在彼。南音讀入聲北音讀去聲義同		心去開尤流三	息救	心開 3	息兩	見去開尤流三	居祐
3675	3 正	107	495	莍	面	宙	命	去	齊	八究			明去開侯流一	莫侯	明開重 4	彌箭	澄去開尤流三	直祐
3676	3 正		496	務	面	宙	命	去	齊	八究			明上開豪效一	武道	明開重 4	彌箭	澄去開尤流三	直祐
3679	3 正	108	497	椱	范	究	匪	去	齊	八究		原為面宙切，疑誤。據副編改為范究切	奉去開尤流三	扶富	奉合 3	防鍰	見去開尤流三	居祐
3680	3 正		498	鍑	范	究	匪	去	齊	八究		原為面宙切，疑誤。據副編改為范究切	非去開尤流三	方副	奉合 3	防鍰	見去開尤流三	居祐
3681	3 正		499	匐	范	究	匪	去	齊	八究		原為面宙切，疑誤。據副編改為范究切	滂入開德曾一	匹北	奉合 3	防鍰	見去開尤流三	居祐
3683	3 正		500	覆	范	究	匪	去	齊	八究		原為面宙切，疑誤。據副編改為范究切。另有一去聲	奉去開尤流三	扶富	奉合 3	防鍰	見去開尤流三	居祐
3686	3 正		501	蝨	范	究	匪	去	齊	八究		原為面宙切，疑誤。據副編改為范究切	敷去合虞遇三	芳遇	奉合 3	防鍰	見去開尤流三	居祐

韻字編號	部序	組數	字數	韻字及何氏反切			韻字何氏音				何萱注釋	備注	韻字中古音		上字中古音		下字中古音	
				韻字	上字	下字	聲	調	呼	韻部			聲調呼韻攝等	反切	聲呼等	反切	聲調呼韻攝等	反切
3688	3 正		502	䑋	范	究	匪	去	齊	八究	俗有𨸏。兩𨸏之間也。從二𨸏。說文；𨸏盛也，廣韻	原為面宙切，疑誤。據副編改為范究切	奉去開尤流三	扶富	奉合 3	防錽	見去開尤流三	居祐
3690	3 正	109	503	敄	晚	究	未	去	齊	八究			微去合虞遇三	亡遇	微合 3	無遠	見去開尤流三	居祐
3691	3 正		504	**務**	晚	究	未	去	齊	八究			微去合虞遇三	亡遇	微合 3	無遠	見去開尤流三	居祐
3693	3 正		505	霚	晚	究	未	去	齊	八究			微去合虞遇三	亡遇	微合 3	無遠	見去開尤流三	居祐
3694	3 正		506	婺	晚	究	未	去	齊	八究		玉篇作亡句切	微去合虞遇三	亡遇	微合 3	無遠	見去開尤流三	居祐
3695	3 正		507	鶩	晚	究	未	去	齊	八究			微去合虞遇三	亡遇	微合 3	無遠	見去開尤流三	居祐
3696	3 正		508	鍪	晚	究	未	去	齊	八究			微去合虞遇三	亡遇	微合 3	無遠	見去開尤流三	居祐
3697	3 正		509	嵍	晚	究	未	去	齊	八究	平去兩讀		微去合虞遇三	亡遇	微合 3	無遠	見去開尤流三	居祐
3699	3 正	110	510	**訆**	舉	幼	見	去	撮	九訆			見去開蕭效四	古弔	見合 3	居許	影去開幽流三	伊謬
3700	3 正		511	叫	舉	幼	見	去	撮	九訆			見去開蕭效四	古弔	見合 3	居許	影去開幽流三	伊謬
3701	3 正		512	噭	舉	幼	見	去	撮	九訆			見去開蕭效四	古弔	見合 3	居許	影去開幽流三	伊謬
3702	3 正	111	513	**幼**	羽	謬	影	去	撮	九訆			影去開幽流三	伊謬	云合 3	王矩	明去開幽流三	靡幼
3705	3 正	112	514	**窱**	統	幼	透	去	撮	九訆			透去開蕭效四	他弔	透合 1	他綜	影去開幽流三	伊謬
3706	3 正	113	515	**雡**	呂	幼	賚	去	撮	九訆			來去開尤流三	力又	來合 3	力舉	影去開幽流三	伊謬
3710	3 正		516	鷚	呂	幼	賚	去	撮	九訆	繆或書作鷚		來去開尤流三	力救	來合 3	力舉	影去開幽流三	伊謬
3711	3 正	114	517	**謬**	沔	幼	命	去	撮	九訆			明去開幽流三	靡幼	明開重 4	彌兗	影去開幽流三	伊謬
3712	3 正	115	518	**瘦**	稍	茂	審	去	開	十瘦			生去開尤流三	所祐	生開 2	所教	明去開侯流一	莫候
3713	3 正	116	519	戊	莫	瘦	命	去	開	十瘦			明去開侯流一	莫候	明開 1	慕各	生去開尤流三	所祐
3714	3 正		520	**茂**	莫	瘦	命	去	開	十瘦			明去開侯流一	莫候	明開 1	慕各	生去開尤流三	所祐
3715	3 正		521	勖*	莫	瘦	命	去	開	十瘦			曉入合屋通三	許六	明開 1	慕各	生去開尤流三	所祐
3716	3 正		522	楙	莫	瘦	命	去	開	十瘦			明去開侯流一	莫候	明開 1	慕各	生去開尤流三	所祐
3717	3 正		523	懋	莫	瘦	命	去	開	十瘦			明去開侯流一	莫候	明開 1	慕各	生去開尤流三	所祐
3718	3 正		524	袤	莫	瘦	命	去	開	十瘦			明去開侯流一	莫候	明開 1	慕各	生去開尤流三	所祐
3719	3 正		525	瞀	莫	瘦	命	去	開	十瘦			明去開侯流一	莫候	明開 1	慕各	生去開尤流三	所祐

韻字編號	部序	組數	字數	韻字及何氏反切			韻字何氏音				何萱注釋	備注	韻字中古音		上字中古音		下字中古音	
				韻字	上字	下字	聲	調	呼	韻部			聲調呼韻攝等	反切	聲呼等	反切	聲調呼韻攝等	反切
3722	3 正		526	瞀	莫	瘦	命	去	開	十瘦			明平開尤流三	莫浮	明開 1	慕各	生去開尤流三	所祐
3723	3 正		527	貿	莫	瘦	命	去	開	十瘦			明去開侯流一	莫候	明開 1	慕各	生去開尤流三	所祐
3724	3 正		528	鄮	莫	瘦	命	去	開	十瘦			明去開侯流一	莫候	明開 1	慕各	生去開尤流三	所祐
3725	3 正	117	529	誥	艮	導	見	去	開二	十一誥			見去開豪效一	古到	見開 1	古恨	定去開豪效一	徒到
3726	3 正		530	窖	艮	導	見	去	開二	十一誥			見去開肴效二	古孝	見開 1	古恨	定去開豪效一	徒到
3727	3 正		531	郜	艮	導	見	去	開二	十一誥			見去開豪效一	古到	見開 1	古恨	定去開豪效一	徒到
3729	3 正	118	532	靠	侃	誥	起	去	開二	十一誥			溪去開豪效一	苦到	溪開 1	空旱	見去開豪效一	古到
3730	3 正	119	533	奧	案	導	影	去	開二	十一誥			影去開豪效一	烏到	影開 1	烏旰	定去開豪效一	徒到
3731	3 正	120	534	好	海	導	曉	去	開二	十一誥	上去兩讀姑從俗分		曉去開豪效一	呼到	曉開 1	呼改	定去開豪效一	徒到
3733	3 正	121	535	導	代	誥	透	去	開二	十一誥			定去開豪效一	徒到	定開 1	徒耐	見去開豪效一	古到
3735	3 正		536	纛	代	誥	透	去	開二	十一誥			定去開豪效一	徒到	定開 1	徒耐	見去開豪效一	古到
3736	3 正		537	蹈	代	誥	透	去	開二	十一誥			定去開豪效一	徒到	定開 1	徒耐	見去開豪效一	古到
3737	3 正		538	燽	代	誥	透	去	開二	十一誥	翿俗有燽		澄平開尤流三	直由	定開 1	徒耐	見去開豪效一	古到
3738	3 正		539	儔	代	誥	透	去	開二	十一誥	㒡俗有儔		定去開豪效一	徒到	定開 1	徒耐	見去開豪效一	古到
3739	3 正		540	翳*	代	誥	透	去	開二	十一誥	平去兩讀		定去開豪效一	大到	定開 1	徒耐	見去開豪效一	古到
3741	3 正	122	541	嫪	朗	誥	賚	去	開二	十一誥			來去開豪效一	郎到	來開 1	盧黨	見去開豪效一	古到
3742	3 正	123	542	竈*	宰	誥	井	去	開二	十一誥			精去開豪效一	則到	精開 1	作亥	見去開豪效一	古到
3744	3 正	124	543	造	粲	誥	淨	去	開二	十一誥			清去開豪效一	七到	清開 1	蒼案	見去開豪效一	古到
3746	3 正		544	漕	粲	誥	淨	去	開二	十一誥			從去開豪效一	在到	清開 1	蒼案	見去開豪效一	古到
3747	3 正	125	545	奡	眼	導	我	去	開二	十一誥			疑去開豪效一	五到	疑開 2	五限	定去開豪效一	徒到
3748	3 正	126	546	報	博	誥	謗	去	開二	十一誥	報隸作報		幫去開豪效一	博耗	幫開 1	補各	見去開豪效一	古到
3749	3 正	127	547	冃	莫	誥	命	去	開二	十一誥			明去開豪效一	莫報	明開 1	慕各	見去開豪效一	古到
3750	3 正		548	冒	莫	誥	命	去	開二	十一誥			明去開豪效一	莫報	明開 1	慕各	見去開豪效一	古到
3751	3 正		549	瑁	莫	誥	命	去	開二	十一誥			明去開豪效一	莫報	明開 1	慕各	見去開豪效一	古到
3754	3 正		550	媢	莫	誥	命	去	開二	十一誥			明去開豪效一	莫報	明開 1	慕各	見去開豪效一	古到
3756	3 正		551	帽	莫	誥	命	去	開二	十一誥			明去開豪效一	莫報	明開 1	慕各	見去開豪效一	古到
3758	3 正		552	萺	莫	誥	命	去	開二	十一誥			明入合沃通一	莫沃	明開 1	慕各	見去開豪效一	古到
3759	3 正	128	553	孝	戶	砲	曉	去	合	十二孝			曉去開肴效二	呼教	匣合 1	侯古	滂去開肴效二	匹皃

韻字編號	部序	組數	字數	韻字及何氏反切			韻字何氏音				何萱注釋	備注	韻字中古音		上字中古音		下字中古音	
				韻字	上字	下字	聲	調	呼	韻部			聲調呼韻攝等	反切	聲呼等	反切	聲調呼韻攝等	反切
3760	3 正		554	學 g*	戶	炮	曉	去	合	十二孝	去入兩讀義分		匣去開肴效二	後教	匣合 1	侯古	滂去開肴效二	匹皃
3766	3 正	129	555	**炮**	普	孝	並	去	合	十二孝		韻目歸入戶炮	滂去開肴效二	匹皃	滂合 1	滂古	曉去開肴效二	呼教
3768	3 正		556	麭	普	孝	並	去	合	十二孝			並平開肴效二	薄交	滂合 1	滂古	曉去開肴效二	呼教
3769	3 正	130	557	**匊**	几	育	見	入	齊	九匊			見入合屋通三	居六	見開重 3	居履	以入合屋通三	余六
3770	3 正		558	趜	几	育	見	入	齊	九匊			見入合屋通三	居六	見開重 3	居履	以入合屋通三	余六
3771	3 正		559	鵴	几	育	見	入	齊	九匊			見入合屋通三	居六	見開重 3	居履	以入合屋通三	余六
3774	3 正		560	菊	几	育	見	入	齊	九匊			見入合屋通三	居六	見開重 3	居履	以入合屋通三	余六
3775	3 正		561	蘜	几	育	見	入	齊	九匊			見入合屋通三	居六	見開重 3	居履	以入合屋通三	余六
3776	3 正		562	蘜*	几	育	見	入	齊	九匊			見入合屋通三	居六	見開重 3	居履	以入合屋通三	余六
3777	3 正		563	籟	几	育	見	入	齊	九匊			見入合屋通三	居六	見開重 3	居履	以入合屋通三	余六
3778	3 正		564	窾	几	育	見	入	齊	九匊			見入合屋通三	居六	見開重 3	居履	以入合屋通三	余六
3779	3 正		565	鵴	几	育	見	入	齊	九匊			見入合屋通三	居六	見開重 3	居履	以入合屋通三	余六
3780	3 正		566	鞠	几	育	見	入	齊	九匊			見入合屋通三	居六	見開重 3	居履	以入合屋通三	余六
3781	3 正		567	臼	几	育	見	入	齊	九匊			見入合屋通三	居六	見開重 3	居履	以入合屋通三	余六
3783	3 正		568	鳥	几	育	見	入	齊	九匊			見入合屋通三	居六	見開重 3	居履	以入合屋通三	余六
3785	3 正	131	569	匑	儉	育	起	入	齊	九匊			群入合屋通三	渠竹	群開重 3	巨險	以入合屋通三	余六
3786	3 正		570	籟	儉	育	起	入	齊	九匊			溪入合屋通三	驅匊	群開重 3	巨險	以入合屋通三	余六
3787	3 正		571	**鞠**	儉	育	起	入	齊	九匊			群入合屋通三	渠竹	群開重 3	巨險	以入合屋通三	余六
3788	3 正		572	驧	儉	育	起	入	齊	九匊			群入合屋通三	渠竹	群開重 3	巨險	以入合屋通三	余六
3789	3 正		573	蝌	儉	育	起	入	齊	九匊			群入合屋通三	渠竹	群開重 3	巨險	以入合屋通三	余六
3790	3 正	132	574	**育**	漾	菊	影	入	齊	九匊			以入合屋通三	余六	以開 3	餘亮	見入合屋通三	居六
3791	3 正		575	緧	漾	菊	影	入	齊	九匊			以入合屋通三	余六	以開 3	餘亮	見入合屋通三	居六
3792	3 正		576	淯	漾	菊	影	入	齊	九匊			以入合屋通三	余六	以開 3	餘亮	見入合屋通三	居六
3793	3 正		577	蒒	漾	菊	影	入	齊	九匊			以入合屋通三	余六	以開 3	餘亮	見入合屋通三	居六
3794	3 正		578	鬻	漾	菊	影	入	齊	九匊			以入合屋通三	余六	以開 3	餘亮	見入合屋通三	居六
3795	3 正		579	弆	漾	菊	影	入	齊	九匊			以入合屋通三	余六	以開 3	餘亮	見入合屋通三	居六
3796	3 正		580	燠	漾	菊	影	入	齊	九匊			影入合屋通三	於六	以開 3	餘亮	見入合屋通三	居六
3797	3 正		581	墺	漾	菊	影	入	齊	九匊			影入合屋通三	於六	以開 3	餘亮	見入合屋通三	居六

韻字編號	部序	組數	字數	韻字及何氏反切			韻字何氏音				何萱注釋	備注	韻字中古音		上字中古音		下字中古音	
				韻字	上字	下字	聲	調	呼	韻部			聲調呼韻攝等	反切	聲呼等	反切	聲調呼韻攝等	反切
3798	3 正		582	陾	漾	菊	影	入	齊	九匊			影入合屋通三	於六	以開 3	餘亮	見入合屋通三	居六
3799	3 正		583	澳	漾	菊	影	入	齊	九匊			影入合屋通三	於六	以開 3	餘亮	見入合屋通三	居六
3800	3 正		584	籅	漾	菊	影	入	齊	九匊			影入合屋通三	於六	以開 3	餘亮	見入合屋通三	居六
3801	3 正		585	薁	漾	菊	影	入	齊	九匊			影入合屋通三	於六	以開 3	餘亮	見入合屋通三	居六
3802	3 正	133	586	慉	向	育	曉	入	齊	九匊			曉入合屋通三	許竹	曉開 3	許亮	以入合屋通三	余六
3803	3 正		587	𡟯	向	育	曉	入	齊	九匊			曉入合屋通三	許竹	曉開 3	許亮	以入合屋通三	余六
3804	3 正		588	畜 g*	向	育	曉	入	齊	九匊	去入兩讀注在彼		曉入合屋通三	許六	曉開 3	許亮	以入合屋通三	余六
3807	3 正	134	589	睺	體	菊	透	入	齊	九匊	俗有䀹。失意視也。……段又注各本從脩聲，作䀹。按睺音他狄反，猶滌之切亭歷，皆於條取聲，脩聲不得切他狄也。譌為䀹乃混同晵字。而篇韻皆曰敕周切矣。今依魏都賦。古音在三部，唐韻他歷切	睺廣集無。據何注，此處取他狄切	透入開錫梗四	他狄	透開 4	他禮	見入合屋通三	居六
3808	3 正		590	滌	體	菊	透	入	齊	九匊			定入開錫梗四	徒歷	透開 4	他禮	見入合屋通三	居六
3809	3 正		591	蓧	體	菊	透	入	齊	九匊			定入開錫梗四	徒歷	透開 4	他禮	見入合屋通三	居六
3810	3 正		592	迪	體	菊	透	入	齊	九匊			定入開錫梗四	徒歷	透開 4	他禮	見入合屋通三	居六
3811	3 正		593	䌹	體	菊	透	入	齊	九匊			定入開錫梗四	徒歷	透開 4	他禮	見入合屋通三	居六
3812	3 正		594	邮	體	菊	透	入	齊	九匊			定入開錫梗四	徒歷	透開 4	他禮	見入合屋通三	居六
3813	3 正		595	笛	體	菊	透	入	齊	九匊			定入開錫梗四	徒歷	透開 4	他禮	見入合屋通三	居六
3814	3 正	135	596	沑	念	菊	乃	入	齊	九匊	上入兩讀義分		娘入合屋通三	女六	泥開 4	奴店	見入合屋通三	居六
3817	3 正		597	衄	念	菊	乃	入	齊	九匊			娘入合屋通三	女六	泥開 4	奴店	見入合屋通三	居六
3818	3 正		598	朒	念	菊	乃	入	齊	九匊			娘入合屋通三	女六	泥開 4	奴店	見入合屋通三	居六
3819	3 正		599	恧	念	菊	乃	入	齊	九匊			娘入合屋通三	女六	泥開 4	奴店	見入合屋通三	居六
3821	3 正		600	惄	念	菊	乃	入	齊	九匊			泥入開錫梗四	奴歷	泥開 4	奴店	見入合屋通三	居六

韻字編號	部序	組數	字數	韻字及何氏反切			韻字何氏音				何萱注釋	備　注	韻字中古音		上字中古音		下字中古音	
				韻字	上字	下字	聲	調	呼	韻部			聲調呼韻攝等	反切	聲呼等	反切	聲調呼韻攝等	反切
3822	3 正	136	601	六	亮	菊	賚	入	齊	九匊			來入合屋通三	力竹	來開 3	力讓	見入合屋通三	居六
3823	3 正		602	宍	亮	菊	賚	入	齊	九匊			來入合屋通三	力竹	來開 3	力讓	見入合屋通三	居六
3824	3 正		603	坴	亮	菊	賚	入	齊	九匊			來入合屋通三	力竹	來開 3	力讓	見入合屋通三	居六
3825	3 正		604	陸	亮	菊	賚	入	齊	九匊			來入合屋通三	力竹	來開 3	力讓	見入合屋通三	居六
3826	3 正		605	鵱	亮	菊	賚	入	齊	九匊	鯥或作鵱		來入合屋通三	力竹	來開 3	力讓	見入合屋通三	居六
3827	3 正		606	稑	亮	菊	賚	入	齊	九匊			來入合屋通三	力竹	來開 3	力讓	見入合屋通三	居六
3829	3 正		607	勠 g*	亮	菊	賚	入	齊	九匊	平入兩讀注在彼，彼古音此今音		來入合屋通三	力竹	來開 3	力讓	見入合屋通三	居六
3832	3 正		608	蓼	亮	菊	賚	入	齊	九匊	上入兩讀義異詳在彼		來入合屋通三	力竹	來開 3	力讓	見入合屋通三	居六
3834	3 正		609	戮	亮	菊	賚	入	齊	九匊			來入合屋通三	力竹	來開 3	力讓	見入合屋通三	居六
3835	3 正	137	610	竹	掌	育	照	入	齊	九匊			知入合屋通三	張六	章開 3	諸兩	以入合屋通三	余六
3836	3 正		611	茿	掌	育	照	入	齊	九匊			知入合屋通三	張六	章開 3	諸兩	以入合屋通三	余六
3837	3 正		612	筑	掌	育	照	入	齊	九匊			知入合屋通三	張六	章開 3	諸兩	以入合屋通三	余六
3838	3 正		613	築	掌	育	照	入	齊	九匊			知入合屋通三	張六	章開 3	諸兩	以入合屋通三	余六
3839	3 正		614	鑄	掌	育	照	入	齊	九匊	去入兩讀注在彼。鑄俗有鑄	此處取祝廣韻音	章入合屋通三	之六	章開 3	諸兩	以入合屋通三	余六
3841	3 正		615	祝	掌	育	照	入	齊	九匊			章入合屋通三	之六	章開 3	諸兩	以入合屋通三	余六
3842	3 正		616	鬻	掌	育	照	入	齊	九匊		余六是假借，本音當若祝	以入合屋通三	余六	章開 3	諸兩	以入合屋通三	余六
3844	3 正		617	粥	掌	育	照	入	齊	九匊			章入合屋通三	之六	章開 3	諸兩	以入合屋通三	余六
3845	3 正	138	618	俶	齒	菊	助	入	齊	九匊			昌入合屋通三	昌六	昌開 3	昌里	見入合屋通三	居六
3846	3 正		619	埱	齒	菊	助	入	齊	九匊		正文增	昌入合屋通三	昌六	昌開 3	昌里	見入合屋通三	居六
3847	3 正		620	俶	齒	菊	助	入	齊	九匊		正文增	昌入合屋通三	昌六	昌開 3	昌里	見入合屋通三	居六
3848	3 正		621	軸	齒	菊	助	入	齊	九匊			澄入合屋通三	直六	昌開 3	昌里	見入合屋通三	居六
3849	3 正		622	舳	齒	菊	助	入	齊	九匊			澄入合屋通三	直六	昌開 3	昌里	見入合屋通三	居六
3850	3 正		623	苖	齒	菊	助	入	齊	九匊			徹入合屋通三	丑六	昌開 3	昌里	見入合屋通三	居六
3853	3 正		624	妯	齒	菊	助	入	齊	九匊	平入兩讀義異		澄入合屋通三	直六	昌開 3	昌里	見入合屋通三	居六

韻字編號	部序	組數	字數	韻字及何氏反切			韻字何氏音				何萱注釋	備　注	韻字中古音		上字中古音		下字中古音	
				韻字	上字	下字	聲	調	呼	韻部			聲調呼韻攝等	反切	聲呼等	反切	聲調呼韻攝等	反切
3854	3 正		625	畜	齒	菊	助	入	齊	九匊		廣韻丑六、許救、丑救三切，取丑六的音	徹入合屋通三	丑六	昌開 3	昌里	見入合屋通三	居六
3856	3 正		626	蓄	齒	菊	助	入	齊	九匊			徹入合屋通三	丑六	昌開 3	昌里	見入合屋通三	居六
3857	3 正		627	鄐	齒	菊	助	入	齊	九匊			徹入合屋通三	丑六	昌開 3	昌里	見入合屋通三	居六
3859	3 正		628	柷	齒	菊	助	入	齊	九匊			昌入合屋通三	昌六	昌開 3	昌里	見入合屋通三	居六
3861	3 正		629	**逐**	齒	菊	助	入	齊	九匊			澄入合屋通三	直六	昌開 3	昌里	見入合屋通三	居六
3862	3 正	139	630	**肉**	忍	育	耳	入	齊	九匊	月隸作肉		日入合屋通三	如六	日開 3	而軫	以入合屋通三	余六
3863	3 正	140	631	尗	始	育	審	入	齊	九匊			書入合屋通三	式竹	書開 3	詩止	以入合屋通三	余六
3864	3 正		632	**叔**	始	育	審	入	齊	九匊			書入合屋通三	式竹	書開 3	詩止	以入合屋通三	余六
3865	3 正		633	淑	始	育	審	入	齊	九匊			禪入合屋通三	殊六	書開 3	詩止	以入合屋通三	余六
3866	3 正		634	琡	始	育	審	入	齊	九匊	璹或作琡俗有璹		昌入合屋通三	昌六	書開 3	詩止	以入合屋通三	余六
3868	3 正		635	孰	始	育	審	入	齊	九匊			禪入合屋通三	殊六	書開 3	詩止	以入合屋通三	余六
3869	3 正		636	莤	始	育	審	入	齊	九匊			生入合屋通三	所六	書開 3	詩止	以入合屋通三	余六
3870	3 正		637	縮	始	育	審	入	齊	九匊			生入合屋通三	所六	書開 3	詩止	以入合屋通三	余六
3872	3 正		638	篨	始	育	審	入	齊	九匊	去入兩讀注在彼		書入合屋通三	式竹	書開 3	詩止	以入合屋通三	余六
3874	3 正		639	倏	始	育	審	入	齊	九匊			書入合屋通三	式竹	書開 3	詩止	以入合屋通三	余六
3875	3 正		640	儵	始	育	審	入	齊	九匊			書入合屋通三	式竹	書開 3	詩止	以入合屋通三	余六
3877	3 正		641	鱐	始	育	審	入	齊	九匊			書入合屋通三	式竹	書開 3	詩止	以入合屋通三	余六
3878	3 正	141	642	**踧**	紫	育	井	入	齊	九匊			精入合屋通三	子六	精開 3	將此	以入合屋通三	余六
3881	3 正		643	皾	紫	育	井	入	齊	九匊			精入合屋通三	子六	精開 3	將此	以入合屋通三	余六
3883	3 正		644	槭	紫	育	井	入	齊	九匊			精入合屋通三	子六	精開 3	將此	以入合屋通三	余六
3884	3 正	142	645	尗	此	菊	淨	入	齊	九匊			精入合屋通三	子六	清開 3	雌氏	見入合屋通三	居六
3885	3 正		646	宋	此	菊	淨	入	齊	九匊			從入開錫梗四	前歷	清開 3	雌氏	見入合屋通三	居六
3886	3 正		647	啾	此	菊	淨	入	齊	九匊			精入合屋通三	子六	清開 3	雌氏	見入合屋通三	居六
3888	3 正		648	鏚	此	菊	淨	入	齊	九匊	戚俗有鏚		清入開錫梗四	倉歷	清開 3	雌氏	見入合屋通三	居六
3889	3 正		649	慼	此	菊	淨	入	齊	九匊			清入開錫梗四	倉歷	清開 3	雌氏	見入合屋通三	居六
3890	3 正		650	**蹴**	此	菊	淨	入	齊	九匊			清入合屋通三	七宿	清開 3	雌氏	見入合屋通三	居六
3892	3 正		651	敹*	此	菊	淨	入	齊	九匊			清入合屋通三	七六	清開 3	雌氏	見入合屋通三	居六

韻字編號	部序	組數	字數	韻字及何氏反切			韻字何氏音				何萱注釋	備注	韻字中古音		上字中古音		下字中古音	
				韻字	上字	下字	聲	調	呼	韻部			聲調呼韻攝等	反切	聲呼等	反切	聲調呼韻攝等	反切
3893	3 正		652	竈	此	菊	淨	入	齊	九匊			清入合屋通三	七宿	清開 3	雌氏	見入合屋通三	居六
3894	3 正		653	蹙	此	菊	淨	入	齊	九匊			清入開錫梗四	倉歷	清開 3	雌氏	見入合屋通三	居六
3895	3 正	143	654	夙	想	菊	信	入	齊	九匊	夙隸作夙		心入合屋通三	息逐	心開 3	息兩	見入合屋通三	居六
3896	3 正		655	宿	想	菊	信	入	齊	九匊	去入兩讀。宿或作宿		心入合屋通三	息逐	心開 3	息兩	見入合屋通三	居六
3898	3 正		656	肅	想	菊	信	入	齊	九匊			心入合屋通三	息逐	心開 3	息兩	見入合屋通三	居六
3900	3 正		657	潚	想	菊	信	入	齊	九匊	平入兩讀注在彼		心入合屋通三	息逐	心開 3	息兩	見入合屋通三	居六
3901	3 正		658	橚	想	菊	信	入	齊	九匊			心入合屋通三	息逐	心開 3	息兩	見入合屋通三	居六
3902	3 正		659	鷫	想	菊	信	入	齊	九匊			心入合屋通三	息逐	心開 3	息兩	見入合屋通三	居六
3903	3 正		660	蟰	想	菊	信	入	齊	九匊	蟰俗有蟰		心平開蕭效四	先彫	心開 3	息兩	見入合屋通三	居六
3904	3 正		661	王	想	菊	信	入	齊	九匊	去入兩讀詳在彼		心入合屋通三	息逐	心開 3	息兩	見入合屋通三	居六
3907	3 正	144	662	目	面	菊	命	入	齊	九匊			明入合屋通三	莫六	明開重 4	彌箭	見入合屋通三	居六
3908	3 正		663	睦	面	菊	命	入	齊	九匊			明入合屋通三	莫六	明開重 4	彌箭	見入合屋通三	居六
3909	3 正		664	坴	面	菊	命	入	齊	九匊			明入合屋通三	莫六	明開重 4	彌箭	見入合屋通三	居六
3910	3 正		665	穆	面	菊	命	入	齊	九匊			明入合屋通三	莫六	明開重 4	彌箭	見入合屋通三	居六
3911	3 正		666	坶*	面	菊	命	入	齊	九匊			明入合屋通三	莫六	明開重 4	彌箭	見入合屋通三	居六
3912	3 正	145	667	复*	范	菊	匪	入	齊	九匊			奉入合屋通三	房六	奉合 3	防錽	見入合屋通三	居六
3913	3 正		668	腹	范	菊	匪	入	齊	九匊			非入合屋通三	方六	奉合 3	防錽	見入合屋通三	居六
3914	3 正		669	複	范	菊	匪	入	齊	九匊			非入合屋通三	方六	奉合 3	防錽	見入合屋通三	居六
3916	3 正		670	輹	范	菊	匪	入	齊	九匊			奉入合屋通三	房六	奉合 3	防錽	見入合屋通三	居六
3917	3 正		671	蝮	范	菊	匪	入	齊	九匊			敷入合屋通三	芳福	奉合 3	防錽	見入合屋通三	居六
3919	3 正		672	復	范	菊	匪	入	齊	九匊			奉入合屋通三	房六	奉合 3	防錽	見入合屋通三	居六
3921	3 正		673	覆	范	菊	匪	入	齊	九匊	去入兩讀姑從俗分萱按總讀入聲無傷		敷入合屋通三	芳福	奉合 3	防錽	見入合屋通三	居六
3923	3 正		674	覆	范	菊	匪	入	齊	九匊			敷入合屋通三	芳福	奉合 3	防錽	見入合屋通三	居六
3924	3 正		675	複	范	菊	匪	入	齊	九匊			奉入合屋通三	房六	奉合 3	防錽	見入合屋通三	居六
3926	3 正	146	676	旭	許	亍	曉	入	撮	十旭			曉入合燭通三	許玉	曉合 3	虛呂	徹入合燭通三	丑玉
3928	3 正	147	677	亍	處	旭	助	入	撮	十旭			徹入合燭通三	丑玉	昌合 3	昌與	曉入合燭通三	許玉

韻字編號	部序	組數	字數	韻字及何氏反切			韻字何氏音				何萱注釋	備注	韻字中古音		上字中古音		下字中古音	
				韻字	上字	下字	聲	調	呼	韻部			聲調呼韻攝等	反切	聲呼等	反切	聲調呼韻攝等	反切
3930	3 正	148	678	告	艮	篤	見	入	開	十一梏	萱按廣韻古沃切音轉古到切	這里有個音轉的問題，另文討論	見入合沃通一	古沃	見開 1	古恨	端入合沃通一	冬毒
3931	3 正		679	**梏**	艮	篤	見	入	開	十一梏			見入合沃通一	古沃	見開 1	古恨	端入合沃通一	冬毒
3933	3 正		680	牿	艮	篤	見	入	開	十一梏			見入合沃通一	古沃	見開 1	古恨	端入合沃通一	冬毒
3935	3 正		681	覺	艮	篤	見	入	開	十一梏			見入開覺江二	古岳	見開 1	古恨	端入合沃通一	冬毒
3936	3 正	149	682	嚳	侃	篤	起	入	開	十一梏			溪入合沃通一	苦沃	溪開 1	空旱	端入合沃通一	冬毒
3937	3 正		683	**酷**	侃	篤	起	入	開	十一梏			溪入合沃通一	苦沃	溪開 1	空旱	端入合沃通一	冬毒
3938	3 正		684	焅	侃	篤	起	入	開	十一梏			溪入合沃通一	苦沃	溪開 1	空旱	端入合沃通一	冬毒
3939	3 正		685	嚳	侃	篤	起	入	開	十一梏			溪入合沃通一	苦沃	溪開 1	空旱	端入合沃通一	冬毒
3940	3 正		686	陪	侃	篤	起	入	開	十一梏			溪入合屋通一	空谷	溪開 1	空旱	端入合沃通一	冬毒
3942	3 正		687	硞	侃	篤	起	入	開	十一梏			溪入合沃通一	苦沃	溪開 1	空旱	端入合沃通一	冬毒
3944	3 正	150	688	**礐**	案	篤	影	入	開	十一梏	或書作礐	韻目歸入侃篤切，據副編改	影入合屋通一	烏谷	影開 1	烏旰	端入合沃通一	冬毒
3945	3 正		689	鷽	案	篤	影	入	開	十一梏		韻目歸入侃篤切，據副編改	影入合沃通一	烏酷	影開 1	烏旰	端入合沃通一	冬毒
3948	3 正	151	690	貈	浩	篤	曉	入	開	十一梏		韻目歸入侃篤切，據副編改	匣入開鐸宕一	下各	匣開 1	胡老	端入合沃通一	冬毒
3949	3 正		691	**鵠**	浩	篤	曉	入	開	十一梏		韻目歸入侃篤切，據副編改	匣入合沃通一	胡沃	匣開 1	胡老	端入合沃通一	冬毒
3951	3 正		692	鷽	浩	篤	曉	入	開	十一梏		韻目歸入侃篤切，據副編改	匣入開覺江二	胡覺	匣開 1	胡老	端入合沃通一	冬毒
3952	3 正		693	澩	浩	篤	曉	入	開	十一梏		韻目歸入侃篤切，據副編改	匣入開覺江二	胡覺	匣開 1	胡老	端入合沃通一	冬毒
3954	3 正		694	嶨	浩	篤	曉	入	開	十一梏		韻目歸入侃篤切，據副編改	匣入開覺江二	胡覺	匣開 1	胡老	端入合沃通一	冬毒
3955	3 正		695	嶨	浩	篤	曉	入	開	十一梏		韻目歸入侃篤切，據副編改	匣入合屋通一	胡谷	匣開 1	胡老	端入合沃通一	冬毒
3957	3 正		696	觷	浩	篤	曉	入	開	十一梏		韻目歸入侃篤切，據副編改	匣入開覺江二	胡覺	匣開 1	胡老	端入合沃通一	冬毒
3960	3 正		697	哮 g*	浩	篤	曉	入	開	十一梏	平入兩讀注在彼	韻目歸入侃篤切，據副編改；	曉入開覺江二	黑角	匣開 1	胡老	端入合沃通一	冬毒

韻字編號	部序	組數	字數	韻字及何氏反切			韻字何氏音				何萱注釋	備注	韻字中古音		上字中古音		下字中古音	
				韻字	上字	下字	聲	調	呼	韻部			聲調呼韻攝等	反切	聲呼等	反切	聲調呼韻攝等	反切
3961	3 正	152	698	督	帶	毒	短	入	開	十一梏			端入合沃通一	冬毒	端開 1	當蓋	定入合沃通一	徒沃
3962	3 正		699	裻	帶	毒	短	入	開	十一梏			端入合沃通一	冬毒	端開 1	當蓋	定入合沃通一	徒沃
3963	3 正		700	裻	帶	毒	短	入	開	十一梏	兩見義分		端入合沃通一	冬毒	端開 1	當蓋	定入合沃通一	徒沃
3966	3 正		701	竺	帶	毒	短	入	開	十一梏			端入合沃通一	冬毒	端開 1	當蓋	定入合沃通一	徒沃
3967	3 正		702	啻*	帶	毒	短	入	開	十一梏			端入合沃通一	都毒	端開 1	當蓋	定入合沃通一	徒沃
3968	3 正		703	**篤**	帶	毒	短	入	開	十一梏			端入合沃通一	冬毒	端開 1	當蓋	定入合沃通一	徒沃
3969	3 正	153	704	毒	代	篤	透	入	開	十一梏			定入合沃通一	徒沃	定開 1	徒耐	端入合沃通一	冬毒
3970	3 正		705	**毒**	代	篤	透	入	開	十一梏			定入合沃通一	徒沃	定開 1	徒耐	端入合沃通一	冬毒
3971	3 正		706	薄	代	篤	透	入	開	十一梏			定入合沃通一	徒沃	定開 1	徒耐	端入合沃通一	冬毒
3972	3 正	154	707	**裻**	散	篤	信	入	開	十一梏	重見義分		心入合沃通一	先篤	心開 1	蘇旱	端入合沃通一	冬毒
3973	3 正	155	708	雹	博	毒	謗	入	開	十一梏		表中此位無字	並入開覺江二	蒲角	幫開 1	補各	定入合沃通一	徒沃
3976	3 正		709	鞄	博	毒	謗	入	開	十一梏		表中此位無字	滂入開覺江二	匹角	幫開 1	補各	定入合沃通一	徒沃
3977	3 正		710	鰒	博	毒	謗	入	開	十一梏		表中此位無字	奉入合屋通三	房六	幫開 1	補各	定入合沃通一	徒沃
3979	3 正	156	711	**冒***	莫	毒	命	入	開	十一梏	冒或作冐		明入合沃通一	謨沐	明開 1	慕各	定入合沃通一	徒沃
3982	3 正	157	712	**哭**	苦	桬	起	入	合	十二哭			溪入合屋通一	空谷	溪合 1	康杜	明入合屋通一	莫蔔
3983	3 正	158	713	**學**	戶	桬	曉	入	合	十二哭	去入兩讀義分。斆字詳彼		匣入開覺江二	胡覺	匣合 1	侯古	明入合屋通一	莫蔔
3984	3 正	159	714	**稖**	昧	哭	命	入	合	十二哭			明入合屋通一	莫蔔	明合 1	莫佩	溪入合屋通一	空谷
3985	3 正		715	桬	昧	哭	命	入	合	十二哭			明入合屋通一	莫蔔	明合 1	莫佩	溪入合屋通一	空谷
3986	3 正		716	鞏	昧	哭	命	入	合	十二哭			明入合屋通一	莫蔔	明合 1	莫佩	溪入合屋通一	空谷
3988	3 正		717	鶩	昧	哭	命	入	合	十二哭			明入合屋通一	莫蔔	明合 1	莫佩	溪入合屋通一	空谷
3990	3 正		718	蝥	昧	哭	命	入	合	十二哭			明平開尤流三	莫浮	明合 1	莫佩	溪入合屋通一	空谷

第三部副編

韻字編號	部序	組數	字數	韻字及何氏反切 韻字	上字	下字	韻字何氏音 聲	調	呼	韻部	何萱注釋	備注	韻字中古音 聲調呼韻攝等	反切	上字中古音 聲呼等	反切	下字中古音 聲調呼韻攝等	反切
3991	3副	1	1	劉*	几	休	見	陰平	齊	八鳩			見平開幽流三	居虯	見開重3	居履	曉平開尤流三	許尤
3993	3副		2	㓔	几	休	見	陰平	齊	八鳩			見平開尤流三	居求	見開重3	居履	曉平開尤流三	許尤
3994	3副		3	朻*	几	休	見	陰平	齊	八鳩			見平開尤流三	居尤	見開重3	居履	曉平開尤流三	許尤
3995	3副		4	笱*	几	休	見	陰平	齊	八鳩			見平開尤流三	居尤	見開重3	居履	曉平開尤流三	許尤
3996	3副	2	5	怵	儉	休	起	陰平	齊	八鳩			溪平開尤流三	去秋	群開重3	巨險	曉平開尤流三	許尤
3998	3副		6	捣*	儉	休	起	陰平	齊	八鳩			定上開蕭效四	徒了	群開重3	巨險	曉平開尤流三	許尤
4000	3副	3	7	纋	漾	休	影	陰平	齊	八鳩			影平開尤流三	於求	以開3	餘亮	曉平開尤流三	許尤
4001	3副		8	瀀*	漾	休	影	陰平	齊	八鳩			影平開尤流三	於求	以開3	餘亮	曉平開尤流三	許尤
4003	3副	4	9	咻	向	鳩	曉	陰平	齊	八鳩			曉平開尤流三	許尤	曉開3	許亮	見平開尤流三	居求
4005	3副		10	沐*	向	鳩	曉	陰平	齊	八鳩			曉平開尤流三	虛尤	曉開3	許亮	見平開尤流三	居求
4006	3副		11	貅	向	鳩	曉	陰平	齊	八鳩			曉平開尤流三	許尤	曉開3	許亮	見平開尤流三	居求
4007	3副	5	12	貂	典	鳩	短	陰平	齊	八鳩			端平開蕭效四	都聊	端開4	多殄	見平開尤流三	居求
4008	3副		13	鯛	典	鳩	短	陰平	齊	八鳩		正編典鳩小韻中也有該字中，此處衍	端平開蕭效四	都聊	端開4	多殄	見平開尤流三	居求
4009	3副		14	蔏	典	鳩	短	陰平	齊	八鳩			端平開蕭效四	都聊	端開4	多殄	見平開尤流三	居求
4010	3副	6	15	敐*	掌	休	照	陰平	齊	八鳩			章平開尤流三	之由	章開3	諸兩	曉平開尤流三	許尤
4011	3副		16	淍*	掌	休	照	陰平	齊	八鳩			章平開尤流三	之由	章開3	諸兩	曉平開尤流三	許尤
4013	3副		17	喌**	掌	休	照	陰平	齊	八鳩		玉篇作織由切，取此音	章平開尤流三	織由	章開3	諸兩	曉平開尤流三	許尤
4014	3副		18	粡	掌	休	照	陰平	齊	八鳩			章平開尤流三	職流	章開3	諸兩	曉平開尤流三	許尤
4015	3副		19	碉**	掌	休	照	陰平	齊	八鳩		玉篇：音凋	端平開蕭效四	都聊	章開3	諸兩	曉平開尤流三	許尤
4016	3副		20	郮	掌	休	照	陰平	齊	八鳩			章平開尤流三	職流	章開3	諸兩	曉平開尤流三	許尤
4018	3副		21	鵤**	掌	休	照	陰平	齊	八鳩			章平開尤流三	職牛	章開3	諸兩	曉平開尤流三	許尤
4020	3副		22	騊	掌	休	照	陰平	齊	八鳩			知平開尤流三	張流	章開3	諸兩	曉平開尤流三	許尤

韻字編號	部序	組數	字數	韻字及何氏反切			韻字何氏音				何萱注釋	備注	韻字中古音		上字中古音		下字中古音	
				韻字	上字	下字	聲	調	呼	韻部			聲調呼韻攝等	反切	聲呼等	反切	聲調呼韻攝等	反切
4021	3副		23	輈*	掌	休	照	陰平	齊	八鳩		正文增	章平開尤流三	之由	章開3	諸兩	曉平開尤流三	許尤
4022	3副		24	舟	掌	休	照	陰平	齊	八鳩			知平開尤流三	張流	章開3	諸兩	曉平開尤流三	許尤
4023	3副		25	翢*	掌	休	照	陰平	齊	八鳩			章平開尤流三	之由	章開3	諸兩	曉平開尤流三	許尤
4024	3副		26	趙	掌	休	照	陰平	齊	八鳩			知平開尤流三	張流	章開3	諸兩	曉平開尤流三	許尤
4025	3副		27	焨*	掌	休	照	陰平	齊	八鳩			章平開尤流三	之由	章開3	諸兩	曉平開尤流三	許尤
4026	3副		28	洀*	掌	休	照	陰平	齊	八鳩			章平開尤流三	之由	章開3	諸兩	曉平開尤流三	許尤
4027	3副		29	硑**	掌	休	照	陰平	齊	八鳩			章平開尤流三	之由	章開3	諸兩	曉平開尤流三	許尤
4028	3副		30	珘*	掌	休	照	陰平	齊	八鳩			章平開尤流三	之由	章開3	諸兩	曉平開尤流三	許尤
4029	3副		31	綢**	掌	休	照	陰平	齊	八鳩		玉篇：音舟	章平開尤流三	職流	章開3	諸兩	曉平開尤流三	許尤
4030	3副		32	謅*	掌	休	照	陰平	齊	八鳩			知平開尤流三	張流	章開3	諸兩	曉平開尤流三	許尤
4031	3副		33	喌*	掌	休	照	陰平	齊	八鳩			章平開尤流三	之由	章開3	諸兩	曉平開尤流三	許尤
4032	3副		34	銂**	掌	休	照	陰平	齊	八鳩			章平開尤流三	祝由	章開3	諸兩	曉平開尤流三	許尤
4033	3副		35	菷*	掌	休	照	陰平	齊	八鳩			章平開尤流三	之由	章開3	諸兩	曉平開尤流三	許尤
4034	3副	7	36	瞗	齒	鳩	助	陰平	齊	八鳩			徹平開尤流三	丑鳩	昌開3	昌里	見平開尤流三	居求
4035	3副	8	37	畂*	始	鳩	審	陰平	齊	八鳩			溪平開尤流三	口周	書開3	詩止	見平開尤流三	居求
4037	3副		38	佝*	始	鳩	審	陰平	齊	八鳩			溪平開尤流三	口周	書開3	詩止	見平開尤流三	居求
4038	3副		39	岣*	始	鳩	審	陰平	齊	八鳩			溪平開尤流三	口周	書開3	詩止	見平開尤流三	居求
4039	3副	9	40	啾	紫	休	井	陰平	齊	八鳩			精平開尤流三	即由	精開3	將此	曉平開尤流三	許尤
4040	3副	10	41	湫*	此	鳩	淨	陰平	齊	八鳩			清平開尤流三	雌由	清開3	雌氏	見平開尤流三	居求
4041	3副		42	萩	此	鳩	淨	陰平	齊	八鳩			清平開尤流三	七由	清開3	雌氏	見平開尤流三	居求
4042	3副		43	畫	此	鳩	淨	陰平	齊	八鳩			清平開尤流三	七由	清開3	雌氏	見平開尤流三	居求
4043	3副		44	鰌*	此	鳩	淨	陰平	齊	八鳩			清平開尤流三	雌由	清開3	雌氏	見平開尤流三	居求
4044	3副	11	45	饈	想	鳩	信	陰平	齊	八鳩			心平開尤流三	息流	心開3	息兩	見平開尤流三	居求
4045	3副		46	脩	想	鳩	信	陰平	齊	八鳩			心平開蕭效四	蘇彫	心開3	息兩	見平開尤流三	居求
4046	3副		47	鏅*	想	鳩	信	陰平	齊	八鳩	鎀或作鏅		心平開尤流三	思留	心開3	息兩	見平開尤流三	居求
4049	3副		48	樇	想	鳩	信	陰平	齊	八鳩			心平開尤流三	息流	心開3	息兩	見平開尤流三	居求
4050	3副		49	揂	想	鳩	信	陰平	齊	八鳩	平入兩讀		心平開蕭效四	蘇彫	心開3	息兩	見平開尤流三	居求

韻字編號	部序	組數	字數	韻字及何氏反切			韻字何氏音				何萱注釋	備注	韻字中古音		上字中古音		下字中古音	
				韻字	上字	下字	聲	調	呼	韻部			聲調呼韻攝等	反切	聲呼等	反切	聲調呼韻攝等	反切
4055	3副		50	蟰	想	鳩	信	陰平	齊	八鳩			心平開蕭效四	蘇彫	心開3	息兩	見平開尤流三	居求
4056	3副		51	橚	想	鳩	信	陰平	齊	八鳩			心平開蕭效四	蘇彫	心開3	息兩	見平開尤流三	居求
4057	3副		52	鱐	想	鳩	信	陰平	齊	八鳩			心平開蕭效四	蘇彫	心開3	息兩	見平開尤流三	居求
4059	3副		53	艂**	想	鳩	信	陰平	齊	八鳩			心平開尤流三	思由	心開3	息兩	見平開尤流三	居求
4060	3副		54	飀*	想	鳩	信	陰平	齊	八鳩			心平開尤流三	思留	心開3	息兩	見平開尤流三	居求
4061	3副		55	鱃	想	鳩	信	陰平	齊	八鳩			心平開尤流三	息流	心開3	息兩	見平開尤流三	居求
4062	3副	12	56	膔	丙	鳩	謗	陰平	齊	八鳩		正編上字作炳	幫平開宵效重四	甫遙	幫開3	兵永	見平開尤流三	居求
4064	3副		57	瞟*	丙	鳩	謗	陰平	齊	八鳩		正編上字作炳	幫平開宵效重四	卑遙	幫開3	兵永	見平開尤流三	居求
4065	3副		58	驃	丙	鳩	謗	陰平	齊	八鳩		正編上字作炳	幫平開宵效重四	甫遙	幫開3	兵永	見平開尤流三	居求
4066	3副		59	蔈	丙	鳩	謗	陰平	齊	八鳩		正編上字作炳	幫上開宵效重四	陂矯	幫開3	兵永	見平開尤流三	居求
4067	3副	13	60	**飆**	品	鳩	並	陰平	齊	八鳩			滂平開尤流三	匹尤	滂開重3	丕飲	見平開尤流三	居求
4068	3副	14	61	紑*	范	鳩	匪	陰平	齊	八鳩			敷平合虞遇三	芳無	奉合3	防錽	見平開尤流三	居求
4069	3副		62	秠	范	鳩	匪	陰平	齊	八鳩			敷平合虞遇三	芳無	奉合3	防錽	見平開尤流三	居求
4070	3副		63	桴*	范	鳩	匪	陰平	齊	八鳩			敷平合虞遇三	芳無	奉合3	防錽	見平開尤流三	居求
4071	3副		64	孵	范	鳩	匪	陰平	齊	八鳩			敷平合虞遇三	芳無	奉合3	防錽	見平開尤流三	居求
4073	3副	15	65	颫*	儉	由	起	陽平	齊	八鳩			群平開尤流三	渠尤	群開重3	巨險	以平開尤流三	以周
4074	3副		66	逑	儉	由	起	陽平	齊	八鳩			群平開尤流三	巨鳩	群開重3	巨險	以平開尤流三	以周
4075	3副		67	球	儉	由	起	陽平	齊	八鳩			群平開尤流三	巨鳩	群開重3	巨險	以平開尤流三	以周
4076	3副		68	毬	儉	由	起	陽平	齊	八鳩	毬即鞻之俗字，但音有平入之異耳		群平開尤流三	巨鳩	群開重3	巨險	以平開尤流三	以周
4077	3副		69	殏	儉	由	起	陽平	齊	八鳩			群平開尤流三	巨鳩	群開重3	巨險	以平開尤流三	以周
4078	3副		70	庡*	儉	由	起	陽平	齊	八鳩			群平開尤流三	渠尤	群開重3	巨險	以平開尤流三	以周
4079	3副		71	絿*	儉	由	起	陽平	齊	八鳩			群平開尤流三	渠尤	群開重3	巨險	以平開尤流三	以周
4080	3副		72	筬	儉	由	起	陽平	齊	八鳩			群平開尤流三	巨鳩	群開重3	巨險	以平開尤流三	以周
4081	3副		73	觩**	儉	由	起	陽平	齊	八鳩		玉篇：音求	群平開尤流三	巨鳩	群開重3	巨險	以平開尤流三	以周
4082	3副		74	扏	儉	由	起	陽平	齊	八鳩			群平開尤流三	巨鳩	群開重3	巨險	以平開尤流三	以周

韻字編號	部序	組數	字數	韻字及何氏反切			韻字何氏音				何萱注釋	備注	韻字中古音		上字中古音		下字中古音	
				韻字	上字	下字	聲	調	呼	韻部			聲調呼韻攝等	反切	聲呼等	反切	聲調呼韻攝等	反切
4083	3副		75	紈	儉	由	起	陽平	齊	八鳩			群平開尤流三	巨鳩	群開重3	巨險	以平開尤流三	以周
4084	3副		76	朹*	儉	由	起	陽平	齊	八鳩			群平開尤流三	渠尤	群開重3	巨險	以平開尤流三	以周
4085	3副		77	訄	儉	由	起	陽平	齊	八鳩			群平開尤流三	巨鳩	群開重3	巨險	以平開尤流三	以周
4086	3副		78	觓	儉	由	起	陽平	齊	八鳩			群平開尤流三	巨鳩	群開重3	巨險	以平開尤流三	以周
4087	3副		79	梵	儉	由	起	陽平	齊	八鳩			群平開尤流三	巨鳩	群開重3	巨險	以平開尤流三	以周
4088	3副		80	犰	儉	由	起	陽平	齊	八鳩			群平開尤流三	巨鳩	群開重3	巨險	以平開尤流三	以周
4089	3副		81	鼽**	儉	由	起	陽平	齊	八鳩		玉篇：音求	群平開尤流三	巨鳩	群開重3	巨險	以平開尤流三	以周
4090	3副		82	玑	儉	由	起	陽平	齊	八鳩			群平開尤流三	巨鳩	群開重3	巨險	以平開尤流三	以周
4091	3副	16	83	偤	漾	求	影	陽平	齊	八鳩			以平開尤流三	以周	以開3	餘亮	群平開尤流三	巨鳩
4092	3副		84	瘤*	漾	求	影	陽平	齊	八鳩			以去開尤流三	余救	以開3	餘亮	群平開尤流三	巨鳩
4093	3副		85	卣	漾	求	影	陽平	齊	八鳩		玉篇：以周子由二切	以平開尤流三	以周	以開3	餘亮	群平開尤流三	巨鳩
4094	3副		86	郈*	漾	求	影	陽平	齊	八鳩			曉平合虞遇三	匈于	以開3	餘亮	群平開尤流三	巨鳩
4095	3副		87	蕕*	漾	求	影	陽平	齊	八鳩			以平開尤流三	夷周	以開3	餘亮	群平開尤流三	巨鳩
4097	3副		88	柚	漾	求	影	陽平	齊	八鳩			以平開尤流三	以周	以開3	餘亮	群平開尤流三	巨鳩
4098	3副		89	鮋	漾	求	影	陽平	齊	八鳩			以平開尤流三	以周	以開3	餘亮	群平開尤流三	巨鳩
4099	3副		90	蚰	漾	求	影	陽平	齊	八鳩			以平開尤流三	以周	以開3	餘亮	群平開尤流三	巨鳩
4100	3副		91	蝣	漾	求	影	陽平	齊	八鳩			以平開尤流三	以周	以開3	餘亮	群平開尤流三	巨鳩
4101	3副		92	鰟**	漾	求	影	陽平	齊	八鳩			以平開尤流三	以周	以開3	餘亮	群平開尤流三	巨鳩
4102	3副		93	艀*	漾	求	影	陽平	齊	八鳩			曉平合虞遇三	匈于	以開3	餘亮	群平開尤流三	巨鳩
4103	3副		94	蕍*	漾	求	影	陽平	齊	八鳩			曉平合虞遇三	匈于	以開3	餘亮	群平開尤流三	巨鳩
4104	3副	17	95	嵎*	體	求	透	陽平	齊	八鳩			知入開藥宕三	陟略	透開4	他禮	群平開尤流三	巨鳩
4105	3副		96	筡	體	求	透	陽平	齊	八鳩			定平開蕭效四	徒聊	透開4	他禮	群平開尤流三	巨鳩
4106	3副	18	97	流	亮	由	賚	陽平	齊	八鳩			來平開尤流三	力求	來開3	力讓	以平開尤流三	以周
4107	3副		98	硫	亮	由	賚	陽平	齊	八鳩			來平開尤流三	力求	來開3	力讓	以平開尤流三	以周
4109	3副		99	麍**	亮	由	賚	陽平	齊	八鳩		玉篇：音流	來平開尤流三	力求	來開3	力讓	以平開尤流三	以周
4110	3副		100	糠	亮	由	賚	陽平	齊	八鳩			來平開尤流三	力求	來開3	力讓	以平開尤流三	以周

韻字編號	部序	組數	字數	韻字及何氏反切			韻字何氏音				何萱注釋	備　注	韻字中古音		上字中古音		下字中古音	
				韻字	上字	下字	聲	調	呼	韻部			聲調呼韻攝等	反切	聲呼等	反切	聲調呼韻攝等	反切
4111	3副		101	瀏*(竹頭) 篞*	亮	由	賚	陽平	齊	八鳩			來平開尤流三	力求	來開3	力讓	以平開尤流三	以周
4112	3副		102	蓅*	亮	由	賚	陽平	齊	八鳩			來平開尤流三	力求	來開3	力讓	以平開尤流三	以周
4113	3副		103	鶹*	亮	由	賚	陽平	齊	八鳩			來平開尤流三	力求	來開3	力讓	以平開尤流三	以周
4114	3副		104	鰤	亮	由	賚	陽平	齊	八鳩			來平開尤流三	力求	來開3	力讓	以平開尤流三	以周
4115	3副		105	疬*	亮	由	賚	陽平	齊	八鳩			定平開蕭效四	田聊	來開3	力讓	以平開尤流三	以周
4117	3副		106	嘟*	亮	由	賚	陽平	齊	八鳩			來平開肴效二	力交	來開3	力讓	以平開尤流三	以周
4119	3副		107	篰	亮	由	賚	陽平	齊	八鳩			來平開蕭效四	落蕭	來開3	力讓	以平開尤流三	以周
4120	3副		108	蓈*	亮	由	賚	陽平	齊	八鳩			定平開蕭效四	田聊	來開3	力讓	以平開尤流三	以周
4121	3副		109	憰*	亮	由	賚	陽平	齊	八鳩			來平開尤流三	力求	來開3	力讓	以平開尤流三	以周
4122	3副		110	繙	亮	由	賚	陽平	齊	八鳩			來平開尤流三	力求	來開3	力讓	以平開尤流三	以周
4123	3副		111	嵧	亮	由	賚	陽平	齊	八鳩			來平開尤流三	力求	來開3	力讓	以平開尤流三	以周
4124	3副		112	蟉**	亮	由	賚	陽平	齊	八鳩		玉篇：音流	來平開尤流三	力求	來開3	力讓	以平開尤流三	以周
4125	3副		113	蹓*	亮	由	賚	陽平	齊	八鳩			來平開尤流三	力求	來開3	力讓	以平開尤流三	以周
4127	3副		114	籀	亮	由	賚	陽平	齊	八鳩			來平開尤流三	力求	來開3	力讓	以平開尤流三	以周
4128	3副		115	蒥	亮	由	賚	陽平	齊	八鳩			來平開尤流三	力求	來開3	力讓	以平開尤流三	以周
4130	3副		116	榴	亮	由	賚	陽平	齊	八鳩			來平開尤流三	力求	來開3	力讓	以平開尤流三	以周
4131	3副		117	櫾	亮	由	賚	陽平	齊	八鳩			來平開尤流三	力求	來開3	力讓	以平開尤流三	以周
4133	3副		118	摎	亮	由	賚	陽平	齊	八鳩			來平開尤流三	力求	來開3	力讓	以平開尤流三	以周
4134	3副		119	瀏*	亮	由	賚	陽平	齊	八鳩			來平開尤流三	力求	來開3	力讓	以平開尤流三	以周
4135	3副		120	飀	亮	由	賚	陽平	齊	八鳩			來平開尤流三	力求	來開3	力讓	以平開尤流三	以周
4136	3副		121	鶹	亮	由	賚	陽平	齊	八鳩			來平開尤流三	力求	來開3	力讓	以平開尤流三	以周
4137	3副		122	觩	亮	由	賚	陽平	齊	八鳩			來平開尤流三	力求	來開3	力讓	以平開尤流三	以周
4138	3副		123	佬**	亮	由	賚	陽平	齊	八鳩			來平開蕭效四	力彫	來開3	力讓	以平開尤流三	以周
4139	3副	19	124	躊*	齒	由	助	陽平	齊	八鳩			澄平開尤流三	陳留	昌開3	昌里	以平開尤流三	以周
4140	3副		125	飅*	齒	由	助	陽平	齊	八鳩			澄平開尤流三	陳留	昌開3	昌里	以平開尤流三	以周
4141	3副		126	薵*	齒	由	助	陽平	齊	八鳩			澄平開尤流三	陳留	昌開3	昌里	以平開尤流三	以周
4142	3副		127	鸘	齒	由	助	陽平	齊	八鳩			澄平開尤流三	直由	昌開3	昌里	以平開尤流三	以周

韻字編號	部序	組數	字數	韻字及何氏反切			韻字何氏音				何萱注釋	備　注	韻字中古音		上字中古音		下字中古音	
				韻字	上字	下字	聲	調	呼	韻部			聲調呼韻攝等	反切	聲呼等	反切	聲調呼韻攝等	反切
4143	3 副		128	籌*	齒	由	助	陽平	齊	八鳩			澄平開尤流三	陳留	昌開 3	昌里	以平開尤流三	以周
4144	3 副		129	疇*	齒	由	助	陽平	齊	八鳩			澄平開尤流三	陳留	昌開 3	昌里	以平開尤流三	以周
4145	3 副		130	啁**	齒	由	助	陽平	齊	八鳩			澄平開尤流三	直流	昌開 3	昌里	以平開尤流三	以周
4146	3 副		131	醻**	齒	由	助	陽平	齊	八鳩		玉篇：音抽	徹平開尤流三	丑鳩	昌開 3	昌里	以平開尤流三	以周
4147	3 副		132	觸**	齒	由	助	陽平	齊	八鳩		玉篇：止尤治尤二切	澄平開尤流三	治尤	昌開 3	昌里	以平開尤流三	以周
4148	3 副		133	菗	齒	由	助	陽平	齊	八鳩			澄平開尤流三	直由	昌開 3	昌里	以平開尤流三	以周
4149	3 副	20	134	媃*	忍	由	耳	陽平	齊	八鳩			日平開尤流三	而由	日開 3	而軫	以平開尤流三	以周
4150	3 副		135	渘*	忍	由	耳	陽平	齊	八鳩			日平開尤流三	而由	日開 3	而軫	以平開尤流三	以周
4151	3 副		136	鬏	忍	由	耳	陽平	齊	八鳩			日平開尤流三	耳由	日開 3	而軫	以平開尤流三	以周
4152	3 副		137	騥	忍	由	耳	陽平	齊	八鳩			日平開尤流三	耳由	日開 3	而軫	以平開尤流三	以周
4153	3 副		138	鶔	忍	由	耳	陽平	齊	八鳩			日平開尤流三	耳由	日開 3	而軫	以平開尤流三	以周
4154	3 副		139	鰇	忍	由	耳	陽平	齊	八鳩			日平開尤流三	耳由	日開 3	而軫	以平開尤流三	以周
4155	3 副		140	葇	忍	由	耳	陽平	齊	八鳩			日平開尤流三	耳由	日開 3	而軫	以平開尤流三	以周
4157	3 副		141	鄈	忍	由	耳	陽平	齊	八鳩			日平開尤流三	耳由	日開 3	而軫	以平開尤流三	以周
4158	3 副	21	142	栦*	始	由	審	陽平	齊	八鳩			禪平開尤流三	時流	書開 3	詩止	以平開尤流三	以周
4160	3 副	22	143	慦	此	由	淨	陽平	齊	八鳩			從平開尤流三	自秋	清開 3	雌氏	以平開尤流三	以周
4161	3 副		144	崷	此	由	淨	陽平	齊	八鳩			從平開尤流三	自秋	清開 3	雌氏	以平開尤流三	以周
4162	3 副		145	煪	此	由	淨	陽平	齊	八鳩			從平開尤流三	自秋	清開 3	雌氏	以平開尤流三	以周
4164	3 副		146	湭*	此	由	淨	陽平	齊	八鳩			從平開尤流三	字秋	清開 3	雌氏	以平開尤流三	以周
4166	3 副	23	147	莤	想	由	信	陽平	齊	八鳩			邪平開尤流三	似由	心開 3	息兩	以平開尤流三	以周
4167	3 副		148	殂*	想	由	信	陽平	齊	八鳩			邪平開尤流三	徐由	心開 3	息兩	以平開尤流三	以周
4168	3 副		149	舶**	想	由	信	陽平	齊	八鳩			邪平開尤流三	似秋	心開 3	息兩	以平開尤流三	以周
4170	3 副		150	鮂	想	由	信	陽平	齊	八鳩			邪平開尤流三	似由	心開 3	息兩	以平開尤流三	以周
4171	3 副		151	煪**	想	由	信	陽平	齊	八鳩			邪平開尤流三	似由	心開 3	息兩	以平開尤流三	以周
4172	3 副	24	152	紑	范	求	匪	陽平	齊	八鳩			奉平開尤流三	縛謀	奉合 3	防錽	群平開尤流三	巨鳩
4173	3 副		153	覣*	范	求	匪	陽平	齊	八鳩			敷平開尤流三	披尤	奉合 3	防錽	群平開尤流三	巨鳩

韻字編號	部序	組數	字數	韻字及何氏反切			韻字何氏音				何萱注釋	備　注	韻字中古音		上字中古音		下字中古音	
				韻字	上字	下字	聲	調	呼	韻部			聲調呼韻攝等	反切	聲呼等	反切	聲調呼韻攝等	反切
4176	3 副		154	呼	范	求	匪	陽平	齊	八鳩			奉平開尤流三	縛謀	奉合 3	防鋄	群平開尤流三	巨鳩
4178	3 副		155	⿺走孚	范	求	匪	陽平	齊	八鳩			敷去合虞遇三	芳遇	奉合 3	防鋄	群平開尤流三	巨鳩
4179	3 副		156	雽	范	求	匪	陽平	齊	八鳩			奉平開尤流三	縛謀	奉合 3	防鋄	群平開尤流三	巨鳩
4180	3 副		157	⿰鬼孚**	范	求	匪	陽平	齊	八鳩			奉平開尤流三	縛尤	奉合 3	防鋄	群平開尤流三	巨鳩
4181	3 副		158	琈	范	求	匪	陽平	齊	八鳩			奉平開尤流三	縛謀	奉合 3	防鋄	群平開尤流三	巨鳩
4182	3 副		159	⿰石孚*	范	求	匪	陽平	齊	八鳩			敷平開尤流三	披尤	奉合 3	防鋄	群平開尤流三	巨鳩
4183	3 副		160	艀	范	求	匪	陽平	齊	八鳩			奉平開尤流三	縛謀	奉合 3	防鋄	群平開尤流三	巨鳩
4184	3 副		161	⿰孚鳥	范	求	匪	陽平	齊	八鳩			奉平開尤流三	縛謀	奉合 3	防鋄	群平開尤流三	巨鳩
4186	3 副		162	⿰魚孚	范	求	匪	陽平	齊	八鳩			奉平開尤流三	縛謀	奉合 3	防鋄	群平開尤流三	巨鳩
4187	3 副		163	⿱竹浮	范	求	匪	陽平	齊	八鳩			奉平開尤流三	縛謀	奉合 3	防鋄	群平開尤流三	巨鳩
4188	3 副		164	⿰火冒**	范	求	匪	陽平	齊	八鳩			敷平開尤流三	孚誅	奉合 3	防鋄	群平開尤流三	巨鳩
4189	3 副		165	巷	范	求	匪	陽平	齊	八鳩			匣去開江江二	胡絳	奉合 3	防鋄	群平開尤流三	巨鳩
4190	3 副	25	166	⿰車丩	舉	幽	見	陰平	撮	九丩			見平開尤流三	居求	見合 3	居許	影平開幽流三	於虯
4191	3 副	26	167	⿰忄冏	去	幽	起	陰平	撮	九丩			溪平開尤流三	去秋	溪合 3	丘倨	影平開幽流三	於虯
4192	3 副	27	168	⿰風幽*	羽	朻	影	陰平	撮	九丩			影平開幽流三	於虯	云合 3	王矩	見平開幽流三	居虯
4193	3 副	28	169	⿰風幽*	俊	幽	井	陰平	撮	九丩			精平開幽流三	子幽	精合 3	子峻	影平開幽流三	於虯
4194	3 副	29	170	烋	選	幽	信	陰平	撮	九丩			曉平開幽流三	香幽	心合 3	蘇管	影平開幽流三	於虯
4195	3 副		171	嗅**	選	幽	信	陰平	撮	九丩			曉平開幽流三	香幽	心合 3	蘇管	影平開幽流三	於虯
4196	3 副		172	飍	選	幽	信	陰平	撮	九丩			曉平開幽流三	香幽	心合 3	蘇管	影平開幽流三	於虯
4197	3 副	30	173	瀌*	褊	幽	謗	陰平	撮	九丩			幫平開幽流三	必幽	幫開重 4	方緬	影平開幽流三	於虯
4198	3 副	31	174	⿰王包	甫	鏐	匪	陰平	撮	九丩			奉平合虞遇三	防無	非合 3	方矩	來平開幽流三	力幽
4199	3 副	32	175	溲	海	搜	曉	陰平	開	十捘			曉平開尤流三	許尤	曉開 1	呼改	生平開尤流三	所鳩
4201	3 副	33	176	⿰口愁	諍	搜	照	陰平	開	十捘			莊平開尤流三	側鳩	莊開 2	側迸	生平開尤流三	所鳩
4202	3 副	34	177	廋	稍	褒	審	陰平	開	十捘			生平開尤流三	所鳩	生開 2	所教	幫平開豪效一	博毛
4204	3 副		178	⿺走叟	稍	褒	審	陰平	開	十捘			生平開尤流三	所鳩	生開 2	所教	幫平開豪效一	博毛
4206	3 副		179	餿	稍	褒	審	陰平	開	十捘			生平開尤流三	所鳩	生開 2	所教	幫平開豪效一	博毛
4207	3 副		180	鎪	稍	褒	審	陰平	開	十捘			生平開尤流三	所鳩	生開 2	所教	幫平開豪效一	博毛

韻字編號	部序	組數	字數	韻字及何氏反切			韻字何氏音				何萱注釋	備　注	韻字中古音		上字中古音		下字中古音	
				韻字	上字	下字	聲	調	呼	韻部			聲調呼韻攝等	反切	聲呼等	反切	聲調呼韻攝等	反切
4208	3副		181	剢*	稍	褒	審	陰平	開	十捼			生平開尤流三	踈鳩	生開2	所教	幫平開豪效一	博毛
4209	3副		182	颼	稍	褒	審	陰平	開	十捼			生平開尤流三	所鳩	生開2	所教	幫平開豪效一	博毛
4210	3副		183	鞕	稍	褒	審	陰平	開	十捼			心平開侯流一	速侯	生開2	所教	幫平開豪效一	博毛
4211	3副		184	氉**	稍	褒	審	陰平	開	十捼		玉篇：音搜，又素侯切	生平開尤流三	所鳩	生開2	所教	幫平開豪效一	博毛
4212	3副		185	犙*	稍	褒	審	陰平	開	十捼			生平開尤流三	踈鳩	生開2	所教	幫平開豪效一	博毛
4214	3副		186	騪	稍	褒	審	陰平	開	十捼			生平開尤流三	所鳩	生開2	所教	幫平開豪效一	博毛
4216	3副		187	螋	稍	褒	審	陰平	開	十捼			生平開尤流三	所鳩	生開2	所教	幫平開豪效一	博毛
4217	3副	35	188	鉾	莫	愁	命	陽平	開	十捼			明平開尤流三	莫浮	明開1	慕各	崇平開尤流三	士尤
4218	3副		189	恈	莫	愁	命	陽平	開	十捼			明平開尤流三	莫浮	明開1	慕各	崇平開尤流三	士尤
4219	3副		190	眸	莫	愁	命	陽平	開	十捼			明平開尤流三	莫浮	明開1	慕各	崇平開尤流三	士尤
4220	3副		191	牟*	莫	愁	命	陽平	開	十捼			明平開侯流一	迷浮	明開1	慕各	崇平開尤流三	士尤
4221	3副		192	鉾*	莫	愁	命	陽平	開	十捼			明平開侯流一	迷浮	明開1	慕各	崇平開尤流三	士尤
4223	3副		193	桙*	莫	愁	命	陽平	開	十捼			明平開侯流一	迷浮	明開1	慕各	崇平開尤流三	士尤
4224	3副		194	鴾	莫	愁	命	陽平	開	十捼			明平開尤流三	莫浮	明開1	慕各	崇平開尤流三	士尤
4225	3副		195	鮮**	莫	愁	命	陽平	開	十捼			明平開侯流一	莫侯	明開1	慕各	崇平開尤流三	士尤
4226	3副		196	鍪	莫	愁	命	陽平	開	十捼			明平開尤流三	莫浮	明開1	慕各	崇平開尤流三	士尤
4229	3副		197	罞	莫	愁	命	陽平	開	十捼			明平開肴效二	莫交	明開1	慕各	崇平開尤流三	士尤
4230	3副		198	鶜	莫	愁	命	陽平	開	十捼			明平開肴效二	莫交	明開1	慕各	崇平開尤流三	士尤
4231	3副		199	蓥*	莫	愁	命	陽平	開	十捼			明平開侯流一	迷浮	明開1	慕各	崇平開尤流三	士尤
4232	3副	36	200	覩	艮	滔	見	陰平	開二	十一臯			見平開豪效一	古勞	見開1	古恨	透平開豪效一	土刀
4233	3副		201	懆*	艮	滔	見	陰平	開二	十一臯			見平開豪效一	居勞	見開1	古恨	透平開豪效一	土刀
4234	3副		202	橰	艮	滔	見	陰平	開二	十一臯			見平開豪效一	古勞	見開1	古恨	透平開豪效一	土刀
4235	3副		203	槔	艮	滔	見	陰平	開二	十一臯			見平開豪效一	古勞	見開1	古恨	透平開豪效一	土刀
4236	3副		204	郼g*	艮	滔	見	陰平	開二	十一臯			見平開豪效一	居勞	見開1	古恨	透平開豪效一	土刀
4238	3副		205	嵲	艮	滔	見	陰平	開二	十一臯			見平開豪效一	古勞	見開1	古恨	透平開豪效一	土刀
4239	3副		206	鷎	艮	滔	見	陰平	開二	十一臯			見平開豪效一	古勞	見開1	古恨	透平開豪效一	土刀

韻字編號	部序	組數	字數	韻字及何氏反切			韻字何氏音				何萱注釋	備　注	韻字中古音		上字中古音		下字中古音	
				韻字	上字	下字	聲	調	呼	韻部			聲調呼韻攝等	反切	聲呼等	反切	聲調呼韻攝等	反切
4240	3 副		207	嶅	艮	滔	見	陰平	開二	十一皋			見平開豪效一	古勞	見開 1	古恨	透平開豪效一	土刀
4242	3 副	37	208	䫜*	侃	滔	起	陰平	開二	十一皋			溪平開豪效一	丘刀	溪開 1	空旱	透平開豪效一	土刀
4243	3 副	38	209	膮	海	皋	曉	陰平	開二	十一皋			曉平開蕭效四	許幺	曉開 1	呼改	見平開豪效一	古勞
4244	3 副		210	䙫	海	皋	曉	陰平	開二	十一皋			曉平開豪效一	呼毛	曉開 1	呼改	見平開豪效一	古勞
4245	3 副	39	211	䫿	帶	皋	短	陰平	開二	十一皋		上字原為海，疑誤。據正編改為帶	端平開豪效一	都牢	端開 1	當蓋	見平開豪效一	古勞
4246	3 副	40	212	謟	代	皋	透	陰平	開二	十一皋		上字原為海，疑誤。據正編改為代	透平開豪效一	土刀	定開 1	徒耐	見平開豪效一	古勞
4247	3 副		213	鞱**	代	皋	透	陰平	開二	十一皋		上字原為海，疑誤。據正編改為代	透平開豪效一	吐刀	定開 1	徒耐	見平開豪效一	古勞
4249	3 副		214	餡*	代	皋	透	陰平	開二	十一皋		上字原為海，疑誤。據正編改為代	定平開豪效一	徒刀	定開 1	徒耐	見平開豪效一	古勞
4250	3 副		215	瑫	代	皋	透	陰平	開二	十一皋		上字原為海，疑誤。據正編改為代	透平開豪效一	土刀	定開 1	徒耐	見平開豪效一	古勞
4251	3 副		216	槄	代	皋	透	陰平	開二	十一皋		上字原為海，疑誤。據正編改為代	透平開豪效一	土刀	定開 1	徒耐	見平開豪效一	古勞
4253	3 副		217	縚	代	皋	透	陰平	開二	十一皋		上字原為海，疑誤。據正編改為代	透平開豪效一	土刀	定開 1	徒耐	見平開豪效一	古勞
4254	3 副		218	詨	代	皋	透	陰平	開二	十一皋		上字原為海，疑誤。據正編改為代	透平開豪效一	土刀	定開 1	徒耐	見平開豪效一	古勞
4255	3 副		219	㑒*	代	皋	透	陰平	開二	十一皋		上字原為海，疑誤。據正編改為代	透平開豪效一	他刀	定開 1	徒耐	見平開豪效一	古勞
4256	3 副		220	㑒	代	皋	透	陰平	開二	十一皋		上字原為海，疑誤。據正編改為代	透平開豪效一	土刀	定開 1	徒耐	見平開豪效一	古勞
4257	3 副	41	221	傮	宰	皋	井	陰平	開二	十一皋			精平開豪效一	作曹	精開 1	作亥	見平開豪效一	古勞
4259	3 副		222	糟*	宰	皋	井	陰平	開二	十一皋			精平開豪效一	臧曹	精開 1	作亥	見平開豪效一	古勞
4260	3 副	42	223	疾**	茝	皋	助	陰平	開二	十一皋		下文疾歸入粲陶切，此處疑為衍字	澄平開豪效一	直高	昌開 1	昌紿	見平開豪效一	古勞

韻字編號	部序	組數	字數	韻字及何氏反切			韻字何氏音				何萱注釋	備注	韻字中古音		上字中古音		下字中古音	
				韻字	上字	下字	聲	調	呼	韻部			聲調呼韻攝等	反切	聲呼等	反切	聲調呼韻攝等	反切
4262	3副	43	224	溞	散	皋	信	陰平	開二	十一皋			心平開豪效一	蘇遭	心開1	蘇旱	見平開豪效一	古勞
4263	3副		225	颾	散	皋	信	陰平	開二	十一皋			心平開豪效一	蘇遭	心開1	蘇旱	見平開豪效一	古勞
4264	3副		226	篕*	散	皋	信	陰平	開二	十一皋			心平開豪效一	蘇遭	心開1	蘇旱	見平開豪效一	古勞
4265	3副		227	鰠	散	皋	信	陰平	開二	十一皋			心平開豪效一	蘇遭	心開1	蘇旱	見平開豪效一	古勞
4266	3副	44	228	蕔*	博	皋	謗	陰平	開二	十一皋			幫平開豪效一	博毛	幫開1	補各	見平開豪效一	古勞
4267	3副	45	229	裪	代	袍	透	陽平	開二	十一皋			定平開豪效一	徒刀	定開1	徒耐	並平開豪效一	薄褒
4269	3副		230	綯	代	袍	透	陽平	開二	十一皋			定平開豪效一	徒刀	定開1	徒耐	並平開豪效一	薄褒
4271	3副		231	鞫*	代	袍	透	陽平	開二	十一皋			定平開豪效一	徒刀	定開1	徒耐	並平開豪效一	薄褒
4272	3副		232	衜*	代	袍	透	陽平	開二	十一皋			定平開豪效一	徒刀	定開1	徒耐	並平開豪效一	薄褒
4273	3副		233	醄*	代	袍	透	陽平	開二	十一皋			定平開豪效一	徒刀	定開1	徒耐	並平開豪效一	薄褒
4274	3副		234	麴*	代	袍	透	陽平	開二	十一皋			定平開豪效一	徒刀	定開1	徒耐	並平開豪效一	薄褒
4275	3副		235	饇*	代	袍	透	陽平	開二	十一皋			定平開豪效一	徒刀	定開1	徒耐	並平開豪效一	薄褒
4277	3副		236	蜪	代	袍	透	陽平	開二	十一皋			定平開豪效一	徒刀	定開1	徒耐	並平開豪效一	薄褒
4278	3副		237	淘*	代	袍	透	陽平	開二	十一皋			定平開豪效一	徒刀	定開1	徒耐	並平開豪效一	薄褒
4279	3副		238	濤	代	袍	透	陽平	開二	十一皋	濁或作濤		定平開豪效一	徒刀	定開1	徒耐	並平開豪效一	薄褒
4280	3副	46	239	瓇	柰	陶	乃	陽平	開二	十一皋			泥平開豪效一	奴刀	泥開1	奴帶	定平開豪效一	徒刀
4281	3副		240	譊*	柰	陶	乃	陽平	開二	十一皋			泥平開豪效一	奴刀	泥開1	奴帶	定平開豪效一	徒刀
4282	3副	47	241	侔*	朗	陶	賚	陽平	開二	十一皋			來平開豪效一	郎刀	來開1	盧黨	定平開豪效一	徒刀
4283	3副		242	哰	朗	陶	賚	陽平	開二	十一皋			來平開豪效一	魯刀	來開1	盧黨	定平開豪效一	徒刀
4284	3副		243	浶*	朗	陶	賚	陽平	開二	十一皋			來平開豪效一	郎刀	來開1	盧黨	定平開豪效一	徒刀
4285	3副		244	鉾	朗	陶	賚	陽平	開二	十一皋			來平開豪效一	魯刀	來開1	盧黨	定平開豪效一	徒刀
4286	3副		245	峷	朗	陶	賚	陽平	開二	十一皋			來平開豪效一	魯刀	來開1	盧黨	定平開豪效一	徒刀
4287	3副		246	簩	朗	陶	賚	陽平	開二	十一皋			來平開豪效一	魯刀	來開1	盧黨	定平開豪效一	徒刀
4288	3副		247	鴇*	朗	陶	賚	陽平	開二	十一皋			來平開豪效一	郎刀	來開1	盧黨	定平開豪效一	徒刀
4290	3副		248	膠	朗	陶	賚	陽平	開二	十一皋			來平開豪效一	魯刀	來開1	盧黨	定平開豪效一	徒刀
4291	3副		249	嘐	朗	陶	賚	陽平	開二	十一皋			來平開豪效一	魯刀	來開1	盧黨	定平開豪效一	徒刀
4294	3副		250	嘞*	朗	陶	賚	陽平	開二	十一皋			來平開豪效一	郎刀	來開1	盧黨	定平開豪效一	徒刀

韻字編號	部序	組數	字數	韻字及何氏反切			韻字何氏音				何萱注釋	備注	韻字中古音		上字中古音		下字中古音	
				韻字	上字	下字	聲	調	呼	韻部			聲調呼韻攝等	反切	聲呼等	反切	聲調呼韻攝等	反切
4295	3副		251	髝	朗	陶	賚	陽平	開二	十一皋			來平開豪效一	魯刀	來開1	盧黨	定平開豪效一	徒刀
4296	3副	48	252	嶆*	粲	陶	淨	陽平	開二	十一皋			從平開豪效一	財勞	清開1	蒼案	定平開豪效一	徒刀
4297	3副		253	褿	粲	陶	淨	陽平	開二	十一皋			從平開豪效一	昨勞	清開1	蒼案	定平開豪效一	徒刀
4299	3副		254	嘈	粲	陶	淨	陽平	開二	十一皋			從平開豪效一	昨勞	清開1	蒼案	定平開豪效一	徒刀
4301	3副		255	曹	粲	陶	淨	陽平	開二	十一皋			從平開豪效一	昨勞	清開1	蒼案	定平開豪效一	徒刀
4302	3副		256	螬	粲	陶	淨	陽平	開二	十一皋			從平開豪效一	昨勞	清開1	蒼案	定平開豪效一	徒刀
4303	3副		257	艚	粲	陶	淨	陽平	開二	十一皋			從平開豪效一	昨勞	清開1	蒼案	定平開豪效一	徒刀
4304	3副		258	嘈*	粲	陶	淨	陽平	開二	十一皋			從平開豪效一	財勞	清開1	蒼案	定平開豪效一	徒刀
4305	3副		259	鏪	粲	陶	淨	陽平	開二	十一皋			從平開豪效一	財勞	清開1	蒼案	定平開豪效一	徒刀
4307	3副		260	嶆*	粲	陶	淨	陽平	開二	十一皋			從平開豪效一	財勞	清開1	蒼案	定平開豪效一	徒刀
4308	3副		261	簪*	粲	陶	淨	陽平	開二	十一皋			從平開豪效一	財勞	清開1	蒼案	定平開豪效一	徒刀
4309	3副		262	疾**	粲	陶	淨	陽平	開二	十一皋			澄平開豪效一	直高	清開1	蒼案	定平開豪效一	徒刀
4310	3副	49	263	鞄	倍	陶	並	陽平	開二	十一皋			並平開豪效一	薄褒	並開1	薄亥	定平開豪效一	徒刀
4311	3副		264	刨*	倍	陶	並	陽平	開二	十一皋			並平開肴效二	蒲交	並開1	薄亥	定平開豪效一	徒刀
4312	3副	50	265	轇	古	苞	見	陰平	合	十二膠			見平開肴效二	古肴	見合1	公戶	幫平開肴效二	布交
4313	3副		266	漻	古	苞	見	陰平	合	十二膠			見平開肴效二	古肴	見合1	公戶	幫平開肴效二	布交
4314	3副	51	267	㤁	苦	苞	起	陰平	合	十二膠			溪平開肴效二	口交	溪合1	康杜	幫平開肴效二	布交
4315	3副		268	瞘	苦	苞	起	陰平	合	十二膠			溪平開肴效二	口交	溪合1	康杜	幫平開肴效二	布交
4316	3副	52	269	顱	甕	苞	影	陰平	合	十二膠			影平開肴效二	於交	影合1	烏貢	幫平開肴效二	布交
4317	3副		270	梎*	甕	苞	影	陰平	合	十二膠			影平開肴效二	於交	影合1	烏貢	幫平開肴效二	布交
4319	3副		271	**坳**	甕	苞	影	陰平	合	十二膠		正文增	影平開肴效二	於交	影合1	烏貢	幫平開肴效二	布交
4320	3副	53	272	侾*	戶	苞	曉	陰平	合	十二膠			曉平開肴效二	虛交	匣合1	侯古	幫平開肴效二	布交
4321	3副		273	詨*	戶	苞	曉	陰平	合	十二膠			曉平開肴效二	虛交	匣合1	侯古	幫平開肴效二	布交
4322	3副		274	庨	戶	苞	曉	陰平	合	十二膠			曉平開肴效二	許交	匣合1	侯古	幫平開肴效二	布交
4323	3副		275	窙	戶	苞	曉	陰平	合	十二膠			曉平開肴效二	許交	匣合1	侯古	幫平開肴效二	布交
4324	3副		276	涍	戶	苞	曉	陰平	合	十二膠			曉平開肴效二	許交	匣合1	侯古	幫平開肴效二	布交
4325	3副	54	277	趙	壯	膠	照	陰平	合	十二膠			知平開肴效二	陟交	莊開3	側亮	見平開肴效二	古肴

韻字編號	部序	組數	字數	韻字及何氏反切			韻字何氏音				何萱注釋	備　注	韻字中古音		上字中古音		下字中古音	
				韻字	上字	下字	聲	調	呼	韻部			聲調呼韻攝等	反切	聲呼等	反切	聲調呼韻攝等	反切
4326	3 副		278	颾*	壯	膠	照	陰平	合	十二膠			知平開肴效二	陟交	莊開 3	側亮	見平開肴效二	古肴
4328	3 副		279	抓	壯	膠	照	陰平	合	十二膠	平上兩讀注在彼		莊平開肴效二	側交	莊開 3	側亮	見平開肴效二	古肴
4332	3 副	55	280	笣*	布	膠	謗	陰平	合	十二膠			幫平開肴效二	班交	幫合 1	博故	見平開肴效二	古肴
4333	3 副	56	281	僗	普	膠	並	陰平	合	十二膠			滂平開肴效二	匹交	滂合 1	滂古	見平開肴效二	古肴
4335	3 副	57	282	顟	路	庖	賚	陽平	合	十二膠			來平開肴效二	力嘲	來合 1	洛故	並平開肴效二	薄交
4336	3 副		283	蹘*	路	庖	賚	陽平	合	十二膠			來平開肴效二	力交	來合 1	洛故	並平開肴效二	薄交
4337	3 副		284	**髎 g***	路	庖	賚	陽平	合	十二膠			來平開肴效二	力交	來合 1	洛故	並平開肴效二	薄交
4339	3 副		285	膠	路	庖	賚	陽平	合	十二膠			來平開肴效二	力嘲	來合 1	洛故	並平開肴效二	薄交
4341	3 副	58	286	齙*	普	顟	並	陽平	合	十二膠			並平開肴效二	蒲交	滂合 1	滂古	來平開肴效二	力嘲
4342	3 副		287	颮	普	顟	並	陽平	合	十二膠			並平開肴效二	薄交	滂合 1	滂古	來平開肴效二	力嘲
4344	3 副		288	鉋	普	顟	並	陽平	合	十二膠			並平開肴效二	薄交	滂合 1	滂古	來平開肴效二	力嘲
4345	3 副		289	狍	普	顟	並	陽平	合	十二膠			並平開肴效二	薄交	滂合 1	滂古	來平開肴效二	力嘲
4346	3 副		290	鞄*	普	顟	並	陽平	合	十二膠			並上開肴效二	部巧	滂合 1	滂古	來平開肴效二	力嘲
4347	3 副	59	291	軌*	几	守	見	上	齊	八韭			見上合脂止三	矩鮪	見開重 3	居履	書上開尤流三	書九
4348	3 副		292	牪**	几	守	見	上	齊	八韭		玉篇：音宄	見上合脂止重三	居洧	見開重 3	居履	書上開尤流三	書九
4349	3 副	60	293	瘩	儉	守	起	上	齊	八韭			群上開尤流三	其九	群開重 3	巨險	書上開尤流三	書九
4350	3 副		294	猹	儉	守	起	上	齊	八韭			並上開宵效重三	平表	群開重 3	巨險	書上開尤流三	書九
4351	3 副		295	鳩	儉	守	起	上	齊	八韭			群上開尤流三	其九	群開重 3	巨險	書上開尤流三	書九
4352	3 副		296	鮊*	儉	守	起	上	齊	八韭			群上開尤流三	巨九	群開重 3	巨險	書上開尤流三	書九
4353	3 副		297	苩*	儉	守	起	上	齊	八韭			群上開尤流三	巨九	群開重 3	巨險	書上開尤流三	書九
4354	3 副	61	298	褸*	漾	九	影	上	齊	八韭			影上開尤流三	於九	以開 3	餘亮	見上開尤流三	舉有
4355	3 副		299	湵	漾	九	影	上	齊	八韭			以上開尤流三	與久	以開 3	餘亮	見上開尤流三	舉有
4356	3 副		300	醔	漾	九	影	上	齊	八韭			以上開尤流三	與久	以開 3	餘亮	見上開尤流三	舉有
4357	3 副		301	蒏**	漾	九	影	上	齊	八韭		玉篇作以手切。此處取玉篇音	以上開尤流三	以手	以開 3	餘亮	見上開尤流三	舉有
4358	3 副	62	302	疞	向	九	曉	上	齊	八韭			曉上開尤流三	許久	曉開 3	許亮	見上開尤流三	舉有
4359	3 副		303	韻*	向	九	曉	上	齊	八韭			曉上開尤流三	許久	曉開 3	許亮	見上開尤流三	舉有

韻字編號	部序	組數	字數	韻字及何氏反切			韻字何氏音				何萱注釋	備注	韻字中古音		上字中古音		下字中古音	
				韻字	上字	下字	聲	調	呼	韻部			聲調呼韻攝等	反切	聲呼等	反切	聲調呼韻攝等	反切
4360	3副	63	304	忸	念	九	乃	上	齊	八韭			娘入合屋通三	女六	泥開4	奴店	見上開尤流三	舉有
4361	3副		305	粈*	念	九	乃	上	齊	八韭			娘上開尤流三	女九	泥開4	奴店	見上開尤流三	舉有
4362	3副		306	⿵門丑*	念	九	乃	上	齊	八韭			娘上開尤流三	女九	泥開4	奴店	見上開尤流三	舉有
4363	3副		307	扭	念	九	乃	上	齊	八韭			娘上開尤流三	女久	泥開4	奴店	見上開尤流三	舉有
4365	3副		308	杻	念	九	乃	上	齊	八韭			娘上開尤流三	女久	泥開4	奴店	見上開尤流三	舉有
4367	3副		309	沑*	念	九	乃	上	齊	八韭			娘上開尤流三	女九	泥開4	奴店	見上開尤流三	舉有
4368	3副	64	310	⿰車卯	亮	九	賚	上	齊	八韭	⿰車卯俗有⿰車卯		來上開尤流三	力久	來開3	力讓	見上開尤流三	舉有
4370	3副		311	懰	亮	九	賚	上	齊	八韭			來上開尤流三	力久	來開3	力讓	見上開尤流三	舉有
4371	3副		312	嬼	亮	九	賚	上	齊	八韭			來上開尤流三	力久	來開3	力讓	見上開尤流三	舉有
4373	3副		313	藰*	亮	九	賚	上	齊	八韭			來上開尤流三	力九	來開3	力讓	見上開尤流三	舉有
4374	3副		314	⿰石蓼	亮	九	賚	上	齊	八韭			來上開蕭效四	盧鳥	來開3	力讓	見上開尤流三	舉有
4375	3副		315	⿰氵蓼	亮	九	賚	上	齊	八韭			來上開蕭效四	盧鳥	來開3	力讓	見上開尤流三	舉有
4376	3副	65	316	⿰扌州*	掌	守	照	上	齊	八韭			章上開尤流三	止酉	章開3	諸兩	書上開尤流三	書九
4378	3副		317	晭	掌	守	照	上	齊	八韭			章上開尤流三	之九	章開3	諸兩	書上開尤流三	書九
4379	3副		318	錭**	掌	守	照	上	齊	八韭		玉篇：音帚	章上開尤流三	之九	章開3	諸兩	書上開尤流三	書九
4380	3副		319	⿰犭周	掌	守	照	上	齊	八韭			章上開尤流三	之九	章開3	諸兩	書上開尤流三	書九
4381	3副		320	鯞	掌	守	照	上	齊	八韭			章上開尤流三	之九	章開3	諸兩	書上開尤流三	書九
4382	3副		321	菷**	掌	守	照	上	齊	八韭			莊入合鎋山二	側刮	章開3	諸兩	書上開尤流三	書九
4383	3副	66	322	⿱艹醜	齒	九	助	上	齊	八韭			昌上開尤流三	昌九	昌開3	昌里	見上開尤流三	舉有
4384	3副		323	葤	齒	九	助	上	齊	八韭			澄上開尤流三	除柳	昌開3	昌里	見上開尤流三	舉有
4385	3副		324	⿱竹紂	齒	九	助	上	齊	八韭			澄上開尤流三	除柳	昌開3	昌里	見上開尤流三	舉有
4386	3副		325	⿰骨壽**	齒	九	助	上	齊	八韭			澄上開尤流三	除九	昌開3	昌里	見上開尤流三	舉有
4387	3副	67	326	⿰禾柔	忍	九	耳	上	齊	八韭			日上開尤流三	人九	日開3	而軫	見上開尤流三	舉有
4388	3副	68	327	⿰首頁	始	九	審	上	齊	八韭			書上開尤流三	書九	書開3	詩止	見上開尤流三	舉有
4389	3副		328	艏*	始	九	審	上	齊	八韭			書上開尤流三	始九	書開3	詩止	見上開尤流三	舉有
4390	3副		329	⿰衤受**	始	九	審	上	齊	八韭		玉篇：音受	禪上開尤流三	殖酉	書開3	詩止	見上開尤流三	舉有
4391	3副		330	⿰氵受*	始	九	審	上	齊	八韭			禪上開尤流三	是酉	書開3	詩止	見上開尤流三	舉有

韻字編號	部序	組數	字數	韻字及何氏反切			韻字何氏音				何萱注釋	備注	韻字中古音		上字中古音		下字中古音	
				韻字	上字	下字	聲	調	呼	韻部			聲調呼韻攝等	反切	聲呼等	反切	聲調呼韻攝等	反切
4393	3副	69	331	愀	紫	守	井	上	齊	八韭			從上開尤流三	在九	精開3	將此	書上開尤流三	書九
4394	3副	70	332	礵	想	九	信	上	齊	八韭			心上開蕭效四	先鳥	心開3	息兩	見上開尤流三	舉有
4396	3副		333	緬*	想	九	信	上	齊	八韭			心上開尤流三	息有	心開3	息兩	見上開尤流三	舉有
4397	3副	71	334	姥	面	九	命	上	齊	八韭			明上合模遇一	莫補	明開重4	彌箭	見上開尤流三	舉有
4398	3副	72	335	焊	范	守	匪	上	齊	八韭			奉上開尤流三	房久	奉合3	防錽	書上開尤流三	書九
4399	3副		336	萛	范	守	匪	上	齊	八韭			奉上開尤流三	房久	奉合3	防錽	書上開尤流三	書九
4400	3副		337	騨	范	守	匪	上	齊	八韭			奉上開尤流三	房久	奉合3	防錽	書上開尤流三	書九
4401	3副		338	蝊*	范	守	匪	上	齊	八韭	蝊或作蠹		奉上開尤流三	扶缶	奉合3	防錽	書上開尤流三	書九
4402	3副		339	媍	范	守	匪	上	齊	八韭			非上開尤流三	方久	奉合3	防錽	書上開尤流三	書九
4403	3副		340	皓*	范	守	匪	上	齊	八韭			非上開尤流三	俯九	奉合3	防錽	書上開尤流三	書九
4404	3副		341	蜉*	范	守	匪	上	齊	八韭			非上開尤流三	俯九	奉合3	防錽	書上開尤流三	書九
4405	3副	73	342	䊵**	去	黝	起	上	撮	九赳			群上開宵效三	巨小	溪合3	丘倨	影上開幽流三	於糾
4406	3副	74	343	眑	羽	赳	影	上	撮	九赳		原為去黝切，疑誤。據正編改為羽赳切	影上開幽流三	於糾	云合3	王矩	見上開幽流三	居黝
4407	3副		344	蚴	羽	赳	影	上	撮	九赳		正文增。原為去黝切，疑誤。據正編改為羽赳切	影上開蕭效四	烏晈	云合3	王矩	見上開幽流三	居黝
4408	3副		345	颵	羽	赳	影	上	撮	九赳		原為去黝切，疑誤。據正編改為羽赳切	影上開幽流三	於糾	云合3	王矩	見上開幽流三	居黝
4409	3副		346	呦*	羽	赳	影	上	撮	九赳		原為去黝切，疑誤。據正編改為羽赳切	影上開幽流三	於糾	云合3	王矩	見上開幽流三	居黝
4410	3副		347	葝	羽	赳	影	上	撮	九赳		原為去黝切，疑誤。據正編改為羽赳切	影上開蕭效四	烏晈	云合3	王矩	見上開幽流三	居黝

韻字編號	部序	組數	字數	韻字及何氏反切			韻字何氏音				何萱注釋	備注	韻字中古音		上字中古音		下字中古音	
				韻字	上字	下字	聲	調	呼	韻部			聲調呼韻攝等	反切	聲呼等	反切	聲調呼韻攝等	反切
4411	3副		348	鴢	羽	赳	影	上	撮	九赳		原為去黝切，疑誤。據正編改為羽赳切	影上開蕭效四	烏皎	云合3	王矩	見上開幽流三	居黝
4413	3副	75	349	䏚*	女	黝	乃	上	撮	九赳			泥上開蕭效四	乃了	娘合3	尼呂	影上開幽流三	於糾
4414	3副	76	350	湫	翠	鳩	淨	上	撮	九赳		玉篇：子了切又慈糾切	從上開幽流三	慈糾	清合3	七醉	見上開幽流三	居黝
4416	3副	77	351	瓿*	茝	牡	助	上	開	十瓿			溪上開豪效一	苦浩	昌開1	昌紿	明上開侯流一	莫厚
4418	3副	78	352	醙	稍	牡	審	上	開	十瓿			生平開尤流三	所鳩	生開2	所教	明上開侯流一	莫厚
4419	3副	79	353	瞍	散	牡	信	上	開	十瓿			心上開侯流一	蘇后	心開1	蘇旱	明上開侯流一	莫厚
4420	3副		354	謏	散	牡	信	上	開	十瓿			心上開侯流一	蘇后	心開1	蘇旱	明上開侯流一	莫厚
4422	3副		355	篓*	散	牡	信	上	開	十瓿			心上開侯流一	蘇后	心開1	蘇旱	明上開侯流一	莫厚
4423	3副	80	356	顥	艮	早	見	上	開二	十一顥			匣平開豪效一	胡刀	見開1	古恨	精上開豪效一	子晧
4424	3副	81	357	拷*	侃	早	起	上	開二	十一顥			溪上開豪效一	苦浩	溪開1	空旱	精上開豪效一	子晧
4425	3副		358	洘	侃	早	起	上	開二	十一顥		正文增	溪上開豪效一	苦浩	溪開1	空旱	精上開豪效一	子晧
4426	3副		359	筹*	侃	早	起	上	開二	十一顥			溪上開豪效一	苦浩	溪開1	空旱	精上開豪效一	子晧
4427	3副	82	360	懊	案	考	影	上	開二	十一顥			影上開豪效一	烏晧	影開1	烏旰	溪上開豪效一	苦浩
4428	3副		361	襖	案	考	影	上	開二	十一顥			影上開豪效一	烏晧	影開1	烏旰	溪上開豪效一	苦浩
4430	3副	83	362	聕**	海	考	曉	上	開二	十一顥			匣上開豪效一	胡老	曉開1	呼改	溪上開豪效一	苦浩
4431	3副	84	363	疇*	帶	考	短	上	開二	十一顥	𩕄或作疇		端上開豪效一	覩老	端開1	當蓋	溪上開豪效一	苦浩
4432	3副	85	364	韜*	代	早	透	上	開二	十一顥			透上開豪效一	土晧	定開1	徒耐	精上開豪效一	子晧
4433	3副	86	365	惱*	柰	早	乃	上	開二	十一顥			泥上開豪效一	乃老	泥開1	奴帶	精上開豪效一	子晧
4434	3副		366	熌*	柰	早	乃	上	開二	十一顥	熌或作熌		泥上開豪效一	乃老	泥開1	奴帶	精上開豪效一	子晧
4435	3副		367	碯	柰	早	乃	上	開二	十一顥			泥上開豪效一	奴晧	泥開1	奴帶	精上開豪效一	子晧
4436	3副		368	騷*	柰	早	乃	上	開二	十一顥			泥上開豪效一	乃老	泥開1	奴帶	精上開豪效一	子晧
4437	3副		369	獿	柰	早	乃	上	開二	十一顥			泥上開豪效一	奴晧	泥開1	奴帶	精上開豪效一	子晧
4438	3副	87	370	恅	朗	早	賚	上	開二	十一顥			來上開豪效一	盧晧	來開1	盧黨	精上開豪效一	子晧
4439	3副		371	咾*	朗	早	賚	上	開二	十一顥			來上開豪效一	魯晧	來開1	盧黨	精上開豪效一	子晧

韻字編號	部序	組數	字數	韻字及何氏反切			韻字何氏音				何萱注釋	備注	韻字中古音		上字中古音		下字中古音	
				韻字	上字	下字	聲	調	呼	韻部			聲調呼韻攝等	反切	聲呼等	反切	聲調呼韻攝等	反切
4440	3副		372	栳	朗	早	資	上	開二	十一顛			來上開豪效一	盧晧	來開1	盧黨	精上開豪效一	子晧
4441	3副		373	欄	朗	早	資	上	開二	十一顛			來上開豪效一	盧晧	來開1	盧黨	精上開豪效一	子晧
4442	3副		374	髎	朗	早	資	上	開二	十一顛			來上開豪效一	盧晧	來開1	盧黨	精上開豪效一	子晧
4443	3副		375	嘐	朗	早	資	上	開二	十一顛			來上開豪效一	盧晧	來開1	盧黨	精上開豪效一	子晧
4444	3副	88	376	**麨**	茝	考	助	上	開二	十一顛			昌上開宵效三	尺沼	昌開1	昌紿	溪上開豪效一	苦浩
4445	3副	89	377	郣*	宰	考	井	上	開二	十一顛			精上開豪效一	子晧	精開1	作亥	溪上開豪效一	苦浩
4446	3副	90	378	慅	粲	早	淨	上	開二	十一顛			清上開豪效一	采老	清開1	蒼案	精上開豪效一	子晧
4447	3副		379	嘾	粲	早	淨	上	開二	十一顛			清上開豪效一	采老	清開1	蒼案	精上開豪效一	子晧
4448	3副		380	騲	粲	早	淨	上	開二	十一顛			清上開豪效一	采老	清開1	蒼案	精上開豪效一	子晧
4449	3副		381	滜*	粲	早	淨	上	開二	十一顛			從上開豪效一	在早	清開1	蒼案	精上開豪效一	子晧
4450	3副	91	382	堢	博	考	謗	上	開二	十一顛			幫上開豪效一	博抱	幫開1	補各	溪上開豪效一	苦浩
4451	3副		383	琩	博	考	謗	上	開二	十一顛			幫上開豪效一	博抱	幫開1	補各	溪上開豪效一	苦浩
4452	3副		384	鴇**	博	考	謗	上	開二	十一顛			幫上開豪效一	布老	幫開1	補各	溪上開豪效一	苦浩
4453	3副		385	鴇	博	考	謗	上	開二	十一顛			幫上開豪效一	博抱	幫開1	補各	溪上開豪效一	苦浩
4454	3副	92	386	泖	莫	早	命	上	開二	十一顛			明上開肴效二	莫飽	明開1	慕各	精上開豪效一	子晧
4455	3副		387	茆	莫	早	命	上	開二	十一顛			明上開肴效二	莫飽	明開1	慕各	精上開豪效一	子晧
4456	3副	93	388	闤	古	爪	見	上	合	十二攪			見上開蕭效四	古了	見合1	公戶	莊上開肴效二	側絞
4457	3副	94	389	夃*	苦	攪	起	上	合	十二攪			溪上開肴效二	苦絞	溪合1	康杜	見上開肴效二	古巧
4458	3副		390	鷇	苦	攪	起	上	合	十二攪			溪上開肴效二	苦絞	溪合1	康杜	見上開肴效二	古巧
4459	3副	95	391	**拗**	甕	攪	影	上	合	十二攪			影上開肴效二	於絞	影合1	烏貢	見上開肴效二	古巧
4460	3副		392	怮	甕	攪	影	上	合	十二攪			影上開肴效二	於絞	影合1	烏貢	見上開肴效二	古巧
4461	3副		393	狕	甕	攪	影	上	合	十二攪			影上開肴效二	於絞	影合1	烏貢	見上開肴效二	古巧
4462	3副	96	394	抓	壯	攪	照	上	合	十二攪			莊上開肴效二	側絞	莊開3	側亮	見上開肴效二	古巧
4465	3副		395	帆	壯	攪	照	上	合	十二攪			莊上開肴效二	側絞	莊開3	側亮	見上開肴效二	古巧
4466	3副		396	笊	壯	攪	照	上	合	十二攪			莊上開肴效二	側絞	莊開3	側亮	見上開肴效二	古巧
4468	3副		397	芤	壯	攪	照	上	合	十二攪			莊上開肴效二	側絞	莊開3	側亮	見上開肴效二	古巧
4469	3副		398	狐	壯	攪	照	上	合	十二攪			莊上開肴效二	側絞	莊開3	側亮	見上開肴效二	古巧

韻字編號	部序	組數	字數	韻字及何氏反切			韻字何氏音				何萱注釋	備注	韻字中古音		上字中古音		下字中古音	
				韻字	上字	下字	聲	調	呼	韻部			聲調呼韻攝等	反切	聲呼等	反切	聲調呼韻攝等	反切
4470	3副		399	杲**	壯	攪	照	上	合	十二攪			莊上開肴效二	側狡	莊開3	側亮	見上開肴效二	古巧
4472	3副	97	400	**怉***	布	攪	謗	上	合	十二攪			幫上開肴效二	博巧	幫合1	博故	見上開肴效二	古巧
4474	3副	98	401	砲**	普	爪	並	上	合	十二攪		正編下字作攪	並去開肴效二	平巧	滂合1	滂古	莊上開肴效二	側絞
4475	3副	99	402	慦*	几	宙	見	去	齊	八究		下字作由，誤。據正編改為宙	見去開尤流三	居又	見開重3	居履	澄去開尤流三	直祐
4476	3副		403	䀊*	几	宙	見	去	齊	八究		下字作由，誤。據正編改為宙	見去開尤流三	居又	見開重3	居履	澄去開尤流三	直祐
4477	3副		404	㽲	几	宙	見	去	齊	八究		下字作由，誤。據正編改為宙	來去開尤流三	力救	見開重3	居履	澄去開尤流三	直祐
4478	3副	100	405	秞*	漾	究	影	去	齊	八究			以去開尤流三	余救	以開3	餘亮	見去開尤流三	居祐
4479	3副	101	406	㾄	向	究	曉	去	齊	八究			曉平開尤流三	許尤	曉開3	許亮	見去開尤流三	居祐
4480	3副	102	407	䩦**	體	究	透	去	齊	八究			定去開蕭效四	徒弔	透開4	他禮	見去開尤流三	居祐
4481	3副		408	綉	體	究	透	去	齊	八究			心去開尤流三	息救	透開4	他禮	見去開尤流三	居祐
4482	3副		409	㷕*	體	究	透	去	齊	八究			透去開侯流一	他候	透開4	他禮	見去開尤流三	居祐
4483	3副	103	410	㖼	念	究	乃	去	齊	八究		韻目歸入亮究切	日入合燭通三	而蜀	泥開4	奴店	見去開尤流三	居祐
4484	3副	104	411	畱**	亮	究	賚	去	齊	八究	俗有畱		來去開尤流三	力又	來開3	力讓	見去開尤流三	居祐
4485	3副		412	塯	亮	究	賚	去	齊	八究		壃	來去開尤流三	力救	來開3	力讓	見去開尤流三	居祐
4486	3副		413	甂	亮	究	賚	去	齊	八究		甂	來去開尤流三	力救	來開3	力讓	見去開尤流三	居祐
4487	3副		414	廖	亮	究	賚	去	齊	八究			來去開尤流三	力救	來開3	力讓	見去開尤流三	居祐
4488	3副	105	415	㾭	掌	宙	照	去	齊	八究			莊去開尤流三	側救	章開3	諸兩	澄去開尤流三	直祐
4489	3副		416	㖢**	掌	宙	照	去	齊	八究		玉篇：職救切又之酉切	章去開尤流三	職救	章開3	諸兩	澄去開尤流三	直祐
4491	3副		417	䬲*	掌	宙	照	去	齊	八究			章去開尤流三	職救	章開3	諸兩	澄去開尤流三	直祐
4492	3副		418	獳	掌	宙	照	去	齊	八究			章去合虞遇三	之戍	章開3	諸兩	澄去開尤流三	直祐
4493	3副	106	419	伷	齒	究	助	去	齊	八究			澄去開尤流三	直祐	昌開3	昌里	見去開尤流三	居祐
4494	3副		420	駎	齒	究	助	去	齊	八究			澄去開尤流三	直祐	昌開3	昌里	見去開尤流三	居祐
4495	3副		421	縛*	齒	究	助	去	齊	八究			澄去開尤流三	直祐	昌開3	昌里	見去開尤流三	居祐
4496	3副		422	䄂	齒	究	助	去	齊	八究			精去開尤流三	即就	昌開3	昌里	見去開尤流三	居祐

韻字編號	部序	組數	字數	韻字及何氏反切			韻字何氏音				何萱注釋	備注	韻字中古音		上字中古音		下字中古音	
				韻字	上字	下字	聲	調	呼	韻部			聲調呼韻攝等	反切	聲呼等	反切	聲調呼韻攝等	反切
4497	3副		423	僦**	齒	究	助	去	齊	八究			初去開尤流三	初又	昌開3	昌里	見去開尤流三	居祐
4499	3副	107	424	㖻*	忍	究	耳	去	齊	八究			日去開尤流三	如又	日開3	而軫	見去開尤流三	居祐
4500	3副		425	鍒*	忍	究	耳	去	齊	八究			日去開尤流三	如又	日開3	而軫	見去開尤流三	居祐
4501	3副	108	426	售	始	究	審	去	齊	八究			禪去開尤流三	承呪	書開3	詩止	見去開尤流三	居祐
4502	3副		427	㖃	始	究	審	去	齊	八究			禪去開尤流三	承呪	書開3	詩止	見去開尤流三	居祐
4503	3副		428	㕚*	始	究	審	去	齊	八究			書去開尤流三	舒救	書開3	詩止	見去開尤流三	居祐
4506	3副		429	褔*	始	究	審	去	齊	八究			禪去開尤流三	承呪	書開3	詩止	見去開尤流三	居祐
4507	3副	109	430	**僦**	紫	宙	井	去	齊	八究			精去開尤流三	即就	精開3	將此	澄去開尤流三	直祐
4508	3副		431	𧬘*	紫	宙	井	去	齊	八究			精去開尤流三	即就	精開3	將此	澄去開尤流三	直祐
4509	3副	110	432	殧	此	究	淨	去	齊	八究			從去開尤流三	疾僦	清開3	雌氏	見去開尤流三	居祐
4511	3副		433	㩆	此	究	淨	去	齊	八究			從去開尤流三	疾僦	清開3	雌氏	見去開尤流三	居祐
4512	3副		434	岫	此	究	淨	去	齊	八究			邪去開尤流三	似祐	清開3	雌氏	見去開尤流三	居祐
4515	3副	111	435	**鼿**	仰	究	我	去	齊	八究			疑去開尤流三	牛救	疑開3	魚兩	見去開尤流三	居祐
4516	3副	112	436	鏥*	想	究	信	去	齊	八究			心去開尤流三	息救	心開3	息兩	見去開尤流三	居祐
4517	3副		437	鏥*	想	究	信	去	齊	八究	鏥或作銹鏽		心去開尤流三	息救	心開3	息兩	見去開尤流三	居祐
4518	3副		438	熽	想	究	信	去	齊	八究			心去開蕭效四	蘇弔	心開3	息兩	見去開尤流三	居祐
4519	3副		439	螑	想	究	信	去	齊	八究			心去開尤流三	息救	心開3	息兩	見去開尤流三	居祐
4520	3副	113	440	㥥	面	宙	命	去	齊	八究		韻目作面想切，據正編改作面宙切	明去開侯流一	莫候	明開重4	彌箭	澄去開尤流三	直祐
4521	3副		441	㮈**	面	宙	命	去	齊	八究		韻目作面想切，據正編改作面宙切	明去開侯流一	莫候	明開重4	彌箭	澄去開尤流三	直祐
4522	3副		442	婺 g*	面	宙	命	去	齊	八究		韻目作面想切，據正編改作面宙切	明平開侯流一	迷浮	明開重4	彌箭	澄去開尤流三	直祐
4524	3副	114	443	缓**	范	究	匪	去	齊	八究			非去開尤流三	福又	奉合3	防錽	見去開尤流三	居祐
4525	3副		444	䪧*	范	究	匪	去	齊	八究			奉去開尤流三	扶富	奉合3	防錽	見去開尤流三	居祐

韻字編號	部序	組數	字數	韻字及何氏反切			韻字何氏音				何萱注釋	備　注	韻字中古音		上字中古音		下字中古音	
				韻字	上字	下字	聲	調	呼	韻部			聲調呼韻攝等	反切	聲呼等	反切	聲調呼韻攝等	反切
4526	3副		445	霿*	范	究	匪	去	齊	八究			敷去開尤流三	敷救	奉合3	防錽	見去開尤流三	居祐
4527	3副	115	446	嵍	晚	究	未	去	齊	八究			微去合虞遇三	亡遇	微合3	無遠	見去開尤流三	居祐
4528	3副		447	婺**	晚	究	未	去	齊	八究	婺或作婺	玉篇：音務	微去合虞遇三	亡遇	微合3	無遠	見去開尤流三	居祐
4529	3副		448	婺**	晚	究	未	去	齊	八究			微去合虞遇三	武遇	微合3	無遠	見去開尤流三	居祐
4530	3副		449	鞪	晚	究	未	去	齊	八究			微去合虞遇三	亡遇	微合3	無遠	見去開尤流三	居祐
4531	3副		450	蝥*	晚	究	未	去	齊	八究			微去合虞遇三	曰遇	微合3	無遠	見去開尤流三	居祐
4536	3副	116	451	削*	舉	幼	見	去	撮	九訆		折鼻也	見去開幽流三	古幼	見合3	居許	影去開幽流三	伊謬
4537	3副	117	452	趴	去	幼	起	去	撮	九訆			群去開幽流三	巨幼	溪合3	丘倨	影去開幽流三	伊謬
4538	3副		453	玔*	去	幼	起	去	撮	九訆			群去開幽流三	祁幼	溪合3	丘倨	影去開幽流三	伊謬
4539	3副		454	遛*	去	幼	起	去	撮	九訆			來去開蕭效四	力弔	溪合3	丘倨	影去開幽流三	伊謬
4540	3副	118	455	嵺*	呂	幼	賚	去	撮	九訆	寥或作嵺		來平開蕭效四	憐蕭	來合3	力舉	影去開幽流三	伊謬
4541	3副	119	456	賵	甫	幼	匪	去	撮	九訆	三部九部兩讀注在彼	表中字頭為貝。玉篇孚鳳切	敷去合東通三	撫鳳	非合3	方矩	影去開幽流三	伊謬
4542	3副	120	457	棜*	案	茂	影	去	開	十瘦			影去開侯流一	於候	影開1	烏旰	明去開侯流一	莫候
4543	3副		458	漚*	案	茂	影	去	開	十瘦			影去開侯流一	於候	影開1	烏旰	明去開侯流一	莫候
4544	3副	121	459	鬻	海	茂	曉	去	開	十瘦			匣去開侯流一	胡遘	曉開1	呼改	明去開侯流一	莫候
4545	3副	122	460	漻**	柰	茂	乃	去	開	十瘦		表中此位無字	泥去開侯流一	奴候	泥開1	奴帶	明去開侯流一	莫候
4546	3副	123	461	聊*	朗	茂	賚	去	開	十瘦			來去開侯流一	郎豆	來開1	盧黨	明去開侯流一	莫候
4547	3副	124	462	㥮	茝	茂	助	去	開	十瘦			崇去開尤流三	鋤祐	昌開1	昌紿	明去開侯流一	莫候
4548	3副		463	遚	茝	茂	助	去	開	十瘦			初去開尤流三	初救	昌開1	昌紿	明去開侯流一	莫候
4549	3副	125	464	覞**	艮	導	見	去	開二	十一誥			見去開豪效一	古到	見開1	古恨	定去開豪效一	徒到
4550	3副	126	465	翺**	侃	誥	起	去	開二	十一誥			溪去開豪效一	苦到	溪開1	空旱	見去開豪效一	古到
4551	3副	127	466	譲	案	導	影	去	開二	十一誥			影去開豪效一	烏到	影開1	烏旰	定去開豪效一	徒到
4552	3副		467	瘼*	案	導	影	去	開二	十一誥			影去開豪效一	於到	影開1	烏旰	定去開豪效一	徒到
4553	3副		468	嫨*	案	導	影	去	開二	十一誥			影去開豪效一	於到	影開1	烏旰	定去開豪效一	徒到
4554	3副		469	饃	案	導	影	去	開二	十一誥			影去開豪效一	烏到	影開1	烏旰	定去開豪效一	徒到
4555	3副		470	膜	案	導	影	去	開二	十一誥			影去開豪效一	烏到	影開1	烏旰	定去開豪效一	徒到

韻字編號	部序	組數	字數	韻字及何氏反切			韻字何氏音				何萱注釋	備　注	韻字中古音		上字中古音		下字中古音	
				韻字	上字	下字	聲	調	呼	韻部			聲調呼韻攝等	反切	聲呼等	反切	聲調呼韻攝等	反切
4556	3副		471	鰃	案	導	影	去	開二	十一誥			影去開豪效一	烏到	影開1	烏旰	定去開豪效一	徒到
4557	3副	128	472	譟*	海	導	曉	去	開二	十一誥			匣去開豪效一	後到	曉開1	呼改	定去開豪效一	徒到
4558	3副		473	嫭	海	導	曉	去	開二	十一誥			匣去開豪效一	胡到	曉開1	呼改	定去開豪效一	徒到
4559	3副	129	474	受	帶	導	短	去	開二	十一誥			端去開豪效一	都導	端開1	當蓋	定去開豪效一	徒到
4560	3副	130	475	謷*	代	誥	透	去	開二	十一誥	敎或作謷		定去開豪效一	大到	定開1	徒耐	見去開豪效一	古到
4561	3副		476	檮	代	誥	透	去	開二	十一誥			定去開豪效一	徒到	定開1	徒耐	見去開豪效一	古到
4562	3副		477	纛*	代	誥	透	去	開二	十一誥			定上開豪效一	杜晧	定開1	徒耐	見去開豪效一	古到
4563	3副	131	478	餡**	柰	誥	乃	去	開二	十一誥	饙或作餡		泥去開豪效一	奴倒	泥開1	奴帶	見去開豪效一	古到
4564	3副		479	殙**	柰	誥	乃	去	開二	十一誥	殙或作殙		泥去開豪效一	奴到	泥開1	奴帶	見去開豪效一	古到
4566	3副	132	480	顟*	朗	誥	賚	去	開二	十一誥			來去開豪效一	郎到	來開1	盧黨	見去開豪效一	古到
4567	3副	133	481	穛*	宰	誥	井	去	開二	十一誥			精去開宵效三	子肖	精開1	作亥	見去開豪效一	古到
4568	3副	134	482	慥	粲	誥	淨	去	開二	十一誥			清去開豪效一	七到	清開1	蒼案	見去開豪效一	古到
4569	3副		483	糙	粲	誥	淨	去	開二	十一誥			清去開豪效一	七到	清開1	蒼案	見去開豪效一	古到
4570	3副		484	螬*	粲	誥	淨	去	開二	十一誥			精上開豪效一	子晧	清開1	蒼案	見去開豪效一	古到
4571	3副		485	摷	粲	誥	淨	去	開二	十一誥			從去開豪效一	在到	清開1	蒼案	見去開豪效一	古到
4572	3副	135	486	瘙	散	誥	信	去	開二	十一誥			心去開豪效一	蘇到	心開1	蘇旱	見去開豪效一	古到
4573	3副		487	蹖*	散	誥	信	去	開二	十一誥			心去開豪效一	先到	心開1	蘇旱	見去開豪效一	古到
4574	3副		488	毴*	散	誥	信	去	開二	十一誥			心去開豪效一	先到	心開1	蘇旱	見去開豪效一	古到
4575	3副		489	慅*	散	誥	信	去	開二	十一誥			心去開豪效一	先到	心開1	蘇旱	見去開豪效一	古到
4576	3副		490	鐰*	散	誥	信	去	開二	十一誥			心去開豪效一	先到	心開1	蘇旱	見去開豪效一	古到
4577	3副	136	491	皰	倍	誥	並	去	開二	十一誥			並去開肴效二	防教	並開1	薄亥	見去開豪效一	古到
4578	3副		492	菢	倍	誥	並	去	開二	十一誥			並去開豪效一	薄報	並開1	薄亥	見去開豪效一	古到
4579	3副		493	瓟	倍	誥	並	去	開二	十一誥			並去開豪效一	薄報	並開1	薄亥	見去開豪效一	古到
4580	3副	137	494	掮	莫	誥	命	去	開二	十一誥			明去開豪效一	莫報	明開1	慕各	見去開豪效一	古到
4581	3副		495	帽*	莫	誥	命	去	開二	十一誥			明去開豪效一	莫報	明開1	慕各	見去開豪效一	古到
4582	3副		496	湄*	莫	誥	命	去	開二	十一誥			明去開豪效一	莫報	明開1	慕各	見去開豪效一	古到
4583	3副		497	毷*	莫	誥	命	去	開二	十一誥			明去開豪效一	莫報	明開1	慕各	見去開豪效一	古到

韻字編號	部序	組數	字數	韻字及何氏反切			韻字何氏音				何萱注釋	備　注	韻字中古音		上字中古音		下字中古音	
				韻字	上字	下字	聲	調	呼	韻部			聲調呼韻攝等	反切	聲呼等	反切	聲調呼韻攝等	反切
4584	3副		498	鷗*	莫	誥	命	去	開二	十一誥			明去開豪效一	莫報	明開1	慕各	見去開豪效一	古到
4585	3副	138	499	酵	古	孝	見	去	合	十二孝			見去開肴效二	古孝	見合1	公戶	曉去開肴效二	呼教
4587	3副	139	500	傚	甕	孝	影	去	合	十二孝			影去開肴效二	於教	影合1	烏貢	曉去開肴效二	呼教
4588	3副		501	詏*	甕	孝	影	去	合	十二孝			影去開肴效二	於教	影合1	烏貢	曉去開肴效二	呼教
4589	3副		502	嫹*	甕	孝	影	去	合	十二孝			影去開肴效二	於教	影合1	烏貢	曉去開肴效二	呼教
4590	3副		503	袎	甕	孝	影	去	合	十二孝			影去開肴效二	於教	影合1	烏貢	曉去開肴效二	呼教
4591	3副		504	靿	甕	孝	影	去	合	十二孝			影去開肴效二	於教	影合1	烏貢	曉去開肴效二	呼教
4592	3副		505	軪	甕	孝	影	去	合	十二孝			影去開肴效二	於教	影合1	烏貢	曉去開肴效二	呼教
4595	3副		506	岰*	甕	孝	影	去	合	十二孝			影去開肴效二	於教	影合1	烏貢	曉去開肴效二	呼教
4596	3副		507	拗*	甕	孝	影	去	合	十二孝			影去開肴效二	於教	影合1	烏貢	曉去開肴效二	呼教
4599	3副	140	508	涍	戶	皰	曉	去	合	十二孝	平去兩讀		曉去開肴效二	呼教	匣合1	侯古	滂去開肴效二	匹皃
4600	3副	141	509	抓*	壯	孝	照	去	合	十二孝			莊去開肴效二	阻教	莊開3	側亮	曉去開肴效二	呼教
4601	3副	142	510	䫐	仰	孝	我	去	合	十二孝			疑去開肴效二	五教	疑開3	魚兩	曉去開肴效二	呼教
4602	3副		511	踆	仰	孝	我	去	合	十二孝			溪去開幽流三	丘謬	疑開3	魚兩	曉去開肴效二	呼教
4603	3副	143	512	匊	几	育	見	入	齊	九匊	匊或作匊		見入合屋通三	居六	見開重3	居履	以入合屋通三	余六
4604	3副		513	鵴	几	育	見	入	齊	九匊			見入合屋通三	居六	見開重3	居履	以入合屋通三	余六
4605	3副		514	粷**	几	育	見	入	齊	九匊			見入合屋通三	居六	見開重3	居履	以入合屋通三	余六
4606	3副		515	鞠**	几	育	見	入	齊	九匊			群去開欣臻三	巨斤	見開重3	居履	以入合屋通三	余六
4607	3副		516	椈	几	育	見	入	齊	九匊			見入合屋通三	居六	見開重3	居履	以入合屋通三	余六
4608	3副		517	晭	几	育	見	入	齊	九匊			見入合屋通三	居六	見開重3	居履	以入合屋通三	余六
4609	3副		518	狥	几	育	見	入	齊	九匊			見入合屋通三	居六	見開重3	居履	以入合屋通三	余六
4610	3副		519	鞫	几	育	見	入	齊	九匊			見入合屋通三	居六	見開重3	居履	以入合屋通三	余六
4611	3副		520	蘜*	几	育	見	入	齊	九匊			見入合屋通三	居六	見開重3	居履	以入合屋通三	余六
4612	3副		521	髷	几	育	見	入	齊	九匊			見入合屋通三	居六	見開重3	居履	以入合屋通三	余六
4613	3副		522	踘	几	育	見	入	齊	九匊			見入合屋通三	居六	見開重3	居履	以入合屋通三	余六
4614	3副		523	閸	几	育	見	入	齊	九匊			見入合屋通三	居六	見開重3	居履	以入合屋通三	余六
4615	3副	144	524	䠞	儉	育	起	入	齊	九匊			群入合屋通三	渠竹	群開重3	巨險	以入合屋通三	余六

韻字編號	部序	組數	字數	韻字及何氏反切			韻字何氏音				何萱注釋	備注	韻字中古音		上字中古音		下字中古音	
				韻字	上字	下字	聲	調	呼	韻部			聲調呼韻攝等	反切	聲呼等	反切	聲調呼韻攝等	反切
4616	3副		525	鞻**	儉	育	起	入	齊	九匊			群入合屋通三	巨六	群開重3	巨險	以入合屋通三	余六
4618	3副		526	浯**	儉	育	起	入	齊	九匊			匣入開職曾三	戶式	群開重3	巨險	以入合屋通三	余六
4619	3副	145	527	惰*	漾	菊	影	入	齊	九匊			以入合屋通三	余六	以開3	餘亮	見入合屋通三	居六
4620	3副		528	欯*	漾	菊	影	入	齊	九匊			以入合屋通三	余六	以開3	餘亮	見入合屋通三	居六
4621	3副		529	唷*	漾	菊	影	入	齊	九匊			以入合屋通三	余六	以開3	餘亮	見入合屋通三	居六
4622	3副		530	逌	漾	菊	影	入	齊	九匊			以入合屋通三	余六	以開3	餘亮	見入合屋通三	居六
4623	3副		531	袳*	漾	菊	影	入	齊	九匊			以入合屋通三	余六	以開3	餘亮	見入合屋通三	居六
4624	3副		532	棛	漾	菊	影	入	齊	九匊			以入合屋通三	余六	以開3	餘亮	見入合屋通三	居六
4625	3副		533	銪	漾	菊	影	入	齊	九匊			以入合屋通三	余六	以開3	餘亮	見入合屋通三	居六
4626	3副		534	蛸	漾	菊	影	入	齊	九匊			以入合屋通三	余六	以開3	餘亮	見入合屋通三	居六
4627	3副		535	堉	漾	菊	影	入	齊	九匊			以入合屋通三	余六	以開3	餘亮	見入合屋通三	居六
4628	3副		536	蓾	漾	菊	影	入	齊	九匊			以入合屋通三	余六	以開3	餘亮	見入合屋通三	居六
4629	3副		537	噢	漾	菊	影	入	齊	九匊			影入合屋通三	於六	以開3	餘亮	見入合屋通三	居六
4630	3副		538	鐭*	漾	菊	影	入	齊	九匊			影入合屋通三	乙六	以開3	餘亮	見入合屋通三	居六
4631	3副		539	礇*	漾	菊	影	入	齊	九匊			影入合屋通三	乙六	以開3	餘亮	見入合屋通三	居六
4632	3副		540	䨒*	漾	菊	影	入	齊	九匊			影入合屋通三	乙六	以開3	餘亮	見入合屋通三	居六
4633	3副		541	鄭	漾	菊	影	入	齊	九匊			影入合屋通三	於六	以開3	餘亮	見入合屋通三	居六
4634	3副	146	542	傗	向	育	曉	入	齊	九匊			徹入合屋通三	丑六	曉開3	許亮	以入合屋通三	余六
4636	3副		543	蹜*	向	育	曉	入	齊	九匊			曉入合屋通三	許六	曉開3	許亮	以入合屋通三	余六
4637	3副		544	褔*	向	育	曉	入	齊	九匊			曉入合屋通三	許六	曉開3	許亮	以入合屋通三	余六
4638	3副	147	545	岨	體	菊	透	入	齊	九匊			定入開錫梗四	徒歷	透開4	他禮	見入合屋通三	居六
4639	3副		546	醜**	體	菊	透	入	齊	九匊			定入開錫梗四	徒歷	透開4	他禮	見入合屋通三	居六
4640	3副	148	547	跙*	念	菊	乃	入	齊	九匊			娘入合屋通三	女六	泥開4	奴店	見入合屋通三	居六
4641	3副		548	蚎	念	菊	乃	入	齊	九匊			娘入合屋通三	女六	泥開4	奴店	見入合屋通三	居六
4642	3副		549	抐*	念	菊	乃	入	齊	九匊			娘入合屋通三	女六	泥開4	奴店	見入合屋通三	居六

韻字編號	部序	組數	字數	韻字及何氏反切			韻字何氏音				何萱注釋	備　注	韻字中古音		上字中古音		下字中古音	
				韻字	上字	下字	聲	調	呼	韻部			聲調呼韻攝等	反切	聲呼等	反切	聲調呼韻攝等	反切
4643	3副	149	550	睦	亮	菊	賚	入	齊	九匊			來入合屋通三	力竹	來開3	力讓	見入合屋通三	居六
4644	3副		551	祾	亮	菊	賚	入	齊	九匊			來入合屋通三	力竹	來開3	力讓	見入合屋通三	居六
4645	3副		552	婈*	亮	菊	賚	入	齊	九匊			來入合屋通三	力竹	來開3	力讓	見入合屋通三	居六
4646	3副		553	淩	亮	菊	賚	入	齊	九匊			來入合屋通三	力竹	來開3	力讓	見入合屋通三	居六
4647	3副		554	輘	亮	菊	賚	入	齊	九匊			來入合屋通三	力竹	來開3	力讓	見入合屋通三	居六
4648	3副		555	騋	亮	菊	賚	入	齊	九匊			來入合屋通三	力竹	來開3	力讓	見入合屋通三	居六
4649	3副		556	鯥	亮	菊	賚	入	齊	九匊			來入合屋通三	力竹	來開3	力讓	見入合屋通三	居六
4650	3副		557	蛙	亮	菊	賚	入	齊	九匊			來入合屋通三	力竹	來開3	力讓	見入合屋通三	居六
4651	3副		558	陸*	亮	菊	賚	入	齊	九匊			來入合屋通三	力竹	來開3	力讓	見入合屋通三	居六
4652	3副		559	蓙	亮	菊	賚	入	齊	九匊			來入合屋通三	力竹	來開3	力讓	見入合屋通三	居六
4653	3副		560	麴**	亮	菊	賚	入	齊	九匊			來入合屋通三	力竹	來開3	力讓	見入合屋通三	居六
4654	3副		561	剹	亮	菊	賚	入	齊	九匊			來入合屋通三	力竹	來開3	力讓	見入合屋通三	居六
4656	3副		562	磟	亮	菊	賚	入	齊	九匊			來入合屋通三	力竹	來開3	力讓	見入合屋通三	居六
4657	3副	150	563	珿	掌	育	照	入	齊	九匊			莊入合屋通三	側六	章開3	諸兩	以入合屋通三	余六
4658	3副		564	瘯*	掌	育	照	入	齊	九匊			知入合屋通三	張六	章開3	諸兩	以入合屋通三	余六
4661	3副		565	縬	掌	育	照	入	齊	九匊			莊入合屋通三	側六	章開3	諸兩	以入合屋通三	余六
4662	3副		566	磩 g*	掌	育	照	入	齊	九匊			莊入合屋通三	側六	章開3	諸兩	以入合屋通三	余六
4664	3副	151	567	敊	齒	菊	助	入	齊	九匊			徹入合屋通三	丑六	昌開3	昌里	見入合屋通三	居六
4665	3副		568	搐*	齒	菊	助	入	齊	九匊			徹入合屋通三	勑六	昌開3	昌里	見入合屋通三	居六
4667	3副		569	滀	齒	菊	助	入	齊	九匊			徹入合屋通三	丑六	昌開3	昌里	見入合屋通三	居六
4668	3副		570	鱁*	齒	菊	助	入	齊	九匊			徹入合屋通三	勑六	昌開3	昌里	見入合屋通三	居六
4669	3副		571	餸*	齒	菊	助	入	齊	九匊			澄入合屋通三	佇六	昌開3	昌里	見入合屋通三	居六
4670	3副		572	騷	齒	菊	助	入	齊	九匊			澄入合屋通三	直六	昌開3	昌里	見入合屋通三	居六
4671	3副		573	蝃	齒	菊	助	入	齊	九匊			澄入合屋通三	直六	昌開3	昌里	見入合屋通三	居六
4672	3副		574	鮁	齒	菊	助	入	齊	九匊			澄入合屋通三	直六	昌開3	昌里	見入合屋通三	居六

韻字編號	部序	組數	字數	韻字及何氏反切			韻字何氏音				何萱注釋	備　注	韻字中古音		上字中古音		下字中古音	
				韻字	上字	下字	聲	調	呼	韻部			聲調呼韻攝等	反切	聲呼等	反切	聲調呼韻攝等	反切
4673	3 副		575	蓫	齒	菊	助	入	齊	九匊			澄入合屋通三	直六	昌開 3	昌里	見入合屋通三	居六
4674	3 副		576	閦*	齒	菊	助	入	齊	九匊			初入合屋通三	初六	昌開 3	昌里	見入合屋通三	居六
4675	3 副		577	泏**	齒	菊	助	入	齊	九匊			澄入合屋通三	池六	昌開 3	昌里	見入合屋通三	居六
4677	3 副		578	磚	齒	菊	助	入	齊	九匊			澄入合屋通三	直六	昌開 3	昌里	見入合屋通三	居六
4680	3 副	152	579	鮛	始	育	審	入	齊	九匊			書入合屋通三	式竹	書開 3	詩止	以入合屋通三	余六
4681	3 副		580	婌	始	育	審	入	齊	九匊			禪入合屋通三	殊六	書開 3	詩止	以入合屋通三	余六
4682	3 副		581	塾	始	育	審	入	齊	九匊			禪入合屋通三	殊六	書開 3	詩止	以入合屋通三	余六
4683	3 副		582	磐	始	育	審	入	齊	九匊			禪入合屋通三	殊六	書開 3	詩止	以入合屋通三	余六
4684	3 副		583	槭	始	育	審	入	齊	九匊			生入合屋通三	所六	書開 3	詩止	以入合屋通三	余六
4685	3 副		584	摵	始	育	審	入	齊	九匊			生入合屋通三	所六	書開 3	詩止	以入合屋通三	余六
4687	3 副		585	礵*	始	育	審	入	齊	九匊			書入合屋通三	式竹	書開 3	詩止	以入合屋通三	余六
4688	3 副		586	瀭	始	育	審	入	齊	九匊			書入合屋通三	式竹	書開 3	詩止	以入合屋通三	余六
4689	3 副	153	587	纏**	紫	育	井	入	齊	九匊			精入合屋通三	子六	精開 3	將此	以入合屋通三	余六
4690	3 副		588	褫	紫	育	井	入	齊	九匊			精入合屋通三	子六	精開 3	將此	以入合屋通三	余六
4691	3 副		589	臧	紫	育	井	入	齊	九匊			精入合屋通三	子六	精開 3	將此	以入合屋通三	余六
4692	3 副		590	緎*	紫	育	井	入	齊	九匊			精入合屋通三	子六	精開 3	將此	以入合屋通三	余六
4693	3 副		591	摵	紫	育	井	入	齊	九匊			精入合屋通三	子六	精開 3	將此	以入合屋通三	余六
4694	3 副		592	蟙	紫	育	井	入	齊	九匊			精入合屋通三	子六	精開 3	將此	以入合屋通三	余六
4695	3 副		593	籛	紫	育	井	入	齊	九匊			精入合屋通三	子六	精開 3	將此	以入合屋通三	余六
4696	3 副	154	594	摵*	此	菊	淨	入	齊	九匊			從入合屋通三	就六	清開 3	雌氏	見入合屋通三	居六
4698	3 副		595	覞	此	菊	淨	入	齊	九匊			清入開錫梗四	倉歷	清開 3	雌氏	見入合屋通三	居六
4699	3 副		596	瞰*	此	菊	淨	入	齊	九匊			清入開錫梗四	倉歷	清開 3	雌氏	見入合屋通三	居六
4700	3 副		597	僦	此	菊	淨	入	齊	九匊			精入合沃通一	將毒	清開 3	雌氏	見入合屋通三	居六
4701	3 副		598	蔵	此	菊	淨	入	齊	九匊			清入開錫梗四	倉歷	清開 3	雌氏	見入合屋通三	居六
4702	3 副	155	599	佩	想	菊	信	入	齊	九匊			心入合屋通三	息逐	心開 3	息兩	見入合屋通三	居六

韻字編號	部序	組數	字數	韻字及何氏反切			韻字何氏音				何萱注釋	備注	韻字中古音		上字中古音		下字中古音	
				韻字	上字	下字	聲	調	呼	韻部			聲調呼韻攝等	反切	聲呼等	反切	聲調呼韻攝等	反切
4703	3 副		600	洬	想	菊	信	入	齊	九匊			心入合沃通一	先篤	心開 3	息兩	見入合屋通三	居六
4704	3 副		601	涫*	想	菊	信	入	齊	九匊			心入合屋通三	息六	心開 3	息兩	見入合屋通三	居六
4706	3 副		602	艢	想	菊	信	入	齊	九匊			心入合屋通三	息逐	心開 3	息兩	見入合屋通三	居六
4707	3 副		603	蓿	想	菊	信	入	齊	九匊			心入合屋通三	息逐	心開 3	息兩	見入合屋通三	居六
4712	3 副		604	摍	想	菊	信	入	齊	九匊	平入兩讀注在彼		心入合屋通三	息逐	心開 3	息兩	見入合屋通三	居六
4714	3 副		605	礵	想	菊	信	入	齊	九匊			心入合屋通三	息逐	心開 3	息兩	見入合屋通三	居六
4716	3 副		606	飅	想	菊	信	入	齊	九匊			心入合屋通三	息逐	心開 3	息兩	見入合屋通三	居六
4718	3 副		607	翻	想	菊	信	入	齊	九匊			心入合屋通三	息逐	心開 3	息兩	見入合屋通三	居六
4719	3 副		608	驌	想	菊	信	入	齊	九匊			心入合屋通三	息逐	心開 3	息兩	見入合屋通三	居六
4720	3 副	156	609	䀸*	面	菊	命	入	齊	九匊			明入合屋通三	莫六	明開重 4	彌箭	見入合屋通三	居六
4721	3 副		610	畮*	面	菊	命	入	齊	九匊			明入合屋通三	莫六	明開重 4	彌箭	見入合屋通三	居六
4722	3 副		611	痯	面	菊	命	入	齊	九匊			明入合屋通三	莫六	明開重 4	彌箭	見入合屋通三	居六
4723	3 副		612	苜	面	菊	命	入	齊	九匊			明入合屋通三	莫六	明開重 4	彌箭	見入合屋通三	居六
4724	3 副		613	艒	面	菊	命	入	齊	九匊			明入合屋通一	莫蔔	明開重 4	彌箭	見入合屋通三	居六
4726	3 副		614	帽	面	菊	命	入	齊	九匊			明入開德曾一	莫北	明開重 4	彌箭	見入合屋通三	居六
4727	3 副	157	615	馥*	范	菊	匪	入	齊	九匊			非入合屋通三	方六	奉合 3	防錽	見入合屋通三	居六
4729	3 副		616	稪*	范	菊	匪	入	齊	九匊			奉入合屋通三	房六	奉合 3	防錽	見入合屋通三	居六
4730	3 副		617	馥	范	菊	匪	入	齊	九匊			奉入合屋通三	房六	奉合 3	防錽	見入合屋通三	居六
4734	3 副		618	瘦	范	菊	匪	入	齊	九匊			奉入合屋通三	房六	奉合 3	防錽	見入合屋通三	居六
4735	3 副		619	趪*	范	菊	匪	入	齊	九匊			奉入合屋通三	房六	奉合 3	防錽	見入合屋通三	居六
4737	3 副		620	愎**	范	菊	匪	入	齊	九匊		反切疑有誤	並入開職曾三	符逼	奉合 3	防錽	見入合屋通三	居六
4738	3 副		621	復**	范	菊	匪	入	齊	九匊			奉入合屋通三	房六	奉合 3	防錽	見入合屋通三	居六
4739	3 副		622	鞎	范	菊	匪	入	齊	九匊			奉入合屋通三	房六	奉合 3	防錽	見入合屋通三	居六
4740	3 副		623	鶝	范	菊	匪	入	齊	九匊			奉入合屋通三	房六	奉合 3	防錽	見入合屋通三	居六
4741	3 副		624	愎*	范	菊	匪	入	齊	九匊		反切疑有誤	並入開職曾三	弼力	奉合 3	防錽	見入合屋通三	居六

韻字編號	部序	組數	字數	韻字及何氏反切			韻字何氏音				何萱注釋	備注	韻字中古音		上字中古音		下字中古音	
				韻字	上字	下字	聲	調	呼	韻部			聲調呼韻攝等	反切	聲呼等	反切	聲調呼韻攝等	反切
4742	3副		625	⿰彳⿱山复*	范	菊	匪	入	齊	九匊			敷入合屋通三	芳六	奉合3	防錽	見入合屋通三	居六
4743	3副		626	⿰氵复	范	菊	匪	入	齊	九匊			奉入合屋通三	房六	奉合3	防錽	見入合屋通三	居六
4744	3副		627	⿱雨復*	范	菊	匪	入	齊	九匊			敷入合屋通三	芳六	奉合3	防錽	見入合屋通三	居六
4745	3副		628	⿱竹復	范	菊	匪	入	齊	九匊			非入合屋通三	方六	奉合3	防錽	見入合屋通三	居六
4746	3副		629	蕧*	范	菊	匪	入	齊	九匊			敷入合屋通三	芳六	奉合3	防錽	見入合屋通三	居六
4747	3副	158	630	⿰豆走	處	旭	助	入	撮	十旭	作⿰豆走者譌	副編下字原作究，據正編改	船入合燭通三	神蜀	昌合3	昌與	曉入合燭通三	許玉
4749	3副	159	631	悎*	艮	篤	見	入	開	十一梏			見入開覺江二	訖岳	見開1	古恨	端入合沃通一	冬毒
4752	3副		632	⿰齒告	艮	篤	見	入	開	十一梏			見入合沃通一	古沃	見開1	古恨	端入合沃通一	冬毒
4753	3副		633	嚳*	艮	篤	見	入	開	十一梏			見入合沃通一	姑沃	見開1	古恨	端入合沃通一	冬毒
4754	3副	160	634	皵	侃	篤	起	入	開	十一梏			溪入開覺江二	苦角	溪開1	空旱	端入合沃通一	冬毒
4755	3副		635	秙	侃	篤	起	入	開	十一梏			溪入合沃通一	苦沃	溪開1	空旱	端入合沃通一	冬毒
4756	3副		636	捁*	侃	篤	起	入	開	十一梏			溪入合沃通一	枯沃	溪開1	空旱	端入合沃通一	冬毒
4758	3副	161	637	⿱𦥯目	案	篤	影	入	開	十一梏			影入合沃通一	烏酷	影開1	烏旰	端入合沃通一	冬毒
4759	3副		638	嚳	案	篤	影	入	開	十一梏			影入開覺江二	於角	影開1	烏旰	端入合沃通一	冬毒
4760	3副	162	639	喑*	浩	篤	曉	入	開	十一梏		韻目無切上字，據正文補	匣去開豪效一	後到	匣開1	胡老	端入合沃通一	冬毒
4761	3副		640	⿰告頁	浩	篤	曉	入	開	十一梏		韻目無切上字，據正文補	匣入合沃通一	胡沃	匣開1	胡老	端入合沃通一	冬毒
4762	3副		641	⿵門告	浩	篤	曉	入	開	十一梏		韻目無切上字，據正文補	匣入合沃通一	胡沃	匣開1	胡老	端入合沃通一	冬毒
4763	3副		642	⿰角告*	浩	篤	曉	入	開	十一梏		韻目無切上字，據正文補	匣入合沃通一	胡沃	匣開1	胡老	端入合沃通一	冬毒
4765	3副		643	壆*	浩	篤	曉	入	開	十一梏		韻目無切上字，據正文補	來入合屋通一	盧谷	匣開1	胡老	端入合沃通一	冬毒
4766	3副		644	⿱𦥯火*	浩	篤	曉	入	開	十一梏		韻目無切上字，據正文補	來入合屋通一	盧谷	匣開1	胡老	端入合沃通一	冬毒
4767	3副		645	⿱𦥯夂	浩	篤	曉	入	開	十一梏		韻目無切上字，據正文補	匣入開覺江二	胡覺	匣開1	胡老	端入合沃通一	冬毒

韻字編號	部序	組數	字數	韻字及何氏反切：韻字	上字	下字	韻字何氏音：聲	調	呼	韻部	何萱注釋	備　注	韻字中古音：聲調呼韻攝等	反切	上字中古音：聲呼等	反切	下字中古音：聲調呼韻攝等	反切
4768	3副		646	菿	浩	篤	曉	入	開	十一梏		韻目無切上字，據正文補	曉入開覺江二	許角	匣開1	胡老	端入合沃通一	冬毒
4769	3副	163	647	⿱叔金	帶	毒	短	入	開	十一梏			端入合沃通一	冬毒	端開1	當蓋	定入合沃通一	徒沃
4770	3副		648	督	帶	毒	短	入	開	十一梏			端入合沃通一	冬毒	端開1	當蓋	定入合沃通一	徒沃
4771	3副		649	⿱叔灬	帶	毒	短	入	開	十一梏			端入合沃通一	冬毒	端開1	當蓋	定入合沃通一	徒沃
4772	3副	164	650	⿰忄毒*	代	篤	透	入	開	十一梏			定入合沃通一	徒沃	定開1	徒耐	端入合沃通一	冬毒
4773	3副		651	⿰足毒*	代	篤	透	入	開	十一梏			定入合沃通一	徒沃	定開1	徒耐	端入合沃通一	冬毒
4775	3副		652	瑇	代	篤	透	入	開	十一梏			定入合沃通一	徒沃	定開1	徒耐	端入合沃通一	冬毒
4776	3副		653	蝳	代	篤	透	入	開	十一梏			定入合沃通一	徒沃	定開1	徒耐	端入合沃通一	冬毒
4777	3副	165	654	**嗖***	稍	篤	審	入	開	十一梏			生去開尤流三	所救	生開2	所教	端入合沃通一	冬毒
4779	3副	166	655	胞*	倍	篤	並	入	開	十一梏		表中此位無字	並入開覺江二	弼角	並開1	薄亥	端入合沃通一	冬毒
4780	3副		656	跑	倍	篤	並	入	開	十一梏			並入開覺江二	薄角	並開1	薄亥	端入合沃通一	冬毒
4781	3副		657	窇	倍	篤	並	入	開	十一梏			並入開覺江二	薄角	並開1	薄亥	端入合沃通一	冬毒
4783	3副		658	骲	倍	篤	並	入	開	十一梏			滂入合屋通一	普木	並開1	薄亥	端入合沃通一	冬毒
4785	3副		659	砲*	倍	篤	並	入	開	十一梏			滂入合沃通一	匹沃	並開1	薄亥	端入合沃通一	冬毒
4788	3副		660	⿰扌雹	倍	篤	並	入	開	十一梏			滂入開麥梗二	普麥	並開1	薄亥	端入合沃通一	冬毒
4789	3副		661	⿰氵雹*	倍	篤	並	入	開	十一梏			並入開覺江二	弼角	並開1	薄亥	端入合沃通一	冬毒
4791	3副	167	662	晶	莫	毒	命	入	開	十一梏			明入開覺江二	莫角	明開1	慕各	定入合沃通一	徒沃
4792	3副		663	⿰禾卜*	莫	毒	命	入	開	十一梏			滂入合屋通一	普木	明開1	慕各	定入合沃通一	徒沃
4793	3副	168	664	⿺走告*	戶	粲	曉	入	合	十二哭			從上開豪效一	在早	匣合1	侯古	明入合屋通一	莫蔔
4794	3副		665	兒	戶	粲	曉	入	合	十二哭			匣入合屋通一	胡谷	匣合1	侯古	明入合屋通一	莫蔔
4795	3副	169	666	**⿰馬蜀****	杜	粲	透	入	合	十二哭			定入合屋通一	徒鹿	定合1	徒古	明入合屋通一	莫蔔
4796	3副	170	667	**趗**	磊	粲	賚	入	合	十二哭			來入合屋通一	盧谷	來合1	落猥	明入合屋通一	莫蔔
4797	3副	171	668	**⿸鹿走****	爽	粲	審	入	合	十二哭			生入合屋通一	所祿	生開3	疎兩	明入合屋通一	莫蔔

第四部正編

韻字編號	部序	組數	字數	韻字及何氏反切			韻字何氏音				何萱注釋	備　注	韻字中古音		上字中古音		下字中古音	
				韻字	上字	下字	聲	調	呼	韻部			聲調呼韻攝等	反切	聲呼等	反切	聲調呼韻攝等	反切
4798	4正	1	1	溝	艮	甌	見	陰平	開	十三溝			見平開侯流一	古侯	見開1	古恨	影平開侯流一	烏侯
4800	4正		2	韝	艮	甌	見	陰平	開	十三溝			見平開侯流一	古侯	見開1	古恨	影平開侯流一	烏侯
4801	4正		3	篝	艮	甌	見	陰平	開	十三溝			見平開侯流一	古侯	見開1	古恨	影平開侯流一	烏侯
4804	4正		4	緱*	艮	甌	見	陰平	開	十三溝			見平開侯流一	居侯	見開1	古恨	影平開侯流一	烏侯
4806	4正		5	句	艮	甌	見	陰平	開	十三溝	平去兩讀姑從俗分		見平開侯流一	古侯	見開1	古恨	影平開侯流一	烏侯
4809	4正		6	鉤	艮	甌	見	陰平	開	十三溝			見平開侯流一	古侯	見開1	古恨	影平開侯流一	烏侯
4811	4正		7	軥	艮	甌	見	陰平	開	十三溝	平去兩讀注在彼		見平開侯流一	古侯	見開1	古恨	影平開侯流一	烏侯
4813	4正		8	訽	艮	甌	見	陰平	開	十三溝			見平開侯流一	古侯	見開1	古恨	影平開侯流一	烏侯
4814	4正		9	拘	艮	甌	見	陰平	開	十三溝			見平合虞遇三	舉朱	見開1	古恨	影平開侯流一	烏侯
4815	4正		10	駒	艮	甌	見	陰平	開	十三溝			見平合虞遇三	舉朱	見開1	古恨	影平開侯流一	烏侯
4816	4正		11	翑	艮	甌	見	陰平	開	十三溝			見上合虞遇三	俱雨	見開1	古恨	影平開侯流一	烏侯
4818	4正		12	秵g*	艮	甌	見	陰平	開	十三溝	平上兩讀		見去合虞遇三	俱遇	見開1	古恨	影平開侯流一	烏侯
4822	4正	2	13	摳	侃	鉤	起	陰平	開	十三溝			溪平開侯流一	恪侯	溪開1	空旱	見平開侯流一	古侯
4823	4正		14	彄	侃	鉤	起	陰平	開	十三溝			溪平開侯流一	恪侯	溪開1	空旱	見平開侯流一	古侯
4824	4正	3	15	謳	挨	鉤	影	陰平	開	十三溝			影平開侯流一	烏侯	影開1	於改	見平開侯流一	古侯
4825	4正		16	醧	挨	鉤	影	陰平	開	十三溝			影平開侯流一	烏侯	影開1	於改	見平開侯流一	古侯
4827	4正		17	甌	挨	鉤	影	陰平	開	十三溝			影平開侯流一	烏侯	影開1	於改	見平開侯流一	古侯
4828	4正		18	歐	挨	鉤	影	陰平	開	十三溝	平上兩讀義異		影平開侯流一	烏侯	影開1	於改	見平開侯流一	古侯
4831	4正		19	褔	挨	鉤	影	陰平	開	十三溝	平上兩讀		影平開侯流一	烏侯	影開1	於改	見平開侯流一	古侯
4834	4正		20	軀*	挨	鉤	影	陰平	開	十三溝			影平開侯流一	烏侯	影開1	於改	見平開侯流一	古侯
4835	4正	4	21	覨	帶	甌	短	陰平	開	十三溝			端平開侯流一	當侯	端開1	當蓋	影平開侯流一	烏侯
4836	4正		22	吺	帶	甌	短	陰平	開	十三溝			端平開侯流一	當侯	端開1	當蓋	影平開侯流一	烏侯
4837	4正		23	兜	帶	甌	短	陰平	開	十三溝			端平開侯流一	當侯	端開1	當蓋	影平開侯流一	烏侯
4838	4正		24	篼	帶	甌	短	陰平	開	十三溝			端平開侯流一	當侯	端開1	當蓋	影平開侯流一	烏侯

韻字編號	部序	組數	字數	韻字及何氏反切			韻字何氏音				何萱注釋	備　注	韻字中古音		上字中古音		下字中古音	
				韻字	上字	下字	聲	調	呼	韻部			聲調呼韻攝等	反切	聲呼等	反切	聲調呼韻攝等	反切
4839	4 正	5	25	**媮**	代	鉤	透	陰平	開	十三溝			透平開侯流一	託侯	定開 1	徒耐	見平開侯流一	古侯
4842	4 正	6	26	棷	酌	鉤	照	陰平	開	十三溝			莊平開侯流一	側溝	章開 3	之若	見平開侯流一	古侯
4844	4 正		27	菆	酌	鉤	照	陰平	開	十三溝			莊平開尤流三	側鳩	章開 3	之若	見平開侯流一	古侯
4845	4 正		28	鄹	酌	鉤	照	陰平	開	十三溝			莊平開尤流三	側鳩	章開 3	之若	見平開侯流一	古侯
4846	4 正		29	郰	酌	鉤	照	陰平	開	十三溝			莊平開尤流三	側鳩	章開 3	之若	見平開侯流一	古侯
4847	4 正		30	**鄒**	酌	鉤	照	陰平	開	十三溝			莊平開尤流三	側鳩	章開 3	之若	見平開侯流一	古侯
4848	4 正		31	騶	酌	鉤	照	陰平	開	十三溝	平去兩讀	缺去聲。增	莊平開尤流三	側鳩	章開 3	之若	見平開侯流一	古侯
4850	4 正		32	媰	酌	鉤	照	陰平	開	十三溝			崇平合虞遇三	仕于	章開 3	之若	見平開侯流一	古侯
4851	4 正		33	齺	酌	鉤	照	陰平	開	十三溝			崇入開覺江二	士角	章開 3	之若	見平開侯流一	古侯
4853	4 正	7	34	**諏**	宰	甌	井	陰平	開	十三溝			精平開侯流一	子侯	精開 1	作亥	影平開侯流一	烏侯
4855	4 正		35	掫	宰	甌	井	陰平	開	十三溝			精平開侯流一	子侯	精開 1	作亥	影平開侯流一	烏侯
4857	4 正		36	陬	宰	甌	井	陰平	開	十三溝			精平開侯流一	子侯	精開 1	作亥	影平開侯流一	烏侯
4858	4 正	8	37	**矦**	海	樓	曉	陽平	開	十三溝			匣平開侯流一	戶鉤	曉開 1	呼改	來平開侯流一	落侯
4860	4 正		38	糇	海	樓	曉	陽平	開	十三溝	餱俗有糇		匣平開侯流一	戶鉤	曉開 1	呼改	來平開侯流一	落侯
4861	4 正		39	鍭*	海	樓	曉	陽平	開	十三溝			匣平開侯流一	胡溝	曉開 1	呼改	來平開侯流一	落侯
4863	4 正		40	瘊*	海	樓	曉	陽平	開	十三溝			匣平開侯流一	胡溝	曉開 1	呼改	來平開侯流一	落侯
4864	4 正		41	猴*	海	樓	曉	陽平	開	十三溝			匣平開侯流一	胡溝	曉開 1	呼改	來平開侯流一	落侯
4865	4 正		42	鯸	海	樓	曉	陽平	開	十三溝			匣平開侯流一	戶鉤	曉開 1	呼改	來平開侯流一	落侯
4866	4 正	9	43	**頭**	代	樓	透	陽平	開	十三溝			定平開侯流一	度侯	定開 1	徒耐	來平開侯流一	落侯
4867	4 正		44	投	代	樓	透	陽平	開	十三溝			定平開侯流一	度侯	定開 1	徒耐	來平開侯流一	落侯
4868	4 正		45	殳	代	樓	透	陽平	開	十三溝			定平開侯流一	度侯	定開 1	徒耐	來平開侯流一	落侯
4869	4 正		46	緰	代	樓	透	陽平	開	十三溝			定平開侯流一	度侯	定開 1	徒耐	來平開侯流一	落侯
4870	4 正		47	鱻	代	樓	透	陽平	開	十三溝			定平開侯流一	度侯	定開 1	徒耐	來平開侯流一	落侯
4872	4 正		48	窬	代	樓	透	陽平	開	十三溝	平去兩讀		定平開侯流一	度侯	定開 1	徒耐	來平開侯流一	落侯
4875	4 正		49	牏	代	樓	透	陽平	開	十三溝	平去兩讀		定平開侯流一	度侯	定開 1	徒耐	來平開侯流一	落侯
4877	4 正		50	腧*	代	樓	透	陽平	開	十三溝			定平開侯流一	徒侯	定開 1	徒耐	來平開侯流一	落侯
4879	4 正	10	51	**譳**	柰	矦	乃	陽平	開	十三溝			泥平開侯流一	奴鉤	泥開 1	奴帶	匣平開侯流一	戶鉤

韻字編號	部序	組數	字數	韻字及何氏反切			韻字何氏音				何萱注釋	備注	韻字中古音		上字中古音		下字中古音	
				韻字	上字	下字	聲	調	呼	韻部			聲調呼韻攝等	反切	聲呼等	反切	聲調呼韻攝等	反切
4880	4正	11	52	娄	朗	矦	賚	陽平	開	十三溝			來平開侯流一	落侯	來開1	盧黨	匣平開侯流一	戶鉤
4881	4正		53	廔	朗	矦	賚	陽平	開	十三溝			來平開侯流一	落侯	來開1	盧黨	匣平開侯流一	戶鉤
4882	4正		54	樓	朗	矦	賚	陽平	開	十三溝			來平開侯流一	落侯	來開1	盧黨	匣平開侯流一	戶鉤
4884	4正		55	摟	朗	矦	賚	陽平	開	十三溝			來平開侯流一	落侯	來開1	盧黨	匣平開侯流一	戶鉤
4885	4正		56	遱	朗	矦	賚	陽平	開	十三溝			來平開侯流一	落侯	來開1	盧黨	匣平開侯流一	戶鉤
4886	4正		57	謱	朗	矦	賚	陽平	開	十三溝			來平開侯流一	落侯	來開1	盧黨	匣平開侯流一	戶鉤
4887	4正		58	髏	朗	矦	賚	陽平	開	十三溝			來平開侯流一	落侯	來開1	盧黨	匣平開侯流一	戶鉤
4889	4正		59	膢	朗	矦	賚	陽平	開	十三溝			來平開侯流一	落侯	來開1	盧黨	匣平開侯流一	戶鉤
4890	4正		60	塿	朗	矦	賚	陽平	開	十三溝			來上開侯流一	郎斗	來開1	盧黨	匣平開侯流一	戶鉤
4892	4正		61	鄤	朗	矦	賚	陽平	開	十三溝			來平開侯流一	落侯	來開1	盧黨	匣平開侯流一	戶鉤
4893	4正		62	簍	朗	矦	賚	陽平	開	十三溝	平上兩讀		來平開侯流一	落侯	來開1	盧黨	匣平開侯流一	戶鉤
4897	4正		63	蔞	朗	矦	賚	陽平	開	十三溝			來平開侯流一	落侯	來開1	盧黨	匣平開侯流一	戶鉤
4900	4正		64	鏤	朗	矦	賚	陽平	開	十三溝			來平開侯流一	落侯	來開1	盧黨	匣平開侯流一	戶鉤
4901	4正		65	螻	朗	矦	賚	陽平	開	十三溝			來平開侯流一	落侯	來開1	盧黨	匣平開侯流一	戶鉤
4902	4正	12	66	芻	狀	醅	助	陰平	合	十四芻			初平合虞遇三	測隅	崇開3	鋤亮	滂平開尤流三	匹尤
4903	4正		67	犓	狀	醅	助	陰平	合	十四芻			初平合虞遇三	測隅	崇開3	鋤亮	滂平開尤流三	匹尤
4904	4正	13	68	毹	爽	醅	審	陰平	合	十四芻			生平合虞遇三	山芻	生開3	疎兩	滂平開尤流三	匹尤
4906	4正	14	69	趨	寸	醅	淨	陰平	合	十四芻			清平合虞遇三	七逾	清合1	倉困	滂平開尤流三	匹尤
4907	4正	15	70	涑	送	醅	信	陰平	合	十四芻	平入兩讀義分	表中此位無字	心平開侯流一	速侯	心合1	蘇弄	滂平開尤流三	匹尤
4910	4正	16	71	醅	普	趨	並	陰平	合	十四芻			滂平開尤流三	匹尤	滂合1	滂古	清平合虞遇三	七逾
4911	4正	17	72	雛	狀	培	助	陽平	合	十四芻			崇平合虞遇三	仕于	崇開3	鋤亮	並平合灰蟹一	薄回
4912	4正	18	73	培	普	雛	並	陽平	合	十四芻			並平合灰蟹一	薄回	滂合1	滂古	崇平合虞遇三	仕于
4914	4正		74	陪	普	雛	並	陽平	合	十四芻			並平合灰蟹一	薄回	滂合1	滂古	崇平合虞遇三	仕于
4916	4正		75	掊	普	雛	並	陽平	合	十四芻			並平開侯流一	薄侯	滂合1	滂古	崇平合虞遇三	仕于
4918	4正		76	髻	普	雛	並	陽平	合	十四芻			並平開侯流一	薄侯	滂合1	滂古	崇平合虞遇三	仕于
4921	4正		77	箁	普	雛	並	陽平	合	十四芻			並平開侯流一	薄侯	滂合1	滂古	崇平合虞遇三	仕于
4922	4正	19	78	涪	奉	培	匪	陽平	合	十四芻			奉平開尤流三	縛謀	奉合3	扶隴	並平合灰蟹一	薄回

韻字編號	部序	組數	字數	韻字及何氏反切			韻字何氏音				何萱注釋	備注	韻字中古音		上字中古音		下字中古音	
				韻字	上字	下字	聲	調	呼	韻部			聲調呼韻攝等	反切	聲呼等	反切	聲調呼韻攝等	反切
4923	4 正	20	79	**絇**	竟	輸	見	陰平	齊	十五絇	平去兩讀		群平合虞遇三	其俱	見開 3	居慶	書平合虞遇三	式朱
4925	4 正	21	80	**朱**	掌	輸	照	陰平	齊	十五絇			章平合虞遇三	章俱	章開 3	諸兩	書平合虞遇三	式朱
4926	4 正		81	絑	掌	輸	照	陰平	齊	十五絇			章平合虞遇三	章俱	章開 3	諸兩	書平合虞遇三	式朱
4927	4 正		82	誅	掌	輸	照	陰平	齊	十五絇			知平合虞遇三	陟輸	章開 3	諸兩	書平合虞遇三	式朱
4928	4 正		83	邾	掌	輸	照	陰平	齊	十五絇			知平合虞遇三	陟輸	章開 3	諸兩	書平合虞遇三	式朱
4929	4 正		84	珠	掌	輸	照	陰平	齊	十五絇			章平合虞遇三	章俱	章開 3	諸兩	書平合虞遇三	式朱
4930	4 正		85	株	掌	輸	照	陰平	齊	十五絇			知平合虞遇三	陟輸	章開 3	諸兩	書平合虞遇三	式朱
4931	4 正		86	筞	掌	輸	照	陰平	齊	十五絇			昌平合虞遇三	昌朱	章開 3	諸兩	書平合虞遇三	式朱
4932	4 正		87	鼄	掌	輸	照	陰平	齊	十五絇			知平合虞遇三	陟輸	章開 3	諸兩	書平合虞遇三	式朱
4933	4 正	22	88	殳*	寵	輸	助	陰平	齊	十五絇			昌平合虞遇三	春朱	徹合 3	丑隴	書平合虞遇三	式朱
4934	4 正		89	姝	寵	輸	助	陰平	齊	十五絇			昌平合虞遇三	昌朱	徹合 3	丑隴	書平合虞遇三	式朱
4936	4 正		90	袾	寵	輸	助	陰平	齊	十五絇		萱釋義有誤，以為姝字	昌平合虞遇三	昌朱	徹合 3	丑隴	書平合虞遇三	式朱
4938	4 正		91	**樞**	寵	輸	助	陰平	齊	十五絇			昌平合虞遇三	昌朱	徹合 3	丑隴	書平合虞遇三	式朱
4939	4 正		92	貙	寵	輸	助	陰平	齊	十五絇			徹平合虞遇三	敕俱	徹合 3	丑隴	書平合虞遇三	式朱
4940	4 正	23	93	**輸**	始	樞	審	陰平	齊	十五絇	平去兩讀		書平合虞遇三	式朱	書開 3	詩止	昌平合虞遇三	昌朱
4943	4 正		94	鄃	始	樞	審	陰平	齊	十五絇			書平合虞遇三	式朱	書開 3	詩止	昌平合虞遇三	昌朱
4944	4 正	24	95	怤	范	輸	匪	陰平	齊	十五絇			敷平合虞遇三	芳無	奉合 3	防錽	書平合虞遇三	式朱
4945	4 正		96	**柎**	范	輸	匪	陰平	齊	十五絇			非平合虞遇三	甫無	奉合 3	防錽	書平合虞遇三	式朱
4946	4 正		97	泭	范	輸	匪	陰平	齊	十五絇			奉平合虞遇三	防無	奉合 3	防錽	書平合虞遇三	式朱
4948	4 正	25	98	**廚**	寵	殳	助	陽平	齊	十五絇			澄平合虞遇三	直誅	徹合 3	丑隴	禪平合虞遇三	市朱
4949	4 正	26	99	**殊**	始	廚	審	陽平	齊	十五絇			禪平合虞遇三	市朱	書開 3	詩止	澄平合虞遇三	直誅
4950	4 正		100	銖	始	廚	審	陽平	齊	十五絇			禪平合虞遇三	市朱	書開 3	詩止	澄平合虞遇三	直誅
4951	4 正		101	洙	始	廚	審	陽平	齊	十五絇			禪平合虞遇三	市朱	書開 3	詩止	澄平合虞遇三	直誅
4952	4 正		102	茱	始	廚	審	陽平	齊	十五絇			禪平合虞遇三	市朱	書開 3	詩止	澄平合虞遇三	直誅
4953	4 正		103	几	始	廚	審	陽平	齊	十五絇			禪平合虞遇三	市朱	書開 3	詩止	澄平合虞遇三	直誅
4954	4 正		104	殳	始	廚	審	陽平	齊	十五絇			禪平合虞遇三	市朱	書開 3	詩止	澄平合虞遇三	直誅

韻字編號	部序	組數	字數	韻字及何氏反切			韻字何氏音				何萱注釋	備　注	韻字中古音		上字中古音		下字中古音	
				韻字	上字	下字	聲	調	呼	韻部			聲調呼韻攝等	反切	聲呼等	反切	聲調呼韻攝等	反切
4955	4正		105	杸	始	廚	審	陽平	齊	十五絇			禪平合虞遇三	市朱	書開3	詩止	澄平合虞遇三	直誅
4956	4正	27	106	**叢**	淺	殳	淨	陽平	齊	十五絇			從平合東通一	徂紅	清開3	七演	禪平合虞遇三	市朱
4957	4正		107	藂	淺	殳	淨	陽平	齊	十五絇			從平合東通一	徂紅	清開3	七演	禪平合虞遇三	市朱
4958	4正	28	108	顒	仰	廚	我	陽平	齊	十五絇	四部九部兩讀	廣集均無。查大詞典，字匯補，五間切。取字匯音	疑平合虞遇三	五間	疑開3	魚兩	澄平合虞遇三	直誅
4959	4正		109	**偶***	仰	廚	我	陽平	齊	十五絇			疑平合虞遇三	元俱	疑開3	魚兩	澄平合虞遇三	直誅
4960	4正		110	愚	仰	廚	我	陽平	齊	十五絇			疑平合虞遇三	遇俱	疑開3	魚兩	澄平合虞遇三	直誅
4961	4正		111	齵	仰	廚	我	陽平	齊	十五絇		釋義不合	疑平合虞遇三	遇俱	疑開3	魚兩	澄平合虞遇三	直誅
4965	4正		112	喁 g*	仰	廚	我	陽平	齊	十五絇	四部九部兩讀		疑平合虞遇三	元俱	疑開3	魚兩	澄平合虞遇三	直誅
4969	4正		113	鰅	仰	廚	我	陽平	齊	十五絇	四部九部兩讀		疑平合虞遇三	遇俱	疑開3	魚兩	澄平合虞遇三	直誅
4970	4正		114	隅	仰	廚	我	陽平	齊	十五絇			疑平合虞遇三	遇俱	疑開3	魚兩	澄平合虞遇三	直誅
4971	4正		115	堣	仰	廚	我	陽平	齊	十五絇			疑平合虞遇三	遇俱	疑開3	魚兩	澄平合虞遇三	直誅
4972	4正		116	嵎	仰	廚	我	陽平	齊	十五絇			疑平合虞遇三	遇俱	疑開3	魚兩	澄平合虞遇三	直誅
4973	4正	29	117	**符**	范	殳	匪	陽平	齊	十五絇			奉平合虞遇三	防無	奉合3	防錽	禪平合虞遇三	市朱
4974	4正		118	紨	范	殳	匪	陽平	齊	十五絇			敷平合虞遇三	芳無	奉合3	防錽	禪平合虞遇三	市朱
4975	4正		119	鳧	范	殳	匪	陽平	齊	十五絇			奉平合虞遇三	防無	奉合3	防錽	禪平合虞遇三	市朱
4976	4正	30	120	**俱**	眷	驅	見	陰平	撮	十六俱			見平合虞遇三	舉朱	見合重3	居倦	溪平合虞遇三	豈俱
4977	4正	31	121	區	郡	需	起	陰平	撮	十六俱			溪平合虞遇三	豈俱	群合3	渠運	心平合虞遇三	相俞
4979	4正		122	嶇	郡	需	起	陰平	撮	十六俱			溪平合虞遇三	豈俱	群合3	渠運	心平合虞遇三	相俞
4980	4正		123	軀	郡	需	起	陰平	撮	十六俱			溪平合虞遇三	豈俱	群合3	渠運	心平合虞遇三	相俞
4981	4正		124	**驅**	郡	需	起	陰平	撮	十六俱			溪平合虞遇三	豈俱	群合3	渠運	心平合虞遇三	相俞
4983	4正		125	鰸	郡	需	起	陰平	撮	十六俱			溪平合虞遇三	豈俱	群合3	渠運	心平合虞遇三	相俞
4984	4正		126	蓲	郡	需	起	陰平	撮	十六俱			溪平開尤流三	去鳩	群合3	渠運	心平合虞遇三	相俞
4985	4正	32	127	**欨**	訓	驅	曉	陰平	撮	十六俱			曉平合虞遇三	況于	曉合3	許運	溪平合虞遇三	豈俱
4987	4正	33	128	**須**	選	驅	信	陰平	撮	十六俱			心平合虞遇三	相俞	心合3	蘇管	溪平合虞遇三	豈俱

韻字編號	部序	組數	字數	韻字及何氏反切			韻字何氏音				何萱注釋	備　注	韻字中古音		上字中古音		下字中古音	
				韻字	上字	下字	聲	調	呼	韻部			聲調呼韻攝等	反切	聲呼等	反切	聲調呼韻攝等	反切
4988	4正		129	須	選	驅	信	陰平	撮	十六俱			心平合虞遇三	相俞	心合3	蘇管	溪平合虞遇三	豈俱
4989	4正		130	頿	選	驅	信	陰平	撮	十六俱			心平合虞遇三	相俞	心合3	蘇管	溪平合虞遇三	豈俱
4990	4正		131	需	選	驅	信	陰平	撮	十六俱			心平合虞遇三	相俞	心合3	蘇管	溪平合虞遇三	豈俱
4991	4正		132	嬬 g*	選	驅	信	陰平	撮	十六俱			心平合虞遇三	詢趨	心合3	蘇管	溪平合虞遇三	豈俱
4993	4正		133	繻	選	驅	信	陰平	撮	十六俱			心平合虞遇三	相俞	心合3	蘇管	溪平合虞遇三	豈俱
4994	4正	34	134	**跔 g***	郡	榆	起	陽平	撮	十六俱			群平合虞遇三	權俱	群合3	渠運	以平合虞遇三	羊朱
4995	4正		135	朐	郡	榆	起	陽平	撮	十六俱			群平合虞遇三	其俱	群合3	渠運	以平合虞遇三	羊朱
4996	4正		136	鴝	郡	榆	起	陽平	撮	十六俱			群平合虞遇三	其俱	群合3	渠運	以平合虞遇三	羊朱
4997	4正		137	鴝	郡	榆	起	陽平	撮	十六俱			群平合虞遇三	其俱	群合3	渠運	以平合虞遇三	羊朱
4999	4正		138	斪	郡	榆	起	陽平	撮	十六俱			群平合虞遇三	其俱	群合3	渠運	以平合虞遇三	羊朱
5000	4正		139	郇 g*	郡	榆	起	陽平	撮	十六俱			群平合虞遇三	權俱	群合3	渠運	以平合虞遇三	羊朱
5001	4正	35	140	俞	永	儒	影	陽平	撮	十六俱			以平合虞遇三	羊朱	云合3	于憬	日平合虞遇三	人朱
5002	4正		141	**榆**	永	儒	影	陽平	撮	十六俱			以平合虞遇三	羊朱	云合3	于憬	日平合虞遇三	人朱
5003	4正		142	揄	永	儒	影	陽平	撮	十六俱			以平合虞遇三	羊朱	云合3	于憬	日平合虞遇三	人朱
5006	4正		143	覦	永	儒	影	陽平	撮	十六俱			以平合虞遇三	羊朱	云合3	于憬	日平合虞遇三	人朱
5007	4正		144	愉	永	儒	影	陽平	撮	十六俱			以平合虞遇三	羊朱	云合3	于憬	日平合虞遇三	人朱
5008	4正		145	踰	永	儒	影	陽平	撮	十六俱			以平合虞遇三	羊朱	云合3	于憬	日平合虞遇三	人朱
5009	4正		146	逾	永	儒	影	陽平	撮	十六俱			以平合虞遇三	羊朱	云合3	于憬	日平合虞遇三	人朱
5010	4正		147	渝	永	儒	影	陽平	撮	十六俱			以平合虞遇三	羊朱	云合3	于憬	日平合虞遇三	人朱
5011	4正		148	瑜	永	儒	影	陽平	撮	十六俱			以平合虞遇三	羊朱	云合3	于憬	日平合虞遇三	人朱
5012	4正		149	褕	永	儒	影	陽平	撮	十六俱			以平合虞遇三	羊朱	云合3	于憬	日平合虞遇三	人朱
5014	4正		150	羭	永	儒	影	陽平	撮	十六俱			以平合虞遇三	羊朱	云合3	于憬	日平合虞遇三	人朱
5015	4正		151	蝓	永	儒	影	陽平	撮	十六俱			以平合虞遇三	羊朱	云合3	于憬	日平合虞遇三	人朱
5016	4正		152	臾	永	儒	影	陽平	撮	十六俱			以平合虞遇三	羊朱	云合3	于憬	日平合虞遇三	人朱
5018	4正		153	諛	永	儒	影	陽平	撮	十六俱			以平合虞遇三	羊朱	云合3	于憬	日平合虞遇三	人朱
5019	4正		154	腴	永	儒	影	陽平	撮	十六俱			以平合虞遇三	羊朱	云合3	于憬	日平合虞遇三	人朱
5020	4正		155	楰	永	儒	影	陽平	撮	十六俱			以平合虞遇三	羊朱	云合3	于憬	日平合虞遇三	人朱

韻字編號	部序	組數	字數	韻字及何氏反切			韻字何氏音				何萱注釋	備注	韻字中古音		上字中古音		下字中古音	
				韻字	上字	下字	聲	調	呼	韻部			聲調呼韻攝等	反切	聲呼等	反切	聲調呼韻攝等	反切
5022	4正		156	萸	永	儒	影	陽平	撮	十六俱			以平合虞遇三	羊朱	云合3	于憬	日平合虞遇三	人朱
5023	4正	36	157	儒	輭	榆	耳	陽平	撮	十六俱		表中此位無字	日平合虞遇三	人朱	日合3	而兖	以平合虞遇三	羊朱
5024	4正		158	濡	輭	榆	耳	陽平	撮	十六俱		表中此位無字	日平合虞遇三	人朱	日合3	而兖	以平合虞遇三	羊朱
5026	4正		159	襦	輭	榆	耳	陽平	撮	十六俱		表中此位無字	日平合虞遇三	人朱	日合3	而兖	以平合虞遇三	羊朱
5027	4正		160	臑	輭	榆	耳	陽平	撮	十六俱		表中此位無字	日平合虞遇三	人朱	日合3	而兖	以平合虞遇三	羊朱
5028	4正	37	161	**耇**	艮	口	見	上	開	十三耇			見上開侯流一	古厚	見開1	古恨	溪上開侯流一	苦后
5029	4正		162	痀	艮	口	見	上	開	十三耇			見平合虞遇三	舉朱	見開1	古恨	溪上開侯流一	苦后
5030	4正		163	玽	艮	口	見	上	開	十三耇			見上開侯流一	古厚	見開1	古恨	溪上開侯流一	苦后
5031	4正		164	狗	艮	口	見	上	開	十三耇			見上開侯流一	古厚	見開1	古恨	溪上開侯流一	苦后
5033	4正		165	蚼	艮	口	見	上	開	十三耇			曉上開侯流一	呼后	見開1	古恨	溪上開侯流一	苦后
5034	4正		166	椥	艮	口	見	上	開	十三耇	平上兩讀注在彼		見上合虞遇三	俱雨	見開1	古恨	溪上開侯流一	苦后
5036	4正		167	笱	艮	口	見	上	開	十三耇			見上開侯流一	古厚	見開1	古恨	溪上開侯流一	苦后
5037	4正		168	苟	艮	口	見	上	開	十三耇			見上開侯流一	古厚	見開1	古恨	溪上開侯流一	苦后
5038	4正		169	講	艮	口	見	上	開	十三耇			見上開江江二	古項	見開1	古恨	溪上開侯流一	苦后
5039	4正		170	垢	艮	口	見	上	開	十三耇			見上開侯流一	古厚	見開1	古恨	溪上開侯流一	苦后
5040	4正	38	171	**口**	侃	斗	起	上	開	十三耇			溪上開侯流一	苦后	溪開1	空旱	端上開侯流一	當口
5041	4正		172	訂	侃	斗	起	上	開	十三耇			溪上開侯流一	苦后	溪開1	空旱	端上開侯流一	當口
5042	4正		173	扣	侃	斗	起	上	開	十三耇			溪上開侯流一	苦后	溪開1	空旱	端上開侯流一	當口
5044	4正		174	釦	侃	斗	起	上	開	十三耇			溪上開侯流一	苦后	溪開1	空旱	端上開侯流一	當口
5045	4正		175	叩	侃	斗	起	上	開	十三耇			溪上開侯流一	苦后	溪開1	空旱	端上開侯流一	當口
5046	4正		176	孔	侃	斗	起	上	開	十三耇	四部九部兩讀注在彼		溪上合東通一	康董	溪開1	空旱	端上開侯流一	當口
5047	4正	39	177	傴	挨	斗	影	上	開	十三耇			影上合虞遇三	於武	影開1	於改	端上開侯流一	當口
5048	4正		178	歐	挨	斗	影	上	開	十三耇	平上兩讀義異		影上開侯流一	烏后	影開1	於改	端上開侯流一	當口
5050	4正		179	**毆**	挨	斗	影	上	開	十三耇			影上開侯流一	烏后	影開1	於改	端上開侯流一	當口
5053	4正		180	褔	挨	斗	影	上	開	十三耇	平上兩讀注在彼		影上開侯流一	烏后	影開1	於改	端上開侯流一	當口
5055	4正	40	181	**後**	海	斗	曉	上	開	十三耇			匣上開侯流一	胡口	曉開1	呼改	端上開侯流一	當口

韻字編號	部序	組數	字數	韻字及何氏反切			韻字何氏音				何萱注釋	備注	韻字中古音		上字中古音		下字中古音	
				韻字	上字	下字	聲	調	呼	韻部			聲調呼韻攝等	反切	聲呼等	反切	聲調呼韻攝等	反切
5057	4正		182	畗*	海	斗	曉	上	開	十三耇			匣上開侯流一	很口	曉開1	呼改	端上開侯流一	當口
5058	4正		183	厚*	海	斗	曉	上	開	十三耇			匣上開侯流一	很口	曉開1	呼改	端上開侯流一	當口
5059	4正		184	后	海	斗	曉	上	開	十三耇			匣上開侯流一	胡口	曉開1	呼改	端上開侯流一	當口
5061	4正		185	呴	海	斗	曉	上	開	十三耇			曉上開侯流一	呼后	曉開1	呼改	端上開侯流一	當口
5063	4正		186	郈	海	斗	曉	上	開	十三耇			匣上開侯流一	胡口	曉開1	呼改	端上開侯流一	當口
5065	4正		187	鲘	海	斗	曉	上	開	十三耇			定上開侯流一	徒口	曉開1	呼改	端上開侯流一	當口
5066	4正		188	茩	海	斗	曉	上	開	十三耇			見上開侯流一	古厚	曉開1	呼改	端上開侯流一	當口
5067	4正	41	189	**斗**	帶	口	短	上	開	十三耇			端上開侯流一	當口	端開1	當蓋	溪上開侯流一	苦后
5068	4正		190	枓	帶	口	短	上	開	十三耇			端上開侯流一	當口	端開1	當蓋	溪上開侯流一	苦后
5069	4正	42	191	鋀	代	口	透	上	開	十三耇			定上開侯流一	徒口	定開1	徒耐	溪上開侯流一	苦后
5070	4正		192	**㪷**	代	口	透	上	開	十三耇			定上開侯流一	徒口	定開1	徒耐	溪上開侯流一	苦后
5071	4正		193	音	代	口	透	上	開	十三耇	杏隸作音	正文作杏，隸作音	透去開侯流一	他候	定開1	徒耐	溪上開侯流一	苦后
5072	4正		194	鼓	代	口	透	上	開	十三耇			透上開侯流一	天口	定開1	徒耐	溪上開侯流一	苦后
5073	4正		195	䳇	代	口	透	上	開	十三耇			透上開侯流一	天口	定開1	徒耐	溪上開侯流一	苦后
5075	4正		196	妵	代	口	透	上	開	十三耇			透上開侯流一	天口	定開1	徒耐	溪上開侯流一	苦后
5077	4正	43	197	穀	柰	口	乃	上	開	十三耇	上去兩讀注在彼		泥上開侯流一	乃后	泥開1	奴帶	溪上開侯流一	苦后
5079	4正		198	**溳**	柰	口	乃	上	開	十三耇			泥上開侯流一	乃后	泥開1	奴帶	溪上開侯流一	苦后
5081	4正	44	199	**僂**	朗	斗	賚	上	開	十三耇			來上合虞遇三	力主	來開1	盧黨	端上開侯流一	當口
5084	4正		200	褸	朗	斗	賚	上	開	十三耇			來上合虞遇三	力主	來開1	盧黨	端上開侯流一	當口
5085	4正		201	縷	朗	斗	賚	上	開	十三耇			來上合虞遇三	力主	來開1	盧黨	端上開侯流一	當口
5086	4正		202	漊	朗	斗	賚	上	開	十三耇			來上合虞遇三	力主	來開1	盧黨	端上開侯流一	當口
5089	4正		203	簍	朗	斗	賚	上	開	十三耇	平上兩讀注在彼		來上開侯流一	郎斗	來開1	盧黨	端上開侯流一	當口
5090	4正	45	204	**鯫**	茝	斗	助	上	開	十三耇			從上開侯流一	仕垢	昌開1	昌紿	端上開侯流一	當口
5091	4正	46	205	**歪***	宰	斗	井	上	開	十三耇			精上開侯流一	子口	精開1	作亥	端上開侯流一	當口
5093	4正	47	206	**趣**	粲	斗	淨	上	開	十三耇			清上開侯流一	倉苟	清開1	蒼案	端上開侯流一	當口
5096	4正	48	207	**藪**	散	斗	信	上	開	十三耇			心上開侯流一	蘇后	心開1	蘇旱	端上開侯流一	當口

韻字編號	部序	組數	字數	韻字及何氏反切			韻字何氏音				何萱注釋	備注	韻字中古音		上字中古音		下字中古音	
				韻字	上字	下字	聲	調	呼	韻部			聲調呼韻攝等	反切	聲呼等	反切	聲調呼韻攝等	反切
5098	4正		208	籔	散	斗	信	上	開	十三耇			心上開侯流一	蘇后	心開1	蘇旱	端上開侯流一	當口
5099	4正	49	209	**股**	廣	剖	見	上	合	十四鬻	四部五部兩讀注在彼		見上合模遇一	公戶	見合1	古晃	敷上合虞遇三	芳武
5100	4正		210	羖	廣	剖	見	上	合	十四鬻	四部五部兩讀注在彼		見上合模遇一	公戶	見合1	古晃	敷上合虞遇三	芳武
5101	4正	50	211	**鬻**	狀	剖	助	上	合	十四鬻			初上開肴效二	初爪	崇開3	鋤亮	敷上合虞遇三	芳武
5102	4正	51	212	**乳**	閏	剖	耳	上	合	十四鬻			日上合虞遇三	而主	日合3	如順	敷上合虞遇三	芳武
5104	4正		213	醹	閏	剖	耳	上	合	十四鬻			日上合虞遇三	而主	日合3	如順	敷上合虞遇三	芳武
5106	4正		214	軵 g*	閏	剖	耳	上	合	十四鬻	四部九部兩讀注在彼	玉篇作如勇切。上字疑有誤	奉去合虞遇三	符遇	日合3	如順	敷上合虞遇三	芳武
5107	4正	52	215	**數**	爽	剖	審	上	合	十四鬻	上去入凡四讀義分。入聲兩讀在三部	入聲兩讀在4部。	生上合虞遇三	所矩	生開3	踈兩	敷上合虞遇三	芳武
5111	4正	53	216	**取**	寸	剖	淨	上	合	十四鬻			清上合虞遇三	七庾	清合1	倉困	敷上合虞遇三	芳武
5114	4正	54	217	**剖**	普	取	並	上	合	十四鬻			滂上開侯流一	普后	滂合1	滂古	清上合虞遇三	七庾
5115	4正		218	倍	普	取	並	上	合	十四鬻			並上開咍蟹一	薄亥	滂合1	滂古	清上合虞遇三	七庾
5117	4正		219	腤	普	取	並	上	合	十四鬻			並上開侯流一	蒲口	滂合1	滂古	清上合虞遇三	七庾
5120	4正		220	瓿	普	取	並	上	合	十四鬻			並上開侯流一	蒲口	滂合1	滂古	清上合虞遇三	七庾
5121	4正		221	棓 g*	普	取	並	上	合	十四鬻	四部九部兩讀注在彼		滂上開侯流一	普后	滂合1	滂古	清上合虞遇三	七庾
5125	4正		222	蔀	普	取	並	上	合	十四鬻		釋義不合	奉上開尤流三	房久	滂合1	滂古	清上合虞遇三	七庾
5127	4正		223	部	普	取	並	上	合	十四鬻			並上開侯流一	蒲口	滂合1	滂古	清上合虞遇三	七庾
5129	4正		224	篰 g*	普	取	並	上	合	十四鬻	四部五部兩讀	缺5部，據篰在集韻中的讀音增佩古切	滂上開侯流一	普后	滂合1	滂古	清上合虞遇三	七庾
5130	4正		225	附	普	取	並	上	合	十四鬻			奉去合虞遇三	符遇	滂合1	滂古	清上合虞遇三	七庾
5131	4正	55	226	**缶**	奉	剖	匪	上	合	十四鬻			敷上合虞遇三	芳武	奉合3	扶隴	敷上合虞遇三	芳武
5132	4正	56	227	丶	掌	耦	照	上	齊	十五主	丶俗有點		知上合虞遇三	知庾	章開3	諸兩	疑上開侯流一	五口

韻字編號	部序	組數	字數	韻字及何氏反切			韻字何氏音				何萱注釋	備注	韻字中古音		上字中古音		下字中古音	
				韻字	上字	下字	聲	調	呼	韻部			聲調呼韻攝等	反切	聲呼等	反切	聲調呼韻攝等	反切
5133	4正		228	**主**	掌	耦	照	上	齊	十五主			章上合虞遇三	之庾	章開3	諸兩	疑上開侯流一	五口
5134	4正		229	宔	掌	耦	照	上	齊	十五主			章上合虞遇三	之庾	章開3	諸兩	疑上開侯流一	五口
5135	4正		230	罜	掌	耦	照	上	齊	十五主	亦音獨三部四部入聲同也然可不必	此處不作異讀處理	章去合虞遇三	之戍	章開3	諸兩	疑上開侯流一	五口
5137	4正		231	麈	掌	耦	照	上	齊	十五主			章上合虞遇三	之庾	章開3	諸兩	疑上開侯流一	五口
5138	4正	57	232	**柱**	寵	主	助	上	齊	十五主			澄上合虞遇三	直主	徹合3	丑隴	章上合虞遇三	之庾
5139	4正	58	233	**豎**	始	主	審	上	齊	十五主			禪上合虞遇三	臣庾	書開3	詩止	章上合虞遇三	之庾
5140	4正		234	裋	始	主	審	上	齊	十五主			禪上合虞遇三	臣庾	書開3	詩止	章上合虞遇三	之庾
5142	4正	59	235	禺	仰	主	我	上	齊	十五主			疑去合虞遇三	牛具	疑開3	魚兩	章上合虞遇三	之庾
5144	4正		236	髃	仰	主	我	上	齊	十五主			疑上開侯流一	五口	疑開3	魚兩	章上合虞遇三	之庾
5145	4正		237	偶	仰	主	我	上	齊	十五主		釋義不合	疑上開侯流一	五口	疑開3	魚兩	章上合虞遇三	之庾
5147	4正		238	**耦**	仰	主	我	上	齊	十五主			疑上開侯流一	五口	疑開3	魚兩	章上合虞遇三	之庾
5148	4正		239	湡	仰	主	我	上	齊	十五主			疑平合虞遇三	遇俱	疑開3	魚兩	章上合虞遇三	之庾
5149	4正		240	藕	仰	主	我	上	齊	十五主			疑上開侯流一	五口	疑開3	魚兩	章上合虞遇三	之庾
5150	4正	60	241	憶	范	耦	匪	上	齊	十五主			昌去開祭蟹三	尺制	奉合3	防錽	疑上開侯流一	五口
5151	4正		242	**拊**	范	耦	匪	上	齊	十五主			敷上合虞遇三	芳武	奉合3	防錽	疑上開侯流一	五口
5152	4正		243	府	范	耦	匪	上	齊	十五主			非上合虞遇三	方矩	奉合3	防錽	疑上開侯流一	五口
5153	4正		244	腐	范	耦	匪	上	齊	十五主			奉上合虞遇三	扶雨	奉合3	防錽	疑上開侯流一	五口
5154	4正		245	府	范	耦	匪	上	齊	十五主			奉上合虞遇三	扶雨	奉合3	防錽	疑上開侯流一	五口
5155	4正	61	246	侮	務	耦	匪	上	齊	十五主			微上合虞遇三	文甫	微合3	亡遇	疑上開侯流一	五口
5157	4正	62	247	**枸**	眷	庾	見	上	撮	十六枸			見上合虞遇三	俱雨	見合重3	居倦	以上合虞遇三	以主
5158	4正		248	蒟	眷	庾	見	上	撮	十六枸			見上合虞遇三	俱雨	見合重3	居倦	以上合虞遇三	以主
5160	4正	63	249	竘	郡	庾	起	上	撮	十六枸			溪上合虞遇三	驅雨	群合3	渠運	以上合虞遇三	以主
5163	4正		250	**寠***	郡	庾	起	上	撮	十六枸			來去合虞遇三	龍遇	群合3	渠運	以上合虞遇三	以主
5164	4正	64	251	**庾**	永	煦	影	上	撮	十六枸			以上合虞遇三	以主	云合3	于憬	曉上合虞遇三	況羽
5165	4正		252	斞	永	煦	影	上	撮	十六枸			以上合虞遇三	以主	云合3	于憬	曉上合虞遇三	況羽

韻字編號	部序	組數	字數	韻字及何氏反切			韻字何氏音				何萱注釋	備注	韻字中古音		上字中古音		下字中古音	
				韻字	上字	下字	聲	調	呼	韻部			聲調呼韻攝等	反切	聲呼等	反切	聲調呼韻攝等	反切
5166	4正		253	㽘	永	煦	影	上	撮	十六枸			以上合虞遇三	以主	云合3	于憬	曉上合虞遇三	況羽
5167	4正		254	窳	永	煦	影	上	撮	十六枸			以上合虞遇三	以主	云合3	于憬	曉上合虞遇三	況羽
5169	4正		255	瘉	永	煦	影	上	撮	十六枸			以上合虞遇三	以主	云合3	于憬	曉上合虞遇三	況羽
5170	4正		256	貐	永	煦	影	上	撮	十六枸			以上合虞遇三	以主	云合3	于憬	曉上合虞遇三	況羽
5172	4正	65	257	**姁**	訓	庾	曉	上	撮	十六枸			曉上合虞遇三	況羽	曉合3	許運	以上合虞遇三	以主
5174	4正		258	昫	訓	庾	曉	上	撮	十六枸			曉去合虞遇三	香句	曉合3	許運	以上合虞遇三	以主
5175	4正		259	煦	訓	庾	曉	上	撮	十六枸			曉上合虞遇三	況羽	曉合3	許運	以上合虞遇三	以主
5177	4正	66	260	**頿**	選	庾	信	上	撮	十六枸			心上合虞遇三	相庾	心合3	蘇管	以上合虞遇三	以主
5179	4正		261	盨	選	庾	信	上	撮	十六枸			生上合魚遇三	疎舉	心合3	蘇管	以上合虞遇三	以主
5181	4正	67	262	**冓**	艮	豆	見	去	開	十三冓		釋義不合	見去開侯流一	古候	見開1	古恨	定去開侯流一	徒候
5182	4正		263	構	艮	豆	見	去	開	十三冓			見去開侯流一	古候	見開1	古恨	定去開侯流一	徒候
5183	4正		264	遘	艮	豆	見	去	開	十三冓			見去開侯流一	古候	見開1	古恨	定去開侯流一	徒候
5184	4正		265	覯	艮	豆	見	去	開	十三冓			見去開侯流一	古候	見開1	古恨	定去開侯流一	徒候
5185	4正		266	媾	艮	豆	見	去	開	十三冓			見去開侯流一	古候	見開1	古恨	定去開侯流一	徒候
5186	4正		267	購	艮	豆	見	去	開	十三冓			見去開侯流一	古候	見開1	古恨	定去開侯流一	徒候
5189	4正		268	軥	艮	豆	見	去	開	十三冓	平去兩讀		見去開侯流一	古候	見開1	古恨	定去開侯流一	徒候
5190	4正		269	雊	艮	豆	見	去	開	十三冓			見去開侯流一	古候	見開1	古恨	定去開侯流一	徒候
5191	4正		270	彀	艮	豆	見	去	開	十三冓			見去開侯流一	古候	見開1	古恨	定去開侯流一	徒候
5195	4正	68	271	㲉*	侃	漏	起	去	開	十三冓			見去開侯流一	居候	溪開1	空旱	來去開侯流一	盧候
5196	4正		272	佝	侃	漏	起	去	開	十三冓			曉去開侯流一	呼漏	溪開1	空旱	來去開侯流一	盧候
5197	4正		273	敂*	侃	漏	起	去	開	十三冓			溪去開侯流一	丘堠	溪開1	空旱	來去開侯流一	盧候
5198	4正		274	**寇**	侃	漏	起	去	開	十三冓			溪去開侯流一	苦候	溪開1	空旱	來去開侯流一	盧候
5200	4正		275	滱	侃	漏	起	去	開	十三冓			溪去開侯流一	苦候	溪開1	空旱	來去開侯流一	盧候
5202	4正	69	276	**漚**	挨	豆	影	去	開	十三冓			影去開侯流一	烏候	影開1	於改	定去開侯流一	徒候
5203	4正	70	277	**候**	海	豆	曉	去	開	十三冓			匣去開侯流一	下遘	曉開1	呼改	定去開侯流一	徒候
5205	4正		278	郈*	海	豆	曉	去	開	十三冓			匣去開侯流一	下遘	曉開1	呼改	定去開侯流一	徒候
5207	4正		279	詬	海	豆	曉	去	開	十三冓			曉去開侯流一	呼漏	曉開1	呼改	定去開侯流一	徒候

韻字編號	部序	組數	字數	韻字及何氏反切			韻字何氏音				何萱注釋	備注	韻字中古音		上字中古音		下字中古音	
				韻字	上字	下字	聲	調	呼	韻部			聲調呼韻攝等	反切	聲呼等	反切	聲調呼韻攝等	反切
5208	4正	71	280	鬥	帶	豆	短	去	開	十三蕎			端去開侯流一	都豆	端開1	當蓋	定去開侯流一	徒候
5209	4正		281	鬭	帶	豆	短	去	開	十三蕎			端去開侯流一	都豆	端開1	當蓋	定去開侯流一	徒候
5211	4正		282	郖	帶	豆	短	去	開	十三蕎			定去開侯流一	徒候	端開1	當蓋	定去開侯流一	徒候
5212	4正	72	283	豆	代	漏	透	去	開	十三蕎			定去開侯流一	徒候	定開1	徒耐	來去開侯流一	盧候
5213	4正		284	梪	代	漏	透	去	開	十三蕎			定去開侯流一	徒候	定開1	徒耐	來去開侯流一	盧候
5214	4正		285	脰	代	漏	透	去	開	十三蕎			定去開侯流一	徒候	定開1	徒耐	來去開侯流一	盧候
5216	4正		286	逗	代	漏	透	去	開	十三蕎			定去開侯流一	徒候	定開1	徒耐	來去開侯流一	盧候
5217	4正		287	鞮	代	漏	透	去	開	十三蕎			定去開侯流一	徒候	定開1	徒耐	來去開侯流一	盧候
5219	4正		288	酘	代	漏	透	去	開	十三蕎			定平開侯流一	度侯	定開1	徒耐	來去開侯流一	盧候
5222	4正		289	牏 g*	代	漏	透	去	開	十三蕎	平去兩讀注在彼		定去開侯流一	大透	定開1	徒耐	來去開侯流一	盧候
5225	4正		290	窬	代	漏	透	去	開	十三蕎	平去兩讀注在彼		定去開侯流一	徒候	定開1	徒耐	來去開侯流一	盧候
5226	4正		291	竇	代	漏	透	去	開	十三蕎	萱按古音去入不甚分。……	說明今音去入要分	定去開侯流一	徒候	定開1	徒耐	來去開侯流一	盧候
5229	4正	73	292	彀	柰	豆	乃	去	開	十三蕎	上去兩讀		見去開侯流一	古候	泥開1	奴帶	定去開侯流一	徒候
5230	4正		293	獳 g*	柰	豆	乃	去	開	十三蕎			泥去開侯流一	乃豆	泥開1	奴帶	定去開侯流一	徒候
5231	4正	74	294	丙*	朗	豆	賚	去	開	十三蕎			來去開侯流一	郎豆	來開1	盧黨	定去開侯流一	徒候
5232	4正		295	陋	朗	豆	賚	去	開	十三蕎			來去開侯流一	盧候	來開1	盧黨	定去開侯流一	徒候
5233	4正		296	扇	朗	豆	賚	去	開	十三蕎			來去開侯流一	盧候	來開1	盧黨	定去開侯流一	徒候
5234	4正		297	漏	朗	豆	賚	去	開	十三蕎			來去開侯流一	盧候	來開1	盧黨	定去開侯流一	徒候
5236	4正		298	瘻	朗	豆	賚	去	開	十三蕎		釋義不合	來去開侯流一	盧候	來開1	盧黨	定去開侯流一	徒候
5237	4正		299	鏤	朗	豆	賚	去	開	十三蕎			來去開侯流一	盧候	來開1	盧黨	定去開侯流一	徒候
5239	4正	75	300	縐	酌	豆	照	去	開	十三蕎			莊去開尤流三	側救	章開3	之若	定去開侯流一	徒候
5240	4正	76	301	驟	茝	豆	助	去	開	十三蕎			崇去開尤流三	鋤祐	昌開1	昌紿	定去開侯流一	徒候
5241	4正		302	騶 g*	茝	豆	助	去	開	十三蕎		據何注和該字在集韻中的讀音加入到茝豆切中	崇去開尤流三	鉏救	昌開1	昌紿	定去開侯流一	徒候

韻字編號	部序	組數	字數	韻字及何氏反切			韻字何氏音				何萱注釋	備注	韻字中古音		上字中古音		下字中古音	
				韻字	上字	下字	聲	調	呼	韻部			聲調呼韻攝等	反切	聲呼等	反切	聲調呼韻攝等	反切
5242	4 正	77	303	潄*	稍	豆	審	去	開	十三蕎		表中此位無字	心去開侯流一	先奏	生開 2	所教	定去開侯流一	徒候
5243	4 正		304	鏉	稍	豆	審	去	開	十三蕎		表中此位無字	心去開侯流一	蘇奏	生開 2	所教	定去開侯流一	徒候
5244	4 正	78	305	**奏**	宰	豆	井	去	開	十三蕎			精去開侯流一	則候	精開 1	作亥	定去開侯流一	徒候
5246	4 正	79	306	**湊**	粲	豆	淨	去	開	十三蕎			清去開侯流一	倉奏	清開 1	蒼案	定去開侯流一	徒候
5247	4 正		307	蔟	粲	豆	淨	去	開	十三蕎	去入兩讀異義		清去開侯流一	倉奏	清開 1	蒼案	定去開侯流一	徒候
5250	4 正	80	308	嗾	散	茂	信	去	開	十三蕎		表中此位無字	心去開侯流一	蘇奏	心開 1	蘇旱	明去開侯流一	莫候
5253	4 正	81	309	**數**	爽	�	審	去	合	十四數	上去入凡四讀義分		生去合虞遇三	色句	生開 3	疎兩	敷去合虞遇三	芳遇
5256	4 正	82	310	娶	寸	趣	淨	去	合	十四數			清去合虞遇三	七句	清合 1	倉困	敷去合虞遇三	芳遇
5258	4 正		311	**聚**	寸	趣	淨	去	合	十四數			從去合虞遇三	才句	清合 1	倉困	敷去合虞遇三	芳遇
5259	4 正		312	冣	寸	趣	淨	去	合	十四數			精去合泰蟹一	祖外	清合 1	倉困	敷去合虞遇三	芳遇
5260	4 正		313	埾	寸	趣	淨	去	合	十四數			從去合虞遇三	才句	清合 1	倉困	敷去合虞遇三	芳遇
5262	4 正	83	314	趠	普	聚	並	去	合	十四數			滂去開侯流一	匹候	滂合 1	滂古	從去合虞遇三	才句
5265	4 正		315	踣	普	聚	並	去	合	十四數	萱按僕踣不同音		滂去開侯流一	匹候	滂合 1	滂古	從去合虞遇三	才句
5268	4 正		316	**蔀**	普	聚	並	去	合	十四數			並上開侯流一	蒲口	滂合 1	滂古	從去合虞遇三	才句
5270	4 正	84	317	**絇**	竟	晝	見	去	齊	十五晝	平去兩讀注在彼		見去合虞遇三	九遇	見開 3	居慶	知去開尤流三	陟救
5271	4 正	85	318	裕	漾	晝	影	去	齊	十五晝		表中此位無字	以去合虞遇三	羊戍	以開 3	餘亮	知去開尤流三	陟救
5272	4 正	86	319	槈	念	究	乃	去	齊	十五晝		表中此位無字	泥去開侯流一	奴豆	泥開 4	奴店	見去開尤流三	居祐
5273	4 正	87	320	**晝**	掌	遇	照	去	齊	十五晝			知去開尤流三	陟救	章開 3	諸兩	疑去合虞遇三	牛具
5274	4 正		321	壴	掌	遇	照	去	齊	十五晝			知去合虞遇三	中句	章開 3	諸兩	疑去合虞遇三	牛具
5276	4 正		322	澍	掌	遇	照	去	齊	十五晝			章去合虞遇三	之戍	章開 3	諸兩	疑去合虞遇三	牛具
5277	4 正		323	注	掌	遇	照	去	齊	十五晝			章去合虞遇三	之戍	章開 3	諸兩	疑去合虞遇三	牛具
5278	4 正		324	駐	掌	遇	照	去	齊	十五晝			知去合虞遇三	中句	章開 3	諸兩	疑去合虞遇三	牛具
5279	4 正		325	狂	掌	遇	照	去	齊	十五晝			章去合虞遇三	之戍	章開 3	諸兩	疑去合虞遇三	牛具
5282	4 正		326	咮	掌	遇	照	去	齊	十五晝	萱认為廣韻讀平聲，不必		知去合虞遇三	中句	章開 3	諸兩	疑去合虞遇三	牛具
5284	4 正		327	噣	掌	遇	照	去	齊	十五晝			知去開尤流三	陟救	章開 3	諸兩	疑去合虞遇三	牛具

韻字編號	部序	組數	字數	韻字及何氏反切			韻字何氏音				何萱注釋	備注	韻字中古音		上字中古音		下字中古音	
				韻字	上字	下字	聲	調	呼	韻部			聲調呼韻攝等	反切	聲呼等	反切	聲調呼韻攝等	反切
5285	4正	88	328	侸	始	書	審	去	齊	十五書			端平開侯流一	當侯	書開3	詩止	知去開尤流三	陟救
5286	4正		329	尌	始	書	審	去	齊	十五書			禪去合虞遇三	常句	書開3	詩止	知去開尤流三	陟救
5289	4正		330	樹	始	書	審	去	齊	十五書			禪去合虞遇三	常句	書開3	詩止	知去開尤流三	陟救
5290	4正		331	[illegible]*	始	書	審	去	齊	十五書			禪去合虞遇三	殊遇	書開3	詩止	知去開尤流三	陟救
5291	4正		332	**戍**	始	書	審	去	齊	十五書			書去合虞遇三	傷遇	書開3	詩止	知去開尤流三	陟救
5294	4正		333	隃	始	書	審	去	齊	十五書			書去合虞遇三	傷遇	書開3	詩止	知去開尤流三	陟救
5296	4正		334	輸	始	書	審	去	齊	十五書	平去兩讀注在彼		書去合虞遇三	傷遇	書開3	詩止	知去開尤流三	陟救
5297	4正	89	335	**遇**	仰	書	我	去	齊	十五書			疑去合虞遇三	牛具	疑開3	魚兩	知去開尤流三	陟救
5298	4正		336	寓	仰	書	我	去	齊	十五書			疑去合虞遇三	牛具	疑開3	魚兩	知去開尤流三	陟救
5299	4正	90	337	**付**	范	書	匪	去	齊	十五書			非去合虞遇三	方遇	奉合3	防錽	知去開尤流三	陟救
5301	4正		338	坿	范	書	匪	去	齊	十五書			奉去合虞遇三	符遇	奉合3	防錽	知去開尤流三	陟救
5302	4正		339	𩬅	范	書	匪	去	齊	十五書			非去合虞遇三	方遇	奉合3	防錽	知去開尤流三	陟救
5303	4正		340	祔	范	書	匪	去	齊	十五書			奉去合虞遇三	符遇	奉合3	防錽	知去開尤流三	陟救
5304	4正		341	駙	范	書	匪	去	齊	十五書			奉去合虞遇三	符遇	奉合3	防錽	知去開尤流三	陟救
5305	4正		342	鮒	范	書	匪	去	齊	十五書			奉去合虞遇三	符遇	奉合3	防錽	知去開尤流三	陟救
5306	4正		343	赴	范	書	匪	去	齊	十五書			敷去合虞遇三	芳遇	奉合3	防錽	知去開尤流三	陟救
5307	4正		344	𧿒	范	書	匪	去	齊	十五書			敷去合虞遇三	芳遇	奉合3	防錽	知去開尤流三	陟救
5308	4正		345	仆	范	書	匪	去	齊	十五書			敷去合虞遇三	芳遇	奉合3	防錽	知去開尤流三	陟救
5312	4正	91	346	**屨**	眷	具	見	去	撮	十六屨			見去合虞遇三	九遇	見合重3	居倦	群去合虞遇三	其遇
5313	4正		347	句	眷	具	見	去	撮	十六屨	平去兩讀姑從俗分		見去合虞遇三	九遇	見合重3	居倦	群去合虞遇三	其遇
5317	4正	92	348	**具**	郡	屨	起	去	撮	十六屨			群去合虞遇三	其遇	群合3	渠運	見去合虞遇三	九遇
5318	4正	93	349	**諭**	永	具	影	去	撮	十六屨			以去合虞遇三	羊戍	云合3	于憬	群去合虞遇三	其遇
5319	4正		350	嫗	永	具	影	去	撮	十六屨			影去合虞遇三	衣遇	云合3	于憬	群去合虞遇三	其遇
5320	4正	94	351	**酗***	訓	具	曉	去	撮	十六屨			曉去合虞遇三	吁句	曉合3	許運	群去合虞遇三	其遇
5321	4正	95	352	**孺**	輭	具	耳	去	撮	十六屨			日去合虞遇三	而遇	日合3	而兗	群去合虞遇三	其遇
5322	4正	96	353	**玨***	艮	僕	見	入	開	十三玨			見入開覺江二	訖岳	見開1	古恨	並入合屋通一	蒲木

韻字編號	部序	組數	字數	韻字及何氏反切			韻字何氏音				何萱注釋	備注	韻字中古音		上字中古音		下字中古音	
				韻字	上字	下字	聲	調	呼	韻部			聲調呼韻攝等	反切	聲呼等	反切	聲調呼韻攝等	反切
5323	4 正		354	斠	艮	僕	見	入	開	十三玨			見入開覺江二	古岳	見開 1	古恨	並入合屋通一	蒲木
5324	4 正		355	角	艮	僕	見	入	開	十三玨			見入開覺江二	古岳	見開 1	古恨	並入合屋通一	蒲木
5325	4 正		356	桷	艮	僕	見	入	開	十三玨			見入開覺江二	古岳	見開 1	古恨	並入合屋通一	蒲木
5326	4 正	97	357	殻	侃	僕	起	入	開	十三玨	㲉隸作殻		溪入開覺江二	苦角	溪開 1	空旱	並入合屋通一	蒲木
5327	4 正		358	**慤**	侃	僕	起	入	開	十三玨			溪入開覺江二	苦角	溪開 1	空旱	並入合屋通一	蒲木
5328	4 正	98	359	**渥**	挨	僕	影	入	開	十三玨			影入開覺江二	於角	影開 1	於改	並入合屋通一	蒲木
5329	4 正		360	偓	挨	僕	影	入	開	十三玨			影入開覺江二	於角	影開 1	於改	並入合屋通一	蒲木
5330	4 正		361	握	挨	僕	影	入	開	十三玨			影入開覺江二	於角	影開 1	於改	並入合屋通一	蒲木
5331	4 正		362	楃	挨	僕	影	入	開	十三玨			影入開覺江二	於角	影開 1	於改	並入合屋通一	蒲木
5332	4 正		363	喔	挨	僕	影	入	開	十三玨			影入開覺江二	於角	影開 1	於改	並入合屋通一	蒲木
5333	4 正	99	364	**确**	海	僕	曉	入	開	十三玨			匣入開覺江二	胡覺	曉開 1	呼改	並入合屋通一	蒲木
5334	4 正		365	㱿	海	僕	曉	入	開	十三玨			曉入合屋通一	呼木	曉開 1	呼改	並入合屋通一	蒲木
5336	4 正		366	穀*	海	僕	曉	入	開	十三玨			見去開侯流一	居候	曉開 1	呼改	並入合屋通一	蒲木
5337	4 正	100	367	**斀***	酌	僕	照	入	開	十三玨			知入開覺江二	竹角	章開 3	之若	並入合屋通一	蒲木
5338	4 正		368	鼓	酌	僕	照	入	開	十三玨			見上合模遇一	公戶	章開 3	之若	並入合屋通一	蒲木
5339	4 正		369	斀	酌	僕	照	入	開	十三玨			端入合屋通一	丁木	章開 3	之若	並入合屋通一	蒲木
5340	4 正		370	椓	酌	僕	照	入	開	十三玨			知入開覺江二	竹角	章開 3	之若	並入合屋通一	蒲木
5341	4 正		371	豛*	酌	僕	照	入	開	十三玨			端入合屋通一	都木	章開 3	之若	並入合屋通一	蒲木
5342	4 正		372	琢	酌	僕	照	入	開	十三玨			知入開覺江二	竹角	章開 3	之若	並入合屋通一	蒲木
5343	4 正		373	啄	酌	僕	照	入	開	十三玨			知入開覺江二	竹角	章開 3	之若	並入合屋通一	蒲木
5344	4 正		374	涿	酌	僕	照	入	開	十三玨			知入開覺江二	竹角	章開 3	之若	並入合屋通一	蒲木
5345	4 正		375	捉	酌	僕	照	入	開	十三玨			莊入開覺江二	側角	章開 3	之若	並入合屋通一	蒲木
5346	4 正		376	斲	酌	僕	照	入	開	十三玨			知入開覺江二	竹角	章開 3	之若	並入合屋通一	蒲木
5347	4 正		377	斀	酌	僕	照	入	開	十三玨			端入合屋通一	丁木	章開 3	之若	並入合屋通一	蒲木
5348	4 正	101	378	**娕**	茝	僕	助	入	開	十三玨			初入開覺江二	測角	昌開 1	昌紿	並入合屋通一	蒲木
5349	4 正		379	浞	茝	僕	助	入	開	十三玨			崇入開覺江二	士角	昌開 1	昌紿	並入合屋通一	蒲木
5350	4 正		380	濁	茝	僕	助	入	開	十三玨			澄入開覺江二	直角	昌開 1	昌紿	並入合屋通一	蒲木

韻字編號	部序	組數	字數	韻字及何氏反切			韻字何氏音				何萱注釋	備　注	韻字中古音		上字中古音		下字中古音	
				韻字	上字	下字	聲	調	呼	韻部			聲調呼韻攝等	反切	聲呼等	反切	聲調呼韻攝等	反切
5351	4正		381	鐲	茝	僕	助	入	開	十三玨			澄入開覺江二	直角	昌開1	昌紿	並入合屋通一	蒲木
5352	4正		382	鷟	茝	僕	助	入	開	十三玨			崇入開覺江二	士角	昌開1	昌紿	並入合屋通一	蒲木
5353	4正		383	丵	茝	僕	助	入	開	十三玨			崇入開覺江二	士角	昌開1	昌紿	並入合屋通一	蒲木
5354	4正	102	384	欶	稍	僕	審	入	開	十三玨			生入開覺江二	所角	生開2	所教	並入合屋通一	蒲木
5355	4正	103	385	頣	傲	僕	我	入	開	十三玨			疑入開覺江二	五角	疑開1	五到	並入合屋通一	蒲木
5356	4正		386	嶽	傲	僕	我	入	開	十三玨			疑入開覺江二	五角	疑開1	五到	並入合屋通一	蒲木
5358	4正		387	鸑	傲	僕	我	入	開	十三玨			疑入開覺江二	五角	疑開1	五到	並入合屋通一	蒲木
5359	4正	104	388	剝	博	僕	謗	入	開	十三玨			幫入開覺江二	北角	幫開1	補各	並入合屋通一	蒲木
5360	4正	105	389	菐	倍	鷟	並	入	開	十三玨	隸作菐		並入合屋通一	蒲木	並開1	薄亥	崇入開覺江二	士角
5362	4正		390	僕	倍	鷟	並	入	開	十三玨			並入合屋通一	蒲木	並開1	薄亥	崇入開覺江二	士角
5365	4正		391	墣	倍	鷟	並	入	開	十三玨			滂入開覺江二	匹角	並開1	薄亥	崇入開覺江二	士角
5366	4正		392	撲	倍	鷟	並	入	開	十三玨			滂入合屋通一	普木	並開1	薄亥	崇入開覺江二	士角
5367	4正		393	樸	倍	鷟	並	入	開	十三玨			滂入開覺江二	匹角	並開1	薄亥	崇入開覺江二	士角
5368	4正		394	朴	倍	鷟	並	入	開	十三玨			滂入開覺江二	匹角	並開1	薄亥	崇入開覺江二	士角
5369	4正		395	攴	倍	鷟	並	入	開	十三玨			滂入合屋通一	普木	並開1	薄亥	崇入開覺江二	士角
5370	4正		396	瀫	倍	鷟	並	入	開	十三玨			並入開覺江二	蒲角	並開1	薄亥	崇入開覺江二	士角
5372	4正	106	397	槃*	廣	讀	見	入	合	十四槃			見入開覺江二	訖岳	見合1	古晃	定入合屋通一	徒谷
5375	4正		398	谷	廣	讀	見	入	合	十四槃			見入合屋通一	古祿	見合1	古晃	定入合屋通一	徒谷
5377	4正	107	399	嬖	苦	卜	起	入	合	十四槃	又五部去聲。玉篇古鹿切	此處是今音	溪入合屋通一	空谷	溪合1	康杜	幫入合屋通一	博木
5379	4正		400	鷇	苦	卜	起	入	合	十四槃			溪入合屋通一	空谷	溪合1	康杜	幫入合屋通一	博木
5380	4正	108	401	屋	腕	卜	影	入	合	十四槃			影入合屋通一	烏谷	影合1	烏貫	幫入合屋通一	博木
5382	4正	109	402	穀*	戶	卜	曉	入	合	十四槃			曉入合屋通一	呼木	匣合1	侯古	幫入合屋通一	博木
5383	4正		403	觳	戶	卜	曉	入	合	十四槃	俗有觳觳		匣入合屋通一	胡谷	匣合1	侯古	幫入合屋通一	博木
5385	4正		404	斛	戶	卜	曉	入	合	十四槃			匣入合屋通一	胡谷	匣合1	侯古	幫入合屋通一	博木
5386	4正	110	405	讀	杜	卜	透	入	合	十四槃			定入合屋通一	徒谷	定合1	徒古	幫入合屋通一	博木
5387	4正		406	讟	杜	卜	透	入	合	十四槃			定入合屋通一	徒谷	定合1	徒古	幫入合屋通一	博木

韻字編號	部序	組數	字數	韻字及何氏反切			韻字何氏音				何萱注釋	備　注	韻字中古音		上字中古音		下字中古音	
				韻字	上字	下字	聲	調	呼	韻部			聲調呼韻攝等	反切	聲呼等	反切	聲調呼韻攝等	反切
5388	4 正		407	儥	杜	卜	透	入	合	十四檗	或作覿，覿四部十六部兩見	覿在 16 部覿字下。與覿異讀	定入合屋通一	徒谷	定合 1	徒古	幫入合屋通一	博木
5389	4 正		408	遺	杜	卜	透	入	合	十四檗			定入合屋通一	徒谷	定合 1	徒古	幫入合屋通一	博木
5390	4 正		409	嬻	杜	卜	透	入	合	十四檗			定入合屋通一	徒谷	定合 1	徒古	幫入合屋通一	博木
5391	4 正		410	黷	杜	卜	透	入	合	十四檗			定入合屋通一	徒谷	定合 1	徒古	幫入合屋通一	博木
5392	4 正		411	瀆	杜	卜	透	入	合	十四檗			定入合屋通一	徒谷	定合 1	徒古	幫入合屋通一	博木
5393	4 正		412	隫	杜	卜	透	入	合	十四檗			定入合屋通一	徒谷	定合 1	徒古	幫入合屋通一	博木
5394	4 正		413	牘	杜	卜	透	入	合	十四檗			定入合屋通一	徒谷	定合 1	徒古	幫入合屋通一	博木
5395	4 正		414	櫝	杜	卜	透	入	合	十四檗			定入合屋通一	徒谷	定合 1	徒古	幫入合屋通一	博木
5396	4 正		415	匵	杜	卜	透	入	合	十四檗			定入合屋通一	徒谷	定合 1	徒古	幫入合屋通一	博木
5397	4 正		416	韇	杜	卜	透	入	合	十四檗			定入合屋通一	徒谷	定合 1	徒古	幫入合屋通一	博木
5398	4 正		417	犢	杜	卜	透	入	合	十四檗			定入合屋通一	徒谷	定合 1	徒古	幫入合屋通一	博木
5399	4 正		418	殰	杜	卜	透	入	合	十四檗			定入合屋通一	徒谷	定合 1	徒古	幫入合屋通一	博木
5400	4 正		419	禿	杜	卜	透	入	合	十四檗			透入合屋通一	他谷	定合 1	徒古	幫入合屋通一	博木
5401	4 正		420	髑	杜	卜	透	入	合	十四檗			定入合屋通一	徒谷	定合 1	徒古	幫入合屋通一	博木
5402	4 正		421	獨	杜	卜	透	入	合	十四檗			定入合屋通一	徒谷	定合 1	徒古	幫入合屋通一	博木
5403	4 正	111	422	彔	磊	卜	賚	入	合	十四檗			來入合屋通一	盧谷	來合 1	落猥	幫入合屋通一	博木
5404	4 正		423	祿	磊	卜	賚	入	合	十四檗			來入合屋通一	盧谷	來合 1	落猥	幫入合屋通一	博木
5405	4 正		424	逯	磊	卜	賚	入	合	十四檗			來入合燭通三	力玉	來合 1	落猥	幫入合屋通一	博木
5406	4 正		425	睩	磊	卜	賚	入	合	十四檗			來入合屋通一	盧谷	來合 1	落猥	幫入合屋通一	博木
5407	4 正		426	娽	磊	卜	賚	入	合	十四檗			來入合燭通三	力玉	來合 1	落猥	幫入合屋通一	博木
5408	4 正		427	**鹿**	磊	卜	賚	入	合	十四檗			來入合屋通一	盧谷	來合 1	落猥	幫入合屋通一	博木
5409	4 正		428	麗	磊	卜	賚	入	合	十四檗			來入合屋通一	盧谷	來合 1	落猥	幫入合屋通一	博木
5410	4 正		429	簏	磊	卜	賚	入	合	十四檗			來入合屋通一	盧谷	來合 1	落猥	幫入合屋通一	博木
5411	4 正		430	漉	磊	卜	賚	入	合	十四檗			來入合屋通一	盧谷	來合 1	落猥	幫入合屋通一	博木

韻字編號	部序	組數	字數	韻字及何氏反切			韻字何氏音				何萱注釋	備　注	韻字中古音		上字中古音		下字中古音	
				韻字	上字	下字	聲	調	呼	韻部			聲調呼韻攝等	反切	聲呼等	反切	聲調呼韻攝等	反切
5415	4正	112	431	**數**	爽	卜	審	入	合	十四喿	上去兩讀入聲兩讀凡四見義分		生入開覺江二	所角	生開3	疎兩	幫入合屋通一	博木
5416	4正	113	432	**鏃**	祖	讀	井	入	合	十四喿			精入合屋通一	作木	精合1	則古	定入合屋通一	徒谷
5417	4正	114	433	**族**	寸	卜	淨	入	合	十四喿			從入合屋通一	昨木	清合1	倉困	幫入合屋通一	博木
5420	4正		434	數	寸	卜	淨	入	合	十四喿	入聲重見義分		心入合屋通一	桑谷	清合1	倉困	幫入合屋通一	博木
5422	4正	115	435	涑	送	卜	信	入	合	十四喿	平入兩讀義分		心入合屋通一	桑谷	心合1	蘇弄	幫入合屋通一	博木
5425	4正		436	諫	送	卜	信	入	合	十四喿			清入合燭通三	七玉	心合1	蘇弄	幫入合屋通一	博木
5426	4正		437	**速**	送	卜	信	入	合	十四喿			心入合屋通一	桑谷	心合1	蘇弄	幫入合屋通一	博木
5427	4正		438	鬻*	送	卜	信	入	合	十四喿			心入合屋通一	蘇谷	心合1	蘇弄	幫入合屋通一	博木
5428	4正		439	藗	送	卜	信	入	合	十四喿			心入合屋通一	桑谷	心合1	蘇弄	幫入合屋通一	博木
5429	4正		440	樕	送	卜	信	入	合	十四喿			心入合屋通一	桑谷	心合1	蘇弄	幫入合屋通一	博木
5430	4正	116	441	**卜**	布	讀	謗	入	合	十四喿			幫入合屋通一	博木	幫合1	博故	定入合屋通一	徒谷
5431	4正		442	轐	布	讀	謗	入	合	十四喿			幫入合屋通一	博木	幫合1	博故	定入合屋通一	徒谷
5433	4正		443	纀	布	讀	謗	入	合	十四喿			幫入合屋通一	博木	幫合1	博故	定入合屋通一	徒谷
5434	4正		444	濮	布	讀	謗	入	合	十四喿			幫入合屋通一	博木	幫合1	博故	定入合屋通一	徒谷
5435	4正		445	樸*	布	讀	謗	入	合	十四喿			幫入合屋通一	博木	幫合1	博故	定入合屋通一	徒谷
5438	4正	117	446	**叕**	普	卜	並	入	合	十四喿	叕俗有叕		並入合屋通一	蒲木	滂合1	滂古	幫入合屋通一	博木
5439	4正	118	447	**木**	昧	卜	命	入	合	十四喿			明入合屋通一	莫蔔	明合1	莫佩	幫入合屋通一	博木
5440	4正		448	沐	昧	卜	命	入	合	十四喿			明入合屋通一	莫蔔	明合1	莫佩	幫入合屋通一	博木
5441	4正		449	霂	昧	卜	命	入	合	十四喿			明入合屋通一	莫蔔	明合1	莫佩	幫入合屋通一	博木
5442	4正	119	450	**賣**	漾	蔟	影	入	齊	十五賣			以入合屋通三	余六	以開3	餘亮	清入合屋通一	千木
5443	4正	120	451	**斣**	寵	蔟	助	入	齊	十五賣			端去開侯流一	都豆	徹合3	丑隴	清入合屋通一	千木
5445	4正	121	452	**蔟**	淺	賣	淨	入	齊	十五賣			清入合屋通一	千木	清開3	七演	以入合屋通三	余六
5446	4正	122	453	**挶**	眷	曲	見	入	撮	十六挶			見入合燭通三	居玉	見合重3	居倦	溪入合燭通三	丘玉
5448	4正		454	繴	眷	曲	見	入	撮	十六挶			見入合燭通三	居玉	見合重3	居倦	溪入合燭通三	丘玉
5449	4正		455	檋	眷	曲	見	入	撮	十六挶			見入合燭通三	居玉	見合重3	居倦	溪入合燭通三	丘玉

韻字編號	部序	組數	字數	韻字及何氏反切			韻字何氏音				何萱注釋	備　注	韻字中古音		上字中古音		下字中古音	
				韻字	上字	下字	聲	調	呼	韻部			聲調呼韻攝等	反切	聲呼等	反切	聲調呼韻攝等	反切
5450	4 正		456	暴	眷	曲	見	入	撮	十六掲			見入合燭通三	居玉	見合重 3	居倦	溪入合燭通三	丘玉
5451	4 正		457	槑	眷	曲	見	入	撮	十六掲			見入合燭通三	居玉	見合重 3	居倦	溪入合燭通三	丘玉
5452	4 正	123	458	**局**	郡	縟	起	入	撮	十六掲			群入合燭通三	渠玉	群合 3	渠運	日入合燭通三	而蜀
5453	4 正		459	曲	郡	縟	起	入	撮	十六掲	[illegible]隸作曲		溪入合燭通三	丘玉	群合 3	渠運	日入合燭通三	而蜀
5454	4 正		460	�	郡	縟	起	入	撮	十六掲	[illegible]或作匤豊		溪入合燭通三	丘玉	群合 3	渠運	日入合燭通三	而蜀
5455	4 正		461	苖	郡	縟	起	入	撮	十六掲	[illegible]或作苖笛		溪入合燭通三	丘玉	群合 3	渠運	日入合燭通三	而蜀
5456	4 正	124	462	**浴**	永	曲	影	入	撮	十六掲			以入合燭通三	余蜀	云合 3	于憬	溪入合燭通三	丘玉
5457	4 正		463	欲	永	曲	影	入	撮	十六掲			以入合燭通三	余蜀	云合 3	于憬	溪入合燭通三	丘玉
5458	4 正		464	鋊	永	曲	影	入	撮	十六掲			以入合燭通三	余蜀	云合 3	于憬	溪入合燭通三	丘玉
5459	4 正		465	狢	永	曲	影	入	撮	十六掲			以入合燭通三	余蜀	云合 3	于憬	溪入合燭通三	丘玉
5460	4 正		466	鵒	永	曲	影	入	撮	十六掲			以入合燭通三	余蜀	云合 3	于憬	溪入合燭通三	丘玉
5461	4 正		467	鋈	永	曲	影	入	撮	十六掲			以平合虞遇三	羊朱	云合 3	于憬	溪入合燭通三	丘玉
5462	4 正	125	468	**頊****	訓	曲	曉	入	撮	十六掲			溪入合燭通三	虛玉	曉合 3	許運	溪入合燭通三	丘玉
5463	4 正	126	469	錄	呂	曲	賚	入	撮	十六掲			來入合燭通三	力玉	來合 3	力舉	溪入合燭通三	丘玉
5464	4 正		470	**綠**	呂	曲	賚	入	撮	十六掲			來入合燭通三	力玉	來合 3	力舉	溪入合燭通三	丘玉
5465	4 正		471	睩	呂	曲	賚	入	撮	十六掲			來入合燭通三	力玉	來合 3	力舉	溪入合燭通三	丘玉
5466	4 正		472	趢	呂	曲	賚	入	撮	十六掲			來入合屋通一	盧谷	來合 3	力舉	溪入合燭通三	丘玉
5467	4 正		473	菉	呂	曲	賚	入	撮	十六掲			來入合燭通三	力玉	來合 3	力舉	溪入合燭通三	丘玉
5468	4 正	127	474	**燭**	翥	曲	照	入	撮	十六掲			章入合燭通三	之欲	章合 3	章恕	溪入合燭通三	丘玉
5470	4 正		475	韣	翥	曲	照	入	撮	十六掲			章入合燭通三	之欲	章合 3	章恕	溪入合燭通三	丘玉
5472	4 正		476	趨	翥	曲	照	入	撮	十六掲			章入合燭通三	之欲	章合 3	章恕	溪入合燭通三	丘玉
5473	4 正		477	屬	翥	曲	照	入	撮	十六掲	兩讀注在後		章入合燭通三	之欲	章合 3	章恕	溪入合燭通三	丘玉
5475	4 正		478	孎	翥	曲	照	入	撮	十六掲			知入合燭通三	陟玉	章合 3	章恕	溪入合燭通三	丘玉
5477	4 正		479	欘	翥	曲	照	入	撮	十六掲			知入合燭通三	陟玉	章合 3	章恕	溪入合燭通三	丘玉
5478	4 正		480	斸	翥	曲	照	入	撮	十六掲			知入合燭通三	陟玉	章合 3	章恕	溪入合燭通三	丘玉

韻字編號	部序	組數	字數	韻字及何氏反切			韻字何氏音				何萱注釋	備注	韻字中古音		上字中古音		下字中古音	
				韻字	上字	下字	聲	調	呼	韻部			聲調呼韻攝等	反切	聲呼等	反切	聲調呼韻攝等	反切
5479	4正		481	瘃	翥	曲	照	入	撮	十六揭			知入合燭通三	陟玉	章合3	章恕	溪入合燭通三	丘玉
5480	4正	128	482	歜	處	曲	助	入	撮	十六揭			昌入合燭通三	尺玉	昌合3	昌與	溪入合燭通三	丘玉
5481	4正		483	觸	處	曲	助	入	撮	十六揭			昌入合燭通三	尺玉	昌合3	昌與	溪入合燭通三	丘玉
5482	4正		484	躅	處	曲	助	入	撮	十六揭			澄入合燭通三	直錄	昌合3	昌與	溪入合燭通三	丘玉
5483	4正		485	豖	處	曲	助	入	撮	十六揭			徹入合燭通三	丑玉	昌合3	昌與	溪入合燭通三	丘玉
5484	4正		486	棟	處	曲	助	入	撮	十六揭			清入合屋通一	千木	昌合3	昌與	溪入合燭通三	丘玉
5485	4正	129	487	辱	輭	曲	耳	入	撮	十六揭			日入合燭通三	而蜀	日合3	而兖	溪入合燭通三	丘玉
5486	4正		488	縟	輭	曲	耳	入	撮	十六揭			日入合燭通三	而蜀	日合3	而兖	溪入合燭通三	丘玉
5487	4正		489	溽	輭	曲	耳	入	撮	十六揭			日入合燭通三	而蜀	日合3	而兖	溪入合燭通三	丘玉
5488	4正		490	鄏	輭	曲	耳	入	撮	十六揭			日入合燭通三	而蜀	日合3	而兖	溪入合燭通三	丘玉
5489	4正		491	蓐	輭	曲	耳	入	撮	十六揭			日入合燭通三	而蜀	日合3	而兖	溪入合燭通三	丘玉
5490	4正	130	492	蜀	恕	曲	審	入	撮	十六揭			禪入合燭通三	市玉	書合3	商署	溪入合燭通三	丘玉
5494	4正		493	襡	恕	曲	審	入	撮	十六揭			禪入合燭通三	市玉	書合3	商署	溪入合燭通三	丘玉
5496	4正		494	屬	恕	曲	審	入	撮	十六揭	重見		禪入合燭通三	市玉	書合3	商署	溪入合燭通三	丘玉
5497	4正		495	贖	恕	曲	審	入	撮	十六揭			船入合燭通三	神蜀	書合3	商署	溪入合燭通三	丘玉
5498	4正		496	束	恕	曲	審	入	撮	十六揭			書入合燭通三	書玉	書合3	商署	溪入合燭通三	丘玉
5499	4正	131	497	足	俊	曲	井	入	撮	十六揭			精入合燭通三	即玉	精合3	子峻	溪入合燭通三	丘玉
5500	4正	132	498	促	翠	曲	淨	入	撮	十六揭			清入合燭通三	七玉	清合3	七醉	溪入合燭通三	丘玉
5501	4正	133	499	玉	馭	曲	我	入	撮	十六揭			疑入合燭通三	魚欲	疑合3	牛倨	溪入合燭通三	丘玉
5502	4正		500	獄	馭	曲	我	入	撮	十六揭			疑入合燭通三	魚欲	疑合3	牛倨	溪入合燭通三	丘玉
5503	4正	134	501	俗	選	曲	信	入	撮	十六揭			邪入合燭通三	似足	心合3	蘇管	溪入合燭通三	丘玉
5504	4正		502	續	選	曲	信	入	撮	十六揭			邪入合燭通三	似足	心合3	蘇管	溪入合燭通三	丘玉
5505	4正		503	藚	選	曲	信	入	撮	十六揭			邪入合燭通三	似足	心合3	蘇管	溪入合燭通三	丘玉
5506	4正		504	粟	選	曲	信	入	撮	十六揭			心入合燭通三	相玉	心合3	蘇管	溪入合燭通三	丘玉

第四部副編

韻字編號	部序	組數	字數	韻字及何氏反切			韻字何氏音				何萱注釋	備注	韻字中古音		上字中古音		下字中古音	
				韻字	上字	下字	聲	調	呼	韻部			聲調呼韻攝等	反切	聲呼等	反切	聲調呼韻攝等	反切
5508	4副	1	1	袧*	艮	甌	見	陰平	開	十三溝			見平開侯流一	居侯	見開1	古恨	影平開侯流一	烏侯
5511	4副		2	夠	艮	甌	見	陰平	開	十三溝			見平開侯流一	古侯	見開1	古恨	影平開侯流一	烏侯
5512	4副		3	泃*	艮	甌	見	陰平	開	十三溝			見平開侯流一	居侯	見開1	古恨	影平開侯流一	烏侯
5514	4副		4	軥	艮	甌	見	陰平	開	十三溝			見平開侯流一	古侯	見開1	古恨	影平開侯流一	烏侯
5515	4副		5	鉤	艮	甌	見	陰平	開	十三溝			見平合虞遇三	舉朱	見開1	古恨	影平開侯流一	烏侯
5516	4副		6	餉*	艮	甌	見	陰平	開	十三溝			見平開侯流一	居侯	見開1	古恨	影平開侯流一	烏侯
5517	4副		7	眗*	艮	甌	見	陰平	開	十三溝			見平開侯流一	居侯	見開1	古恨	影平開侯流一	烏侯
5519	4副		8	瓯	艮	甌	見	陰平	開	十三溝			見平開侯流一	古侯	見開1	古恨	影平開侯流一	烏侯
5520	4副		9	篘	艮	甌	見	陰平	開	十三溝			見平開侯流一	古侯	見開1	古恨	影平開侯流一	烏侯
5521	4副		10	蒟*	艮	甌	見	陰平	開	十三溝		韻目作蒟	見平開侯流一	居侯	見開1	古恨	影平開侯流一	烏侯
5522	4副		11	嘒	艮	甌	見	陰平	開	十三溝			見平開侯流一	古侯	見開1	古恨	影平開侯流一	烏侯
5523	4副	2	12	慪*	侃	鉤	起	陰平	開	十三溝			影平開侯流一	烏侯	溪開1	空旱	見平開侯流一	古侯
5525	4副		13	剾	侃	鉤	起	陰平	開	十三溝			溪平開侯流一	恪侯	溪開1	空旱	見平開侯流一	古侯
5526	4副		14	恂	侃	鉤	起	陰平	開	十三溝			溪平開侯流一	恪侯	溪開1	空旱	見平開侯流一	古侯
5527	4副		15	眗	侃	鉤	起	陰平	開	十三溝			見平合虞遇三	舉朱	溪開1	空旱	見平開侯流一	古侯
5528	4副		16	芤*	侃	鉤	起	陰平	開	十三溝			溪平開侯流一	墟侯	溪開1	空旱	見平開侯流一	古侯
5529	4副		17	苎**	侃	鉤	起	陰平	開	十三溝			溪平開侯流一	苦婁	溪開1	空旱	見平開侯流一	古侯
5530	4副	3	18	膒	挨	鉤	影	陰平	開	十三溝			影平開侯流一	烏侯	影開1	於改	見平開侯流一	古侯
5531	4副		19	嘔	挨	鉤	影	陰平	開	十三溝			影平開侯流一	烏侯	影開1	於改	見平開侯流一	古侯
5532	4副		20	顯*	挨	鉤	影	陰平	開	十三溝			影平開侯流一	烏侯	影開1	於改	見平開侯流一	古侯
5533	4副		21	緼**	挨	鉤	影	陰平	開	十三溝			影平開侯流一	於侯	影開1	於改	見平開侯流一	古侯
5534	4副		22	蝹**	挨	鉤	影	陰平	開	十三溝		玉篇作杳句切。此處用此音	影平開侯流一	杳句	影開1	於改	見平開侯流一	古侯
5535	4副		23	熰*	挨	鉤	影	陰平	開	十三溝			影平開侯流一	烏侯	影開1	於改	見平開侯流一	古侯
5537	4副		24	尩**	挨	鉤	影	陰平	開	十三溝			影平開寒山一	於干	影開1	於改	見平開侯流一	古侯

韻字編號	部序	組數	字數	韻字及何氏反切			韻字何氏音				何萱注釋	備注	韻字中古音		上字中古音		下字中古音	
				韻字	上字	下字	聲	調	呼	韻部			聲調呼韻攝等	反切	聲呼等	反切	聲調呼韻攝等	反切
5538	4副	4	25	齁	海	鉤	曉	陰平	開	十三溝			曉平開侯流一	呼侯	曉開1	呼改	見平開侯流一	古侯
5540	4副		26	睺*	海	鉤	曉	陰平	開	十三溝			曉平開侯流一	呼侯	曉開1	呼改	見平開侯流一	古侯
5542	4副		27	鴝	海	鉤	曉	陰平	開	十三溝			曉平開侯流一	呼侯	曉開1	呼改	見平開侯流一	古侯
5543	4副	5	28	頭*	帶	甌	短	陰平	開	十三溝			端平開侯流一	當侯	端開1	當蓋	影平開侯流一	烏侯
5544	4副		29	踀*	帶	甌	短	陰平	開	十三溝		正文距，誤	端平開侯流一	當侯	端開1	當蓋	影平開侯流一	烏侯
5545	4副		30	剅	帶	甌	短	陰平	開	十三溝			端平開侯流一	當侯	端開1	當蓋	影平開侯流一	烏侯
5546	4副		31	髡	帶	甌	短	陰平	開	十三溝			端平開侯流一	當侯	端開1	當蓋	影平開侯流一	烏侯
5547	4副		32	緰*	帶	甌	短	陰平	開	十三溝			端平開侯流一	當侯	端開1	當蓋	影平開侯流一	烏侯
5548	4副		33	撓*	帶	甌	短	陰平	開	十三溝			端平開侯流一	當侯	端開1	當蓋	影平開侯流一	烏侯
5549	4副		34	斪*	帶	甌	短	陰平	開	十三溝			端平開侯流一	當侯	端開1	當蓋	影平開侯流一	烏侯
5550	4副	6	35	偷	代	鉤	透	陰平	開	十三溝			透平開侯流一	託侯	定開1	徒耐	見平開侯流一	古侯
5551	4副		36	鍮	代	鉤	透	陰平	開	十三溝			透平開侯流一	託侯	定開1	徒耐	見平開侯流一	古侯
5553	4副	7	37	緅	酌	鉤	照	陰平	開	十三溝			莊平開尤流三	側鳩	章開3	之若	見平開侯流一	古侯
5555	4副		38	棸	酌	鉤	照	陰平	開	十三溝			莊平開尤流三	側鳩	章開3	之若	見平開侯流一	古侯
5558	4副		39	箃	酌	鉤	照	陰平	開	十三溝			莊平開尤流三	側鳩	章開3	之若	見平開侯流一	古侯
5559	4副		40	蝂**	酌	鉤	照	陰平	開	十三溝		玉篇作側尤切。此處用此音	莊平開尤流三	側尤	章開3	之若	見平開侯流一	古侯
5560	4副		41	鰼	酌	鉤	照	陰平	開	十三溝			莊平開尤流三	側鳩	章開3	之若	見平開侯流一	古侯
5561	4副		42	貙	酌	鉤	照	陰平	開	十三溝		正文增。玉篇：市照切又音鄒	莊平開尤流三	側鳩	章開3	之若	見平開侯流一	古侯
5562	4副	8	43	謅	茝	鉤	助	陰平	開	十三溝		原作茝應為茝	初平開尤流三	楚鳩	昌開1	昌紿	見平開侯流一	古侯
5563	4副		44	搊	茝	鉤	助	陰平	開	十三溝		原作茝應為茝	初平開尤流三	楚鳩	昌開1	昌紿	見平開侯流一	古侯
5564	4副		45	棷	茝	鉤	助	陰平	開	十三溝		原作茝應為茝	初平開尤流三	楚鳩	昌開1	昌紿	見平開侯流一	古侯
5565	4副		46	糉	茝	鉤	助	陰平	開	十三溝		原作茝應為茝	初平開尤流三	楚鳩	昌開1	昌紿	見平開侯流一	古侯
5566	4副		47	篘	茝	鉤	助	陰平	開	十三溝		原作茝應為茝	初平開尤流三	楚鳩	昌開1	昌紿	見平開侯流一	古侯
5567	4副	9	48	娵	宰	鉤	井	陰平	開	十三溝			精平合虞遇三	子于	精開1	作亥	見平開侯流一	古侯
5568	4副		49	啾	宰	鉤	井	陰平	開	十三溝			精平合虞遇三	子于	精開1	作亥	見平開侯流一	古侯

韻字編號	部序	組數	字數	韻字及何氏反切			韻字何氏音				何萱注釋	備注	韻字中古音		上字中古音		下字中古音	
				韻字	上字	下字	聲	調	呼	韻部			聲調呼韻攝等	反切	聲呼等	反切	聲調呼韻攝等	反切
5569	4副		50	諏*	宰	鉤	井	陰平	開	十三溝			精平合虞遇三	遵須	精開1	作亥	見平開侯流一	古侯
5570	4副		51	陬*	宰	鉤	井	陰平	開	十三溝			精平合虞遇三	遵須	精開1	作亥	見平開侯流一	古侯
5571	4副		52	㔌	宰	鉤	井	陰平	開	十三溝			精平合虞遇三	子于	精開1	作亥	見平開侯流一	古侯
5572	4副		53	剻	宰	鉤	井	陰平	開	十三溝			從平開侯流一	鉏鉤	精開1	作亥	見平開侯流一	古侯
5574	4副	10	54	廞**	粲	鉤	淨	陰平	開	十三溝		正文作厂非广	清平開侯流一	七侯	清開1	蒼案	見平開侯流一	古侯
5575	4副	11	55	篼	博	鉤	謗	陰平	開	十三溝		表中此位無字	幫平開豪效一	博毛	幫開1	補各	見平開侯流一	古侯
5576	4副	12	56	倏*	海	樓	曉	陽平	開	十三溝			匣平開侯流一	胡溝	曉開1	呼改	來平開侯流一	落侯
5577	4副		57	頫	海	樓	曉	陽平	開	十三溝			匣平開侯流一	戶鉤	曉開1	呼改	來平開侯流一	落侯
5578	4副		58	欸*	海	樓	曉	陽平	開	十三溝			匣平開侯流一	戶鉤	曉開1	呼改	來平開侯流一	落侯
5581	4副		59	褑*	海	樓	曉	陽平	開	十三溝			匣平開侯流一	胡溝	曉開1	呼改	來平開侯流一	落侯
5582	4副		60	褑	海	樓	曉	陽平	開	十三溝			匣平開侯流一	戶鉤	曉開1	呼改	來平開侯流一	落侯
5583	4副		61	猴*	海	樓	曉	陽平	開	十三溝			匣平開侯流一	胡溝	曉開1	呼改	來平開侯流一	落侯
5584	4副		62	篌	海	樓	曉	陽平	開	十三溝			匣平開侯流一	戶鉤	曉開1	呼改	來平開侯流一	落侯
5585	4副		63	葔	海	樓	曉	陽平	開	十三溝			匣平開侯流一	戶鉤	曉開1	呼改	來平開侯流一	落侯
5586	4副		64	楱*	海	樓	曉	陽平	開	十三溝			匣平開侯流一	胡溝	曉開1	呼改	來平開侯流一	落侯
5587	4副		65	蘐**	海	樓	曉	陽平	開	十三溝			匣平開侯流一	胡溝	曉開1	呼改	來平開侯流一	落侯
5588	4副		66	㗋*	海	樓	曉	陽平	開	十三溝			匣平開侯流一	胡溝	曉開1	呼改	來平開侯流一	落侯
5589	4副		67	蝭	海	樓	曉	陽平	開	十三溝			匣平開侯流一	戶鉤	曉開1	呼改	來平開侯流一	落侯
5590	4副		68	骺	海	樓	曉	陽平	開	十三溝			匣平開侯流一	戶鉤	曉開1	呼改	來平開侯流一	落侯
5591	4副		69	恄*	海	樓	曉	陽平	開	十三溝			匣平開侯流一	胡溝	曉開1	呼改	來平開侯流一	落侯
5592	4副		70	缿	海	樓	曉	陽平	開	十三溝			匣平開侯流一	戶鉤	曉開1	呼改	來平開侯流一	落侯
5593	4副		71	銗	海	樓	曉	陽平	開	十三溝			匣平開侯流一	戶鉤	曉開1	呼改	來平開侯流一	落侯
5594	4副	13	72	剅	代	樓	透	陽平	開	十三溝			定平開侯流一	度侯	定開1	徒耐	來平開侯流一	落侯
5595	4副		73	毃*	代	樓	透	陽平	開	十三溝			定平開侯流一	徒侯	定開1	徒耐	來平開侯流一	落侯
5596	4副		74	骰	代	樓	透	陽平	開	十三溝			定平開侯流一	度侯	定開1	徒耐	來平開侯流一	落侯
5597	4副		75	鴭	代	樓	透	陽平	開	十三溝			定平開侯流一	度侯	定開1	徒耐	來平開侯流一	落侯
5598	4副		76	䪷**	代	樓	透	陽平	開	十三溝			定平開侯流一	徒侯	定開1	徒耐	來平開侯流一	落侯

韻字編號	部序	組數	字數	韻字及何氏反切			韻字何氏音				何萱注釋	備注	韻字中古音		上字中古音		下字中古音	
				韻字	上字	下字	聲	調	呼	韻部			聲調呼韻攝等	反切	聲呼等	反切	聲調呼韻攝等	反切
5599	4副	14	77	噕**	柰	矦	乃	陽平	開	十三溝		玉篇：奴侯切又日朱切	泥平開侯流一	奴侯	泥開1	奴帶	匣平開侯流一	戶鉤
5600	4副		78	羺	柰	矦	乃	陽平	開	十三溝			泥平開侯流一	奴鉤	泥開1	奴帶	匣平開侯流一	戶鉤
5601	4副		79	䅩	柰	矦	乃	陽平	開	十三溝	𪇪或書作䅩		泥平開侯流一	奴鉤	泥開1	奴帶	匣平開侯流一	戶鉤
5602	4副		80	獳	柰	矦	乃	陽平	開	十三溝			泥平開侯流一	奴鉤	泥開1	奴帶	匣平開侯流一	戶鉤
5603	4副		81	薵*	柰	矦	乃	陽平	開	十三溝			泥平開侯流一	奴侯	泥開1	奴帶	匣平開侯流一	戶鉤
5604	4副	15	82	慺	朗	矦	賚	陽平	開	十三溝			來平開侯流一	落侯	來開1	盧黨	匣平開侯流一	戶鉤
5605	4副		83	瞜	朗	矦	賚	陽平	開	十三溝			來平開侯流一	落侯	來開1	盧黨	匣平開侯流一	戶鉤
5606	4副		84	嘍	朗	矦	賚	陽平	開	十三溝			來平開侯流一	落侯	來開1	盧黨	匣平開侯流一	戶鉤
5607	4副		85	耬	朗	矦	賚	陽平	開	十三溝			來平開侯流一	落侯	來開1	盧黨	匣平開侯流一	戶鉤
5608	4副		86	㺏*	朗	矦	賚	陽平	開	十三溝			來平開侯流一	郎侯	來開1	盧黨	匣平開侯流一	戶鉤
5609	4副		87	艛	朗	矦	賚	陽平	開	十三溝			來平開侯流一	落侯	來開1	盧黨	匣平開侯流一	戶鉤
5610	4副		88	膢	朗	矦	賚	陽平	開	十三溝			來平合虞遇三	力朱	來開1	盧黨	匣平開侯流一	戶鉤
5611	4副		89	剅	朗	矦	賚	陽平	開	十三溝			來去開侯流一	盧侯	來開1	盧黨	匣平開侯流一	戶鉤
5612	4副		90	熡**	朗	矦	賚	陽平	開	十三溝			來平開侯流一	勒侯	來開1	盧黨	匣平開侯流一	戶鉤
5613	4副		91	氀	朗	矦	賚	陽平	開	十三溝			來平合虞遇三	力朱	來開1	盧黨	匣平開侯流一	戶鉤
5615	4副		92	驉*	朗	矦	賚	陽平	開	十三溝			來平開侯流一	郎侯	來開1	盧黨	匣平開侯流一	戶鉤
5616	4副		93	摟	朗	矦	賚	陽平	開	十三溝			來平開侯流一	落侯	來開1	盧黨	匣平開侯流一	戶鉤
5618	4副		94	貗	朗	矦	賚	陽平	開	十三溝			來平開侯流一	落侯	來開1	盧黨	匣平開侯流一	戶鉤
5620	4副		95	鷜	朗	矦	賚	陽平	開	十三溝			來平開侯流一	落侯	來開1	盧黨	匣平開侯流一	戶鉤
5621	4副		96	𡣹*	朗	矦	賚	陽平	開	十三溝			來平開侯流一	郎侯	來開1	盧黨	匣平開侯流一	戶鉤
5623	4副		97	甊	朗	矦	賚	陽平	開	十三溝			來平開侯流一	落侯	來開1	盧黨	匣平開侯流一	戶鉤
5624	4副		98	蔞	朗	矦	賚	陽平	開	十三溝			來平開侯流一	落侯	來開1	盧黨	匣平開侯流一	戶鉤
5625	4副	16	99	㑳	壯	酷	照	陰平	合	十四芻			莊平合虞遇三	莊俱	莊開3	側亮	滂平開尤流三	匹尤
5626	4副	17	100	毹	爽	酷	審	陰平	合	十四芻			生平合虞遇三	山芻	生開3	踈兩	滂平開尤流三	匹尤
5627	4副	18	101	痞	普	趨	並	陰平	合	十四芻			滂平合灰蟹一	芳杯	滂合1	滂古	清平合虞遇三	七逾
5628	4副		102	婄	普	趨	並	陰平	合	十四芻			並平合灰蟹一	薄回	滂合1	滂古	清平合虞遇三	七逾
5631	4副		103	瓿	普	趨	並	陰平	合	十四芻			滂平合灰蟹一	芳杯	滂合1	滂古	清平合虞遇三	七逾

韻字編號	部序	組數	字數	韻字及何氏反切			韻字何氏音				何萱注釋	備　注	韻字中古音		上字中古音		下字中古音	
				韻字	上字	下字	聲	調	呼	韻部			聲調呼韻攝等	反切	聲呼等	反切	聲調呼韻攝等	反切
5632	4副		104	蓓**	普	雛	並	陽平	合	十四芻			並平開侯流一	步鉤	滂合1	滂古	崇平合虞遇三	仕于
5633	4副		105	棓	普	雛	並	陽平	合	十四芻			並上開江江二	步項	滂合1	滂古	崇平合虞遇三	仕于
5634	4副		106	陪	普	雛	並	陽平	合	十四芻			並平合灰蟹一	薄回	滂合1	滂古	崇平合虞遇三	仕于
5636	4副		107	毰	普	雛	並	陽平	合	十四芻			並平合灰蟹一	薄回	滂合1	滂古	崇平合虞遇三	仕于
5638	4副		108	錇*	普	雛	並	陽平	合	十四芻			並平開侯流一	蒲侯	滂合1	滂古	崇平合虞遇四	仕于
5639	4副		109	餢	普	雛	並	陽平	合	十四芻			並平開侯流一	薄侯	滂合1	滂古	崇平合虞遇三	仕于
5640	4副		110	紑	普	雛	並	陽平	合	十四芻			奉平開尤流三	縛謀	滂合1	滂古	崇平合虞遇三	仕于
5641	4副	19	111	侏	掌	輸	照	陰平	齊	十五絇			章平合虞遇三	章俱	章開3	諸兩	書平合虞遇三	式朱
5642	4副		112	跦	掌	輸	照	陰平	齊	十五絇			知平合虞遇三	陟輸	章開3	諸兩	書平合虞遇三	式朱
5643	4副		113	袾	掌	輸	照	陰平	齊	十五絇			章去合虞遇三	之戍	章開3	諸兩	書平合虞遇三	式朱
5644	4副		114	銖	掌	輸	照	陰平	齊	十五絇			知平合虞遇三	陟輸	章開3	諸兩	書平合虞遇三	式朱
5645	4副		115	蛛*	掌	輸	照	陰平	齊	十五絇			知平合虞遇三	追輸	章開3	諸兩	書平合虞遇三	式朱
5646	4副		116	硃	掌	輸	照	陰平	齊	十五絇			章平合虞遇三	章俱	章開3	諸兩	書平合虞遇三	式朱
5647	4副		117	株	掌	輸	照	陰平	齊	十五絇			知平合虞遇三	陟輸	章開3	諸兩	書平合虞遇三	式朱
5648	4副		118	狭	掌	輸	照	陰平	齊	十五絇			章平合虞遇三	章俱	章開3	諸兩	書平合虞遇三	式朱
5649	4副		119	駯**	掌	輸	照	陰平	齊	十五絇		玉篇：音誅	知平合虞遇三	陟輸	章開3	諸兩	書平合虞遇三	式朱
5651	4副		120	鴸	掌	輸	照	陰平	齊	十五絇			章平合虞遇三	章俱	章開3	諸兩	書平合虞遇三	式朱
5652	4副		121	鮢	掌	輸	照	陰平	齊	十五絇			章平合虞遇三	章俱	章開3	諸兩	書平合虞遇三	式朱
5653	4副	20	122	貅**	寵	輸	助	陰平	齊	十五絇			徹平合虞遇三	丑俱	徹合3	丑隴	書平合虞遇三	式朱
5654	4副	21	123	妋	范	輸	匪	陰平	齊	十五絇			敷平合虞遇三	芳無	奉合3	防錽	書平合虞遇三	式朱
5655	4副		124	胕	范	輸	匪	陰平	齊	十五絇			奉去合虞遇三	符遇	奉合3	防錽	書平合虞遇三	式朱
5656	4副		125	鴸	范	輸	匪	陰平	齊	十五絇			非平合虞遇三	甫無	奉合3	防錽	書平合虞遇三	式朱
5657	4副		126	豧	范	輸	匪	陰平	齊	十五絇			敷平合虞遇三	芳無	奉合3	防錽	書平合虞遇三	式朱
5659	4副	22	127	**輸**	漾	廚	影	陽平	齊	十五絇			以平合虞遇三	羊朱	以開3	餘亮	澄平合虞遇三	直誅
5660	4副		128	俞*	漾	廚	影	陽平	齊	十五絇			以平合虞遇三	容朱	以開3	餘亮	澄平合虞遇三	直誅
5661	4副	23	129	躕	寵	殳	助	陽平	齊	十五絇			澄平合虞遇三	直誅	徹合3	丑隴	禪平合虞遇三	市朱
5662	4副		130	嵣	寵	殳	助	陽平	齊	十五絇			澄平合虞遇三	直誅	徹合3	丑隴	禪平合虞遇三	市朱

韻字編號	部序	組數	字數	韻字及何氏反切			韻字何氏音				何萱注釋	備　注	韻字中古音		上字中古音		下字中古音	
				韻字	上字	下字	聲	調	呼	韻部			聲調呼韻攝等	反切	聲呼等	反切	聲調呼韻攝等	反切
5663	4副	24	131	㼡	始	廚	審	陽平	齊	十五絢			禪平合虞遇三	市朱	書開3	詩止	澄平合虞遇三	直誅
5664	4副		132	𤖼	始	廚	審	陽平	齊	十五絢			禪平合虞遇三	市朱	書開3	詩止	澄平合虞遇三	直誅
5665	4副		133	陎	始	廚	審	陽平	齊	十五絢			禪平合虞遇三	市朱	書開3	詩止	澄平合虞遇三	直誅
5666	4副		134	𦓼**	始	廚	審	陽平	齊	十五絢			禪平合虞遇三	時俱	書開3	詩止	澄平合虞遇三	直誅
5667	4副		135	殳**	始	廚	審	陽平	齊	十五絢			禪平合虞遇三	上邾	書開3	詩止	澄平合虞遇三	直誅
5668	4副	25	136	爜*	淺	殳	淨	陽平	齊	十五絢			從平合東通一	徂聰	清開3	七演	禪平合虞遇三	市朱
5669	4副		137	纖*	淺	殳	淨	陽平	齊	十五絢		疑應為繱	從平合東通一	徂聰	清開3	七演	禪平合虞遇三	市朱
5670	4副		138	鬉*	淺	殳	淨	陽平	齊	十五絢			從平合東通一	徂聰	清開3	七演	禪平合虞遇三	市朱
5671	4副		139	篵	淺	殳	淨	陽平	齊	十五絢			從平合東通一	徂紅	清開3	七演	禪平合虞遇三	市朱
5672	4副		140	蝶**	淺	殳	淨	陽平	齊	十五絢		玉篇：音叢	從平合東通一	徂紅	清開3	七演	禪平合虞遇三	市朱
5673	4副	26	141	禺	仰	廚	我	陽平	齊	十五絢			疑平合模遇一	五乎	疑開3	魚兩	澄平合虞遇三	直誅
5674	4副		142	緭**	仰	廚	我	陽平	齊	十五絢			疑平開侯流一	五侯	疑開3	魚兩	澄平合虞遇三	直誅
5675	4副		143	喁*	仰	廚	我	陽平	齊	十五絢			疑平合虞遇三	元俱	疑開3	魚兩	澄平合虞遇三	直誅
5676	4副		144	㾐	仰	廚	我	陽平	齊	十五絢			疑去合虞遇三	牛具	疑開3	魚兩	澄平合虞遇三	直誅
5677	4副		145	煣	仰	廚	我	陽平	齊	十五絢			疑平合虞遇三	遇俱	疑開3	魚兩	澄平合虞遇三	直誅
5678	4副		146	鍝	仰	廚	我	陽平	齊	十五絢			疑平合虞遇三	遇俱	疑開3	魚兩	澄平合虞遇三	直誅
5679	4副		147	鄅	仰	廚	我	陽平	齊	十五絢			疑平合虞遇三	遇俱	疑開3	魚兩	澄平合虞遇三	直誅
5680	4副		148	媀 g*	仰	廚	我	陽平	齊	十五絢			疑去合虞遇三	元俱	疑開3	魚兩	澄平合虞遇三	直誅
5681	4副		149	鶚	仰	廚	我	陽平	齊	十五絢			疑平合虞遇三	遇俱	疑開3	魚兩	澄平合虞遇三	直誅
5682	4副		150	蝺	仰	廚	我	陽平	齊	十五絢			疑平合虞遇三	遇俱	疑開3	魚兩	澄平合虞遇三	直誅
5683	4副	27	151	苻	范	殳	匪	陽平	齊	十五絢			奉平合虞遇三	防無	奉合3	防錽	禪平合虞遇三	市朱
5684	4副		152	蕪	范	殳	匪	陽平	齊	十五絢			奉平合虞遇三	防無	奉合3	防錽	禪平合虞遇三	市朱
5685	4副		153	潕	范	殳	匪	陽平	齊	十五絢			奉平合虞遇三	防無	奉合3	防錽	禪平合虞遇三	市朱
5686	4副	28	154	跼*	眷	驅	見	陰平	撮	十六俱			見平合虞遇三	恭于	見合重3	居倦	溪平合虞遇三	豈俱
5687	4副	29	155	蹈*	郡	需	起	陰平	撮	十六俱			溪平合虞遇三	虧于	群合3	渠運	心平合虞遇三	相俞
5688	4副	30	156	𥧌*	永	需	影	陰平	撮	十六俱			影平合虞遇三	邕俱	云合3	于憬	心平合虞遇三	相俞
5689	4副	31	157	葋*	訓	驅	曉	陰平	撮	十六俱			影平合灰蟹一	烏回	曉合3	許運	溪平合虞遇三	豈俱

韻字編號	部序	組數	字數	韻字及何氏反切			韻字何氏音				何萱注釋	備注	韻字中古音		上字中古音		下字中古音	
				韻字	上字	下字	聲	調	呼	韻部			聲調呼韻攝等	反切	聲呼等	反切	聲調呼韻攝等	反切
5690	4副	32	158	㥠	選	驅	信	陰平	撮	十六俱			心平合虞遇三	相俞	心合3	蘇管	溪平合虞遇三	豈俱
5691	4副		159	蒩	選	驅	信	陰平	撮	十六俱			心平合虞遇三	相俞	心合3	蘇管	溪平合虞遇三	豈俱
5693	4副		160	纛	選	驅	信	陰平	撮	十六俱			心平合虞遇三	相俞	心合3	蘇管	溪平合虞遇三	豈俱
5694	4副		161	鑐	選	驅	信	陰平	撮	十六俱			心平合虞遇三	相俞	心合3	蘇管	溪平合虞遇三	豈俱
5695	4副	33	162	劬	郡	榆	起	陽平	撮	十六俱			群平合虞遇三	其俱	群合3	渠運	以平合虞遇三	羊朱
5696	4副		163	鞫*	郡	榆	起	陽平	撮	十六俱			群平合虞遇三	權俱	群合3	渠運	以平合虞遇三	羊朱
5697	4副		164	蒟	郡	榆	起	陽平	撮	十六俱			群平合虞遇三	其俱	群合3	渠運	以平合虞遇三	羊朱
5699	4副	34	165	睮*	永	儒	影	陽平	撮	十六俱			以平合虞遇三	容朱	云合3	于憬	日平合虞遇三	人朱
5700	4副		166	闟	永	儒	影	陽平	撮	十六俱			以平合虞遇三	羊朱	云合3	于憬	日平合虞遇三	人朱
5701	4副		167	腧	永	儒	影	陽平	撮	十六俱			以平合虞遇三	羊朱	云合3	于憬	日平合虞遇三	人朱
5702	4副		168	歈	永	儒	影	陽平	撮	十六俱			以平合虞遇三	羊朱	云合3	于憬	日平合虞遇三	人朱
5703	4副		169	廠	永	儒	影	陽平	撮	十六俱			以平合虞遇三	羊朱	云合3	于憬	日平合虞遇三	人朱
5704	4副		170	瓻	永	儒	影	陽平	撮	十六俱			以平合虞遇三	羊朱	云合3	于憬	日平合虞遇三	人朱
5705	4副		171	堬	永	儒	影	陽平	撮	十六俱			以平合虞遇三	羊朱	云合3	于憬	日平合虞遇三	人朱
5706	4副		172	崳	永	儒	影	陽平	撮	十六俱			以平合虞遇三	羊朱	云合3	于憬	日平合虞遇三	人朱
5707	4副		173	瑜	永	儒	影	陽平	撮	十六俱			以平合虞遇三	羊朱	云合3	于憬	日平合虞遇三	人朱
5708	4副		174	蕍	永	儒	影	陽平	撮	十六俱			以平合虞遇三	羊朱	云合3	于憬	日平合虞遇三	人朱
5709	4副		175	騟	永	儒	影	陽平	撮	十六俱			以平合虞遇三	羊朱	云合3	于憬	日平合虞遇三	人朱
5710	4副		176	揄*	永	儒	影	陽平	撮	十六俱			以平合虞遇三	容朱	云合3	于憬	日平合虞遇三	人朱
5711	4副		177	鵨**	永	儒	影	陽平	撮	十六俱		玉篇：音臾	以平合虞遇三	羊朱	云合3	于憬	日平合虞遇三	人朱
5712	4副		178	悏	永	儒	影	陽平	撮	十六俱			以平合虞遇三	羊朱	云合3	于憬	日平合虞遇三	人朱
5714	4副		179	洩	永	儒	影	陽平	撮	十六俱			以平合虞遇三	羊朱	云合3	于憬	日平合虞遇三	人朱
5715	4副		180	瑍	永	儒	影	陽平	撮	十六俱			以平合虞遇三	羊朱	云合3	于憬	日平合虞遇三	人朱
5716	4副		181	碘	永	儒	影	陽平	撮	十六俱			以平合虞遇三	羊朱	云合3	于憬	日平合虞遇三	人朱
5717	4副		182	篗	永	儒	影	陽平	撮	十六俱			以平合虞遇三	羊朱	云合3	于憬	日平合虞遇三	人朱
5718	4副		183	庾	永	儒	影	陽平	撮	十六俱			以平合虞遇三	羊朱	云合3	于憬	日平合虞遇三	人朱
5719	4副		184	炊	永	儒	影	陽平	撮	十六俱			以平合虞遇三	羊朱	云合3	于憬	日平合虞遇三	人朱

韻字編號	部序	組數	字數	韻字及何氏反切			韻字何氏音				何萱注釋	備　注	韻字中古音		上字中古音		下字中古音	
				韻字	上字	下字	聲	調	呼	韻部			聲調呼韻攝等	反切	聲呼等	反切	聲調呼韻攝等	反切
5720	4副	35	185	嚅	輭	榆	耳	陽平	撮	十六俱			日平合虞遇三	人朱	日合3	而兖	以平合虞遇三	羊朱
5721	4副		186	顬	輭	榆	耳	陽平	撮	十六俱			日平合虞遇三	人朱	日合3	而兖	以平合虞遇三	羊朱
5722	4副		187	鱬	輭	榆	耳	陽平	撮	十六俱			日平合虞遇三	人朱	日合3	而兖	以平合虞遇三	羊朱
5723	4副	36	188	岣	艮	口	見	上	開	十三者			見上開侯流一	古厚	見開1	古恨	溪上開侯流一	苦后
5724	4副		189	豿	艮	口	見	上	開	十三者			見上開侯流一	古厚	見開1	古恨	溪上開侯流一	苦后
5725	4副		190	傋	艮	口	見	上	開	十三者			見上開江江二	古項	見開1	古恨	溪上開侯流一	苦后
5728	4副		191	顜*	艮	口	見	上	開	十三者			見上開江江二	古項	見開1	古恨	溪上開侯流一	苦后
5729	4副		192	耩	艮	口	見	上	開	十三者			見上開江江二	古項	見開1	古恨	溪上開侯流一	苦后
5730	4副	37	193	牞	侃	斗	起	上	開	十三者			溪上開侯流一	苦后	溪開1	空旱	端上開侯流一	當口
5731	4副	38	194	堰	挨	斗	影	上	開	十三者			影上開侯流一	烏后	影開1	於改	端上開侯流一	當口
5732	4副		195	㔭	挨	斗	影	上	開	十三者			影上開侯流一	烏后	影開1	於改	端上開侯流一	當口
5733	4副		196	𢊄**	挨	斗	影	上	開	十三者			影上開侯流一	烏口	影開1	於改	端上開侯流一	當口
5734	4副	39	197	犺	海	斗	曉	上	開	十三者			曉上開侯流一	呼后	曉開1	呼改	端上開侯流一	當口
5735	4副		198	垢	海	斗	曉	上	開	十三者			曉上開侯流一	呼后	曉開1	呼改	端上開侯流一	當口
5736	4副		199	犼*	海	斗	曉	上	開	十三者			影上開侯流一	許后	曉開1	呼改	端上開侯流一	當口
5737	4副		200	愯	海	斗	曉	上	開	十三者			曉上開江江二	虛慃	曉開1	呼改	端上開侯流一	當口
5738	4副		201	膭*	海	斗	曉	上	開	十三者			曉上開江江二	虎項	曉開1	呼改	端上開侯流一	當口
5739	4副	40	202	抖	帶	口	短	上	開	十三者			端上開侯流一	當口	端開1	當蓋	溪上開侯流一	苦后
5740	4副		203	枓**	帶	口	短	上	開	十三者			端上開侯流一	當口	端開1	當蓋	溪上開侯流一	苦后
5741	4副		204	斗*	帶	口	短	上	開	十三者			端上開侯流一	當口	端開1	當蓋	溪上開侯流一	苦后
5742	4副		205	𣁬*	帶	口	短	上	開	十三者			端上開侯流一	當口	端開1	當蓋	溪上開侯流一	苦后
5743	4副		206	蚪	帶	口	短	上	開	十三者			端上開侯流一	當口	端開1	當蓋	溪上開侯流一	苦后
5744	4副	41	207	𪏰	代	口	透	上	開	十三者			透上開侯流一	天口	定開1	徒耐	溪上開侯流一	苦后
5745	4副		208	黈	代	口	透	上	開	十三者			透上開侯流一	天口	定開1	徒耐	溪上開侯流一	苦后
5746	4副		209	蘣	代	口	透	上	開	十三者			透上開侯流一	天口	定開1	徒耐	溪上開侯流一	苦后
5747	4副		210	蔸	代	口	透	上	開	十三者			透上開侯流一	天口	定開1	徒耐	溪上開侯流一	苦后
5748	4副		211	䛵*	代	口	透	上	開	十三者			透上開侯流一	他口	定開1	徒耐	溪上開侯流一	苦后

韻字編號	部序	組數	字數	韻字及何氏反切			韻字何氏音				何萱注釋	備　注	韻字中古音		上字中古音		下字中古音	
				韻字	上字	下字	聲	調	呼	韻部			聲調呼韻攝等	反切	聲呼等	反切	聲調呼韻攝等	反切
5749	4副	42	212	㚢	柰	口	乃	上	開	十三者			泥上開侯流一	乃后	泥開1	奴帶	溪上開侯流一	苦后
5750	4副	43	213	嶁	朗	斗	賚	上	開	十三者			來上合虞遇三	力主	來開1	盧黨	端上開侯流一	當口
5751	4副		214	甊*	朗	斗	賚	上	開	十三者			來上開侯流一	朗口	來開1	盧黨	端上開侯流一	當口
5752	4副		215	塿	朗	斗	賚	上	開	十三者			來上開侯流一	郎斗	來開1	盧黨	端上開侯流一	當口
5753	4副		216	甊	朗	斗	賚	上	開	十三者			來上開侯流一	郎斗	來開1	盧黨	端上開侯流一	當口
5754	4副		217	𪍿	朗	斗	賚	上	開	十三者			來上開侯流一	郎斗	來開1	盧黨	端上開侯流一	當口
5755	4副		218	穊	朗	斗	賚	上	開	十三者			來上開侯流一	郎斗	來開1	盧黨	端上開侯流一	當口
5757	4副		219	嶁	朗	斗	賚	上	開	十三者			來上開侯流一	郎斗	來開1	盧黨	端上開侯流一	當口
5758	4副		220	𨻳	朗	斗	賚	上	開	十三者			來上合虞遇三	力主	來開1	盧黨	端上開侯流一	當口
5759	4副		221	蔞*	朗	斗	賚	上	開	十三者			來上合虞遇三	隴主	來開1	盧黨	端上開侯流一	當口
5760	4副		222	茵	朗	斗	賚	上	開	十三者			來上合虞遇三	力主	來開1	盧黨	端上開侯流一	當口
5761	4副	44	223	𧊔	酌	斗	照	上	開	十三者			莊上開尤流三	側九	章開3	之若	端上開侯流一	當口
5762	4副	45	224	謅*	茝	斗	助	上	開	十三者			初上開侯流一	初口	昌開1	昌紿	端上開侯流一	當口
5764	4副		225	鞇	茝	斗	助	上	開	十三者			初上開尤流三	初九	昌開1	昌紿	端上開侯流一	當口
5765	4副		226	穊	茝	斗	助	上	開	十三者			崇上開尤流三	士九	昌開1	昌紿	端上開侯流一	當口
5766	4副	46	227	趣**	粲	斗	淨	上	開	十三者		玉篇：千后切又七庚切	清上開侯流一	千后	清開1	蒼案	端上開侯流一	當口
5767	4副	47	228	駷	散	斗	信	上	開	十三者			心上開侯流一	蘇后	心開1	蘇旱	端上開侯流一	當口
5768	4副	48	229	㥮*	狀	剖	助	上	合	十四鬻			初上開肴效二	楚絞	崇開3	鋤亮	敷上合虞遇三	芳武
5769	4副	49	230	𥻘	寸	剖	淨	上	合	十四鬻			崇上合虞遇三	鶵禹	清合1	倉困	敷上合虞遇三	芳武
5770	4副	50	231	擻	巽	剖	信	上	合	十四鬻			心上開侯流一	蘇后	心合1	蘇困	敷上合虞遇三	芳武
5771	4副		232	鱢**	巽	剖	信	上	合	十四鬻			邪上開侯流一	徐垢	心合1	蘇困	敷上合虞遇三	芳武
5772	4副	51	233	麰	普	取	並	上	合	十四鬻			並上開侯流一	蒲口	滂合1	滂古	清上合虞遇三	七庾
5773	4副		234	犃	普	取	並	上	合	十四鬻			並上開侯流一	蒲口	滂合1	滂古	清上合虞遇三	七庾
5774	4副		235	䳈	普	取	並	上	合	十四鬻			滂上開侯流一	普后	滂合1	滂古	清上合虞遇三	七庾
5775	4副		236	蔀	普	取	並	上	合	十四鬻			並上開侯流一	蒲口	滂合1	滂古	清上合虞遇三	七庾
5776	4副		237	菶*	普	取	並	上	合	十四鬻			並上合東通一	蒲蠓	滂合1	滂古	清上合虞遇三	七庾

韻字編號	部序	組數	字數	韻字及何氏反切			韻字何氏音				何萱注釋	備注	韻字中古音		上字中古音		下字中古音	
				韻字	上字	下字	聲	調	呼	韻部			聲調呼韻攝等	反切	聲呼等	反切	聲調呼韻攝等	反切
5777	4副	52	238	殕	奉	剖	匪	上	合	十四竇			敷上合虞遇三	芳武	奉合3	扶隴	敷上合虞遇三	芳武
5778	4副	53	239	跓	寵	主	助	上	齊	十五主			澄上合虞遇三	直主	徹合3	丑隴	章上合虞遇三	之庾
5781	4副		240	咮*	寵	主	助	上	齊	十五主			澄上合虞遇三	重主	徹合3	丑隴	章上合虞遇三	之庾
5782	4副		241	袿	寵	主	助	上	齊	十五主			澄上合虞遇三	直主	徹合3	丑隴	章上合虞遇三	之庾
5783	4副		242	傴**	寵	主	助	上	齊	十五主			昌上合虞遇三	尺主	徹合3	丑隴	章上合虞遇三	之庾
5784	4副		243	蠋**	寵	主	助	上	齊	十五主			徹上合虞遇三	丑主	徹合3	丑隴	章上合虞遇三	之庾
5785	4副	54	244	甌	仰	主	我	上	齊	十五主			疑上開侯流一	五口	疑開3	魚兩	章上合虞遇三	之庾
5786	4副	55	245	弣	范	耦	匪	上	齊	十五主			敷上合虞遇三	芳武	奉合3	防錽	疑上開侯流一	五口
5787	4副		246	俯	范	耦	匪	上	齊	十五主			非上合虞遇三	方矩	奉合3	防錽	疑上開侯流一	五口
5788	4副	56	247	椇	眷	庾	見	上	撮	十六枸			見上合虞遇三	俱雨	見合重3	居倦	以上合虞遇三	以主
5789	4副	57	248	趜	郡	庾	起	上	撮	十六枸			群平合虞遇三	其俱	群合3	渠運	以上合虞遇三	以主
5790	4副		249	蘷*	郡	庾	起	上	撮	十六枸			群上合虞遇三	郡羽	群合3	渠運	以上合虞遇三	以主
5791	4副		250	貗	郡	庾	起	上	撮	十六枸			群上合虞遇三	其矩	群合3	渠運	以上合虞遇三	以主
5792	4副	58	251	昦**	永	煦	影	上	撮	十六枸			影上開肴效二	於絞	云合3	于憬	曉上合虞遇三	況羽
5793	4副	59	252	陏	訓	庾	曉	上	撮	十六枸			曉上合虞遇三	況羽	曉合3	許運	以上合虞遇三	以主
5794	4副	60	253	鬚**	輭	庾	耳	上	撮	十六枸			日上合虞遇三	而庾	日合3	而兖	以上合虞遇三	以主
5795	4副	61	254	稹	翠	庾	淨	上	撮	十六枸			心上合虞遇三	相庾	清合3	七醉	以上合虞遇三	以主
5796	4副	62	255	姤	艮	豆	見	去	開	十三冓			見去開侯流一	古候	見開1	古恨	定去開侯流一	徒候
5797	4副		256	籌*	艮	豆	見	去	開	十三冓			見去開侯流一	居候	見開1	古恨	定去開侯流一	徒候
5798	4副		257	簹*	艮	豆	見	去	開	十三冓			見去開侯流一	居候	見開1	古恨	定去開侯流一	徒候
5799	4副		258	蒪*	艮	豆	見	去	開	十三冓			見去開侯流一	居候	見開1	古恨	定去開侯流一	徒候
5800	4副		259	煹	艮	豆	見	去	開	十三冓			見去開侯流一	古候	見開1	古恨	定去開侯流一	徒候
5801	4副		260	磚	艮	豆	見	去	開	十三冓			見去開侯流一	古候	見開1	古恨	定去開侯流一	徒候
5802	4副		261	轂*	艮	豆	見	去	開	十三冓	轂或作轂		見去開侯流一	居候	見開1	古恨	定去開侯流一	徒候
5803	4副		262	頔	艮	豆	見	去	開	十三冓			曉去開侯流一	呼漏	見開1	古恨	定去開侯流一	徒候
5804	4副		263	眗	艮	豆	見	去	開	十三冓			見去開侯流一	古候	見開1	古恨	定去開侯流一	徒候
5805	4副		264	豿	艮	豆	見	去	開	十三冓			見去開侯流一	古候	見開1	古恨	定去開侯流一	徒候

韻字編號	部序	組數	字數	韻字及何氏反切			韻字何氏音				何萱注釋	備注	韻字中古音		上字中古音		下字中古音	
				韻字	上字	下字	聲	調	呼	韻部			聲調呼韻攝等	反切	聲呼等	反切	聲調呼韻攝等	反切
5806	4副	63	265	怐	侃	漏	起	去	開	十三蕼			溪去開侯流一	苦候	溪開1	空旱	來去開侯流一	盧候
5808	4副		266	篾	侃	漏	起	去	開	十三蕼			溪去開侯流一	苦候	溪開1	空旱	來去開侯流一	盧候
5809	4副		267	嗀	侃	漏	起	去	開	十三蕼			溪去開侯流一	苦候	溪開1	空旱	來去開侯流一	盧候
5810	4副	64	268	軀	挨	豆	影	去	開	十三蕼			影平合虞遇三	憶俱	影開1	於改	定去開侯流一	徒候
5811	4副		269	醧*	挨	豆	影	去	開	十三蕼			影去開侯流一	於候	影開1	於改	定去開侯流一	徒候
5812	4副		270	漚*	挨	豆	影	去	開	十三蕼			影去開侯流一	於候	影開1	於改	定去開侯流一	徒候
5813	4副	65	271	逅	海	豆	曉	去	開	十三蕼			匣去開侯流一	胡遘	曉開1	呼改	定去開侯流一	徒候
5814	4副		272	趏	海	豆	曉	去	開	十三蕼			匣去開侯流一	胡遘	曉開1	呼改	定去開侯流一	徒候
5815	4副		273	泒*	海	豆	曉	去	開	十三蕼			匣去開侯流一	下遘	曉開1	呼改	定去開侯流一	徒候
5816	4副		274	鲘	海	豆	曉	去	開	十三蕼			匣去開侯流一	胡遘	曉開1	呼改	定去開侯流一	徒候
5817	4副		275	詬**	海	豆	曉	去	開	十三蕼	詬詬		匣去開侯流一	胡遘	曉開1	呼改	定去開侯流一	徒候
5818	4副		276	睺	海	豆	曉	去	開	十三蕼			匣去開侯流一	胡遘	曉開1	呼改	定去開侯流一	徒候
5820	4副		277	鮍*	海	豆	曉	去	開	十三蕼			匣去開侯流一	下遘	曉開1	呼改	定去開侯流一	徒候
5821	4副		278	鯸*	海	豆	曉	去	開	十三蕼			匣平開侯流一	胡溝	曉開1	呼改	定去開侯流一	徒候
5823	4副		279	颹*	海	豆	曉	去	開	十三蕼			匣去開侯流一	下遘	曉開1	呼改	定去開侯流一	徒候
5825	4副		280	篌*	海	豆	曉	去	開	十三蕼			匣去開侯流一	下遘	曉開1	呼改	定去開侯流一	徒候
5826	4副		281	夠	海	豆	曉	去	開	十三蕼			曉去開侯流一	呼漏	曉開1	呼改	定去開侯流一	徒候
5828	4副		282	蔻	海	豆	曉	去	開	十三蕼			曉去開侯流一	呼漏	曉開1	呼改	定去開侯流一	徒候
5829	4副	66	283	謳*	帶	豆	短	去	開	十三蕼			端去開侯流一	丁候	端開1	當蓋	定去開侯流一	徒候
5830	4副		284	陋*	帶	豆	短	去	開	十三蕼			端去開侯流一	丁候	端開1	當蓋	定去開侯流一	徒候
5831	4副	67	285	豉	代	漏	透	去	開	十三蕼			定去開侯流一	徒候	定開1	徒耐	來去開侯流一	盧候
5832	4副		286	荳	代	漏	透	去	開	十三蕼			定去開侯流一	徒候	定開1	徒耐	來去開侯流一	盧候
5833	4副		287	裋	代	漏	透	去	開	十三蕼			定去開侯流一	徒候	定開1	徒耐	來去開侯流一	盧候
5834	4副		288	担	代	漏	透	去	開	十三蕼			端上合桓山一	都管	定開1	徒耐	來去開侯流一	盧候
5835	4副		289	窬*	代	漏	透	去	開	十三蕼			定去開侯流一	大透	定開1	徒耐	來去開侯流一	盧候
5836	4副		290	狟*	代	漏	透	去	開	十三蕼			定去開侯流一	大透	定開1	徒耐	來去開侯流一	盧候
5837	4副		291	餖	代	漏	透	去	開	十三蕼			定去開侯流一	徒候	定開1	徒耐	來去開侯流一	盧候

韻字編號	部序	組數	字數	韻字及何氏反切			韻字何氏音				何萱注釋	備　注	韻字中古音		上字中古音		下字中古音	
				韻字	上字	下字	聲	調	呼	韻部			聲調呼韻攝等	反切	聲呼等	反切	聲調呼韻攝等	反切
5838	4副		292	酘	代	漏	透	去	開	十三蕭			定去開侯流一	徒候	定開1	徒耐	來去開侯流一	盧候
5839	4副		293	�	代	漏	透	去	開	十三蕭			透去開侯流一	他候	定開1	徒耐	來去開侯流一	盧候
5840	4副		294	瀇	代	漏	透	去	開	十三蕭			定去開侯流一	徒候	定開1	徒耐	來去開侯流一	盧候
5841	4副	68	295	譳	柰	豆	乃	去	開	十三蕭			泥去開侯流一	奴豆	泥開1	奴帶	定去開侯流一	徒候
5842	4副		296	嬬 g*	柰	豆	乃	去	開	十三蕭			泥去開侯流一	乃豆	泥開1	奴帶	定去開侯流一	徒候
5843	4副		297	擩	柰	豆	乃	去	開	十三蕭			泥去開侯流一	奴豆	泥開1	奴帶	定去開侯流一	徒候
5849	4副		298	檽*	柰	豆	乃	去	開	十三蕭			泥去開侯流一	乃豆	泥開1	奴帶	定去開侯流一	徒候
5851	4副	69	299	膢	朗	豆	賚	去	開	十三蕭			來去開侯流一	盧候	來開1	盧黨	定去開侯流一	徒候
5852	4副		300	數	朗	豆	賚	去	開	十三蕭			來去開侯流一	盧候	來開1	盧黨	定去開侯流一	徒候
5853	4副		301	謱	朗	豆	賚	去	開	十三蕭			來去開侯流一	盧候	來開1	盧黨	定去開侯流一	徒候
5854	4副		302	蹣*	朗	豆	賚	去	開	十三蕭			來去開侯流一	郎豆	來開1	盧黨	定去開侯流一	徒候
5855	4副		303	鏤	朗	豆	賚	去	開	十三蕭			來去開侯流一	盧候	來開1	盧黨	定去開侯流一	徒候
5856	4副		304	蔞	朗	豆	賚	去	開	十三蕭			來去開侯流一	盧候	來開1	盧黨	定去開侯流一	徒候
5857	4副	70	305	鬭	酌	豆	照	去	開	十三蕭			莊去開尤流三	側救	章開3	之若	定去開侯流一	徒候
5858	4副		306	㴚*	酌	豆	照	去	開	十三蕭			莊去開尤流三	側救	章開3	之若	定去開侯流一	徒候
5859	4副		307	皺	酌	豆	照	去	開	十三蕭			莊去開尤流三	側救	章開3	之若	定去開侯流一	徒候
5861	4副		308	皺*	酌	豆	照	去	開	十三蕭			莊去開尤流三	側救	章開3	之若	定去開侯流一	徒候
5862	4副	71	309	蹯*	宰	豆	井	去	開	十三蕭			精去開侯流一	則候	精開1	作亥	定去開侯流一	徒候
5863	4副	72	310	腠	粲	豆	淨	去	開	十三蕭			清去開侯流一	倉奏	清開1	蒼案	定去開侯流一	徒候
5864	4副		311	輳	粲	豆	淨	去	開	十三蕭			清去開侯流一	倉奏	清開1	蒼案	定去開侯流一	徒候
5865	4副		312	睺**	粲	豆	淨	去	開	十三蕭			清去開侯流一	七漏	清開1	蒼案	定去開侯流一	徒候
5866	4副		313	蔟	粲	豆	淨	去	開	十三蕭			清去開侯流一	倉奏	清開1	蒼案	定去開侯流一	徒候
5867	4副		314	榛	粲	豆	淨	去	開	十三蕭			從去開侯流一	才奏	清開1	蒼案	定去開侯流一	徒候
5868	4副		315	豨	粲	豆	淨	去	開	十三蕭			清去開侯流一	倉奏	清開1	蒼案	定去開侯流一	徒候
5869	4副	73	316	籔*	散	豆	信	去	開	十三蕭			心去開侯流一	先奏	心開1	蘇旱	定去開侯流一	徒候
5870	4副		317	瘶	散	豆	信	去	開	十三蕭			心去開侯流一	蘇奏	心開1	蘇旱	定去開侯流一	徒候
5871	4副	74	318	偢*	祖	趏	井	去	合	十四數			精去合虞遇三	遵遇	精合1	則古	敷去合虞遇三	芳遇

韻字編號	部序	組數	字數	韻字及何氏反切			韻字何氏音				何萱注釋	備注	韻字中古音		上字中古音		下字中古音	
				韻字	上字	下字	聲	調	呼	韻部			聲調呼韻攝等	反切	聲呼等	反切	聲調呼韻攝等	反切
5872	4副		319	鏉**	祖	趨	井	去	合	十四數			精去合灰蟹一	祖誨	精合1	則古	敷去合虞遇三	芳遇
5873	4副	75	320	躒	寸	趨	淨	去	合	十四數			從去開侯流一	才奏	清合1	倉困	敷去合虞遇三	芳遇
5874	4副	76	321	馆**	普	聚	並	去	合	十四數		玉篇：步臥切又步候切	並去開侯流一	步候	滂合1	滂古	從去合虞遇三	才句
5875	4副		322	颬**	普	聚	並	去	合	十四數			奉上開尤流三	裴負	滂合1	滂古	從去合虞遇三	才句
5876	4副		323	蓓	普	聚	並	去	合	十四數			並上開咍蟹一	薄亥	滂合1	滂古	從去合虞遇三	才句
5877	4副	77	324	註	掌	遇	照	去	齊	十五書			章去合虞遇三	之戍	章開3	諸兩	疑去合虞遇三	牛具
5879	4副		325	疰	掌	遇	照	去	齊	十五書			章去合虞遇三	之戍	章開3	諸兩	疑去合虞遇三	牛具
5880	4副		326	迬**	掌	遇	照	去	齊	十五書		玉篇：之句切又竹句切	章去合虞遇三	之句	章開3	諸兩	疑去合虞遇三	牛具
5882	4副		327	鞋	掌	遇	照	去	齊	十五書			章去合虞遇三	之戍	章開3	諸兩	疑去合虞遇三	牛具
5884	4副		328	鉒	掌	遇	照	去	齊	十五書			知去合虞遇三	中句	章開3	諸兩	疑去合虞遇三	牛具
5885	4副		329	軴	掌	遇	照	去	齊	十五書			知去合虞遇三	中句	章開3	諸兩	疑去合虞遇三	牛具
5886	4副		330	貯**	掌	遇	照	去	齊	十五書		玉篇：音註	知去合虞遇三	中句	章開3	諸兩	疑去合虞遇三	牛具
5887	4副		331	蛀	掌	遇	照	去	齊	十五書			章去合虞遇三	之戍	章開3	諸兩	疑去合虞遇三	牛具
5888	4副		332	蛀	掌	遇	照	去	齊	十五書			章去合虞遇三	之戍	章開3	諸兩	疑去合虞遇三	牛具
5889	4副		333	珠	掌	遇	照	去	齊	十五書			章去合虞遇三	之戍	章開3	諸兩	疑去合虞遇三	牛具
5891	4副	78	334	豉	寵	遇	助	去	齊	十五書			初去合虞遇三	芻注	徹合3	丑隴	疑去合虞遇三	牛具
5893	4副	79	335	趣	始	書	審	去	齊	十五書			書去合虞遇三	傷遇	書開3	詩止	知去開尤流三	陟救
5894	4副		336	腧	始	書	審	去	齊	十五書			書去合虞遇三	傷遇	書開3	詩止	知去開尤流三	陟救
5895	4副		337	鶨	始	書	審	去	齊	十五書			書去合虞遇三	傷遇	書開3	詩止	知去開尤流三	陟救
5896	4副		338	毹	始	書	審	去	齊	十五書			書去合虞遇三	傷遇	書開3	詩止	知去開尤流三	陟救
5897	4副		339	咸	始	書	審	去	齊	十五書			心入開質臻重四	息必	書開3	詩止	知去開尤流三	陟救
5898	4副	80	340	嫞	仰	書	我	去	齊	十五書			疑去合虞遇三	牛具	疑開3	魚兩	知去開尤流三	陟救
5899	4副	81	341	射	范	書	匪	去	齊	十五書			奉去合虞遇三	符遇	奉合3	防錽	知去開尤流三	陟救
5900	4副		342	硊*	范	書	匪	去	齊	十五書			奉去合虞遇三	符遇	奉合3	防錽	知去開尤流三	陟救
5901	4副		343	蚹	范	書	匪	去	齊	十五書			奉去合虞遇三	符遇	奉合3	防錽	知去開尤流三	陟救
5902	4副	82	344	韝	眷	具	見	去	撮	十六屨			來平開侯流一	落侯	見合重3	居倦	群去合虞遇三	其遇

韻字編號	部序	組數	字數	韻字及何氏反切			韻字何氏音				何萱注釋	備注	韻字中古音		上字中古音		下字中古音	
				韻字	上字	下字	聲	調	呼	韻部			聲調呼韻攝等	反切	聲呼等	反切	聲調呼韻攝等	反切
5903	4副		345	�	眷	具	見	去	撮	十六屨			見去合虞遇三	九遇	見合重3	居倦	群去合虞遇三	其遇
5904	4副	83	346	颶	郡	屨	起	去	撮	十六屨		颶	群去合虞遇三	衢遇	群合3	渠運	見去合虞遇三	九遇
5905	4副		347	簴**	郡	屨	起	去	撮	十六屨			群去合虞遇三	其句	群合3	渠運	見去合虞遇三	九遇
5906	4副	84	348	嘼	永	具	影	去	撮	十六屨			以去合虞遇三	羊戍	云合3	于憬	群去合虞遇三	其遇
5907	4副	85	349	蝖	訓	具	曉	去	撮	十六屨		玉篇作香句切	曉去合虞遇三	香句	曉合3	許運	群去合虞遇三	其遇
5908	4副	86	350	屢	戀	具	賚	去	撮	十六屨			來去合虞遇三	良遇	來合3	力卷	群去合虞遇三	其遇
5909	4副		351	嘍	戀	具	賚	去	撮	十六屨			來去合虞遇三	良遇	來合3	力卷	群去合虞遇三	其遇
5910	4副	87	352	檽	輭	屨	耳	去	撮	十六屨			日去合虞遇三	而遇	日合3	而兗	見去合虞遇三	九遇
5912	4副	88	353	觳	艮	僕	見	入	開	十三玨			見入開覺江二	古岳	見開1	古恨	並入合屋通一	蒲木
5913	4副		354	捔	艮	僕	見	入	開	十三玨			見入開覺江二	古岳	見開1	古恨	並入合屋通一	蒲木
5914	4副		355	晌g*	艮	僕	見	入	開	十三玨			見入開覺江二	訖岳	見開1	古恨	並入合屋通一	蒲木
5915	4副		356	篙*	艮	僕	見	入	開	十三玨			見入開覺江二	訖岳	見開1	古恨	並入合屋通一	蒲木
5917	4副	89	357	圄	侃	僕	起	入	開	十三玨			溪入開覺江二	苦角	溪開1	空旱	並入合屋通一	蒲木
5918	4副	90	358	媉	挨	僕	影	入	開	十三玨			影入開覺江二	於角	影開1	於改	並入合屋通一	蒲木
5919	4副		359	齷	挨	僕	影	入	開	十三玨			影入開覺江二	於角	影開1	於改	並入合屋通一	蒲木
5920	4副		360	剭	挨	僕	影	入	開	十三玨			影入合屋通一	烏谷	影開1	於改	並入合屋通一	蒲木
5921	4副	91	361	斈	海	僕	曉	入	開	十三玨			曉入開覺江二	許角	曉開1	呼改	並入合屋通一	蒲木
5922	4副	92	362	搙	柰	僕	乃	入	開	十三玨			泥入合沃通一	內沃	泥開1	奴帶	並入合屋通一	蒲木
5924	4副		363	傉	柰	僕	乃	入	開	十三玨			泥入合沃通一	內沃	泥開1	奴帶	並入合屋通一	蒲木
5925	4副	93	364	諑	酌	僕	照	入	開	十三玨			知入開覺江二	竹角	章開3	之若	並入合屋通一	蒲木
5927	4副		365	斲*	酌	僕	照	入	開	十三玨			知入開覺江二	竹角	章開3	之若	並入合屋通一	蒲木
5928	4副		366	斵*	酌	僕	照	入	開	十三玨			知入開覺江二	竹角	章開3	之若	並入合屋通一	蒲木
5930	4副	94	367	珿	茝	僕	助	入	開	十三玨			初入合屋通三	初六	昌開1	昌紿	並入合屋通一	蒲木
5931	4副		368	鋜	茝	僕	助	入	開	十三玨			崇入開覺江二	士角	昌開1	昌紿	並入合屋通一	蒲木
5932	4副		369	鯇**	茝	僕	助	入	開	十三玨			初入開覺江二	初角	昌開1	昌紿	並入合屋通一	蒲木
5934	4副		370	盄*	茝	僕	助	入	開	十三玨			初入開覺江二	測角	昌開1	昌紿	並入合屋通一	蒲木
5935	4副		371	矗*	茝	僕	助	入	開	十三玨			初入開覺江二	測角	昌開1	昌紿	並入合屋通一	蒲木

韻字編號	部序	組數	字數	韻字及何氏反切			韻字何氏音				何萱注釋	備注	韻字中古音		上字中古音		下字中古音	
				韻字	上字	下字	聲	調	呼	韻部			聲調呼韻攝等	反切	聲呼等	反切	聲調呼韻攝等	反切
5936	4副		372	躪	茝	僕	助	入	開	十三玨			初入開覺江二	測角	昌開1	昌紿	並入合屋通一	蒲木
5937	4副		373	嶌	茝	僕	助	入	開	十三玨			崇入開覺江二	士角	昌開1	昌紿	並入合屋通一	蒲木
5938	4副		374	鸐	茝	僕	助	入	開	十三玨			船入合燭通三	似足	昌開1	昌紿	並入合屋通一	蒲木
5939	4副		375	濁	茝	僕	助	入	開	十三玨			澄入開覺江二	直角	昌開1	昌紿	並入合屋通一	蒲木
5940	4副		376	躅	茝	僕	助	入	開	十三玨			澄入開覺江二	直角	昌開1	昌紿	並入合屋通一	蒲木
5942	4副		377	鸀	茝	僕	助	入	開	十三玨			澄入開覺江二	直角	昌開1	昌紿	並入合屋通一	蒲木
5943	4副		378	斵	茝	僕	助	入	開	十三玨			初入開覺江二	測角	昌開1	昌紿	並入合屋通一	蒲木
5944	4副	95	379	殐	稍	僕	審	入	開	十三玨			心入合屋通一	桑谷	生開2	所教	並入合屋通一	蒲木
5945	4副	96	380	**斅***	宰	僕	井	入	開	十三玨			精入合沃通一	租毒	精開1	作亥	並入合屋通一	蒲木
5946	4副	97	381	捳	傲	僕	我	入	開	十三玨		切上字正文韻目均作職，據正編改為傲。表中此位無字	疑入開覺江二	五角	疑開1	五到	並入合屋通一	蒲木
5947	4副		382	㤥**	傲	僕	我	入	開	十三玨		切上字正文韻目均作職，據正編改為傲。表中此位無字。玉篇：大果切，又音岳	疑入開覺江二	五角	疑開1	五到	並入合屋通一	蒲木
5948	4副	98	383	嫹	倍	篤	並	入	開	十三玨			幫入合屋通一	博木	並開1	薄亥	崇入開覺江二	士角
5949	4副		384	鏷	倍	篤	並	入	開	十三玨			並入合屋通一	蒲木	並開1	薄亥	崇入開覺江二	士角
5951	4副		385	瞨*	倍	篤	並	入	開	十三玨			滂入開覺江二	匹角	並開1	薄亥	崇入開覺江二	士角
5952	4副		386	纀*	倍	篤	並	入	開	十三玨			滂入合屋通一	普木	並開1	薄亥	崇入開覺江二	士角
5953	4副		387	瞨*	倍	篤	並	入	開	十三玨			滂入合屋通一	普木	並開1	薄亥	崇入開覺江二	士角
5954	4副		388	醭	倍	篤	並	入	開	十三玨			滂入合屋通一	普木	並開1	薄亥	崇入開覺江二	士角
5955	4副		389	鏷	倍	篤	並	入	開	十三玨			並入合沃通一	蒲沃	並開1	薄亥	崇入開覺江二	士角
5956	4副		390	纀*	倍	篤	並	入	開	十三玨			滂入開覺江二	匹角	並開1	薄亥	崇入開覺江二	士角
5957	4副		391	䍖	倍	篤	並	入	開	十三玨			並入合屋通一	蒲木	並開1	薄亥	崇入開覺江二	士角
5958	4副		392	樸	倍	篤	並	入	開	十三玨			並入合屋通一	蒲木	並開1	薄亥	崇入開覺江二	士角
5959	4副		393	犦	倍	篤	並	入	開	十三玨			滂入開覺江二	匹角	並開1	薄亥	崇入開覺江二	士角

韻字編號	部序	組數	字數	韻字及何氏反切			韻字何氏音				何萱注釋	備注	韻字中古音		上字中古音		下字中古音	
				韻字	上字	下字	聲	調	呼	韻部			聲調呼韻攝等	反切	聲呼等	反切	聲調呼韻攝等	反切
5960	4副		394	鵓	倍	鷟	並	入	開	十三玨			並入合沃通一	蒲沃	並開1	薄亥	崇入開覺江二	士角
5961	4副		395	蟤	倍	鷟	並	入	開	十三玨			並入合屋通一	蒲木	並開1	薄亥	崇入開覺江二	士角
5962	4副		396	譔*	倍	鷟	並	入	開	十三玨			滂入合屋通一	普木	並開1	薄亥	崇入開覺江二	士角
5963	4副		397	蘶	倍	鷟	並	入	開	十三玨			滂入開鐸宕一	匹各	並開1	薄亥	崇入開覺江二	士角
5964	4副		398	卧	倍	鷟	並	入	開	十三玨			滂入開覺江二	匹角	並開1	薄亥	崇入開覺江二	士角
5965	4副		399	釙*	倍	鷟	並	入	開	十三玨			滂入開覺江二	匹角	並開1	薄亥	崇入開覺江二	士角
5966	4副		400	矷*	倍	鷟	並	入	開	十三玨			滂入開覺江二	匹角	並開1	薄亥	崇入開覺江二	士角
5967	4副		401	烞*	倍	鷟	並	入	開	十三玨			滂入開覺江二	匹角	並開1	薄亥	崇入開覺江二	士角
5968	4副		402	炇	倍	鷟	並	入	開	十三玨			滂入開覺江二	匹角	並開1	薄亥	崇入開覺江二	士角
5969	4副		403	鼥	倍	鷟	並	入	開	十三玨			滂入合屋通一	普木	並開1	薄亥	崇入開覺江二	士角
5970	4副	99	404	晌	廣	讀	見	入	合	十四毄			見入合屋通一	古祿	見合1	古晃	定入合屋通一	徒谷
5971	4副		405	殉	廣	讀	見	入	合	十四毄			見入合屋通一	古祿	見合1	古晃	定入合屋通一	徒谷
5972	4副		406	啗	廣	讀	見	入	合	十四毄			見入合屋通一	古祿	見合1	古晃	定入合屋通一	徒谷
5973	4副		407	穀*	廣	讀	見	入	合	十四毄			見入合屋通一	古祿	見合1	古晃	定入合屋通一	徒谷
5974	4副		408	瀫	廣	讀	見	入	合	十四毄			見入合屋通一	古祿	見合1	古晃	定入合屋通一	徒谷
5975	4副		409	豋	廣	讀	見	入	合	十四毄	豋或作登		見入合屋通一	古祿	見合1	古晃	定入合屋通一	徒谷
5976	4副		410	鬭*	廣	讀	見	入	合	十四毄			見入合屋通一	古祿	見合1	古晃	定入合屋通一	徒谷
5978	4副	100	411	箼**	腕	卜	影	入	合	十四毄			影入合屋通一	烏谷	影合1	烏貫	幫入合屋通一	博木
5979	4副		412	稑*	腕	卜	影	入	合	十四毄			影入合屋通一	烏谷	影合1	烏貫	幫入合屋通一	博木
5980	4副		413	鄏	腕	卜	影	入	合	十四毄			影入合屋通一	烏谷	影合1	烏貫	幫入合屋通一	博木
5981	4副	101	414	醔	會	卜	曉	入	合	十四毄		正編作戶卜切	匣入合屋通一	胡谷	匣合1	黃外	幫入合屋通一	博木
5982	4副		415	穀	會	卜	曉	入	合	十四毄			匣入合屋通一	胡谷	匣合1	黃外	幫入合屋通一	博木
5983	4副		416	螌	會	卜	曉	入	合	十四毄			匣入合屋通一	胡谷	匣合1	黃外	幫入合屋通一	博木
5984	4副		417	鬏*	會	卜	曉	入	合	十四毄			曉入合屋通一	呼木	匣合1	黃外	幫入合屋通一	博木
5985	4副		418	穀*	會	卜	曉	入	合	十四毄			匣入合屋通一	胡谷	匣合1	黃外	幫入合屋通一	博木
5987	4副		419	藙	會	卜	曉	入	合	十四毄			匣入合屋通一	胡谷	匣合1	黃外	幫入合屋通一	博木
5988	4副		420	觳	會	卜	曉	入	合	十四毄			匣入合屋通一	胡谷	匣合1	黃外	幫入合屋通一	博木

韻字編號	部序	組數	字數	韻字及何氏反切			韻字何氏音				何萱注釋	備注	韻字中古音		上字中古音		下字中古音	
				韻字	上字	下字	聲	調	呼	韻部			聲調呼韻攝等	反切	聲呼等	反切	聲調呼韻攝等	反切
5989	4副		421	蔛	會	卜	曉	入	合	十四槃			匣入合屋通一	胡谷	匣合1	黃外	幫入合屋通一	博木
5990	4副		422	槲	會	卜	曉	入	合	十四槃			匣入合屋通一	胡谷	匣合1	黃外	幫入合屋通一	博木
5991	4副		423	焀	會	卜	曉	入	合	十四槃			匣入合屋通一	胡谷	匣合1	黃外	幫入合屋通一	博木
5992	4副	102	424	剢	董	讀	短	入	合	十四槃			端入合屋通一	丁木	端合1	多動	定入合屋通一	徒谷
5993	4副		425	豝	董	讀	短	入	合	十四槃			知入開覺江二	竹角	端合1	多動	定入合屋通一	徒谷
5994	4副		426	豚	董	讀	短	入	合	十四槃			端入合屋通一	丁木	端合1	多動	定入合屋通一	徒谷
5995	4副		427	豰*	董	讀	短	入	合	十四槃			端入合屋通一	都木	端合1	多動	定入合屋通一	徒谷
5996	4副	103	428	攬*	杜	卜	透	入	合	十四槃		正文作杜讀切	定入合屋通一	徒谷	定合1	徒古	幫入合屋通一	博木
5997	4副		429	瓄	杜	卜	透	入	合	十四槃		正文作杜讀切	定入合屋通一	徒谷	定合1	徒古	幫入合屋通一	博木
5998	4副		430	磧*	杜	卜	透	入	合	十四槃		正文作杜讀切	定入合屋通一	徒谷	定合1	徒古	幫入合屋通一	博木
5999	4副		431	鑟*	杜	卜	透	入	合	十四槃		正文作杜讀切	定入合屋通一	徒谷	定合1	徒古	幫入合屋通一	博木
6000	4副		432	劅*	杜	卜	透	入	合	十四槃		正文作杜讀切	定入合屋通一	徒谷	定合1	徒古	幫入合屋通一	博木
6001	4副		433	賣*	杜	卜	透	入	合	十四槃		正文作杜讀切	定入合屋通一	徒谷	定合1	徒古	幫入合屋通一	博木
6002	4副		434	謏	杜	卜	透	入	合	十四槃		正文作杜讀切	透入合屋通一	他谷	定合1	徒古	幫入合屋通一	博木
6003	4副		435	痜*	杜	卜	透	入	合	十四槃		正文作杜讀切	透入合屋通一	他谷	定合1	徒古	幫入合屋通一	博木
6004	4副		436	抚	杜	卜	透	入	合	十四槃		正文作杜讀切	透入合屋通一	他谷	定合1	徒古	幫入合屋通一	博木
6005	4副		437	豜**	杜	卜	透	入	合	十四槃		正文作杜讀切。玉篇：音禿	透入合屋通一	他谷	定合1	徒古	幫入合屋通一	博木
6006	4副		438	鵚	杜	卜	透	入	合	十四槃		正文作杜讀切	透入合屋通一	他谷	定合1	徒古	幫入合屋通一	博木
6007	4副		439	僴	杜	卜	透	入	合	十四槃		正文作杜讀切	定入合屋通一	徒谷	定合1	徒古	幫入合屋通一	博木
6008	4副		440	韣*	杜	卜	透	入	合	十四槃		正文作杜讀切	定入合屋通一	徒谷	定合1	徒古	幫入合屋通一	博木
6009	4副		441	麴*	杜	卜	透	入	合	十四槃		正文作杜讀切	定入合屋通一	徒谷	定合1	徒古	幫入合屋通一	博木
6010	4副		442	騳	杜	卜	透	入	合	十四槃		正文作杜讀切	定入合屋通一	徒谷	定合1	徒古	幫入合屋通一	博木
6011	4副		443	羉*	杜	卜	透	入	合	十四槃		正文作杜讀切	定入合屋通一	徒谷	定合1	徒古	幫入合屋通一	博木
6013	4副		444	獨*	杜	卜	透	入	合	十四槃		正文作杜讀切	定入合屋通一	徒谷	定合1	徒古	幫入合屋通一	博木
6014	4副		445	駂**	杜	卜	透	入	合	十四槃		正文作杜讀切	定入合屋通一	徒鹿	定合1	徒古	幫入合屋通一	博木
6015	4副	104	446	頹*	磊	卜	賚	入	合	十四槃			滂平開侯流一	普溝	來合1	落猥	幫入合屋通一	博木
6017	4副		447	喙*	磊	卜	賚	入	合	十四槃			來入合屋通一	盧谷	來合1	落猥	幫入合屋通一	博木

韻字編號	部序	組數	字數	韻字及何氏反切			韻字何氏音				何萱注釋	備注	韻字中古音		上字中古音		下字中古音	
				韻字	上字	下字	聲	調	呼	韻部			聲調呼韻攝等	反切	聲呼等	反切	聲調呼韻攝等	反切
6018	4副		448	⿰言彔	磊	卜	賚	入	合	十四槃			來入合燭通三	力玉	來合1	落猥	幫入合屋通一	博木
6019	4副		449	⿰耳彔**	磊	卜	賚	入	合	十四槃			來入合屋通一	力木	來合1	落猥	幫入合屋通一	博木
6020	4副		450	⿰彔皮*	磊	卜	賚	入	合	十四槃			來入合屋通一	盧谷	來合1	落猥	幫入合屋通一	博木
6021	4副		451	⿰彔殳	磊	卜	賚	入	合	十四槃			來入合屋通一	盧谷	來合1	落猥	幫入合屋通一	博木
6023	4副		452	⿰車彔	磊	卜	賚	入	合	十四槃			來入合屋通一	盧谷	來合1	落猥	幫入合屋通一	博木
6024	4副		453	琭	磊	卜	賚	入	合	十四槃			來入合屋通一	盧谷	來合1	落猥	幫入合屋通一	博木
6025	4副		454	碌	磊	卜	賚	入	合	十四槃			來入合屋通一	盧谷	來合1	落猥	幫入合屋通一	博木
6026	4副		455	粶*	磊	卜	賚	入	合	十四槃			並去開皆蟹二	步拜	來合1	落猥	幫入合屋通一	博木
6027	4副		456	⿰食彔**	磊	卜	賚	入	合	十四槃			來入合屋通一	力谷	來合1	落猥	幫入合屋通一	博木
6028	4副		457	⿰豸彔	磊	卜	賚	入	合	十四槃			來入合屋通一	盧谷	來合1	落猥	幫入合屋通一	博木
6029	4副		458	⿰身彔**	磊	卜	賚	入	合	十四槃			來入合屋通一	盧谷	來合1	落猥	幫入合屋通一	博木
6030	4副		459	睩	磊	卜	賚	入	合	十四槃			來入合屋通一	盧谷	來合1	落猥	幫入合屋通一	博木
6031	4副		460	⿰虫彔	磊	卜	賚	入	合	十四槃			來入合屋通一	盧谷	來合1	落猥	幫入合屋通一	博木
6032	4副		461	椂*	磊	卜	賚	入	合	十四槃			並去開皆蟹二	步拜	來合1	落猥	幫入合屋通一	博木
6034	4副		462	箓	磊	卜	賚	入	合	十四槃			來入合屋通一	盧谷	來合1	落猥	幫入合屋通一	博木
6035	4副		463	⿰忄鹿*	磊	卜	賚	入	合	十四槃			並去開皆蟹二	步拜	來合1	落猥	幫入合屋通一	博木
6036	4副		464	摝	磊	卜	賚	入	合	十四槃			來入合屋通一	盧谷	來合1	落猥	幫入合屋通一	博木
6037	4副		465	⿰目鹿	磊	卜	賚	入	合	十四槃			來入合屋通一	盧谷	來合1	落猥	幫入合屋通一	博木
6038	4副		466	⿰耳鹿*	磊	卜	賚	入	合	十四槃			並去開皆蟹二	步拜	來合1	落猥	幫入合屋通一	博木
6039	4副		467	⿰月鹿*	磊	卜	賚	入	合	十四槃			並去開皆蟹二	步拜	來合1	落猥	幫入合屋通一	博木
6040	4副		468	⿺走鹿*	磊	卜	賚	入	合	十四槃			並去開皆蟹二	步拜	來合1	落猥	幫入合屋通一	博木
6041	4副		469	⿰衤鹿	磊	卜	賚	入	合	十四槃			來入合屋通一	盧谷	來合1	落猥	幫入合屋通一	博木
6042	4副		470	⿰糸鹿*	磊	卜	賚	入	合	十四槃			來入合屋通一	盧谷	來合1	落猥	幫入合屋通一	博木
6043	4副		471	熝*	磊	卜	賚	入	合	十四槃			來入合屋通一	盧谷	來合1	落猥	幫入合屋通一	博木
6044	4副		472	⿰黑鹿*	磊	卜	賚	入	合	十四槃			來入合屋通一	盧谷	來合1	落猥	幫入合屋通一	博木
6045	4副		473	⿱雨鹿	磊	卜	賚	入	合	十四槃			來入合屋通一	盧谷	來合1	落猥	幫入合屋通一	博木
6046	4副		474	⿸广鹿	磊	卜	賚	入	合	十四槃			來入合屋通一	盧谷	來合1	落猥	幫入合屋通一	博木

韻字編號	部序	組數	字數	韻字及何氏反切			韻字何氏音				何萱注釋	備注	韻字中古音		上字中古音		下字中古音	
				韻字	上字	下字	聲	調	呼	韻部			聲調呼韻攝等	反切	聲呼等	反切	聲調呼韻攝等	反切
6047	4副		475	䡘	磊	卜	賚	入	合	十四㯱			來入合屋通一	盧谷	來合1	落猥	幫入合屋通一	博木
6048	4副		476	轆	磊	卜	賚	入	合	十四㯱			來入合屋通一	盧谷	來合1	落猥	幫入合屋通一	博木
6049	4副		477	𪎰*	磊	卜	賚	入	合	十四㯱			並去開皆蟹二	步拜	來合1	落猥	幫入合屋通一	博木
6050	4副		478	㯟*	磊	卜	賚	入	合	十四㯱			並去開皆蟹二	步拜	來合1	落猥	幫入合屋通一	博木
6051	4副		479	鹿	磊	卜	賚	入	合	十四㯱			來入合屋通一	盧谷	來合1	落猥	幫入合屋通一	博木
6052	4副		480	塺*	磊	卜	賚	入	合	十四㯱			並去開皆蟹二	步拜	來合1	落猥	幫入合屋通一	博木
6053	4副		481	甂	磊	卜	賚	入	合	十四㯱			來入合屋通一	盧谷	來合1	落猥	幫入合屋通一	博木
6054	4副		482	鏕	磊	卜	賚	入	合	十四㯱			來入合屋通一	盧谷	來合1	落猥	幫入合屋通一	博木
6055	4副		483	皷*	磊	卜	賚	入	合	十四㯱			並去開皆蟹二	步拜	來合1	落猥	幫入合屋通一	博木
6056	4副		484	𤢖*	磊	卜	賚	入	合	十四㯱			並去開皆蟹二	步拜	來合1	落猥	幫入合屋通一	博木
6057	4副		485	騼	磊	卜	賚	入	合	十四㯱			來入合屋通一	盧谷	來合1	落猥	幫入合屋通一	博木
6058	4副		486	螰	磊	卜	賚	入	合	十四㯱			來入合屋通一	盧谷	來合1	落猥	幫入合屋通一	博木
6059	4副		487	䜌	磊	卜	賚	入	合	十四㯱		正字作䡜	來入合屋通一	盧谷	來合1	落猥	幫入合屋通一	博木
6060	4副	105	488	𤟕**	壯	讀	照	入	合	十四㯱		玉篇：音卓	知入開覺江二	竹角	莊開3	側亮	定入合屋通一	徒谷
6061	4副	106	489	蹠*	祖	讀	井	入	合	十四㯱			精入合屋通一	作木	精合1	則古	定入合屋通一	徒谷
6062	4副		490	蜄*	祖	讀	井	入	合	十四㯱			精入合屋通一	作木	精合1	則古	定入合屋通一	徒谷
6063	4副		491	𪋤*	祖	讀	井	入	合	十四㯱			精入合屋通一	作木	精合1	則古	定入合屋通一	徒谷
6064	4副	107	492	𥨍*	寸	卜	淨	入	合	十四㯱			從入合屋通一	昨木	清合1	倉困	幫入合屋通一	博木
6065	4副		493	𥬨*	寸	卜	淨	入	合	十四㯱			清入合屋通一	千木	清合1	倉困	幫入合屋通一	博木
6066	4副		494	瘯	寸	卜	淨	入	合	十四㯱			清入合屋通一	千木	清合1	倉困	幫入合屋通一	博木
6067	4副		495	鷟*	寸	卜	淨	入	合	十四㯱			從入合屋通一	昨木	清合1	倉困	幫入合屋通一	博木
6068	4副		496	簇	寸	卜	淨	入	合	十四㯱			清入合屋通一	千木	清合1	倉困	幫入合屋通一	博木
6069	4副		497	磩	寸	卜	淨	入	合	十四㯱			清入合屋通一	千木	清合1	倉困	幫入合屋通一	博木
6070	4副	108	498	𧼫*	送	卜	信	入	合	十四㯱			心入合屋通一	蘇谷	心合1	蘇弄	幫入合屋通一	博木
6072	4副		499	𤸪*	送	卜	信	入	合	十四㯱			心入合屋通一	蘇谷	心合1	蘇弄	幫入合屋通一	博木
6073	4副		500	𩶟*	送	卜	信	入	合	十四㯱			心入合屋通一	蘇谷	心合1	蘇弄	幫入合屋通一	博木
6074	4副		501	𩴸*	送	卜	信	入	合	十四㯱			心入合屋通一	蘇谷	心合1	蘇弄	幫入合屋通一	博木

韻字編號	部序	組數	字數	韻字及何氏反切			韻字何氏音				何萱注釋	備注	韻字中古音		上字中古音		下字中古音	
				韻字	上字	下字	聲	調	呼	韻部			聲調呼韻攝等	反切	聲呼等	反切	聲調呼韻攝等	反切
6075	4副		502	榖	送	卜	信	入	合	十四檠			心入合屋通一	桑谷	心合1	蘇弄	幫入合屋通一	博木
6076	4副		503	鬉*	送	卜	信	入	合	十四檠		韻目作鬉	心入合屋通一	蘇谷	心合1	蘇弄	幫入合屋通一	博木
6079	4副		504	鏉 g*	送	卜	信	入	合	十四檠			心入合屋通一	蘇谷	心合1	蘇弄	幫入合屋通一	博木
6081	4副		505	獤*	送	卜	信	入	合	十四檠			心入合屋通一	蘇谷	心合1	蘇弄	幫入合屋通一	博木
6082	4副		506	螦	送	卜	信	入	合	十四檠			心入合屋通一	桑谷	心合1	蘇弄	幫入合屋通一	博木
6083	4副	109	507	卧**	布	讀	謗	入	合	十四檠			幫入合屋通一	補木	幫合1	博故	定入合屋通一	徒谷
6084	4副		508	汱*	布	讀	謗	入	合	十四檠			幫入合屋通一	博木	幫合1	博故	定入合屋通一	徒谷
6085	4副		509	鳪	布	讀	謗	入	合	十四檠			幫入合屋通一	博木	幫合1	博故	定入合屋通一	徒谷
6086	4副		510	鬗	布	讀	謗	入	合	十四檠			幫入合屋通一	博木	幫合1	博故	定入合屋通一	徒谷
6087	4副		511	蹼	布	讀	謗	入	合	十四檠			幫入合屋通一	博木	幫合1	博故	定入合屋通一	徒谷
6088	4副		512	朴*	布	讀	謗	入	合	十四檠			幫入合屋通一	博木	幫合1	博故	定入合屋通一	徒谷
6089	4副		513	僕	布	讀	謗	入	合	十四檠			幫入合屋通一	博木	幫合1	博故	定入合屋通一	徒谷
6090	4副		514	獛	布	讀	謗	入	合	十四檠			幫入合屋通一	博木	幫合1	博故	定入合屋通一	徒谷
6091	4副		515	襆*	布	讀	謗	入	合	十四檠			幫入合屋通一	博木	幫合1	博故	定入合屋通一	徒谷
6092	4副	110	516	莯*	昧	卜	命	入	合	十四檠			明入合屋通一	莫卜	明合1	莫佩	幫入合屋通一	博木
6093	4副		517	炑**	昧	卜	命	入	合	十四檠			明入合屋通一	莫卜	明合1	莫佩	幫入合屋通一	博木
6094	4副		518	杒	昧	卜	命	入	合	十四檠			明入合屋通一	莫蔔	明合1	莫佩	幫入合屋通一	博木
6095	4副		519	鳪*	昧	卜	命	入	合	十四檠			明入合屋通一	莫卜	明合1	莫佩	幫入合屋通一	博木
6096	4副		520	蚞	昧	卜	命	入	合	十四檠			明入合屋通一	莫蔔	明合1	莫佩	幫入合屋通一	博木
6097	4副	111	521	盀**	儉	蔟	起	入	齊	十五賣	器也，玉篇	玉篇：音起。被何氏讀成卜了	溪上開之止三	墟里	群開重3	巨險	清入合屋通一	千木
6098	4副	112	522	娖*	寵	蔟	助	入	齊	十五賣			初入合屋通三	初六	徹合3	丑隴	清入合屋通一	千木
6100	4副		523	珿	寵	蔟	助	入	齊	十五賣			初入合屋通三	初六	徹合3	丑隴	清入合屋通一	千木
6101	4副		524	琡	寵	蔟	助	入	齊	十五賣			初入合屋通三	初六	徹合3	丑隴	清入合屋通一	千木
6104	4副	113	525	蝀*	想	蔟	信	入	齊	十五賣			心入開錫梗四	先的	心開3	息兩	清入合屋通一	千木
6105	4副	114	526	鋦	眷	曲	見	入	撮	十六揭			見入合燭通三	居玉	見合重3	居倦	溪入合燭通三	丘玉
6106	4副		527	侷	眷	曲	見	入	撮	十六揭			見入合燭通三	居玉	見合重3	居倦	溪入合燭通三	丘玉
6107	4副	115	528	蛐*	郡	縟	起	入	撮	十六揭			溪入合燭通三	區玉	群合3	渠運	日入合燭通三	而蜀
6108	4副		529	呾*	郡	縟	起	入	撮	十六揭			溪入合燭通三	區玉	群合3	渠運	日入合燭通三	而蜀

韻字編號	部序	組數	字數	韻字及何氏反切			韻字何氏音				何萱注釋	備注	韻字中古音		上字中古音		下字中古音	
				韻字	上字	下字	聲	調	呼	韻部			聲調呼韻攝等	反切	聲呼等	反切	聲調呼韻攝等	反切
6110	4副		530	㑋*	郡	縟	起	入	撮	十六搙			溪去合東通三	去仲	群合3	渠運	日入合燭通三	而蜀
6112	4副		531	鬐*	郡	縟	起	入	撮	十六搙			溪入合燭通三	區玉	群合3	渠運	日入合燭通三	而蜀
6114	4副		532	㝔*	郡	縟	起	入	撮	十六搙			群入合燭通三	衢六	群合3	渠運	日入合燭通三	而蜀
6115	4副		533	鶪	郡	縟	起	入	撮	十六搙			群入合燭通三	渠玉	群合3	渠運	日入合燭通三	而蜀
6116	4副		534	驧	郡	縟	起	入	撮	十六搙			群入合燭通三	渠玉	群合3	渠運	日入合燭通三	而蜀
6117	4副		535	鮈*	郡	縟	起	入	撮	十六搙			群入合燭通三	衢六	群合3	渠運	日入合燭通三	而蜀
6118	4副	116	536	輍	永	曲	影	入	撮	十六搙			以入合燭通三	余蜀	云合3	于憬	溪入合燭通三	丘玉
6119	4副		537	黔*	永	曲	影	入	撮	十六搙			以入合燭通三	俞玉	云合3	于憬	溪入合燭通三	丘玉
6120	4副	117	538	顊	訓	曲	曉	入	撮	十六搙			曉入合燭通三	許玉	曉合3	許運	溪入合燭通三	丘玉
6121	4副	118	539	媷	女	局	乃	入	撮	十六搙			日入合燭通三	而蜀	娘合3	尼呂	群入合燭通三	渠玉
6123	4副	119	540	踍	呂	曲	賚	入	撮	十六搙			來入合燭通三	力玉	來合3	力舉	溪入合燭通三	丘玉
6124	4副		541	暩	呂	曲	賚	入	撮	十六搙			來入合燭通三	力玉	來合3	力舉	溪入合燭通三	丘玉
6125	4副		542	膝*	呂	曲	賚	入	撮	十六搙			來入合燭通三	龍玉	來合3	力舉	溪入合燭通三	丘玉
6126	4副		543	醁	呂	曲	賚	入	撮	十六搙			來入合燭通三	力玉	來合3	力舉	溪入合燭通三	丘玉
6127	4副		544	鵦	呂	曲	賚	入	撮	十六搙			來入合燭通三	力玉	來合3	力舉	溪入合燭通三	丘玉
6128	4副		545	騄	呂	曲	賚	入	撮	十六搙			來入合燭通三	力玉	來合3	力舉	溪入合燭通三	丘玉
6129	4副		546	録	呂	曲	賚	入	撮	十六搙			來入合燭通三	力玉	來合3	力舉	溪入合燭通三	丘玉
6130	4副	120	547	矚	翥	曲	照	入	撮	十六搙			章入合燭通三	之欲	章合3	章恕	溪入合燭通三	丘玉
6131	4副		548	囑	翥	曲	照	入	撮	十六搙			章入合燭通三	之欲	章合3	章恕	溪入合燭通三	丘玉
6132	4副		549	襡	翥	曲	照	入	撮	十六搙			禪入合燭通三	市玉	章合3	章恕	溪入合燭通三	丘玉
6133	4副		550	斸	翥	曲	照	入	撮	十六搙			章入合燭通三	之欲	章合3	章恕	溪入合燭通三	丘玉
6134	4副		551	灟*	翥	曲	照	入	撮	十六搙			章入合燭通三	朱欲	章合3	章恕	溪入合燭通三	丘玉
6137	4副	121	552	趗	處	曲	助	入	撮	十六搙			徹入合燭通三	丑玉	昌合3	昌與	溪入合燭通三	丘玉
6138	4副		553	踀*	處	曲	助	入	撮	十六搙			徹入合燭通三	丑玉	昌合3	昌與	溪入合燭通三	丘玉
6140	4副		554	塚	處	曲	助	入	撮	十六搙			徹入合燭通三	丑玉	昌合3	昌與	溪入合燭通三	丘玉
6141	4副		555	豨**	處	曲	助	入	撮	十六搙			徹去開先山四	丑練	昌合3	昌與	溪入合燭通三	丘玉
6142	4副		556	矚	處	曲	助	入	撮	十六搙			昌入合燭通三	尺玉	昌合3	昌與	溪入合燭通三	丘玉
6143	4副		557	躅*	處	曲	助	入	撮	十六搙			澄入合燭通三	廚玉	昌合3	昌與	溪入合燭通三	丘玉
6144	4副		558	楝	處	曲	助	入	撮	十六搙			徹入合燭通三	丑玉	昌合3	昌與	溪入合燭通三	丘玉

韻字編號	部序	組數	字數	韻字及何氏反切			韻字何氏音				何萱注釋	備注	韻字中古音		上字中古音		下字中古音	
				韻字	上字	下字	聲	調	呼	韻部			聲調呼韻攝等	反切	聲呼等	反切	聲調呼韻攝等	反切
6145	4副		559	麮	處	曲	助	入	撮	十六揭	作麮者譌。麥～麥殼破碎者，玉篇	解釋與處曲切完全相同。玉篇作與力切	船入合燭通三	神蜀	昌合3	昌與	溪入合燭通三	丘玉
6146	4副	122	560	鸗	輭	曲	耳	入	撮	十六揭			日入合燭通三	而蜀	日合3	而兗	溪入合燭通三	丘玉
6147	4副		561	溽	輭	曲	耳	入	撮	十六揭			日入合燭通三	而蜀	日合3	而兗	溪入合燭通三	丘玉
6149	4副		562	褥	輭	曲	耳	入	撮	十六揭			日入合燭通三	而蜀	日合3	而兗	溪入合燭通三	丘玉
6150	4副		563	鄏	輭	曲	耳	入	撮	十六揭			日入合燭通三	而蜀	日合3	而兗	溪入合燭通三	丘玉
6152	4副	123	564	倲	恕	曲	審	入	撮	十六揭			書入合燭通三	書玉	書合3	商署	溪入合燭通三	丘玉
6153	4副		565	勴*	恕	曲	審	入	撮	十六揭			禪入合燭通三	殊玉	書合3	商署	溪入合燭通三	丘玉
6154	4副		566	瓃	恕	曲	審	入	撮	十六揭			禪入合燭通三	市玉	書合3	商署	溪入合燭通三	丘玉
6155	4副		567	欘	恕	曲	審	入	撮	十六揭			禪入合燭通三	市玉	書合3	商署	溪入合燭通三	丘玉
6156	4副	124	568	哫	俊	曲	井	入	撮	十六揭			精入合燭通三	即玉	精合3	子峻	溪入合燭通三	丘玉
6157	4副	125	569	踀	翠	曲	淨	入	撮	十六揭	庨足，或作踀		清入合燭通三	七玉	清合3	七醉	溪入合燭通三	丘玉
6158	4副		570	茞	翠	曲	淨	入	撮	十六揭			清入開鐸宕一	倉各	清合3	七醉	溪入合燭通三	丘玉
6159	4副		571	趗	翠	曲	淨	入	撮	十六揭			清入合燭通三	七玉	清合3	七醉	溪入合燭通三	丘玉
6161	4副		572	鼵*	翠	曲	淨	入	撮	十六揭			清入合燭通三	趨玉	清合3	七醉	溪入合燭通三	丘玉
6162	4副		573	康*	翠	曲	淨	入	撮	十六揭			清入合燭通三	趨玉	清合3	七醉	溪入合燭通三	丘玉
6164	4副		574	錸	翠	曲	淨	入	撮	十六揭			清入合燭通三	七玉	清合3	七醉	溪入合燭通三	丘玉
6165	4副	126	575	赾**	馭	曲	我	入	撮	十六揭			疑入合燭通三	魚曲	疑合3	牛倨	溪入合燭通三	丘玉
6166	4副		576	跊*	馭	曲	我	入	撮	十六揭			疑入合燭通三	虞欲	疑合3	牛倨	溪入合燭通三	丘玉
6167	4副		577	鈺**	馭	曲	我	入	撮	十六揭			疑入合燭通三	五錄	疑合3	牛倨	溪入合燭通三	丘玉
6168	4副		578	砡	馭	曲	我	入	撮	十六揭			疑入合屋通三	魚菊	疑合3	牛倨	溪入合燭通三	丘玉
6169	4副		579	瑀	馭	曲	我	入	撮	十六揭			疑入合燭通三	魚欲	疑合3	牛倨	溪入合燭通三	丘玉
6170	4副		580	蚟*	馭	曲	我	入	撮	十六揭			疑入合燭通三	虞欲	疑合3	牛倨	溪入合燭通三	丘玉
6171	4副	127	581	愫	選	曲	信	入	撮	十六揭			心入合燭通三	相玉	心合3	蘇管	溪入合燭通三	丘玉
6172	4副		582	剶	選	曲	信	入	撮	十六揭			心入合燭通三	相玉	心合3	蘇管	溪入合燭通三	丘玉
6173	4副		583	鏮*	選	曲	信	入	撮	十六揭			心入合燭通三	須玉	心合3	蘇管	溪入合燭通三	丘玉
6174	4副		584	縹**	選	曲	信	入	撮	十六揭		玉篇：音粟	心入合燭通三	相玉	心合3	蘇管	溪入合燭通三	丘玉
6175	4副		585	鬛*	選	曲	信	入	撮	十六揭			心入合燭通三	須玉	心合3	蘇管	溪入合燭通三	丘玉
6177	4副	128	586	轐	變	曲	謗	入	撮	十六揭			非入合燭通三	封曲	幫開重3	彼眷	溪入合燭通三	丘玉
6178	4副	129	587	幞	甫	曲	匪	入	撮	十六揭			奉入合燭通三	房玉	非合3	方矩	溪入合燭通三	丘玉

第五部正編

韻字編號	部序	組數	字數	韻字及何氏反切			韻字何氏音				何萱注釋	備注	韻字中古音		上字中古音		下字中古音	
				韻字	上字	下字	聲	調	呼	韻部			聲調呼韻攝等	反切	聲呼等	反切	聲調呼韻攝等	反切
6179	5 正	1	1	**姑**	廣	都	見	陰平	合	十七姑			見平合模遇一	古胡	見合 1	古晃	端平合模遇一	當孤
6180	5 正		2	沽	廣	都	見	陰平	合	十七姑			見平合模遇一	古胡	見合 1	古晃	端平合模遇一	當孤
6181	5 正		3	酤	廣	都	見	陰平	合	十七姑	平上兩讀		見平合模遇一	古胡	見合 1	古晃	端平合模遇一	當孤
6184	5 正		4	蛄	廣	都	見	陰平	合	十七姑			見平合模遇一	古胡	見合 1	古晃	端平合模遇一	當孤
6185	5 正		5	辜	廣	都	見	陰平	合	十七姑			見平合模遇一	古胡	見合 1	古晃	端平合模遇一	當孤
6186	5 正		6	嫴	廣	都	見	陰平	合	十七姑			見平合模遇一	古胡	見合 1	古晃	端平合模遇一	當孤
6187	5 正		7	瓜	廣	都	見	陰平	合	十七姑			見平合麻假二	古華	見合 1	古晃	端平合模遇一	當孤
6188	5 正		8	苽	廣	都	見	陰平	合	十七姑			見平合模遇一	古胡	見合 1	古晃	端平合模遇一	當孤
6189	5 正		9	柧	廣	都	見	陰平	合	十七姑			見平合模遇一	古胡	見合 1	古晃	端平合模遇一	當孤
6190	5 正		10	觚	廣	都	見	陰平	合	十七姑			見平合模遇一	古胡	見合 1	古晃	端平合模遇一	當孤
6191	5 正		11	罛	廣	都	見	陰平	合	十七姑			見平合模遇一	古胡	見合 1	古晃	端平合模遇一	當孤
6192	5 正		12	泒*	廣	都	見	陰平	合	十七姑			見平合模遇一	攻乎	見合 1	古晃	端平合模遇一	當孤
6193	5 正		13	呱	廣	都	見	陰平	合	十七姑			見平合模遇一	古胡	見合 1	古晃	端平合模遇一	當孤
6194	5 正		14	孤	廣	都	見	陰平	合	十七姑			見平合模遇一	古胡	見合 1	古晃	端平合模遇一	當孤
6195	5 正		15	箛	廣	都	見	陰平	合	十七姑			見平合模遇一	古胡	見合 1	古晃	端平合模遇一	當孤
6196	5 正		16	葭	廣	都	見	陰平	合	十七姑			見平開麻假二	古牙	見合 1	古晃	端平合模遇一	當孤
6197	5 正		17	豭	廣	都	見	陰平	合	十七姑			見平開麻假二	古牙	見合 1	古晃	端平合模遇一	當孤
6198	5 正		18	貑	廣	都	見	陰平	合	十七姑			見平開麻假二	古牙	見合 1	古晃	端平合模遇一	當孤
6199	5 正		19	家	廣	都	見	陰平	合	十七姑			見平開麻假二	古牙	見合 1	古晃	端平合模遇一	當孤
6200	5 正		20	夃	廣	都	見	陰平	合	十七姑			見平合模遇一	古胡	見合 1	古晃	端平合模遇一	當孤
6202	5 正	2	21	**枯**	曠	姑	起	陰平	合	十七姑			溪平合模遇一	苦胡	溪合 1	苦謗	見平合模遇一	古胡
6203	5 正		22	殆	曠	姑	起	陰平	合	十七姑			溪平合模遇一	苦胡	溪合 1	苦謗	見平合模遇一	古胡
6204	5 正		23	夸	曠	姑	起	陰平	合	十七姑			溪平合麻假二	苦瓜	溪合 1	苦謗	見平合模遇一	古胡
6205	5 正		24	誇	曠	姑	起	陰平	合	十七姑			溪平合麻假二	苦瓜	溪合 1	苦謗	見平合模遇一	古胡
6206	5 正		25	侉	曠	姑	起	陰平	合	十七姑			影去開歌果一	安賀	溪合 1	苦謗	見平合模遇一	古胡

韻字編號	部序	組數	字數	韻字及何氏反切			韻字何氏音				何萱注釋	備注	韻字中古音		上字中古音		下字中古音	
				韻字	上字	下字	聲	調	呼	韻部			聲調呼韻攝等	反切	聲呼等	反切	聲調呼韻攝等	反切
6207	5正		26	刳	曠	姑	起	陰平	合	十七姑			溪平合模遇一	苦胡	溪合1	苦謗	見平合模遇一	古胡
6208	5正	3	27	**烏**	腕	都	影	陰平	合	十七姑	於象古文烏省，於字兩見	與於異讀	影平合模遇一	哀都	影合1	烏貫	端平合模遇一	當孤
6209	5正		28	歍	腕	都	影	陰平	合	十七姑			影平合模遇一	哀都	影合1	烏貫	端平合模遇一	當孤
6210	5正		29	雅 g*	腕	都	影	陰平	合	十七姑	平上兩讀義別		影平開麻假二	於加	影合1	烏貫	端平合模遇一	當孤
6214	5正		30	錏	腕	都	影	陰平	合	十七姑			影平開麻假二	於加	影合1	烏貫	端平合模遇一	當孤
6215	5正		31	窊	腕	都	影	陰平	合	十七姑			影平合麻假二	烏瓜	影合1	烏貫	端平合模遇一	當孤
6217	5正		32	杰	腕	都	影	陰平	合	十七姑			見平合模遇一	古胡	影合1	烏貫	端平合模遇一	當孤
6218	5正		33	杇	腕	都	影	陰平	合	十七姑			影平合模遇一	哀都	影合1	烏貫	端平合模遇一	當孤
6219	5正		34	歼	腕	都	影	陰平	合	十七姑			影平合模遇一	哀都	影合1	烏貫	端平合模遇一	當孤
6221	5正		35	污	腕	都	影	陰平	合	十七姑			影平合模遇一	哀都	影合1	烏貫	端平合模遇一	當孤
6222	5正		36	洿	腕	都	影	陰平	合	十七姑			影平合模遇一	哀都	影合1	烏貫	端平合模遇一	當孤
6224	5正	4	37	虍	火	姑	曉	陰平	合	十七姑			曉平合模遇一	荒烏	曉合1	呼果	見平合模遇一	古胡
6225	5正		38	虖	火	姑	曉	陰平	合	十七姑			曉平合模遇一	荒烏	曉合1	呼果	見平合模遇一	古胡
6226	5正		39	虖	火	姑	曉	陰平	合	十七姑			曉平合模遇一	荒烏	曉合1	呼果	見平合模遇一	古胡
6227	5正		40	歑	火	姑	曉	陰平	合	十七姑			曉平合模遇一	荒烏	曉合1	呼果	見平合模遇一	古胡
6228	5正		41	嘑	火	姑	曉	陰平	合	十七姑			曉平合模遇一	荒烏	曉合1	呼果	見平合模遇一	古胡
6229	5正		42	**呼**	火	姑	曉	陰平	合	十七姑			曉平合模遇一	荒烏	曉合1	呼果	見平合模遇一	古胡
6230	5正		43	評	火	姑	曉	陰平	合	十七姑			曉平合模遇一	荒烏	曉合1	呼果	見平合模遇一	古胡
6231	5正		44	幠	火	姑	曉	陰平	合	十七姑			曉平合模遇一	荒烏	曉合1	呼果	見平合模遇一	古胡
6233	5正		45	膴	火	姑	曉	陰平	合	十七姑			曉平合模遇一	荒烏	曉合1	呼果	見平合模遇一	古胡
6236	5正		46	雩	火	姑	曉	陰平	合	十七姑			曉平合虞遇三	況于	曉合1	呼果	見平合模遇一	古胡
6237	5正		47	譁	火	姑	曉	陰平	合	十七姑			曉平合麻假二	呼瓜	曉合1	呼果	見平合模遇一	古胡
6238	5正		48	虩	火	姑	曉	陰平	合	十七姑			曉平合模遇一	荒烏	曉合1	呼果	見平合模遇一	古胡
6239	5正	5	49	**都**	董	姑	短	陰平	合	十七姑			端平合模遇一	當孤	端合1	多動	見平合模遇一	古胡
6240	5正		50	闍	董	姑	短	陰平	合	十七姑			端平合模遇一	當孤	端合1	多動	見平合模遇一	古胡
6242	5正	6	51	**稃**	統	姑	透	陰平	合	十七姑			來平合模遇一	落胡	透合1	他綜	見平合模遇一	古胡

韻字編號	部序	組數	字數	韻字及何氏反切			韻字何氏音				何萱注釋	備注	韻字中古音		上字中古音		下字中古音	
				韻字	上字	下字	聲	調	呼	韻部			聲調呼韻攝等	反切	聲呼等	反切	聲調呼韻攝等	反切
6244	5 正	7	52	**樝**	腫	姑	照	陰平	合	十七姑			莊平開麻假二	側加	章合 3	之隴	見平合模遇一	古胡
6245	5 正		53	觑*	腫	姑	照	陰平	合	十七姑			莊平開麻假二	莊加	章合 3	之隴	見平合模遇一	古胡
6246	5 正		54	担	腫	姑	照	陰平	合	十七姑			莊平開麻假二	側加	章合 3	之隴	見平合模遇一	古胡
6249	5 正		55	觰	腫	姑	照	陰平	合	十七姑			知平開麻假二	陟加	章合 3	之隴	見平合模遇一	古胡
6250	5 正		56	譇*	腫	姑	照	陰平	合	十七姑			知平開麻假二	陟加	章合 3	之隴	見平合模遇一	古胡
6253	5 正	8	57	**奢**	刷	姑	審	陰平	合	十七姑			書平開麻假三	式車	生合 3	所劣	見平合模遇一	古胡
6254	5 正	9	58	**租**	纂	姑	井	陰平	合	十七姑			精平合模遇一	則吾	精合 1	作管	見平合模遇一	古胡
6255	5 正	10	59	**麤**	寸	姑	淨	陰平	合	十七姑			清平合模遇一	倉胡	清合 1	倉困	見平合模遇一	古胡
6256	5 正		60	麤	寸	姑	淨	陰平	合	十七姑			清平合模遇一	倉胡	清合 1	倉困	見平合模遇一	古胡
6258	5 正	11	61	**穌**	巽	姑	信	陰平	合	十七姑			心平合模遇一	素姑	心合 1	蘇困	見平合模遇一	古胡
6259	5 正		62	蘇	巽	姑	信	陰平	合	十七姑			心平合模遇一	素姑	心合 1	蘇困	見平合模遇一	古胡
6260	5 正	12	63	誧	貝	姑	謗	陰平	合	十七姑			幫平合模遇一	博孤	幫開 1	博蓋	見平合模遇一	古胡
6264	5 正		64	餔	貝	姑	謗	陰平	合	十七姑			幫平合模遇一	博孤	幫開 1	博蓋	見平合模遇一	古胡
6265	5 正		65	**逋**	貝	姑	謗	陰平	合	十七姑			幫平合模遇一	博孤	幫開 1	博蓋	見平合模遇一	古胡
6266	5 正		66	痡	貝	姑	謗	陰平	合	十七姑			敷平合虞遇三	芳無	幫開 1	博蓋	見平合模遇一	古胡
6267	5 正		67	巴	貝	姑	謗	陰平	合	十七姑			幫平開麻假二	伯加	幫開 1	博蓋	見平合模遇一	古胡
6268	5 正		68	鈀	貝	姑	謗	陰平	合	十七姑			幫平開麻假二	伯加	幫開 1	博蓋	見平合模遇一	古胡
6269	5 正		69	豝	貝	姑	謗	陰平	合	十七姑			幫平開麻假二	伯加	幫開 1	博蓋	見平合模遇一	古胡
6271	5 正	13	70	**鋪**	佩	姑	並	陰平	合	十七姑			滂平合模遇一	普胡	並合 1	蒲昧	見平合模遇一	古胡
6274	5 正		71	痡	佩	姑	並	陰平	合	十七姑			滂平合模遇一	普胡	並合 1	蒲昧	見平合模遇一	古胡
6275	5 正		72	抪	佩	姑	並	陰平	合	十七姑			幫平合模遇一	博孤	並合 1	蒲昧	見平合模遇一	古胡
6277	5 正		73	皅*	佩	姑	並	陰平	合	十七姑			滂平開麻假二	披巴	並合 1	蒲昧	見平合模遇一	古胡
6279	5 正		74	葩	佩	姑	並	陰平	合	十七姑			滂平開麻假二	普巴	並合 1	蒲昧	見平合模遇一	古胡
6280	5 正	14	75	弧	會	盧	曉	陽平	合	十七姑			匣平合模遇一	戶吳	匣合 1	黃外	來平合模遇一	落胡
6281	5 正		76	狐	會	盧	曉	陽平	合	十七姑			匣平合模遇一	戶吳	匣合 1	黃外	來平合模遇一	落胡
6282	5 正		77	黏	會	盧	曉	陽平	合	十七姑			匣平合模遇一	戶吳	匣合 1	黃外	來平合模遇一	落胡
6283	5 正		78	鬻*	會	盧	曉	陽平	合	十七姑			匣平合模遇一	洪孤	匣合 1	黃外	來平合模遇一	落胡

韻字編號	部序	組數	字數	韻字及何氏反切			韻字何氏音				何萱注釋	備　注	韻字中古音		上字中古音		下字中古音	
				韻字	上字	下字	聲	調	呼	韻部			聲調呼韻攝等	反切	聲呼等	反切	聲調呼韻攝等	反切
6284	5 正		79	餬	會	盧	曉	陽平	合	十七姑			匣平合模遇一	戶吳	匣合 1	黃外	來平合模遇一	落胡
6285	5 正		80	**胡**	會	盧	曉	陽平	合	十七姑			匣平合模遇一	戶吳	匣合 1	黃外	來平合模遇一	落胡
6286	5 正		81	湖	會	盧	曉	陽平	合	十七姑			匣平合模遇一	戶吳	匣合 1	黃外	來平合模遇一	落胡
6287	5 正		82	瑚	會	盧	曉	陽平	合	十七姑			匣平合模遇一	戶吳	匣合 1	黃外	來平合模遇一	落胡
6288	5 正		83	瓳*	會	盧	曉	陽平	合	十七姑	瓳一書作䉉		匣平合模遇一	洪孤	匣合 1	黃外	來平合模遇一	落胡
6289	5 正		84	乎	會	盧	曉	陽平	合	十七姑			匣平合模遇一	戶吳	匣合 1	黃外	來平合模遇一	落胡
6290	5 正		85	華	會	盧	曉	陽平	合	十七姑	蕚隸作華		匣平合麻假二	戶花	匣合 1	黃外	來平合模遇一	落胡
6292	5 正		86	芣*	會	盧	曉	陽平	合	十七姑			匣平合麻假二	胡瓜	匣合 1	黃外	來平合模遇一	落胡
6293	5 正		87	瑕	會	盧	曉	陽平	合	十七姑			匣平開麻假二	胡加	匣合 1	黃外	來平合模遇一	落胡
6294	5 正		88	鍜	會	盧	曉	陽平	合	十七姑			匣平開麻假二	胡加	匣合 1	黃外	來平合模遇一	落胡
6295	5 正		89	碬*	會	盧	曉	陽平	合	十七姑			匣平開麻假二	何加	匣合 1	黃外	來平合模遇一	落胡
6297	5 正		90	騢	會	盧	曉	陽平	合	十七姑			匣平開麻假二	胡加	匣合 1	黃外	來平合模遇一	落胡
6298	5 正		91	瘕	會	盧	曉	陽平	合	十七姑			見平開麻假二	古牙	匣合 1	黃外	來平合模遇一	落胡
6299	5 正		92	騢	會	盧	曉	陽平	合	十七姑			匣平開麻假二	胡加	匣合 1	黃外	來平合模遇一	落胡
6300	5 正		93	鰕	會	盧	曉	陽平	合	十七姑			匣平開麻假二	胡加	匣合 1	黃外	來平合模遇一	落胡
6301	5 正		94	蝦	會	盧	曉	陽平	合	十七姑			匣平開麻假二	胡加	匣合 1	黃外	來平合模遇一	落胡
6302	5 正		95	壺	會	盧	曉	陽平	合	十七姑			匣平合模遇一	戶吳	匣合 1	黃外	來平合模遇一	落胡
6303	5 正	15	96	辻	統	盧	透	陽平	合	十七姑			定平合模遇一	同都	透合 1	他綜	來平合模遇一	落胡
6304	5 正		97	**圖**	統	盧	透	陽平	合	十七姑			定平合模遇一	同都	透合 1	他綜	來平合模遇一	落胡
6305	5 正		98	瘏	統	盧	透	陽平	合	十七姑			定平合模遇一	同都	透合 1	他綜	來平合模遇一	落胡
6306	5 正		99	屠	統	盧	透	陽平	合	十七姑			定平合模遇一	同都	透合 1	他綜	來平合模遇一	落胡
6307	5 正		100	鄌	統	盧	透	陽平	合	十七姑			澄平開麻假二	宅加	透合 1	他綜	來平合模遇一	落胡
6309	5 正		101	捈	統	盧	透	陽平	合	十七姑			透平合模遇一	他胡	透合 1	他綜	來平合模遇一	落胡
6310	5 正		102	酴	統	盧	透	陽平	合	十七姑			定平合模遇一	同都	透合 1	他綜	來平合模遇一	落胡
6311	5 正		103	涂	統	盧	透	陽平	合	十七姑			定平合模遇一	同都	透合 1	他綜	來平合模遇一	落胡
6312	5 正		104	盦	統	盧	透	陽平	合	十七姑			定平合模遇一	同都	透合 1	他綜	來平合模遇一	落胡
6313	5 正		105	郚	統	盧	透	陽平	合	十七姑			定平合模遇一	同都	透合 1	他綜	來平合模遇一	落胡

韻字編號	部序	組數	字數	韻字及何氏反切			韻字何氏音				何萱注釋	備　注	韻字中古音		上字中古音		下字中古音	
				韻字	上字	下字	聲	調	呼	韻部			聲調呼韻攝等	反切	聲呼等	反切	聲調呼韻攝等	反切
6314	5 正		106	駼	統	盧	透	陽平	合	十七姑			定平合模遇一	同都	透合 1	他綜	來平合模遇一	落胡
6315	5 正		107	稌	統	盧	透	陽平	合	十七姑			定平合模遇一	同都	透合 1	他綜	來平合模遇一	落胡
6317	5 正		108	筡	統	盧	透	陽平	合	十七姑			定平合模遇一	同都	透合 1	他綜	來平合模遇一	落胡
6318	5 正		109	荼	統	盧	透	陽平	合	十七姑			定平合模遇一	同都	透合 1	他綜	來平合模遇一	落胡
6321	5 正	16	110	**奴**	煗	胡	乃	陽平	合	十七姑			泥平合模遇一	乃都	泥合 1	乃管	匣平合模遇一	戶吳
6322	5 正		111	怓	煗	胡	乃	陽平	合	十七姑			娘平開肴效二	女交	泥合 1	乃管	匣平合模遇一	戶吳
6323	5 正		112	呶	煗	胡	乃	陽平	合	十七姑			娘平開肴效二	女交	泥合 1	乃管	匣平合模遇一	戶吳
6324	5 正		113	拏	煗	胡	乃	陽平	合	十七姑			娘平開麻假二	女加	泥合 1	乃管	匣平合模遇一	戶吳
6325	5 正		114	帑	煗	胡	乃	陽平	合	十七姑	五部十部兩見此本音彼今音	缺 2 部音，增	泥平合模遇一	乃都	泥合 1	乃管	匣平合模遇一	戶吳
6327	5 正		115	砮	煗	胡	乃	陽平	合	十七姑			泥上合模遇一	奴古	泥合 1	乃管	匣平合模遇一	戶吳
6328	5 正	17	116	罏	磊	徒	賚	陽平	合	十七姑	鑪籚罏		來平合模遇一	落胡	來合 1	落猥	定平合模遇一	同都
6329	5 正		117	**盧**	磊	徒	賚	陽平	合	十七姑			來平合模遇一	落胡	來合 1	落猥	定平合模遇一	同都
6330	5 正		118	顱	磊	徒	賚	陽平	合	十七姑			來平合模遇一	落胡	來合 1	落猥	定平合模遇一	同都
6332	5 正		119	鬛	磊	徒	賚	陽平	合	十七姑			來平合模遇一	落胡	來合 1	落猥	定平合模遇一	同都
6333	5 正		120	攎	磊	徒	賚	陽平	合	十七姑			來平合模遇一	落胡	來合 1	落猥	定平合模遇一	同都
6334	5 正		121	黸	磊	徒	賚	陽平	合	十七姑			來平合模遇一	落胡	來合 1	落猥	定平合模遇一	同都
6335	5 正		122	纑	磊	徒	賚	陽平	合	十七姑			來平合模遇一	落胡	來合 1	落猥	定平合模遇一	同都
6336	5 正		123	壚	磊	徒	賚	陽平	合	十七姑			來平合模遇一	落胡	來合 1	落猥	定平合模遇一	同都
6337	5 正		124	鑪	磊	徒	賚	陽平	合	十七姑			來平合模遇一	落胡	來合 1	落猥	定平合模遇一	同都
6338	5 正		125	艫	磊	徒	賚	陽平	合	十七姑			來平合模遇一	落胡	來合 1	落猥	定平合模遇一	同都
6339	5 正		126	櫨	磊	徒	賚	陽平	合	十七姑			來平合模遇一	落胡	來合 1	落猥	定平合模遇一	同都
6340	5 正		127	籚	磊	徒	賚	陽平	合	十七姑			來平合模遇一	落胡	來合 1	落猥	定平合模遇一	同都
6341	5 正		128	蘆	磊	徒	賚	陽平	合	十七姑			來平合模遇一	落胡	來合 1	落猥	定平合模遇一	同都
6342	5 正		129	鱸*	磊	徒	賚	陽平	合	十七姑			來平合模遇一	龍都	來合 1	落猥	定平合模遇一	同都
6343	5 正	18	130	**柤**	狀	盧	助	陽平	合	十七姑			莊平開麻假二	側加	崇開 3	鋤亮	來平合模遇一	落胡
6344	5 正	19	131	徂	寸	盧	淨	陽平	合	十七姑			從平合模遇一	昨胡	清合 1	倉困	來平合模遇一	落胡

韻字編號	部序	組數	字數	韻字及何氏反切			韻字何氏音				何萱注釋	備　注	韻字中古音		上字中古音		下字中古音	
				韻字	上字	下字	聲	調	呼	韻部			聲調呼韻攝等	反切	聲呼等	反切	聲調呼韻攝等	反切
6346	5 正		132	**徂**	寸	盧	淨	陽平	合	十七姑			從平合模遇一	昨胡	清合 1	倉困	來平合模遇一	落胡
6347	5 正		133	殂	寸	盧	淨	陽平	合	十七姑			從平合模遇一	昨胡	清合 1	倉困	來平合模遇一	落胡
6348	5 正		134	虘	寸	盧	淨	陽平	合	十七姑	五部十七部兩見		從平合模遇一	昨胡	清合 1	倉困	來平合模遇一	落胡
6350	5 正		135	郿g*	寸	盧	淨	陽平	合	十七姑	五部十七部兩見		崇平開麻假二	鋤加	清合 1	倉困	來平合模遇一	落胡
6351	5 正	20	136	**吾**	我	盧	我	陽平	合	十七姑			疑平合模遇一	五乎	疑開 1	五可	來平合模遇一	落胡
6352	5 正		137	梧	我	盧	我	陽平	合	十七姑			疑平合模遇一	五乎	疑開 1	五可	來平合模遇一	落胡
6353	5 正		138	菩	我	盧	我	陽平	合	十七姑			疑平合模遇一	五乎	疑開 1	五可	來平合模遇一	落胡
6354	5 正		139	郚	我	盧	我	陽平	合	十七姑			疑平合模遇一	五乎	疑開 1	五可	來平合模遇一	落胡
6355	5 正		140	浯	我	盧	我	陽平	合	十七姑			疑平合模遇一	五乎	疑開 1	五可	來平合模遇一	落胡
6358	5 正		141	衙	我	盧	我	陽平	合	十七姑	平上兩讀義同		疑平開麻假二	五加	疑開 1	五可	來平合模遇一	落胡
6359	5 正		142	牙	我	盧	我	陽平	合	十七姑			疑平開麻假二	五加	疑開 1	五可	來平合模遇一	落胡
6360	5 正		143	芽	我	盧	我	陽平	合	十七姑			疑平開麻假二	五加	疑開 1	五可	來平合模遇一	落胡
6361	5 正		144	枒	我	盧	我	陽平	合	十七姑			疑平開麻假二	五加	疑開 1	五可	來平合模遇一	落胡
6363	5 正		145	吳	我	盧	我	陽平	合	十七姑			疑平合模遇一	五乎	疑開 1	五可	來平合模遇一	落胡
6364	5 正	21	146	酺	佩	徒	並	陽平	合	十七姑	平去二音		並平合模遇一	薄胡	並合 1	蒲昧	定平合模遇一	同都
6367	5 正		147	匍	佩	徒	並	陽平	合	十七姑			並平合模遇一	薄胡	並合 1	蒲昧	定平合模遇一	同都
6368	5 正		148	**蒲**	佩	徒	並	陽平	合	十七姑			並平合模遇一	薄胡	並合 1	蒲昧	定平合模遇一	同都
6370	5 正		149	杷	佩	徒	並	陽平	合	十七姑			並去開麻假二	白駕	並合 1	蒲昧	定平合模遇一	同都
6371	5 正	22	150	**謨**	漫	胡	命	陽平	合	十七姑			明平合模遇一	莫胡	明合 1	莫半	匣平合模遇一	戶吳
6373	5 正		151	摸	漫	胡	命	陽平	合	十七姑	平入二音，摹或作摸	集韻摹有去無入	明平合模遇一	莫胡	明合 1	莫半	匣平合模遇一	戶吳
6375	5 正		152	蟆	漫	胡	命	陽平	合	十七姑			明平開麻假二	莫霞	明合 1	莫半	匣平合模遇一	戶吳
6376	5 正		153	膴	漫	胡	命	陽平	合	十七姑			微平合虞遇三	武夫	明合 1	莫半	匣平合模遇一	戶吳
6378	5 正	23	154	車	眷	虛	見	陰平	撮	十八凥			見平合魚遇三	九魚	見合重 3	居倦	溪平合魚遇三	去魚
6380	5 正		155	凥*	眷	虛	見	陰平	撮	十八凥			見平合魚遇三	斤於	見合重 3	居倦	溪平合魚遇三	去魚
6382	5 正		156	**居**	眷	虛	見	陰平	撮	十八凥	平去兩讀		見平合魚遇三	九魚	見合重 3	居倦	溪平合魚遇三	去魚
6384	5 正		157	裾	眷	虛	見	陰平	撮	十八凥			見平合魚遇三	九魚	見合重 3	居倦	溪平合魚遇三	去魚
6385	5 正		158	据	眷	虛	見	陰平	撮	十八凥			見平合魚遇三	九魚	見合重 3	居倦	溪平合魚遇三	去魚

韻字編號	部序	組數	字數	韻字及何氏反切			韻字何氏音				何萱注釋	備注	韻字中古音		上字中古音		下字中古音	
				韻字	上字	下字	聲	調	呼	韻部			聲調呼韻攝等	反切	聲呼等	反切	聲調呼韻攝等	反切
6386	5 正		159	腒	眷	虛	見	陰平	撮	十八尻			見平合魚遇三	九魚	見合重 3	居倦	溪平合魚遇三	去魚
6388	5 正		160	琚	眷	虛	見	陰平	撮	十八尻			見平合魚遇三	九魚	見合重 3	居倦	溪平合魚遇三	去魚
6389	5 正		161	椐	眷	虛	見	陰平	撮	十八尻			見平合魚遇三	九魚	見合重 3	居倦	溪平合魚遇三	去魚
6392	5 正		162	涺	眷	虛	見	陰平	撮	十八尻			見平合魚遇三	九魚	見合重 3	居倦	溪平合魚遇三	去魚
6394	5 正		163	㝖	眷	虛	見	陰平	撮	十八尻			見平合虞遇三	舉朱	見合重 3	居倦	溪平合魚遇三	去魚
6395	5 正	24	164	𠙴*	郡	居	起	陰平	撮	十八尻	𠙴，或笑		溪平合魚遇三	丘於	群合 3	渠運	見平合魚遇三	九魚
6396	5 正		165	胠	郡	居	起	陰平	撮	十八尻			溪平合魚遇三	去魚	群合 3	渠運	見平合魚遇三	九魚
6398	5 正		166	**袪**	郡	居	起	陰平	撮	十八尻			溪平合魚遇三	去魚	群合 3	渠運	見平合魚遇三	九魚
6399	5 正		167	枯	郡	居	起	陰平	撮	十八尻			溪平合魚遇三	去魚	群合 3	渠運	見平合魚遇三	九魚
6400	5 正		168	阹	郡	居	起	陰平	撮	十八尻			溪平合魚遇三	去魚	群合 3	渠運	見平合魚遇三	九魚
6401	5 正		169	魼	郡	居	起	陰平	撮	十八尻			溪平合魚遇三	去魚	群合 3	渠運	見平合魚遇三	九魚
6402	5 正		170	虛	郡	居	起	陰平	撮	十八尻	兩見	與虛異讀	溪平合魚遇三	去魚	群合 3	渠運	見平合魚遇三	九魚
6406	5 正	25	171	**迂**	永	居	影	陰平	撮	十八尻			影平合虞遇三	憶俱	云合 3	于憬	見平合魚遇三	九魚
6407	5 正		172	紆	永	居	影	陰平	撮	十八尻			影平合虞遇三	憶俱	云合 3	于憬	見平合魚遇三	九魚
6408	5 正		173	於	永	居	影	陰平	撮	十八尻	重見	與烏異讀	影平合魚遇三	央居	云合 3	于憬	見平合魚遇三	九魚
6410	5 正	26	174	扜	訓	居	曉	陰平	撮	十八尻			曉平合虞遇三	況于	曉合 3	許運	見平合魚遇三	九魚
6412	5 正		175	**訏**	訓	居	曉	陰平	撮	十八尻			曉平合虞遇三	況于	曉合 3	許運	見平合魚遇三	九魚
6413	5 正		176	吁	訓	居	曉	陰平	撮	十八尻			曉平合虞遇三	況于	曉合 3	許運	見平合魚遇三	九魚
6415	5 正		177	忏	訓	居	曉	陰平	撮	十八尻			曉平合虞遇三	況于	曉合 3	許運	見平合魚遇三	九魚
6416	5 正		178	盱	訓	居	曉	陰平	撮	十八尻			曉平合虞遇三	況于	曉合 3	許運	見平合魚遇三	九魚
6417	5 正		179	邘	訓	居	曉	陰平	撮	十八尻			云平合虞遇三	羽俱	曉合 3	許運	見平合魚遇三	九魚
6418	5 正		180	虗	訓	居	曉	陰平	撮	十八尻	兩見引申義。本義讀起居切	與虛異讀	曉平合魚遇三	朽居	曉合 3	許運	見平合魚遇三	九魚
6419	5 正		181	噓	訓	居	曉	陰平	撮	十八尻			曉平合魚遇三	朽居	曉合 3	許運	見平合魚遇三	九魚
6421	5 正		182	歔	訓	居	曉	陰平	撮	十八尻			曉平合魚遇三	朽居	曉合 3	許運	見平合魚遇三	九魚
6422	5 正		183	魖	訓	居	曉	陰平	撮	十八尻			曉平合魚遇三	朽居	曉合 3	許運	見平合魚遇三	九魚
6423	5 正	27	184	**諸**	準	虛	照	陰平	撮	十八尻			章平合魚遇三	章魚	章合 3	之尹	溪平合魚遇三	去魚
6424	5 正		185	藷	準	虛	照	陰平	撮	十八尻			章平合魚遇三	章魚	章合 3	之尹	溪平合魚遇三	去魚

韻字編號	部序	組數	字數	韻字及何氏反切			韻字何氏音				何萱注釋	備　注	韻字中古音		上字中古音		下字中古音	
				韻字	上字	下字	聲	調	呼	韻部			聲調呼韻攝等	反切	聲呼等	反切	聲調呼韻攝等	反切
6426	5 正		186	豬	準	虛	照	陰平	撮	十八尻			知平合魚遇三	陟魚	章合 3	之尹	溪平合魚遇三	去魚
6427	5 正		187	菹	準	虛	照	陰平	撮	十八尻			莊平合魚遇三	側魚	章合 3	之尹	溪平合魚遇三	去魚
6428	5 正		188	蘁	準	虛	照	陰平	撮	十八尻	菹或蘁		莊平合魚遇三	側魚	章合 3	之尹	溪平合魚遇三	去魚
6429	5 正		189	遮	準	虛	照	陰平	撮	十八尻			章平開麻假三	正奢	章合 3	之尹	溪平合魚遇三	去魚
6430	5 正	28	190	**初**	蠢	居	助	陰平	撮	十八尻			初平合魚遇三	楚居	昌合 3	尺尹	見平合魚遇三	九魚
6431	5 正		191	樗*	蠢	居	助	陰平	撮	十八尻			徹平合魚遇三	抽居	昌合 3	尺尹	見平合魚遇三	九魚
6434	5 正	29	192	**書**	舜	居	審	陰平	撮	十八尻			書平合魚遇三	傷魚	書合 3	舒閏	見平合魚遇三	九魚
6435	5 正		193	賖	舜	居	審	陰平	撮	十八尻			書平開麻假三	詩車	書合 3	舒閏	見平合魚遇三	九魚
6436	5 正		194	紓	舜	居	審	陰平	撮	十八尻			書平合魚遇三	傷魚	書合 3	舒閏	見平合魚遇三	九魚
6438	5 正		195	舒	舜	居	審	陰平	撮	十八尻			書平合魚遇三	傷魚	書合 3	舒閏	見平合魚遇三	九魚
6439	5 正		196	鄃	舜	居	審	陰平	撮	十八尻			書平合魚遇三	傷魚	書合 3	舒閏	見平合魚遇三	九魚
6440	5 正		197	疋	舜	居	審	陰平	撮	十八尻			生平合魚遇三	所葅	書合 3	舒閏	見平合魚遇三	九魚
6443	5 正		198	鯱	舜	居	審	陰平	撮	十八尻			生平合魚遇三	所葅	書合 3	舒閏	見平合魚遇三	九魚
6444	5 正		199	延	舜	居	審	陰平	撮	十八尻			生平合魚遇三	所葅	書合 3	舒閏	見平合魚遇三	九魚
6445	5 正		200	疏	舜	居	審	陰平	撮	十八尻			生平合魚遇三	所葅	書合 3	舒閏	見平合魚遇三	九魚
6446	5 正	30	201	且	醉	虛	井	陰平	撮	十八尻	平上二音		精平合魚遇三	子魚	精合 3	將遂	溪平合魚遇三	去魚
6449	5 正		202	跙	醉	虛	井	陰平	撮	十八尻			精平合魚遇三	子魚	精合 3	將遂	溪平合魚遇三	去魚
6450	5 正		203	直	醉	虛	井	陰平	撮	十八尻			清去開支止三	七賜	精合 3	將遂	溪平合魚遇三	去魚
6451	5 正		204	**苴**	醉	虛	井	陰平	撮	十八尻			精平合魚遇三	子魚	精合 3	將遂	溪平合魚遇三	去魚
6453	5 正		205	罝	醉	虛	井	陰平	撮	十八尻			精平開麻假三	子邪	精合 3	將遂	溪平合魚遇三	去魚
6454	5 正		206	謯	醉	虛	井	陰平	撮	十八尻			精平開麻假三	子邪	精合 3	將遂	溪平合魚遇三	去魚
6455	5 正		207	濾	醉	虛	井	陰平	撮	十八尻			清平合魚遇三	七余	精合 3	將遂	溪平合魚遇三	去魚
6456	5 正		208	葅	醉	虛	井	陰平	撮	十八尻			精平合模遇一	則吾	精合 3	將遂	溪平合魚遇三	去魚
6458	5 正	31	209	疽	翠	居	淨	陰平	撮	十八尻			清平合魚遇三	七余	清合 3	七醉	見平合魚遇三	九魚
6459	5 正		210	伹	翠	居	淨	陰平	撮	十八尻			清平合魚遇三	七余	清合 3	七醉	見平合魚遇三	九魚
6460	5 正		211	**趄**	翠	居	淨	陰平	撮	十八尻			清平合魚遇三	七余	清合 3	七醉	見平合魚遇三	九魚
6461	5 正		212	狙	翠	居	淨	陰平	撮	十八尻			清平合魚遇三	七余	清合 3	七醉	見平合魚遇三	九魚

韻字編號	部序	組數	字數	韻字及何氏反切			韻字何氏音				何萱注釋	備　注	韻字中古音		上字中古音		下字中古音	
				韻字	上字	下字	聲	調	呼	韻部			聲調呼韻攝等	反切	聲呼等	反切	聲調呼韻攝等	反切
6463	5 正		213	鴡*	翠	居	淨	陰平	撮	十八尻			清平合魚遇三	千余	清合 3	七醉	見平合魚遇三	九魚
6464	5 正		214	胆	翠	居	淨	陰平	撮	十八尻			清平合魚遇三	七余	清合 3	七醉	見平合魚遇三	九魚
6466	5 正		215	坥	翠	居	淨	陰平	撮	十八尻			清平合魚遇三	七余	清合 3	七醉	見平合魚遇三	九魚
6468	5 正		216	岨	翠	居	淨	陰平	撮	十八尻			清平合魚遇三	七余	清合 3	七醉	見平合魚遇三	九魚
6469	5 正		217	沮	翠	居	淨	陰平	撮	十八尻			清平合魚遇三	七余	清合 3	七醉	見平合魚遇三	九魚
6470	5 正	32	218	**胥**	選	居	信	陰平	撮	十八尻			心平合魚遇三	相居	心合 3	蘇管	見平合魚遇三	九魚
6471	5 正		219	揟	選	居	信	陰平	撮	十八尻			心平合魚遇三	相居	心合 3	蘇管	見平合魚遇三	九魚
6472	5 正		220	鰖	選	居	信	陰平	撮	十八尻			心平合魚遇三	相居	心合 3	蘇管	見平合魚遇三	九魚
6473	5 正		221	蝑	選	居	信	陰平	撮	十八尻	平上二音		心平合魚遇三	相居	心合 3	蘇管	見平合魚遇三	九魚
6477	5 正		222	楈	選	居	信	陰平	撮	十八尻	五部八部兩見	缺 8 部，增	心平合魚遇三	相居	心合 3	蘇管	見平合魚遇三	九魚
6480	5 正	33	223	夫	粉	居	匪	陰平	撮	十八尻	兩見		非平合虞遇三	甫無	非合 3	方吻	見平合魚遇三	九魚
6481	5 正		224	袪	粉	居	匪	陰平	撮	十八尻			非平合虞遇三	甫無	非合 3	方吻	見平合魚遇三	九魚
6482	5 正		225	鈇	粉	居	匪	陰平	撮	十八尻			非平合虞遇三	甫無	非合 3	方吻	見平合魚遇三	九魚
6483	5 正		226	麩	粉	居	匪	陰平	撮	十八尻			敷平合虞遇三	芳無	非合 3	方吻	見平合魚遇三	九魚
6484	5 正		227	鈇	粉	居	匪	陰平	撮	十八尻			非平合虞遇三	甫無	非合 3	方吻	見平合魚遇三	九魚
6485	5 正		228	邞	粉	居	匪	陰平	撮	十八尻			非平合虞遇三	甫無	非合 3	方吻	見平合魚遇三	九魚
6486	5 正		229	鄜*	粉	居	匪	陰平	撮	十八尻			敷平合虞遇三	芳無	非合 3	方吻	見平合魚遇三	九魚
6487	5 正		230	豧	粉	居	匪	陰平	撮	十八尻			敷平合虞遇三	芳無	非合 3	方吻	見平合魚遇三	九魚
6489	5 正		231	尃	粉	居	匪	陰平	撮	十八尻			敷平合虞遇三	芳無	非合 3	方吻	見平合魚遇三	九魚
6490	5 正		232	**敷**	粉	居	匪	陰平	撮	十八尻		韻目作敷	敷平合虞遇三	芳無	非合 3	方吻	見平合魚遇三	九魚
6491	5 正		233	臚	粉	居	匪	陰平	撮	十八尻	兩見。臚字又戀餘切今音也	籀文膚，地位按膚	非平合虞遇三	甫無	非合 3	方吻	見平合魚遇三	九魚
6492	5 正	34	234	瞿	郡	餘	起	陽平	撮	十八尻	平去二音		群平合虞遇三	其俱	群合 3	渠運	以平合魚遇三	以諸
6494	5 正		235	躍	郡	餘	起	陽平	撮	十八尻			群平合虞遇三	其俱	群合 3	渠運	以平合魚遇三	以諸
6495	5 正		236	懼	郡	餘	起	陽平	撮	十八尻			群平合虞遇三	其俱	群合 3	渠運	以平合魚遇三	以諸
6496	5 正		237	趯	郡	餘	起	陽平	撮	十八尻			群平合虞遇三	其俱	群合 3	渠運	以平合魚遇三	以諸
6497	5 正		238	臞	郡	餘	起	陽平	撮	十八尻			群平合虞遇三	其俱	群合 3	渠運	以平合魚遇三	以諸
6499	5 正		239	衢	郡	餘	起	陽平	撮	十八尻			群平合虞遇三	其俱	群合 3	渠運	以平合魚遇三	以諸

韻字編號	部序	組數	字數	韻字及何氏反切			韻字何氏音				何萱注釋	備注	韻字中古音		上字中古音		下字中古音	
				韻字	上字	下字	聲	調	呼	韻部			聲調呼韻攝等	反切	聲呼等	反切	聲調呼韻攝等	反切
6500	5 正		240	灈	郡	餘	起	陽平	撮	十八尻			群平合虞遇三	其俱	群合 3	渠運	以平合魚遇三	以諸
6501	5 正		241	豦	郡	餘	起	陽平	撮	十八尻			群平合魚遇三	強魚	群合 3	渠運	以平合魚遇三	以諸
6502	5 正		242	蕖	郡	餘	起	陽平	撮	十八尻	平上二音		群平合魚遇三	強魚	群合 3	渠運	以平合魚遇三	以諸
6504	5 正		243	蘧	郡	餘	起	陽平	撮	十八尻			群平合魚遇三	強魚	群合 3	渠運	以平合魚遇三	以諸
6506	5 正		244	籧	郡	餘	起	陽平	撮	十八尻			群平合魚遇三	強魚	群合 3	渠運	以平合魚遇三	以諸
6507	5 正		245	瞿	郡	餘	起	陽平	撮	十八尻			群平合魚遇三	強魚	群合 3	渠運	以平合魚遇三	以諸
6508	5 正		246	**渠**	郡	餘	起	陽平	撮	十八尻			群平合魚遇三	強魚	群合 3	渠運	以平合魚遇三	以諸
6509	5 正		247	鰈	郡	餘	起	陽平	撮	十八尻			群平合魚遇三	強魚	群合 3	渠運	以平合魚遇三	以諸
6510	5 正	35	248	余	永	渠	影	陽平	撮	十八尻			以平合魚遇三	以諸	云合 3	于憬	群平合魚遇三	強魚
6512	5 正		249	黍*	永	渠	影	陽平	撮	十八尻			以平合魚遇三	羊諸	云合 3	于憬	群平合魚遇三	強魚
6513	5 正		250	**餘**	永	渠	影	陽平	撮	十八尻			以平合魚遇三	以諸	云合 3	于憬	群平合魚遇三	強魚
6514	5 正		251	畬	永	渠	影	陽平	撮	十八尻			以平合魚遇三	以諸	云合 3	于憬	群平合魚遇三	強魚
6515	5 正		252	伃	永	渠	影	陽平	撮	十八尻			以平合魚遇三	以諸	云合 3	于憬	群平合魚遇三	強魚
6516	5 正		253	舁	永	渠	影	陽平	撮	十八尻			以平合魚遇三	以諸	云合 3	于憬	群平合魚遇三	強魚
6517	5 正		254	輿	永	渠	影	陽平	撮	十八尻			以平合魚遇三	以諸	云合 3	于憬	群平合魚遇三	強魚
6519	5 正		255	歟	永	渠	影	陽平	撮	十八尻			以平合魚遇三	以諸	云合 3	于憬	群平合魚遇三	強魚
6522	5 正		256	嬩	永	渠	影	陽平	撮	十八尻			以平合魚遇三	以諸	云合 3	于憬	群平合魚遇三	強魚
6523	5 正		257	鸒	永	渠	影	陽平	撮	十八尻			以平合魚遇三	以諸	云合 3	于憬	群平合魚遇三	強魚
6525	5 正		258	旟	永	渠	影	陽平	撮	十八尻			以平合魚遇三	以諸	云合 3	于憬	群平合魚遇三	強魚
6526	5 正		259	澦	永	渠	影	陽平	撮	十八尻			以平合魚遇三	以諸	云合 3	于憬	群平合魚遇三	強魚
6527	5 正		260	于	永	渠	影	陽平	撮	十八尻	虧隸作於		云平合虞遇三	羽俱	云合 3	于憬	群平合魚遇三	強魚
6528	5 正		261	尪	永	渠	影	陽平	撮	十八尻			影平合虞遇三	憶俱	云合 3	于憬	群平合魚遇三	強魚
6529	5 正		262	袁*	永	渠	影	陽平	撮	十八尻			云平合虞遇三	雲俱	云合 3	于憬	群平合魚遇三	強魚
6530	5 正		263	玗	永	渠	影	陽平	撮	十八尻			云平合虞遇三	羽俱	云合 3	于憬	群平合魚遇三	強魚
6531	5 正		264	竽	永	渠	影	陽平	撮	十八尻			云平合虞遇三	羽俱	云合 3	于憬	群平合魚遇三	強魚
6532	5 正		265	盂	永	渠	影	陽平	撮	十八尻			云平合虞遇三	羽俱	云合 3	于憬	群平合魚遇三	強魚
6533	5 正		266	軒	永	渠	影	陽平	撮	十八尻			云平合虞遇三	羽俱	云合 3	于憬	群平合魚遇三	強魚

韻字編號	部序	組數	字數	韻字及何氏反切			韻字何氏音				何萱注釋	備注	韻字中古音		上字中古音		下字中古音	
				韻字	上字	下字	聲	調	呼	韻部			聲調呼韻攝等	反切	聲呼等	反切	聲調呼韻攝等	反切
6536	5 正		267	雩	永	渠	影	陽平	撮	十八尻			云平合虞遇三	羽俱	云合 3	于憬	群平合魚遇三	強魚
6537	5 正		268	謣	永	渠	影	陽平	撮	十八尻			云平合虞遇三	羽俱	云合 3	于憬	群平合魚遇三	強魚
6538	5 正		269	釾	永	渠	影	陽平	撮	十八尻			以平開麻假三	以遮	云合 3	于憬	群平合魚遇三	強魚
6540	5 正		270	邪	永	渠	影	陽平	撮	十八尻			以平開麻假三	以遮	云合 3	于憬	群平合魚遇三	強魚
6541	5 正		271	琊	永	渠	影	陽平	撮	十八尻			以平開麻假三	以遮	云合 3	于憬	群平合魚遇三	強魚
6542	5 正	36	272	絮	乃	餘	乃	陽平	撮	十八尻			娘上開麻假二	奴下	泥開 1	奴亥	以平合魚遇三	以諸
6543	5 正		273	袈	乃	餘	乃	陽平	撮	十八尻			娘平開麻假三	女加	泥開 1	奴亥	以平合魚遇三	以諸
6544	5 正		274	帤	乃	餘	乃	陽平	撮	十八尻			娘平合魚遇三	女余	泥開 1	奴亥	以平合魚遇三	以諸
6545	5 正		275	挐	乃	餘	乃	陽平	撮	十八尻			娘平合魚遇三	女余	泥開 1	奴亥	以平合魚遇三	以諸
6546	5 正	37	276	閭	戀	餘	賚	陽平	撮	十八尻			來平合魚遇三	力居	來合 3	力卷	以平合魚遇三	以諸
6547	5 正		277	廬	戀	餘	賚	陽平	撮	十八尻			來平合魚遇三	力居	來合 3	力卷	以平合魚遇三	以諸
6548	5 正		278	驢	戀	餘	賚	陽平	撮	十八尻			來平合魚遇三	力居	來合 3	力卷	以平合魚遇三	以諸
6549	5 正		279	臚	戀	餘	賚	陽平	撮	十八尻	重見。萱按臚膚本一字也，本義本音已見訪居切矣，後世分臚膚為二，臚乃讀力餘切，失古意矣。緣俗讀既久，姑重出於此俟達審定焉。…訪居切下詳之	訪居切，即粉居切	來平合魚遇三	力居	來合 3	力卷	以平合魚遇三	以諸
6550	5 正	38	280	除	蠢	餘	助	陽平	撮	十八尻			澄平合魚遇三	直魚	昌合 3	尺尹	以平合魚遇三	以諸
6552	5 正		281	蒢	蠢	餘	助	陽平	撮	十八尻			澄平合魚遇三	直魚	昌合 3	尺尹	以平合魚遇三	以諸
6553	5 正		282	篨	蠢	餘	助	陽平	撮	十八尻			澄平合魚遇三	直魚	昌合 3	尺尹	以平合魚遇三	以諸
6554	5 正		283	儲	蠢	餘	助	陽平	撮	十八尻			澄平合魚遇三	直魚	昌合 3	尺尹	以平合魚遇三	以諸
6556	5 正		284	藸	蠢	餘	助	陽平	撮	十八尻			澄平合魚遇三	直魚	昌合 3	尺尹	以平合魚遇三	以諸
6557	5 正		285	躇	蠢	餘	助	陽平	撮	十八尻			澄平開麻假二	宅加	昌合 3	尺尹	以平合魚遇三	以諸

韻字編號	部序	組數	字數	韻字及何氏反切			韻字何氏音				何萱注釋	備注	韻字中古音		上字中古音		下字中古音	
				韻字	上字	下字	聲	調	呼	韻部			聲調呼韻攝等	反切	聲呼等	反切	聲調呼韻攝等	反切
6558	5 正		286	鉏	蠢	餘	助	陽平	撮	十八尻			崇平合魚遇三	士魚	昌合 3	尺尹	以平合魚遇三	以諸
6559	5 正	39	287	**如**	輭	餘	耳	陽平	撮	十八尻		韻目上字作煗，誤	日平合魚遇三	人諸	日合 3	而兖	以平合魚遇三	以諸
6561	5 正		288	鄦	輭	餘	耳	陽平	撮	十八尻		韻目上字作煗，誤	日平合魚遇三	人諸	日合 3	而兖	以平合魚遇三	以諸
6562	5 正		289	翟	輭	餘	耳	陽平	撮	十八尻	翟或鴑或作翟	韻目上字作煗，誤	日平合魚遇三	人諸	日合 3	而兖	以平合魚遇三	以諸
6563	5 正	40	290	**狙**	翠	餘	淨	陽平	撮	十八尻			崇平合魚遇三	士魚	清合 3	七醉	以平合魚遇三	以諸
6564	5 正	41	291	娛	我	餘	我	陽平	撮	十八尻			疑去合模遇一	五故	疑開 1	五可	以平合魚遇三	以諸
6565	5 正		292	虞	我	餘	我	陽平	撮	十八尻			疑平合虞遇三	遇俱	疑開 1	五可	以平合魚遇三	以諸
6566	5 正		293	**魚**	我	餘	我	陽平	撮	十八尻			疑平合魚遇三	語居	疑開 1	五可	以平合魚遇三	以諸
6567	5 正		294	鱟	我	餘	我	陽平	撮	十八尻			疑平合魚遇三	語居	疑開 1	五可	以平合魚遇三	以諸
6568	5 正		295	漁	我	餘	我	陽平	撮	十八尻			疑平合魚遇三	語居	疑開 1	五可	以平合魚遇三	以諸
6569	5 正	42	296	**徐**	選	餘	信	陽平	撮	十八尻			邪平合魚遇三	似魚	心合 3	蘇管	以平合魚遇三	以諸
6570	5 正		297	徐	選	餘	信	陽平	撮	十八尻			邪平合魚遇三	似魚	心合 3	蘇管	以平合魚遇三	以諸
6572	5 正		298	斜	選	餘	信	陽平	撮	十八尻		釋義有誤	邪平開麻假三	似嗟	心合 3	蘇管	以平合魚遇三	以諸
6573	5 正		299	衺	選	餘	信	陽平	撮	十八尻			邪平開麻假三	似嗟	心合 3	蘇管	以平合魚遇三	以諸
6574	5 正	43	300	夫	粉	餘	匪	陽平	撮	十八尻	兩見此引申之義也		奉平合虞遇三	防無	非合 3	方吻	以平合魚遇三	以諸
6576	5 正		301	**扶**	粉	餘	匪	陽平	撮	十八尻			奉平合虞遇三	防無	非合 3	方吻	以平合魚遇三	以諸
6577	5 正		302	蚨	粉	餘	匪	陽平	撮	十八尻			奉平合虞遇三	防無	非合 3	方吻	以平合魚遇三	以諸
6578	5 正		303	枎	粉	餘	匪	陽平	撮	十八尻			奉平合虞遇三	防無	非合 3	方吻	以平合魚遇三	以諸
6579	5 正		304	榑	粉	餘	匪	陽平	撮	十八尻			奉平合虞遇三	防無	非合 3	方吻	以平合魚遇三	以諸
6580	5 正	44	305	母 g*	晚	餘	未	陽平	撮	十八尻			明平合模遇一	蒙晡	微合 3	無遠	以平合魚遇三	以諸
6581	5 正		306	**無**	晚	餘	未	陽平	撮	十八尻	橆隸變作無	與橆異讀	微平合虞遇三	武夫	微合 3	無遠	以平合魚遇三	以諸
6582	5 正		307	蕪	晚	餘	未	陽平	撮	十八尻			微平合虞遇三	武夫	微合 3	無遠	以平合魚遇三	以諸
6583	5 正		308	膴	晚	餘	未	陽平	撮	十八尻			微平合虞遇三	武夫	微合 3	無遠	以平合魚遇三	以諸

韻字編號	部序	組數	字數	韻字及何氏反切			韻字何氏音				何萱注釋	備注	韻字中古音		上字中古音		下字中古音	
				韻字	上字	下字	聲	調	呼	韻部			聲調呼韻攝等	反切	聲呼等	反切	聲調呼韻攝等	反切
6584	5 正		309	璑	晚	餘	未	陽平	撮	十八𡰪			微平合虞遇三	武夫	微合 3	無遠	以平合魚遇三	以諸
6585	5 正		310	巫	晚	餘	未	陽平	撮	十八𡰪			微平合虞遇三	武夫	微合 3	無遠	以平合魚遇三	以諸
6586	5 正		311	誣	晚	餘	未	陽平	撮	十八𡰪			微平合虞遇三	武夫	微合 3	無遠	以平合魚遇三	以諸
6588	5 正	45	312	瞽	廣	土	見	上	合	十七豉			見上合模遇一	公戶	見合 1	古晃	透上合模遇一	他魯
6589	5 正		313	**古**	廣	土	見	上	合	十七豉			見上合模遇一	公戶	見合 1	古晃	透上合模遇一	他魯
6590	5 正		314	詁	廣	土	見	上	合	十七豉			見上合模遇一	公戶	見合 1	古晃	透上合模遇一	他魯
6591	5 正		315	盬*	廣	土	見	上	合	十七豉			見上合模遇一	果五	見合 1	古晃	透上合模遇一	他魯
6593	5 正		316	鹽	廣	土	見	上	合	十七豉			見上合模遇一	公戶	見合 1	古晃	透上合模遇一	他魯
6594	5 正		317	罟	廣	土	見	上	合	十七豉			見上合模遇一	公戶	見合 1	古晃	透上合模遇一	他魯
6597	5 正		318	酤 g*	廣	土	見	上	合	十七豉	平上兩讀		見上合模遇一	果五	見合 1	古晃	透上合模遇一	他魯
6598	5 正		319	叚	廣	土	見	上	合	十七豉			見上開麻假二	古疋	見合 1	古晃	透上合模遇一	他魯
6599	5 正		320	假	廣	土	見	上	合	十七豉			見上開麻假二	古疋	見合 1	古晃	透上合模遇一	他魯
6602	5 正		321	假*	廣	土	見	上	合	十七豉			見上開麻假二	舉下	見合 1	古晃	透上合模遇一	他魯
6604	5 正		322	嘏	廣	土	見	上	合	十七豉			見上開麻假二	古疋	見合 1	古晃	透上合模遇一	他魯
6605	5 正		323	椵	廣	土	見	上	合	十七豉			見上開麻假二	古疋	見合 1	古晃	透上合模遇一	他魯
6607	5 正		324	賈	廣	土	見	上	合	十七豉			見上合模遇一	公戶	見合 1	古晃	透上合模遇一	他魯
6610	5 正		325	櫝	廣	土	見	上	合	十七豉			見上開麻假二	古疋	見合 1	古晃	透上合模遇一	他魯
6611	5 正		326	股	廣	土	見	上	合	十七豉			見上合模遇一	公戶	見合 1	古晃	透上合模遇一	他魯
6612	5 正		327	羖	廣	土	見	上	合	十七豉			見上合模遇一	公戶	見合 1	古晃	透上合模遇一	他魯
6613	5 正		328	罜	廣	土	見	上	合	十七豉			見上開麻假二	古疋	見合 1	古晃	透上合模遇一	他魯
6614	5 正		329	寡	廣	土	見	上	合	十七豉			見上合麻假二	古瓦	見合 1	古晃	透上合模遇一	他魯
6615	5 正		330	兕	廣	土	見	上	合	十七豉			見上合模遇一	公戶	見合 1	古晃	透上合模遇一	他魯
6616	5 正		331	蠱	廣	土	見	上	合	十七豉			見上合模遇一	公戶	見合 1	古晃	透上合模遇一	他魯
6617	5 正	46	332	**苦**	曠	古	起	上	合	十七豉			溪上合模遇一	康杜	溪合 1	苦謗	見上合模遇一	公戶
6620	5 正	47	333	**鄔**	腕	古	影	上	合	十七豉			影上合模遇一	安古	影合 1	烏貫	見上合模遇一	公戶
6621	5 正		334	隖	腕	古	影	上	合	十七豉			影上合模遇一	安古	影合 1	烏貫	見上合模遇一	公戶
6622	5 正		335	䧢	腕	古	影	上	合	十七豉			影上合模遇一	安古	影合 1	烏貫	見上合模遇一	公戶

韻字編號	部序	組數	字數	韻字及何氏反切：韻字	上字	下字	韻字何氏音：聲	調	呼	韻部	何萱注釋	備注	韻字中古音：聲調呼韻攝等	反切	上字中古音：聲呼等	反切	下字中古音：聲調呼韻攝等	反切
6623	5正		336	瑦	腕	古	影	上	合	十七鼓			影上合模遇一	安古	影合1	烏貫	見上合模遇一	公戶
6624	5正		337	誈	腕	古	影	上	合	十七鼓			影上合模遇一	安古	影合1	烏貫	見上合模遇一	公戶
6625	5正	48	338	戶	會	古	曉	上	合	十七鼓			匣上合模遇一	侯古	匣合1	黃外	見上合模遇一	公戶
6626	5正		339	扈	會	古	曉	上	合	十七鼓			匣上合模遇一	侯古	匣合1	黃外	見上合模遇一	公戶
6628	5正		340	扈	會	古	曉	上	合	十七鼓			匣上合模遇一	侯古	匣合1	黃外	見上合模遇一	公戶
6629	5正		341	鄠	會	古	曉	上	合	十七鼓			匣上合模遇一	侯古	匣合1	黃外	見上合模遇一	公戶
6630	5正		342	鄠	會	古	曉	上	合	十七鼓			曉上合模遇一	呼古	匣合1	黃外	見上合模遇一	公戶
6631	5正		343	鄠	會	古	曉	上	合	十七鼓			云上合虞遇三	王矩	匣合1	黃外	見上合模遇一	公戶
6632	5正		344	**虎**	會	古	曉	上	合	十七鼓			曉上合模遇一	呼古	匣合1	黃外	見上合模遇一	公戶
6633	5正		345	琥	會	古	曉	上	合	十七鼓			曉上合模遇一	呼古	匣合1	黃外	見上合模遇一	公戶
6634	5正		346	怙	會	古	曉	上	合	十七鼓			匣上合模遇一	侯古	匣合1	黃外	見上合模遇一	公戶
6635	5正		347	祜	會	古	曉	上	合	十七鼓			匣上合模遇一	侯古	匣合1	黃外	見上合模遇一	公戶
6637	5正		348	居	會	古	曉	上	合	十七鼓			匣上合模遇一	侯古	匣合1	黃外	見上合模遇一	公戶
6638	5正		349	岵	會	古	曉	上	合	十七鼓			匣上合模遇一	侯古	匣合1	黃外	見上合模遇一	公戶
6639	5正		350	楛	會	古	曉	上	合	十七鼓			匣上合模遇一	侯古	匣合1	黃外	見上合模遇一	公戶
6640	5正		351	汻	會	古	曉	上	合	十七鼓			曉上開唐宕一	呼朗	匣合1	黃外	見上合模遇一	公戶
6641	5正		352	丅 g*	會	古	曉	上	合	十七鼓	隸作下以動靜分二聲上靜去動	與下異讀	匣上開麻假二	亥雅	匣合1	黃外	見上合模遇一	公戶
6643	5正		353	苄	會	古	曉	上	合	十七鼓			匣上合模遇一	侯古	匣合1	黃外	見上合模遇一	公戶
6644	5正		354	夏	會	古	曉	上	合	十七鼓	又去聲		匣上開麻假二	胡雅	匣合1	黃外	見上合模遇一	公戶
6646	5正	49	355	睹	董	古	短	上	合	十七鼓			端上合模遇一	當古	端合1	多動	見上合模遇一	公戶
6647	5正		356	睹	董	古	短	上	合	十七鼓	亦讀去聲		端上合模遇一	當古	端合1	多動	見上合模遇一	公戶
6649	5正		357	**堵**	董	古	短	上	合	十七鼓			端上合模遇一	當古	端合1	多動	見上合模遇一	公戶
6650	5正		358	陼	董	古	短	上	合	十七鼓			章上合魚遇三	章與	端合1	多動	見上合模遇一	公戶
6651	5正	50	359	**土**	統	古	透	上	合	十七鼓			透上合模遇一	他魯	透合1	他綜	見上合模遇一	公戶
6653	5正		360	吐	統	古	透	上	合	十七鼓			透上合模遇一	他魯	透合1	他綜	見上合模遇一	公戶
6655	5正		361	杜	統	古	透	上	合	十七鼓			定上合模遇一	徒古	透合1	他綜	見上合模遇一	公戶

韻字編號	部序	組數	字數	韻字及何氏反切			韻字何氏音				何萱注釋	備　注	韻字中古音		上字中古音		下字中古音	
				韻字	上字	下字	聲	調	呼	韻部			聲調呼韻攝等	反切	聲呼等	反切	聲調呼韻攝等	反切
6656	5 正		362	癜	統	古	透	上	合	十七鼓			定上合模遇一	徒古	透合 1	他綜	見上合模遇一	公戶
6658	5 正		363	稌	統	古	透	上	合	十七鼓			透上合模遇一	他魯	透合 1	他綜	見上合模遇一	公戶
6659	5 正	51	364	**砮**	煗	古	乃	上	合	十七鼓			泥上合模遇一	奴古	泥合 1	乃管	見上合模遇一	公戶
6660	5 正	52	365	**魯**	磊	古	賚	上	合	十七鼓			來上合模遇一	郎古	來合 1	落猥	見上合模遇一	公戶
6661	5 正		366	櫓	磊	古	賚	上	合	十七鼓			來上合模遇一	郎古	來合 1	落猥	見上合模遇一	公戶
6662	5 正		367	蓾	磊	古	賚	上	合	十七鼓	蓾或作蓾		來上合模遇一	郎古	來合 1	落猥	見上合模遇一	公戶
6663	5 正		368	鹵	磊	古	賚	上	合	十七鼓			來上合模遇一	郎古	來合 1	落猥	見上合模遇一	公戶
6665	5 正		369	虜	磊	古	賚	上	合	十七鼓			來上合模遇一	郎古	來合 1	落猥	見上合模遇一	公戶
6666	5 正		370	廲	磊	古	賚	上	合	十七鼓			來上合模遇一	郎古	來合 1	落猥	見上合模遇一	公戶
6668	5 正		371	鐪	磊	古	賚	上	合	十七鼓			來上合模遇一	郎古	來合 1	落猥	見上合模遇一	公戶
6669	5 正		372	艣	磊	古	賚	上	合	十七鼓			來上合模遇一	郎古	來合 1	落猥	見上合模遇一	公戶
6670	5 正	53	373	**趚**	狀	古	助	上	合	十七鼓			徹入開陌梗二	丑格	崇開 3	鋤亮	見上合模遇一	公戶
6671	5 正	54	374	**社**	刷	古	審	上	合	十七鼓			禪上開麻假三	常者	生合 3	所劣	見上合模遇一	公戶
6672	5 正	55	375	**組**	纂	古	井	上	合	十七鼓			精上合模遇一	則古	精合 1	作管	見上合模遇一	公戶
6673	5 正		376	珇	纂	古	井	上	合	十七鼓			精上合模遇一	則古	精合 1	作管	見上合模遇一	公戶
6674	5 正		377	祖	纂	古	井	上	合	十七鼓			精上合模遇一	則古	精合 1	作管	見上合模遇一	公戶
6675	5 正		378	葅	纂	古	井	上	合	十七鼓			精上合模遇一	則古	精合 1	作管	見上合模遇一	公戶
6676	5 正	56	379	**粗**	寸	古	淨	上	合	十七鼓			從上合模遇一	徂古	清合 1	倉困	見上合模遇一	公戶
6680	5 正		380	牄	寸	古	淨	上	合	十七鼓	牄俗有牜倉。牜倉讀平聲	牄集韻有崇覺，仕角切一讀。此處用的牜倉廣韻音	從上合模遇一	徂古	清合 1	倉困	見上合模遇一	公戶
6681	5 正	57	381	五	我	古	我	上	合	十七鼓			疑上合模遇一	疑古	疑開 1	五可	見上合模遇一	公戶
6682	5 正		382	伍	我	古	我	上	合	十七鼓			疑上合模遇一	疑古	疑開 1	五可	見上合模遇一	公戶
6683	5 正		383	**午**	我	古	我	上	合	十七鼓			疑上合模遇一	疑古	疑開 1	五可	見上合模遇一	公戶
6684	5 正		384	雅	我	古	我	上	合	十七鼓	引申假借義。本義讀平聲		疑上開麻假二	五下	疑開 1	五可	見上合模遇一	公戶
6687	5 正		385	庌	我	古	我	上	合	十七鼓			疑上開麻假二	五下	疑開 1	五可	見上合模遇一	公戶

韻字編號	部序	組數	字數	韻字及何氏反切			韻字何氏音				何萱注釋	備　注	韻字中古音		上字中古音		下字中古音	
				韻字	上字	下字	聲	調	呼	韻部			聲調呼韻攝等	反切	聲呼等	反切	聲調呼韻攝等	反切
6688	5 正	58	386	**補**	貝	古	謗	上	合	十七鼓			幫上合模遇一	博古	幫開 1	博蓋	見上合模遇一	公戶
6689	5 正		387	圃	貝	古	謗	上	合	十七鼓			幫上合模遇一	博古	幫開 1	博蓋	見上合模遇一	公戶
6691	5 正		388	祀	貝	古	謗	上	合	十七鼓			禪平開宵效三	市昭	幫開 1	博蓋	見上合模遇一	公戶
6692	5 正		389	把	貝	古	謗	上	合	十七鼓			幫上開麻假二	博下	幫開 1	博蓋	見上合模遇一	公戶
6693	5 正	59	390	浦	佩	古	並	上	合	十七鼓			滂上合模遇一	滂古	並合 1	蒲昧	見上合模遇一	公戶
6694	5 正		391	溥	佩	古	並	上	合	十七鼓			滂上合模遇一	滂古	並合 1	蒲昧	見上合模遇一	公戶
6695	5 正		392	諳 g*	佩	古	並	上	合	十七鼓			滂上合模遇一	頗五	並合 1	蒲昧	見上合模遇一	公戶
6696	5 正		393	**普**	佩	古	並	上	合	十七鼓			滂上合模遇一	滂古	並合 1	蒲昧	見上合模遇一	公戶
6697	5 正		394	篰 g*	佩	古	並	上	合	十七鼓		原文缺，據何注增	並上開侯流一	薄口	並合 1	蒲昧	見上合模遇一	公戶
6698	5 正	60	395	**莫**	漫	古	命	上	合	十七鼓			明入開陌梗二	莫白	明合 1	莫半	見上合模遇一	公戶
6700	5 正		396	莽	漫	古	命	上	合	十七鼓			明上合模遇一	莫補	明合 1	莫半	見上合模遇一	公戶
6701	5 正		397	馬	漫	古	命	上	合	十七鼓			明上開麻假二	莫下	明合 1	莫半	見上合模遇一	公戶
6702	5 正	61	398	**舉**	眷	許	見	上	撮	十八舉			見上合魚遇三	居許	見合重 3	居倦	曉上合魚遇三	虛呂
6703	5 正		399	莒	眷	許	見	上	撮	十八舉			見上合魚遇三	居許	見合重 3	居倦	曉上合魚遇三	虛呂
6704	5 正		400	筥	眷	許	見	上	撮	十八舉			見上合魚遇三	居許	見合重 3	居倦	曉上合魚遇三	虛呂
6705	5 正		401	籧	眷	許	見	上	撮	十八舉			見上合魚遇三	居許	見合重 3	居倦	曉上合魚遇三	虛呂
6706	5 正		402	郰	眷	許	見	上	撮	十八舉			云上合虞遇三	王矩	見合重 3	居倦	曉上合魚遇三	虛呂
6707	5 正		403	榘	眷	許	見	上	撮	十八舉	兩見。詳起許切下	與巨異讀	見上合虞遇三	俱雨	見合重 3	居倦	曉上合魚遇三	虛呂
6708	5 正	62	404	**巨**	郡	許	起	上	撮	十八舉	巨或榘。榘兩見	與榘異讀	群上合魚遇三	其呂	群合 3	渠運	曉上合魚遇三	虛呂
6709	5 正		405	鉅	郡	許	起	上	撮	十八舉			群上合魚遇三	其呂	群合 3	渠運	曉上合魚遇三	虛呂
6710	5 正		406	岠	郡	許	起	上	撮	十八舉			群上合魚遇三	其呂	群合 3	渠運	曉上合魚遇三	虛呂
6711	5 正		407	距	郡	許	起	上	撮	十八舉			群上合魚遇三	其呂	群合 3	渠運	曉上合魚遇三	虛呂
6712	5 正		408	齟	郡	許	起	上	撮	十八舉			群上合魚遇三	其呂	群合 3	渠運	曉上合魚遇三	虛呂
6713	5 正		409	苣	郡	許	起	上	撮	十八舉			群上合魚遇三	其呂	群合 3	渠運	曉上合魚遇三	虛呂
6714	5 正		410	柜	郡	許	起	上	撮	十八舉			見上合魚遇三	居許	群合 3	渠運	曉上合魚遇三	虛呂

韻字編號	部序	組數	字數	韻字及何氏反切			韻字何氏音				何萱注釋	備注	韻字中古音		上字中古音		下字中古音	
				韻字	上字	下字	聲	調	呼	韻部			聲調呼韻攝等	反切	聲呼等	反切	聲調呼韻攝等	反切
6715	5正		411	⿱瞿食*	郡	許	起	上	撮	十八舉			群上合魚遇三	臼許	群合3	渠運	曉上合魚遇三	虛呂
6717	5正		412	踽	郡	許	起	上	撮	十八舉			溪上合虞遇三	驅雨	群合3	渠運	曉上合魚遇三	虛呂
6718	5正		413	⿰犭禹*	郡	許	起	上	撮	十八舉			溪上合虞遇三	顆羽	群合3	渠運	曉上合魚遇三	虛呂
6719	5正		414	⿱艹豦	郡	許	起	上	撮	十八舉	平上兩讀	表注：平上兩讀。正文無	群上合魚遇三	其呂	群合3	渠運	曉上合魚遇三	虛呂
6721	5正		415	鐻	郡	許	起	上	撮	十八舉			群上合魚遇三	其呂	群合3	渠運	曉上合魚遇三	虛呂
6723	5正	63	416	雨	永	許	影	上	撮	十八舉	上去兩音去聲引申義		云上合虞遇三	王矩	云合3	于憬	曉上合魚遇三	虛呂
6725	5正		417	与	永	許	影	上	撮	十八舉			以上合魚遇三	余呂	云合3	于憬	曉上合魚遇三	虛呂
6726	5正		418	與	永	許	影	上	撮	十八舉	上去二音。其讀平聲者歟之通借字也		以上合魚遇三	余呂	云合3	于憬	曉上合魚遇三	虛呂
6728	5正		419	⿺走與	永	許	影	上	撮	十八舉			以平合魚遇三	以諸	云合3	于憬	曉上合魚遇三	虛呂
6729	5正		420	禹	永	許	影	上	撮	十八舉			云上合虞遇三	王矩	云合3	于憬	曉上合魚遇三	虛呂
6730	5正		421	聥	永	許	影	上	撮	十八舉			云上合虞遇三	王矩	云合3	于憬	曉上合魚遇三	虛呂
6732	5正		422	瑀	永	許	影	上	撮	十八舉			云上合虞遇三	王矩	云合3	于憬	曉上合魚遇三	虛呂
6733	5正		423	楀	永	許	影	上	撮	十八舉			云上合虞遇三	王矩	云合3	于憬	曉上合魚遇三	虛呂
6735	5正		424	萭	永	許	影	上	撮	十八舉			云上合虞遇三	王矩	云合3	于憬	曉上合魚遇三	虛呂
6736	5正		425	宇	永	許	影	上	撮	十八舉			云上合虞遇三	王矩	云合3	于憬	曉上合魚遇三	虛呂
6737	5正		426	羽	永	許	影	上	撮	十八舉			云上合虞遇三	王矩	云合3	于憬	曉上合魚遇三	虛呂
6739	5正		427	⿱雨羽	永	許	影	上	撮	十八舉			云去合虞遇三	王遇	云合3	于憬	曉上合魚遇三	虛呂
6740	5正		428	⿰羽阝	永	許	影	上	撮	十八舉			云上合虞遇三	王矩	云合3	于憬	曉上合魚遇三	虛呂
6741	5正		429	予	永	許	影	上	撮	十八舉			以上合魚遇三	余呂	云合3	于憬	曉上合魚遇三	虛呂
6743	5正		430	野	永	許	影	上	撮	十八舉			以上開麻假三	羊者	云合3	于憬	曉上合魚遇三	虛呂
6744	5正		431	冶	永	許	影	上	撮	十八舉			以上開麻假三	羊者	云合3	于憬	曉上合魚遇三	虛呂
6745	5正	64	432	**許**	訓	舉	曉	上	撮	十八舉			曉上合魚遇三	虛呂	曉合3	許運	見上合魚遇三	居許
6746	5正		433	鄦	訓	舉	曉	上	撮	十八舉			曉上合魚遇三	虛呂	曉合3	許運	見上合魚遇三	居許

韻字編號	部序	組數	字數	韻字及何氏反切			韻字何氏音				何萱注釋	備注	韻字中古音		上字中古音		下字中古音	
				韻字	上字	下字	聲	調	呼	韻部			聲調呼韻攝等	反切	聲呼等	反切	聲調呼韻攝等	反切
6747	5 正		434	㥯	訓	舉	曉	上	撮	十八舉			以上合魚遇三	余呂	曉合 3	許運	見上合魚遇三	居許
6748	5 正		435	詡	訓	舉	曉	上	撮	十八舉			曉上合虞遇三	況羽	曉合 3	許運	見上合魚遇三	居許
6749	5 正		436	栩	訓	舉	曉	上	撮	十八舉			曉上合虞遇三	況羽	曉合 3	許運	見上合魚遇三	居許
6750	5 正		437	寫	訓	舉	曉	上	撮	十八舉			心上開麻假三	悉姐	曉合 3	許運	見上合魚遇三	居許
6751	5 正	65	438	**女**	乃	許	乃	上	撮	十八舉	上去二音，去聲引申義		娘上合魚遇三	尼呂	泥開 1	奴亥	曉上合魚遇三	虛呂
6753	5 正	66	439	**旅**	戀	舉	賚	上	撮	十八舉			來上合魚遇三	力舉	來合 3	力卷	見上合魚遇三	居許
6754	5 正		440	膂	戀	舉	賚	上	撮	十八舉	膂，呂古文		來上合魚遇三	力舉	來合 3	力卷	見上合魚遇三	居許
6755	5 正		441	梠	戀	舉	賚	上	撮	十八舉			來上合魚遇三	力舉	來合 3	力卷	見上合魚遇三	居許
6756	5 正	67	442	**俎**	準	許	照	上	撮	十八舉			莊上合魚遇三	側呂	章合 3	之尹	曉上合魚遇三	虛呂
6757	5 正		443	阻	準	許	照	上	撮	十八舉			莊上合魚遇三	側呂	章合 3	之尹	曉上合魚遇三	虛呂
6759	5 正		444	貯	準	許	照	上	撮	十八舉			澄上合魚遇三	直呂	章合 3	之尹	曉上合魚遇三	虛呂
6761	5 正		445	羜	準	許	照	上	撮	十八舉			澄上合魚遇三	直呂	章合 3	之尹	曉上合魚遇三	虛呂
6762	5 正		446	者	準	許	照	上	撮	十八舉			章上開麻假三	章也	章合 3	之尹	曉上合魚遇三	虛呂
6763	5 正		447	赭	準	許	照	上	撮	十八舉			章上開麻假三	章也	章合 3	之尹	曉上合魚遇三	虛呂
6764	5 正		448	渚	準	許	照	上	撮	十八舉			章上合魚遇三	章與	章合 3	之尹	曉上合魚遇三	虛呂
6765	5 正		449	鬻	準	許	照	上	撮	十八舉			章上合魚遇三	章與	章合 3	之尹	曉上合魚遇三	虛呂
6766	5 正	68	450	処	蠢	許	助	上	撮	十八舉			昌上合魚遇三	昌與	昌合 3	尺尹	曉上合魚遇三	虛呂
6768	5 正		451	宁	蠢	許	助	上	撮	十八舉			澄上合魚遇三	直呂	昌合 3	尺尹	曉上合魚遇三	虛呂
6769	5 正		452	貯	蠢	許	助	上	撮	十八舉			端上合魚遇三	丁呂	昌合 3	尺尹	曉上合魚遇三	虛呂
6770	5 正		453	紵	蠢	許	助	上	撮	十八舉			澄上合魚遇三	直呂	昌合 3	尺尹	曉上合魚遇三	虛呂
6771	5 正		454	宔*	蠢	許	助	上	撮	十八舉			澄上合魚遇三	丈呂	昌合 3	尺尹	曉上合魚遇三	虛呂
6772	5 正		455	䀝*	蠢	許	助	上	撮	十八舉			澄上合魚遇三	丈呂	昌合 3	尺尹	曉上合魚遇三	虛呂
6774	5 正		456	楮	蠢	許	助	上	撮	十八舉			徹上合魚遇三	丑呂	昌合 3	尺尹	曉上合魚遇三	虛呂
6775	5 正		457	褚	蠢	許	助	上	撮	十八舉			徹上合魚遇三	丑呂	昌合 3	尺尹	曉上合魚遇三	虛呂
6776	5 正		458	芧	蠢	許	助	上	撮	十八舉			澄上合魚遇三	直呂	昌合 3	尺尹	曉上合魚遇三	虛呂
6777	5 正		459	杼	蠢	許	助	上	撮	十八舉			澄上合魚遇三	直呂	昌合 3	尺尹	曉上合魚遇三	虛呂

韻字編號	部序	組數	字數	韻字及何氏反切			韻字何氏音				何萱注釋	備注	韻字中古音		上字中古音		下字中古音	
				韻字	上字	下字	聲	調	呼	韻部			聲調呼韻攝等	反切	聲呼等	反切	聲調呼韻攝等	反切
6779	5 正		460	抒	蠢	許	助	上	撮	十八舉			船上合魚遇三	神與	昌合 3	尺尹	曉上合魚遇三	虛呂
6780	5 正		461	杵	蠢	許	助	上	撮	十八舉			昌上合魚遇三	昌與	昌合 3	尺尹	曉上合魚遇三	虛呂
6781	5 正		462	齟	蠢	許	助	上	撮	十八舉			莊平合魚遇三	側魚	昌合 3	尺尹	曉上合魚遇三	虛呂
6784	5 正		463	齇	蠢	許	助	上	撮	十八舉			初上合魚遇三	創舉	昌合 3	尺尹	曉上合魚遇三	虛呂
6785	5 正		464	楚	蠢	許	助	上	撮	十八舉			初上合魚遇三	創舉	昌合 3	尺尹	曉上合魚遇三	虛呂
6787	5 正		465	齭	蠢	許	助	上	撮	十八舉			初上合魚遇三	創舉	昌合 3	尺尹	曉上合魚遇三	虛呂
6789	5 正	69	466	汝	輭	許	耳	上	撮	十八舉			日上合魚遇三	人渚	日合 3	而兖	曉上合魚遇三	虛呂
6790	5 正	70	467	暑	舜	舉	審	上	撮	十八舉			書上合魚遇三	舒呂	書合 3	舒閏	見上合魚遇三	居許
6791	5 正		468	黍	舜	舉	審	上	撮	十八舉			書上合魚遇三	舒呂	書合 3	舒閏	見上合魚遇三	居許
6792	5 正		469	柔*	舜	舉	審	上	撮	十八舉		木名栩也或作柔。另一讀聲母為澄	邪上合魚遇三	象呂	書合 3	舒閏	見上合魚遇三	居許
6794	5 正		470	疋	舜	舉	審	上	撮	十八舉			生上合魚遇三	疎舉	書合 3	舒閏	見上合魚遇三	居許
6795	5 正		471	鼠	舜	舉	審	上	撮	十八舉			書上合魚遇三	舒呂	書合 3	舒閏	見上合魚遇三	居許
6796	5 正		472	所	舜	舉	審	上	撮	十八舉			生上合魚遇三	疎舉	書合 3	舒閏	見上合魚遇三	居許
6797	5 正		473	捨	舜	舉	審	上	撮	十八舉			書上開麻假三	書冶	書合 3	舒閏	見上合魚遇三	居許
6798	5 正	71	474	姐	醉	許	井	上	撮	十八舉			精上開麻假三	茲野	精合 3	將遂	曉上合魚遇三	虛呂
6800	5 正	72	475	且	翠	許	淨	上	撮	十八舉	平上二音		清上開麻假三	七也	清合 3	七醉	曉上合魚遇三	虛呂
6801	5 正		476	咀	翠	許	淨	上	撮	十八舉			從上合魚遇三	慈呂	清合 3	七醉	曉上合魚遇三	虛呂
6802	5 正		477	租	翠	許	淨	上	撮	十八舉			從上合魚遇三	慈呂	清合 3	七醉	曉上合魚遇三	虛呂
6803	5 正	73	478	禦	我	許	我	上	撮	十八舉			疑上合魚遇三	魚巨	疑開 1	五可	曉上合魚遇三	虛呂
6804	5 正		479	籞	我	許	我	上	撮	十八舉			疑上合魚遇三	魚巨	疑開 1	五可	曉上合魚遇三	虛呂
6805	5 正		480	鋤	我	許	我	上	撮	十八舉			疑上合魚遇三	魚巨	疑開 1	五可	曉上合魚遇三	虛呂
6806	5 正		481	齬	我	許	我	上	撮	十八舉			疑上合魚遇三	魚巨	疑開 1	五可	曉上合魚遇三	虛呂
6809	5 正		482	語	我	許	我	上	撮	十八舉	上去兩讀	表注:上去兩讀，正文無。缺去聲。增	疑上合魚遇三	魚巨	疑開 1	五可	曉上合魚遇三	虛呂

韻字編號	部序	組數	字數	韻字及何氏反切			韻字何氏音				何萱注釋	備注	韻字中古音		上字中古音		下字中古音	
				韻字	上字	下字	聲	調	呼	韻部			聲調呼韻攝等	反切	聲呼等	反切	聲調呼韻攝等	反切
6811	5 正		483	敔	我	許	我	上	撮	十八舉			疑上合魚遇三	魚巨	疑開 1	五可	曉上合魚遇三	虛呂
6812	5 正		484	衙	我	許	我	上	撮	十八舉	平上兩讀義同		疑上合魚遇三	魚巨	疑開 1	五可	曉上合魚遇三	虛呂
6814	5 正		485	圄	我	許	我	上	撮	十八舉			疑上合魚遇三	魚巨	疑開 1	五可	曉上合魚遇三	虛呂
6815	5 正		486	圉	我	許	我	上	撮	十八舉	圉今隸作圉		疑上合魚遇三	魚巨	疑開 1	五可	曉上合魚遇三	虛呂
6816	5 正		487	俁	我	許	我	上	撮	十八舉			疑上合虞遇三	虞矩	疑開 1	五可	曉上合魚遇三	虛呂
6817	5 正		488	噳	我	許	我	上	撮	十八舉			疑上合虞遇三	虞矩	疑開 1	五可	曉上合魚遇三	虛呂
6818	5 正	74	489	緒	選	舉	信	上	撮	十八舉			邪上合魚遇三	徐呂	心合 3	蘇管	見上合魚遇三	居許
6819	5 正		490	敘	選	舉	信	上	撮	十八舉			邪上合魚遇三	徐呂	心合 3	蘇管	見上合魚遇三	居許
6820	5 正		491	序	選	舉	信	上	撮	十八舉			邪上合魚遇三	徐呂	心合 3	蘇管	見上合魚遇三	居許
6821	5 正		492	房	選	舉	信	上	撮	十八舉			邪上合魚遇三	徐呂	心合 3	蘇管	見上合魚遇三	居許
6824	5 正		493	鱮	選	舉	信	上	撮	十八舉			邪上合魚遇三	徐呂	心合 3	蘇管	見上合魚遇三	居許
6826	5 正		494	諝	選	舉	信	上	撮	十八舉			心上合魚遇三	私呂	心合 3	蘇管	見上合魚遇三	居許
6828	5 正		495	惰	選	舉	信	上	撮	十八舉			心上合魚遇三	私呂	心合 3	蘇管	見上合魚遇三	居許
6830	5 正		496	糈	選	舉	信	上	撮	十八舉			心上合魚遇三	私呂	心合 3	蘇管	見上合魚遇三	居許
6831	5 正		497	稰	選	舉	信	上	撮	十八舉			心上合魚遇三	私呂	心合 3	蘇管	見上合魚遇三	居許
6833	5 正		498	湑	選	舉	信	上	撮	十八舉			心上合魚遇三	私呂	心合 3	蘇管	見上合魚遇三	居許
6836	5 正		499	蝑 g*	選	舉	信	上	撮	十八舉	平上兩讀義同		心上合魚遇三	寫與	心合 3	蘇管	見上合魚遇三	居許
6838	5 正	75	500	父	粉	舉	匪	上	撮	十八舉			奉上合虞遇三	扶雨	非合 3	方吻	見上合魚遇三	居許
6839	5 正		501	斧	粉	舉	匪	上	撮	十八舉			非上合虞遇三	方矩	非合 3	方吻	見上合魚遇三	居許
6840	5 正		502	甫	粉	舉	匪	上	撮	十八舉			非上合虞遇三	方矩	非合 3	方吻	見上合魚遇三	居許
6841	5 正		503	鬴	粉	舉	匪	上	撮	十八舉			奉上合虞遇三	扶雨	非合 3	方吻	見上合魚遇三	居許
6842	5 正		504	俌	粉	舉	匪	上	撮	十八舉			非上合虞遇三	方矩	非合 3	方吻	見上合魚遇三	居許
6844	5 正		505	輔	粉	舉	匪	上	撮	十八舉			奉上合虞遇三	扶雨	非合 3	方吻	見上合魚遇三	居許
6845	5 正		506	鬴	粉	舉	匪	上	撮	十八舉			奉上合虞遇三	扶雨	非合 3	方吻	見上合魚遇三	居許
6846	5 正		507	黼	粉	舉	匪	上	撮	十八舉			非上合虞遇三	方矩	非合 3	方吻	見上合魚遇三	居許
6847	5 正		508	輔	粉	舉	匪	上	撮	十八舉			奉上合虞遇三	扶雨	非合 3	方吻	見上合魚遇三	居許
6848	5 正		509	郙	粉	舉	匪	上	撮	十八舉			非上合虞遇三	方矩	非合 3	方吻	見上合魚遇三	居許

韻字編號	部序	組數	字數	韻字及何氏反切			韻字何氏音				何萱注釋	備注	韻字中古音		上字中古音		下字中古音	
				韻字	上字	下字	聲	調	呼	韻部			聲調呼韻攝等	反切	聲呼等	反切	聲調呼韻攝等	反切
6849	5 正		510	莆	粉	舉	匪	上	撮	十八舉			非上合虞遇三	方矩	非合 3	方吻	見上合魚遇三	居許
6850	5 正		511	脯	粉	舉	匪	上	撮	十八舉			非上合虞遇三	方矩	非合 3	方吻	見上合魚遇三	居許
6851	5 正		512	簠	粉	舉	匪	上	撮	十八舉			非上合虞遇三	方矩	非合 3	方吻	見上合魚遇三	居許
6854	5 正		513	撫	粉	舉	匪	上	撮	十八舉			敷上合虞遇三	芳武	非合 3	方吻	見上合魚遇三	居許
6856	5 正	76	514	霖	晚	舉	未	上	撮	十八舉	霖隸變為無。無又借為平聲見霖字下	與無異讀	微上合虞遇三	文甫	微合 3	無遠	見上合魚遇三	居許
6857	5 正		515	潕	晚	舉	未	上	撮	十八舉			微上合虞遇三	文甫	微合 3	無遠	見上合魚遇三	居許
6858	5 正		516	憮	晚	舉	未	上	撮	十八舉			微上合虞遇三	文甫	微合 3	無遠	見上合魚遇三	居許
6859	5 正		517	嫵	晚	舉	未	上	撮	十八舉			微上合虞遇三	文甫	微合 3	無遠	見上合魚遇三	居許
6860	5 正		518	廡	晚	舉	未	上	撮	十八舉			微上合虞遇三	文甫	微合 3	無遠	見上合魚遇三	居許
6861	5 正		519	**舞**	晚	舉	未	上	撮	十八舉			微上合虞遇三	文甫	微合 3	無遠	見上合魚遇三	居許
6862	5 正		520	羄	晚	舉	未	上	撮	十八舉			微上合虞遇三	文甫	微合 3	無遠	見上合魚遇三	居許
6863	5 正		521	武	晚	舉	未	上	撮	十八舉			微上合虞遇三	文甫	微合 3	無遠	見上合魚遇三	居許
6864	5 正	77	522	顧	廣	路	見	去	合	十七顧			見去合模遇一	古暮	見合 1	古晃	來去合模遇一	洛故
6865	5 正		523	**故**	廣	路	見	去	合	十七顧			見去合模遇一	古暮	見合 1	古晃	來去合模遇一	洛故
6866	5 正		524	固	廣	路	見	去	合	十七顧			見去合模遇一	古暮	見合 1	古晃	來去合模遇一	洛故
6867	5 正		525	錮	廣	路	見	去	合	十七顧			見去合模遇一	古暮	見合 1	古晃	來去合模遇一	洛故
6868	5 正		526	痼	廣	路	見	去	合	十七顧			見去合模遇一	古暮	見合 1	古晃	來去合模遇一	洛故
6869	5 正		527	棝	廣	路	見	去	合	十七顧			見去合模遇一	古暮	見合 1	古晃	來去合模遇一	洛故
6870	5 正		528	蓾*	廣	路	見	去	合	十七顧			見去合模遇一	古慕	見合 1	古晃	來去合模遇一	洛故
6871	5 正		529	箇	廣	路	見	去	合	十七顧			見去開歌果一	古賀	見合 1	古晃	來去合模遇一	洛故
6872	5 正		530	嫁	廣	路	見	去	合	十七顧			見去開麻假二	古訝	見合 1	古晃	來去合模遇一	洛故
6873	5 正		531	幏	廣	路	見	去	合	十七顧			見去開麻假二	古訝	見合 1	古晃	來去合模遇一	洛故
6875	5 正		532	稼	廣	路	見	去	合	十七顧			見去開麻假二	古訝	見合 1	古晃	來去合模遇一	洛故
6876	5 正	78	533	**庫**	曠	固	起	去	合	十七顧			溪去合模遇一	苦故	溪合 1	苦謗	見去合模遇一	古暮
6877	5 正		534	絝	曠	固	起	去	合	十七顧			溪去合模遇一	苦故	溪合 1	苦謗	見去合模遇一	古暮

韻字編號	部序	組數	字數	韻字及何氏反切			韻字何氏音				何萱注釋	備注	韻字中古音		上字中古音		下字中古音	
				韻字	上字	下字	聲	調	呼	韻部			聲調呼韻攝等	反切	聲呼等	反切	聲調呼韻攝等	反切
6878	5 正		535	胯	曠	固	起	去	合	十七顧			溪去合模遇一	苦故	溪合 1	苦謗	見去合模遇一	古暮
6881	5 正		536	跨	曠	固	起	去	合	十七顧			溪去合模遇一	苦故	溪合 1	苦謗	見去合模遇一	古暮
6884	5 正		537	跨*	曠	固	起	去	合	十七顧			溪去合麻假二	枯化	溪合 1	苦謗	見去合模遇一	古暮
6885	5 正		538	跍	曠	固	起	去	合	十七顧			溪去合模遇一	苦故	溪合 1	苦謗	見去合模遇一	古暮
6886	5 正		539	鑋	曠	固	起	去	合	十七顧	又見三部入聲。許音庫，合音也，今音空穀切，依殼聲也	解釋基本相同，此處多了“讀若庫”。據此，此處取庫廣韻音。是存古	溪去合模遇一	苦故	溪合 1	苦謗	見去合模遇一	古暮
6887	5 正	79	540	亞	腕	固	影	去	合	十七顧			影去開麻假二	衣嫁	影合 1	烏貫	見去合模遇一	古暮
6888	5 正		541	惡	腕	固	影	去	合	十七顧	注在入聲此字從俗去入兩讀未為不可。然聲雖異義則通也。讀平者烏之借也		影去合模遇一	烏路	影合 1	烏貫	見去合模遇一	古暮
6890	5 正	80	542	笠	會	固	曉	去	合	十七顧			匣去合模遇一	胡誤	匣合 1	黃外	見去合模遇一	古暮
6891	5 正		543	互	會	固	曉	去	合	十七顧			匣去合模遇一	胡誤	匣合 1	黃外	見去合模遇一	古暮
6892	5 正		544	枑	會	固	曉	去	合	十七顧			匣去合模遇一	胡誤	匣合 1	黃外	見去合模遇一	古暮
6893	5 正		545	罟	會	固	曉	去	合	十七顧			匣去合模遇一	胡誤	匣合 1	黃外	見去合模遇一	古暮
6894	5 正		546	護	會	固	曉	去	合	十七顧			匣去合模遇一	胡誤	匣合 1	黃外	見去合模遇一	古暮
6895	5 正		547	鳠	會	固	曉	去	合	十七顧			匣去合模遇一	胡誤	匣合 1	黃外	見去合模遇一	古暮
6898	5 正		548	槴	會	固	曉	去	合	十七顧			徹平合魚遇三	丑居	匣合 1	黃外	見去合模遇一	古暮
6899	5 正		549	罅	會	固	曉	去	合	十七顧			曉去開麻假二	呼訝	匣合 1	黃外	見去合模遇一	古暮
6900	5 正		550	墉	會	固	曉	去	合	十七顧			曉去開麻假二	呼訝	匣合 1	黃外	見去合模遇一	古暮
6901	5 正		551	謼	會	固	曉	去	合	十七顧			曉平合模遇一	荒烏	匣合 1	黃外	見去合模遇一	古暮
6902	5 正		552	唬	會	固	曉	去	合	十七顧			曉去開麻假二	呼訝	匣合 1	黃外	見去合模遇一	古暮
6903	5 正		553	瓠	會	固	曉	去	合	十七顧			匣去合模遇一	胡誤	匣合 1	黃外	見去合模遇一	古暮
6905	5 正		554	婟	會	固	曉	去	合	十七顧			匣去合模遇一	胡誤	匣合 1	黃外	見去合模遇一	古暮

韻字編號	部序	組數	字數	韻字及何氏反切			韻字何氏音				何萱注釋	備注	韻字中古音		上字中古音		下字中古音	
				韻字	上字	下字	聲	調	呼	韻部			聲調呼韻攝等	反切	聲呼等	反切	聲調呼韻攝等	反切
6906	5 正		555	崋	會	固	曉	去	合	十七顧			匣去合麻假二	胡化	匣合 1	黃外	見去合模遇一	古暮
6908	5 正		556	雨*	會	固	曉	去	合	十七顧			曉上開麻假二	許下	匣合 1	黃外	見去合模遇一	古暮
6909	5 正		557	罶	會	固	曉	去	合	十七顧			影去開麻假二	衣嫁	匣合 1	黃外	見去合模遇一	古暮
6910	5 正		558	暇	會	固	曉	去	合	十七顧			匣去開麻假二	胡駕	匣合 1	黃外	見去合模遇一	古暮
6911	5 正		559	下	會	固	曉	去	合	十七顧	又上聲。上靜去動，姑從俗分	與丁異讀	匣去開麻假二	胡駕	匣合 1	黃外	見去合模遇一	古暮
6913	5 正		560	夏	會	固	曉	去	合	十七顧	上去二音。萱按惟春夏讀去聲，餘俱上聲。此姑從俗分也。古音只當一讀耳		匣去開麻假二	胡駕	匣合 1	黃外	見去合模遇一	古暮
6915	5 正	81	561	**妬**	董	固	短	去	合	十七顧			端去合模遇一	當故	端合 1	多動	見去合模遇一	古暮
6916	5 正		562	蠹	董	固	短	去	合	十七顧			端去合模遇一	當故	端合 1	多動	見去合模遇一	古暮
6917	5 正		563	殬	董	固	短	去	合	十七顧			端去合模遇一	當故	端合 1	多動	見去合模遇一	古暮
6918	5 正		564	妒	董	固	短	去	合	十七顧			端去合模遇一	當故	端合 1	多動	見去合模遇一	古暮
6920	5 正		565	詎	董	固	短	去	合	十七顧			端去合模遇一	當故	端合 1	多動	見去合模遇一	古暮
6922	5 正		566	秅	董	固	短	去	合	十七顧			端去合模遇一	當故	端合 1	多動	見去合模遇一	古暮
6924	5 正		567	秺	董	固	短	去	合	十七顧	正文增		端去合模遇一	當故	端合 1	多動	見去合模遇一	古暮
6925	5 正	82	568	度	統	固	透	去	合	十七顧	去入二音去靜入動古當只讀去聲今姑從俗分載		定去合模遇一	徒故	透合 1	他綜	見去合模遇一	古暮
6927	5 正		569	**渡**	統	固	透	去	合	十七顧			定去合模遇一	徒故	透合 1	他綜	見去合模遇一	古暮
6928	5 正		570	兔	統	固	透	去	合	十七顧			透去合模遇一	湯故	透合 1	他綜	見去合模遇一	古暮
6930	5 正	83	571	**怒**	煖	固	乃	去	合	十七顧			泥去合模遇一	乃故	泥合 1	乃管	見去合模遇一	古暮
6932	5 正		572	笯	煖	固	乃	去	合	十七顧			泥去合模遇一	乃故	泥合 1	乃管	見去合模遇一	古暮
6933	5 正	84	573	**路**	磊	固	賚	去	合	十七顧			來去合模遇一	洛故	來合 1	落猥	見去合模遇一	古暮
6934	5 正		574	露	磊	固	賚	去	合	十七顧			來去合模遇一	洛故	來合 1	落猥	見去合模遇一	古暮
6935	5 正		575	潞	磊	固	賚	去	合	十七顧			來去合模遇一	洛故	來合 1	落猥	見去合模遇一	古暮

韻字編號	部序	組數	字數	韻字及何氏反切			韻字何氏音				何萱注釋	備注	韻字中古音		上字中古音		下字中古音	
				韻字	上字	下字	聲	調	呼	韻部			聲調呼韻攝等	反切	聲呼等	反切	聲調呼韻攝等	反切
6936	5 正		576	璐	磊	固	賚	去	合	十七顧			來去合模遇一	洛故	來合 1	落猥	見去合模遇一	古暮
6937	5 正		577	鷺	磊	固	賚	去	合	十七顧			來去合模遇一	洛故	來合 1	落猥	見去合模遇一	古暮
6938	5 正		578	簬	磊	固	賚	去	合	十七顧			來去合模遇一	洛故	來合 1	落猥	見去合模遇一	古暮
6939	5 正		579	賂	磊	固	賚	去	合	十七顧			來去合模遇一	洛故	來合 1	落猥	見去合模遇一	古暮
6940	5 正	85	580	胙	寸	固	淨	去	合	十七顧			從去合模遇一	昨誤	清合 1	倉困	見去合模遇一	古暮
6941	5 正		581	阼	寸	固	淨	去	合	十七顧			從去合模遇一	昨誤	清合 1	倉困	見去合模遇一	古暮
6942	5 正		582	酢	寸	固	淨	去	合	十七顧			從入開鐸宕一	在各	清合 1	倉困	見去合模遇一	古暮
6943	5 正		583	措	寸	固	淨	去	合	十七顧			清去合模遇一	倉故	清合 1	倉困	見去合模遇一	古暮
6944	5 正		584	厝	寸	固	淨	去	合	十七顧	去入二音		清去合模遇一	倉故	清合 1	倉困	見去合模遇一	古暮
6946	5 正		585	湝	寸	固	淨	去	合	十七顧			清去合模遇一	倉故	清合 1	倉困	見去合模遇一	古暮
6948	5 正		586	麤	寸	固	淨	去	合	十七顧			清去合模遇一	倉故	清合 1	倉困	見去合模遇一	古暮
6949	5 正	86	587	晤	我	固	我	去	合	十七顧			疑去合模遇一	五故	疑開 1	五可	見去合模遇一	古暮
6950	5 正		588	**悟**	我	固	我	去	合	十七顧			疑去合模遇一	五故	疑開 1	五可	見去合模遇一	古暮
6951	5 正		589	寤	我	固	我	去	合	十七顧			疑去合模遇一	五故	疑開 1	五可	見去合模遇一	古暮
6952	5 正		590	寤*	我	固	我	去	合	十七顧			疑去合模遇一	五故	疑開 1	五可	見去合模遇一	古暮
6953	5 正		591	忤	我	固	我	去	合	十七顧			疑去合模遇一	五故	疑開 1	五可	見去合模遇一	古暮
6954	5 正		592	誤	我	固	我	去	合	十七顧			疑去合模遇一	五故	疑開 1	五可	見去合模遇一	古暮
6955	5 正		593	訝	我	固	我	去	合	十七顧			疑去開麻假二	吾駕	疑開 1	五可	見去合模遇一	古暮
6956	5 正	87	594	**素**	巽	固	信	去	合	十七顧			心去合模遇一	桑故	心合 1	蘇困	見去合模遇一	古暮
6957	5 正		595	诉	巽	固	信	去	合	十七顧	謭隸變作訴，俗譌訴		心去合模遇一	桑故	心合 1	蘇困	見去合模遇一	古暮
6958	5 正		596	溯*	巽	固	信	去	合	十七顧	溯隸變作泝，俗譌泝		心去合模遇一	蘇故	心合 1	蘇困	見去合模遇一	古暮
6959	5 正	88	597	**布**	貝	固	謗	去	合	十七顧			幫去合模遇一	博故	幫開 1	博蓋	見去合模遇一	古暮
6960	5 正		598	靶	貝	固	謗	去	合	十七顧			幫去開麻假二	必駕	幫開 1	博蓋	見去合模遇一	古暮
6961	5 正	89	599	**步**	佩	固	並	去	合	十七顧			並去合模遇一	薄故	並合 1	蒲昧	見去合模遇一	古暮
6963	5 正		600	踄 g*	佩	固	並	去	合	十七顧	去入二音		並去合模遇一	蒲故	並合 1	蒲昧	見去合模遇一	古暮

韻字編號	部序	組數	字數	韻字及何氏反切			韻字何氏音				何萱注釋	備注	韻字中古音		上字中古音		下字中古音	
				韻字	上字	下字	聲	調	呼	韻部			聲調呼韻攝等	反切	聲呼等	反切	聲調呼韻攝等	反切
6964	5 正		601	荹	佩	固	並	去	合	十七顧			並去合模遇一	薄故	並合 1	蒲昧	見去合模遇一	古暮
6965	5 正		602	捕	佩	固	並	去	合	十七顧			並去合模遇一	薄故	並合 1	蒲昧	見去合模遇一	古暮
6966	5 正		603	哺	佩	固	並	去	合	十七顧			並去合模遇一	薄故	並合 1	蒲昧	見去合模遇一	古暮
6967	5 正		604	悑	佩	固	並	去	合	十七顧			滂去合模遇一	普故	並合 1	蒲昧	見去合模遇一	古暮
6969	5 正		605	酺 g*	佩	固	並	去	合	十七顧	平去二音		並去合模遇一	蒲故	並合 1	蒲昧	見去合模遇一	古暮
6970	5 正		606	狛*	佩	固	並	去	合	十七顧	去入二音		並去開麻假二	步化	並合 1	蒲昧	見去合模遇一	古暮
6975	5 正		607	鮊 g*	佩	固	並	去	合	十七顧	去入二音		並去開麻假二	步化	並合 1	蒲昧	見去合模遇一	古暮
6977	5 正	90	608	莫 g*	漫	固	命	去	合	十七顧	去入兩讀入聲引申之義也		明去合模遇一	莫故	明合 1	莫半	見去合模遇一	古暮
6980	5 正		609	慔	漫	固	命	去	合	十七顧			明去合模遇一	莫故	明合 1	莫半	見去合模遇一	古暮
6981	5 正		610	**慕**	漫	固	命	去	合	十七顧			明去合模遇一	莫故	明合 1	莫半	見去合模遇一	古暮
6982	5 正		611	募	漫	固	命	去	合	十七顧			明去合模遇一	莫故	明合 1	莫半	見去合模遇一	古暮
6983	5 正		612	鬕	漫	固	命	去	合	十七顧			明去開麻假二	莫駕	明合 1	莫半	見去合模遇一	古暮
6984	5 正		613	墓	漫	固	命	去	合	十七顧			明去合模遇一	莫故	明合 1	莫半	見去合模遇一	古暮
6985	5 正		614	禡	漫	固	命	去	合	十七顧			明去開麻假二	莫駕	明合 1	莫半	見去合模遇一	古暮
6986	5 正		615	罵	漫	固	命	去	合	十七顧			明去開麻假二	莫駕	明合 1	莫半	見去合模遇一	古暮
6988	5 正		616	瘍	漫	固	命	去	合	十七顧			明去開麻假二	莫駕	明合 1	莫半	見去合模遇一	古暮
6989	5 正		617	鄢	漫	固	命	去	合	十七顧			明去開麻假二	莫駕	明合 1	莫半	見去合模遇一	古暮
6990	5 正	91	618	**據**	眷	豫	見	去	撮	十八據			見去合魚遇三	居御	見合重 3	居倦	以去合魚遇三	羊洳
6991	5 正		619	倨	眷	豫	見	去	撮	十八據			見去合魚遇三	居御	見合重 3	居倦	以去合魚遇三	羊洳
6992	5 正		620	居 g*	眷	豫	見	去	撮	十八據	平去兩讀。詳平聲居下，此從俗讀耳		見去合魚遇三	居御	見合重 3	居倦	以去合魚遇三	羊洳
6996	5 正		621	眲	眷	豫	見	去	撮	十八據			見去合虞遇三	九遇	見合重 3	居倦	以去合魚遇三	羊洳
6997	5 正		622	畀	眷	豫	見	去	撮	十八據		正文缺	見去合虞遇三	九遇	見合重 3	居倦	以去合魚遇三	羊洳
7000	5 正		623	瞿	眷	豫	見	去	撮	十八據	平去二音注在彼		見去合虞遇三	九遇	見合重 3	居倦	以去合魚遇三	羊洳
7002	5 正		624	鸜*	眷	豫	見	去	撮	十八據			見去合虞遇三	俱遇	見合重 3	居倦	以去合魚遇三	羊洳

韻字編號	部序	組數	字數	韻字及何氏反切			韻字何氏音				何萱注釋	備注	韻字中古音		上字中古音		下字中古音	
				韻字	上字	下字	聲	調	呼	韻部			聲調呼韻攝等	反切	聲呼等	反切	聲調呼韻攝等	反切
7006	5 正	92	625	**去**	郡	豫	起	去	撮	十八據			溪去合魚遇三	丘倨	群合 3	渠運	以去合魚遇三	羊洳
7008	5 正		626	麮	郡	豫	起	去	撮	十八據			溪去合魚遇三	丘倨	群合 3	渠運	以去合魚遇三	羊洳
7009	5 正		627	遽	郡	豫	起	去	撮	十八據			群去合魚遇三	其據	群合 3	渠運	以去合魚遇三	羊洳
7010	5 正		628	勮	郡	豫	起	去	撮	十八據	去入兩讀		群去合魚遇三	其據	群合 3	渠運	以去合魚遇三	羊洳
7011	5 正		629	醵	郡	豫	起	去	撮	十八據			群去合魚遇三	其據	群合 3	渠運	以去合魚遇三	羊洳
7014	5 正		630	懼	郡	豫	起	去	撮	十八據			群去合虞遇三	其遇	群合 3	渠運	以去合魚遇三	羊洳
7016	5 正	93	631	礜	永	據	影	去	撮	十八據			以去合魚遇三	羊洳	云合 3	于憬	見去合魚遇三	居御
7017	5 正		632	礐	永	據	影	去	撮	十八據			以去合魚遇三	羊洳	云合 3	于憬	見去合魚遇三	居御
7018	5 正		633	鷃*	永	據	影	去	撮	十八據			以去合魚遇三	羊茹	云合 3	于憬	見去合魚遇三	居御
7019	5 正		634	鱟	永	據	影	去	撮	十八據			以平合魚遇三	以諸	云合 3	于憬	見去合魚遇三	居御
7021	5 正		635	與	永	據	影	去	撮	十八據	上去二音此為引申之義		以去合魚遇三	羊洳	云合 3	于憬	見去合魚遇三	居御
7022	5 正		636	**豫**	永	據	影	去	撮	十八據			以去合魚遇三	羊洳	云合 3	于憬	見去合魚遇三	居御
7023	5 正		637	悆	永	據	影	去	撮	十八據			以去合魚遇三	羊洳	云合 3	于憬	見去合魚遇三	居御
7024	5 正		638	瘀	永	據	影	去	撮	十八據			影去合魚遇三	依倨	云合 3	于憬	見去合魚遇三	居御
7025	5 正		639	淤	永	據	影	去	撮	十八據			影去合魚遇三	依倨	云合 3	于憬	見去合魚遇三	居御
7026	5 正		640	饇	永	據	影	去	撮	十八據			影去合魚遇三	依倨	云合 3	于憬	見去合魚遇三	居御
7027	5 正		641	語	永	據	影	去	撮	十八據		據該字的廣韻讀音，加在此	疑去合魚遇三	牛倨	云合 3	于憬	見去合魚遇三	居御
7029	5 正		642	芋	永	據	影	去	撮	十八據			云去合虞遇三	王遇	云合 3	于憬	見去合魚遇三	居御
7030	5 正		643	夜	永	據	影	去	撮	十八據			以去開麻假三	羊謝	云合 3	于憬	見去合魚遇三	居御
7031	5 正		644	雨	永	據	影	去	撮	十八據	本義上聲此引申之義也古本不分今姑從俗分之		云去合虞遇三	王遇	云合 3	于憬	見去合魚遇三	居御
7033	5 正	94	645	**女**	乃	據	乃	去	撮	十八據	上去二音此其引申之義也		娘去合魚遇三	尼據	泥開 1	奴亥	見去合魚遇三	居御
7035	5 正	95	646	**慮**	戀	據	賚	去	撮	十八據			來去合魚遇三	良倨	來合 3	力卷	見去合魚遇三	居御
7036	5 正		647	勴	戀	據	賚	去	撮	十八據			來去合魚遇三	良倨	來合 3	力卷	見去合魚遇三	居御

韻字編號	部序	組數	字數	韻字及何氏反切			韻字何氏音				何萱注釋	備注	韻字中古音		上字中古音		下字中古音	
				韻字	上字	下字	聲	調	呼	韻部			聲調呼韻攝等	反切	聲呼等	反切	聲調呼韻攝等	反切
7037	5 正		648	鑢	戀	據	賚	去	撮	十八據			來去合魚遇三	良倨	來合 3	力卷	見去合魚遇三	居御
7038	5 正	96	649	**翥**	準	據	照	去	撮	十八據			章去合魚遇三	章恕	章合 3	之尹	見去合魚遇三	居御
7040	5 正		650	箸	準	據	照	去	撮	十八據	本韻兩見又入聲姑從俗分	本韻實三見	知去合魚遇三	陟慮	章合 3	之尹	見去合魚遇三	居御
7042	5 正		651	詛	準	據	照	去	撮	十八據			莊去合魚遇三	莊助	章合 3	之尹	見去合魚遇三	居御
7043	5 正		652	詐	準	據	照	去	撮	十八據			莊去開麻假二	側駕	章合 3	之尹	見去合魚遇三	居御
7044	5 正		653	吒	準	據	照	去	撮	十八據			知去開麻假二	陟駕	章合 3	之尹	見去合魚遇三	居御
7045	5 正		654	嗻	準	據	照	去	撮	十八據			章去開麻假三	之夜	章合 3	之尹	見去合魚遇三	居御
7046	5 正		655	蟅*	準	據	照	去	撮	十八據			章去開麻假三	之夜	章合 3	之尹	見去合魚遇三	居御
7048	5 正		656	蔗	準	據	照	去	撮	十八據			章去開麻假三	之夜	章合 3	之尹	見去合魚遇三	居御
7049	5 正		657	樜	準	據	照	去	撮	十八據			章去開麻假三	之夜	章合 3	之尹	見去合魚遇三	居御
7050	5 正		658	柘	準	據	照	去	撮	十八據			章去開麻假三	之夜	章合 3	之尹	見去合魚遇三	居御
7051	5 正		659	炙	準	據	照	去	撮	十八據	去入兩讀注在彼		章去開麻假三	之夜	章合 3	之尹	見去合魚遇三	居御
7053	5 正	97	660	**助**	蠢	據	助	去	撮	十八據			崇去合魚遇三	牀據	昌合 3	尺尹	見去合魚遇三	居御
7055	5 正		661	耡	蠢	據	助	去	撮	十八據			崇去合魚遇三	牀據	昌合 3	尺尹	見去合魚遇三	居御
7057	5 正		662	箸	蠢	據	助	去	撮	十八據	本韻再見	本韻實三見	澄去合魚遇三	遲倨	昌合 3	尺尹	見去合魚遇三	居御
7058	5 正		663	射	蠢	據	助	去	撮	十八據	去入兩讀姑從俗分		船去開麻假三	神夜	昌合 3	尺尹	見去合魚遇三	居御
7059	5 正		664	麝	蠢	據	助	去	撮	十八據			船去開麻假三	神夜	昌合 3	尺尹	見去合魚遇三	居御
7061	5 正		665	乍	蠢	據	助	去	撮	十八據			崇去開麻假三	鋤駕	昌合 3	尺尹	見去合魚遇三	居御
7062	5 正		666	詐	蠢	據	助	去	撮	十八據			崇去開麻假三	鋤駕	昌合 3	尺尹	見去合魚遇三	居御
7065	5 正	98	667	**茹**	輭	豫	耳	去	撮	十八據			日去合魚遇三	人恕	日合 3	而兖	以去合魚遇三	羊洳
7066	5 正		668	澤*	輭	豫	耳	去	撮	十八據			日去合魚遇三	如倨	日合 3	而兖	以去合魚遇三	羊洳
7067	5 正	99	669	**庶**	舜	據	審	去	撮	十八據			書去合魚遇三	商署	書合 3	舒閏	見去合魚遇三	居御
7068	5 正		670	恕	舜	據	審	去	撮	十八據			書去合魚遇三	商署	書合 3	舒閏	見去合魚遇三	居御
7069	5 正		671	署	舜	據	審	去	撮	十八據			禪去合魚遇三	常恕	書合 3	舒閏	見去合魚遇三	居御
7071	5 正		672	睹 g*	舜	據	審	去	撮	十八據	上去兩讀		禪去合模遇一	常恕	書合 3	舒閏	見去合魚遇三	居御

韻字編號	部序	組數	字數	韻字及何氏反切			韻字何氏音				何萱注釋	備注	韻字中古音		上字中古音		下字中古音	
				韻字	上字	下字	聲	調	呼	韻部			聲調呼韻攝等	反切	聲呼等	反切	聲調呼韻攝等	反切
7072	5正		673	舍	舜	據	審	去	撮	十八據			書去開麻假三	始夜	書合3	舒閏	見去合魚遇三	居御
7073	5正		674	涻	舜	據	審	去	撮	十八據			書去開麻假三	始夜	書合3	舒閏	見去合魚遇三	居御
7074	5正		675	赦	舜	據	審	去	撮	十八據			書去開麻假三	始夜	書合3	舒閏	見去合魚遇三	居御
7077	5正	100	676	怚	醉	豫	井	去	撮	十八據			精去合魚遇三	將預	精合3	將遂	以去合魚遇三	羊洳
7078	5正		677	嫭	醉	豫	井	去	撮	十八據			精平開麻假三	子邪	精合3	將遂	以去合魚遇三	羊洳
7080	5正	101	678	駔	翠	據	淨	去	撮	十八據	又見十部上聲別一義		從上合模遇一	徂古	清合3	七醉	見去合魚遇三	居御
7084	5正		679	覷	翠	據	淨	去	撮	十八據			清去合魚遇三	七慮	清合3	七醉	見去合魚遇三	居御
7085	5正		680	蜡	翠	據	淨	去	撮	十八據			清去合魚遇三	七慮	清合3	七醉	見去合魚遇三	居御
7086	5正		681	藉	翠	據	淨	去	撮	十八據	去入兩讀		從去開麻假三	慈夜	清合3	七醉	見去合魚遇三	居御
7087	5正	102	682	御	我	據	我	去	撮	十八據			疑去合魚遇三	牛倨	疑開1	五可	見去合魚遇三	居御
7088	5正		683	馭	我	據	我	去	撮	十八據			疑去合魚遇三	牛倨	疑開1	五可	見去合魚遇三	居御
7089	5正	103	684	絮	選	據	信	去	撮	十八據			心去合魚遇三	息據	心合3	蘇管	見去合魚遇三	居御
7091	5正		685	谢	選	據	信	去	撮	十八據			邪去開麻假三	辝夜	心合3	蘇管	見去合魚遇三	居御
7092	5正		686	卸	選	據	信	去	撮	十八據			心去開麻假三	司夜	心合3	蘇管	見去合魚遇三	居御
7093	5正		687	魯	選	據	信	去	撮	十八據			心上開麻假三	悉姐	心合3	蘇管	見去合魚遇三	居御
7094	5正	104	688	賦	粉	據	匪	去	撮	十八據			非去合虞遇三	方遇	非合3	方吻	見去合魚遇三	居御
7095	5正		689	賦	粉	據	匪	去	撮	十八據			非去合虞遇三	方遇	非合3	方吻	見去合魚遇三	居御
7096	5正		690	搏	粉	據	匪	去	撮	十八據	去入兩讀		非去合虞遇三	方遇	非合3	方吻	見去合魚遇三	居御
7099	5正		691	傅	粉	據	匪	去	撮	十八據			非去合虞遇三	方遇	非合3	方吻	見去合魚遇三	居御
7100	5正		692	薄*	粉	據	匪	去	撮	十八據			非去合虞遇三	方遇	非合3	方吻	見去合魚遇三	居御
7102	5正	105	693	各	艮	落	見	入	開	十九各			見入開鐸宕一	古落	見開1	古恨	來入開鐸宕一	盧各
7103	5正		694	胳	艮	落	見	入	開	十九各			見入開鐸宕一	古落	見開1	古恨	來入開鐸宕一	盧各
7104	5正		695	閣	艮	落	見	入	開	十九各			見入開鐸宕一	古落	見開1	古恨	來入開鐸宕一	盧各
7105	5正		696	格	艮	落	見	入	開	十九各			見入開鐸宕一	古落	見開1	古恨	來入開鐸宕一	盧各
7107	5正		697	輅*	艮	落	見	入	開	十九各			見入開陌梗二	各額	見開1	古恨	來入開鐸宕一	盧各
7108	5正		698	挌	艮	落	見	入	開	十九各			見入開陌梗二	古伯	見開1	古恨	來入開鐸宕一	盧各

韻字編號	部序	組數	字數	韻字及何氏反切			韻字何氏音				何萱注釋	備注	韻字中古音		上字中古音		下字中古音	
				韻字	上字	下字	聲	調	呼	韻部			聲調呼韻攝等	反切	聲呼等	反切	聲調呼韻攝等	反切
7109	5 正		699	茖	艮	落	見	入	開	十九各			見入開陌梗二	古伯	見開 1	古恨	來入開鐸宕一	盧各
7110	5 正		700	骼	艮	落	見	入	開	十九各			見入開陌梗二	古伯	見開 1	古恨	來入開鐸宕一	盧各
7111	5 正		701	觡	艮	落	見	入	開	十九各			見入開陌梗二	古伯	見開 1	古恨	來入開鐸宕一	盧各
7112	5 正	106	702	客	口	各	起	入	開	十九各			溪入開陌梗二	苦格	溪開 1	苦后	見入開鐸宕一	古落
7113	5 正		703	愙	口	各	起	入	開	十九各			溪入開鐸宕一	苦各	溪開 1	苦后	見入開鐸宕一	古落
7115	5 正	107	704	惡	案	各	影	入	開	十九各	去入兩讀		影入開鐸宕一	烏各	影開 1	烏旰	見入開鐸宕一	古落
7116	5 正		705	啞	案	各	影	入	開	十九各			影入開鐸宕一	烏各	影開 1	烏旰	見入開鐸宕一	古落
7118	5 正		706	堊	案	各	影	入	開	十九各			影入開鐸宕一	烏各	影開 1	烏旰	見入開鐸宕一	古落
7119	5 正		707	蝁	案	各	影	入	開	十九各			影入開鐸宕一	烏各	影開 1	烏旰	見入開鐸宕一	古落
7120	5 正	108	708	叡*	海	各	曉	入	開	十九各			曉入開鐸宕一	黑各	曉開 1	呼改	見入開鐸宕一	古落
7121	5 正		709	涸	海	各	曉	入	開	十九各			匣入開鐸宕一	下各	曉開 1	呼改	見入開鐸宕一	古落
7122	5 正		710	垎	海	各	曉	入	開	十九各			匣入開陌梗二	胡格	曉開 1	呼改	見入開鐸宕一	古落
7123	5 正		711	鶴	海	各	曉	入	開	十九各			匣入開鐸宕一	下各	曉開 1	呼改	見入開鐸宕一	古落
7124	5 正		712	貉	海	各	曉	入	開	十九各			匣入開鐸宕一	下各	曉開 1	呼改	見入開鐸宕一	古落
7126	5 正		713	輅	海	各	曉	入	開	十九各			來去合模遇一	洛故	曉開 1	呼改	見入開鐸宕一	古落
7127	5 正		714	郝	海	各	曉	入	開	十九各			曉入開鐸宕一	呵各	曉開 1	呼改	見入開鐸宕一	古落
7128	5 正		715	赫	海	各	曉	入	開	十九各			曉入開陌梗二	呼格	曉開 1	呼改	見入開鐸宕一	古落
7130	5 正		716	奭*	海	各	曉	入	開	十九各			曉入開鐸宕一	黑各	曉開 1	呼改	見入開鐸宕一	古落
7134	5 正		717	蒮*	海	各	曉	入	開	十九各			曉入開鐸宕一	黑各	曉開 1	呼改	見入開鐸宕一	古落
7135	5 正	109	718	託	代	各	透	入	開	十九各			透入開鐸宕一	他各	定開 1	徒耐	見入開鐸宕一	古落
7136	5 正		719	侂	代	各	透	入	開	十九各			透入開鐸宕一	他各	定開 1	徒耐	見入開鐸宕一	古落
7137	5 正		720	頣	代	各	透	入	開	十九各			定入開鐸宕一	徒落	定開 1	徒耐	見入開鐸宕一	古落
7139	5 正		721	魠	代	各	透	入	開	十九各			透入開鐸宕一	他各	定開 1	徒耐	見入開鐸宕一	古落
7140	5 正		722	袥	代	各	透	入	開	十九各			透入開鐸宕一	他各	定開 1	徒耐	見入開鐸宕一	古落
7141	5 正		723	襗	代	各	透	入	開	十九各	廣韻三讀實強分。當作豆各切		定入開鐸宕一	徒落	定開 1	徒耐	見入開鐸宕一	古落
7144	5 正		724	鐸	代	各	透	入	開	十九各			定入開鐸宕一	徒落	定開 1	徒耐	見入開鐸宕一	古落

韻字編號	部序	組數	字數	韻字及何氏反切			韻字何氏音				何萱注釋	備注	韻字中古音		上字中古音		下字中古音	
				韻字	上字	下字	聲	調	呼	韻部			聲調呼韻攝等	反切	聲呼等	反切	聲調呼韻攝等	反切
7145	5 正		725	藦	代	各	透	入	開	十九各			透入開鐸宕一	他各	定開 1	徒耐	見入開鐸宕一	古落
7146	5 正		726	橐	代	各	透	入	開	十九各			透入開鐸宕一	他各	定開 1	徒耐	見入開鐸宕一	古落
7147	5 正		727	櫜	代	各	透	入	開	十九各			透入開鐸宕一	他各	定開 1	徒耐	見入開鐸宕一	古落
7148	5 正		728	㮝	代	各	透	入	開	十九各			透入開鐸宕一	他各	定開 1	徒耐	見入開鐸宕一	古落
7149	5 正		729	㙐	代	各	透	入	開	十九各			徹入開陌梗二	丑格	定開 1	徒耐	見入開鐸宕一	古落
7150	5 正		730	度	代	各	透	入	開	十九各	去入兩讀此引申義		定入開鐸宕一	徒落	定開 1	徒耐	見入開鐸宕一	古落
7152	5 正		731	剫	代	各	透	入	開	十九各			定入開鐸宕一	徒落	定開 1	徒耐	見入開鐸宕一	古落
7153	5 正	110	732	**諾**	柰	各	乃	入	開	十九各			泥入開鐸宕一	奴各	泥開 1	奴帶	見入開鐸宕一	古落
7154	5 正	111	733	**洛**	朗	各	賚	入	開	十九各			來入開鐸宕一	盧各	來開 1	盧黨	見入開鐸宕一	古落
7155	5 正		734	落	朗	各	賚	入	開	十九各			來入開鐸宕一	盧各	來開 1	盧黨	見入開鐸宕一	古落
7156	5 正		735	雺	朗	各	賚	入	開	十九各			來入開鐸宕一	盧各	來開 1	盧黨	見入開鐸宕一	古落
7157	5 正		736	略	朗	各	賚	入	開	十九各			來入開藥宕三	離灼	來開 1	盧黨	見入開鐸宕一	古落
7158	5 正		737	絡	朗	各	賚	入	開	十九各			來入開鐸宕一	盧各	來開 1	盧黨	見入開鐸宕一	古落
7159	5 正		738	輅	朗	各	賚	入	開	十九各			來入開鐸宕一	盧各	來開 1	盧黨	見入開鐸宕一	古落
7160	5 正		739	鉻	朗	各	賚	入	開	十九各			來入開鐸宕一	盧各	來開 1	盧黨	見入開鐸宕一	古落
7161	5 正		740	簬	朗	各	賚	入	開	十九各			來入開鐸宕一	盧各	來開 1	盧黨	見入開鐸宕一	古落
7162	5 正		741	駱	朗	各	賚	入	開	十九各			來入開鐸宕一	盧各	來開 1	盧黨	見入開鐸宕一	古落
7163	5 正		742	雒	朗	各	賚	入	開	十九各			來入開鐸宕一	盧各	來開 1	盧黨	見入開鐸宕一	古落
7164	5 正		743	鵅	朗	各	賚	入	開	十九各			來入開鐸宕一	盧各	來開 1	盧黨	見入開鐸宕一	古落
7165	5 正		744	鮥	朗	各	賚	入	開	十九各			來入開鐸宕一	盧各	來開 1	盧黨	見入開鐸宕一	古落
7167	5 正	112	745	拓	諍	各	照	入	開	十九各		表中此位正編無字，副編有字	章入開昔梗三	之石	莊開 2	側迸	見入開鐸宕一	古落
7168	5 正		746	磔	諍	各	照	入	開	十九各		表中此位正編無字，副編有字	知入開陌梗二	陟格	莊開 2	側迸	見入開鐸宕一	古落
7169	5 正		747	跖	諍	各	照	入	開	十九各		表中此位正編無字，副編有字	章入開昔梗三	之石	莊開 2	側迸	見入開鐸宕一	古落

韻字編號	部序	組數	字數	韻字及何氏反切			韻字何氏音				何萱注釋	備注	韻字中古音		上字中古音		下字中古音	
				韻字	上字	下字	聲	調	呼	韻部			聲調呼韻攝等	反切	聲呼等	反切	聲調呼韻攝等	反切
7170	5 正		748	蹠	諍	各	照	入	開	十九各		表中此位正編無字，副編有字	章入開昔梗三	之石	莊開 2	側迸	見入開鐸宕一	古落
7171	5 正		749	齰	諍	各	照	入	開	十九各		表中此位正編無字，副編有字	崇入開陌梗二	鋤陌	莊開 2	側迸	見入開鐸宕一	古落
7172	5 正		750	諎	諍	各	照	入	開	十九各		表中此位正編無字，副編有字	莊入開陌梗二	側伯	莊開 2	側迸	見入開鐸宕一	古落
7173	5 正		751	乇*	諍	各	照	入	開	十九各		表中此位正編無字，副編有字	知入開陌梗二	陟格	莊開 2	側迸	見入開鐸宕一	古落
7174	5 正		752	隻	諍	各	照	入	開	十九各		表中此位正編無字，副編有字	章入開昔梗三	之石	莊開 2	側迸	見入開鐸宕一	古落
7175	5 正		753	炙	諍	各	照	入	開	十九各	去入兩讀	表中此位正編無字，副編有字	章入開昔梗三	之石	莊開 2	側迸	見入開鐸宕一	古落
7177	5 正	113	754	尺	茝	各	助	入	開	十九各		表中此位正編無字，副編有字	昌入開昔梗三	昌石	昌開 1	昌紿	見入開鐸宕一	古落
7178	5 正		755	赤	茝	各	助	入	開	十九各		表中此位正編無字，副編有字	昌入開昔梗三	昌石	昌開 1	昌紿	見入開鐸宕一	古落
7179	5 正		756	庰	茝	各	助	入	開	十九各		表中此位正編無字，副編有字	昌入開昔梗三	昌石	昌開 1	昌紿	見入開鐸宕一	古落
7180	5 正		757	宅	茝	各	助	入	開	十九各		表中此位正編無字，副編有字	澄入開陌梗二	場伯	昌開 1	昌紿	見入開鐸宕一	古落
7181	5 正		758	擇	茝	各	助	入	開	十九各		表中此位正編無字，副編有字	澄入開陌梗二	場伯	昌開 1	昌紿	見入開鐸宕一	古落
7182	5 正		759	澤	茝	各	助	入	開	十九各		表中此位正編無字，副編有字	澄入開陌梗二	場伯	昌開 1	昌紿	見入開鐸宕一	古落
7183	5 正	114	760	石	稍	各	審	入	開	十九各		表中此位正編無字，副編有字	禪入開昔梗三	常隻	生開 2	所教	見入開鐸宕一	古落
7184	5 正		761	碩	稍	各	審	入	開	十九各		表中此位正編無字，副編有字	禪入開昔梗三	常隻	生開 2	所教	見入開鐸宕一	古落
7185	5 正		762	祏	稍	各	審	入	開	十九各		表中此位正編無字，副編有字	禪入開昔梗三	常隻	生開 2	所教	見入開鐸宕一	古落

韻字編號	部序	組數	字數	韻字及何氏反切			韻字何氏音				何萱注釋	備　注	韻字中古音		上字中古音		下字中古音	
				韻字	上字	下字	聲	調	呼	韻部			聲調呼韻攝等	反切	聲呼等	反切	聲調呼韻攝等	反切
7186	5 正		763	祏	稍	各	審	入	開	十九各		表中此位正編無字，副編有字	禪入開昔梗三	常隻	生開 2	所教	見入開鐸宕一	古落
7187	5 正		764	鼫	稍	各	審	入	開	十九各		表中此位正編無字，副編有字	禪入開昔梗三	常隻	生開 2	所教	見入開鐸宕一	古落
7188	5 正		765	釋	稍	各	審	入	開	十九各		表中此位正編無字，副編有字	書入開昔梗三	施隻	生開 2	所教	見入開鐸宕一	古落
7189	5 正		766	釋	稍	各	審	入	開	十九各		表中此位正編無字，副編有字	書入開昔梗三	施隻	生開 2	所教	見入開鐸宕一	古落
7190	5 正		767	螫	稍	各	審	入	開	十九各		表中此位正編無字，副編有字	書入開昔梗三	施隻	生開 2	所教	見入開鐸宕一	古落
7191	5 正		768	索	稍	各	審	入	開	十九各		表中此位正編無字，副編有字	生入開陌梗二	山戟	生開 2	所教	見入開鐸宕一	古落
7193	5 正		769	硋	稍	各	審	入	開	十九各		表中此位正編無字，副編有字	生入開陌梗二	山戟	生開 2	所教	見入開鐸宕一	古落
7196	5 正	115	770	**作**	宰	各	井	入	開	十九各			精入開鐸宕一	則落	精開 1	作亥	見入開鐸宕一	古落
7197	5 正		771	迮	宰	各	井	入	開	十九各			精入開鐸宕一	則落	精開 1	作亥	見入開鐸宕一	古落
7199	5 正		772	笮	宰	各	井	入	開	十九各		疑為采各切	莊入開陌梗二	側伯	精開 1	作亥	見入開鐸宕一	古落
7200	5 正	116	773	筰	采	各	淨	入	開	十九各			從入開鐸宕一	在各	清開 1	倉宰	見入開鐸宕一	古落
7202	5 正		774	柞	采	各	淨	入	開	十九各			從入開鐸宕一	在各	清開 1	倉宰	見入開鐸宕一	古落
7203	5 正		775	秨	采	各	淨	入	開	十九各			從入開鐸宕一	在各	清開 1	倉宰	見入開鐸宕一	古落
7205	5 正		776	飵	采	各	淨	入	開	十九各			從入開鐸宕一	在各	清開 1	倉宰	見入開鐸宕一	古落
7206	5 正		777	怍	采	各	淨	入	開	十九各			從入開鐸宕一	在各	清開 1	倉宰	見入開鐸宕一	古落
7207	5 正		778	**昨**	采	各	淨	入	開	十九各			從入開鐸宕一	在各	清開 1	倉宰	見入開鐸宕一	古落
7208	5 正		779	厝	采	各	淨	入	開	十九各	去入兩讀		清入開鐸宕一	倉各	清開 1	倉宰	見入開鐸宕一	古落
7210	5 正		780	逪	采	各	淨	入	開	十九各			清入開鐸宕一	倉各	清開 1	倉宰	見入開鐸宕一	古落
7211	5 正		781	猎	采	各	淨	入	開	十九各			初入開麥梗二	楚革	清開 1	倉宰	見入開鐸宕一	古落
7212	5 正		782	簎	采	各	淨	入	開	十九各			初入開陌梗二	測戟	清開 1	倉宰	見入開鐸宕一	古落
7213	5 正		783	錯	采	各	淨	入	開	十九各	借為措字則讀去聲		清入開鐸宕一	倉各	清開 1	倉宰	見入開鐸宕一	古落
7214	5 正		784	醋	采	各	淨	入	開	十九各			清去合模遇一	倉故	清開 1	倉宰	見入開鐸宕一	古落

韻字編號	部序	組數	字數	韻字及何氏反切			韻字何氏音				何萱注釋	備　注	韻字中古音		上字中古音		下字中古音	
				韻字	上字	下字	聲	調	呼	韻部			聲調呼韻攝等	反切	聲呼等	反切	聲調呼韻攝等	反切
7215	5 正	117	785	詻	我	各	我	入	開	十九各			疑入開陌梗二	五陌	疑開 1	五可	見入開鐸宕一	古落
7216	5 正		786	頟	我	各	我	入	開	十九各			疑入開陌梗二	五陌	疑開 1	五可	見入開鐸宕一	古落
7217	5 正		787	咢*	我	各	我	入	開	十九各			疑入開鐸宕一	逆各	疑開 1	五可	見入開鐸宕一	古落
7218	5 正		788	遻	我	各	我	入	開	十九各			疑去合模遇一	五故	疑開 1	五可	見入開鐸宕一	古落
7219	5 正		789	咢刂	我	各	我	入	開	十九各			疑入開鐸宕一	五各	疑開 1	五可	見入開鐸宕一	古落
7220	5 正		790	**鄂**	我	各	我	入	開	十九各			疑入開鐸宕一	五各	疑開 1	五可	見入開鐸宕一	古落
7221	5 正		791	鶚*	我	各	我	入	開	十九各			疑入開鐸宕一	逆各	疑開 1	五可	見入開鐸宕一	古落
7223	5 正		792	蚅	我	各	我	入	開	十九各			疑入開鐸宕一	五各	疑開 1	五可	見入開鐸宕一	古落
7224	5 正	118	793	**索**	散	各	信	入	開	十九各			心入開鐸宕一	蘇各	心開 1	蘇旱	見入開鐸宕一	古落
7225	5 正	119	794	嚩	保	各	謗	入	開	十九各			幫入開鐸宕一	補各	幫開 1	博抱	見入開鐸宕一	古落
7226	5 正		795	髆	保	各	謗	入	開	十九各			幫入開鐸宕一	補各	幫開 1	博抱	見入開鐸宕一	古落
7227	5 正		796	髆	保	各	謗	入	開	十九各			幫入開鐸宕一	補各	幫開 1	博抱	見入開鐸宕一	古落
7228	5 正		797	搏	保	各	謗	入	開	十九各	去入兩讀注在彼		幫入開鐸宕一	補各	幫開 1	博抱	見入開鐸宕一	古落
7231	5 正		798	轉	保	各	謗	入	開	十九各			幫入開鐸宕一	補各	幫開 1	博抱	見入開鐸宕一	古落
7232	5 正		799	鎛	保	各	謗	入	開	十九各			幫入開鐸宕一	補各	幫開 1	博抱	見入開鐸宕一	古落
7233	5 正		800	**博**	保	各	謗	入	開	十九各			幫入開鐸宕一	補各	幫開 1	博抱	見入開鐸宕一	古落
7234	5 正		801	簙	保	各	謗	入	開	十九各			幫入開鐸宕一	補各	幫開 1	博抱	見入開鐸宕一	古落
7235	5 正		802	欂*	保	各	謗	入	開	十九各			並入開陌梗三	弼碧	幫開 1	博抱	見入開鐸宕一	古落
7236	5 正		803	百	保	各	謗	入	開	十九各			幫入開陌梗二	博陌	幫開 1	博抱	見入開鐸宕一	古落
7237	5 正		804	佰	保	各	謗	入	開	十九各			明入開陌梗二	莫白	幫開 1	博抱	見入開鐸宕一	古落
7238	5 正		805	伯	保	各	謗	入	開	十九各			幫入開陌梗二	博陌	幫開 1	博抱	見入開鐸宕一	古落
7239	5 正		806	迫	保	各	謗	入	開	十九各			幫入開陌梗二	博陌	幫開 1	博抱	見入開鐸宕一	古落
7240	5 正		807	敀	保	各	謗	入	開	十九各		釋義不合	幫入開陌梗二	博陌	幫開 1	博抱	見入開鐸宕一	古落
7242	5 正		808	柏	保	各	謗	入	開	十九各			幫入開陌梗二	博陌	幫開 1	博抱	見入開鐸宕一	古落
7243	5 正	120	809	**亳**	抱	各	並	入	開	十九各			並入開鐸宕一	傍各	並開 1	薄浩	見入開鐸宕一	古落
7244	5 正		810	箔	抱	各	並	入	開	十九各			滂入開鐸宕一	匹各	並開 1	薄浩	見入開鐸宕一	古落
7245	5 正		811	踄	抱	各	並	入	開	十九各	去入兩讀		並入開鐸宕一	傍各	並開 1	薄浩	見入開鐸宕一	古落

韻字編號	部序	組數	字數	韻字及何氏反切 韻字	上字	下字	韻字何氏音 聲	調	呼	韻部	何萱注釋	備注	韻字中古音 聲調呼韻攝等	反切	上字中古音 聲呼等	反切	下字中古音 聲調呼韻攝等	反切
7247	5 正		812	轉	抱	各	並	入	開	十九各			滂入開鐸宕一	匹各	並開 1	薄浩	見入開鐸宕一	古落
7248	5 正		813	膊	抱	各	並	入	開	十九各			滂入開鐸宕一	匹各	並開 1	薄浩	見入開鐸宕一	古落
7249	5 正		814	薄	抱	各	並	入	開	十九各			並入開鐸宕一	傍各	並開 1	薄浩	見入開鐸宕一	古落
7250	5 正		815	鑮	抱	各	並	入	開	十九各			並入開鐸宕一	傍各	並開 1	薄浩	見入開鐸宕一	古落
7251	5 正		816	白	抱	各	並	入	開	十九各			並入開陌梗二	傍陌	並開 1	薄浩	見入開鐸宕一	古落
7252	5 正		817	帛	抱	各	並	入	開	十九各			並入開陌梗二	傍陌	並開 1	薄浩	見入開鐸宕一	古落
7253	5 正		818	怕	抱	各	並	入	開	十九各			滂入開陌梗二	普伯	並開 1	薄浩	見入開鐸宕一	古落
7254	5 正		819	魄	抱	各	並	入	開	十九各			滂入開陌梗二	普伯	並開 1	薄浩	見入開鐸宕一	古落
7257	5 正		820	狛*	抱	各	並	入	開	十九各	去入兩讀	表注：去入兩讀。正文無	滂入開鐸宕一	匹各	並開 1	薄浩	見入開鐸宕一	古落
7259	5 正		821	鮊	抱	各	並	入	開	十九各	去入兩讀	表注：去入兩讀。正文無	並入開陌梗二	傍陌	並開 1	薄浩	見入開鐸宕一	古落
7262	5 正		822	洦	抱	各	並	入	開	十九各			滂入開陌梗二	普伯	並開 1	薄浩	見入開鐸宕一	古落
7263	5 正		823	拍	抱	各	並	入	開	十九各			明入開陌梗二	莫白	並開 1	薄浩	見入開鐸宕一	古落
7264	5 正		824	䨚g*	抱	各	並	入	開	十九各			滂入開鐸宕一	匹各	並開 1	薄浩	見入開鐸宕一	古落
7265	5 正		825	霸	抱	各	並	入	開	十九各			幫去開麻假二	必駕	並開 1	薄浩	見入開鐸宕一	古落
7266	5 正	121	826	莫	冒	各	命	入	開	十九各	去入兩讀此為引申之義		明入開鐸宕一	慕各	明開 1	莫報	見入開鐸宕一	古落
7267	5 正		827	膜	冒	各	命	入	開	十九各			明入開鐸宕一	慕各	明開 1	莫報	見入開鐸宕一	古落
7268	5 正		828	摸	冒	各	命	入	開	十九各	平入兩讀。摹或作摸		明入開鐸宕一	慕各	明開 1	莫報	見入開鐸宕一	古落
7270	5 正		829	嗼	冒	各	命	入	開	十九各		釋義不合	明入開鐸宕一	慕各	明開 1	莫報	見入開鐸宕一	古落
7273	5 正		830	蓦*	冒	各	命	入	開	十九各			明入開鐸宕一	末各	明開 1	莫報	見入開鐸宕一	古落
7275	5 正		831	瘼	冒	各	命	入	開	十九各			明入開鐸宕一	慕各	明開 1	莫報	見入開鐸宕一	古落
7276	5 正		832	幕	冒	各	命	入	開	十九各			明入開鐸宕一	慕各	明開 1	莫報	見入開鐸宕一	古落
7277	5 正		833	鏌	冒	各	命	入	開	十九各			明入開鐸宕一	慕各	明開 1	莫報	見入開鐸宕一	古落
7278	5 正		834	鄚	冒	各	命	入	開	十九各			明入開鐸宕一	慕各	明開 1	莫報	見入開鐸宕一	古落
7279	5 正		835	**漠**	冒	各	命	入	開	十九各			明入開鐸宕一	慕各	明開 1	莫報	見入開鐸宕一	古落

韻字編號	部序	組數	字數	韻字及何氏反切			韻字何氏音				何萱注釋	備　注	韻字中古音		上字中古音		下字中古音	
				韻字	上字	下字	聲	調	呼	韻部			聲調呼韻攝等	反切	聲呼等	反切	聲調呼韻攝等	反切
7280	5 正		836	貘	冒	各	命	入	開	十九各			明入開陌梗二	莫白	明開 1	莫報	見入開鐸宕一	古落
7281	5 正		837	驀	冒	各	命	入	開	十九各			明入開陌梗二	莫白	明開 1	莫報	見入開鐸宕一	古落
7282	5 正	122	838	**腳**	几	略	見	入	齊	二十腳			見入開藥宕三	居勺	見開重 3	居履	來入開藥宕三	離灼
7283	5 正		839	擢*	几	略	見	入	齊	二十腳			見入合燭通三	拘玉	見開重 3	居履	來入開藥宕三	離灼
7284	5 正		840	丮	几	略	見	入	齊	二十腳			見入開陌梗三	几劇	見開重 3	居履	來入開藥宕三	離灼
7285	5 正		841	戟	几	略	見	入	齊	二十腳	倝俗作戟		見入開陌梗三	几劇	見開重 3	居履	來入開藥宕三	離灼
7286	5 正	123	842	噱	舊	略	起	入	齊	二十腳			群入開藥宕三	其虐	群開 3	巨救	來入開藥宕三	離灼
7287	5 正		843	勮	舊	略	起	入	齊	二十腳	去入兩讀	應為原作平去兩讀。大詞典：劇的古字。劇廣韻為入聲。此處為劇廣韻音	群入開陌梗三	奇逆	群開 3	巨救	來入開藥宕三	離灼
7288	5 正		844	谷	舊	略	起	入	齊	二十腳			群入開藥宕三	其虐	群開 3	巨救	來入開藥宕三	離灼
7291	5 正		845	訙*	舊	略	起	入	齊	二十腳			群入開陌梗三	竭戟	群開 3	巨救	來入開藥宕三	離灼
7292	5 正		846	**卻**	舊	略	起	入	齊	二十腳			溪入開藥宕三	去約	群開 3	巨救	來入開藥宕三	離灼
7293	5 正		847	㕁	舊	略	起	入	齊	二十腳			溪入開陌梗三	綺戟	群開 3	巨救	來入開藥宕三	離灼
7295	5 正		848	㩧	舊	略	起	入	齊	二十腳			群入開陌梗三	奇逆	群開 3	巨救	來入開藥宕三	離灼
7296	5 正		849	蜠	舊	略	起	入	齊	二十腳			溪入合陌梗二	丘擭	群開 3	巨救	來入開藥宕三	離灼
7297	5 正		850	綌	舊	略	起	入	齊	二十腳			溪入開陌梗三	綺戟	群開 3	巨救	來入開藥宕三	離灼
7298	5 正		851	郤	舊	略	起	入	齊	二十腳			溪入開陌梗三	綺戟	群開 3	巨救	來入開藥宕三	離灼
7299	5 正		852	椈	舊	略	起	入	齊	二十腳			匣入開麥梗二	下革	群開 3	巨救	來入開藥宕三	離灼
7300	5 正		853	㡶	舊	略	起	入	齊	二十腳			溪入開陌梗三	綺戟	群開 3	巨救	來入開藥宕三	離灼
7301	5 正		854	隙	舊	略	起	入	齊	二十腳			溪入開陌梗三	綺戟	群開 3	巨救	來入開藥宕三	離灼
7302	5 正		855	抾	舊	略	起	入	齊	二十腳	怯或，五部八部兩讀	解釋基本相同。玉篇作去業切	溪入開業咸三	去劫	群開 3	巨救	來入開藥宕三	離灼
7303	5 正	124	856	亦	隱	略	影	入	齊	二十腳			以入開昔梗三	羊益	影開 3	於謹	來入開藥宕三	離灼
7304	5 正		857	奕	隱	略	影	入	齊	二十腳			以入開昔梗三	羊益	影開 3	於謹	來入開藥宕三	離灼

韻字編號	部序	組數	字數	韻字及何氏反切			韻字何氏音				何萱注釋	備　注	韻字中古音		上字中古音		下字中古音	
				韻字	上字	下字	聲	調	呼	韻部			聲調呼韻攝等	反切	聲呼等	反切	聲調呼韻攝等	反切
7305	5 正		858	弈	隱	略	影	入	齊	二十腳			以入開昔梗三	羊益	影開 3	於謹	來入開藥宕三	離灼
7306	5 正		859	掖	隱	略	影	入	齊	二十腳			以入開昔梗三	羊益	影開 3	於謹	來入開藥宕三	離灼
7307	5 正		860	液	隱	略	影	入	齊	二十腳			以入開昔梗三	羊益	影開 3	於謹	來入開藥宕三	離灼
7308	5 正		861	**睪**	隱	略	影	入	齊	二十腳	睪今隸作睪		以入開昔梗三	羊益	影開 3	於謹	來入開藥宕三	離灼
7310	5 正		862	䍤*	隱	略	影	入	齊	二十腳			以入開昔梗三	夷益	影開 3	於謹	來入開藥宕三	離灼
7311	5 正		863	圛	隱	略	影	入	齊	二十腳			以入開昔梗三	羊益	影開 3	於謹	來入開藥宕三	離灼
7312	5 正		864	譯	隱	略	影	入	齊	二十腳			以入開昔梗三	羊益	影開 3	於謹	來入開藥宕三	離灼
7313	5 正		865	繹	隱	略	影	入	齊	二十腳			以入開昔梗三	羊益	影開 3	於謹	來入開藥宕三	離灼
7314	5 正		866	斁	隱	略	影	入	齊	二十腳			以入開昔梗三	羊益	影開 3	於謹	來入開藥宕三	離灼
7316	5 正		867	嶧	隱	略	影	入	齊	二十腳			以入開昔梗三	羊益	影開 3	於謹	來入開藥宕三	離灼
7317	5 正		868	驛	隱	略	影	入	齊	二十腳			以入開昔梗三	羊益	影開 3	於謹	來入開藥宕三	離灼
7320	5 正	125	869	**䚂***	向	略	曉	入	齊	二十腳		表中此位無字	曉入開職曾三	迄力	曉開 3	許亮	來入開藥宕三	離灼
7321	5 正	126	870	**略**	利	若	賚	入	齊	二十腳			來入開藥宕三	離灼	來開 3	力至	日入開藥宕三	而灼
7322	5 正		871	蝷*	利	若	賚	入	齊	二十腳	蝷俗有蠼蠹		來入開藥宕三	力灼	來開 3	力至	日入開藥宕三	而灼
7323	5 正	127	872	斫	軫	略	照	入	齊	二十腳			章入開藥宕三	之若	章開 3	章忍	來入開藥宕三	離灼
7325	5 正		873	**斮**	軫	略	照	入	齊	二十腳			莊入開藥宕三	側略	章開 3	章忍	來入開藥宕三	離灼
7326	5 正		874	磭	軫	略	照	入	齊	二十腳			知入開藥宕三	張略	章開 3	章忍	來入開藥宕三	離灼
7327	5 正		875	櫡	軫	略	照	入	齊	二十腳			知入開藥宕三	張略	章開 3	章忍	來入開藥宕三	離灼
7330	5 正	128	876	箸 g*	倡	略	助	入	齊	二十腳	去入兩見姑從俗分也。古唯讀去聲。	表中此位正編無字副編有字；本韻實三見。此字或為軫略切。存疑	知入開藥宕三	陟略	昌開 3	尺良	來入開藥宕三	離灼
7334	5 正		877	射	倡	略	助	入	齊	二十腳	去入兩讀。萱按泛而言射則在去聲以射其物而言則在入聲，後人強生區別	表中此位正編無字副編有字	船入開昔梗三	食亦	昌開 3	尺良	來入開藥宕三	離灼

韻字編號	部序	組數	字數	韻字及何氏反切			韻字何氏音				何萱注釋	備注	韻字中古音		上字中古音		下字中古音	
				韻字	上字	下字	聲	調	呼	韻部			聲調呼韻攝等	反切	聲呼等	反切	聲調呼韻攝等	反切
7335	5 正		878	彳	倡	略	助	入	齊	二十腳		表中此位正編無字副編有字	徹入開昔梗三	丑亦	昌開 3	尺良	來入開藥宕三	離灼
7336	5 正		879	婼	倡	略	助	入	齊	二十腳		表中此位正編無字副編有字	徹入開藥宕三	丑略	昌開 3	尺良	來入開藥宕三	離灼
7337	5 正	129	880	若	忍	略	耳	入	齊	二十腳			日入開藥宕三	而灼	日開 3	而軫	來入開藥宕三	離灼
7338	5 正		881	箬	忍	略	耳	入	齊	二十腳			日入開藥宕三	而灼	日開 3	而軫	來入開藥宕三	離灼
7339	5 正		882	叒	忍	略	耳	入	齊	二十腳			日入開藥宕三	而灼	日開 3	而軫	來入開藥宕三	離灼
7341	5 正	130	883	踖	甑	略	井	入	齊	二十腳			精入開昔梗三	資昔	精開 3	子孕	來入開藥宕三	離灼
7343	5 正		884	借	甑	略	井	入	齊	二十腳			精入開昔梗三	資昔	精開 3	子孕	來入開藥宕三	離灼
7344	5 正	131	885	碏	淺	略	淨	入	齊	二十腳			清入開藥宕三	七雀	清開 3	七演	來入開藥宕三	離灼
7345	5 正		886	趞	淺	略	淨	入	齊	二十腳			清入開藥宕三	七雀	清開 3	七演	來入開藥宕三	離灼
7346	5 正		887	誰	淺	略	淨	入	齊	二十腳	舄又見小略切。正文作舄又見沁略切。誰隸變作鵲古籀舄	與舄異讀	清入開藥宕三	七約	清開 3	七演	來入開藥宕三	離灼
7348	5 正		888	耤	淺	略	淨	入	齊	二十腳			從入開昔梗三	秦昔	清開 3	七演	來入開藥宕三	離灼
7349	5 正		889	藉	淺	略	淨	入	齊	二十腳	去入兩讀		從入開昔梗三	秦昔	清開 3	七演	來入開藥宕三	離灼
7351	5 正		890	籍	淺	略	淨	入	齊	二十腳			從入開昔梗三	秦昔	清開 3	七演	來入開藥宕三	離灼
7352	5 正		891	鄐	淺	略	淨	入	齊	二十腳			從入開鐸宕一	在各	清開 3	七演	來入開藥宕三	離灼
7353	5 正		892	捇	淺	略	淨	入	齊	二十腳			曉入開麥梗二	呼麥	清開 3	七演	來入開藥宕三	離灼
7354	5 正	132	893	屰	我	略	我	入	齊	二十腳		表中字頭作虐	疑入開陌梗三	宜戟	疑開 1	五可	來入開藥宕三	離灼
7355	5 正		894	逆	我	略	我	入	齊	二十腳		表中字頭作虐	疑入開陌梗三	宜戟	疑開 1	五可	來入開藥宕三	離灼
7356	5 正		895	縌	我	略	我	入	齊	二十腳		表中字頭作虐	疑入開陌梗三	宜戟	疑開 1	五可	來入開藥宕三	離灼
7357	5 正	133	896	昝*	小	略	信	入	齊	二十腳			心入開昔梗三	思積	心開 3	私兆	來入開藥宕三	離灼
7358	5 正		897	惜	小	略	信	入	齊	二十腳			心入開昔梗三	思積	心開 3	私兆	來入開藥宕三	離灼
7359	5 正		898	夕	小	略	信	入	齊	二十腳			邪入開昔梗三	祥易	心開 3	私兆	來入開藥宕三	離灼

韻字編號	部序	組數	字數	韻字及何氏反切			韻字何氏音				何萱注釋	備　注	韻字中古音		上字中古音		下字中古音	
				韻字	上字	下字	聲	調	呼	韻部			聲調呼韻攝等	反切	聲呼等	反切	聲調呼韻攝等	反切
7360	5 正		899	穸	小	略	信	入	齊	二十脚			邪入開昔梗三	祥易	心開 3	私兆	來入開藥宕三	離灼
7361	5 正		900	席	小	略	信	入	齊	二十脚			邪入開昔梗三	祥易	心開 3	私兆	來入開藥宕三	離灼
7362	5 正		901	蓆	小	略	信	入	齊	二十脚			邪入開昔梗三	祥易	心開 3	私兆	來入開藥宕三	離灼
7363	5 正		902	舄	小	略	信	入	齊	二十脚	韻內兩見	與鵲異讀	心入開昔梗三	思積	心開 3	私兆	來入開藥宕三	離灼
7365	5 正	134	903	碧	丙	略	謗	入	齊	二十脚		表中此位無字	幫入合昔梗三	彼役	幫開 3	兵永	來入開藥宕三	離灼
7366	5 正		904	皕	丙	略	謗	入	齊	二十脚	二百也。說文段注即形為義不言從二百，畫奭字以為聲	表中此位無字，正文中有字，疑為衍字。據何注畫奭的聲符為皕	幫入開職曾三	彼側	幫開 3	兵永	來入開藥宕三	離灼
7368	5 正	135	905	檘	避	略	並	入	齊	二十脚		表中此位無字；釋義不合，正文認為不應是檘字	並入開陌梗三	弼戟	並開重 4	毗義	來入開藥宕三	離灼
7370	5 正	136	906	𩫏	廣	霍	見	入	合	十七𩫏		與墉古文𩫏異讀	見入合鐸宕一	古博	見合 1	古晃	曉入合鐸宕一	虛郭
7371	5 正		907	**郭**	廣	霍	見	入	合	十七𩫏			見入合鐸宕一	古博	見合 1	古晃	曉入合鐸宕一	虛郭
7372	5 正		908	崞	廣	霍	見	入	合	十七𩫏			見入合鐸宕一	古博	見合 1	古晃	曉入合鐸宕一	虛郭
7373	5 正		909	椁	廣	霍	見	入	合	十七𩫏			見入合鐸宕一	古博	見合 1	古晃	曉入合鐸宕一	虛郭
7374	5 正		910	虢	廣	霍	見	入	合	十七𩫏			見入合陌梗二	古伯	見合 1	古晃	曉入合鐸宕一	虛郭
7375	5 正		911	漷	廣	霍	見	入	合	十七𩫏			見入合陌梗二	古伯	見合 1	古晃	曉入合鐸宕一	虛郭
7376	5 正	137	912	霩	曠	郭	起	入	合	十七𩫏			曉入合鐸宕一	虛郭	溪合 1	苦謗	見入合鐸宕一	古博
7377	5 正		913	漷	曠	郭	起	入	合	十七𩫏			溪入合鐸宕一	苦郭	溪合 1	苦謗	見入合鐸宕一	古博
7378	5 正		914	**鞹**	曠	郭	起	入	合	十七𩫏			溪入合鐸宕一	苦郭	溪合 1	苦謗	見入合鐸宕一	古博
7379	5 正		915	彍	曠	郭	起	入	合	十七𩫏	本十部去聲字，又在此者十部與五部同入	即，又十部去	溪入合鐸宕一	苦郭	溪合 1	苦謗	見入合鐸宕一	古博
7382	5 正		916	籗*	曠	郭	起	入	合	十七𩫏		表中位於照母字頭	溪入合鐸宕一	闊鑊	溪合 1	苦謗	見入合鐸宕一	古博

韻字編號	部序	組數	字數	韻字及何氏反切			韻字何氏音				何萱注釋	備注	韻字中古音		上字中古音		下字中古音	
				韻字	上字	下字	聲	調	呼	韻部			聲調呼韻攝等	反切	聲呼等	反切	聲調呼韻攝等	反切
7385	5 正	138	917	蒦*	腕	郭	影	入	合	十七章			影入合藥宕三	鬱縛	影合 1	烏貫	見入合鐸宕一	古博
7388	5 正		918	擭	腕	郭	影	入	合	十七章			影入合陌梗二	一虢	影合 1	烏貫	見入合鐸宕一	古博
7389	5 正		919	韄 g*	腕	郭	影	入	合	十七章			影入開覺江二	乙角	影合 1	烏貫	見入合鐸宕一	古博
7390	5 正		920	臒	腕	郭	影	入	合	十七章			影入合鐸宕一	烏郭	影合 1	烏貫	見入合鐸宕一	古博
7391	5 正		921	蠖	腕	郭	影	入	合	十七章			影入合鐸宕一	烏郭	影合 1	烏貫	見入合鐸宕一	古博
7392	5 正	139	922	霍	會	郭	曉	入	合	十七章	又見十六部上聲		曉入合鐸宕一	虛郭	匣合 1	黃外	見入合鐸宕一	古博
7394	5 正		923	藿*	會	郭	曉	入	合	十七章			曉入合鐸宕一	忽郭	匣合 1	黃外	見入合鐸宕一	古博
7396	5 正		924	穫	會	郭	曉	入	合	十七章			匣入合鐸宕一	胡郭	匣合 1	黃外	見入合鐸宕一	古博
7397	5 正		925	鑊	會	郭	曉	入	合	十七章			匣入合鐸宕一	胡郭	匣合 1	黃外	見入合鐸宕一	古博
7398	5 正		926	濩	會	郭	曉	入	合	十七章			匣入合鐸宕一	胡郭	匣合 1	黃外	見入合鐸宕一	古博
7400	5 正		927	獲	會	郭	曉	入	合	十七章			匣入合麥梗二	胡麥	匣合 1	黃外	見入合鐸宕一	古博
7401	5 正	140	928	朔	刷	霍	審	入	合	十七章			生入開覺江二	所角	生合 3	所劣	曉入合鐸宕一	虛郭
7402	5 正		929	猲	刷	霍	審	入	合	十七章		表作齊齒審，應為合口審	書入開藥宕三	書藥	生合 3	所劣	曉入合鐸宕一	虛郭
7403	5 正	141	930	矍	眷	縛	見	入	撮	十八矍			見入合藥宕三	居縛	見合重 3	居倦	奉入合藥宕三	符钁
7404	5 正		931	攫	眷	縛	見	入	撮	十八矍			見入合藥宕三	居縛	見合重 3	居倦	奉入合藥宕三	符钁
7405	5 正		932	钁	眷	縛	見	入	撮	十八矍			見入合藥宕三	居縛	見合重 3	居倦	奉入合藥宕三	符钁
7406	5 正		933	玃	眷	縛	見	入	撮	十八矍			見入合藥宕三	居縛	見合重 3	居倦	奉入合藥宕三	符钁
7408	5 正	142	934	躩	郡	縛	起	入	撮	十八矍			溪入合藥宕三	丘縛	群合 3	渠運	奉入合藥宕三	符钁
7410	5 正		935	戄	郡	縛	起	入	撮	十八矍			群入合藥宕三	具钁	群合 3	渠運	奉入合藥宕三	符钁
7411	5 正	143	936	篗*	永	縛	影	入	撮	十八矍			云入合藥宕三	王縛	云合 3	于憬	奉入合藥宕三	符钁
7412	5 正		937	貜	永	縛	影	入	撮	十八矍			見入合藥宕三	居縛	云合 3	于憬	奉入合藥宕三	符钁
7413	5 正	144	938	矆	訓	縛	曉	入	撮	十八矍			曉入合藥宕三	許縛	曉合 3	許運	奉入合藥宕三	符钁
7414	5 正		939	彏	訓	縛	曉	入	撮	十八矍			曉入合藥宕三	許縛	曉合 3	許運	奉入合藥宕三	符钁
7417	5 正	145	940	縛	粉	矍	匪	入	撮	十八矍			奉入合藥宕三	符钁	非合 3	方吻	見入合藥宕三	居縛

第五部副編

韻字編號	部序	組數	字數	韻字及何氏反切			韻字何氏音				何萱注釋	備　注	韻字中古音		上字中古音		下字中古音	
				韻字	上字	下字	聲	調	呼	韻部			聲調呼韻攝等	反切	聲呼等	反切	聲調呼韻攝等	反切
7418	5副	1	1	軱	廣	都	見	陰平	合	十七姑			見平合模遇一	古胡	見合1	古晃	端平合模遇一	當孤
7419	5副		2	胍	廣	都	見	陰平	合	十七姑			見平合模遇一	古胡	見合1	古晃	端平合模遇一	當孤
7420	5副		3	⿰扌瓜	廣	都	見	陰平	合	十七姑			見平合麻假二	古華	見合1	古晃	端平合模遇一	當孤
7421	5副		4	䉉	廣	都	見	陰平	合	十七姑			見平合模遇一	古胡	見合1	古晃	端平合模遇一	當孤
7423	5副		5	⿰月辜	廣	都	見	陰平	合	十七姑			見平合模遇一	古胡	見合1	古晃	端平合模遇一	當孤
7424	5副		6	⿰金辜	廣	都	見	陰平	合	十七姑			見平合模遇一	古胡	見合1	古晃	端平合模遇一	當孤
7425	5副		7	⿸虍古	廣	都	見	陰平	合	十七姑			見平合模遇一	古胡	見合1	古晃	端平合模遇一	當孤
7426	5副		8	⿰古瓜	廣	都	見	陰平	合	十七姑			見平合模遇一	古胡	見合1	古晃	端平合模遇一	當孤
7427	5副		9	鴣	廣	都	見	陰平	合	十七姑			見平合模遇一	古胡	見合1	古晃	端平合模遇一	當孤
7428	5副		10	骷	廣	都	見	陰平	合	十七姑			見平合模遇一	古胡	見合1	古晃	端平合模遇一	當孤
7430	5副		11	犌	廣	都	見	陰平	合	十七姑			見平開麻假二	古牙	見合1	古晃	端平合模遇一	當孤
7431	5副		12	貑	廣	都	見	陰平	合	十七姑			見平開麻假二	古牙	見合1	古晃	端平合模遇一	當孤
7432	5副		13	⿱⺮⿰扌瓜	廣	都	見	陰平	合	十七姑			見平合模遇一	古胡	見合1	古晃	端平合模遇一	當孤
7433	5副	2	14	跍	曠	姑	起	陰平	合	十七姑			溪平合模遇一	苦胡	溪合1	苦謗	見平合模遇一	古胡
7434	5副		15	軲	曠	姑	起	陰平	合	十七姑			溪平合模遇一	苦胡	溪合1	苦謗	見平合模遇一	古胡
7435	5副		16	橭	曠	姑	起	陰平	合	十七姑			溪平合模遇一	苦胡	溪合1	苦謗	見平合模遇一	古胡
7436	5副		17	姱	曠	姑	起	陰平	合	十七姑			溪平合麻假二	苦瓜	溪合1	苦謗	見平合模遇一	古胡
7437	5副		18	⿰身夸	曠	姑	起	陰平	合	十七姑			溪平合麻假二	苦瓜	溪合1	苦謗	見平合模遇一	古胡
7438	5副		19	郀	曠	姑	起	陰平	合	十七姑			溪平合模遇一	苦胡	溪合1	苦謗	見平合模遇一	古胡
7439	5副		20	鮬	曠	姑	起	陰平	合	十七姑			溪平合模遇一	苦胡	溪合1	苦謗	見平合模遇一	古胡
7440	5副		21	⿰亻瓜	曠	姑	起	陰平	合	十七姑			溪平合麻假二	苦瓜	溪合1	苦謗	見平合模遇一	古胡
7441	5副		22	⿰忄牙	曠	姑	起	陰平	合	十七姑			溪平開麻假二	苦加	溪合1	苦謗	見平合模遇一	古胡
7442	5副		23	⿱罒豕	曠	姑	起	陰平	合	十七姑			溪平開麻假二	乞加	溪合1	苦謗	見平合模遇一	古胡
7443	5副	3	24	鎢	腕	都	影	陰平	合	十七姑			影平合模遇一	哀都	影合1	烏貫	端平合模遇一	當孤
7444	5副		25	⿰車烏	腕	都	影	陰平	合	十七姑			影上合模遇一	安古	影合1	烏貫	端平合模遇一	當孤

韻字編號	部序	組數	字數	韻字及何氏反切			韻字何氏音				何萱注釋	備注	韻字中古音		上字中古音		下字中古音	
				韻字	上字	下字	聲	調	呼	韻部			聲調呼韻攝等	反切	聲呼等	反切	聲調呼韻攝等	反切
7445	5副		26	槝	腕	都	影	陰平	合	十七姑			影平合模遇一	哀都	影合1	烏貫	端平合模遇一	當孤
7446	5副		27	蔦	腕	都	影	陰平	合	十七姑			影平合模遇一	哀都	影合1	烏貫	端平合模遇一	當孤
7447	5副		28	鴮	腕	都	影	陰平	合	十七姑			影平合模遇一	哀都	影合1	烏貫	端平合模遇一	當孤
7448	5副		29	螐	腕	都	影	陰平	合	十七姑			影平合模遇一	哀都	影合1	烏貫	端平合模遇一	當孤
7449	5副		30	洿	腕	都	影	陰平	合	十七姑			影平合模遇一	哀都	影合1	烏貫	端平合模遇一	當孤
7450	5副		31	鴮	腕	都	影	陰平	合	十七姑			影平合模遇一	哀都	影合1	烏貫	端平合模遇一	當孤
7451	5副		32	眡	腕	都	影	陰平	合	十七姑			影平合麻假二	烏瓜	影合1	烏貫	端平合模遇一	當孤
7452	5副		33	窐	腕	都	影	陰平	合	十七姑			影平開麻假二	於加	影合1	烏貫	端平合模遇一	當孤
7453	5副		34	剄	腕	都	影	陰平	合	十七姑			影平開麻假二	於加	影合1	烏貫	端平合模遇一	當孤
7454	5副		35	啞	腕	都	影	陰平	合	十七姑			影平開麻假二	於加	影合1	烏貫	端平合模遇一	當孤
7455	5副		36	椏	腕	都	影	陰平	合	十七姑			影平開麻假二	於加	影合1	烏貫	端平合模遇一	當孤
7456	5副	4	37	垀*	會	姑	曉	陰平	合	十七姑		正編上字作火	曉平合模遇一	荒胡	匣合1	黃外	見平合模遇一	古胡
7457	5副		38	軤	會	姑	曉	陰平	合	十七姑			曉平合模遇一	荒烏	匣合1	黃外	見平合模遇一	古胡
7458	5副		39	芋	會	姑	曉	陰平	合	十七姑			曉平合模遇一	荒烏	匣合1	黃外	見平合模遇一	古胡
7459	5副		40	煆	會	姑	曉	陰平	合	十七姑	平去兩讀		曉平開麻假二	許加	匣合1	黃外	見平合模遇一	古胡
7461	5副		41	呀	會	姑	曉	陰平	合	十七姑		釋義不合	曉平開麻假二	許加	匣合1	黃外	見平合模遇一	古胡
7463	5副		42	颬	會	姑	曉	陰平	合	十七姑			曉平開麻假二	許加	匣合1	黃外	見平合模遇一	古胡
7464	5副		43	疨	會	姑	曉	陰平	合	十七姑			曉平開麻假二	許加	匣合1	黃外	見平合模遇一	古胡
7465	5副		44	谺	會	姑	曉	陰平	合	十七姑			曉平開麻假二	許加	匣合1	黃外	見平合模遇一	古胡
7466	5副		45	歑*	會	姑	曉	陰平	合	十七姑			曉平開麻假二	虛加	匣合1	黃外	見平合模遇一	古胡
7468	5副		46	眝*	會	姑	曉	陰平	合	十七姑			曉平合模遇一	荒胡	匣合1	黃外	見平合模遇一	古胡
7469	5副		47	恗	會	姑	曉	陰平	合	十七姑			曉平合模遇一	荒烏	匣合1	黃外	見平合模遇一	古胡
7470	5副	5	48	郲	董	姑	短	陰平	合	十七姑			端平合模遇一	當孤	端合1	多動	見平合模遇一	古胡
7471	5副		49	箌	董	姑	短	陰平	合	十七姑			端平合模遇一	當孤	端合1	多動	見平合模遇一	古胡
7472	5副		50	醏	董	姑	短	陰平	合	十七姑			端平合模遇一	當孤	端合1	多動	見平合模遇一	古胡
7473	5副		51	肍	董	姑	短	陰平	合	十七姑			端平合模遇一	當孤	端合1	多動	見平合模遇一	古胡
7474	5副		52	韣	董	姑	短	陰平	合	十七姑			端平合模遇一	當孤	端合1	多動	見平合模遇一	古胡

韻字編號	部序	組數	字數	韻字及何氏反切			韻字何氏音				何萱注釋	備注	韻字中古音		上字中古音		下字中古音	
				韻字	上字	下字	聲	調	呼	韻部			聲調呼韻攝等	反切	聲呼等	反切	聲調呼韻攝等	反切
7475	5副	6	53	瑹	統	姑	透	陰平	合	十七姑			透平合模遇一	他胡	透合1	他綜	見平合模遇一	古胡
7476	5副		54	�	統	姑	透	陰平	合	十七姑			透平合模遇一	他胡	透合1	他綜	見平合模遇一	古胡
7477	5副		55	庩	統	姑	透	陰平	合	十七姑			透平合模遇一	他胡	透合1	他綜	見平合模遇一	古胡
7478	5副		56	鞢	統	姑	透	陰平	合	十七姑			透平合模遇一	他胡	透合1	他綜	見平合模遇一	古胡
7479	5副		57	峹	統	姑	透	陰平	合	十七姑			透平合模遇一	他胡	透合1	他綜	見平合模遇一	古胡
7481	5副		58	梌	統	姑	透	陰平	合	十七姑			透平合模遇一	他胡	透合1	他綜	見平合模遇一	古胡
7483	5副		59	嵺	統	姑	透	陰平	合	十七姑			透平合模遇一	他胡	透合1	他綜	見平合模遇一	古胡
7484	5副		60	瑦	統	姑	透	陰平	合	十七姑			透平合模遇一	他胡	透合1	他綜	見平合模遇一	古胡
7485	5副	7	61	觑	腫	姑	照	陰平	合	十七姑			莊平開麻假二	側加	章合3	之隴	見平合模遇一	古胡
7486	5副		62	瘟	腫	姑	照	陰平	合	十七姑			莊平開麻假二	側加	章合3	之隴	見平合模遇一	古胡
7487	5副		63	樝	腫	姑	照	陰平	合	十七姑			莊平開麻假二	側加	章合3	之隴	見平合模遇一	古胡
7488	5副		64	渣	腫	姑	照	陰平	合	十七姑			莊平開麻假二	側加	章合3	之隴	見平合模遇一	古胡
7489	5副		65	洓	腫	姑	照	陰平	合	十七姑			莊平開麻假二	側加	章合3	之隴	見平合模遇一	古胡
7490	5副		66	罊	腫	姑	照	陰平	合	十七姑			知平開麻假二	陟加	章合3	之隴	見平合模遇一	古胡
7491	5副		67	瘵	腫	姑	照	陰平	合	十七姑			知平開麻假二	陟加	章合3	之隴	見平合模遇一	古胡
7492	5副	8	68	**侘**	狀	姑	助	陰平	合	十七姑	平去兩讀		徹平開麻假二	敕加	崇開3	鋤亮	見平合模遇一	古胡
7494	5副		69	佗	狀	姑	助	陰平	合	十七姑			定入開鐸宕一	徒落	崇開3	鋤亮	見平合模遇一	古胡
7495	5副		70	痆	狀	姑	助	陰平	合	十七姑			徹平開麻假二	敕加	崇開3	鋤亮	見平合模遇一	古胡
7496	5副	9	71	眬	寸	姑	淨	陰平	合	十七姑			清平合模遇一	倉胡	清合1	倉困	見平合模遇一	古胡
7497	5副		72	麤	寸	姑	淨	陰平	合	十七姑			清平合模遇一	倉胡	清合1	倉困	見平合模遇一	古胡
7498	5副	10	73	穌	巽	姑	信	陰平	合	十七姑			心平合模遇一	素姑	心合1	蘇困	見平合模遇一	古胡
7499	5副		74	酥	巽	姑	信	陰平	合	十七姑			心平合模遇一	素姑	心合1	蘇困	見平合模遇一	古胡
7500	5副	11	75	陠	貝	姑	謗	陰平	合	十七姑			滂平合模遇一	普胡	幫開1	博蓋	見平合模遇一	古胡
7501	5副		76	逋	貝	姑	謗	陰平	合	十七姑			幫平合模遇一	博孤	幫開1	博蓋	見平合模遇一	古胡
7502	5副		77	庯	貝	姑	謗	陰平	合	十七姑			幫平合模遇一	博孤	幫開1	博蓋	見平合模遇一	古胡
7503	5副		78	補	貝	姑	謗	陰平	合	十七姑			幫平合模遇一	博孤	幫開1	博蓋	見平合模遇一	古胡

韻字編號	部序	組數	字數	韻字及何氏反切			韻字何氏音				何萱注釋	備注	韻字中古音		上字中古音		下字中古音	
				韻字	上字	下字	聲	調	呼	韻部			聲調呼韻攝等	反切	聲呼等	反切	聲調呼韻攝等	反切
7505	5副		79	鵏	貝	姑	謗	陰平	合	十七姑			幫平合模遇一	博孤	幫開1	博蓋	見平合模遇一	古胡
7506	5副		80	鯆	貝	姑	謗	陰平	合	十七姑			滂平合模遇一	普胡	幫開1	博蓋	見平合模遇一	古胡
7508	5副		81	餔*	貝	姑	謗	陰平	合	十七姑			幫平合模遇一	奔模	幫開1	博蓋	見平合模遇一	古胡
7509	5副		82	妑	貝	姑	謗	陰平	合	十七姑			幫平開麻假二	伯加	幫開1	博蓋	見平合模遇一	古胡
7511	5副		83	吧	貝	姑	謗	陰平	合	十七姑			幫平開麻假二	伯加	幫開1	博蓋	見平合模遇一	古胡
7512	5副		84	芭	貝	姑	謗	陰平	合	十七姑			幫平開麻假二	伯加	幫開1	博蓋	見平合模遇一	古胡
7513	5副		85	笆	貝	姑	謗	陰平	合	十七姑			幫平開麻假二	伯加	幫開1	博蓋	見平合模遇一	古胡
7514	5副		86	羓*	貝	姑	謗	陰平	合	十七姑			幫平開麻假二	邦加	幫開1	博蓋	見平合模遇一	古胡
7515	5副		87	蚆	貝	姑	謗	陰平	合	十七姑			滂平開麻假二	普巴	幫開1	博蓋	見平合模遇一	古胡
7516	5副	12	88	稗	佩	姑	並	陰平	合	十七姑			滂平合模遇一	普胡	並合1	蒲昧	見平合模遇一	古胡
7517	5副		89	敷	佩	姑	並	陰平	合	十七姑			滂平合模遇一	普胡	並合1	蒲昧	見平合模遇一	古胡
7518	5副		90	鯆	佩	姑	並	陰平	合	十七姑			滂平合模遇一	普胡	並合1	蒲昧	見平合模遇一	古胡
7519	5副		91	踊	佩	姑	並	陰平	合	十七姑			滂平合模遇一	普胡	並合1	蒲昧	見平合模遇一	古胡
7521	5副		92	撫	佩	姑	並	陰平	合	十七姑			滂平合模遇一	普胡	並合1	蒲昧	見平合模遇一	古胡
7522	5副		93	妑	佩	姑	並	陰平	合	十七姑			滂平開麻假二	普巴	並合1	蒲昧	見平合模遇一	古胡
7523	5副		94	舥	佩	姑	並	陰平	合	十七姑			滂平開麻假二	普巴	並合1	蒲昧	見平合模遇一	古胡
7524	5副		95	舥	佩	姑	並	陰平	合	十七姑			滂平開麻假二	普巴	並合1	蒲昧	見平合模遇一	古胡
7525	5副	13	96	衚	會	盧	曉	陽平	合	十七姑			匣平合模遇一	戶吳	匣合1	黃外	來平合模遇一	落胡
7526	5副		97	瑚	會	盧	曉	陽平	合	十七姑			匣平合模遇一	戶吳	匣合1	黃外	來平合模遇一	落胡
7527	5副		98	醐	會	盧	曉	陽平	合	十七姑			匣平合模遇一	戶吳	匣合1	黃外	來平合模遇一	落胡
7528	5副		99	鶘	會	盧	曉	陽平	合	十七姑		鶘箶	匣平合模遇一	洪孤	匣合1	黃外	來平合模遇一	落胡
7529	5副		100	葫	會	盧	曉	陽平	合	十七姑			匣平合模遇一	戶吳	匣合1	黃外	來平合模遇一	落胡
7531	5副		101	鶘	會	盧	曉	陽平	合	十七姑			匣平合模遇一	戶吳	匣合1	黃外	來平合模遇一	落胡
7532	5副		102	瓳	會	盧	曉	陽平	合	十七姑			匣平合模遇一	戶吳	匣合1	黃外	來平合模遇一	落胡
7533	5副		103	簻	會	盧	曉	陽平	合	十七姑			匣平合模遇一	戶吳	匣合1	黃外	來平合模遇一	落胡

韻字編號	部序	組數	字數	韻字及何氏反切			韻字何氏音				何萱注釋	備注	韻字中古音		上字中古音		下字中古音	
				韻字	上字	下字	聲	調	呼	韻部			聲調呼韻攝等	反切	聲呼等	反切	聲調呼韻攝等	反切
7534	5副		104	頡	會	盧	曉	陽平	合	十七姑			匣平合模遇一	戶吳	匣合1	黃外	來平合模遇一	落胡
7535	5副		105	鲘	會	盧	曉	陽平	合	十七姑			匣平合模遇一	戶吳	匣合1	黃外	來平合模遇一	落胡
7536	5副		106	楛	會	盧	曉	陽平	合	十七姑			匣平合模遇一	戶吳	匣合1	黃外	來平合模遇一	落胡
7537	5副		107	騨	會	盧	曉	陽平	合	十七姑			匣平合麻假二	戶花	匣合1	黃外	來平合模遇一	落胡
7538	5副		108	鶽	會	盧	曉	陽平	合	十七姑			匣平合麻假二	戶花	匣合1	黃外	來平合模遇一	落胡
7539	5副		109	蟳	會	盧	曉	陽平	合	十七姑			匣平合麻假二	戶花	匣合1	黃外	來平合模遇一	落胡
7540	5副		110	顆	會	盧	曉	陽平	合	十七姑			匣平開麻假二	胡加	匣合1	黃外	來平合模遇一	落胡
7541	5副		111	椵	會	盧	曉	陽平	合	十七姑			匣平開麻假二	胡加	匣合1	黃外	來平合模遇一	落胡
7542	5副		112	霞	會	盧	曉	陽平	合	十七姑			匣平開麻假二	胡加	匣合1	黃外	來平合模遇一	落胡
7543	5副		113	遐	會	盧	曉	陽平	合	十七姑			匣平開麻假二	胡加	匣合1	黃外	來平合模遇一	落胡
7544	5副		114	蕸	會	盧	曉	陽平	合	十七姑			匣平開麻假二	胡加	匣合1	黃外	來平合模遇一	落胡
7545	5副	14	115	嵞	統	盧	透	陽平	合	十七姑			定平合模遇一	同都	透合1	他綜	來平合模遇一	落胡
7546	5副		116	稌	統	盧	透	陽平	合	十七姑			定平合模遇一	同都	透合1	他綜	來平合模遇一	落胡
7548	5副		117	駼	統	盧	透	陽平	合	十七姑			定平合模遇一	同都	透合1	他綜	來平合模遇一	落胡
7549	5副		118	鵌	統	盧	透	陽平	合	十七姑			定平合模遇一	同都	透合1	他綜	來平合模遇一	落胡
7550	5副		119	廜	統	盧	透	陽平	合	十七姑			定平合模遇一	同都	透合1	他綜	來平合模遇一	落胡
7551	5副		120	菟	統	盧	透	陽平	合	十七姑			定平合模遇一	同都	透合1	他綜	來平合模遇一	落胡
7552	5副		121	鍍	統	盧	透	陽平	合	十七姑			定平合模遇一	同都	透合1	他綜	來平合模遇一	落胡
7554	5副	15	122	駑	煖	胡	乃	陽平	合	十七姑			泥平合模遇一	乃都	泥合1	乃管	匣平合模遇一	戶吳
7555	5副		123	詉	煖	胡	乃	陽平	合	十七姑			娘平開麻假二	女加	泥合1	乃管	匣平合模遇一	戶吳
7556	5副		124	䏧*	煖	胡	乃	陽平	合	十七姑			娘平開麻假二	女加	泥合1	乃管	匣平合模遇一	戶吳
7558	5副		125	蒘	煖	胡	乃	陽平	合	十七姑			娘平開麻假二	女加	泥合1	乃管	匣平合模遇一	戶吳
7559	5副	16	126	矑	磊	胡	賚	陽平	合	十七姑		正編下字作徒	來平合模遇一	落胡	來合1	落猥	匣平合模遇一	戶吳
7560	5副		127	瀘	磊	胡	賚	陽平	合	十七姑		正編下字作徒	來平合模遇一	落胡	來合1	落猥	匣平合模遇一	戶吳
7561	5副		128	嚧	磊	胡	賚	陽平	合	十七姑		正編下字作徒	來平合模遇一	落胡	來合1	落猥	匣平合模遇一	戶吳

韻字編號	部序	組數	字數	韻字及何氏反切			韻字何氏音				何萱注釋	備注	韻字中古音		上字中古音		下字中古音	
				韻字	上字	下字	聲	調	呼	韻部			聲調呼韻攝等	反切	聲呼等	反切	聲調呼韻攝等	反切
7562	5副		129	壚	磊	胡	賚	陽平	合	十七姑		正編下字作徒	來平合模遇一	落胡	來合1	落猥	匣平合模遇一	戶吳
7563	5副		130	甗	磊	胡	賚	陽平	合	十七姑		正編下字作徒	來平合模遇一	落胡	來合1	落猥	匣平合模遇一	戶吳
7564	5副		131	轤	磊	胡	賚	陽平	合	十七姑		正編下字作徒	來平合模遇一	落胡	來合1	落猥	匣平合模遇一	戶吳
7565	5副		132	甗*	磊	胡	賚	陽平	合	十七姑		正編下字作徒	來平合模遇一	龍都	來合1	落猥	匣平合模遇一	戶吳
7566	5副		133	皻	磊	胡	賚	陽平	合	十七姑		正編作磊徒切	來平合模遇一	落胡	來合1	落猥	匣平合模遇一	戶吳
7567	5副		134	獹	磊	胡	賚	陽平	合	十七姑		正編作磊徒切	來平合模遇一	落胡	來合1	落猥	匣平合模遇一	戶吳
7568	5副		135	鱸	磊	胡	賚	陽平	合	十七姑		正編作磊徒切	來平合模遇一	落胡	來合1	落猥	匣平合模遇一	戶吳
7569	5副		136	蠦	磊	胡	賚	陽平	合	十七姑		正編作磊徒切	來平合模遇一	落胡	來合1	落猥	匣平合模遇一	戶吳
7570	5副		137	蘆	磊	胡	賚	陽平	合	十七姑		正編作磊徒切	來平合模遇一	落胡	來合1	落猥	匣平合模遇一	戶吳
7571	5副	17	138	䖯	狀	盧	助	陽平	合	十七姑			崇平開麻假二	鉏加	崇開3	鋤亮	來平合模遇一	落胡
7572	5副		139	隭	狀	盧	助	陽平	合	十七姑			澄平開麻假二	宅加	崇開3	鋤亮	來平合模遇一	落胡
7573	5副		140	嵞	狀	盧	助	陽平	合	十七姑			澄平開麻假二	宅加	崇開3	鋤亮	來平合模遇一	落胡
7574	5副		141	畬	狀	盧	助	陽平	合	十七姑			澄平開麻假二	宅加	崇開3	鋤亮	來平合模遇一	落胡
7575	5副		142	䅷	狀	盧	助	陽平	合	十七姑			澄平開麻假二	宅加	崇開3	鋤亮	來平合模遇一	落胡
7576	5副		143	䆺	狀	盧	助	陽平	合	十七姑			澄平開麻假二	宅加	崇開3	鋤亮	來平合模遇一	落胡
7577	5副	18	144	䈡*	寸	盧	淨	陽平	合	十七姑			清平合魚遇三	千余	清合1	倉困	來平合模遇一	落胡
7578	5副	19	145	娪	我	盧	我	陽平	合	十七姑			疑平合模遇一	五乎	疑開1	五可	來平合模遇一	落胡
7579	5副		146	祦	我	盧	我	陽平	合	十七姑			疑平合模遇一	五乎	疑開1	五可	來平合模遇一	落胡
7580	5副		147	䑸	我	盧	我	陽平	合	十七姑			疑平合模遇一	五乎	疑開1	五可	來平合模遇一	落胡
7581	5副		148	峿	我	盧	我	陽平	合	十七姑			疑平合模遇一	五乎	疑開1	五可	來平合模遇一	落胡
7582	5副		149	珸	我	盧	我	陽平	合	十七姑			疑平合模遇一	五乎	疑開1	五可	來平合模遇一	落胡
7583	5副		150	浯	我	盧	我	陽平	合	十七姑			疑平合模遇一	五乎	疑開1	五可	來平合模遇一	落胡
7584	5副		151	齬	我	盧	我	陽平	合	十七姑			疑平合模遇一	五乎	疑開1	五可	來平合模遇一	落胡
7585	5副		152	鋙	我	盧	我	陽平	合	十七姑			疑平合模遇一	五乎	疑開1	五可	來平合模遇一	落胡
7586	5副		153	蜈	我	盧	我	陽平	合	十七姑			疑平合模遇一	五乎	疑開1	五可	來平合模遇一	落胡

韻字編號	部序	組數	字數	韻字及何氏反切 韻字	上字	下字	韻字何氏音 聲	調	呼	韻部	何萱注釋	備注	韻字中古音 聲調呼韻攝等	反切	上字中古音 聲呼等	反切	下字中古音 聲調呼韻攝等	反切
7587	5副	20	154	捕	佩	胡	並	陽平	合	十七姑		正編下字作徒	並平合模遇一	薄胡	並合1	蒲昧	匣平合模遇一	戶吳
7588	5副		155	舖	佩	胡	並	陽平	合	十七姑		正編下字作徒	並平合模遇一	薄胡	並合1	蒲昧	匣平合模遇一	戶吳
7589	5副		156	䈬	佩	胡	並	陽平	合	十七姑		正編下字作徒	並平合模遇一	薄胡	並合1	蒲昧	匣平合模遇一	戶吳
7591	5副		157	蜅	佩	胡	並	陽平	合	十七姑		正編下字作徒	並平合模遇一	薄胡	並合1	蒲昧	匣平合模遇一	戶吳
7592	5副		158	爬	佩	胡	並	陽平	合	十七姑		正編下字作徒	並平開麻假二	蒲巴	並合1	蒲昧	匣平合模遇一	戶吳
7593	5副		159	琶	佩	胡	並	陽平	合	十七姑		正編下字作徒	並平開麻假二	蒲巴	並合1	蒲昧	匣平合模遇一	戶吳
7594	5副	21	160	腒	眷	虛	見	陰平	撮	十八凥			見平合魚遇三	九魚	見合重3	居倦	溪平合魚遇三	去魚
7595	5副		161	崌	眷	虛	見	陰平	撮	十八凥			見平合魚遇三	九魚	見合重3	居倦	溪平合魚遇三	去魚
7596	5副		162	鶋	眷	虛	見	陰平	撮	十八凥			見平合魚遇三	九魚	見合重3	居倦	溪平合魚遇三	去魚
7597	5副		163	蜛	眷	虛	見	陰平	撮	十八凥			見平合魚遇三	九魚	見合重3	居倦	溪平合魚遇三	去魚
7598	5副		164	𦺬	眷	虛	見	陰平	撮	十八凥			見平合魚遇三	九魚	見合重3	居倦	溪平合魚遇三	去魚
7599	5副		165	硨	眷	虛	見	陰平	撮	十八凥			昌平開麻假三	尺遮	見合重3	居倦	溪平合魚遇三	去魚
7600	5副		166	蛼*	眷	虛	見	陰平	撮	十八凥			昌平開麻假三	昌遮	見合重3	居倦	溪平合魚遇三	去魚
7601	5副	22	167	攄	郡	居	起	陰平	撮	十八凥			溪平合魚遇三	去魚	群合3	渠運	見平合魚遇三	九魚
7602	5副		168	嘘	郡	居	起	陰平	撮	十八凥			溪平合魚遇三	去魚	群合3	渠運	見平合魚遇三	九魚
7603	5副	23	169	唹	永	居	影	陰平	撮	十八凥			影平合魚遇三	央居	云合3	于憬	見平合魚遇三	九魚
7604	5副		170	箊	永	居	影	陰平	撮	十八凥			影平合魚遇三	央居	云合3	于憬	見平合魚遇三	九魚
7605	5副		171	陓	永	居	影	陰平	撮	十八凥			影平合虞遇三	憶俱	云合3	于憬	見平合魚遇三	九魚
7606	5副		172	雩	永	居	影	陰平	撮	十八凥			影平合虞遇三	憶俱	云合3	于憬	見平合魚遇三	九魚
7607	5副		173	虶	永	居	影	陰平	撮	十八凥			影平合虞遇三	憶俱	云合3	于憬	見平合魚遇三	九魚
7608	5副	24	174	驉	訓	居	曉	陰平	撮	十八凥			曉平合魚遇三	朽居	曉合3	許運	見平合魚遇三	九魚
7609	5副		175	旴	訓	居	曉	陰平	撮	十八凥			曉平合虞遇三	況于	曉合3	許運	見平合魚遇三	九魚
7610	5副		176	疞*	訓	居	曉	陰平	撮	十八凥			曉平合虞遇三	匈于	曉合3	許運	見平合魚遇三	九魚
7611	5副		177	欨	訓	居	曉	陰平	撮	十八凥			曉平合虞遇三	況于	曉合3	許運	見平合魚遇三	九魚
7612	5副		178	衹	訓	居	曉	陰平	撮	十八凥			曉平合虞遇三	況于	曉合3	許運	見平合魚遇三	九魚

韻字編號	部序	組數	字數	韻字及何氏反切			韻字何氏音				何萱注釋	備注	韻字中古音		上字中古音		下字中古音	
				韻字	上字	下字	聲	調	呼	韻部			聲調呼韻攝等	反切	聲呼等	反切	聲調呼韻攝等	反切
7613	5 副	25	179	櫧	準	虛	照	陰平	撮	十八尻			章平合魚遇三	章魚	章合 3	之尹	溪平合魚遇三	去魚
7614	5 副		180	藷	準	虛	照	陰平	撮	十八尻			章平合魚遇三	章魚	章合 3	之尹	溪平合魚遇三	去魚
7616	5 副		181	蠩	準	虛	照	陰平	撮	十八尻			章平合魚遇三	章魚	章合 3	之尹	溪平合魚遇三	去魚
7617	5 副		182	礵	準	虛	照	陰平	撮	十八尻			章平合魚遇三	章魚	章合 3	之尹	溪平合魚遇三	去魚
7618	5 副		183	藷	準	虛	照	陰平	撮	十八尻			章平合魚遇三	章魚	章合 3	之尹	溪平合魚遇三	去魚
7619	5 副		184	瀦	準	虛	照	陰平	撮	十八尻			知平合魚遇三	陟魚	章合 3	之尹	溪平合魚遇三	去魚
7620	5 副		185	豬	準	虛	照	陰平	撮	十八尻			知平合魚遇三	陟魚	章合 3	之尹	溪平合魚遇三	去魚
7621	5 副		186	庶	準	虛	照	陰平	撮	十八尻			章平開麻假三	正奢	章合 3	之尹	溪平合魚遇三	去魚
7622	5 副		187	奓	準	虛	照	陰平	撮	十八尻	五部十七部兩見。俗有爹，亦見十七部。萱按奓爹當本一字，而者聲多聲，不同部。以六書繩之，似奓為正字而爹從之。若吳羌之異呼方俗語言不足細辯也	爹在 17 部，當與之異讀。玉篇作之邪切	章平開麻假三	正奢	章合 3	之尹	溪平合魚遇三	去魚
7623	5 副	26	188	攄	蠢	居	助	陰平	撮	十八尻			徹平合魚遇三	丑居	昌合 3	尺尹	見平合魚遇三	九魚
7624	5 副		189	噓	蠢	居	助	陰平	撮	十八尻			初平合魚遇三	楚居	昌合 3	尺尹	見平合魚遇三	九魚
7625	5 副	27	190	鶿*	舜	居	審	陰平	撮	十八尻			書平合魚遇三	商居	書合 3	舒閏	見平合魚遇三	九魚
7626	5 副		191	蕷	舜	居	審	陰平	撮	十八尻			書平合魚遇三	傷魚	書合 3	舒閏	見平合魚遇三	九魚
7627	5 副		192	綖	舜	居	審	陰平	撮	十八尻			生平合魚遇三	所葅	書合 3	舒閏	見平合魚遇三	九魚
7629	5 副		193	練	舜	居	審	陰平	撮	十八尻			生平合魚遇三	所葅	書合 3	舒閏	見平合魚遇三	九魚
7630	5 副		194	蔬	舜	居	審	陰平	撮	十八尻			生平合魚遇三	所葅	書合 3	舒閏	見平合魚遇三	九魚
7631	5 副	28	195	胥	翠	居	淨	陰平	撮	十八尻			清平合魚遇三	七餘	清合 3	七醉	見平合魚遇三	九魚
7632	5 副	29	196	稰	選	居	信	陰平	撮	十八尻			心平合魚遇三	相居	心合 3	蘇管	見平合魚遇三	九魚
7633	5 副		197	籓	選	居	信	陰平	撮	十八尻			心平合魚遇三	相居	心合 3	蘇管	見平合魚遇三	九魚

韻字編號	部序	組數	字數	韻字及何氏反切			韻字何氏音				何萱注釋	備注	韻字中古音		上字中古音		下字中古音	
				韻字	上字	下字	聲	調	呼	韻部			聲調呼韻攝等	反切	聲呼等	反切	聲調呼韻攝等	反切
7634	5副	30	198	姇	粉	居	匪	陰平	撮	十八尻			非平合虞遇三	甫無	非合3	方吻	見平合魚遇三	九魚
7635	5副		199	袄	粉	居	匪	陰平	撮	十八尻			非平合虞遇三	甫無	非合3	方吻	見平合魚遇三	九魚
7636	5副		200	玞	粉	居	匪	陰平	撮	十八尻			非平合虞遇三	甫無	非合3	方吻	見平合魚遇三	九魚
7637	5副		201	鳺	粉	居	匪	陰平	撮	十八尻			非平合虞遇三	甫無	非合3	方吻	見平合魚遇三	九魚
7638	5副		202	秩	粉	居	匪	陰平	撮	十八尻			非平合虞遇三	甫無	非合3	方吻	見平合魚遇三	九魚
7640	5副		203	娉	粉	居	匪	陰平	撮	十八尻			敷平合虞遇三	芳無	非合3	方吻	見平合魚遇三	九魚
7641	5副		204	撫	粉	居	匪	陰平	撮	十八尻		原文橅	敷平合虞遇三	芳無	非合3	方吻	見平合魚遇三	九魚
7642	5副		205	橅	粉	居	匪	陰平	撮	十八尻		原文橅	敷平合虞遇三	芳無	非合3	方吻	見平合魚遇三	九魚
7644	5副	31	206	磲	郡	餘	起	陽平	撮	十八尻			群平合魚遇三	強魚	群合3	渠運	以平合魚遇三	以諸
7645	5副		207	璖	郡	餘	起	陽平	撮	十八尻			群平合魚遇三	強魚	群合3	渠運	以平合魚遇三	以諸
7646	5副		208	縹	郡	餘	起	陽平	撮	十八尻			群平合魚遇三	強魚	群合3	渠運	以平合魚遇三	以諸
7647	5副		209	貗	郡	餘	起	陽平	撮	十八尻			群平合魚遇三	強魚	群合3	渠運	以平合魚遇三	以諸
7648	5副		210	蕖	郡	餘	起	陽平	撮	十八尻			群平合魚遇三	強魚	群合3	渠運	以平合魚遇三	以諸
7649	5副		211	傈*	郡	餘	起	陽平	撮	十八尻			群平合魚遇三	求於	群合3	渠運	以平合魚遇三	以諸
7650	5副		212	懅	郡	餘	起	陽平	撮	十八尻			群平合魚遇三	強魚	群合3	渠運	以平合魚遇三	以諸
7652	5副		213	蘧	郡	餘	起	陽平	撮	十八尻			群平合魚遇三	強魚	群合3	渠運	以平合魚遇三	以諸
7653	5副		214	醵*	郡	餘	起	陽平	撮	十八尻			群平合魚遇三	求於	群合3	渠運	以平合魚遇三	以諸
7654	5副		215	璩	郡	餘	起	陽平	撮	十八尻			群平合魚遇三	強魚	群合3	渠運	以平合魚遇三	以諸
7655	5副		216	檬	郡	餘	起	陽平	撮	十八尻			群平合魚遇三	強魚	群合3	渠運	以平合魚遇三	以諸
7656	5副		217	轉	郡	餘	起	陽平	撮	十八尻			群平合魚遇三	強魚	群合3	渠運	以平合魚遇三	以諸
7657	5副		218	豦	郡	餘	起	陽平	撮	十八尻			群平合魚遇三	強魚	群合3	渠運	以平合魚遇三	以諸
7658	5副		219	鄺	郡	餘	起	陽平	撮	十八尻			群平合魚遇三	強魚	群合3	渠運	以平合魚遇三	以諸
7659	5副		220	隊*	郡	餘	起	陽平	撮	十八尻			群平合魚遇三	求於	群合3	渠運	以平合魚遇三	以諸
7660	5副		221	褫	郡	餘	起	陽平	撮	十八尻			群平合魚遇三	強魚	群合3	渠運	以平合魚遇三	以諸
7661	5副		222	渠	郡	餘	起	陽平	撮	十八尻			群平合魚遇三	強魚	群合3	渠運	以平合魚遇三	以諸
7662	5副		223	礭	郡	餘	起	陽平	撮	十八尻			群平合虞遇三	其俱	群合3	渠運	以平合魚遇三	以諸
7663	5副		224	戳	郡	餘	起	陽平	撮	十八尻			群平合虞遇三	其俱	群合3	渠運	以平合魚遇三	以諸

韻字編號	部序	組數	字數	韻字及何氏反切			韻字何氏音				何萱注釋	備注	韻字中古音		上字中古音		下字中古音	
				韻字	上字	下字	聲	調	呼	韻部			聲調呼韻攝等	反切	聲呼等	反切	聲調呼韻攝等	反切
7664	5副		225	氍	郡	餘	起	陽平	撮	十八尻			群平合虞遇三	其俱	群合3	渠運	以平合魚遇三	以諸
7665	5副		226	蠷	郡	餘	起	陽平	撮	十八尻			群平合虞遇三	其俱	群合3	渠運	以平合魚遇三	以諸
7666	5副		227	玃	郡	餘	起	陽平	撮	十八尻			群平合虞遇三	其俱	群合3	渠運	以平合魚遇三	以諸
7667	5副		228	躣	郡	餘	起	陽平	撮	十八尻			群平合虞遇三	其俱	群合3	渠運	以平合魚遇三	以諸
7668	5副	32	229	艅	永	渠	影	陽平	撮	十八尻			以平合魚遇三	以諸	云合3	于憬	群平合魚遇三	強魚
7669	5副		230	狳	永	渠	影	陽平	撮	十八尻			以平合魚遇三	以諸	云合3	于憬	群平合魚遇三	強魚
7670	5副		231	雓	永	渠	影	陽平	撮	十八尻			以平合魚遇三	以諸	云合3	于憬	群平合魚遇三	強魚
7671	5副		232	蜍	永	渠	影	陽平	撮	十八尻			以平合魚遇三	以諸	云合3	于憬	群平合魚遇三	強魚
7672	5副		233	璵	永	渠	影	陽平	撮	十八尻			以平合魚遇三	以諸	云合3	于憬	群平合魚遇三	強魚
7673	5副		234	獥	永	渠	影	陽平	撮	十八尻			以平合魚遇三	以諸	云合3	于憬	群平合魚遇三	強魚
7674	5副		235	箊*	永	渠	影	陽平	撮	十八尻			以平合魚遇三	羊諸	云合3	于憬	群平合魚遇三	強魚
7675	5副		236	澦	永	渠	影	陽平	撮	十八尻	萱按說文有澦，此殆其破字耳。廣韻兩載非是，集韻刪澦	破字有兩種解釋，一為破讀字，二為拆字，即以漢字加減筆劃，拆開偏旁或打亂字體結構，加以附會，以推算吉凶。此處取第二義，廣集玉均沒查到，取澦廣韻音	以平合魚遇三	以諸	云合3	于憬	群平合魚遇三	強魚
7676	5副		237	骬	永	渠	影	陽平	撮	十八尻	骬或作骬		云平合虞遇三	羽俱	云合3	于憬	群平合魚遇三	強魚
7677	5副		238	釪	永	渠	影	陽平	撮	十八尻			云平合虞遇三	羽俱	云合3	于憬	群平合魚遇三	強魚
7678	5副		239	軒**	永	渠	影	陽平	撮	十八尻			云平合虞遇三	羽俱	云合3	于憬	群平合魚遇三	強魚
7679	5副		240	迂	永	渠	影	陽平	撮	十八尻			云平合虞遇三	羽俱	云合3	于憬	群平合魚遇三	強魚
7680	5副		241	芧	永	渠	影	陽平	撮	十八尻			云平合虞遇三	羽俱	云合3	于憬	群平合魚遇三	強魚
7681	5副		242	箊*	永	渠	影	陽平	撮	十八尻		箊篩	以平開麻假三	余遮	云合3	于憬	群平合魚遇三	強魚

韻字編號	部序	組數	字數	韻字及何氏反切			韻字何氏音				何萱注釋	備注	韻字中古音		上字中古音		下字中古音	
				韻字	上字	下字	聲	調	呼	韻部			聲調呼韻攝等	反切	聲呼等	反切	聲調呼韻攝等	反切
7682	5副		243	梛*	永	渠	影	陽平	撮	十八尻		梛梛	以平開麻假三	余遮	云合3	于憬	群平合魚遇三	強魚
7683	5副		244	荮	永	渠	影	陽平	撮	十八尻			以平開麻假三	以遮	云合3	于憬	群平合魚遇三	強魚
7684	5副		245	荮	永	渠	影	陽平	撮	十八尻			以平開麻假三	以遮	云合3	于憬	群平合魚遇三	強魚
7685	5副	33	246	䋈	乃	餘	乃	陽平	撮	十八尻			娘平合魚遇三	女余	泥開1	奴亥	以平合魚遇三	以諸
7686	5副		247	䓥	乃	餘	乃	陽平	撮	十八尻			娘平合魚遇三	女余	泥開1	奴亥	以平合魚遇三	以諸
7687	5副		248	㯿	乃	餘	乃	陽平	撮	十八尻			娘平合魚遇三	女余	泥開1	奴亥	以平合魚遇三	以諸
7688	5副		249	莈*	乃	餘	乃	陽平	撮	十八尻			娘平合魚遇三	女居	泥開1	奴亥	以平合魚遇三	以諸
7690	5副	34	250	僴	戀	餘	賚	陽平	撮	十八尻			來平合魚遇三	力居	來合3	力卷	以平合魚遇三	以諸
7691	5副		251	櫚	戀	餘	賚	陽平	撮	十八尻			來平合魚遇三	力居	來合3	力卷	以平合魚遇三	以諸
7692	5副		252	䉮	戀	餘	賚	陽平	撮	十八尻			來平合魚遇三	力居	來合3	力卷	以平合魚遇三	以諸
7693	5副		253	藺	戀	餘	賚	陽平	撮	十八尻			來平合魚遇三	力居	來合3	力卷	以平合魚遇三	以諸
7694	5副		254	澗	戀	餘	賚	陽平	撮	十八尻			來平合魚遇三	力居	來合3	力卷	以平合魚遇三	以諸
7695	5副		255	櫖	戀	餘	賚	陽平	撮	十八尻	平去二音		來平合魚遇三	力居	來合3	力卷	以平合魚遇三	以諸
7697	5副		256	藘	戀	餘	賚	陽平	撮	十八尻			來平合魚遇三	力居	來合3	力卷	以平合魚遇三	以諸
7698	5副		257	爈	戀	餘	賚	陽平	撮	十八尻			來平合魚遇三	力居	來合3	力卷	以平合魚遇三	以諸
7699	5副		258	蘆*	戀	餘	賚	陽平	撮	十八尻			來去合魚遇三	良据	來合3	力卷	以平合魚遇三	以諸
7700	5副		259	𧈅	戀	餘	賚	陽平	撮	十八尻			來平合魚遇三	力居	來合3	力卷	以平合魚遇三	以諸
7701	5副		260	璷	戀	餘	賚	陽平	撮	十八尻		原文璷	來平合魚遇三	力居	來合3	力卷	以平合魚遇三	以諸
7702	5副		261	騼	戀	餘	賚	陽平	撮	十八尻			來平合魚遇三	力居	來合3	力卷	以平合魚遇三	以諸
7703	5副	35	262	瘵	蠢	餘	助	陽平	撮	十八尻			澄去合魚遇三	遲倨	昌合3	尺尹	以平合魚遇三	以諸
7704	5副		263	滁	蠢	餘	助	陽平	撮	十八尻			澄平合魚遇三	直魚	昌合3	尺尹	以平合魚遇三	以諸
7705	5副		264	藸	蠢	餘	助	陽平	撮	十八尻			澄平合魚遇三	直魚	昌合3	尺尹	以平合魚遇三	以諸
7706	5副		265	鶵	蠢	餘	助	陽平	撮	十八尻			崇平合魚遇三	士魚	昌合3	尺尹	以平合魚遇三	以諸
7707	5副	36	266	䕨	輭	餘	耳	陽平	撮	十八尻			日平合魚遇三	人諸	日合3	而兖	以平合魚遇三	以諸
7708	5副	37	267	䁌	我	餘	我	陽平	撮	十八尻		表中為䁥	疑平合魚遇三	語居	疑開1	五可	以平合魚遇三	以諸
7709	5副		268	澞	我	餘	我	陽平	撮	十八尻			疑平合虞遇三	遇俱	疑開1	五可	以平合魚遇三	以諸
7710	5副		269	鸆	我	餘	我	陽平	撮	十八尻			疑平合虞遇三	遇俱	疑開1	五可	以平合魚遇三	以諸

韻字編號	部序	組數	字數	韻字及何氏反切			韻字何氏音				何萱注釋	備注	韻字中古音		上字中古音		下字中古音	
				韻字	上字	下字	聲	調	呼	韻部			聲調呼韻攝等	反切	聲呼等	反切	聲調呼韻攝等	反切
7711	5副	38	270	狳	選	餘	信	陽平	撮	十八尻			邪平合魚遇三	似魚	心合3	蘇管	以平合魚遇三	以諸
7712	5副	39	271	呋	粉	餘	匪	陽平	撮	十八尻			奉平合虞遇三	防無	非合3	方吻	以平合魚遇三	以諸
7713	5副		272	詇	粉	餘	匪	陽平	撮	十八尻			奉平合虞遇三	防無	非合3	方吻	以平合魚遇三	以諸
7714	5副		273	颫	粉	餘	匪	陽平	撮	十八尻			奉平合虞遇三	防無	非合3	方吻	以平合魚遇三	以諸
7715	5副		274	鈇	粉	餘	匪	陽平	撮	十八尻			奉平合虞遇三	防無	非合3	方吻	以平合魚遇三	以諸
7716	5副		275	愲	粉	餘	匪	陽平	撮	十八尻			奉平合虞遇三	防無	非合3	方吻	以平合魚遇三	以諸
7717	5副		276	翖	粉	餘	匪	陽平	撮	十八尻			奉平合虞遇三	防無	非合3	方吻	以平合魚遇三	以諸
7718	5副		277	涺	粉	餘	匪	陽平	撮	十八尻			奉平合虞遇三	防無	非合3	方吻	以平合魚遇三	以諸
7719	5副	40	278	譕	晚	餘	未	陽平	撮	十八尻			微平合虞遇三	武夫	微合3	無遠	以平合魚遇三	以諸
7720	5副		279	籅	晚	餘	未	陽平	撮	十八尻			微平合虞遇三	武夫	微合3	無遠	以平合魚遇三	以諸
7721	5副		280	鷡	晚	餘	未	陽平	撮	十八尻			微平合虞遇三	武夫	微合3	無遠	以平合魚遇三	以諸
7722	5副		281	嶇	晚	餘	未	陽平	撮	十八尻			微平合虞遇三	武夫	微合3	無遠	以平合魚遇三	以諸
7723	5副		282	蕪	晚	餘	未	陽平	撮	十八尻			微平合虞遇三	武夫	微合3	無遠	以平合魚遇三	以諸
7724	5副	41	283	鈷	廣	土	見	上	合	十七鼓			見上合模遇一	公戶	見合1	古晃	透上合模遇一	他魯
7725	5副		284	估	廣	土	見	上	合	十七鼓			見上合模遇一	公戶	見合1	古晃	透上合模遇一	他魯
7726	5副		285	牯	廣	土	見	上	合	十七鼓			見上合模遇一	公戶	見合1	古晃	透上合模遇一	他魯
7727	5副		286	叚	廣	土	見	上	合	十七鼓			見上開麻假三	古疋	見合1	古晃	透上合模遇一	他魯
7728	5副	42	287	箬	曠	古	起	上	合	十七鼓			溪上合模遇一	康杜	溪合1	苦謗	見上合模遇一	公戶
7729	5副		288	銙	曠	古	起	上	合	十七鼓			溪上合麻假二	苦瓦	溪合1	苦謗	見上合模遇一	公戶
7730	5副		289	峿	曠	古	起	上	合	十七鼓			溪上合麻假二	苦瓦	溪合1	苦謗	見上合模遇一	公戶
7731	5副		290	幡	曠	古	起	上	合	十七鼓			溪上合麻假二	苦瓦	溪合1	苦謗	見上合模遇一	公戶
7732	5副	43	291	鳴	腕	古	影	上	合	十七鼓			影上合模遇一	安古	影合1	烏貫	見上合模遇一	公戶
7733	5副		292	滆	腕	古	影	上	合	十七鼓			影上合模遇一	安古	影合1	烏貫	見上合模遇一	公戶
7734	5副	44	293	虍	會	古	曉	上	合	十七鼓			曉上合模遇一	呼古	匣合1	黃外	見上合模遇一	公戶
7735	5副		294	虓	會	古	曉	上	合	十七鼓			曉上合模遇一	呼古	匣合1	黃外	見上合模遇一	公戶
7736	5副		295	鄜*	會	古	曉	上	合	十七鼓			曉上合模遇一	火五	匣合1	黃外	見上合模遇一	公戶
7737	5副		296	眆	會	古	曉	上	合	十七鼓			匣上合模遇一	侯古	匣合1	黃外	見上合模遇一	公戶

韻字編號	部序	組數	字數	韻字及何氏反切			韻字何氏音				何萱注釋	備　注	韻字中古音		上字中古音		下字中古音	
				韻字	上字	下字	聲	調	呼	韻部			聲調呼韻攝等	反切	聲呼等	反切	聲調呼韻攝等	反切
7738	5副		297	帍	會	古	曉	上	合	十七鼓			匣上合模遇一	侯古	匣合1	黄外	見上合模遇一	公戶
7739	5副		298	戽	會	古	曉	上	合	十七鼓			曉上合模遇一	呼古	匣合1	黄外	見上合模遇一	公戶
7740	5副		299	⿰山扈	會	古	曉	上	合	十七鼓			匣上合模遇一	侯古	匣合1	黄外	見上合模遇一	公戶
7741	5副		300	滬	會	古	曉	上	合	十七鼓			匣上合模遇一	侯古	匣合1	黄外	見上合模遇一	公戶
7742	5副		301	簄	會	古	曉	上	合	十七鼓			匣上合模遇一	侯古	匣合1	黄外	見上合模遇一	公戶
7743	5副		302	廈	會	古	曉	上	合	十七鼓			匣上開麻假二	胡雅	匣合1	黄外	見上合模遇一	公戶
7744	5副	45	303	帾	董	古	短	上	合	十七鼓			端上合模遇一	當古	端合1	多動	見上合模遇一	公戶
7746	5副		304	⿰者皮	董	古	短	上	合	十七鼓			端上合模遇一	當古	端合1	多動	見上合模遇一	公戶
7747	5副		305	賭	董	古	短	上	合	十七鼓			端上合模遇一	當古	端合1	多動	見上合模遇一	公戶
7749	5副		306	肚	董	古	短	上	合	十七鼓			端上合模遇一	當古	端合1	多動	見上合模遇一	公戶
7750	5副		307	⿱者目	董	古	短	上	合	十七鼓			端上合模遇一	當古	端合1	多動	見上合模遇一	公戶
7751	5副	46	308	靯	統	古	透	上	合	十七鼓			定上合模遇一	徒古	透合1	他綜	見上合模遇一	公戶
7752	5副		309	⿰土瓦	統	古	透	上	合	十七鼓			定上合模遇一	徒古	透合1	他綜	見上合模遇一	公戶
7753	5副		310	芏	統	古	透	上	合	十七鼓			透上合模遇一	他魯	透合1	他綜	見上合模遇一	公戶
7754	5副		311	⿱艹社	統	古	透	上	合	十七鼓			定上合模遇一	徒古	透合1	他綜	見上合模遇一	公戶
7755	5副	47	312	砮	煗	古	乃	上	合	十七鼓			泥上合模遇一	奴古	泥合1	乃管	見上合模遇一	公戶
7756	5副	48	313	滷	磊	古	賚	上	合	十七鼓		釋義不合	來上合模遇一	郎古	來合1	落猥	見上合模遇一	公戶
7759	5副		314	⿰扌鹵	磊	古	賚	上	合	十七鼓			來上合模遇一	郎古	來合1	落猥	見上合模遇一	公戶
7760	5副		315	⿹勹鹵	磊	古	賚	上	合	十七鼓			來上合模遇一	郎古	來合1	落猥	見上合模遇一	公戶
7761	5副		316	⿰舟虜	磊	古	賚	上	合	十七鼓			來上合模遇一	郎古	來合1	落猥	見上合模遇一	公戶
7762	5副		317	蓾	磊	古	賚	上	合	十七鼓			以入開藥宕三	以灼	來合1	落猥	見上合模遇一	公戶
7763	5副	49	318	厏*	腫	古	照	上	合	十七鼓			莊上開麻假二	側下	章合3	之隴	見上合模遇一	公戶
7765	5副		319	厏	腫	古	照	上	合	十七鼓			莊上開麻假二	側下	章合3	之隴	見上合模遇一	公戶
7766	5副		320	痄	腫	古	照	上	合	十七鼓			莊上開麻假二	側下	章合3	之隴	見上合模遇一	公戶
7767	5副	50	321	靻	纂	古	井	上	合	十七鼓			精上合模遇一	則古	精合1	作管	見上合模遇一	公戶
7768	5副	51	322	⿱艹麤	寸	古	淨	上	合	十七鼓			清上合模遇一	采古	清合1	倉困	見上合模遇一	公戶
7770	5副		323	蔖	寸	古	淨	上	合	十七鼓			清上合模遇一	采古	清合1	倉困	見上合模遇一	公戶

韻字編號	部序	組數	字數	韻字及何氏反切			韻字何氏音				何萱注釋	備　注	韻字中古音		上字中古音		下字中古音	
				韻字	上字	下字	聲	調	呼	韻部			聲調呼韻攝等	反切	聲呼等	反切	聲調呼韻攝等	反切
7771	5 副	52	324	㽿	我	古	我	上	合	十七鼓			疑上合模遇一	疑古	疑開 1	五可	見上合模遇一	公戶
7772	5 副		325	厊	我	古	我	上	合	十七鼓			疑上開麻假二	五下	疑開 1	五可	見上合模遇一	公戶
7773	5 副		326	疨 g*	我	古	我	上	合	十七鼓			疑平開麻假二	牛加	疑開 1	五可	見上合模遇一	公戶
7774	5 副		327	疋	我	古	我	上	合	十七鼓			疑上開麻假二	五下	疑開 1	五可	見上合模遇一	公戶
7775	5 副	53	328	譜	貝	古	謗	上	合	十七鼓			幫上合模遇一	博古	幫開 1	博蓋	見上合模遇一	公戶
7776	5 副	54	329	烳	佩	古	並	上	合	十七鼓			滂上合模遇一	滂古	並合 1	蒲昧	見上合模遇一	公戶
7777	5 副		330	簙	佩	古	並	上	合	十七鼓			並入開鐸宕一	傍各	並合 1	蒲昧	見上合模遇一	公戶
7778	5 副		331	韝*	佩	古	並	上	合	十七鼓	或作韝輔，鞋韝車茵，集韻	字頭原作鏄，從釋義來看應為韝。韝字韻史已收，此處取韝	並上合模遇一	伴姥	並合 1	蒲昧	見上合模遇一	公戶
7780	5 副	55	332	鏻	漫	古	命	上	合	十七鼓			明上合模遇一	莫補	明合 1	莫半	見上合模遇一	公戶
7782	5 副		333	媽	漫	古	命	上	合	十七鼓			明上合模遇一	莫補	明合 1	莫半	見上合模遇一	公戶
7783	5 副		334	篤	漫	古	命	上	合	十七鼓			明上開麻假二	莫下	明合 1	莫半	見上合模遇一	公戶
7784	5 副		335	碼	漫	古	命	上	合	十七鼓			明上開麻假二	莫下	明合 1	莫半	見上合模遇一	公戶
7785	5 副		336	駡	漫	古	命	上	合	十七鼓			明上開麻假二	莫下	明合 1	莫半	見上合模遇一	公戶
7786	5 副		337	鰢	漫	古	命	上	合	十七鼓			明上開麻假二	莫下	明合 1	莫半	見上合模遇一	公戶
7787	5 副	56	338	弆	眷	許	見	上	撮	十八舉			見上合魚遇三	居許	見合重 3	居倦	曉上合魚遇三	虛呂
7789	5 副		339	趄	眷	許	見	上	撮	十八舉			見上合魚遇三	居許	見合重 3	居倦	曉上合魚遇三	虛呂
7790	5 副		340	邔	眷	許	見	上	撮	十八舉			見上合魚遇三	居許	見合重 3	居倦	曉上合魚遇三	虛呂
7791	5 副	57	341	詎	郡	許	起	上	撮	十八舉			群上合魚遇三	其呂	群合 3	渠運	曉上合魚遇三	虛呂
7793	5 副		342	粔	郡	許	起	上	撮	十八舉			群上合魚遇三	其呂	群合 3	渠運	曉上合魚遇三	虛呂
7794	5 副		343	罝	郡	許	起	上	撮	十八舉			群上合魚遇三	其呂	群合 3	渠運	曉上合魚遇三	虛呂
7795	5 副		344	駏	郡	許	起	上	撮	十八舉			群上合魚遇三	其呂	群合 3	渠運	曉上合魚遇三	虛呂
7796	5 副		345	岠**	郡	許	起	上	撮	十八舉			群上合魚遇三	其呂	群合 3	渠運	曉上合魚遇三	虛呂
7797	5 副		346	蚨	郡	許	起	上	撮	十八舉			溪上合魚遇三	羌舉	群合 3	渠運	曉上合魚遇三	虛呂
7798	5 副	58	347	扵	永	許	影	上	撮	十八舉			影上合魚遇三	於許	云合 3	于憬	曉上合魚遇三	虛呂

韻字編號	部序	組數	字數	韻字及何氏反切			韻字何氏音				何萱注釋	備　注	韻字中古音		上字中古音		下字中古音	
				韻字	上字	下字	聲	調	呼	韻部			聲調呼韻攝等	反切	聲呼等	反切	聲調呼韻攝等	反切
7800	5副		348	簷	永	許	影	上	撮	十八舉			影上合魚遇三	於許	云合3	于憬	曉上合魚遇三	虛呂
7801	5副		349	穥	永	許	影	上	撮	十八舉			以去合魚遇三	羊洳	云合3	于憬	曉上合魚遇三	虛呂
7803	5副	59	350	栩	訓	舉	曉	上	撮	十八舉			曉上合虞遇三	況羽	曉合3	許運	見上合魚遇三	居許
7804	5副		351	珝	訓	舉	曉	上	撮	十八舉			曉上合虞遇三	況羽	曉合3	許運	見上合魚遇三	居許
7805	5副		352	喣*	訓	舉	曉	上	撮	十八舉			曉上合虞遇三	火羽	曉合3	許運	見上合魚遇三	居許
7806	5副	60	353	敉	乃	許	乃	上	撮	十八舉			娘上合魚遇三	尼呂	泥開1	奴亥	曉上合魚遇三	虛呂
7807	5副		354	敹	乃	許	乃	上	撮	十八舉			日上合魚遇三	人渚	泥開1	奴亥	曉上合魚遇三	虛呂
7808	5副	61	355	侶	戀	舉	賚	上	撮	十八舉			來上合魚遇三	力舉	來合3	力卷	見上合魚遇三	居許
7809	5副		356	絽	戀	舉	賚	上	撮	十八舉			來上合魚遇三	力舉	來合3	力卷	見上合魚遇三	居許
7810	5副		357	郘	戀	舉	賚	上	撮	十八舉			來上合魚遇三	力舉	來合3	力卷	見上合魚遇三	居許
7811	5副		358	宮	戀	舉	賚	上	撮	十八舉			來上合魚遇三	力舉	來合3	力卷	見上合魚遇三	居許
7812	5副		359	穭	戀	舉	賚	上	撮	十八舉			來上合魚遇三	力舉	來合3	力卷	見上合魚遇三	居許
7813	5副		360	梠	戀	舉	賚	上	撮	十八舉			來上合魚遇三	力舉	來合3	力卷	見上合魚遇三	居許
7815	5副	62	361	忙*	準	許	照	上	撮	十八舉			知上合魚遇三	展呂	章合3	之尹	曉上合魚遇三	虛呂
7817	5副		362	衿	準	許	照	上	撮	十八舉			端上合魚遇三	丁呂	章合3	之尹	曉上合魚遇三	虛呂
7818	5副		363	帄	準	許	照	上	撮	十八舉			端上合魚遇三	丁呂	章合3	之尹	曉上合魚遇三	虛呂
7819	5副		364	飷	準	許	照	上	撮	十八舉			精上開麻假三	茲野	章合3	之尹	曉上合魚遇三	虛呂
7820	5副	63	365	礎	蠢	許	助	上	撮	十八舉			初上合魚遇三	創舉	昌合3	尺尹	曉上合魚遇三	虛呂
7821	5副		366	濋	蠢	許	助	上	撮	十八舉			初上合魚遇三	創舉	昌合3	尺尹	曉上合魚遇三	虛呂
7822	5副		367	襊	蠢	許	助	上	撮	十八舉			初上合魚遇三	創舉	昌合3	尺尹	曉上合魚遇三	虛呂
7824	5副		368	捨	蠢	許	助	上	撮	十八舉			昌上開麻假三	昌者	昌合3	尺尹	曉上合魚遇三	虛呂
7825	5副		369	撦	蠢	許	助	上	撮	十八舉			昌上開麻假三	昌者	昌合3	尺尹	曉上合魚遇三	虛呂
7826	5副		370	糴	蠢	許	助	上	撮	十八舉			昌上開麻假三	昌者	昌合3	尺尹	曉上合魚遇三	虛呂
7827	5副		371	䞣	蠢	許	助	上	撮	十八舉			昌上開麻假三	昌者	昌合3	尺尹	曉上合魚遇三	虛呂
7828	5副	64	372	肞	輭	許	耳	上	撮	十八舉			日上合魚遇三	人渚	日合3	而兗	曉上合魚遇三	虛呂
7829	5副		373	惹	輭	許	耳	上	撮	十八舉			日入開藥宕三	而灼	日合3	而兗	曉上合魚遇三	虛呂
7830	5副	65	374	墅	舜	舉	審	上	撮	十八舉			禪上合魚遇三	承與	書合3	舒閏	見上合魚遇三	居許

韻字編號	部序	組數	字數	韻字及何氏反切			韻字何氏音				何萱注釋	備　注	韻字中古音		上字中古音		下字中古音	
				韻字	上字	下字	聲	調	呼	韻部			聲調呼韻攝等	反切	聲呼等	反切	聲調呼韻攝等	反切
7831	5 副		375	蟍	舜	舉	審	上	撮	十八舉			書上合魚遇三	舒呂	書合 3	舒閏	見上合魚遇三	居許
7832	5 副		376	葐	舜	舉	審	上	撮	十八舉			禪上開麻假三	常者	書合 3	舒閏	見上合魚遇三	居許
7833	5 副		377	櫸	舜	舉	審	上	撮	十八舉			禪上開麻假三	常者	書合 3	舒閏	見上合魚遇三	居許
7834	5 副	66	378	砠	醉	許	井	上	撮	十八舉			精上合虞遇三	子與	精合 3	將遂	曉上合魚遇三	虛呂
7835	5 副	67	379	趭	翠	許	淨	上	撮	十八舉			從上合魚遇三	慈呂	清合 3	七醉	曉上合魚遇三	虛呂
7836	5 副		380	趡 g*	翠	許	淨	上	撮	十八舉			精上合魚遇三	在呂	清合 3	七醉	曉上合魚遇三	虛呂
7837	5 副	68	381	蘌	我	許	我	上	撮	十八舉			疑上合魚遇三	魚巨	疑開 1	五可	曉上合魚遇三	虛呂
7839	5 副		382	麌	我	許	我	上	撮	十八舉			疑上合虞遇三	虞矩	疑開 1	五可	曉上合魚遇三	虛呂
7840	5 副	69	383	醑	選	舉	信	上	撮	十八舉			心上合魚遇三	私呂	心合 3	蘇管	見上合魚遇三	居許
7841	5 副		384	⿰酉與	選	舉	信	上	撮	十八舉			邪上合魚遇三	徐呂	心合 3	蘇管	見上合魚遇三	居許
7842	5 副		385	⿰礻與	選	舉	信	上	撮	十八舉			邪上合魚遇三	徐呂	心合 3	蘇管	見上合魚遇三	居許
7843	5 副		386	嶼	選	舉	信	上	撮	十八舉			邪上合魚遇三	徐呂	心合 3	蘇管	見上合魚遇三	居許
7844	5 副		387	藇	選	舉	信	上	撮	十八舉			邪上合魚遇三	徐呂	心合 3	蘇管	見上合魚遇三	居許
7845	5 副		388	漵	選	舉	信	上	撮	十八舉			邪上合魚遇三	徐呂	心合 3	蘇管	見上合魚遇三	居許
7846	5 副		389	⿰木寫	選	舉	信	上	撮	十八舉			心上開麻假三	悉姐	心合 3	蘇管	見上合魚遇三	居許
7848	5 副	70	390	⿰骨甫*	粉	舉	匪	上	撮	十八舉			非上合虞遇三	匪父	非合 3	方吻	見上合魚遇三	居許
7849	5 副		391	⿰石甫	粉	舉	匪	上	撮	十八舉			非上合虞遇三	方矩	非合 3	方吻	見上合魚遇三	居許
7850	5 副		392	滏	粉	舉	匪	上	撮	十八舉			奉上合虞遇三	扶雨	非合 3	方吻	見上合魚遇三	居許
7851	5 副		393	⿰馬父	粉	舉	匪	上	撮	十八舉			奉上合虞遇三	扶雨	非合 3	方吻	見上合魚遇三	居許
7852	5 副		394	⿰父鳥	粉	舉	匪	上	撮	十八舉			奉上合虞遇三	扶雨	非合 3	方吻	見上合魚遇三	居許
7853	5 副		395	釜	粉	舉	匪	上	撮	十八舉			非上合虞遇三	方矩	非合 3	方吻	見上合魚遇三	居許
7854	5 副		396	蚥	粉	舉	匪	上	撮	十八舉			奉上合虞遇三	扶雨	非合 3	方吻	見上合魚遇三	居許
7855	5 副		397	⿰糸無	粉	舉	匪	上	撮	十八舉			敷上合虞遇三	芳武	非合 3	方吻	見上合魚遇三	居許
7857	5 副	71	398	嘸*	晚	舉	未	上	撮	十八舉			微上合虞遇三	罔甫	微合 3	無遠	見上合魚遇三	居許
7858	5 副		399	⿰舟舞	晚	舉	未	上	撮	十八舉	⿰舟無，或作⿰舟舞		微上合虞遇三	文甫	微合 3	無遠	見上合魚遇三	居許
7859	5 副		400	甒	晚	舉	未	上	撮	十八舉			微上合虞遇三	文甫	微合 3	無遠	見上合魚遇三	居許
7861	5 副		401	珷	晚	舉	未	上	撮	十八舉			微上合虞遇三	文甫	微合 3	無遠	見上合魚遇三	居許

韻字編號	部序	組數	字數	韻字及何氏反切			韻字何氏音				何萱注釋	備　注	韻字中古音		上字中古音		下字中古音	
				韻字	上字	下字	聲	調	呼	韻部			聲調呼韻攝等	反切	聲呼等	反切	聲調呼韻攝等	反切
7862	5副		402	鴙	晚	舉	未	上	撮	十八舉			微上合虞遇三	文甫	微合3	無遠	見上合魚遇三	居許
7863	5副	72	403	淈	廣	路	見	去	合	十七顧			見去合模遇一	古暮	見合1	古晃	來去合模遇一	洛故
7864	5副		404	稒	廣	路	見	去	合	十七顧			見去合模遇一	古暮	見合1	古晃	來去合模遇一	洛故
7865	5副		405	錮	廣	路	見	去	合	十七顧			見去合模遇一	古暮	見合1	古晃	來去合模遇一	洛故
7866	5副		406	鯝	廣	路	見	去	合	十七顧			見去合模遇一	古暮	見合1	古晃	來去合模遇一	洛故
7867	5副		407	痁	廣	路	見	去	合	十七顧			見去合模遇一	古暮	見合1	古晃	來去合模遇一	洛故
7868	5副		408	坬	廣	路	見	去	合	十七顧			見去合麻假二	古罵	見合1	古晃	來去合模遇一	洛故
7870	5副	73	409	侳	腕	固	影	去	合	十七顧			影去開麻假二	衣嫁	影合1	烏貫	見去合模遇一	古暮
7871	5副		410	蚕	腕	固	影	去	合	十七顧			影去開麻假二	衣嫁	影合1	烏貫	見去合模遇一	古暮
7872	5副		411	脛	腕	固	影	去	合	十七顧			影去開麻假二	衣嫁	影合1	烏貫	見去合模遇一	古暮
7873	5副		412	逕	腕	固	影	去	合	十七顧			影去開麻假二	衣嫁	影合1	烏貫	見去合模遇一	古暮
7874	5副		413	稏	腕	固	影	去	合	十七顧			影去開麻假二	衣嫁	影合1	烏貫	見去合模遇一	古暮
7875	5副		414	婭	腕	固	影	去	合	十七顧			影去開麻假二	衣嫁	影合1	烏貫	見去合模遇一	古暮
7876	5副		415	蹠	腕	固	影	去	合	十七顧			影去合麻假二	烏吴	影合1	烏貫	見去合模遇一	古暮
7877	5副		416	攨	腕	固	影	去	合	十七顧			影去合麻假二	烏吴	影合1	烏貫	見去合模遇一	古暮
7878	5副	74	417	婟	會	固	曉	去	合	十七顧			匣去合模遇一	胡誤	匣合1	黄外	見去合模遇一	古暮
7879	5副		418	頀	會	固	曉	去	合	十七顧			匣去合模遇一	胡誤	匣合1	黄外	見去合模遇一	古暮
7880	5副		419	韄	會	固	曉	去	合	十七顧			匣去合模遇一	胡誤	匣合1	黄外	見去合模遇一	古暮
7881	5副		420	讙	會	固	曉	去	合	十七顧			匣去合模遇一	胡誤	匣合1	黄外	見去合模遇一	古暮
7882	5副		421	摦	會	固	曉	去	合	十七顧			匣去合麻假二	胡化	匣合1	黄外	見去合模遇一	古暮
7883	5副		422	窊*	會	固	曉	去	合	十七顧			匣去合麻假二	胡化	匣合1	黄外	見去合模遇一	古暮
7884	5副		423	瓠*	會	固	曉	去	合	十七顧			匣去合模遇一	胡故	匣合1	黄外	見去合模遇一	古暮
7885	5副		424	冱	會	固	曉	去	合	十七顧			匣去合模遇一	胡誤	匣合1	黄外	見去合模遇一	古暮
7886	5副		425	沍*	會	固	曉	去	合	十七顧			匣去合模遇一	胡故	匣合1	黄外	見去合模遇一	古暮
7890	5副		426	祜*	會	固	曉	去	合	十七顧			匣去合模遇一	胡故	匣合1	黄外	見去合模遇一	古暮
7891	5副		427	訝	會	固	曉	去	合	十七顧			匣去合模遇一	胡誤	匣合1	黄外	見去合模遇一	古暮
7892	5副		428	苙	會	固	曉	去	合	十七顧			匣去合模遇一	胡誤	匣合1	黄外	見去合模遇一	古暮

韻字編號	部序	組數	字數	韻字及何氏反切			韻字何氏音				何萱注釋	備注	韻字中古音		上字中古音		下字中古音	
				韻字	上字	下字	聲	調	呼	韻部			聲調呼韻攝等	反切	聲呼等	反切	聲調呼韻攝等	反切
7893	5副		429	狜*	會	固	曉	去	合	十七顧			匣去合模遇一	胡故	匣合1	黃外	見去合模遇一	古暮
7895	5副		430	煆	會	固	曉	去	合	十七顧	平去兩讀		曉去開麻假二	呼訝	匣合1	黃外	見去合模遇一	古暮
7896	5副		431	嚇	會	固	曉	去	合	十七顧			曉去開麻假二	呼訝	匣合1	黃外	見去合模遇一	古暮
7897	5副	75	432	疟	董	固	短	去	合	十七顧			端去合模遇一	當故	端合1	多動	見去合模遇一	古暮
7898	5副	76	433	篖	統	固	透	去	合	十七顧			定去合模遇一	徒故	透合1	他綜	見去合模遇一	古暮
7899	5副		434	廜*	統	固	透	去	合	十七顧			定去合模遇一	徒故	透合1	他綜	見去合模遇一	古暮
7900	5副		435	鵵	統	固	透	去	合	十七顧			透去合模遇一	湯故	透合1	他綜	見去合模遇一	古暮
7901	5副	77	436	虂	磊	固	賚	去	合	十七顧			來去合模遇一	洛故	來合1	落猥	見去合模遇一	古暮
7902	5副		437	露	磊	固	賚	去	合	十七顧			來去合模遇一	洛故	來合1	落猥	見去合模遇一	古暮
7903	5副		438	癳	磊	固	賚	去	合	十七顧			來去合模遇一	洛故	來合1	落猥	見去合模遇一	古暮
7904	5副	78	439	**醡**	腫	固	照	去	合	十七顧			莊去開麻假二	側駕	章合3	之隴	見去合模遇一	古暮
7905	5副		440	榨	腫	固	照	去	合	十七顧			莊去開麻假二	側駕	章合3	之隴	見去合模遇一	古暮
7906	5副		441	灹	腫	固	照	去	合	十七顧			知去開麻假二	陟駕	章合3	之隴	見去合模遇一	古暮
7907	5副		442	奼	腫	固	照	去	合	十七顧			知去開麻假二	陟駕	章合3	之隴	見去合模遇一	古暮
7908	5副		443	奓*	腫	固	照	去	合	十七顧			知去開麻假二	陟嫁	章合3	之隴	見去合模遇一	古暮
7910	5副	79	444	侘	狀	固	助	去	合	十七顧	平去兩讀		徹去開麻假二	丑亞	崇開3	鋤亮	見去合模遇一	古暮
7911	5副		445	**蛇**	狀	固	助	去	合	十七顧			澄去開麻假二	除駕	崇開3	鋤亮	見去合模遇一	古暮
7913	5副	80	446	**嗄**	刷	固	審	去	合	十七顧			生去開麻假二	所嫁	生合3	所劣	見去合模遇一	古暮
7915	5副	81	447	捂	我	固	我	去	合	十七顧			疑去合模遇一	五故	疑開1	五可	見去合模遇一	古暮
7916	5副		448	聕	我	固	我	去	合	十七顧			疑去合模遇一	五故	疑開1	五可	見去合模遇一	古暮
7917	5副		449	俉*	我	固	我	去	合	十七顧			疑去合模遇一	五故	疑開1	五可	見去合模遇一	古暮
7919	5副		450	逜	我	固	我	去	合	十七顧			疑去合模遇一	五故	疑開1	五可	見去合模遇一	古暮
7920	5副		451	寤	我	固	我	去	合	十七顧			疑去合模遇一	五故	疑開1	五可	見去合模遇一	古暮
7921	5副		452	砑	我	固	我	去	合	十七顧			疑去開麻假二	吾駕	疑開1	五可	見去合模遇一	古暮
7922	5副		453	犽	我	固	我	去	合	十七顧			疑去開麻假二	吾駕	疑開1	五可	見去合模遇一	古暮
7923	5副	82	454	傃	巽	固	信	去	合	十七顧			心去合模遇一	桑故	心合1	蘇困	見去合模遇一	古暮
7924	5副		455	謜	巽	固	信	去	合	十七顧			心去合模遇一	桑故	心合1	蘇困	見去合模遇一	古暮

韻字編號	部序	組數	字數	韻字及何氏反切			韻字何氏音				何萱注釋	備注	韻字中古音		上字中古音		下字中古音	
				韻字	上字	下字	聲	調	呼	韻部			聲調呼韻攝等	反切	聲呼等	反切	聲調呼韻攝等	反切
7925	5副		456	搡	巽	固	信	去	合	十七顧			心去合模遇一	桑故	心合1	蘇困	見去合模遇一	古暮
7926	5副		457	嗉	巽	固	信	去	合	十七顧			心去合模遇一	桑故	心合1	蘇困	見去合模遇一	古暮
7927	5副		458	猿*	巽	固	信	去	合	十七顧			心去合模遇一	蘇故	心合1	蘇困	見去合模遇一	古暮
7928	5副		459	塑	巽	固	信	去	合	十七顧			心去合模遇一	桑故	心合1	蘇困	見去合模遇一	古暮
7929	5副		460	玶	巽	固	信	去	合	十七顧	玶俗作玶		心去合模遇一	桑故	心合1	蘇困	見去合模遇一	古暮
7931	5副	83	461	抪	貝	固	謗	去	合	十七顧			幫去合模遇一	博故	幫開1	博蓋	見去合模遇一	古暮
7932	5副		462	佈	貝	固	謗	去	合	十七顧			幫去合模遇一	博故	幫開1	博蓋	見去合模遇一	古暮
7933	5副		463	蚺	貝	固	謗	去	合	十七顧			幫去合模遇一	博故	幫開1	博蓋	見去合模遇一	古暮
7934	5副		464	刜	貝	固	謗	去	合	十七顧			幫去合模遇一	博故	幫開1	博蓋	見去合模遇一	古暮
7935	5副		465	弝	貝	固	謗	去	合	十七顧			幫去開麻假二	必駕	幫開1	博蓋	見去合模遇一	古暮
7936	5副		466	灞	貝	固	謗	去	合	十七顧			幫去開麻假二	必駕	幫開1	博蓋	見去合模遇一	古暮
7937	5副		467	橘	貝	固	謗	去	合	十七顧			幫去開麻假二	必駕	幫開1	博蓋	見去合模遇一	古暮
7938	5副	84	468	跁	佩	固	並	去	合	十七顧			並去開麻假二	白駕	並合1	蒲昧	見去合模遇一	古暮
7939	5副		469	帊	佩	固	並	去	合	十七顧			滂去開麻假二	普駕	並合1	蒲昧	見去合模遇一	古暮
7940	5副		470	杷	佩	固	並	去	合	十七顧			並去開麻假二	白駕	並合1	蒲昧	見去合模遇一	古暮
7942	5副		471	痡	佩	固	並	去	合	十七顧			並去合模遇一	薄故	並合1	蒲昧	見去合模遇一	古暮
7943	5副		472	鞴g*	佩	固	並	去	合	十七顧			並去合模遇一	蒲故	並合1	蒲昧	見去合模遇一	古暮
7944	5副		473	郙	佩	固	並	去	合	十七顧			並去合模遇一	薄故	並合1	蒲昧	見去合模遇一	古暮
7945	5副		474	舶*	佩	固	並	去	合	十七顧			並去合模遇一	蒲故	並合1	蒲昧	見去合模遇一	古暮
7946	5副		475	駙	佩	固	並	去	合	十七顧			並去合模遇一	薄故	並合1	蒲昧	見去合模遇一	古暮
7947	5副	85	476	篿	漫	固	命	去	合	十七顧			明去合模遇一	莫故	明合1	莫半	見去合模遇一	古暮
7948	5副		477	縸*	漫	固	命	去	合	十七顧			明去合模遇一	莫故	明合1	莫半	見去合模遇一	古暮
7950	5副		478	禡	漫	固	命	去	合	十七顧			明去開麻假二	莫駕	明合1	莫半	見去合模遇一	古暮
7951	5副		479	隖	漫	固	命	去	合	十七顧			明去開麻假二	莫駕	明合1	莫半	見去合模遇一	古暮
7952	5副		480	榪	漫	固	命	去	合	十七顧			明去開麻假二	莫駕	明合1	莫半	見去合模遇一	古暮
7953	5副		481	傌	漫	固	命	去	合	十七顧			明去開麻假二	莫駕	明合1	莫半	見去合模遇一	古暮
7954	5副	86	482	澽	眷	豫	見	去	撮	十八據			見去合魚遇三	居御	見合重3	居倦	以去合魚遇三	羊洳

韻字編號	部序	組數	字數	韻字及何氏反切			韻字何氏音				何萱注釋	備注	韻字中古音		上字中古音		下字中古音	
				韻字	上字	下字	聲	調	呼	韻部			聲調呼韻攝等	反切	聲呼等	反切	聲調呼韻攝等	反切
7956	5副		483	鋸	眷	豫	見	去	撮	十八據			見去合魚遇三	居御	見合重3	居倦	以去合魚遇三	羊洳
7957	5副	87	484	呿	郡	豫	起	去	撮	十八據			溪去合魚遇三	丘倨	群合3	渠運	以去合魚遇三	羊洳
7959	5副		485	紶	郡	豫	起	去	撮	十八據			溪去合魚遇三	丘倨	群合3	渠運	以去合魚遇三	羊洳
7960	5副		486	鴦	郡	豫	起	去	撮	十八據			溪去合魚遇三	丘倨	群合3	渠運	以去合魚遇三	羊洳
7961	5副		487	鼁	郡	豫	起	去	撮	十八據			溪去合魚遇三	丘倨	群合3	渠運	以去合魚遇三	羊洳
7962	5副		488	芸	郡	豫	起	去	撮	十八據			溪去合魚遇三	丘倨	群合3	渠運	以去合魚遇三	羊洳
7963	5副	88	489	棜	永	據	影	去	撮	十八據			影去合魚遇三	依倨	云合3	于憬	見去合魚遇三	居御
7964	5副		490	菸	永	據	影	去	撮	十八據			影去合魚遇三	依倨	云合3	于憬	見去合魚遇三	居御
7965	5副		491	轝	永	據	影	去	撮	十八據			以去合魚遇三	羊洳	云合3	于憬	見去合魚遇三	居御
7966	5副		492	璵	永	據	影	去	撮	十八據			以去合魚遇三	羊洳	云合3	于憬	見去合魚遇三	居御
7967	5副		493	澦*	永	據	影	去	撮	十八據			以去合魚遇三	羊茹	云合3	于憬	見去合魚遇三	居御
7968	5副		494	櫲*	永	據	影	去	撮	十八據			以去合魚遇三	羊茹	云合3	于憬	見去合魚遇三	居御
7969	5副		495	鵌	永	據	影	去	撮	十八據			以去開麻假三	羊謝	云合3	于憬	見去合魚遇三	居御
7970	5副	89	496	籚	戀	據	賚	去	撮	十八據			來去合魚遇三	良倨	來合3	力卷	見去合魚遇三	居御
7971	5副		497	櫖	戀	據	賚	去	撮	十八據	平去二音		來去合魚遇三	良倨	來合3	力卷	見去合魚遇三	居御
7973	5副		498	爈	戀	據	賚	去	撮	十八據			來去合魚遇三	良倨	來合3	力卷	見去合魚遇三	居御
7974	5副		499	罶	戀	據	賚	去	撮	十八據			來去合魚遇三	良倨	來合3	力卷	見去合魚遇三	居御
7975	5副	90	500	蟅	準	據	照	去	撮	十八據			章去合魚遇三	章恕	章合3	之尹	見去合魚遇三	居御
7976	5副		501	鷓	準	據	照	去	撮	十八據			章去合魚遇三	章恕	章合3	之尹	見去合魚遇三	居御
7977	5副		502	蟅	準	據	照	去	撮	十八據			章去合魚遇三	章恕	章合3	之尹	見去合魚遇三	居御
7978	5副		503	斵	準	據	照	去	撮	十八據			章去合魚遇三	章恕	章合3	之尹	見去合魚遇三	居御
7979	5副	91	504	麈	蠢	據	助	去	撮	十八據			崇去合魚遇三	牀據	昌合3	尺尹	見去合魚遇三	居御
7980	5副	92	505	屌	舜	據	審	去	撮	十八據			生去合魚遇三	所去	書合3	舒閏	見去合魚遇三	居御
7981	5副		506	澞	舜	據	審	去	撮	十八據			書去合魚遇三	商署	書合3	舒閏	見去合魚遇三	居御
7982	5副		507	薯	舜	據	審	去	撮	十八據			禪去合魚遇三	常恕	書合3	舒閏	見去合魚遇三	居御
7983	5副		508	曙	舜	據	審	去	撮	十八據			禪去合魚遇三	常恕	書合3	舒閏	見去合魚遇三	居御
7984	5副		509	騇	舜	據	審	去	撮	十八據			書上開麻假三	書冶	書合3	舒閏	見去合魚遇三	居御

韻字編號	部序	組數	字數	韻字及何氏反切			韻字何氏音				何萱注釋	備注	韻字中古音		上字中古音		下字中古音	
				韻字	上字	下字	聲	調	呼	韻部			聲調呼韻攝等	反切	聲呼等	反切	聲調呼韻攝等	反切
7986	5副		510	厙	舜	據	審	去	撮	十八據			書去開麻假三	始夜	書合3	舒閏	見去合魚遇三	居御
7987	5副	93	511	刞	翠	據	淨	去	撮	十八據			清去合魚遇三	七慮	清合3	七醉	見去合魚遇三	居御
7988	5副		512	笪	翠	據	淨	去	撮	十八據			清去開麻假三	遷謝	清合3	七醉	見去合魚遇三	居御
7989	5副		513	褯	翠	據	淨	去	撮	十八據			從去開麻假三	慈夜	清合3	七醉	見去合魚遇三	居御
7990	5副		514	鍍	翠	據	淨	去	撮	十八據			從去開麻假三	慈夜	清合3	七醉	見去合魚遇三	居御
7991	5副		515	蘿	翠	據	淨	去	撮	十八據			從去開麻假三	慈夜	清合3	七醉	見去合魚遇三	居御
7992	5副	94	516	篘	選	據	信	去	撮	十八據			心去開麻假三	司夜	心合3	蘇管	見去合魚遇三	居御
7993	5副		517	澍	選	據	信	去	撮	十八據			邪去開麻假三	辝夜	心合3	蘇管	見去合魚遇三	居御
7994	5副		518	榭	選	據	信	去	撮	十八據			邪去開麻假三	辝夜	心合3	蘇管	見去合魚遇三	居御
7995	5副	95	519	豰	艮	託	見	入	開	十九各		正編下字作落	見入開陌梗二	古伯	見開1	古恨	透入開鐸宕一	他各
7996	5副		520	蛒	艮	託	見	入	開	十九各		正編下字作落	見入開陌梗二	古伯	見開1	古恨	透入開鐸宕一	他各
7997	5副	96	521	喀	口	各	起	入	開	十九各			溪入開陌梗二	苦格	溪開1	苦后	見入開鐸宕一	古落
7998	5副		522	挌	口	各	起	入	開	十九各			溪入開陌梗二	苦格	溪開1	苦后	見入開鐸宕一	古落
7999	5副	97	523	矐	海	各	曉	入	開	十九各			曉入開鐸宕一	呵各	曉開1	呼改	見入開鐸宕一	古落
8000	5副		524	洛	海	各	曉	入	開	十九各			匣入開鐸宕一	下各	曉開1	呼改	見入開鐸宕一	古落
8001	5副		525	格	海	各	曉	入	開	十九各			匣入開鐸宕一	下各	曉開1	呼改	見入開鐸宕一	古落
8002	5副		526	佫	海	各	曉	入	開	十九各			匣入開鐸宕一	下各	曉開1	呼改	見入開鐸宕一	古落
8003	5副		527	趏	海	各	曉	入	開	十九各			匣入開陌梗二	胡格	曉開1	呼改	見入開鐸宕一	古落
8004	5副		528	格	海	各	曉	入	開	十九各			匣入開陌梗二	胡格	曉開1	呼改	見入開鐸宕一	古落
8005	5副		529	赫	海	各	曉	入	開	十九各			曉入開陌梗二	呼格	曉開1	呼改	見入開鐸宕一	古落
8007	5副		530	嚇	海	各	曉	入	開	十九各			匣入開陌梗二	胡格	曉開1	呼改	見入開鐸宕一	古落
8008	5副		531	焃	海	各	曉	入	開	十九各			曉入合麥梗二	呼麥	曉開1	呼改	見入開鐸宕一	古落
8009	5副	98	532	沰	帶	各	短	入	開	十九各			透入開鐸宕一	他各	端開1	當蓋	見入開鐸宕一	古落
8010	5副	99	533	仛	代	各	透	入	開	十九各			定入開鐸宕一	徒落	定開1	徒耐	見入開鐸宕一	古落
8011	5副		534	忙*	代	各	透	入	開	十九各			定入開鐸宕一	達各	定開1	徒耐	見入開鐸宕一	古落
8012	5副		535	飥	代	各	透	入	開	十九各			透入開鐸宕一	他各	定開1	徒耐	見入開鐸宕一	古落
8014	5副		536	馲	代	各	透	入	開	十九各			透入開鐸宕一	他各	定開1	徒耐	見入開鐸宕一	古落

韻字編號	部序	組數	字數	韻字及何氏反切			韻字何氏音				何萱注釋	備注	韻字中古音		上字中古音		下字中古音	
				韻字	上字	下字	聲	調	呼	韻部			聲調呼韻攝等	反切	聲呼等	反切	聲調呼韻攝等	反切
8015	5副		537	諿	代	各	透	入	開	十九各			定入開鐸宕一	徒落	定開1	徒耐	見入開鐸宕一	古落
8016	5副		538	喥	代	各	透	入	開	十九各			定入開鐸宕一	徒落	定開1	徒耐	見入開鐸宕一	古落
8017	5副		539	韇	代	各	透	入	開	十九各			定入開鐸宕一	徒落	定開1	徒耐	見入開鐸宕一	古落
8018	5副		540	踱	代	各	透	入	開	十九各			定入開鐸宕一	徒落	定開1	徒耐	見入開鐸宕一	古落
8019	5副		541	蹄	代	各	透	入	開	十九各			透入開鐸宕一	他各	定開1	徒耐	見入開鐸宕一	古落
8020	5副		542	臅	代	各	透	入	開	十九各			定入開鐸宕一	徒落	定開1	徒耐	見入開鐸宕一	古落
8021	5副		543	韡	代	各	透	入	開	十九各			定入開鐸宕一	徒落	定開1	徒耐	見入開鐸宕一	古落
8022	5副		544	澤	代	各	透	入	開	十九各			定入開鐸宕一	徒落	定開1	徒耐	見入開鐸宕一	古落
8023	5副		545	檡	代	各	透	入	開	十九各			澄入開陌梗二	場伯	定開1	徒耐	見入開鐸宕一	古落
8024	5副		546	籜	代	各	透	入	開	十九各			透入開鐸宕一	他各	定開1	徒耐	見入開鐸宕一	古落
8025	5副		547	馲	代	各	透	入	開	十九各			透入開鐸宕一	他各	定開1	徒耐	見入開鐸宕一	古落
8026	5副	100	548	鍩*	柰	各	乃	入	開	十九各			泥入開鐸宕一	匿各	泥開1	奴帶	見入開鐸宕一	古落
8027	5副		549	掿*	柰	各	乃	入	開	十九各			泥入開鐸宕一	匿各	泥開1	奴帶	見入開鐸宕一	古落
8028	5副	101	550	鵅	朗	各	賚	入	開	十九各			來入開鐸宕一	盧各	來開1	盧黨	見入開鐸宕一	古落
8029	5副		551	硌	朗	各	賚	入	開	十九各			來入開鐸宕一	盧各	來開1	盧黨	見入開鐸宕一	古落
8030	5副		552	珞	朗	各	賚	入	開	十九各			來入開鐸宕一	盧各	來開1	盧黨	見入開鐸宕一	古落
8031	5副		553	酪	朗	各	賚	入	開	十九各			來入開鐸宕一	盧各	來開1	盧黨	見入開鐸宕一	古落
8033	5副		554	貉	朗	各	賚	入	開	十九各			並入開鐸宕一	傍各	來開1	盧黨	見入開鐸宕一	古落
8034	5副		555	烙	朗	各	賚	入	開	十九各			來入開鐸宕一	盧各	來開1	盧黨	見入開鐸宕一	古落
8035	5副		556	殆	朗	各	賚	入	開	十九各			來入開鐸宕一	盧各	來開1	盧黨	見入開鐸宕一	古落
8036	5副		557	輅	朗	各	賚	入	開	十九各			來入開鐸宕一	盧各	來開1	盧黨	見入開鐸宕一	古落
8037	5副	102	558	舴	諍	各	照	入	開	十九各		字頭窄	知入開陌梗二	陟格	莊開2	側迸	見入開鐸宕一	古落
8040	5副		559	岝 g*	諍	各	照	入	開	十九各			莊入開陌梗二	側格	莊開2	側迸	見入開鐸宕一	古落
8041	5副		560	蚱	諍	各	照	入	開	十九各			莊入開陌梗二	側伯	莊開2	側迸	見入開鐸宕一	古落
8042	5副		561	杔	諍	各	照	入	開	十九各			知入開陌梗二	陟格	莊開2	側迸	見入開鐸宕一	古落
8043	5副		562	犵	諍	各	照	入	開	十九各			知入開陌梗二	陟格	莊開2	側迸	見入開鐸宕一	古落
8044	5副		563	虴	諍	各	照	入	開	十九各			知入開陌梗二	陟格	莊開2	側迸	見入開鐸宕一	古落
8045	5副		564	吒 g*	諍	各	照	入	開	十九各			知入開陌梗二	陟格	莊開2	側迸	見入開鐸宕一	古落
8046	5副		565	厇	諍	各	照	入	開	十九各			知入開麥梗二	陟革	莊開2	側迸	見入開鐸宕一	古落

韻字編號	部序	組數	字數	韻字及何氏反切			韻字何氏音				何萱注釋	備注	韻字中古音		上字中古音		下字中古音	
				韻字	上字	下字	聲	調	呼	韻部			聲調呼韻攝等	反切	聲呼等	反切	聲調呼韻攝等	反切
8047	5副		566	摭	諍	各	照	入	開	十九各			章入開昔梗三	之石	莊開2	側迸	見入開鐸宕一	古落
8049	5副		567	蟅	諍	各	照	入	開	十九各			章入開昔梗三	之石	莊開2	側迸	見入開鐸宕一	古落
8050	5副		568	跖	諍	各	照	入	開	十九各			章入開昔梗三	之石	莊開2	側迸	見入開鐸宕一	古落
8051	5副		569	襀	諍	各	照	入	開	十九各			章入開昔梗三	之石	莊開2	側迸	見入開鐸宕一	古落
8052	5副	103	570	**咋**	茝	各	助	入	開	十九各			崇入開陌梗二	鋤陌	昌開1	昌紿	見入開鐸宕一	古落
8054	5副		571	泎	茝	各	助	入	開	十九各			崇入開陌梗二	鋤陌	昌開1	昌紿	見入開鐸宕一	古落
8055	5副		572	莋	茝	各	助	入	開	十九各			從入開鐸宕一	在各	昌開1	昌紿	見入開鐸宕一	古落
8056	5副		573	㡿	茝	各	助	入	開	十九各			徹入開陌梗二	丑格	昌開1	昌紿	見入開鐸宕一	古落
8057	5副		574	斥	茝	各	助	入	開	十九各			徹入開陌梗二	丑格	昌開1	昌紿	見入開鐸宕一	古落
8058	5副		575	䟽	茝	各	助	入	開	十九各			徹入開陌梗二	丑格	昌開1	昌紿	見入開鐸宕一	古落
8059	5副		576	䩢	茝	各	助	入	開	十九各			澄入開陌梗二	場伯	昌開1	昌紿	見入開鐸宕一	古落
8060	5副		577	蘀	茝	各	助	入	開	十九各			澄入開陌梗二	場伯	昌開1	昌紿	見入開鐸宕一	古落
8061	5副		578	蠌	茝	各	助	入	開	十九各		正文增	澄入開陌梗二	場伯	昌開1	昌紿	見入開鐸宕一	古落
8062	5副		579	鸅	茝	各	助	入	開	十九各			澄入開陌梗二	場伯	昌開1	昌紿	見入開鐸宕一	古落
8063	5副		580	鵇	茝	各	助	入	開	十九各			澄入開陌梗二	場伯	昌開1	昌紿	見入開鐸宕一	古落
8064	5副		581	瓻	茝	各	助	入	開	十九各			徹入開昔梗三	丑亦	昌開1	昌紿	見入開鐸宕一	古落
8065	5副		582	蚇	茝	各	助	入	開	十九各			昌入開昔梗三	昌石	昌開1	昌紿	見入開鐸宕一	古落
8066	5副		583	㕧	茝	各	助	入	開	十九各			昌入開昔梗三	昌石	昌開1	昌紿	見入開鐸宕一	古落
8067	5副	104	584	趚	稍	各	審	入	開	十九各			生入開陌梗二	山戟	生開2	所教	見入開鐸宕一	古落
8068	5副		585	糠	稍	各	審	入	開	十九各			生入開陌梗二	山戟	生開2	所教	見入開鐸宕一	古落
8069	5副		586	**洓**	稍	各	審	入	開	十九各			生入開麥梗二	山責	生開2	所教	見入開鐸宕一	古落
8070	5副		587	鉐	稍	各	審	入	開	十九各			禪入開昔梗三	常隻	生開2	所教	見入開鐸宕一	古落
8071	5副		588	碩	稍	各	審	入	開	十九各			禪入開昔梗三	常隻	生開2	所教	見入開鐸宕一	古落
8073	5副		589	釋	稍	各	審	入	開	十九各			書入開昔梗三	施隻	生開2	所教	見入開鐸宕一	古落
8074	5副		590	睪	稍	各	審	入	開	十九各			書入開昔梗三	施隻	生開2	所教	見入開鐸宕一	古落
8075	5副		591	襫	稍	各	審	入	開	十九各			書入開昔梗三	施隻	生開2	所教	見入開鐸宕一	古落
8076	5副	105	592	剒	采	各	淨	入	開	十九各			清入開鐸宕一	倉各	清開1	倉宰	見入開鐸宕一	古落
8078	5副		593	䱜	采	各	淨	入	開	十九各			清入開鐸宕一	倉各	清開1	倉宰	見入開鐸宕一	古落
8079	5副		594	緒	采	各	淨	入	開	十九各			從入開鐸宕一	在各	清開1	倉宰	見入開鐸宕一	古落
8080	5副		595	帡	采	各	淨	入	開	十九各			從入開鐸宕一	在各	清開1	倉宰	見入開鐸宕一	古落

韻字編號	部序	組數	字數	韻字及何氏反切			韻字何氏音				何萱注釋	備注	韻字中古音		上字中古音		下字中古音	
				韻字	上字	下字	聲	調	呼	韻部			聲調呼韻攝等	反切	聲呼等	反切	聲調呼韻攝等	反切
8081	5副		596	鈼	采	各	淨	入	開	十九各			從入開鐸宕一	在各	清開1	倉宰	見入開鐸宕一	古落
8082	5副		597	砟	采	各	淨	入	開	十九各			從入開鐸宕一	在各	清開1	倉宰	見入開鐸宕一	古落
8083	5副		598	牸	采	各	淨	入	開	十九各			從入開鐸宕一	在各	清開1	倉宰	見入開鐸宕一	古落
8084	5副	106	599	僫	我	各	我	入	開	十九各			疑入開鐸宕一	五各	疑開1	五可	見入開鐸宕一	古落
8085	5副		600	顎	我	各	我	入	開	十九各			疑入開鐸宕一	五各	疑開1	五可	見入開鐸宕一	古落
8086	5副		601	愕	我	各	我	入	開	十九各			疑入開鐸宕一	五各	疑開1	五可	見入開鐸宕一	古落
8087	5副		602	諤	我	各	我	入	開	十九各			疑入開鐸宕一	五各	疑開1	五可	見入開鐸宕一	古落
8088	5副		603	齶	我	各	我	入	開	十九各			疑入開鐸宕一	五各	疑開1	五可	見入開鐸宕一	古落
8089	5副		604	萼	我	各	我	入	開	十九各			疑入開鐸宕一	五各	疑開1	五可	見入開鐸宕一	古落
8090	5副		605	櫛	我	各	我	入	開	十九各			疑入開鐸宕一	五各	疑開1	五可	見入開鐸宕一	古落
8091	5副		606	漷	我	各	我	入	開	十九各			疑入開鐸宕一	五各	疑開1	五可	見入開鐸宕一	古落
8092	5副		607	隭*	我	各	我	入	開	十九各			疑入開鐸宕一	逆各	疑開1	五可	見入開鐸宕一	古落
8093	5副		608	崿	我	各	我	入	開	十九各			疑入開鐸宕一	五各	疑開1	五可	見入開鐸宕一	古落
8094	5副		609	堮	我	各	我	入	開	十九各			疑入開鐸宕一	五各	疑開1	五可	見入開鐸宕一	古落
8095	5副		610	噩	我	各	我	入	開	十九各			疑入開鐸宕一	五各	疑開1	五可	見入開鐸宕一	古落
8096	5副		611	鑩	我	各	我	入	開	十九各			疑入開鐸宕一	五各	疑開1	五可	見入開鐸宕一	古落
8097	5副		612	峉	我	各	我	入	開	十九各			疑入開陌梗二	五陌	疑開1	五可	見入開鐸宕一	古落
8098	5副	107	613	摗	散	各	信	入	開	十九各			心入開鐸宕一	蘇各	心開1	蘇旱	見入開鐸宕一	古落
8099	5副		614	鞣	散	各	信	入	開	十九各			心入開鐸宕一	蘇各	心開1	蘇旱	見入開鐸宕一	古落
8100	5副		615	榡	散	各	信	入	開	十九各			心入開鐸宕一	蘇各	心開1	蘇旱	見入開鐸宕一	古落
8101	5副		616	蓀	散	各	信	入	開	十九各			心入開鐸宕一	蘇各	心開1	蘇旱	見入開鐸宕一	古落
8102	5副	108	617	襮	保	各	謗	入	開	十九各			幫入開鐸宕一	補各	幫開1	博抱	見入開鐸宕一	古落
8103	5副		618	餺	保	各	謗	入	開	十九各			幫入開鐸宕一	補各	幫開1	博抱	見入開鐸宕一	古落
8104	5副		619	犦	保	各	謗	入	開	十九各			幫入開鐸宕一	補各	幫開1	博抱	見入開鐸宕一	古落
8105	5副		620	獏	保	各	謗	入	開	十九各			幫入開鐸宕一	補各	幫開1	博抱	見入開鐸宕一	古落
8106	5副		621	髆	保	各	謗	入	開	十九各			幫入開鐸宕一	補各	幫開1	博抱	見入開鐸宕一	古落
8107	5副		622	蚲	保	各	謗	入	開	十九各			幫入開鐸宕一	補各	幫開1	博抱	見入開鐸宕一	古落
8108	5副		623	簙	保	各	謗	入	開	十九各			幫入開鐸宕一	補各	幫開1	博抱	見入開鐸宕一	古落
8109	5副		624	皏	保	各	謗	入	開	十九各			幫入開陌梗二	博陌	幫開1	博抱	見入開鐸宕一	古落
8110	5副		625	荳	保	各	謗	入	開	十九各			幫入開陌梗二	博陌	幫開1	博抱	見入開鐸宕一	古落

韻字編號	部序	組數	字數	韻字及何氏反切			韻字何氏音				何萱注釋	備　注	韻字中古音		上字中古音		下字中古音	
				韻字	上字	下字	聲	調	呼	韻部			聲調呼韻攝等	反切	聲呼等	反切	聲調呼韻攝等	反切
8111	5副	109	626	蓴	抱	各	並	入	開	十九各			滂入開鐸宕一	匹各	並開1	薄浩	見入開鐸宕一	古落
8112	5副		627	膊	抱	各	並	入	開	十九各			滂入開鐸宕一	匹各	並開1	薄浩	見入開鐸宕一	古落
8113	5副		628	餺	抱	各	並	入	開	十九各			並入開鐸宕一	傍各	並開1	薄浩	見入開鐸宕一	古落
8114	5副		629	礡	抱	各	並	入	開	十九各			並入開鐸宕一	傍各	並開1	薄浩	見入開鐸宕一	古落
8115	5副		630	鞲	抱	各	並	入	開	十九各			並入開鐸宕一	傍各	並開1	薄浩	見入開鐸宕一	古落
8116	5副		631	鑮	抱	各	並	入	開	十九各			並入開鐸宕一	傍各	並開1	薄浩	見入開鐸宕一	古落
8117	5副		632	翸*	抱	各	並	入	開	十九各	翻或作翸翸		滂入開鐸宕一	匹各	並開1	薄浩	見入開鐸宕一	古落
8118	5副		633	粕	抱	各	並	入	開	十九各			滂入開鐸宕一	匹各	並開1	薄浩	見入開鐸宕一	古落
8119	5副		634	胉	抱	各	並	入	開	十九各			滂入開鐸宕一	匹各	並開1	薄浩	見入開鐸宕一	古落
8120	5副		635	珀	抱	各	並	入	開	十九各			滂入開陌梗二	普伯	並開1	薄浩	見入開鐸宕一	古落
8121	5副		636	箔	抱	各	並	入	開	十九各			並入開鐸宕一	傍各	並開1	薄浩	見入開鐸宕一	古落
8122	5副		637	蔔	抱	各	並	入	開	十九各			並入開陌梗二	傍陌	並開1	薄浩	見入開鐸宕一	古落
8123	5副		638	鵖*	抱	各	並	入	開	十九各			並入開陌梗二	薄陌	並開1	薄浩	見入開鐸宕一	古落
8124	5副		639	舶	抱	各	並	入	開	十九各			並入開陌梗二	傍陌	並開1	薄浩	見入開鐸宕一	古落
8125	5副		640	趙*	抱	各	並	入	開	十九各			滂入開陌梗二	匹陌	並開1	薄浩	見入開鐸宕一	古落
8126	5副	110	641	廙	冒	各	命	入	開	十九各			明入開鐸宕一	慕各	明開1	莫報	見入開鐸宕一	古落
8127	5副		642	寞	冒	各	命	入	開	十九各			明入開鐸宕一	慕各	明開1	莫報	見入開鐸宕一	古落
8128	5副		643	瞙	冒	各	命	入	開	十九各			明入開鐸宕一	慕各	明開1	莫報	見入開鐸宕一	古落
8129	5副		644	莫力	冒	各	命	入	開	十九各			明入開鐸宕一	慕各	明開1	莫報	見入開鐸宕一	古落
8130	5副		645	塻	冒	各	命	入	開	十九各			明入開鐸宕一	慕各	明開1	莫報	見入開鐸宕一	古落
8131	5副		646	圛	冒	各	命	入	開	十九各			明入開鐸宕一	慕各	明開1	莫報	見入開鐸宕一	古落
8132	5副		647	帞	冒	各	命	入	開	十九各			明入開陌梗二	莫白	明開1	莫報	見入開鐸宕一	古落
8133	5副		648	袹	冒	各	命	入	開	十九各			明入開陌梗二	莫白	明開1	莫報	見入開鐸宕一	古落
8134	5副		649	銆	冒	各	命	入	開	十九各		正文缺	明入開陌梗二	莫白	明開1	莫報	見入開鐸宕一	古落
8135	5副		650	陌	冒	各	命	入	開	十九各			明入開陌梗二	莫白	明開1	莫報	見入開鐸宕一	古落
8136	5副		651	狛	冒	各	命	入	開	十九各			明入開陌梗二	莫白	明開1	莫報	見入開鐸宕一	古落
8137	5副		652	貊	冒	各	命	入	開	十九各			明入開陌梗二	莫白	明開1	莫報	見入開鐸宕一	古落
8138	5副		653	蛨	冒	各	命	入	開	十九各			明入開陌梗二	莫白	明開1	莫報	見入開鐸宕一	古落
8139	5副	111	654	撠	几	略	見	入	齊	二十腳			見入開陌梗三	几劇	見開重3	居履	來入開藥宕三	離灼
8140	5副		655	鬣	几	略	見	入	齊	二十腳			見入開陌梗三	几劇	見開重3	居履	來入開藥宕三	離灼

韻字編號	部序	組數	字數	韻字及何氏反切			韻字何氏音				何萱注釋	備注	韻字中古音		上字中古音		下字中古音	
				韻字	上字	下字	聲	調	呼	韻部			聲調呼韻攝等	反切	聲呼等	反切	聲調呼韻攝等	反切
8141	5副		656	蔙	几	略	見	入	齊	二十脚			見入開陌梗三	几劇	見開重3	居履	來入開藥宕三	離灼
8142	5副	112	657	瘸	舊	略	起	入	齊	二十脚			溪入開藥宕三	去約	群開3	巨救	來入開藥宕三	離灼
8143	5副		658	鄿g*	舊	略	起	入	齊	二十脚			溪入開藥宕三	乞約	群開3	巨救	來入開藥宕三	離灼
8144	5副	113	659	帟	隱	略	影	入	齊	二十脚			以入開昔梗三	羊益	影開3	於謹	來入開藥宕三	離灼
8145	5副		660	浾	隱	略	影	入	齊	二十脚			以入開昔梗三	羊益	影開3	於謹	來入開藥宕三	離灼
8146	5副		661	焲	隱	略	影	入	齊	二十脚			以入開昔梗三	羊益	影開3	於謹	來入開藥宕三	離灼
8147	5副		662	燡	隱	略	影	入	齊	二十脚			以入開昔梗三	羊益	影開3	於謹	來入開藥宕三	離灼
8148	5副		663	繹	隱	略	影	入	齊	二十脚			以入開昔梗三	羊益	影開3	於謹	來入開藥宕三	離灼
8149	5副		664	墿	隱	略	影	入	齊	二十脚			以入開昔梗三	羊益	影開3	於謹	來入開藥宕三	離灼
8150	5副		665	嶧	隱	略	影	入	齊	二十脚			以入開昔梗三	羊益	影開3	於謹	來入開藥宕三	離灼
8151	5副		666	襗	隱	略	影	入	齊	二十脚			以入開昔梗三	羊益	影開3	於謹	來入開藥宕三	離灼
8152	5副		667	醳	隱	略	影	入	齊	二十脚			以入開昔梗三	羊益	影開3	於謹	來入開藥宕三	離灼
8153	5副		668	懌	隱	略	影	入	齊	二十脚			以入開昔梗三	羊益	影開3	於謹	來入開藥宕三	離灼
8154	5副	114	669	闟	念	略	乃	入	齊	二十脚			娘入開藥宕三	女略	泥開4	奴店	來入開藥宕三	離灼
8155	5副		670	逽	念	略	乃	入	齊	二十脚			娘入開藥宕三	女略	泥開4	奴店	來入開藥宕三	離灼
8156	5副		671	踖	念	略	乃	入	齊	二十脚			娘入開藥宕三	女略	泥開4	奴店	來入開藥宕三	離灼
8158	5副	115	672	轢	利	若	賚	入	齊	二十脚			來入開藥宕三	離灼	來開3	力至	日入開藥宕三	而灼
8159	5副		673	䂮	利	若	賚	入	齊	二十脚			來入開藥宕三	離灼	來開3	力至	日入開藥宕三	而灼
8160	5副		674	砻	利	若	賚	入	齊	二十脚			來入開藥宕三	離灼	來開3	力至	日入開藥宕三	而灼
8161	5副		675	蝷	利	若	賚	入	齊	二十脚			來入開錫梗四	郎擊	來開3	力至	日入開藥宕三	而灼
8163	5副		676	掠	利	若	賚	入	齊	二十脚			來入開藥宕三	離灼	來開3	力至	日入開藥宕三	而灼
8164	5副		677	礭	利	若	賚	入	齊	二十脚			來入開麥梗二	力摘	來開3	力至	日入開藥宕三	而灼
8165	5副	116	678	謶	軫	略	照	入	齊	二十脚			章入開藥宕三	之若	章開3	章忍	來入開藥宕三	離灼
8166	5副		679	筄	軫	略	照	入	齊	二十脚			章入開藥宕三	之若	章開3	章忍	來入開藥宕三	離灼
8167	5副		680	擆	軫	略	照	入	齊	二十脚			知入開藥宕三	張略	章開3	章忍	來入開藥宕三	離灼
8168	5副		681	㼭	軫	略	照	入	齊	二十脚		無釋義。玉篇無。疑為衍字	徹入開昔梗三	丑亦	章開3	章忍	來入開藥宕三	離灼
8169	5副		682	磔*	軫	略	照	入	齊	二十脚			澄入開陌梗二	直格	章開3	章忍	來入開藥宕三	離灼
8170	5副	117	683	趚	倡	略	助	入	齊	二十脚			崇入開麥梗二	查獲	昌開3	尺良	來入開藥宕三	離灼

韻字編號	部序	組數	字數	韻字及何氏反切			韻字何氏音				何萱注釋	備注	韻字中古音		上字中古音		下字中古音	
				韻字	上字	下字	聲	調	呼	韻部			聲調呼韻攝等	反切	聲呼等	反切	聲調呼韻攝等	反切
8171	5副	118	684	楉	忍	略	耳	入	齊	二十腳			日入開藥宕三	而灼	日開3	而軫	來入開藥宕三	離灼
8172	5副		685	都	忍	略	耳	入	齊	二十腳			日入開藥宕三	而灼	日開3	而軫	來入開藥宕三	離灼
8173	5副		686	蹃	忍	略	耳	入	齊	二十腳			日入開藥宕三	而灼	日開3	而軫	來入開藥宕三	離灼
8174	5副	119	687	皵	淺	略	淨	入	齊	二十腳			清入開藥宕三	七雀	清開3	七演	來入開藥宕三	離灼
8175	5副		688	鰆	淺	略	淨	入	齊	二十腳			清入開藥宕三	七雀	清開3	七演	來入開藥宕三	離灼
8176	5副		689	猎	淺	略	淨	入	齊	二十腳			從入開昔梗三	秦昔	清開3	七演	來入開藥宕三	離灼
8177	5副		690	厝	淺	略	淨	入	齊	二十腳			從入開昔梗三	秦昔	清開3	七演	來入開藥宕三	離灼
8178	5副	120	691	咩	我	略	我	入	齊	二十腳			疑入開陌梗三	宜戟	疑開1	五可	來入開藥宕三	離灼
8179	5副	121	692	碣	小	略	信	入	齊	二十腳			心入開昔梗三	思積	心開3	私兆	來入開藥宕三	離灼
8180	5副		693	潟	小	略	信	入	齊	二十腳			心入開昔梗三	思積	心開3	私兆	來入開藥宕三	離灼
8181	5副		694	蕮	小	略	信	入	齊	二十腳			心入開昔梗三	思積	心開3	私兆	來入開藥宕三	離灼
8182	5副		695	焟	小	略	信	入	齊	二十腳			心入開昔梗三	思積	心開3	私兆	來入開藥宕三	離灼
8183	5副		696	楷	小	略	信	入	齊	二十腳			心入開昔梗三	思積	心開3	私兆	來入開藥宕三	離灼
8184	5副		697	郜	小	略	信	入	齊	二十腳			邪入開昔梗三	祥易	心開3	私兆	來入開藥宕三	離灼
8185	5副		698	汐	小	略	信	入	齊	二十腳			邪入開昔梗三	祥易	心開3	私兆	來入開藥宕三	離灼
8186	5副	122	699	譢	廣	霍	見	入	合	十七韋			見入合陌梗二	古伯	見合1	古晃	曉入合鐸宕一	虛郭
8187	5副		700	矌	廣	霍	見	入	合	十七韋			見入合鐸宕一	古博	見合1	古晃	曉入合鐸宕一	虛郭
8188	5副		701	矌 g*	廣	霍	見	入	合	十七韋			見入合鐸宕一	光鑊	見合1	古晃	曉入合鐸宕一	虛郭
8189	5副	123	702	擴	曠	霍	起	入	合	十七韋		正編下字作郭	匣去合唐宕一	乎曠	溪合1	苦謗	曉入合鐸宕一	虛郭
8190	5副		703	廓	曠	霍	起	入	合	十七韋		正編下字作郭	溪入合鐸宕一	苦郭	溪合1	苦謗	曉入合鐸宕一	虛郭
8191	5副		704	嚩*	曠	霍	起	入	合	十七韋		正編下字作郭	溪入合鐸宕一	闊鑊	溪合1	苦謗	曉入合鐸宕一	虛郭
8193	5副	124	705	嬳	腕	霍	影	入	合	十七韋		正編下字作郭	影入合鐸宕一	烏郭	影合1	烏貫	曉入合鐸宕一	虛郭
8194	5副		706	雘	腕	霍	影	入	合	十七韋		正編下字作郭	影入合鐸宕一	烏郭	影合1	烏貫	曉入合鐸宕一	虛郭
8196	5副		707	臒	腕	霍	影	入	合	十七韋		正編下字作郭	影入合鐸宕一	烏郭	影合1	烏貫	曉入合鐸宕一	虛郭
8197	5副		708	韄	腕	霍	影	入	合	十七韋		正編下字作郭	影入合鐸宕一	烏郭	影合1	烏貫	曉入合鐸宕一	虛郭
8198	5副		709	嶐	腕	霍	影	入	合	十七韋		正編下字作郭	影入合陌梗二	一虢	影合1	烏貫	曉入合鐸宕一	虛郭
8199	5副		710	嚄	腕	霍	影	入	合	十七韋		正編下字作郭	匣入合陌梗二	胡伯	影合1	烏貫	曉入合鐸宕一	虛郭
8200	5副	125	711	蠖	會	郭	曉	入	合	十七韋			匣入合鐸宕一	胡郭	匣合1	黃外	見入合鐸宕一	古博
8202	5副		712	廅	會	郭	曉	入	合	十七韋			匣入合鐸宕一	胡郭	匣合1	黃外	見入合鐸宕一	古博

韻字編號	部序	組數	字數	韻字及何氏反切			韻字何氏音				何萱注釋	備注	韻字中古音		上字中古音		下字中古音	
				韻字	上字	下字	聲	調	呼	韻部			聲調呼韻攝等	反切	聲呼等	反切	聲調呼韻攝等	反切
8203	5副		713	癨	會	郭	曉	入	合	十七章			匣入合鐸宕一	胡郭	匣合1	黃外	見入合鐸宕一	古博
8204	5副		714	爔	會	郭	曉	入	合	十七章			匣入合鐸宕一	胡郭	匣合1	黃外	見入合鐸宕一	古博
8205	5副		715	劐	會	郭	曉	入	合	十七章			曉入合鐸宕一	虛郭	匣合1	黃外	見入合鐸宕一	古博
8206	5副		716	曤**	會	郭	曉	入	合	十七章			曉入合鐸宕一	呼郭	匣合1	黃外	見入合鐸宕一	古博
8207	5副		717	擢	會	郭	曉	入	合	十七章			曉入合鐸宕一	虛郭	匣合1	黃外	見入合鐸宕一	古博
8208	5副		718	癨	會	郭	曉	入	合	十七章			曉入合鐸宕一	虛郭	匣合1	黃外	見入合鐸宕一	古博
8209	5副		719	翻	會	郭	曉	入	合	十七章			曉入合陌梗二	虎伯	匣合1	黃外	見入合鐸宕一	古博
8210	5副		720	濩	會	郭	曉	入	合	十七章			曉入合鐸宕一	虛郭	匣合1	黃外	見入合鐸宕一	古博
8211	5副		721	謋	會	郭	曉	入	合	十七章			曉入合陌梗二	虎伯	匣合1	黃外	見入合鐸宕一	古博
8212	5副	126	722	**瓁**	我	霍	我	入	合	十七章			疑入合鐸宕一	五郭	疑開1	五可	曉入合鐸宕一	虛郭
8213	5副	127	723	矍	眷	縛	見	入	撮	十八矍			見入合藥宕三	居縛	見合重3	居倦	奉入合藥宕三	符钁
8215	5副		724	輰	眷	縛	見	入	撮	十八矍			見入合藥宕三	居縛	見合重3	居倦	奉入合藥宕三	符钁
8216	5副		725	欔*	眷	縛	見	入	撮	十八矍			見入合藥宕三	厥縛	見合重3	居倦	奉入合藥宕三	符钁
8218	5副	128	726	鄽	郡	縛	起	入	撮	十八矍			群入合藥宕三	具矍	群合3	渠運	奉入合藥宕三	符钁
8219	5副	129	727	遷	我	縛	我	入	撮	十八矍		表中此位無字。但正編影母有字，永縛切。此字存疑	云入合藥宕三	王縛	疑開1	五可	奉入合藥宕三	符钁
8220	5副		728	蠖	我	縛	我	入	撮	十八矍		表中此位無字。但正編影母有字，永縛切。此字存疑	云入合藥宕三	王縛	疑開1	五可	奉入合藥宕三	符钁
8221	5副		729	籰	我	縛	我	入	撮	十八矍		表中此位無字。但正編影母有字，永縛切。此字存疑	云入合藥宕三	王縛	疑開1	五可	奉入合藥宕三	符钁

第六部正編

韻字編號	部序	組數	字數	韻字及何氏反切			韻字何氏音				何萱注釋	備　注	韻字中古音		上字中古音		下字中古音	
				韻字	上字	下字	聲	調	呼	韻部			聲調呼韻攝等	反切	聲呼等	反切	聲調呼韻攝等	反切
8222	6正	1	1	**絙**	改	登	見	陰平	開	十九緪			見平開登曾一	古恒	見開1	古亥	端平開登曾一	都縢
8224	6正		2	搄	改	登	見	陰平	開	十九緪			見平開登曾一	古恒	見開1	古亥	端平開登曾一	都縢
8226	6正		3	緪g*	改	登	見	陰平	開	十九緪			見去開登曾一	居鄧	見開1	古亥	端平開登曾一	都縢
8227	6正	2	4	甑	到	增	短	陰平	開	十九緪	豋或作彛俗有甑		端平開登曾一	都縢	端開1	都導	精平開登曾一	作縢
8228	6正		5	**登**	到	增	短	陰平	開	十九緪			端平開登曾一	都縢	端開1	都導	精平開登曾一	作縢
8229	6正		6	璒	到	增	短	陰平	開	十九緪			端平開登曾一	都縢	端開1	都導	精平開登曾一	作縢
8230	6正		7	鐙	到	增	短	陰平	開	十九緪			端去開登曾一	都鄧	端開1	都導	精平開登曾一	作縢
8231	6正		8	簦	到	增	短	陰平	開	十九緪			端平開登曾一	都縢	端開1	都導	精平開登曾一	作縢
8232	6正	3	9	曾	贊	登	井	陰平	開	十九緪	兩見義異		精平開登曾一	作縢	精開1	則旰	端平開登曾一	都縢
8234	6正		10	**增**	贊	登	井	陰平	開	十九緪			精平開登曾一	作縢	精開1	則旰	端平開登曾一	都縢
8235	6正		11	譄	贊	登	井	陰平	開	十九緪		原字誤，應為譄。取譄廣韻音	精平開登曾一	作縢	精開1	則旰	端平開登曾一	都縢
8236	6正		12	憎	贊	登	井	陰平	開	十九緪			精平開登曾一	作縢	精開1	則旰	端平開登曾一	都縢
8237	6正		13	矰	贊	登	井	陰平	開	十九緪			精平開登曾一	作縢	精開1	則旰	端平開登曾一	都縢
8239	6正		14	潧	贊	登	井	陰平	開	十九緪			莊平開真臻三	側詵	精開1	則旰	端平開登曾一	都縢
8240	6正		15	繒	贊	登	井	陰平	開	十九緪			精平開登曾一	作縢	精開1	則旰	端平開登曾一	都縢
8241	6正		16	罾	贊	登	井	陰平	開	十九緪			精平開登曾一	作縢	精開1	則旰	端平開登曾一	都縢
8242	6正		17	鬵*	贊	登	井	陰平	開	十九緪			從平開登曾一	慈陵	精開1	則旰	端平開登曾一	都縢
8243	6正	4	18	**崩***	保	登	謗	陰平	開	十九緪			幫平開登曾一	悲朋	幫開1	博抱	端平開登曾一	都縢
8244	6正	5	19	**恆**	漢	縢	曉	陽平	開	十九緪	亙隸作恆		匣平開登曾一	胡登	曉開1	呼旰	定平開登曾一	徒登
8245	6正	6	20	騰	代	恆	透	陽平	開	十九緪			定平開登曾一	徒登	定開1	徒耐	匣平開登曾一	胡登
8246	6正		21	幐	代	恆	透	陽平	開	十九緪			定平開登曾一	徒登	定開1	徒耐	匣平開登曾一	胡登
8248	6正		22	縢	代	恆	透	陽平	開	十九緪			定平開登曾一	徒登	定開1	徒耐	匣平開登曾一	胡登
8249	6正		23	**滕**	代	恆	透	陽平	開	十九緪			定平開登曾一	徒登	定開1	徒耐	匣平開登曾一	胡登
8250	6正		24	臆	代	恆	透	陽平	開	十九緪			定平開登曾一	徒登	定開1	徒耐	匣平開登曾一	胡登

韻字編號	部序	組數	字數	韻字及何氏反切			韻字何氏音				何萱注釋	備注	韻字中古音		上字中古音		下字中古音	
				韻字	上字	下字	聲	調	呼	韻部			聲調呼韻攝等	反切	聲呼等	反切	聲調呼韻攝等	反切
8253	6 正		25	騰	代	恆	透	陽平	開	十九縆			定平開登曾一	徒登	定開 1	徒耐	匣平開登曾一	胡登
8254	6 正		26	鼟	代	恆	透	陽平	開	十九縆			定平開登曾一	徒登	定開 1	徒耐	匣平開登曾一	胡登
8255	6 正	7	27	**棱**	老	恆	賚	陽平	開	十九縆			來平開登曾一	魯登	來開 1	盧晧	匣平開登曾一	胡登
8256	6 正	8	28	**層**	粲	恆	淨	陽平	開	十九縆			從平開登曾一	昨棱	清開 1	蒼案	匣平開登曾一	胡登
8257	6 正		29	曾	粲	恆	淨	陽平	開	十九縆	兩見義分		從平開登曾一	昨棱	清開 1	蒼案	匣平開登曾一	胡登
8258	6 正	9	30	**厷***	古	薨	見	陰平	合	二十厷			見平合登曾一	姑弘	見合 1	公戶	曉平合登曾一	呼肱
8260	6 正		31	弓	古	薨	見	陰平	合	二十厷			見平合東通三	居戎	見合 1	公戶	曉平合登曾一	呼肱
8261	6 正		32	鞃	古	薨	見	陰平	合	二十厷			匣平合登曾一	胡肱	見合 1	公戶	曉平合登曾一	呼肱
8262	6 正	10	33	**泓**	腕	肱	影	陰平	合	二十厷			影平合耕梗二	烏宏	影合 1	烏貫	見平合登曾一	古弘
8263	6 正	11	34	**薨**	戶	肱	曉	陰平	合	二十厷			曉平合登曾一	呼肱	匣合 1	侯古	見平合登曾一	古弘
8264	6 正		35	儚	戶	肱	曉	陰平	合	二十厷			曉平合登曾一	呼肱	匣合 1	侯古	見平合登曾一	古弘
8265	6 正	12	36	**繃**	布	肱	謗	陰平	合	二十厷			幫平開耕梗二	北萌	幫合 1	博故	見平合登曾一	古弘
8266	6 正	13	37	弘	戶	朋	曉	陽平	合	二十厷			匣平合登曾一	胡肱	匣合 1	侯古	並平開登曾一	步崩
8267	6 正		38	宖	戶	朋	曉	陽平	合	二十厷			匣平合耕梗二	戶萌	匣合 1	侯古	並平開登曾一	步崩
8269	6 正		39	紘	戶	朋	曉	陽平	合	二十厷			匣平合耕梗二	戶萌	匣合 1	侯古	並平開登曾一	步崩
8270	6 正		40	谹	戶	朋	曉	陽平	合	二十厷			匣平合耕梗二	戶萌	匣合 1	侯古	並平開登曾一	步崩
8271	6 正		41	閎	戶	朋	曉	陽平	合	二十厷			匣平合耕梗二	戶萌	匣合 1	侯古	並平開登曾一	步崩
8272	6 正		42	**宏**	戶	朋	曉	陽平	合	二十厷			匣平合耕梗二	戶萌	匣合 1	侯古	並平開登曾一	步崩
8273	6 正	14	43	**朋**	普	宏	並	陽平	合	二十厷	六部平七部去兩見義異	就是鵬，與鳳異讀	並平開登曾一	步崩	滂合 1	滂古	匣平合耕梗二	戶萌
8274	6 正		44	鵬	普	宏	並	陽平	合	二十厷	六部平七部去兩見義異	就是朋，與鳳異讀	並平開登曾一	步崩	滂合 1	滂古	匣平合耕梗二	戶萌
8276	6 正		45	倗	普	宏	並	陽平	合	二十厷			並平開登曾一	步崩	滂合 1	滂古	匣平合耕梗二	戶萌
8278	6 正		46	棚	普	宏	並	陽平	合	二十厷			並平開登曾一	步崩	滂合 1	滂古	匣平合耕梗二	戶萌
8281	6 正		47	輣	普	宏	並	陽平	合	二十厷			並平開耕梗二	薄萌	滂合 1	滂古	匣平合耕梗二	戶萌
8284	6 正		48	弸	普	宏	並	陽平	合	二十厷			滂平開耕梗二	普耕	滂合 1	滂古	匣平合耕梗二	戶萌
8285	6 正	15	49	**甍**	慢	宏	命	陽平	合	二十厷			明平開耕梗二	莫耕	明開 2	謨晏	匣平合耕梗二	戶萌

韻字編號	部序	組數	字數	韻字及何氏反切			韻字何氏音				何萱注釋	備注	韻字中古音		上字中古音		下字中古音	
				韻字	上字	下字	聲	調	呼	韻部			聲調呼韻攝等	反切	聲呼等	反切	聲調呼韻攝等	反切
8287	6正		50	瞢	慢	宏	命	陽平	合	二十厷			明平開登曾一	武登	明開2	謨晏	匣平合耕梗二	戶萌
8288	6正		51	夢	慢	宏	命	陽平	合	二十厷			明平合東通三	莫中	明開2	謨晏	匣平合耕梗二	戶萌
8289	6正		52	蕄	慢	宏	命	陽平	合	二十厷			明平合東通一	莫紅	明開2	謨晏	匣平合耕梗二	戶萌
8290	6正	16	53	兢*	几	膺	見	陰平	齊	廿一兢			見平開蒸曾三	居陵	見開重3	居履	影平開蒸曾三	於陵
8291	6正	17	54	癃*	漾	兢	影	陰平	齊	廿一兢			影平開蒸曾三	於陵	以開3	餘亮	見平開蒸曾三	居陵
8292	6正		55	膺	漾	兢	影	陰平	齊	廿一兢			影平開蒸曾三	於陵	以開3	餘亮	見平開蒸曾三	居陵
8293	6正		56	應	漾	兢	影	陰平	齊	廿一兢	平去兩讀		影平開蒸曾三	於陵	以開3	餘亮	見平開蒸曾三	居陵
8295	6正	18	57	興	向	兢	曉	陰平	齊	廿一兢	平去兩讀義分		曉平開蒸曾三	虛陵	曉開3	許亮	見平開蒸曾三	居陵
8297	6正		58	鄳	向	兢	曉	陰平	齊	廿一兢			曉平開蒸曾三	虛陵	曉開3	許亮	見平開蒸曾三	居陵
8298	6正	19	59	烝	掌	兢	照	陰平	齊	廿一兢			章平開蒸曾三	煑仍	章開3	諸兩	見平開蒸曾三	居陵
8299	6正		60	蒸	掌	兢	照	陰平	齊	廿一兢			章平開蒸曾三	煑仍	章開3	諸兩	見平開蒸曾三	居陵
8300	6正		61	徵	掌	兢	照	陰平	齊	廿一兢	一部上六部平兩見異義		知平開蒸曾三	陟陵	章開3	諸兩	見平開蒸曾三	居陵
8302	6正	20	62	爯	寵	兢	助	陰平	齊	廿一兢			昌平開蒸曾三	處陵	徹合3	丑隴	見平開蒸曾三	居陵
8303	6正		63	偁	寵	兢	助	陰平	齊	廿一兢			昌平開蒸曾三	處陵	徹合3	丑隴	見平開蒸曾三	居陵
8304	6正	21	64	升	始	兢	審	陰平	齊	廿一兢			書平開蒸曾三	識蒸	書開3	詩止	見平開蒸曾三	居陵
8305	6正		65	勝	始	兢	審	陰平	齊	廿一兢	平去兩讀		書平開蒸曾三	識蒸	書開3	詩止	見平開蒸曾三	居陵
8307	6正	22	66	仌	貶	兢	謗	陰平	齊	廿一兢			幫平開蒸曾三	筆陵	幫開重3	方斂	見平開蒸曾三	居陵
8308	6正		67	掤	貶	兢	謗	陰平	齊	廿一兢			幫平開蒸曾三	筆陵	幫開重3	方斂	見平開蒸曾三	居陵
8309	6正	23	68	蠅	漾	陵	影	陽平	齊	廿一兢			以平開蒸曾三	餘陵	以開3	餘亮	來平開蒸曾三	力膺
8310	6正	24	69	夌	亮	凭	賚	陽平	齊	廿一兢			來平開蒸曾三	力膺	來開3	力讓	並平開蒸曾三	扶冰
8311	6正		70	淩	亮	凭	賚	陽平	齊	廿一兢			來平開蒸曾三	力膺	來開3	力讓	並平開蒸曾三	扶冰
8312	6正		71	棱	亮	凭	賚	陽平	齊	廿一兢	一部入六部平兩讀		來平開蒸曾三	力膺	來開3	力讓	並平開蒸曾三	扶冰
8313	6正		72	綾	亮	凭	賚	陽平	齊	廿一兢			來平開蒸曾三	力膺	來開3	力讓	並平開蒸曾三	扶冰
8314	6正		73	陵	亮	凭	賚	陽平	齊	廿一兢			來平開蒸曾三	力膺	來開3	力讓	並平開蒸曾三	扶冰
8315	6正		74	凌	亮	凭	賚	陽平	齊	廿一兢	平去兩讀。或淩		來平開蒸曾三	力膺	來開3	力讓	並平開蒸曾三	扶冰

韻字編號	部序	組數	字數	韻字及何氏反切			韻字何氏音				何萱注釋	備注	韻字中古音		上字中古音		下字中古音	
				韻字	上字	下字	聲	調	呼	韻部			聲調呼韻攝等	反切	聲呼等	反切	聲調呼韻攝等	反切
8316	6正		75	淩	亮	凭	賚	陽平	齊	廿一競		據此處注，淩為乘、弛義時假借為夌	來平開蒸曾三	力膺	來開3	力讓	並平開蒸曾三	扶冰
8317	6正		76	蔆	亮	凭	賚	陽平	齊	廿一競			來平開蒸曾三	力膺	來開3	力讓	並平開蒸曾三	扶冰
8318	6正	25	77	**椉**	寵	陵	助	陽平	齊	廿一競	平去兩讀		船平開蒸曾三	食陵	徹合3	丑隴	來平開蒸曾三	力膺
8321	6正		78	騬	寵	陵	助	陽平	齊	廿一競			船平開蒸曾三	食陵	徹合3	丑隴	來平開蒸曾三	力膺
8322	6正		79	澂	寵	陵	助	陽平	齊	廿一競			澄平開蒸曾三	直陵	徹合3	丑隴	來平開蒸曾三	力膺
8323	6正		80	懲	寵	陵	助	陽平	齊	廿一競			澄平開蒸曾三	直陵	徹合3	丑隴	來平開蒸曾三	力膺
8324	6正		81	憕	寵	陵	助	陽平	齊	廿一競			澄平開蒸曾三	直陵	徹合3	丑隴	來平開蒸曾三	力膺
8325	6正		82	橙	寵	陵	助	陽平	齊	廿一競			澄平開耕梗二	宅耕	徹合3	丑隴	來平開蒸曾三	力膺
8326	6正		83	繩	寵	陵	助	陽平	齊	廿一競			船平開蒸曾三	食陵	徹合3	丑隴	來平開蒸曾三	力膺
8327	6正		84	塍	寵	陵	助	陽平	齊	廿一競			船平開蒸曾三	食陵	徹合3	丑隴	來平開蒸曾三	力膺
8328	6正	26	85	訒	攘	陵	耳	陽平	齊	廿一競			日平開蒸曾三	如乘	日開3	人漾	來平開蒸曾三	力膺
8329	6正		86	**仍**	攘	陵	耳	陽平	齊	廿一競			日平開蒸曾三	如乘	日開3	人漾	來平開蒸曾三	力膺
8330	6正		87	扔	攘	陵	耳	陽平	齊	廿一競			日平開蒸曾三	如乘	日開3	人漾	來平開蒸曾三	力膺
8331	6正		88	礽	攘	陵	耳	陽平	齊	廿一競			日平開蒸曾三	如乘	日開3	人漾	來平開蒸曾三	力膺
8332	6正		89	艿	攘	陵	耳	陽平	齊	廿一競			日平開蒸曾三	如乘	日開3	人漾	來平開蒸曾三	力膺
8333	6正		90	卤	攘	陵	耳	陽平	齊	廿一競	一部上六部十三部平凡三見	據何氏十三部注，此處應讀仍。取仍廣韻音	日平開蒸曾三	如乘	日開3	人漾	來平開蒸曾三	力膺
8334	6正		91	陾	攘	陵	耳	陽平	齊	廿一競			日平開蒸曾三	如乘	日開3	人漾	來平開蒸曾三	力膺
8337	6正	27	92	**承**	始	陵	審	陽平	齊	廿一競			禪平開蒸曾三	署陵	書開3	詩止	來平開蒸曾三	力膺
8338	6正		93	丞*	始	陵	審	陽平	齊	廿一競			禪平開蒸曾三	辰陵	書開3	詩止	來平開蒸曾三	力膺
8339	6正		94	脅	始	陵	審	陽平	齊	廿一競			章平開蒸曾三	煑仍	書開3	詩止	來平開蒸曾三	力膺
8340	6正	28	95	繒	淺	陵	淨	陽平	齊	廿一競			從平開蒸曾三	疾陵	清開3	七演	來平開蒸曾三	力膺
8341	6正		96	**鄫**	淺	陵	淨	陽平	齊	廿一競			從平開蒸曾三	疾陵	清開3	七演	來平開蒸曾三	力膺

韻字編號	部序	組數	字數	韻字及何氏反切			韻字何氏音				何萱注釋	備　注	韻字中古音		上字中古音		下字中古音	
				韻字	上字	下字	聲	調	呼	韻部			聲調呼韻攝等	反切	聲呼等	反切	聲調呼韻攝等	反切
8342	6 正	29	97	冰 g*	仰	凭	我	陽平	齊	廿一兢	平去兩讀	此字實際上就是凝字，讀音取凝廣韻音	疑平開蒸曾三	魚陵	疑開 3	魚兩	並平開蒸曾三	扶冰
8343	6 正		98	**凝**	仰	凭	我	陽平	齊	廿一兢			疑平開蒸曾三	魚陵	疑開 3	魚兩	並平開蒸曾三	扶冰
8345	6 正	30	99	淜	避	陵	並	陽平	齊	廿一兢			並平開蒸曾三	扶冰	並開重 4	毗義	來平開蒸曾三	力膺
8346	6 正		100	凭	避	陵	並	陽平	齊	廿一兢			並平開蒸曾三	扶冰	並開重 4	毗義	來平開蒸曾三	力膺
8347	6 正		101	**馮**	避	陵	並	陽平	齊	廿一兢			並平開蒸曾三	扶冰	並開重 4	毗義	來平開蒸曾三	力膺
8348	6 正	31	102	**鄷***	范	凭	匪	陽平	齊	廿一兢			奉平合東通三	符風	奉合 3	防錽	並平開蒸曾三	扶冰
8349	6 正	32	103	**穹**	袪	雄	起	陰平	撮	廿二穹			溪平合東通三	去宮	溪合 3	去魚	云平合東通三	羽弓
8350	6 正	33	104	**雄**	餘	穹	影	陽平	撮	廿二穹			云平合東通三	羽弓	以合 3	以諸	溪平合東通三	去宮
8352	6 正	34	105	**鄫**	抱	贈	並	上	開	十九鄫	一部平六部上兩見異義		滂上開登曾一	普等	並開 1	薄浩	精上開登曾一	子等
8353	6 正	35	106	**蒸**	几	拯	見	上	齊	二十蒸			見上開欣臻三	居隱	見開重 3	居履	章上開蒸曾三	蒸上
8354	6 正	36	107	**拯**	掌	蒸	照	上	齊	二十蒸			章上開蒸曾三	蒸上	章開 3	諸兩	見上開欣臻三	居隱
8355	6 正		108	丞	掌	蒸	照	上	齊	二十蒸			章上開蒸曾三	蒸上	章開 3	諸兩	見上開欣臻三	居隱
8357	6 正	37	109	幷	寵	拯	助	上	齊	二十蒸	关隸	何氏認為說文該字佚，但朕佚栚都從之得聲，所以放在這里。此處取关廣韻音	澄上開侵深三	直稔	徹合 3	丑隴	章上開蒸曾三	蒸上
8358	6 正		110	**朕**	寵	拯	助	上	齊	二十蒸			澄上開侵深三	直稔	徹合 3	丑隴	章上開蒸曾三	蒸上
8359	6 正		111	栚	寵	拯	助	上	齊	二十蒸			澄上開侵深三	直稔	徹合 3	丑隴	章上開蒸曾三	蒸上
8360	6 正	38	112	**栖***	改	鄧	見	去	開	十九栖	栖，古文亙		見去開登曾一	居鄧	見開 1	古亥	定去開登曾一	徒亘
8361	6 正	39	113	**隥**	到	亙	短	去	開	十九栖			端去開登曾一	都鄧	端開 1	都導	見去開登曾一	古鄧
8362	6 正	40	114	**鄧**	代	亙	透	去	開	十九栖			定去開登曾一	徒亙	定開 1	徒耐	見去開登曾一	古鄧
8363	6 正	41	115	**贈**	粲	亙	淨	去	開	十九栖		表中在淨母的位置，但韻目切上字作茝，誤。茝為助母，依廣韻音，改為粲	從去開登曾一	昨亙	清開 1	蒼案	見去開登曾一	古鄧

韻字編號	部序	組數	字數	韻字及何氏反切			韻字何氏音				何萱注釋	備注	韻字中古音		上字中古音		下字中古音	
				韻字	上字	下字	聲	調	呼	韻部			聲調呼韻攝等	反切	聲呼等	反切	聲調呼韻攝等	反切
8364	6正	42	116	**送**	巽	堋	信	去	合	二十送	六部九部兩讀。此部送字讀如十三部之遜，是本音也。九部送字乃音轉也	釋義基本相同。這里是古音，取遜廣韻音	心去合魂臻一	蘇困	心合1	蘇困	幫去開登曾一	方隥
8367	6正	43	117	**堋**	布	寱	謗	去	合	二十送			幫去開登曾一	方隥	幫合1	博故	明去合東通三	莫鳳
8368	6正		118	寷*	布	寱	謗	去	合	二十送			清上開侵深三	七稔	幫合1	博故	明去合東通三	莫鳳
8369	6正	44	119	**寱**	慢	堋	命	去	合	二十送			明去合東通三	莫鳳	明開2	謨晏	幫去開登曾一	方隥
8370	6正		120	懜	慢	堋	命	去	合	二十送			明去開登曾一	武亘	明開2	謨晏	幫去開登曾一	方隥
8371	6正	45	121	**孕**	漾	嬹	影	去	齊	廿一孕			以去開蒸曾三	以證	以開3	餘亮	曉去開蒸曾三	許應
8372	6正		122	應	漾	嬹	影	去	齊	廿一孕	平去兩讀注在彼		影去開蒸曾三	於證	以開3	餘亮	曉去開蒸曾三	許應
8374	6正		123	媵	漾	嬹	影	去	齊	廿一孕	佚或作媵媵		以去開蒸曾三	以證	以開3	餘亮	曉去開蒸曾三	許應
8376	6正		124	賸	漾	嬹	影	去	齊	廿一孕	兩讀		以去開蒸曾三	以證	以開3	餘亮	曉去開蒸曾三	許應
8378	6正	46	125	**嬹**	向	孕	曉	去	齊	廿一孕			曉去開蒸曾三	許應	曉開3	許亮	以去開蒸曾三	以證
8379	6正		126	興	向	孕	曉	去	齊	廿一孕	平去兩讀義分		曉去開蒸曾三	許應	曉開3	許亮	以去開蒸曾三	以證
8381	6正	47	127	**掕**	亮	嬹	賚	去	齊	廿一孕			來去開蒸曾三	里甑	來開3	力讓	曉去開蒸曾三	許應
8383	6正		128	餕	亮	嬹	賚	去	齊	廿一孕			來去開蒸曾三	里甑	來開3	力讓	曉去開蒸曾三	許應
8385	6正		129	凌	亮	嬹	賚	去	齊	廿一孕	平去兩讀注在彼。或凌		來平開蒸曾三	力膺	來開3	力讓	曉去開蒸曾三	許應
8386	6正	48	130	**證**	掌	嬹	照	去	齊	廿一孕			章去開蒸曾三	諸膺	章開3	諸兩	曉去開蒸曾三	許應
8388	6正	49	131	**稱**	寵	嬹	助	去	齊	廿一孕			昌去開蒸曾三	昌孕	徹合3	丑隴	曉去開蒸曾三	許應
8391	6正		132	椉g*	寵	嬹	助	去	齊	廿一孕	平去兩讀注在彼		船去開蒸曾三	石證	徹合3	丑隴	曉去開蒸曾三	許應
8392	6正		133	賸	寵	嬹	助	去	齊	廿一孕	重見，注在前		船去開蒸曾三	實證	徹合3	丑隴	曉去開蒸曾三	許應
8394	6正	50	134	勝	始	嬹	審	去	齊	廿一孕	平去兩讀注在彼		書去開蒸曾三	詩證	書開3	詩止	曉去開蒸曾三	許應
8396	6正		135	**滕**	始	嬹	審	去	齊	廿一孕			書去開蒸曾三	詩證	書開3	詩止	曉去開蒸曾三	許應
8397	6正	51	136	**甑**	紫	嬹	井	去	齊	廿一孕			精去開蒸曾三	子孕	精開3	將此	曉去開蒸曾三	許應
8398	6正	52	137	冰g*	仰	嬹	我	去	齊	廿一孕	平去兩讀注在彼。冰俗有凝	表中此位無字；此字就是凝字，讀音取凝廣韻音	疑去開蒸曾三	牛餕	疑開3	魚兩	曉去開蒸曾三	許應

第六部副編

序列	部序	組數	字數	韻字及何氏反切			韻字何氏音				何萱注釋	備　注	韻字中古音		上字中古音		下字中古音	
				韻字	上字	下字	聲	調	呼	韻部			聲調呼韻攝等	反切	聲呼等	反切	聲調呼韻攝等	反切
8401	6副	1	1	暅*	改	登	見	陰平	開	十九緪			見去開登曾一	居鄧	見開1	古亥	端平開登曾一	都滕
8403	6副	2	2	癷*	到	增	短	陰平	開	十九緪			端平開登曾一	都騰	端開1	都導	精平開登曾一	作滕
8404	6副		3	嬁*	到	增	短	陰平	開	十九緪		正文增	端平開登曾一	都騰	端開1	都導	精平開登曾一	作滕
8405	6副		4	豋攴*	到	增	短	陰平	開	十九緪			定去開登曾一	唐亘	端開1	都導	精平開登曾一	作滕
8406	6副		5	毲	到	增	短	陰平	開	十九緪			端平開登曾一	都滕	端開1	都導	精平開登曾一	作滕
8407	6副		6	鐙鳥	到	增	短	陰平	開	十九緪			端平開登曾一	都滕	端開1	都導	精平開登曾一	作滕
8408	6副		7	豋艹	到	增	短	陰平	開	十九緪			端平開登曾一	都滕	端開1	都導	精平開登曾一	作滕
8409	6副	3	8	膯	代	登	透	陰平	開	十九緪			透平開登曾一	他登	定開1	徒耐	端平開登曾一	都滕
8410	6副		9	鼟*	代	登	透	陰平	開	十九緪		鼟鼞	透平開登曾一	他登	定開1	徒耐	端平開登曾一	都滕
8411	6副	4	10	竳	酌	登	照	陰平	開	十九緪			知平開耕梗二	中莖	章開3	之若	端平開登曾一	都滕
8412	6副		11	僜	酌	登	照	陰平	開	十九緪			知平開耕梗二	中莖	章開3	之若	端平開登曾一	都滕
8413	6副	5	12	璔*	贊	登	井	陰平	開	十九緪			精平開登曾一	咨騰	精開1	則旰	端平開登曾一	都滕
8414	6副		13	磳	贊	登	井	陰平	開	十九緪			精平開登曾一	作滕	精開1	則旰	端平開登曾一	都滕
8416	6副		14	翻	贊	登	井	陰平	開	十九緪			精平開登曾一	作滕	精開1	則旰	端平開登曾一	都滕
8417	6副		15	蕦	贊	登	井	陰平	開	十九緪			精平開登曾一	作滕	精開1	則旰	端平開登曾一	都滕
8418	6副		16	橧	贊	登	井	陰平	開	十九緪			精平開登曾一	作滕	精開1	則旰	端平開登曾一	都滕
8420	6副	6	17	鬙色	散	登	信	陰平	開	十九緪			心平開登曾一	蘇增	心開1	蘇旱	端平開登曾一	都滕
8421	6副		18	鬙	散	登	信	陰平	開	十九緪			心平合東通一	蘇公	心開1	蘇旱	端平開登曾一	都滕
8422	6副		19	鬙	散	登	信	陰平	開	十九緪			心平開登曾一	蘇增	心開1	蘇旱	端平開登曾一	都滕
8423	6副		20	僧	散	登	信	陰平	開	十九緪			心平開登曾一	蘇增	心開1	蘇旱	端平開登曾一	都滕
8424	6副	7	21	痭*	保	登	謗	陰平	開	十九緪			幫平開登曾一	悲朋	幫開1	博抱	端平開登曾一	都滕
8425	6副		22	廟**	保	登	謗	陰平	開	十九緪			幫平開登曾一	方登	幫開1	博抱	端平開登曾一	都滕
8426	6副		23	掤*	保	登	謗	陰平	開	十九緪			幫平開登曾一	悲朋	幫開1	博抱	端平開登曾一	都滕
8427	6副		24	脼*	保	登	謗	陰平	開	十九緪			幫平開登曾一	悲朋	幫開1	博抱	端平開登曾一	都滕
8428	6副	8	25	漰	抱	登	並	陰平	開	十九緪			滂平開登曾一	普朋	並開1	薄浩	端平開登曾一	都滕

序列	部序	組數	字數	韻字及何氏反切			韻字何氏音				何萱注釋	備注	韻字中古音		上字中古音		下字中古音	
				韻字	上字	下字	聲	調	呼	韻部			聲調呼韻攝等	反切	聲呼等	反切	聲調呼韻攝等	反切
8429	6副		26	磞*	抱	登	並	陰平	開	十九緪			滂平開庚梗二	披庚	並開1	薄浩	端平開登曾一	都滕
8430	6副		27	硼*	抱	登	並	陰平	開	十九緪			滂平開耕梗二	披耕	並開1	薄浩	端平開登曾一	都滕
8431	6副	9	28	姮*	漢	滕	曉	陽平	開	十九緪			匣平開登曾一	胡登	曉開1	呼旰	定平開登曾一	徒登
8433	6副		29	峘	漢	滕	曉	陽平	開	十九緪			匣平開登曾一	胡登	曉開1	呼旰	定平開登曾一	徒登
8434	6副	10	30	癱	代	恆	透	陽平	開	十九緪			定平開登曾一	徒登	定開1	徒耐	匣平開登曾一	胡登
8435	6副		31	儯	代	恆	透	陽平	開	十九緪			定平開登曾一	徒登	定開1	徒耐	匣平開登曾一	胡登
8436	6副		32	鼟	代	恆	透	陽平	開	十九緪			定平合東通一	徒紅	定開1	徒耐	匣平開登曾一	胡登
8437	6副		33	螣**	代	恆	透	陽平	開	十九緪			定平開登曾一	徒登	定開1	徒耐	匣平開登曾一	胡登
8438	6副		34	籐*	代	恆	透	陽平	開	十九緪			定平開登曾一	徒登	定開1	徒耐	匣平開登曾一	胡登
8439	6副	11	35	祾	老	恆	賚	陽平	開	十九緪			來平開登曾一	魯登	來開1	盧晧	匣平開登曾一	胡登
8441	6副		36	倰	老	恆	賚	陽平	開	十九緪			來平開登曾一	魯登	來開1	盧晧	匣平開登曾一	胡登
8442	6副		37	踜**	老	恆	賚	陽平	開	十九緪			來平開登曾一	力登	來開1	盧晧	匣平開登曾一	胡登
8443	6副		38	輘	老	恆	賚	陽平	開	十九緪			來平開登曾一	魯登	來開1	盧晧	匣平開登曾一	胡登
8444	6副		39	颷*	老	恆	賚	陽平	開	十九緪			來平開登曾一	盧登	來開1	盧晧	匣平開登曾一	胡登
8445	6副		40	崚	老	恆	賚	陽平	開	十九緪			來平開蒸曾三	力膺	來開1	盧晧	匣平開登曾一	胡登
8447	6副		41	碐*	老	恆	賚	陽平	開	十九緪			來平開登曾一	盧登	來開1	盧晧	匣平開登曾一	胡登
8448	6副		42	蔆*	老	恆	賚	陽平	開	十九緪			來平開登曾一	盧登	來開1	盧晧	匣平開登曾一	胡登
8449	6副		43	躴**	老	恆	賚	陽平	開	十九緪			來平開登曾一	力登	來開1	盧晧	匣平開登曾一	胡登
8450	6副	12	44	竲	茝	恆	助	陽平	開	十九緪			澄平開耕梗二	宅耕	昌開1	昌紿	匣平開登曾一	胡登
8451	6副		45	簦*	茝	恆	助	陽平	開	十九緪			從平開登曾一	租棱	昌開1	昌紿	匣平開登曾一	胡登
8452	6副		46	鏳	茝	恆	助	陽平	開	十九緪			崇平開耕梗二	士耕	昌開1	昌紿	匣平開登曾一	胡登
8453	6副		47	彰*	茝	恆	助	陽平	開	十九緪			清平開登曾一	七曾	昌開1	昌紿	匣平開登曾一	胡登
8455	6副	13	48	嶒	粲	恆	淨	陽平	開	十九緪			從平開登曾一	昨棱	清開1	蒼案	匣平開登曾一	胡登
8456	6副	14	49	宏	古	薨	見	陰平	合	二十厷			見平合庚梗二	古横	見合1	公戶	曉平合登曾一	呼肱
8457	6副	15	50	吰*	腕	肱	影	陰平	合	二十厷			影平合耕梗二	烏宏	影合1	烏貫	見平合登曾一	古弘
8458	6副	16	51	濊	戶	肱	曉	陰平	合	二十厷			曉平合登曾一	呼肱	匣合1	侯古	見平合登曾一	古弘

序列	部序	組數	字數	韻字及何氏反切			韻字何氏音				何萱注釋	備注	韻字中古音		上字中古音		下字中古音	
				韻字	上字	下字	聲	調	呼	韻部			聲調呼韻攝等	反切	聲呼等	反切	聲調呼韻攝等	反切
8459	6副		52	䕨	戶	肱	曉	陰平	合	二十厷			曉平合登曾一	呼肱	匣合1	侯古	見平合登曾一	古弘
8460	6副		53	薨*	戶	肱	曉	陰平	合	二十厷			曉平合登曾一	呼弘	匣合1	侯古	見平合登曾一	古弘
8462	6副	17	54	𡢃*	布	肱	謗	陰平	合	二十厷			幫平開耕梗二	悲萌	幫合1	博故	見平合登曾一	古弘
8463	6副		55	弸**	布	肱	謗	陰平	合	二十厷			幫平開耕梗二	必耕	幫合1	博故	見平合登曾一	古弘
8464	6副	18	56	竑	戶	朋	曉	陽平	合	二十厷			匣平合耕梗二	戶萌	匣合1	侯古	並平開登曾一	步崩
8465	6副		57	吰	戶	朋	曉	陽平	合	二十厷			匣平合耕梗二	戶萌	匣合1	侯古	並平開登曾一	步崩
8466	6副		58	耾	戶	朋	曉	陽平	合	二十厷			匣平合耕梗二	戶萌	匣合1	侯古	並平開登曾一	步崩
8467	6副		59	峵*	戶	朋	曉	陽平	合	二十厷			匣平合耕梗二	呼萌	匣合1	侯古	並平開登曾一	步崩
8469	6副		60	浤	戶	朋	曉	陽平	合	二十厷			匣平合耕梗二	戶萌	匣合1	侯古	並平開登曾一	步崩
8470	6副		61	弦	戶	朋	曉	陽平	合	二十厷			匣平合登曾一	胡肱	匣合1	侯古	並平開登曾一	步崩
8471	6副	19	62	鬅	普	宏	並	陽平	合	二十厷			並平開登曾一	步崩	滂合1	滂古	匣平合耕梗二	戶萌
8472	6副		63	倗	普	宏	並	陽平	合	二十厷			並平開耕梗二	薄萌	滂合1	滂古	匣平合耕梗二	戶萌
8473	6副		64	蹦*	普	宏	並	陽平	合	二十厷			並平開登曾一	蒲登	滂合1	滂古	匣平合耕梗二	戶萌
8474	6副		65	殑*	普	宏	並	陽平	合	二十厷			幫平開庚梗二	晡橫	滂合1	滂古	匣平合耕梗二	戶萌
8475	6副		66	霌**	普	宏	並	陽平	合	二十厷			幫平開登曾一	北朋	滂合1	滂古	匣平合耕梗二	戶萌
8476	6副		67	𣝗*	普	宏	並	陽平	合	二十厷		正文疑為棚	並平開庚梗二	蒲庚	滂合1	滂古	匣平合耕梗二	戶萌
8477	6副		68	蝴**	普	宏	並	陽平	合	二十厷			並平開登曾一	步登	滂合1	滂古	匣平合耕梗二	戶萌
8478	6副	20	69	薨	慢	宏	命	陽平	合	二十厷			明平開唐宕一	莫郎	明開2	謨晏	匣平合耕梗二	戶萌
8479	6副		70	甍	慢	宏	命	陽平	合	二十厷			明平開耕梗二	莫耕	明開2	謨晏	匣平合耕梗二	戶萌
8480	6副		71	矒	慢	宏	命	陽平	合	二十厷			明平開耕梗二	莫耕	明開2	謨晏	匣平合耕梗二	戶萌
8481	6副		72	鼆	慢	宏	命	陽平	合	二十厷			明平開登曾一	武登	明開2	謨晏	匣平合耕梗二	戶萌
8483	6副		73	鄸	慢	宏	命	陽平	合	二十厷			明去合東通三	莫鳳	明開2	謨晏	匣平合耕梗二	戶萌
8484	6副		74	薨	慢	宏	命	陽平	合	二十厷			明平合東通三	莫中	明開2	謨晏	匣平合耕梗二	戶萌
8485	6副		75	蕄	慢	宏	命	陽平	合	二十厷			明平開登曾一	武登	明開2	謨晏	匣平合耕梗二	戶萌
8486	6副	21	76	蠅	漾	兢	影	陰平	齊	廿一兢			影平開蒸曾三	於陵	以開3	餘亮	見平開蒸曾三	居陵
8487	6副	22	77	烝**	掌	兢	照	陰平	齊	廿一兢			章平開蒸曾三	諸膺	章開3	諸兩	見平開蒸曾三	居陵
8488	6副		78	癥	掌	兢	照	陰平	齊	廿一兢			知平開蒸曾三	陟陵	章開3	諸兩	見平開蒸曾三	居陵

序列	部序	組數	字數	韻字及何氏反切			韻字何氏音				何萱注釋	備注	韻字中古音		上字中古音		下字中古音	
				韻字	上字	下字	聲	調	呼	韻部			聲調呼韻攝等	反切	聲呼等	反切	聲調呼韻攝等	反切
8490	6副		79	蒸**	掌	兢	照	陰平	齊	廿一兢			章平開蒸曾三	之承	章開3	諸兩	見平開蒸曾三	居陵
8491	6副		80	篜	掌	兢	照	陰平	齊	廿一兢			章平開蒸曾三	煑仍	章開3	諸兩	見平開蒸曾三	居陵
8492	6副	23	81	睖	寵	兢	助	陰平	齊	廿一兢			徹平開蒸曾三	醜升	徹合3	丑隴	見平開蒸曾三	居陵
8493	6副	24	82	砅	避	兢	並	陰平	齊	廿一兢			滂平開蒸曾三	披冰	並開重4	毗義	見平開蒸曾三	居陵
8495	6副	25	83	倰	亮	凭	賚	陽平	齊	廿一兢			來平開蒸曾三	力膺	來開3	力讓	並平開蒸曾三	扶冰
8496	6副		84	夌	亮	凭	賚	陽平	齊	廿一兢			來平開蒸曾三	力膺	來開3	力讓	並平開蒸曾三	扶冰
8497	6副		85	錂**	亮	凭	賚	陽平	齊	廿一兢			來平開蒸曾三	力升	來開3	力讓	並平開蒸曾三	扶冰
8498	6副		86	鯪	亮	凭	賚	陽平	齊	廿一兢			來平開蒸曾三	力膺	來開3	力讓	並平開蒸曾三	扶冰
8499	6副	26	87	憴	寵	陵	助	陽平	齊	廿一兢			船平開蒸曾三	食陵	徹合3	丑隴	來平開蒸曾三	力膺
8500	6副		88	譝	寵	陵	助	陽平	齊	廿一兢			船平開蒸曾三	食陵	徹合3	丑隴	來平開蒸曾三	力膺
8501	6副		89	鱦	寵	陵	助	陽平	齊	廿一兢			船平開蒸曾三	食陵	徹合3	丑隴	來平開蒸曾三	力膺
8504	6副		90	澠	寵	陵	助	陽平	齊	廿一兢			船平開蒸曾三	食陵	徹合3	丑隴	來平開蒸曾三	力膺
8505	6副		91	澠*	寵	陵	助	陽平	齊	廿一兢			船平開蒸曾三	神陵	徹合3	丑隴	來平開蒸曾三	力膺
8506	6副	27	92	礽	攘	陵	耳	陽平	齊	廿一兢			日平開蒸曾三	如乘	日開3	人漾	來平開蒸曾三	力膺
8507	6副		93	陾*	攘	陵	耳	陽平	齊	廿一兢			日平開蒸曾三	如蒸	日開3	人漾	來平開蒸曾三	力膺
8508	6副	28	94	噌	淺	陵	淨	陽平	齊	廿一兢			初平開耕梗二	楚耕	清開3	七演	來平開蒸曾三	力膺
8509	6副		95	嶒	淺	陵	淨	陽平	齊	廿一兢			從平開蒸曾三	疾陵	清開3	七演	來平開蒸曾三	力膺
8510	6副		96	驓	淺	陵	淨	陽平	齊	廿一兢			從平開蒸曾三	疾陵	清開3	七演	來平開蒸曾三	力膺
8511	6副		97	竲*	淺	陵	淨	陽平	齊	廿一兢			從平開蒸曾三	慈陵	清開3	七演	來平開蒸曾三	力膺
8513	6副	29	98	凴	避	陵	並	陽平	齊	廿一兢			並平開蒸曾三	扶冰	並開重4	毗義	來平開蒸曾三	力膺
8514	6副	30	99	竑*	餘	穹	影	陽平	撮	廿二穹			云平合東通三	胡弓	以合3	以諸	溪平合東通三	去宮
8515	6副	31	100	**㾘***	改	鄳	見	上	開	十九鄳			見上開登曾一	孤等	見開1	古亥	滂上開登曾一	普等
8516	6副	32	101	**瞪***	到	鄳	短	上	開	十九鄳			端上開登曾一	得肯	端開1	都導	滂上開登曾一	普等
8517	6副	33	102	**蹬***	代	鄳	透	上	開	十九鄳			定上開登曾一	徒等	定開1	徒耐	滂上開登曾一	普等
8519	6副		103	䲢*	代	鄳	透	上	開	十九鄳			透上開登曾一	他等	定開1	徒耐	滂上開登曾一	普等
8521	6副	34	104	**滕**	老	鄳	賚	上	開	十九鄳			定平開登曾一	徒登	來開1	盧晧	滂上開登曾一	普等
8522	6副	35	105	**噌***	贊	鄳	井	上	開	十九鄳			精上開登曾一	子等	精開1	則旰	滂上開登曾一	普等

序列	部序	組數	字數	韻字及何氏反切			韻字何氏音				何萱注釋	備注	韻字中古音		上字中古音		下字中古音	
				韻字	上字	下字	聲	調	呼	韻部			聲調呼韻攝等	反切	聲呼等	反切	聲調呼韻攝等	反切
8523	6副	36	106	䆽*	莫	鄁	命	上	開	十九鄁			明去開登曾一	毋亘	明開1	慕各	滂上開登曾一	普等
8524	6副		107	䵬	莫	鄁	命	上	開	十九鄁			明上開庚梗二	莫杏	明開1	慕各	滂上開登曾一	普等
8527	6副	37	108	凊*	儉	拯	起	上	齊	二十蕟			群上開蒸曾三	其拯	群開重3	巨險	章上開蒸曾三	蒸上
8528	6副		109	殑	儉	拯	起	上	齊	二十蕟			群上開蒸曾三	其拯	群開重3	巨險	章上開蒸曾三	蒸上
8530	6副	38	110	㾇*	掌	蕟	照	上	齊	二十蕟			章上開蒸曾三	蒸拯	章開3	諸兩	見上開欣臻三	居隱
8532	6副	39	111	𢥞*	寵	拯	助	上	齊	二十蕟			昌上開蒸曾三	尺拯	徹合3	丑隴	章上開蒸曾三	蒸上
8534	6副		112	踜*	寵	拯	助	上	齊	二十蕟	㥄或作踜		徹上開蒸曾三	丑拯	徹合3	丑隴	章上開蒸曾三	蒸上
8535	6副		113	庱	寵	拯	助	上	齊	二十蕟			徹上開蒸曾三	丑拯	徹合3	丑隴	章上開蒸曾三	蒸上
8537	6副	40	114	洗*	始	拯	審	上	齊	二十蕟			生上開蒸曾三	色拯	書開3	詩止	章上開蒸曾三	蒸上
8538	6副		115	殅	始	拯	審	上	齊	二十蕟			生上開蒸曾三	色庱	書開3	詩止	章上開蒸曾三	蒸上
8540	6副	41	116	暅	改	鄧	見	去	開	十九栕			見去開登曾一	古鄧	見開1	古亥	定去開登曾一	徒亘
8542	6副		117	胻**	改	鄧	見	去	開	十九栕			見去開登曾一	古鄧	見開1	古亥	定去開登曾一	徒亘
8544	6副		118	堩	改	鄧	見	去	開	十九栕			見去開登曾一	古鄧	見開1	古亥	定去開登曾一	徒亘
8545	6副		119	𥓐	改	鄧	見	去	開	十九栕			見去開登曾一	古鄧	見開1	古亥	定去開登曾一	徒亘
8546	6副	42	120	鐙	到	亙	短	去	開	十九栕			端去開登曾一	都鄧	端開1	都導	見去開登曾一	古鄧
8547	6副		121	𨏶*	到	亙	短	去	開	十九栕			透去開登曾一	台隥	端開1	都導	見去開登曾一	古鄧
8548	6副		122	磴	到	亙	短	去	開	十九栕			端去開登曾一	都鄧	端開1	都導	見去開登曾一	古鄧
8549	6副		123	凳	到	亙	短	去	開	十九栕			端去開登曾一	都鄧	端開1	都導	見去開登曾一	古鄧
8551	6副	43	124	霯*	代	亙	透	去	開	十九栕			透去開登曾一	台隥	定開1	徒耐	見去開登曾一	古鄧
8552	6副		125	澄	代	亙	透	去	開	十九栕			定去開登曾一	台鄧	定開1	徒耐	見去開登曾一	古鄧
8554	6副		126	蹬	代	亙	透	去	開	十九栕			定去開登曾一	徒亘	定開1	徒耐	見去開登曾一	古鄧
8555	6副		127	殌	代	亙	透	去	開	十九栕			定去開登曾一	徒亘	定開1	徒耐	見去開登曾一	古鄧
8556	6副		128	驓	代	亙	透	去	開	十九栕			定去開登曾一	徒亘	定開1	徒耐	見去開登曾一	古鄧
8557	6副		129	撘*	代	亙	透	去	開	十九栕			定去開登曾一	唐亘	定開1	徒耐	見去開登曾一	古鄧
8558	6副	44	130	稜	老	亙	賚	去	開	十九栕			來去開登曾一	魯鄧	來開1	盧晧	見去開登曾一	古鄧
8562	6副		131	䮚	老	亙	賚	去	開	十九栕			來去開登曾一	郎鄧	來開1	盧晧	見去開登曾一	古鄧
8563	6副	45	132	韸	酌	亙	照	去	開	十九栕			知去開庚梗二	豬孟	章開3	之若	見去開登曾一	古鄧

序列	部序	組數	字數	韻字及何氏反切			韻字何氏音				何萱注釋	備　注	韻字中古音		上字中古音		下字中古音	
				韻字	上字	下字	聲	調	呼	韻部			聲調呼韻攝等	反切	聲呼等	反切	聲調呼韻攝等	反切
8564	6副		133	嶒	酌	亙	照	去	開	十九極			知去開庚梗二	豬孟	章開3	之若	見去開登曾一	古鄧
8565	6副	46	134	蹭	粲	亙	助	去	開	十九極		表中此位無字	清去開登曾一	千鄧	清開1	蒼案	見去開登曾一	古鄧
8566	6副		135	黷	粲	亙	助	去	開	十九極		表中此位無字	從去開登曾一	昨亙	清開1	蒼案	見去開登曾一	古鄧
8567	6副		136	劊	粲	亙	助	去	開	十九極		表中此位無字	清去開登曾一	千鄧	清開1	蒼案	見去開登曾一	古鄧
8568	6副	47	137	鬙	散	亙	信	去	開	十九極			心去開登曾一	思贈	心開1	蘇旱	見去開登曾一	古鄧
8569	6副	48	138	堋*	保	亙	謗	去	開	十九極			幫去開登曾一	逋鄧	幫開1	博抱	見去開登曾一	古鄧
8570	6副	49	139	鯛**	抱	亙	並	去	開	十九極			滂去開登曾一	匹亙	並開1	薄浩	見去開登曾一	古鄧
8571	6副	50	140	甍	莫	亙	命	去	開	十九極			明去合東通三	莫鳳	明開1	慕各	見去開登曾一	古鄧
8572	6副		141	鐠*	莫	亙	命	去	開	十九極			明去開登曾一	毋亘	明開1	慕各	見去開登曾一	古鄧
8574	6副	51	142	窈*	腕	堋	影	去	合	二十送		字頭原為窊	影去合庚梗二	烏橫	影合1	烏貫	非去開登曾一	方隥
8576	6副	52	143	黽	漾	嫻	影	去	齊	廿一孕			以去開蒸曾三	以證	以開3	餘亮	曉去開蒸曾三	許應
8577	6副		144	艠	漾	嫻	影	去	齊	廿一孕		玉篇：以證大登二切	以去開蒸曾三	以證	以開3	餘亮	曉去開蒸曾三	許應
8578	6副	53	145	譻	向	孕	曉	去	齊	廿一孕			曉去開蒸曾三	許應	曉開3	許亮	以去開蒸曾三	以證
8579	6副	54	146	蘣*	掌	嫻	照	去	齊	廿一孕			章去開蒸曾三	諸應	章開3	諸兩	曉去開蒸曾三	許應
8580	6副	55	147	瞪	寵	嫻	助	去	齊	廿一孕			澄去開蒸曾三	丈證	徹合3	丑隴	曉去開蒸曾三	許應
8583	6副		148	黰	寵	嫻	助	去	齊	廿一孕			澄去開蒸曾三	丈證	徹合3	丑隴	曉去開蒸曾三	許應
8584	6副		149	孔*	寵	嫻	助	去	齊	廿一孕			溪上合東通一	苦動	徹合3	丑隴	曉去開蒸曾三	許應
8586	6副	56	150	郅*	始	嫻	審	去	齊	廿一孕			禪去開蒸曾三	常證	書開3	詩止	曉去開蒸曾三	許應
8587	6副		151	蕂	始	嫻	審	去	齊	廿一孕			書去開蒸曾三	詩證	書開3	詩止	曉去開蒸曾三	許應
8588	6副		152	鰷**	始	嫻	審	去	齊	廿一孕			禪去開蒸曾三	時證	書開3	詩止	曉去開蒸曾三	許應
8589	6副	57	153	襘	紫	嫻	井	去	齊	廿一孕			精平開蒸曾三	子孕	精開3	將此	曉去開蒸曾三	許應
8591	6副	58	154	彰*	淺	嫻	淨	去	齊	廿一孕			清去開蒸曾三	七孕	清開3	七演	曉去開蒸曾三	許應
8592	6副	59	155	靇	避	嫻	並	去	齊	廿一孕			來平合灰蟹一	魯回	並開重4	毗義	曉去開蒸曾三	許應
8593	6副	60	156	鵩**	務	嫻	未	去	齊	廿一孕		反切疑有誤	明去開蒸曾三	尾孕	微合3	亡遇	曉去開蒸曾三	許應